【中国古典名著补续系列】

续孽海花

张鸿 ◎著

内蒙古出版集团
远方出版社

图书在版编目(CIP)数据

续孽海花/张鸿著.—呼和浩特：远方出版社，2014.1
ISBN 978-7-5555-0085-8

Ⅰ.①续… Ⅱ.①张… Ⅲ.①章回小说—中国—现代 Ⅳ.①I246.4

中国版本图书馆CIP数据核字(2013)第301682号

续孽海花

作　　者	张　鸿
责任编辑	刘洪洋
封面题图	马东原
版式设计	韩　芳
出版发行	内蒙古出版集团　远方出版社
社　　址	呼和浩特市乌兰察布东路666号
	（电话0471—2236466　邮编010010）
经　　销	新华书店
印　　刷	内蒙古爱信达教育印务有限责任公司
开　　本	710×1000　1/16
字　　数	345千
印　　张	20.5
版　　次	2014年1月 第1版
印　　次	2014年3月 第1次印刷
印　　数	1—5 000册
标准书号	ISBN 978-7-5555-0085-8
定　　价	29.00元

如发现印装质量问题，请与出版社联系调换

楔 子

　　民国二十三年暮秋。那一日,听得好多年不见面的东亚病夫回来了,因急于要去和老友畅谈一回,便于傍晚坐了人力车,到了虚霩园后门。推门进去,只见亭台依旧,风景不殊,池中荷叶披离,岸畔柳条摇曳,确已是深秋光景了。不禁回想到君表先生建筑斯园时,我与东亚病夫皆是白夹青衫,翩翩少年,无日不到斯园。当时汪柳门、吴清卿等诸名士,时时由苏来常,诗酒流连,吟余醉后,碎玉零玑,文璧绮窗,墨痕狼藉。匆匆四十余年,已觉不堪回首了。

　　正在徘徊感怆之时,只见那竹篱丛树之中,闪出一个人影来,头戴一顶棕笠,遮蔽了面孔,穿了一件黯旧的秋罗夹衫,口里说道:"老友,多时不见了!"我仔细一看,不觉吃惊。只见他面目清癯,已经留了苍白的疏髯,不过他欢迎故人的一种神情依然不改。他手中拿了一柄小小的花锄,含笑说道:"老友,我正在种花哩!我今年从日本、法兰西各国托寄了各种花子、花苗,现在正忙着插蒔种植,明年你可以来欣赏了。"我笑说道:"你的种花,好似培植国民,明年就可以考验你培植的效果了。不过培植花草,一就有效验,培植国民,至少须有数十年。所以古人说:'十年树木,百年树人。'不晓得世上也有预备那树人计划的么?"他叹了一口气道:"现在种花的,大都用炕灰马粪迫成的唐花,不过供一时的赏玩罢了。"我道:"吾国国民受了五千年的文化,因被专制政体消铄了,没有能开出好花来,只要好好的培植了。佛说:'众生本性,决不消灭。'将来国民性觉悟了,自会发达哩!"他说道:"众生有佛性,本性永

不灭。瞿昙决无诳语,我的种花,今年不好,明年改变,已变换了不知多少。自佛眼观之,地球上兴亡强弱,也和花开的好歹一样,不过如戏剧的换幕。世人见了印度的衰弱,就说佛教为亡国的宗教,真不值世尊一笑哩!"我说:"如来一弹指,即越百万阿僧祇劫,他看数百年的历史,真如一出的短剧。你的《孽海花》不也是一剧中的片段么?现在你在《真美善》上继续发表数回以后,续下去还有多少呢?"他怆然手捻须髯,哎道:"你看我身体精神,还能够续下去么?我的病相续不断,加以心境不佳,烦恼日积,哪里有心想做下去呢?我看你年纪虽比我稍大,精神却比我好得多。《孽海花》宗旨,在记述清末民初的轶史,你的见闻,与我相等,那时候许多局中的人,你也大半熟悉,现在能续此书者,我友中只有你一人。虽是小说,将来可以矫正许多传闻异辞的。"我道:"我那里有你的华美的文笔,那里有你的熟练的技术,这是万万不敢的!"他笑道:"这也要看机缘了。"我道:"你又要来说佛学了?"他脱下棕笠,放了花锄,邀我上楼坐了一回。那时黄谦斋也来了。谈了一晌,已是黄昏时候,我就起身回家了。后来虽然也见了几回,没有如此畅谈过,不久就永诀了。我与他自幼订交,至临殁之事实,曾作哀辞一通。

籀斋先生哀叹辞

　　余弱冠与孟朴游。君先人君表先生,方筑虚霩园,疏水叠石,峙楼迤廊,余常与君随而观之。一夕,与君泛舟池中,余堕水,君惊而出之,握手狂笑,赋诗而散。余与君入都,与黄谦斋、徐少逵诸友游江亭,各题小诗于壁,托名女郎,后流传为《江亭女儿诗》,颇多和者。君于春闱,屡以回避不与试。丁酉,余与君从张德彝、世增读英、法文,旋以事归,又延日人金井秋苹读日文。余无恒,无所成;而君习法文不少间,卒通之。嗣创设《小说林》,风行海上,多君译述之作。君与徐念慈、殷潜溪及余,创立中西学社于塔前别峰庵,即今日之塔前小学也。社中无经费,是时米业有所谓"塔志"捐者,每岁入七八千元,为修志修塔之费。君与余年少气锐,以邑志非急需,塔尤虚诞,请于长吏,拨入学校。邑中巨绅,以为向无敢干涉者,执不可。省中派员查询,君与余面折委员及各绅,均无辞而阴阻之。迨长沙张文达师督学务,闻之,饬督抚批准,乃定。常熟建学之有经费自此始。戊戌政变,踪迹少疏,然君在南与经元善电谏废立,沈北山在北疏劾三凶,书牍往来,精神契合,我二人未尝不默相慰也。改朔后,君为省议员,持论岳岳,大江南北,贤豪从之者如归。嗣任江南沙田官产总局、财政厅长,数年中不过一二面,而我友黄谦斋,常在君左右。谦斋告余曰:"君在沙田局,有友辇金数十万,属君处分某处沙田,君严拒之不为动。其任财政厅,有戚闻君欲在上海觅屋,即代赁巨舍,几榻帘簟,精丽瑰奇,促君视之。君以为侈,告以已所献,不需一钱,则大惊,立毁屋约,命仆舁还其器具,其人嗫嗫不敢出一语,廉洁如此。而尤有益于地方者,则于齐卢战后,某师长拥众数万无所归,欲属于江南,君告于当局曰:"留之易,遣之难。姑不问利害,常年馈饷,江南民力竭矣。"乃止。又有欲办亩捐者,君曰:"浙之杭、嘉、湖,苏之苏、松、太,承宋贾似道官田之害毒深矣!民将不堪。"后张宗昌来,卒行之。敛臣之言,至今为梗。君于学无所不窥,少时著《后汉艺文志》、《昙花梦曲》,而尤以小说《孽海花》驰名。精研法文,后喜译嚚俄之作。余笑语之曰:"今世群以新文学重君,然余以为君之得力处,仍基础于旧学,故发此新采耳!"君笑而颔之。去年,君因病回里,余访君虚霩,以余年稍长于君,语君曰:"我死君为我传。"君亦笑应之。不意君先我而逝,反使我执笔以诔君也。君文学政事,荦荦大者,载在人口,不复述。述我二人自幼至老之踪迹,以抒余哀。辞曰:"吁嗟我友兮,胡至于斯!吾闻君殁兮,日已西驰。含泪升堂兮,寂寞灵帷。褰幕谛视兮,无改丰姿。卧灵床而犹视兮,俨苍苍之须眉。怆悲呼而不应兮,急痛泪之双垂。念少日之相聚兮,常携手而徘徊。时上下其论议兮,喜心印之同规。迨役形而各驰兮,若劳燕之差池。幸书问之往来兮,辄神合而形离。感日月之易迈兮,循鬓发而同衰。君息影于家巷兮,常携筇而相随。骋雄辩于文史兮,慰十载之相思。傍畦圃以徜徉兮,纷花木之离披。君戴笠而荷锄兮,或荛草而结篱。指紫白以相示兮,若哲理之分治。君云花之一世兮,历四序而终及。人以三十年为一世兮,子与余已六十。较花已为二世兮,如宿根之复植。余笑言以相答兮,人花

同归于枯槁。彼时日之舒促兮,唯人心之自造。一弹指之与亿劫兮,何长短之足道。君微笑而语予兮,予犹未忘夫惟识。抑暮年之逃禅兮,皆文字之微缠。脱羁绁以自证兮,实言思之道绝。忆斯语之未几兮,倏溘然而长息。缅遗音而深念兮,何哀思之无极。羡君乘化而归尽兮,殆逍遥于乐国。

今年阴历大除夕,阴云四合,窗外竹林中,萧萧的雪珠,打在竹叶上,既不象风声的摩戛,又不象雨声的滴沥,说不出一种凄惋萧飒的感触。邻家的爆竹,也寂然无声。家人在书几上点了一对守岁烛,烛上结了两个灯花,好象钱牧斋红豆村庄所生的大红豆。灿烂照耀,来慰我七十老人的孤寂。独坐沉吟,不禁把四五十年前的事,一幕一幕如电影般开起来了。几上适有东亚病夫修改后的三十回本《孽海花》一册,展开一看,好象我心中电影的脚本。因此想到东亚病夫瞩我续编之语,不觉黯然;且他平日与我所谈及之遗闻轶事尚多,均未编入,当即取《真美善》中所续之第三十一至三十五回,寻出来一读。其于"六君子"之被杀,沈北山之参"三凶",义和团之大乱,陕西回銮后之朝政,直至光、宣间之宫闱秘密,辛亥革命之北京情形,皆不及叙出。鄙人当时则身在北京,亲自见闻,若说轶事遗闻,七十老翁之脑中,很象万国储蓄会的存款之多,若一一写出来,也可以继续东亚病夫未了之志。不过,没有东亚病夫的笔尖,难能生出奇丽万态的花朵罢了。那时适有友人来谈,极力怂恿我续下去。我道:"臣今年已七十

矣，恐怕不能罢？"他说："吾乡钱蒙叟八十岁时，尚著《楞严蒙钞》，难道你就没有这勇气么？况且近来所出的笔记小说，述及清季的朝野轶闻，往往错误百出，后来读者恐怕以误传误，埋没了许多实迹。古来国亡修史，是一个重大的责任；不过修史，都是记国家重要的事，至于那胜流侠客，名士倾城，其片言只语，朋辈流传，风流隽妙，刺心荡魂，倘不为之记出，也就如玉树长埋，一坏黄土，不太辜负了当时的朋友么？"听了不觉悚然。客既去，将三十回以后的五回，重看了一遍，觉得其中事迹，如赛金花并未与孙三结过婚，大刀王二向戴胜佛、庄立人借钱，也与王二的人格不合。我就从现行的三十回后续起，以期文字一贯。至于东亚病夫所续的五回，不妨并行不悖，好在事实各可独立，只要无负书中旧友，东亚病夫天上有灵，当亦为掀髯一笑哩！正是：

笔愧续貂丁子尾，录哀化鹤癸辛年。

读者不弃，请看正文。

目录

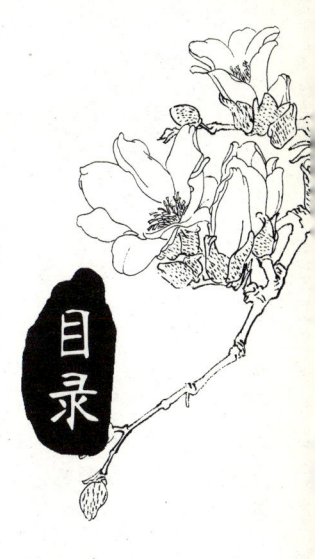

- 第三十一回　送丧车神龙惊破壁　开赈会彩凤悔随鸦 … 1
- 第三十二回　露水孽缘挂牌燕庆里　河山异色横议陶然亭 … 12
- 第三十三回　强学会国士逢挫折　碧云寺侠客救孤忠 … 21
- 第三十四回　侠客白髯孤臣凭保护　远航黄海大计定澄清 … 33
- 第三十五回　四子忧时纵横论青史　二贤言志慷慨度重溟 … 43
- 第三十六回　望平街胜流聚首　彦丰里高会谈瀛 … 52
- 第三十七回　金粉楼台健儿献绝技　江湖风浪志士访奇人 … 61
- 第三十八回　雾起深山龙蛇生大泽　日斜重幕燕雀闹华堂 … 71
- 第三十九回　兰鲍同堂洛闽分党派　芝龟一室南北话离情 … 81
- 第四十回　白发老臣求才郎署　青衫名士定策花丛 … 92
- 第四十一回　粤东馆中初开保国会　内务府高挂护花幡 … 103
- 第四十二回　保国会新翻猎官戏　孙公园重开保国会 … 116
- 第四十三回　曹梦兰新改赛金花　唐常肃入署献危言 … 126
- 第四十四回　戴胜佛出山收草寇　唐常肃续演黎金庵 … 138
- 第四十五回　权上争权政策革旧　梦中寻梦酒令翻新 … 149
- 第四十六回　琉璃厂春榜看红绿　鹁鸽峰归帆迎白头 … 160
- 第四十七回　党派纷纭老臣去国　歌场游戏贵胄登坛 … 174

- 第四十八回　南河泡观荷开大会　赛金花戏竹见灵心　184
- 第四十九回　赛金花别筑藏春窟　尹宗扬重探发纵谋　193
- 第五十回　杨淑乔一封传密诏　戴胜佛两眼误奸雄　204
- 第五十一回　颐和园垂帘重训政　梁超如易服作逋臣　214
- 第五十二回　飞鹰舰暗释唐圣人　莱市口冤斩六君子　224
- 第五十三回　段扈桥编歌得懿眷　尹震生奉旨阅新军　234
- 第五十四回　保皇党草檄驱密使　汉中府外简失天恩　244
- 第五十五回　沈北山联登高甲第　米筱亭悔结错姻缘　254
- 第五十六回　玉镜画眉沈北山难逃天壤恨　木天断指龚樵孙坚阻上书人　264
- 第五十七回　国闻报采风登正论　赛金花避难入危京　277
- 第五十八回　瓦大帅筹粮逢名妓　赛二爷救友得仇人　288
- 第五十九回　复仇杀罪魁国皆曰可　议和谋妓女朝无人矣　299
- 第六十回　克林德恤典建牌坊　赛金花妙语结和局　309

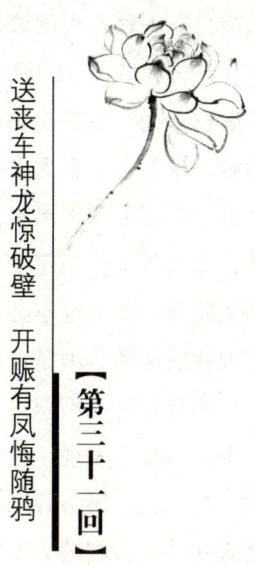

第三十一回

送丧车神龙惊破壁　开赈有凤悔随鸦

话说金府运送灵柩回苏船只，由上海用小轮拖着，过了青阳港，约在二更天时候，忽大船上嚷着说："姨太太的小船没有了，快快停轮。"那舱里的大太太听见了，冷笑了一声，就喊舱里的王妈道："你去跟洪升说，不要大惊小怪，也不必停轮，一径开船就是了。"王妈听了，就照着太太的吩咐，对洪升说了。洪升听了，心里也就明白，叫小轮一直开行，走到东方发白，日轮半吐，方到了阊门外太子码头，解缆停泊。金府的家人，已经先一日布置全备。金侍郎是奉旨入城治丧的，自然仪式隆重庄严，码头上摆着全副仪仗，预备把灵柩抬到悬桥巷本宅，再行开丧。那日，自抚、藩、臬三大宪起，以及粮道、本府、三县等，统统前来，设席路祭。祭毕，动身入城，牌伞辉耀，旗帜翩翩，还有城守武官及飞划营、盐捕营等，都派了队伍，跟在仪仗中一同走。苏州人最喜欢看大出丧，那阊门大街中市护龙街一带，两旁店铺，挤满了男男女女。灵柩过去时，大家啧啧称赞道："倒底是状元出身，皇帝伯伯也看重俚，才有格种风光。可惜俚寿命短，觍做到宰相，比潘家里格状元宰相,觉得推扳一点哉!"一路行人闲谈,不在话下。那金侍郎灵柩进了宅以后,择日设奠,卜地安葬,一切后事且不必说。

且说傅彩云怎么会半途脱逃呢?原来在北京动身前,那天在陆莘如、钱唐卿二人当面,解决了开放的约定,她就对着金太太说道:"我跟着老爷一场,当然要尽我的良心,送他到家。不过我到了苏州再出来,苏州人喜欢管闲事,说闲话,一定添出许多枝枝节节的说话,太太听了,一定不高兴。不如到了上海,等老爷的灵柩送上了船,我就随便的悄悄脱身,太太也不必追问,省了许多闲话,我也少坍点老爷的面子。太太也少听些说我的坏话,不是彼此有益么?"金太太听了,叹了一口气,说道:"随你的便吧!不过你将来不忘记老爷,留点儿老爷的面子,就算对得住老爷了。"彩云听了,不由得良心发现,走到灵前,哭了一场。她伴了柩,出了北京,到了上海。一面约了孙三儿,预备好房子,一面另雇一船,装了她的东西,拖在小轮后面。那是太太明知的,否则姨太太应同太太一同伴着灵柩,那有另雇小船,拖在后面的道理。原来彩云的船上,早已把孙三儿藏在舱中,等到了黄昏时候,低低的盼咐船上的人,将拖缆轻轻的解开了,那小轮如飞前去。这小船就扳艄扯篷,顺风顺水,一会儿又回到了上海苏州河。船既靠定,孙三道:"我们到小房子去吧!"彩云道:"也好。"原来船上从北京带来的行李箱只,以及日用的器具,也有几十件儿。孙三儿上岸,叫了两部塌车,统统装上,送到垃圾桥保康里小寓。彩云所有的贵重首饰箱,早由三儿在北京运出。

彩云一到上海,说是怕担风险,迫着三儿去存汇丰银行保险箱里。不过这个钥匙,三儿没有交还彩云,彩云也不好去讨。他们一味的欢天乐地,喜孜孜度着麋花腻玉、沉蜜团泥的日子。不是逛张家花园,就是上丹桂茶园,双宿双飞,相依相傍,真是一刻儿都离不开。过了一个多月,有一天,三儿说是要还一笔朋友的债,就向彩云道:"你快拿一百块钱来,我等着用哩。"彩云听了,呆了一呆。三儿道:"你不肯么?不肯就不要了。"彩云道:"我身边没有带着,所以想了一想,向那里去拿,答应迟了一点儿。我的三爷,好大的脾气。我还没有……"彩云说到这里,就停止了,朝着三儿,横眸一笑道:"我的三太爷,那梳头匣子里有一百五十块钱,你就拿着一百去吧。"三儿开了梳头匣,把一百五十块钱都拿了,说道:"我都拿去了,你要用,我再还你吧。"说完匆匆的下楼去了。彩云望着他下了楼梯,冷笑了一声,暗道:"我还没有嫁他,若嫁了他,连人都是他的了。亏得我把蔚丰厚、源丰盛两个存折没有给他看见。他晓得了，不花个干净是不安心的。现在我要想个对付的法子才行。我的分儿，我的相貌，我的财产，要叫一个下等的戏子骗了个干干净净，不但对不起故去的老爷，也对不起我自己。我现在先想法拿回首饰箱子再说。"她跟孙三从此生了二心。

孙三儿拿了她一百五十块钱出去，不是还债，是去赶赌的。不料一会儿都输完了。他躺在赌场中烟塌上，一面抽大烟，一面想心事。心想：彩云跟我，虽然现在很要好，照今天向她拿钱的时候，显然有点儿不十分乐意，不象从前在北京的时候，只要我要什么，就有什么。况且她现在手中的钱，有去无来，也有数儿了。上海的情形，不比北京，想她的也不在少数。万一她变了心，那是很容易决裂的。我总要趁这个时候，和她成了婚，以后她的钱就是我的钱了。不过，从前在北京的手段，是不中用的了。她再找一个人也容易，还是极力的笼住她，等上了成婚的圈套，再放出手段来，才有用。他想定了主意，就立起身来，回到小寓里。进门上楼，只见彩云不在家中。孙三就问雇的老妈道："大小姐到那儿去了？"老妈道："不知道。"三儿听了，心里就很不高兴，只好在家中等着。

不料彩云是到金小宝那里去了。原来金小宝从前小时候，也在苏州冶芳浜大陈家里做过讨人，和彩云贴邻住过。彩云没有嫁到金家的时候，两小往来，彼此很合意的。自从嫁了金雯青，五六年间，那金小宝也从苏州到了上海，已做了顶瓜瓜的红倌人，和林黛玉、陆兰芬、张书玉四人，叫作上海滩的"四大金刚"。相貌既好，手段又高，对于客人的牢笼对付，实在胜过了彩云。现在彩云从金家出来，到了上海，一天在张园吃茶，碰见了小宝，旧雨重逢，握手言欢，彼此交情，加倍深了。小宝和她谈了几回，知道她手中有许多首饰及现款，而且她的状元夫人的名气很大，年纪也刚过二十岁，正是春萌豆蔻，艳占鸳鸯。不料被孙三独占了，想拉她出来，一定可以扩张势力。她就在词气间，微露替她可惜的意见。又用些功夫，先把上海有名的伶人小志和、想九霄、小连生等，于有意无意间，向彩云介绍了。那时四大金刚对于上海有名的戏子，没有不相好的。那班戏子，听见赫赫大名的状元夫人，没有一个不钻头觅缝，想邀一顾的。彩云看见了他们一班名角，觉得孙三上台的时候，还下得去，一卸了装束，这种粗黑的脸，带着许多麻子，当着锦帐半垂、华灯斜照的时候，不免有点比较的厌恶了。彩云既与小宝往来密切，自然那时大兴里一带的名妓，交结得很多，渐渐的与兰芬、黛玉等，都成了知己的姊妹，尤其与小宝交情来得深，无话不谈。那天，孙三儿拿了她一百五十块钱出去后，彩云心中很不高兴，就匆匆的要到小宝那儿。一想正是出局摆酒的时候，有些不便。她就到了一品香，写了请客片，到大兴里去请小宝来吃大餐，顺便谈谈。等了一会儿，那金小宝上楼来了，看见了彩云，就含笑的说道："今朝耐请倪，阿有啥事体？老三到仔啥地方去？让耐一个子出来。"彩云笑道："阿姐耐勿提哉，请耐点子菜，倪要细细的搭耐讲讲勒。"小宝道："倪刚刚吃午饭，实在吃勿落啥。"彩云道："阿姐，好意思，一点点也勿吃？"小宝道："是哉，倪来点末哉。"就喊西崽道："来一客樱桃梨。"彩云道："耐真一点菜也勿吃，岂有此理！刚刚俚说鹌鹑还好，添一客炸鹌鹑，再要一个……"小宝道："谢谢耐，有子鹌鹑尽够哉。"彩云道："阿姐真搭我客气，勿象是姊妹哉。"小宝笑道："要好也勿在乎多吃，等倪吃得落时候，请耐多点几样末哉。"彩云就要了两杯克力沙，一面吃，一面说道："阿姐，倪有几句闲话告诉耐，请耐出格主意。"小宝为人聪明，晓得一定是跟孙三有了意见了，就说道："难道是老三起花样？"彩云道："阿姐真聪明。"就把孙三的行动告诉了她。小宝道："真真一屁弹着，承耐看得起，样色搭倪说，不过倪背后，常常替耐可惜，象耐格种身分，格种相貌，永远叫老三糟塌，实在勿上算。"彩云道："阿姐！倪是一时上仔俚格当，糊里糊涂，就跟俚出来，现在倒有点僵。"小宝笑道："耐搭俚阿曾成过婚？"彩云道："还好，齣。不过到仔上海，俚常常催倪搭俚办，倪想想有点勿值得，一径推托。"小宝道："格桩事体，倒要细细斟酌，俚格种人格闲话，是靠勿大住格。"彩云道："一点也勿差，不过俚一径来催，倪勿好回答俚，阿姊耐替倪想想，那哼说法.？"小宝道："格是容易格，耐先问俚，屋里向阿曾有过家主婆？俚一定说，咉不。耐就说，格种事体，勿是可以瞎来来格，让倪去打听打听再办，只要耐搭倪心勿变，早点慢点，是一样格。俚听子耐个闲话，俚也勿好翻腔，不过俚催耐成婚，倒底是要好呢，还是有别种意思？"彩云冷笑道："要好是用勿着说起格哉，俚格意思，第一是看想倪几个铜钱。"小宝道："耐格款子，俚阿曾拿去？"彩云道："倪有两个存折，俚是齣晓得格。倪有只首饰箱子，是倪托俚去寄存银行保险库里格，不过对号单搭仔钥匙，俚野齣来交代倪。阿姊，耐想俚格心思，阿要可恶！"小宝道："阿哟！阿姊，耐倒要打算打算格，耐从金府浪出来，就算有点款子，不过上海地方，长久住去下，耐格款子是有数格，用下去，恐怕渐渐里要勿够，等到用完仔，勿晓得老三阿肯一心一意？"彩云道："一点野勿差，近来俚要倪格铜钱，倪答应慢一点，俚就要发脾气。等到倪格钱用完，俚格心变勿变，也用勿着问个哉。"小宝道："倪老实有一句闲话，勿晓得耐阿听得进听勿进？倪想耐搭倪格种年纪，正是出风头格时候，只有用别人家格铜钱，阿有啥反而送人家去用格道理。一来应当趁年纪轻，风头健，寻寻开心；二来是，积蓄点养老盘缠。照耐说格闲话，老三是打格拆烂污主意，耐倒不可不防。倪替耐想，金府浪带出来格款子，多不过几万，够几年用？弗趁仔年纪轻，捞摸点，等到年纪大仔，要人家格铜钱是烦难格。耐看许多大人老爷，到仔堂子里，手段蛮阔，脾气也好，一万八千勿在乎，等到讨到手，隔勿到一年半载，就搁在一边，不但一个铜钱弗拿出来，还要管得倪动也勿许动，所以倪是看穿格哉。"彩云道："耐格闲话真勿错，现在那哼对付？阿姊替倪定一个办法。"小宝道："我想耐现在尽管敷衍俚，一面布置起来，等个机会，首饰箱归到自家格手里，耐再掉一个枪花，看俚有啥法子！老实说，俚笃班子里，有点面子格，倪才认得，公堂浪，巡捕房里，上下中三等，倪才兜得转格，况且听见是耐阿姊格事体，大家要来拍马屁来不及，阿有啥勿帮忙格。不过……"小宝停了一停，笑了一笑道："倪笃两家头个交情那哼？勿要倪空做格闲冤家。"彩云笑道："笑话哉！倪是看穿仔俚哉，总是倪卜仔俚一个当末是哉！阿姊格闲话勿错，倪是定规照耐说个去做。"小宝道："现在是一点也覅露出来，要紧，要紧！"彩云道："谢谢耐！"小宝道："时候勿早，倪要先去哉。"彩云道："就搁耐格辰光，真真对勿起。"小宝立起身来说道："覅客气。"就走了出去。彩云送出房门，叫仆欧算了帐，签了字，也就坐车回去。

到了寓中楼上，问老妈道："老板回来么？"老妈道："回来了。"彩云走进房门，只见三儿横在床上。彩云含笑道："你回来多久了？"三儿道："你到那儿去的？"彩云道："我出去碰着了小宝阿姊，一同到一品香，吃了一顿大餐。本来想去看戏，小宝姊有堂差，你又没有来，我一个人很冷清，也就回来了。你为什么不早点儿回来？咱们一同去听戏呢！"三儿道："你自到了上海，朋友一天多一天，渐渐的也用不着我了。"彩云听了，吃了一惊，呆了一呆，赶快的改变了面色，故意的说道："我没有男朋友，只有女朋友，况且还不如你的女朋友多呢！你说我用不着你，明明就是说你用不着我了。老三！你留点儿神，你要用不着我，看我跟你怎么个开交！你随便怎样上天入地，我总是跟着你，你不用想逃得掉！"三儿听了，坐起身来，呵呵的笑道："你的话，就是我的话，咱们两个人，好象一个样儿的心，我逃不掉你，你也逃不掉我。"彩云道："这种孩子话且不用说，咱们的正经事，你到底打算怎么样？"三儿道："什么事？"彩云狠狠的将手指向他额上一点道："没有良心的东西，这才显出你的真心来了！你家里的老婆，到底是在天津，还是在上海？"三儿听了，笑嘻嘻说道："在上海。"彩云道："姓什么？多少年纪了？"三儿道："姓曹，廿一岁。"彩云呆了一呆，才笑道："不要脸，姓曹的就算是你的老婆么？她吃过你什么？穿过你什么？几时拜过堂，吃过酒？真不要脸！"三儿道："拜堂吃酒，容易得很，明天就办。"彩云道："依我的意思，今天办才好呢！不过你是天津人，你老家是不是仍在天津？那大嗓子的孙菊仙，是不是你的本家？"三儿道："是的。我的父亲在天津娘娘宫，开过首饰楼，你打听做什么？"彩云道："男人的心，是猜不透的，你倘然在天津已有了家主婆，我难道做你的姨太太么？我做过了状元的姨太太，在外国又做过钦差太太，现在做了你的大老婆，勉强还说得过去，倘然再上了当，做了你的小老婆，有什么脸去见人？只好跳黄浦了！好在天津有的是姊妹，我倒要去仔细察访一下才好！"三儿道："真金不怕火炼，听你的信儿就是了。"

过了几天，恰好上海地方人士，发起了一个华洋义赈会，联合了中外官商各家的太太、奶奶、小姐、姨太太以及花界中姊妹们，有的担任演剧，有的担任弹唱，有的担任钢琴音乐，其余卖花泡茶，以及各种贩卖杂物，统由各界女士担任，门票每张一元。上海人顶喜欢新鲜事体，顿时哄动了社会。那时彩云听见了，就向金小宝、陆兰芬她们一问。她们就怂恿她道："你应当入会，你出过洋，又会外国话，你入会再好没有。"彩云一想，从前在外国的时候，也经过了不少的那种集会，不妨去出出风头。一面又想到她的首饰，正好趁此机会，收了回来。当时就托小宝、兰芬报名加入。先几天，她就告诉孙三，要去赴会。那孙三究竟是粗卤的人，那里想到她有手段？他还高兴得很，想要去出出风头。等到开会前一天，彩云就向孙三说道："今天我同你去把首饰箱取回来，以便明天插带了去开会。"孙三呆了一呆道："你要用什么？我去替你取来，省得拖来拖去。"彩云道："不行，会期有三天，我每天去，插戴总要更换的，天天戴了一样的东西，不叫人寒碜死么？"孙三听了，没有法子，吃了午饭，只好同着彩云坐着马车到了汇丰，找了管保险箱的人，对明了号数，就向孙三取了钥匙，开了出来。彩云就将原箱子拿着，一面对着那管库的人说道:"我拿去了,大约三四天仍要放进去的,请把这号箱依旧留着,所付保险费的期限还有几个月?"那人说道:"先付的三个月的费,现在还有两月光景才到期。"彩云道:"现在再付你三个月费,请你留下这号箱子,免得重来麻烦。"那人道:"好好!"随即收了费,签了单子。彩云接过来,连着钥匙,向孙三一笑,递过去道:"还是你替我收起来吧!"孙三接着微笑道:"你自己收着不好么?"彩云道:"你收着,跟我收着,不一个样么?"两人一同走出银行门外,坐了马车回到寓中。彩云把首饰箱提上楼,放进衣橱中,向榻上一横对孙三道:"我头疼得很,你叫他们买点儿头疼药来。"三儿道:"老妈子去买药,怕叫不清的,我去买吧。"彩云道:"那里去买?"三儿道:"自然中西药房。"彩云把头一扭道:"你不要去,垃圾桥到三马路很远,你且陪着我,等你到班子里去,顺便带回来就是了。我晚饭吃不下,你陪我吃点儿稀饭再走。"孙三自然奉命维谨,和她一同横在枕上。彩云蹙着眉,叫孙三向抽屉中取了薄荷锭,给她脑门上擦几下,说道:"今天天气很不好,你的头不觉得怎样?"三儿道:"我倒不觉着。"彩云在三儿手中取来薄荷锭,向三儿的脑门上也擦了几下。三儿道:"我的头不疼,擦什么?"彩云嘻嘻的笑道:"我头疼,你的头也应该疼,你替我擦,我也应该替你擦。"她又将眼朝着三儿一睇道:"我的话对不对?"三儿听了,浑身觉得受着一种异常的酥融适意,翻过身来,双手搂住彩云的粉颈,把热烈的口唇,向团雪融花的香颊上接触一下。彩云的双睛似开似闭的,默默接受了。随把三儿推了一下道:"我的脑门正跳着,你不用来闹我,回头你早点回来是正经,省得我一个人等你。"三儿听了道:"是时候了,我先买药,再到班子里。"彩云道:"我偏不要,你陪我吃了稀饭,再到班子里去,叫班子里打杂儿买了药,你带回来,省得你多跑路,不好么?"三儿受了这一番温柔体贴,那有别的思想,当然陪着吃了稀饭。临行,还吩咐她早点儿睡,不用等他。

三儿走后,彩云起来,将衣橱中首饰箱取出,走到后房,把门关上,从身上掏出钥匙,开了箱子,先看中间的纸包匣子,曾否有人动过。细细看了,都是原封不动,心中暗喜,就将各种价值最高的钻石、珠宝等件提出,放在新买的保险手提箱里面,其余较次的留在原箱中。明后天要用的首饰,也放在原箱中。然后,把小保险箱藏在后房秘密地方,原箱仍旧关好,从后房内提出来,放在衣橱中。一切布置妥帖,就躺在沙发上想心思,专等三儿回来。一会儿,三儿果然买了药回来了,彩云依然不露声色，欢天喜地。到了明天，彩云起来，已过十二点钟。梳洗后，吃了饭，把新做的白缎织金的晚礼服穿上，腰间系了个茶碗盖大的粉紫绸的玫瑰花，梳了一个灵蛇百绾髻，玉颈中一串圆白晶莹的樱桃大的珍珠串，环绕了三匝。一双尖瘦的双趺，穿在嵌空玲珑的高底小蛮靴里，行动起来，真似一株迎风婀娜的梨花。她对着着衣镜顾盼弄恣，孙三在旁看得神魂飘荡，真到了耳无闻、目无见的境地。彩云看他呆傻的情状，不由得微微的一笑道："你也去逛一回么？"孙三道："一块儿坐马车去，好么？"彩云摇摇头道："不好，今天中国外国的人，到的必定不少，我们一同走进去，万一碰着了以前认识我的官场中的人和外国人，叫我怎么样介绍呢？"三儿脸上顿时露出不高兴的样子道："那有什么难处？尽管说是'赫司奔'（英语丈夫）就是了。"彩云冷笑道："怎么好说。一来，我从金家出来了不到半年；二来，你和我也没有正式宣布，你到了会场中，也只好同游人一样，不能露出极形极相出来，不要怪我不理你。"三儿道："难道你变了心？从前的话要不算么？"彩云怫然道："今天是我去散散心，解解闷，你又来胡闹了！你要胡闹，我就不去是了。你要晓得，第一要在大家的心靠得住，真的心变了，我没有法子对付你，你也没法子对付我，你明白么？"彩云说了就匆匆下楼出门，上了马车，径到了味莼园华洋义赈会中去了。三儿听了生气，自去找朋友娱乐，不在话下。

且说彩云到了张园会所，下车进门，就有招待员引导到办事处，签了名，只见小宝、兰芬都在那里。小宝道："加入什么地方帮忙？"兰芬道："彩云姊，我们弹唱的场儿，有一潮州式吃茶处，请你去招呼。我们相离得很近，讲话也方便，你去了，客人来吃茶的一定格外多哩。"小宝道："很好！"就向办事处声明了，取了徽章，替她在襟上挂好，引着到了卖茶的地方坐下。只见台上弹唱的，已有二三十位，都是比较有名的红先生，几个资格较老的，象"四大金刚"，以及胡宝玉、林绛雪、花翠琴、张素雯等，都在场中。彩云和场中诸姊妹打了招呼。其时，琵琶弦索，铮铮钬钬的，已五音迭奏起来。许多游人走过，看见了熟悉的校书，点头招呼了，自然都要坐下。那在场的，纷纷捧了各种小茶杯、小茶壶，向各客面前摆上。坐了一会儿，各人都掏出钞票，或是十元，或是五元，再少也拿不出手。会场中生意，要推茶店第一。正在应接纷繁的时候，只见外面进来两个人，一色的戴着瓜皮小帽，帽上都缀着一块玫瑰紫披霞宝石、一粒精圆珍珠。一个身上穿着枣红宁绸夹袍子，罩着蜜黄巴图鲁坎肩，一个穿着二蓝宁绸袍子，加上一件对襟青灰漳缎马褂,口中都衔着雪茄,走近歌场。胡宝玉、张书玉迎上去,笑道:"宝大人、曾侯爷都来赏光了,请坐,喝一杯茶。"宝子固笑道,"这个茶不容易喝的。"书玉笑道:"宝大人不要说笑话,我们来请你喝一杯就是了,决不敲竹杠的。"正在说时,彩云和小宝各捧着一个小壶,向小杯中斟了半杯香茗,小宝递与宝子固,彩云递到曾侯爷手中。曾侯爷接了茶杯,向彩云凝视了一响,回头就问小宝道:"这位是谁?好象很熟,只是想不起来。"小宝嘻笑道:"侯爷是见多识广的人,难道状元夫人还不认得么?今天是由我特地挽出来,请你多用一杯!"曾侯恍然,哈哈笑道:"我的记性真不好,去年北京,在那一家堂会戏中,曾见过一面,我记得她还说过几句外国话呢!"彩云道:"不错,那天有几位使馆中的太太在一块儿,曾经用英国话谈过几句。"曾侯道:"是的,现住那儿?"彩云道:"暂时借住在朋友家里。小宝姐叫我来帮帮忙,招待不周,请侯爷原谅!"曾侯道:"太客气了。小宝先生请得出状元夫人来,真是灾民的福气、先生的面子。"宝玉道:"宝大人你听听,咱们的茶,就算是敲竹杠,也都靠着小宝姊的面子哩!"曾侯听了,四面一望道:"黎山老母,四大金刚,又带着南海观音,一同下凡,子固你花几个钱,真是千载难逢的机会呢!"子固道:"四大金刚、南海观音的面子,不必说。就是黎山老母的法术多端,不花几个钱回去,就派着樊梨花、薛金莲几个徒弟,画一道符,把我捉去,关在老母房中,我才受不了呢!"宝玉笑道:"你再瞎说,我真画一道符,送到你公馆里去。宝大人,你不要恨我!"大家听了,哈哈大笑,喝了几口茶,立起身来。子固在皮夹中拣出一张利源的即期庄票一百两,放在桌上,向宝玉道:"你的符可免画了吧?"她们四五个人连彩云同声说道:"谢谢二位!"两人点点头就走了。彩云敷衍了一回,渐渐夕阳西山,彩云对小宝道:"倪要先走了。"小宝道:"明天要来格嘘!"彩云点点头,出了会场,坐了马车回去。觉得很乏,卸了装束,横在榻上,就睡着了。第二天又去到会,大家知道她献身在会场,来者更多。彩云那日改了中国装,举止端庄,仪容秀丽,宛然大家闺秀。小宝一班人看见了,都自愧不如。陆兰芬看她耳上带了一副环子,晶莹夺目,就问道:"你这副牛奶珠环,价钱一定很可观,在那儿买的?"彩云道:"在北京买的,出了七千两银子,大约是上当了,因为我喜欢舍不得,所以给敲了一下。"兰芬道:"象这个一对的,真是难觅,也不算贵。"这天,游人都为彩云在此,来吃茶的十分拥挤,卖的钱真不少。第三天,彩云换了男装,戴着瓜皮小帽，帽上钉的披霞宝石和珍珠一粒，有桂圆大，晶莹圆净，在上海无出其右。外穿着巴图鲁背心，十三副钮扣，是十三粒莲子大的金刚石，晶光四射，人人注目。如此三日，新闻纸上都登载出来。黄浦滩上，无人不知状元夫人到上海了。

孙三在这三天中，看见彩云的插戴，真有好几万的价值，心中自然动了念头。彩云那天回来，把首饰收拾起来，孙三在旁看着，微微的笑道："你的首饰箱，明天用不着插戴了，还是摆在银行中稳当；我们是常要出门的，搁在家中，恐怕有风险。"彩云道："不错，明儿一同去存进去吧！"孙三道："你怕麻烦，我就依旧替你去，放在银行好了。"彩云道："也好。等我细细的收拾好，你替我去存就是了。"三儿听了，就欣然出门去了。彩云等他去后，冷笑了一声，就把小铁箱取出，把连日穿戴的珠宝、钻石等，一齐收入。其余不甚贵重的金银珠宝等，仍旧归入首饰箱中，把锁锁好，依旧放好，便提了这只小铁箱，用手帕包好，雇了马车，一直走到汇丰银行，声明寄存物件。那管理的司事，照章办齐了签字、付款等规矩。彩云签了别名梦兰两个字，取了收据，坐车回家。等到第二天，孙三又提起首饰箱，彩云含笑道："这个箱子，与我有性命关系，我已封锁好了。你要留神点，替我安放好。将来我们两人的生活，都要靠着它呢。"孙三笑道："知道，几十万价值的东西，我好马马虎虎的么？"彩云道："你真没有开过眼，那有值几十万呢！"三儿也不言语，提着首饰箱一看，锁门上印了火漆印，就说道："你能让我开开眼么？"彩云笑道："我的东西，你还有看不着的么？快去快来，等着你吃饭呢！"孙三匆匆的到汇丰银行去了。一会儿回来道："存好了，仍在原地方儿。"彩云道："收据呢？"三儿道："在这儿，都是洋文，我一个儿不懂。"彩云道："因为你不懂，所以我要看看，里头有没有别的。"三儿就在衣袋中，将收据掏出来。彩云接来一看道："没有差儿。"一面无意的将收据掖在自己口袋里，一面说道："收据上说有一个钥匙，你收起来没有？"三儿道："有的。"彩云道："仍旧你收着吧！"三儿道："也好！"

隔了几天，彩云找了小宝，又到了一品香。小宝道："今朝倪来请耐。"彩云道："阿姐又要客气哉！倪有事体来求耐，那哼耐倒来请倪！"小宝道："蛮好，随便末哉！"彩云一面点菜要酒，一面低声向小宝说道："倪要告诉耐，首饰箱子是已经拿出来格哉。"小宝道："老三阿晓得？"彩云含笑道："俚一点也勿晓得。倪是掉格枪花。"如此这般的都告诉了小宝。小宝道："阿姐真有本事，现在是容易办格哉。耐个主意，阿曾拿定哉？到底是挂牌，还是别样办法？"彩云道："倪出仔金家里格门，还不过几个月，倘然挂仔牌，金家里虽然呒啥闲话，金家里格亲眷朋友蛮多格，勿要半腰里杀出仔一个程咬金，也蛮讨厌格，阿姐耐想想阿对？"小宝道："一点也不差。金家里格亲眷朋友，才有点势力格，倘然说耐坍仔金家里格台，俚笃暗里来损耐一损，格个亏倒蛮难吃格。既然勿去挂牌，只好算个住家哉。耐是老板，勿出局，耐去寻仔两三个小娘姨，有人要来看耐，请俚笃来好哉！"彩云道："阿姐格办法蛮对，只要寻房子好哉。"小宝道："倪住格大兴里一带，才是格长三书寓。耐既然是住家，勿好去挤勒俚笃一淘。倪听俚笃说，二马路鼎丰里旁边，有几座新房子，倪搭耐先去看看。房子合适仔，再去托人寻人，房里格家生是容易格，到嫁妆店去看，拣中意格先租来用，随后慢慢里再去置办，耐说好不好？"彩安道："再好也呒不！"小宝道："耐搭老三那哼办法？照倪刚刚说格布置，一时也要六七千银子，耐倘若一手拿出来仔，老三一定要眼红，一定要缠住勿放格，耐要预先想好法子对付俚，才好办。"彩云道："到底阿姐有见识，格着棋子，是顶要紧格，请阿姐替我想想，费耐心。"小宝道："别样才可以替耐想，格件事体，要耐自家想格。耐想停妥当仔，倪搭耐来参酌参酌，是可以格。"彩云道："阿姐格话勿差，让倪转去想停当仔，再来请阿姐决一决就是了。"两人吃完大餐，依旧彩云签了字，一同下搂，说了一声明朝会，各自登车而去。正是：

　　白马素车蝉脱壳，珠团粉阵凤离群。

　　欲知后事，且听下文。

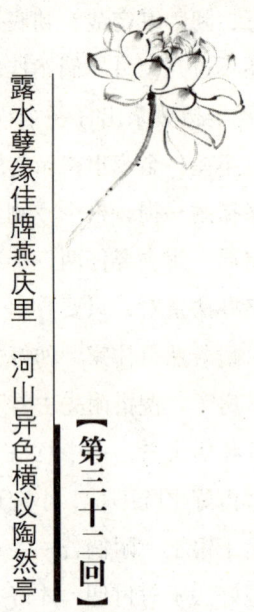

【第三十二回】 露水孽缘佳牌燕庆里　河山异色横议陶然亭

却说彩云自从跟小宝商量定妥，就要和孙三脱离关系，不过感情上总有点恋恋的意思。那一天吃过晚饭，彩云和孙三躺在沙发上，只见雇的老妈王妈上来问道："明天买什么菜？米没有了，要去叫震丰润送两担米来。"彩云听了，就问孙三道："你想吃些什么？"孙三道："随便好了。"彩云就向王妈道："我喜欢清爽点的，你去买就是了。"王妈道："大小姐付几块菜钱？"彩云道："我身边一时没有，老三你有么？"孙三道："有，有。"就在皮夹中，取出一张钞票，是五元的，给了王妈。那王妈就下楼去了。彩云向着孙三道："趁今天没有事，我们把过日子的事体商量一下。前天你拿去的一百五十元，本来预备付房租的，现在房租没有付。我从金家跟你出来，除了首饰，不过带着二三千银子，现在差不多用去大半了。我要向你要，你也没有多少钱，日子一长，只有出，没有进，怎么好呢？"孙三听了，呆了一呆，说道："你也不必愁，现在我没有钱，等到我发了财就好了。"彩云道："你发财，我发财，都是一个样。不过财没有发的时候，怎么样过日子呢？"孙三笑道："你就算没有现款，你的首饰，那一件不够咱们过几个年头呢？"彩云冷笑道："你打了这个主意，那才糟了！这两天你看见我的首饰，确是值几个钱的，不过我半生的心血，跟了金家里，才得了这一点心爱的东西。你要叫我卖掉了，和你过日子，这种日子，我是不愿意过的。况且你也好意思用我这种的钱！二来你看着那东西，觉得很值钱，真正要变钱用，恐怕也变不了多少。我年纪才这点，就这般糟蹋了结么？要是到了这种日子，还不如跳了黄浦好得多呢！"顿时拿着手帕遮了脸，呜呜咽咽的哭起来道："我的命真苦！难道是对不住了金家里的报应么？"孙三听了，一声儿不言语，心里暗暗的想道：她的心难道变了么？在北京的时候，我要什么有什么，也用不着我开口，只要露一点儿意思，就知道了，就照着办到了。这一百五十块钱算得什么？我拿她的不知有多少的一百五，从来没有一点儿什么说的，难道真是没有钱么？难道是另外有了人么？三儿就随口说道："你也不用这种样子，你的年纪很轻，你要钱过日子，还怕没有人给么？你真的没有钱，咱们总可以想个法子的。"彩云一面揩眼泪，一面接着说道："我有钱，我装什么穷给你看？我从前不是告诉过你么？金家里讨我的时候，他跟媒人说：'彩云年纪轻，我年纪大，万一我半途中出了意外，我总要拨点儿财产给彩云，供她下半世的生活。'后来跟着出了洋，回到北京，曾经拨了五万块钱，交给他的远房兄弟銮少爷，叫他替我存放在票号里，将来交给我的。不料隔了不多时，老爷就故去了。我就向銮少爷要存折，他说存的票号，正被挤得不得了，等着风波过去，就来交割清楚。不料至今杳无音信。我刚到上海的时候，在马路上碰见了他，向他催讨，他道：'新嫂子，你请放心！这个票号没有挤倒，等过了年，我一定来交清。'现在年已过了，我去找过他，不晓得他到了那儿去了。有说他在北京，有说在苏州，有说到四川候补去了。我是个娘儿们，又没有凭据，有什么法子呢？你能够替我去找着了他，讨着了，咱俩就不用愁了。"三儿道："只要找着他，总有法子的。"彩云道："这也和你的发财一个样子，不过现在两手空空，这有什么法子呢？"孙三听了，又是不言语，心中想道：她没有钱，也许是真，也许是假；不过她的意思，究竟怎么样，我且来探她一探再说。孙三说道："我真对不起你，论理自然应当由我供给，不过我的包银，有限得很，给你零花都不够，你这样的年纪，这样的相貌，这样的身分，这样的才学，还怕没有人供你！不过你愿不愿去丢身分，是个问题。至于我这一方面，那还不容易办么？"彩云听了，停了一停道："没有法子过日子，也只有这一条路可走,我的面子身分,还去提什么?对于你一方面,你说容易办,那怎么样容易呢?"孙三听了,心中想道:她真有意思去做生意了,我再来探探她。就说道:"你真想去挂牌子么?你的身分愿意丢了,我还搭什么松香架子,我就去做个老板也行。"彩云微笑道:"这不是瞎说一泡的!你愿意当老板,就去预备起来。要当老板,就要先做老板应做的事。当老板的办法,你有点儿把握么?"孙三道:"这有什么难处?只要租了房子,挂起牌来,用你的声名号召,自然可以日进纷纷。我做了老板,比每天去唱戏,适意得多,有什么难处?"彩云冷笑道:"你说得很容易,我身上的妆饰衣服不必提,就只租房子要钱,办家具要钱,每天的日用要钱。我是此中出身,知道要开一个门头,先要摆着六七千块钱,这个钱你在那儿呢?"孙三道:"照这样说,难道上海滩上的先生,都是带了许多钱来做生意的么?"彩云道:"那个自然,各有各的巧妙,总在老板的手段,只问你有这个手段么?"孙三道:"书寓里许多娘姨大姐,找着了一个先生,马上带了许多钱来布置,只要先生相貌应酬靠得住,还怕没有钱?"彩云道:"你看有人相信我么?"孙兰道:"娘姨大姐,找着了象你的先生,只怕先生不要他,不怕他不肯来。"彩云道:"你就去找找看,有没有人来。"孙三道:"依我看,也用不着找,你自己预备了,不爽快么?"彩云冷笑道:"我有钱没有钱,且不用提,不过就算照你的话,我自己都预备了,那不是我自己做老板么?还用你老板做什么?"孙三听到这句话,心里好似兜心的受了一拳,马上要想发作,继而一想,此时反了脸,是毫无好处,她的首饰,也一点儿拿不着。孙三踌躇了一会,反而呵呵笑道:"我没有老板的本事,自然不能做老板,只好永远做你的姘头罢了。"彩云看他起先脸上变了色,好象要发作,后来忽然反呵呵大笑,彩云暗想:他一定不怀好意了,要预先防备他的。也嘻嘻的笑道:"北方窑子里老板都是男的,上海却是女的多,还不如我做老板,你替我帮帮忙是了。"孙三道:"也好!"彩云听了,要跟他讲条件,又一想:我和他说的不中用,总要找出一个压得住他的中间人才好。随向孙三微笑道:"你再想想看,咱们再定办法。"两个人也就不再提了。

隔了几天,彩云又去找小宝,告诉了一切情形。小宝道:"老三是在夏家兄弟班子里搭班,倪去寻潘月樵去说,俚笃同事,而且蛮有面子,一定可以决定。不过耐阿有啥说法?"彩云道:"倪也呒啥说法,倪既然自家去做生意,生意浪,俚是弗好来格,倪总要另外寻一所小房子格,俚要寻倪,只好到小房子里来。俚弗忘记忒倪，尽管来白相，当一个好格朋友，来往来往，彼此大家勿相干涉，就好哉！"小宝道："阿姐，耐格闲话，真爽快！倪去寻仔潘老板，搭俚说定仔就好哉！"彩云道："阿姐，耐看俚阿再有啥罗嗦格哉？"小宝道："倪看俚要末看相耐个首饰箱，不过俚也勿敢。"彩云道："倘俚转格种念头，倪预备搭俚决裂。请耐搭潘老板说说，推推醒俚，交情用勿完，铜钱银子是用得完格，叫俚自家摸摸良心好哉！"小宝道："一准倪去托潘老板去办，阿姐耐听倪回音好哉！"隔了不多几日，小宝果然去托了小连生。小连生满口答应，就向孙三说了彩云的意思。孙三听了，自然很生气。经小连生彻底解释了一番，说道："你还是趁早让步，保持了从前的感情。女人变了心，越变越僵，你好好的不去干涉她，她将来或者再有回心转意的日子，你此刻反对她，对你一点几没有好处。况且金侍郎的亲戚朋友，有势力的人很多，她出来了不多日子，倘若她去哭诉，说受了你的欺侮，他们想一个法子收拾你，很容易。你的亏才吃得大呢！所以我劝你老弟，还是和平解决的好。"孙三听了半晌道："只是太便宜了她罢了。"小连生道："老弟，你的话不能这么说。她花着钱陪着你，虽则她也是玩你，实在你也玩得她够了，你们两个人有什么便宜吃亏呢？"孙三笑道："既然是老哥的盼咐，总听你的话是了。"小连生道："你既然赏脸，我就去回复她了，你不要听了旁人的话，再三心两意的，那就对不起我了。"孙三道："那里的话！君子一言，快马一鞭！咱们交了多少年，你看见我有过烂小人的行为么？"小连生呵呵大笑道："老弟你不要动气，原谅你老哥的多说话是了。"两个人就此走开。小连生便去告诉小宝道："眼前是没有问题的了，将来请她留点神，敷衍敷衍他就是了。"小宝听了道："费耐格心，倪叫彩云妹子好好交谢谢耐！"小连生道："咱们的交情，说不着。"随即立起身来去了。小宝也就去告诉了彩云。彩云非常感激，向小宝道了谢，就和小宝商量租房挂牌等事。

当时便有姐妹们介绍了两个小先生，一叫月娟，一叫素娟，很标致，也就定了。自己改名曹梦兰，门上名牌是"曹寓"二字。自己暂时不出来见客，都让月娟、素娟出来应酬。房子是租在燕庆里，是一所五楼五底的房子。她们商量定了，小宝说道："耐此番用格一笔铜钱，阿要穿一格扇面，总算是借得来格？叫老三做一个中人，将来也是一句闲话。"彩云道："阿姐格闲话，到底是有见识，一定要办格；就请耐搭俚做格中人，阿可以？"小宝道："耐要倪那哼？总可以格。"彩云回去，就向票号里提了三千两银子，隔夜交给了小宝。第二天，约定小宝到她寓里,带了银票和借票,当着孙三交代了。就请孙三在中人的名下盖了印,自己也盖了印,交代清楚。彩云笑道:"谢谢耐,勿是阿姐帮忙,倪是办勿成功格哉!"小宝笑道:"勿要客气,姐妹淘里,应当格,耐格借款,可惜倪凑勿出来,倪倘若有,连借票才勿要格。迭号借款,只怕耐就要还,中人是落得做格。"含笑向孙三道:"老三阿对?"孙三笑了一声,也不言语。彩云拿着银票道:"阿姐,耐阿好陪倪到房东搭去一趟?"小宝道:"蛮好,去嘘!"彩云就对着梳妆台上的镜子,整理了一下鬓角,抹了些脂粉,匆匆的换了衫裙,一同去了。隔了一会儿,彩云回来,看见孙三没有走出去,就向他说道:"钱真不够用,四千多块钱,一会儿功夫差不多花完了。"孙三道:"什么地方用的,要花这许多钱?"彩云道:"光是家生铺设,就花了二千多。"孙三道:"买些什么?"彩云道:"楼上楼下,十多间屋子,还不能十分讲究,已经要这些钱。我住的房间,摆设的东西,一半是我带来的,也要一千多。将来讨人身上的插戴穿着,办起来,还不知要多少呢?"孙三点点头。彩云道:"现在我打算是半住家半书寓的派头,我是不挂牌的,有熟识的人来,我才出去见见。我的彩云原名不好用,改了'梦兰'两个字。门上仿照公馆式子,挂了'曹寓'的铜牌,我就叫了'曹梦兰',你看好么?这里的房子,我住得很好,想留着,预备你来休息谈话,你赞成么?"孙三也不言语,点点头,起来出门去了。过了两三天,彩云就搬进了燕庆里房子。不多日,上海滩上就传遍了状元夫人改名曹梦兰,重又出山。不论认得的,还是不认得的,都来找她。真是车马塞道,宾客满堂,忙得梦兰应接不暇,也就仿了外国要人的派头,定了星期六、星期日两天见客。越是抬高身分,来的人越多。那金钱好象如宿鸟归林,春潮入壑。人是极忙,钱也挣得极多。一班书寓里先生,就是"四大金刚"等,也望尘莫及。梦兰是得意极了,孙三拍拍她马屁,也得了不少的钱,自然没有话说,情愿戴了绿头巾,到小寓中伺候她。有时倒反感激小连生劝他的话不错。

春去秋来,转瞬间过了一个多年头。此间适在甲午之后,一班志士正在上海提倡新学,议论变法。他们中间许多英俊少年,大半是风流跌荡,选舞征歌。上海几位名妓寓中,真有"座上客常满,尊中滴不空"的盛况。那"四大金刚"等一班姊妹中,曹梦兰执了牛耳。经过上海的,莫不要瞻仰状元夫人一面,方算不虚此行。那天,杨云衢、陆皓冬在梦兰寓中吃酒的当儿,听见一个广东人口中露出陈千秋在日本的消息,自然十分欢喜,就向阿毛问那班客人的来历。原来正房中的一席酒,主人是庄稚燕。他因要办一件秘密的事，于前半个月到了上海，听见这位状元夫人，换了曹梦兰的名儿出来见客，他就去见了几回。心中是一半对着金雯青从前的过节儿，想膘一膘脾胃，一半是见了梦兰实在是尤物移人，就不惜挥霍金钱，要去亲一亲香泽。那天，请了一班客人到那里吃酒。客人中是曾侯爷敬华、章爵爷凤孙、龚公子珠泽，其余是上海官场中的一班，如乌赤云、罗积丞等几个。客到齐了，梦兰自然特别的出来应酬。主客叫了许多条子，除了本堂月娟、素娟，所有"四大金刚"，林、陆、金、张以及花翠琴、胡宝玉、花文兰等，凡上海的名妓，统统叫齐了。金樽檀板，歌扇舞衣，一时的热闹，真算得"此曲只应天上有，人间那得几回闻"了。

等到酒阑人散，主客出了席，随意的坐开，中有一位客人，年纪约有三十多岁，梦兰因他是生客，悄悄的向稚燕问他姓名，稚燕就告诉了。原来他是福建人，姓陈号骥东，是船政局派到英国留学回来的，新近由北洋大臣派他来采办军装；上海的军装洋行买办，十分的巴结他，想做一笔大大的买卖，发一笔很大的'康密馨'（英语佣金）的财。稚燕也十分拉拢他。因为稚燕此次到上海办的秘事，是户部和总理衙门要借一笔洋债。他的父亲小燕正在户部、总署中当家，很有权柄。稚燕想到上海来接洽，自然一件大买卖。听得陈骥东奉了北洋肃毅伯的差使，他也想钻进去得些好处。况且，将来北洋报销，逃不出户部、总署两个衙门，陈骥东自然也要联络他，彼此利用。当时陈骥东取了一支雪茄烟，梦兰忙取了洋火替他点着。骥东含笑道："真真对不起。"梦兰笑道："陈大人太客气了！"骥东道："密斯曹在外洋住了多少年？"梦兰道："三年多。"骥东道："能懂几国文字？"梦兰道："一点也不懂，不过德国的语言知道一点儿，回来了两年多，差不多忘记了。"骥东道："你在柏林住的时候多，德国的政治、文学，大约有些观察了，比较中国怎么样？"梦兰道："我是女人，而且没有学问，那里能观察什么！不过我看德国的宰相俾斯麦，对于威廉皇上，真如兄若弟，一切的政事都让他独断独行，恐怕中国是做不到的。"骥东道："你的话不差，中国也没有俾斯麦这种人，也没有能用俾斯麦的人。"曾侯爷道："从前合肥本有'东方俾斯麦'的声名，自从经过这场战事，这名儿也剥削了。"骥东道："论到合肥的气魄识见，确和俾斯麦差不多，不过没有威廉去用他，所以失败了。"龚珠泽道："据我看来，此次失败，就在海军。那是合肥一手办理的，这个责任是他要担负的。"旁边乌赤云道："这个原因，令曾叔祖应当知道，西直门外的颐和园是用的那一种款项？设备因此未能完备，等到要开战，那里来得及，所以合肥极力主和，真是知彼知己的老成谋国。一班书生，纸上谈兵，铸成大错，那也是国家的气运使然，无可如何的了！大清国譬如纸糊的一只老虎，现在撕破了纸，恐怕真要百孔千疮的发作呢！"骥东道："不差，国势一弱，人心思乱，沿江海数省，颇有组织革命党的团体，当国的人，以后正烦筹划呢！"赤云道："一点儿不差，前日在马关议约时，两广的大先生曾有密电来，说是广东青年会首领陈千秋想要起事，托中堂去调查。正好我在山口裁判所旁听，倒遇见陈千秋。我告诉了中堂。我说，两广正要找陈千秋，恰巧被我看见了。不过他和赟天龙伯在一起，不容易拿他，就是能拿，拿了一个陈千秋，有千百个陈千秋出来，你拿得完么？政府不好好的想法子，我看是很难敷衍下去哩！"曾敬华道："这也是运气了，不过政府实在有叫人灰心的地方，就象我们一家，拼了命打平了洪秀全，得了一个侯、一个伯，好象很荣耀了。不过文宗在热河的时候，曾有一道密谕，说道：'如有人光复南京，灭了洪秀全，一定封他王爵，以酬勋劳。'后来先叔祖攻破了南京，红旗报捷，军机处拟照密谕办理，不料里头商量了一下，分封了两个爵，这为什么缘故呢？原为我的先祖文正公，他是受文宗特达之知的。但是那时是肃顺当国，后来两方面争权，肃顺被杀了，我们一家虽然拼命打仗，死了两个叔祖，立了大功，总还不免受些猜疑，所以先祖和先叔祖，功成后都是忧谗畏讥。先祖纵这样的勋高望重，也没有进过军机。不是我说句大话，倘若先祖和先叔祖也象俾斯麦，拿了大权，决不能象今日的样子，你们以为如何？"骥东呵呵的笑道："端肃党狱，将来清史上一定要翻案的。说到中兴的元勋，那一个不是文宗任用的？那一个不是肃顺推荐的？前人种树，后人乘凉，反把那种树的人杀了，还有什么公理呢！"章凤孙说道："我在京的时候，有一个内务府的朋友偷偷儿说，原来东太后大行的日子，正是西太后久病的时候，好久不临朝。那天忽然传说宫中有大丧的信息，王爷和军机处，都猜是西太后出了事。不料一会儿说是东边，大家惊愕万分。因为前天还是好好儿召见军机办事的，也不晓得是什么病症。后来那个朋友，跟他要好的太监，悄悄儿的告诉说，是东太后自前天办事后，因西太后病了好久，要去看看，一时太疏忽，没有通知西太后那儿。不料东太后刚踏进门，只听得里面呱呱的小儿哭声。东太后听了，不禁勃然变色道：'我道是什么病，原来是这个病！'马上就回宫去了。不多一会儿，就见连总管捧了一个小盒，见了东太后，跪奏说，是西太后叫他来献的乳酪。这种东西，本来是东太后欢喜吃的，就接来喝了几口。连总管出门不到一刻功夫，东太后顿时就变色倒下，不能言语了。"敬华道："我还有一个新闻，就是江阴曹梅士，他本是军机章京，拿问肃顺时，一切谕旨都是他的手笔，升在军机大臣上行走，眷倚颇重。一天，穆宗召见他，密谕良久，天颜大怒，他连连叩头，急切的奏道：'此事皇上万不可出诸口。'穆宗停了一会儿，叫他退出。第二天，西太后也召见他，赏他食物，慰劳甚至，且面谕道：'你好好的吃了，我尚有恩典。'曹叩头食之而出，归寓遂死，身后饰终典礼，极为隆重。可见这位太后手段的辛辣了。"梦兰听了，接着说道："我在北京时曾用一个老妈子，她曾在连总管家里，据她说，皮小连有一个妹子，常常进宫，太后很喜欢。又有一个兄弟，脸也长得白净，有时改扮了旗装的女人，姊弟两个很难分别出来，时常改扮了一同出去，隔了十天半个月回来。不知他俩到那儿去的。又听说同治皇上不孝顺西太后，反去孝顺东太后。所以同治皇帝的死，也有说是西太后故意叫人把毒疮去传染的。不知道确不确？"敬华道："穆宗对于东太后很是恭敬，对于西太后不甚恭敬，那是的确的。"珠泽道："这些都是齐东野语，很不可信。至于曹大军机死的时候，穆宗年纪尚幼，离亲政还远，那能有独自召见大臣的事。侯爷，你是世臣，关于这类话更应当谨慎点好。"骥东听了，呵呵笑道："珠泽的话不差！好在此地是租界，换在北京，真是不得了的。"敬华高声说道："这怕什么？秘密侦探，现在的政府那有这种手段！专制国家也要有专制的才干。今天一夕谈，就当面向着亲贵大臣们说了，至多不叫你做官是了，那里有置狱杀人的胆子。"稚燕听了接着道："侯爷的话，真爽快！不过言归正传，云端里金刚，颈脖子望得很长了。咱们去看她们好不好？"敬华道："很好！我们翻台到潇湘馆去。"只见赤云道："兄弟向来早睡的，不奉陪了。"稚燕道："赤翁是讲究卫生的。他说，照他的卫生办法，可以活到二百四十岁。赤翁，你是长生不老。不过，我们都早早儿失陪了，你也没有意思哟。"赤云笑道："那不消忧虑，我发明这个法子，你们也可以学的。况且世界上少不了人，一班换一班，还怕没有朋友么？"稚燕道："听你的话，你对于朋友的交情是很冷淡的。算了，咱们走罢！"梦兰拉着稚燕的手道："回来再来一趟，有一句话跟你说。"稚燕道："是，是，我去了就来。"他们匆匆出门而去。

那边云衢、皓冬问了阿毛，知道是公子哥们。那说出陈千秋消息的是乌赤云，晓得信息可靠，二人心中暗喜，也就立起来，穿衣出门。梦兰也起来敷衍一阵，送出房门。杨、陆二人回了寓，皓冬就发了一个密电。广东总机关接到了，马上派人从香港搭轮往日本和陈千秋接洽，一面重行筹款，再办军火，努力进行，不在话下。

却说当时北京政府从那年经肃毅伯议订了和约，结束了战局，中央政府照例发表了几句儆戒臣工的上谕，总算军机大臣等的差使当过去了。那些大臣，依旧苟且偷安，高一点儿的，见了客说几句激昂慷慨的话，等到职任应办的事到来，也就唯唯否否，不肯扛上肩头，就着人说总是上头的意思，同事的掣肘，没有法子。你想要叫这班人去直谏，提议改革一切，他自以为越出当差的范围了。肃毅伯当马关议和之后，运动了俄国，叫他联合德、法，调集海军，出头干涉。日本受了这个刺激，真个上下一心，后来打败了俄国，成为头等强国。中国得了俄、法、德的帮助，保住了些地方，然而酬劳却也不轻，俄占旅顺、大连，修通西伯利亚铁路，德要了青岛，法要了广州湾，英也要了九龙和威海卫，中国是加倍受伤。北京这几个年头，军机大臣真闹得头痛，人民也渐渐的要与闻国事了。所以下场的举子，发生了"公车上书"的伟举，合全国二十二行省的举人，联名上书，声势浩大，实在胜过了宋朝的太学生、明朝的东林党。当时主持此举的是广东人唐猷辉，他是研究公羊学，主张素王改制的。北京士大夫，都晓得他的名儿。他的一班门弟子，也都议论奋发，才华卓荦。自从公车上书以后，政府照例的空言敷衍一下就完了，有什么办法呢？那班上书的人，尚未出京。一天，由唐猷辉和门弟子梁超如、麦化农、徐公勉等，约集些同志，在陶然亭备了茶点，商量变法自强的法子。到者纷纷，有一百余人，正在远眺西山，近瞰芦渚，翠岚绿草，觉得幽秀动人。陶然亭旁几株垂柳，淡黄浅绿，摇曳在春风中，好象十七八岁的女郎，含笑露颦，欢迎那一群爱国之士。这班来客，大多数是诗人词客，举目风景，不免说几句心忧君国的话，把这个江亭当作新亭一般，顾盼自负，不让渡江的王、周诸贤哩。正在徘徊四顾，忽见陶然亭迤北黑窑场一带，卷起半天的风沙，团团滚滚，好象黄海中掀天黄浪，直望着陶然亭冲击过来，众人吃了一惊。正是：

西燕东劳云易散，瓜分豆剖国濒危。

欲知后事，且听下文。

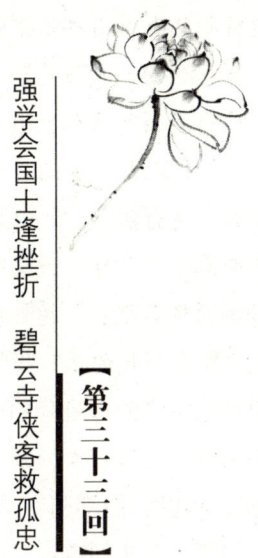

【第三十三回】 强学会国士逢挫折　碧云寺侠客救孤忠

话说陶然亭上一班名士，正要集议国家大事，忽见亭北一阵黄沙，滚滚而来。其时天气晴好，并未刮风，何以忽来如此尘土？略等一等，就看见是一群骡马，大约有二三十匹，风驰云涌，疾卷而来，所以有如许的风沙卷起。众人正在盼望，一瞬间，许多骑马的人，已到了亭子下的阶级旁边，纷纷下马。当时梁超如往下一望，原来是戴胜佛和着一群少年人走上亭来。他身穿着玄色皱纱时行的棉袍，罩着一件深蓝库缎巴图鲁马甲，飞扬神俊，有压倒一切的气概。他是湖北巡抚戴季洵的儿子，才学迈俗，声名轶群。他和鄂督庄寿香的儿子庄立人、湘藩程佑规的儿子程叔宽、吴武壮的儿子吴北海，当时称为"四公子"。他们都是有学问的，并不是纨绔一路。不过吴北海、程叔宽有些书生名士气息，胜佛、立人虽也是名士，却有些豪华跌荡的举止。超如和他们都很有交情。今天看见胜佛，连忙举手招呼，随后许多人中，立人也在其内。超如将立人和其余一群人，让入室中坐定，向来的客人介绍了。

正要开始谈论，胜佛呵呵的笑道："今儿真巧，难得各位都聚集在此地。超如你看，今天陶然亭怎么这样闹热，难道都是来欢迎各位志士么？"超如笑着，向亭外一望，果然车龙马水，也有红勒脚大鞍儿车，也有十三太保乌绒镶嵌的小鞍车，也有许多穷京官破旧车，也有赶买卖的车，也有鞍鞯鲜华的俊马名骡，纷纷扰扰。人群中自王公大臣、官商小贩，以及讨饭的，各色齐备。并且有推着小车子叫卖枣儿糕的，也有卖冰糖葫芦的，也有卖酪的，也有戛着铜盏卖山里红汤的。超如看了愕然不解，回头问道："难道今天有什么赶集赶庙的么？"胜佛笑道："此地向来没有赶集的会场，一定是临时集合吧！"超如道："不能，总有一个原因，才哄动得这许多人。"胜佛道："你真不知道么？我告诉你，这两三天，本京人传说陶然亭左近出了一件怪事，说是地中常闻有吼哮的声音，好似牛鸣。这个谣言，哄动了全京上中下人等，都赶来一听，我趁着天气晴和，借这个题目，也算来踏青一回。我想京中人最喜欢造谣言，所以我们都骑了马，前来考察一下。不料，你们正在此举行盛会，所以我说巧得很。"超如道："别的且不用说，我也不知道你进京，今天我的先生也在此，一定要请你会一会。这也是我的夙愿。"胜佛道："当然我也久想拜谒，只是不得机会，今天不可错过，请你带我去见一见。"超如道："很好，一同去。"胜佛就同超如走进南屋，只见靠窗坐着一位，广额丰颐，精神炯炯，上下唇留着黑须，正在高谈阔论，左右围着许多人，都在静听。超如就走上前来，对着他说道："湖南戴胜佛兄要来见先生。"那唐常肃一望，只见来了一位英俊少年，矫矫不群，跟着超如前来。常肃连忙立起身来，呵呵笑道："神交已久，今日幸会。"那胜佛赶上前作了一个长揖道："先生是儒林山斗，渴想拜谒门下，今日得遂夙愿，实深侥幸。不过先生门墙高峻，英才罗列，樗栎庸才，不识能邀青目不能？"常肃还了一揖，笑道："不敢当！阁下才学，钦佩已久，世无孔子，不当在弟子之列；阁下的话，兄弟只有避席百拜而已。"超如道："胜佛兄不必太谦，我们且畅谈一回再说。"胜佛道："不差！今儿是仓卒出来游玩的，太没敬意，过天专诚再过去吧！"常肃道："胜佛兄的话，真太客气了！我们既见过面，以后可常叙，今天也不能尽兴哩！"超如道："刚才胜佛说，陶然亭地中鸣吼，我想地中必有什么动物伏着，所以有此吼声。"常肃道："这倒也不一定是动物，地中牛鸣，历史上虽然不很多见，我只记得汉献帝建安年间，长沙醴陵县曾有山鸣如牛响声。地中牛鸣，不晓得历史上见过没有？不过总非佳兆。你想献帝建安的时候是什么光景呢！"胜佛道："先生亦不必过虑，高密郑君，不是生在建安时么？隆中卧龙，不也是生在建安时么？世界太平一统的时候，生不出什么奇才；反是群雄纷扰，列强环伺，才是英雄得志的时候呢！"常肃笑道："老夫拭目以俟便了。"胜佛道："先生刚才谈的是什么？"常肃道："我刚才说，因为时世艰难，风潮震荡，内忧外患，相逼而来，瓜分之声，甚嚣尘上。亭林先生有言：'天下兴亡，匹夫有责。'我们一介书生，斧柯未假，也总要尽一点责任，出一点力气，不过草野小儒，只能从学问入手。你看道、咸以来，读书的只知道八股文、试帖诗，至于十三经、廿四史，都束之高阁，能读者千百人中无一人。等到中了举人、进士，又要专心尽力写白折子、学习诗赋，就算顶瓜瓜的玉堂人物，等到朝廷叫他办起事来，真是一物不知，反自以为天朝麟凤，对着外国人，鄙之如犬羊。等到屡遭战败，只好屈膝求和，把一班洋行买办，略懂得几句外国文的，就由王公大臣登之荐章，指为奇才，使他担当外交和军国大事，那得不糟呢！这种士大夫，既成了恶习惯，那也不足责备。不过我们四万万人里头，难道没有人才？不去提倡，不去团聚，是显不出来的。所以我想召集天下有志的人，还是去求学问；只要大家研究起来，难道黄种就追不上白种的么？况且现在已有了真凭实据，就是那日本也是黄种，明治维新了不多年，竟有今日。我门今天所以招了许多同志，想创立一个学会，大家起来研究富强的法子，大家弄明白了各国富强的道理，告诉我们政府，急起直追，总比坐待瓜分好得多呢！"胜佛奋然作色道："先生的话，固然正当，先生之志，尤其强毅，自然是救国的第一妙策。不过，据学生看来，泄沓之风，遍于朝野，不但赞成的居少数，反恐猜忌者居多数。先生热心，枉付东流。学生遍游南北十余省，人心风俗，已成痼疾，非大黄、芒硝，不能荡涤。先生的办法，恐怕没有什么效果吧！"超如道："你的见解是不差，不过知其不可而为之，是孔老先生传下来的心法。我们先生是直接素王道统的，自然未忍袖手了。"旁有一人拍手呵呵的笑道："常肃先生的学问主张，都是孔门嫡传，改制大同，是孔门的微言大义。不过栖栖皇皇，总要一车两马，我看常肃先生先去买了车马再去实行才好。"众人听了，不禁呵呵大笑。原来是和胜佛同来的一个少年，猿臂狼腰，身手夭矫，说话带了些湖南的土音，就是邵阳魏郁文，他是默深先生后人，与胜佛、超如都是熟人。超如听了道："郁文你又来胡搅了。"郁文笑道："我不开口，听你亚圣的议论是了。"常肃接着道："胜佛的话是不差，不过前人有言，世上风俗之成，起于一二人之心，这救国责任，虽要众人的力量，然没有一二人发起，一时也不会动作。我们姑且尽尽心，打起开场的锣鼓，将来掀帘出幕，自有好角儿出现。各位以为如何？"那四围的客人，同声说道："唐先生的话，我们都赞成，何妨就此各各签名，发起这个学会呢！"超如立起来说道："各位既然赞成，请大家先定个名目。"常肃道："我们志在救国，先求自强，就定'自强学会'何如？"中间有一人道："'强'是注意政治的，与学会觉得分得不甚清楚，我看去了'自'字，光喊作'强学会'何如？"众人哄然说好。常肃道："各位既定名称，细章就由超如等去拟就了再商吧！"随即决定后日在后孙公园兴胜寺中开会。众人见时已不早，都匆匆散去。

　　常肃陪着超如、胜佛一同走出亭来。只见亭外旷野中，东一簇、西一簇的人，团聚不散，脸上都带着惊奇的形状。只听见人群中一个人说道："你们听见么？那地下的声响好象在你们的脚下。"那边有一个人答道："我们听见只象在你们站的地方。"常肃等随意走了数十步，果然听见前面发出一阵的吼声，好象瓮中牛鸣的声音。常肃等走上前去，又听得吼声在身后了（此事作者于陶然亭畔亲闻之）。大家都惊异了一会。郁文道："前天听一个本京的朋友说，去年冬间，东便门外，有一天发见了蛤蟆摆阵，才奇怪呢！本年十二月奇寒的时候，那里有蛤蟆能出现？不料东便门外的石路上，那蛤蟆足有千万，只排队徐行，那往来的驴车经过，车夫拿鞭子赶也赶不动，车辙上血肉狼籍，依然徐徐前进，真的正式队伍也没有这样整齐（此事作者于东便门外亲见之）。这不是怪事么？"常肃叹了一声道："总非国家的祥瑞罢！"众人都黯然不乐，各自上了马车回去。超如随常肃回到寓中，果然拟了强学会的章程。隔了一日，就在兴胜寺中开了一次会，到的人倒也不少。两江、湖广和刘、庄二督，也捐了些钱。隔了不多日子，被尹宗扬知道了，晓得政府不赞成，就递了一个封奏，参劾常肃等伪学欺世，莠言乱政。政府中自然合意，就下了上谕，给步军统领等衙门，把强学会封禁勒停。常肃也只得垂头丧气的回去，暂避风声，这且不提。

　　却说胜佛自陶然亭分散以后，隔了几天，同郁文、立人七八个人，走到前门杨梅竹斜街福兴居下了马，由伙计们领到了主人预定的座位。各人随意坐下，伙计们沏了茶，摆上牙签、槟榔碟子，笑嘻嘻的问道："爷们要点什么菜？"各人就随意要了一两样。立人道："我要一个鸭子，要肥的。"伙计应了，就去取了一只煺毛的填鸭，带着一支细铁签子，送到立人面前，顺手把铁签子向鸭子身上扎了一下道："二爷，你瞧肥不肥？"立人看了道："还好，就是吧。"伙计道："用什么酒？"立人道："绍兴。"郁文道："我要两壶白干儿。"伙计答应着，摆了杯筷，就先把店中的例菜碟子摆上，就又去把要的冷荤碟子送上，各人就斟了酒喝起来。立人看见伙计在旁，就问道："半壁街王老板来了没有？"伙计道："他老人家快来了，他每天总要到这里来，喝了酒才回家呢！"立人道："等他来了，你就说我请他到这里来一块儿喝酒。"伙计答应了一声："嗻！"立人道："你不要忘了！"伙计道："忘不了。"就出了风门，端菜去了。胜佛道："就是大刀王二么？"立人道："是的，你不是催了我几回，要见见他么？不过，这老人家的脾气有点古怪，他不愿意见，任凭你是王公大人，绝不睬你一睬。前天我向他提起你，他听了你的名字，象很喜欢似的。今天在此地喝酒，也是他预定的。你今天准可以见着他了。"胜佛道："好！好！"郁文道："这个老头子倒底有什么能耐，得了这样的大名呢？"立人道："他详细的出身履历，我也不很知道，不过在社会中流传一点事迹，很有可歌可泣的。他幼年就失散了父母，单身流荡在江湖上，遇着一个人叫山西老董的，就拜为师父。这个山西老董，确是一个奇人，也没有家室眷属。他的武艺工夫，真是海内独一。怀抱着一个打抱不平的侠气，往来各处，落拓不羁，世界上声色货利，没有一件能摇动他的志气。江湖上都很佩服他。老董见了王二的骨格志气，就收了做徒弟。王二得了名师的指导，加上刻苦练习，就入了技击的堂奥。他喜欢的是单刀，原来山西老董专门的也是单刀，师弟相得，老董把许多秘诀都传授给他，他也就成了大刀王二的名了。"正在说时，只听外面连笑带嚷道："庄少大人又来赏我酒喝了！不晓得预备了多少酒？我这个老头儿，酒是很喝得下的，一二十斤不过算是酒点心，真的喝，少大人你舍得舍不得？"立人听了，立起身来接着说道："老人家你放心，庄立人就算穷，这点儿的酒钱还出得起。"一面说一面要走出去，只见那伙计推门进来道："客来了。"后面随着须髯皓白、精神炯炯的一个老头子，两只眼珠子闪出双道似电的光来，向屋中周围的一望，指着胜佛道："庄少大人，你说的戴少大人就是这一位么？"胜佛已出了席，就上前作了揖道："今天是头一次见面，晚辈可就要放肆，罚你一大碗酒。"王二道："怎么了？"胜佛道："你为什么看不起我们？"王二道："没有啊！"胜佛道："你说没有，为什么少大人、少大人的，可不是瞧不起我们么？"立人道："对！"王二呵呵笑道："老头儿奉承倒错了？"立人道："胜佛的话不差，你老人家以后不准再说少大人，你高兴随便叫我们的号就好了。"王二呵呵笑道："不过太不客气了！"胜佛道："老人家不这么叫，咱们就不敢奉陪。"王二道："是，是！就依二位的吩咐是了。"随向在座的客招呼了一下，立人就请他坐了首座。王二道："我其实不应坐，不过二位又要说我老头儿不受抬举，我也不客气了。"胜佛道："这才是了。"立人叫伙计换了大杯重新要菜，伙计问道："二太爷要什么菜？"王二问道："我的菜要过了没有？"伙计道："没有。"王二道："很好，不用问了，就是罢。"伙计答应了一声，说道："咱们听见有你老人家，这个菜已早预备了。菜就来罢？好佐酒。"王二笑着点点头。在席的莫名其妙。一会儿伙计捧着一个热气腾腾的大盘进来，原来是一大盘烧羊肉。王二拿起筷子，指着道："这是此地的名菜，诸位请，我不客气了！"然后拿起才斟的酒喝干了，佐了一块肉，就喊伙计道："快来几壶热酒，今天遇着痛快的朋友，应当喝一回痛快的酒。"就向着同席的人笑道："老头子本来是个老粗，列位不要见笑啊！"大家呵呵大笑。

吃了一回，郁文道："老前辈的功夫，久已闻名，门外汉也不敢请教，今天能否将经历的痛快事，讲一件我们听听，一定可以多喝几斤酒，也让后生小子痛快一回。"王二呵呵笑道："老汉实在没有什么经过的痛快事，那里可以给各位下酒。不过，从前流荡江湖时，结交的朋友真有几个好汉，一时也说不尽。今天说一个奇女子，给各位听听，才晓得天地之大，无奇不有了。这件事，是我们会友镖局里的事。那年秋间，有绵贝勒府收的山西大同府租银十万两，委托会友镖局护送到京，这条路向来很太平，咱们局中来往也不少回儿，况且是贝勒府的款子，谁敢劫！压镖的伙计，碰着是个酒鬼，不免大意一点儿。那天，在打尖的时候，多喝了一点，醉了，就睡在车上。镖车经过山脚下，一片荒凉，他依然做他的好梦。不料，山湾里闪出一二十个人，拦路喝问。那镖客睡得糊里糊涂，没有递过节儿，那班人以为是寻常的买卖客人，镖旗也许是冒充，胡哨一声，就把十万两银子抢去了。镖客醒来，已杳无踪迹，没有法子，只好回局报告。卢老板听了，觉得失了镖，照例要赔，固然不得了，坏了局子的名气，尤其关系重大。卢老板同我们只好邀集同行的朋友，商量破案。当时有名的好汉李存义、刘德宽、尹德安、张兆东、尚云祥、周玉祥、程庭华等，会议之后，分道扬鞭，改扮装束，前往蔚州、保安州、八达岭一带探访。大家揣想，一定不是有名的绿林好汉所干的，因会友镖旗，声名赫赫，卢老板交游广阔，信义盖天，有名的头脑，多有交情。这定是一班新出道的不管什么才干的。这类人不知道躲在那儿，很不容易去找。一天，卢老板同着我一清早入山，近午到了一个小村庄，肚子饿了，就找一个小酒店进去，要了些酒菜。正在吃喝间，只见一个货郎儿，手中拿着小摇鼓，肩上挑着一个杂货担子，走到酒店门口歇了担，向店中一望。那店中因时候尚早，没有多少人吃喝。卢老板朝外坐着，擎着杯儿，正在心绪不宁。那货郎儿向着他仔细一看，就问道：'卢老板从那儿来？'卢老板望了一望，不认得他，就说道：'老哥是谁？兄弟一时记不得了。'他就放下手鼓，踏进店门，向着卢老板跪下去，磕了一个头。卢老板连忙站起来，扶着他道：'老哥为什么这样客气？'他道：'卢老板是贵人多忘事，我是沧州的王义，我的性命是老板救的。老板自然施恩不求报，所以不放在心上，我是天天总要想着的。没有老板，世上那还有我王义呢？'卢老板方才恍然想到，原来从前在沧州知州衙门里做幕友时，曾教过知州的少爷武艺。有一天，沧州破了一件盗案，捉到了十余个强盗，内中有一个山东人，年纪很轻，相貌并不凶恶。原来他少时父死，为继母逐出，漂流到了强盗山中，从未犯过案，名字就叫王义。当时卢老板听见了，亲自去问了一回，确是冤枉。这王义向他痛哭流涕，哀求救命。卢老板心中恻然，就向那少爷说知。这位少爷也很慈悲恻隐，随向父亲说明，顿时开脱释放了。卢老板也不放在心中。不料此回在僻小的村庄中遇见了，就拉他一同坐了。喝了一杯酒，就问道：'咱们分别后，你一向做些什么过日子？'王义道：'自从受了老板的恩典，死里逃生，就到了保安州，做了这个行业，过了近十个年头。现在也成了家，有了小孩子，居然不至于饿死了。不是老板，那有这个日子？我在家中供了你老人家一个长生位，天天烧香祷告，有一天能够向你老人家磕一个头，我就心满意足。果然菩萨有灵，今儿如了我的愿了。'卢老板道：'你也太诚实了，我救了你也没费多少力，你这个样子太过分了。现在回家去快快撤了这个位，这个样子是要折我的福的。'王义道：'你老人家是好汉，救了人是不在心上，不过受你好处的，那里过意得去呢？'卢老板又斟了一杯酒给他喝，他接了酒说道：'以前的事且不谈。今天你老人家到这个山洼子来，有什么事罢？'卢老板叹了一口气，向内外望了一望道：'我的事无从说起，也和你沧州时的事差不多，一样的重大。因为心上乱得很，所以你进来我真想不起哩！'王义吃了一惊，低头想了一想，把手中的酒喝了，就说道：'我遇见你老人家，一定要请你两位到家中去，一则让他们娘儿们见见面，认一认大恩人，二来十年内一切事情，让我详详细细告诉你。这儿也吃不出什么来，到家里去喝一杯。'他就问了我的姓名，一面向店中说道：'此地的酒钱，由我账上算。'我们说道：'不必破费罢！'王义道：'我虽是个小买卖，这个东道还担得起。'一面低低的说道：'店里究竟人杂，有话还是家里去说罢。'我们三人一同出了门，他就挑了担子道：'我的家离此地不远，不到一两里，我来引导罢。'他向前走，我们就跟着他一同走去。一会儿，果然到了一个小村庄，看到一道土墙，围着五七间草屋。他走到那草屋的大门前歇下了担子，用手敲门，喊道：'开门！开门！'里面有一个妇人问道：'今天为什么这么早就回来了？'不大工夫门开了。王义道：'我遇着我的大恩人了，我的担子你先收进去。'卢老板和我，一看开门的是一个三十多岁的妇人，穿着蓝青色的布袄布裤，腰间束了一条破旧的围裙，一面去接担子，一面道：'这两位就是恩么？不枉你天天祝告，菩萨真有灵。'随说随进门去了。王义就让我们进去，他又领了妇人出来向卢老板磕了头。就吩咐她道："把去年自做的坛酒去开了，杀一只鸡，煮点儿腊肉，我们没有什么谢他老人家，只是喝杯酒表表心就是了。'我们道：'你不用太费事。'他说道：'穷人家也费不出什么事来。'随手搬了两个凳子，请我们坐了。向后边提了一把黄沙的茶壶，斟了两杯茶，就说道：'卢老板现在好讲了，才刚酒店中真有几个尴尬人在那里，到底为了什么事呢？'卢老板朝着他道：'你知道我近来开了一个镖局么？一向托你的福，没有出差儿，不料前几天大同府局子里接着一笔十万两的买卖，经过此地，碰见了一帮人，把十万银子炸了。我的身家性命也差不多完了。但是这一帮人，也不能让他们安享，所以我们两个人在这儿左近探听，已经好几天了，一点儿没有消息。你说我心上急不急？'王义道：'你老人家不用急，此地周围一百八十里地内，我都熟悉，许多庄子里也没有多少不对眼的，只有离开这儿十多里地，有个霸王庄，有三个姓窦的弟兄，绰号三霸王，听说是正定府武举人绰号土太岁窦基钧的儿子。自从土太岁被老英雄郭云深抛刀所杀，一家星散，跑到此地，暂时躲避，也没有听见出来干什么。不过这几天，各处许多的青皮混混，都上他们村里去，大赌大喝，很有些诧异。老人家你不忙，让我去打探一下，倘有点边儿，再想法子。不过，他这两天聚集的人可不少，要办也要去请人才行。'卢老板听了，欣然道：'听你的话，很有边儿，要办就办，我们去找朋友，约定一个地方，大家会面商议再定。'王义道：'很好，离此处三里地，有一所土地庙，四面荒凉，在山湾里，没有人来往。我明天一早去探听确信，各位请在那土地庙里等着，傍晚我一定来送信。现在先喝了酒再说。'卢老板道：

'酒不喝了，办事要紧，办好了事再来喝酒，事成了我真要好好的谢你呢！'王义道：'什么话，这不是应该效力的吗？老人家既然要去找朋友，那我也不客气了，这酒留在明后天喝罢！'我们就立起身来，出了门。王义道：'这个庙就在前面，我来领两位去先认明白了好找。'我们三个人一同走去，过了一个山头下去，有一个湾子，中间有一所破庙，门户虽尚完全，却已破坏不堪。我们进去一瞧，房屋尚觉宽大，藏着二三十人，外面也不觉得。我们就和王义点点头，分手走了。王义自己回去，预备明日往霸王庄去探听。我们就到客店里，叫带来的伙计分头去送信，约各位于次日傍晚到山中那个土地庙中聚会，并都要改装，分散行走，不叫人注意。好在伙计很多，统统送到了信。等到明天，我们俩于下午就到庙中，备了些吃喝，分开着由自己跟伙计们带去。我们到了不多时，朋友陆续到得不少。李存义先说道：'昨儿得了信，我就踩了一回道。霸王庄上的三个家伙，我晓得是土太岁的儿子，能耐虽不见得高明，也很有扎手的地方。他的庄河很宽，约有三丈多，咱们很难纵过去的。现在我约了一位女徒弟，她轻身的功夫很有把握，只要她的镖针打在树上，就可以在这根绒绳上渡过去了。我想很用得着，所以也约来帮忙。'我们连忙道谢。正在招呼中间，只见王义依然挑着担子走进门来。我们请他坐下，他就说道：'这事大约确实的了，我今天挑担到了霸王庄，我是常去的，他们一点儿不注意。我就向熟人探问，说他们昨天晚上赌到了东方发白才散的。听说窦庄主很慷慨，有人开口借钱，不论多少总答应的。场上进出总是千儿八百，这种钱是那里来的？你老人家要赶快才好！多耽搁了，钱散了出去，不容易找回来。'卢老板道：'谢谢你，你有事可以请回，将来也要秘密，犯不着结这个仇。'王义道：'是的，我就回去了。'卢老板道：'我也不送了，免得露眼。'王义便挑着担子回家去了。我们就商量办法，决定到三更过后，等他们精神疲倦时候进去，一面派几个伙计，通知地方上官厅队伍，叫他们也在三更时分把队伍开到霸王庄外围，以壮声势。好在此案关涉贝勒府，已通知地方官，当面约定，我们找得了真消息，他们当然前来帮忙。办法决定后，其时天已傍晚，大家喝点儿酒，吃点儿干粮。我正悄悄的坐在台阶上抽旱烟，只见墙外两团黑影，好象飞鸟一般，在墙上一站脚直落下来。我知道是弟兄们到来。刚要站起迎接，不料他并不落下，一直纵进殿上去了。我跟进去，已听见李存义在那儿招呼。我定睛一看，原来是一男一女，男的是李德冲，女的是章桂英，他夫妇二人，在蔚州开设镖局，江湖上确是名声不小。我们是同行,彼此见了面,向他们道了谢。桂英道:'这是同行应该的,况且这班东西无恶不作,跟咱们终南派屡屡作对,开除了他们也是应当做的,各位不必客气。'大家随意坐下休息一下,等到二更天气,各人结束动身,走了一个更次,到了霸王庄。那道庄河,真有三丈多宽,李存义道:'桂英,你去办好了再说,不要忘带了绳索。'桂英道:'师父,我有飞抓,这个索尽够的了。'只见她从口袋中掏出一只镖针,随手把针上的绒绳理了一理,就向对岸树上一掷,把绒绳一拉,交给李德冲,向这岸树上一系。桂英向着各人点一点头,将手拈着绒绳,好似有翅膀的蜘蛛,飞一般过去了。她一踏到地上,又向口袋中一掏,把飞抓随手掷过来,带着绳索。李德冲伸手将飞抓接住,把镖针解开,将飞抓系上。于是各人陆续抓了飞抓的索,都过了庄河。随即各显身手,登屋走檐。桂英首先冲入。那班人有的正在赌钱,有的抽鸦片烟,有的喝酒,没有一点防备。桂英拿镖针打中了四五个人。那窦氏三兄弟仓惶无措,被我们全都捕捉,没有一个漏网,镖银差不多全数归还。这件事真痛快!如果没有章桂英,我们就不容易进庄;没有她首先冲锋,也不容易一网打尽。为这位女英雄,各位可以喝一杯酒罢!"他就举起大杯喝了一杯。胜佛道:"我们真应当替这个女英雄喝一杯酒!"大家都很高兴的喝了。

王二道:"我说了一回书,替各位下酒,各位也应当说一回,叫老头子多喝一杯才对。"郁文道:"这倒难了,我们那有经过这种痛快的事呢?"王二呵呵笑道:"不必一定要自己做的,只要称得起痛快的事就是了。"胜佛听了,想了一想道:"有是有一件,不过总是摇笔杆儿的。"王二道:"只要痛快,不管文的武的。"胜佛道:"我且说出来,请你批评,不知够得上够不上?就是前天韩都老爷韩惟荩参了皮小连、李合肥一折子,几几乎要了他的性命。现在是充发黑龙江,这条命不晓得保得了保不了。"王二马上立起来,瞪着眼望着胜佛道:"天下还有你一个人敢说这句话,这件事才算是痛快呢!比较刚才我说的痛快得多,这才是真痛快呢!大家来喝一杯痛快酒!"他喝完了,又斟了一大杯向着胜佛道:"刚喝的是韩都老爷的痛快事,这一杯是喝你说的痛快话。"他也不管别人,一口气喝干了,立起来道:"我要走了。"向着胜佛道:"你送我到外头。"他拉了胜佛的手,匆匆的走出去,到了院子里,他低低的说道:"明天下午一点钟,我在西山碧云寺有一个聚会,你要来的。有可以同来的,你就悄悄的约他一块儿来。"说完话,他就仰着脸去了。胜佛也来不及送他。进来后,立人问道:"他给你说什么话?"胜佛道:"他问我明天有空,要找我一个人谈话。这个老头子真有点儿古怪呢。"立人道:"他和你初次见面,就觉得很要好,真佛法的所谓缘法了!"那时,主客也都兴尽,纷纷散去。胜佛想明天的约会,不好不告知立人,因王二是立人介绍的,所以等客散尽,即告知立人,请他明天在家等他来了一同去。立人答应了才散。

等到明天,胜佛赶到立人寓中,拉着同去。立人道:"去年甘肃董提督送来几匹西口的马,是送我老人家的,湖北是用不着,只好留在此地。我们挑着骑一下子好么?"胜佛欣然道:"好!"他二人就出门上马。立人道:"这匹枣骝,脾气还好,你不大骑,就骑了它罢!"自己骑了一匹是银合的。他骑上了,说道:"这匹马在白云观、蟠桃宫都跑过,没有赛过它的。"胜佛道:"你不要太快,我是没有练过功夫的。"立人笑笑,扬着鞭道:"你放心,跟着我没有差儿!"两人就向西走了。这两匹马真好,又快又是小走,胜佛骑得很高兴,一会儿只见立人在前,已扣住了马,就要下来。胜佛道:"一会儿功夫,难道已经到了?"立人道:"这不是碧云寺么?"胜佛抬头一看,果然到了,一同下了马,各自拉着,正要进去,只见有个和尚上前合掌说道:"是不是庄、戴两位少大人来了?王二太爷早来了,请进去罢!这牲口交给我,寺里有人能侍候。"立人、胜佛就把马交给他。立人说道:"这两匹牲口有点儿脾气,要单独的溜着才好,请你交代一声。"和尚道:"二位万安,寺里的人都懂得,少大人放心罢!"立人、胜佛就向着山门进去,只见王二已迎接出来,呵呵的笑道:"两位赏光!"胜佛、立人上前作揖道:"你老人家又要想罚酒了?"王二笑道:"好!好!不再客气,再客气一句,认罚一杯!"一面就让两人到了东首的客厅上,推开风门进去,里面摆了几桌筵席,坐了二三十个人,都已入了席。二人进去,王二就让二人上坐,二人推辞不肯。王二道:"他们都是我的徒弟,自己人,他们决不肯僭你二位的。"胜佛立、人只好向大众告了罪坐了。王二给他俩斟了酒道:"我是老粗,又是急性,我今儿请你两位来为什么?让我来说明了吧!就是昨儿戴先生说的韩都老爷的事,我跟韩都老爷是一面不认识的,不过这个时候,尚有人敢参皮小连,总算中国还有有胆子的人物。冲撞了西太后的心腹,就是他本人不怎么,自有一班会巴结的人想去干。韩都老爷的性命真危险!我前几天找了他们一班人,商量一个办法,说来说去,只有想把韩都老爷救出去藏起来,我想也不甚妥当。昨儿听见戴先生提起,知道也是有心人。所以约你两位和他们同来商量,究竟读书人想得出法儿,不过胆子小一点。但是二位却很有胆子的,所以请二位想想看,有什么好的法子?"胜佛道:"韩都老爷确是危险,不过你把他救出去藏起来,那危险更大了!"王二睁着眼道:"怎么更危险呢?"胜佛道:"他现在是有罪的犯官,一旦逃跑了,一定要各省查缉,要躲起来是很不容易的。二来他有家眷,本来是没有罪的,现在他一逃,可也有罪了,再要去招呼也不容易了。老人家你以为如何?"王二听了,瞪着眼向众人说道:"你们都听见了,读书人的见识,毕竟细密得多!"又向胜佛道:"老弟,你既见得到不好的地方,一定想得出顶好的法子,请你替我想想!"胜佛道:"现在朝廷上的人虽然不好,但是他仍旧有权,我们要救人,要顺着他才好办;倘然逆了他,要加倍的费力。韩都老爷的危险,在北京是没有事的,不过上了道,押解的差役,沿路的刺客,他们也许花了钱买嘱了动手,那才危险。第二是到了充发的地方,他们或者用势力去嘱托那边的官场去害他,也是危险的。此外,他的家眷也没有依靠,他们或者来害她。此外是没有什么危险了。依我看来,你老人家要救他是容易得很。第一,路上的危险,只要你自己肯出马,还怕什么?就是你不能走,派几个手下的人去,也一定稳当。到了那地头儿,只要你老人家出封信,给那边的头脑儿招呼一下,究竟他们不是有深仇大恨,也不至于一定要害他,你也可以放心了。他的家眷,你在京,把她放在你眼皮子底下,还怕照顾不了吗?"王二听了,拍着手呵呵笑道:"我的好兄弟,真不差!多么为难的事,听你一说,就象一天云雾都散了。"他向着众人说道:"你们听着这种话,咱们昨天商量的不真是放屁么?我想这件事还是我自己去的好。"那席上有一人说道:"你老人家走了,这儿的事怎么样呢?"王二道:"就是这个缘故,所以我约他们两位和你们见见面,以后有什么事,你们只要听戴先生和庄先生的吩咐去办,决没有差儿。"随手自己斟了一杯酒,向着席上说道:"我出去以后,你们对戴先生就像对我一样,你们信我老头子的,都要喝这杯酒,不信我的不必喝。"众人听了,都举起杯来,正要喝下去,胜佛连忙立起来高声说道:"且慢,兄弟有一句话要说。"正在这个当儿,忽然从外面奔进一个人来道:"不好了!"正是:

  铜驼荆棘会相见,金剑昆吾跃不平。

  欲知来者何人,且听下回分解。

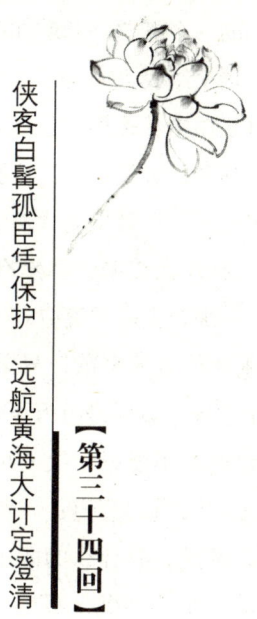

【第三十四回】 侠客白髯孤臣凭保护 远航黄海大计定澄清

话说大刀王二邀了胜佛、立人，在碧云寺向大家说明一切，正在举杯时，忽有一人奔进来，向王二说道："大事不好了！"王二一看，原来是他的徒弟急先锋萧四。王二道："各位请满饮这一杯酒，作为今日的纪念。"他就掀开白须，举杯向口中倾入，一面向萧四道："你也饮一杯，我常常告诉你，遇着事要沉得住气，方能办事。你的老脾气总是不改，你且饮了酒再慢慢的告诉我。"萧四忸怩了一会儿，把酒饮了，不再出声。王二道："这杯酒因为你们，我已托了戴、庄两位先生做你们的头脑，你也应当服从的。"萧四惘惘然说道："这是什么缘故？我们弟兄都是服从你老人家的，怎么你老人家又改变了？我是……"王二接着道："你又来了，你想弟兄们许多人，怎么听了我的话一齐愿意，难道他们肯服从，比你不如么？其中的缘故，你慢慢的问你大师兄就知道了。现在你把探听的消息报告给我听。"萧四向同座中一位满脸大麻子的望了一望，就说道："我听见皮小连的马夫说，韩都老爷的事，他主人倒没什么，昨天九门提督恩宽在他面前说道：'这个韩惟荩真是岂有此理,小小的一个御史,竟敢如此,不可不给他一点报应。好在我手下缉捕营很有几个干员,请交给我去办是了。'那皮小连笑道:'也好,不过也不必十分的小题大做,这班东西中什么用呢!'徒弟听了这个消息,关系着师父,所以来报告的。"王二听了呵呵的大笑道:"小孩子没有经过大风浪,你去喝酒罢,不要紧的,我知道你的忠心了。"就向着大麻子说道:"你回头到提督衙门,不拘那位,问一问今天堂上可有什么交派?倘然有的,交给谁办,定了什么办法?你去,没有打听不出来的。"那个大麻子答应着。

胜佛向众人道:"刚才他老人家欲拉兄弟跟庄先生加入贵会,兄弟是极愿意的。不过要兄弟跟庄先生领导办事,是万万不可以的。兄弟是没有在贵会办过一件事,彼此都不熟悉,无论能办不能办,决不可以仓卒决定的,应请老人家另定旁人,兄弟帮忙是了。"王二呵呵的笑道:"戴先生你尚脱不了书生的习气,大丈夫肝胆相见,脑袋也可以奉送,有什么的能不能呢?"胜佛道:"不然,我们的意气,刎颈流血是可以的,至于办事,不是一个人的事,总要结成团体,扩充出去,全靠那首领的精神,深入人心。倘若根基差一点,将来经着大事,就恐怕要失败了,所以要请你老人家细细斟酌。至于我一人,既蒙你老人家看得起,我的脑袋就预定送给你。此番的推辞,不是我的畏难,是希望将来的成功,想你老人家也明白的了。"王二听了点点头道:"话是不差。"随望着同座的人道:"这怎么办呢?"胜佛道:"以我看来也不难,你老人家也不用交代,依然你的首领,当出门远行的时候,你就将平日相信的人,指定了一个,作为你的代理,总管一切。我就做你的参谋。你回来我帮助你,你出门了,我就帮助代理你的人,想来也无甚困难。我想今天也不必决定,你老人家回去斟酌定了再说,我是决意入会的。一切规则,只要通知我,我就照办是了。"王二道:"我们会中规则是很简单的,至于你所说的话也很有理,我们弟兄也很信服我的,也不必回去斟酌。"随即立起身来,向着各席上人说道:"刚才戴先生不肯担任,并不是他不愿意,也不是怕麻烦,因为初见面不甚熟悉,这句话也很有理。现在一准请一个人代理,就请戴先生做了军师,庄先生做了副军师。代理我的人,就是你们的大师兄李大麻子,你们愿意么?"只听得四围如春雷一般,同呼愿意。王二等着人声稍息,说道:"现在暂时如此办法,将来总要请戴先生主持的。弟兄们千万要同心同德,老汉不死,一定领着弟兄们跟了戴先生做一番事业哩!"那四围又是拍掌欢呼了一阵。王二随向李大麻子道："李五，我动身后，一切的事，都要跟戴先生商量再办，你不依我的话，我是不答应的。"李大麻子道："师父，我那有不依你的道理！"王二道，"既然如此，我们就可以散了，你替我进城去办那件事罢！"胜佛、立人二人向各席上招呼了，跟着王二、李五走出寺门，跨上马背。那王二骑了一匹纯黑的骡子，李五也骑了一匹菊花青的，四个人扬鞭上道。走了一回，王二对立人道："你是北京有名喜欢玩马的，你的马一定好的，今天老汉跟你跑一趟好么？"立人自以为他的马在蟠桃宫、白云观赛跑，没有胜过他的，就欣然的说道："可以！"王二笑道："来罢！"只见他身躯往下一矮，那骡就放开腿，立人也将马一鞭，那马往前一窜，势将越过骡去。只听得前面，声长啸，那骡足不沾地，好似腾云一般。立人往前一望，但见王二的两颊白髯，迎风分开，飘向脑后，黄尘滚滚之中，好似雪花飞舞，渐渐的隐隐不见。不到两刻钟，那西直门的城楼，已巍然在望。立人收了缰，额汗如雨，走到城门，只见王二已坐在城门旁茶摊上，街上一个童儿，拉着骡慢慢的溜。立人跳下马来，把他马也交给一个人去溜，一面细细看那骡，那骡身上绝无一点汗迹，不禁向王二说道："你怎么有这样的好牲口？北京城里也没有第二的了，但为什么跑马的地方没有见过呢？"王二微微笑道："这种牲口不是给王爷、贝勒、公子哥儿玩的，是老汉的着身伙伴，玩儿的地方，为什么去叫它费力呢？"正说时，胜佛、李五都来了。胜佛道："我的马也不差，骑的功夫是差多了。"李五道："戴少大人骑得也很有功夫，但是跟老爷子比较，不讲功夫，就那牲口也赶不上哩。庄少大人恐怕到得也不多时罢？"立人道："我也刚到，他老人家已喝了一会子茶了。"四个人谈了一回，重复骑上骡马，各自回去。

　　立人、胜佛回了寓，自去商量正事。王二独自回家。李五自去寻找提督衙门的人，探听消息。王二吃了晚饭，和许多徒弟们闲谈了一回，只见李大麻子匆匆的走进来道："师父，我回来了。"王二道："有消息没有？"李五道："有，并且很详细，只要我们定对付的办法就是了。"王二道："怎么样？"李五道："我刚才去找了杨振标，他就告诉我，今天正堂恩大人叫他和达老五两个人到私宅，吩咐想法子收拾韩都老爷。振标他没有开口，那达老五就抢着说道：'算不了一回事，随便的都可以收拾他。'那恩大人说：'办他原很容易，不过要避免形迹，越秘密越好。'振标道：'他总是一个京官，他所干的事。人家都很注目的，要一点没有形迹，很不容易。'那达老五道：'我们手下的人，能干这事的人很多，让他走出两三站,到了荒野的地方,随便下手,那有人知道!'那振标大约有点知道你要去干涉的消息,他就说道:'万一有不相干的人,出来抱不平,恐怕要添麻烦。'老五道:'天下那里有这种的人,他图什么呢?'振标看他有邀功的意思,他就接下去说道:'五哥的话不差。我也不过是过虑罢了。'"王二两眼一睁,白髯飚动,把手掌在桌上一拍道:"我偏要做点榜样叫他们看看!"李五道:"师父,这也是白饶给他看,还笑我们发疯呢!"王二呵呵的笑道:"对!对!但是他们的办法晓得了么?"李五道:"不过是夜中行刺,白昼抢劫罢了。"王二道:"有了我,他们办得到么?"李五道:"我们也不可大意,好在他衙门里几个稍有点能耐的兄弟们都认得我,想一面派人向一路大道上店家们关照留意,一面派几个人跟着他们,探听他们的举动。况且老爷子亲自出马,自然诸煞回避。就是老爷子不去,派一两个人也了得了。"王二道:"我决定要去,顺便看看关内外几个老朋友,打听有多少后起的英雄。明天去同韩都老爷谈谈,这儿的事,就照刚才决定的办法,你有事摆弄不开,可同戴先生商量商量。"李五道:"你老人家放心罢,那位戴先生真是可以,他说的话都是我心坎里要说的话,不过他来得快当,我们的弟兄们刚才说起来,没有一个不佩服的。你老人家尽管放心罢!"王二呵呵笑道:"很好!很好!你也可以回去了。"当时各散。

　　到了次日,王二到了韩都老爷寓中,谈了一会,知道充发的地方定的是新疆,送他二百两银子,开销种种。小峰道:"我怎么好用你的钱?"王二道:"都老爷你又来了,将来发了财,加利还我好了!你的家眷怎么样?"小峰道:"我是甘肃人,欲把家眷送回去,没有可靠的人,也没有许多的路费,只好托同乡、同年暂时招呼再说。"王二道:"我的爷,你怎不给我说,你只有一个太太、一个少爷,就用了一两个下人,一年的浇裹也有限,不过你少爷年纪尚小,娘儿两个独住一所宅子,恐怕别人照应不到,你不如搬到我的对门,那边有一个小四合房子,是朋友送我的,现在空着,就借你住住。伙食自己开也好,由我送过去也好,一切不用你费心。你说好不好?"小峰听了,眼中流下泪来,说道:"我们萍水相逢,怎好受你如此的大恩呢?"王二站起来,把白胡子一拢道:"我的爷,你怎么这样的酸呢?人生世上,总活不到一百岁,什么都是空的。那钱财一事,我们不念书的人,尤其看得是轻。今天去,明天来,什么要紧,我们就此定局了。你肯也这样办,不肯也这样办,到动身时候,我决计送你的。"他说时,好象就要立起身来走。小峰道:

"承你老哥哥的情,我也无从说起。我们俩就此拜个把子罢!"王二道:"这是高攀了。"小峰道:"你说我酸,你这句话就不酸么?"王二道:"得了,得了,我就依你是了。"小峰就向王二拜下去。王二呵呵的笑着,还了半礼,说道:"老弟,我如今叨长了,一言为定,我要走了。"小峰道:"你的弟妇侄儿不可不见见。"就向内去,领了他夫人、儿子出来,向王二行了礼。王二要还礼,小峰拉住他道,"没有这个理。"就向他夫人说道:"这位老哥哥,是我们一家的大恩人,将来要永远的记着。"他夫人含着泪和儿子磕了头,正要回到内室去,王二呵呵的笑道:"今天没有预备,侄儿也没有给他一些玩意儿。"就掏出了一个江西圆锭塞在小孩手中,含笑说道:"给你实果子吃的。"小峰道:"又要老哥哥破费了,我也无从谢起,你给二伯父磕个头罢。"那夫人就叫小孩磕了头,说道:"谢谢伯伯。"就进去了。王二立起身来道:"一切车辆等我去预备,你不用费心。你赶紧料理料理,明天就搬家,走着就可以放心了。我也不再来看你,你只管搬到我对门就是了。"一面说,一面走,小峰送到门外,他就走了。那时小峰就去料理清楚,等到明天搬家。

到了动身的那天,只见小峰家门外,兵部派来二个押解差役,坐了一辆车,另外一辆双套轿车,停在王二门口。他的黑骡站在车旁。那小峰家里由着下人和车夫把行李装在车上。一会儿,王二一身行装,从小峰家里出来,那小峰和他夫人、小孩跟在后面,他夫人眼泪不断的流。小峰道:"你进去罢,我和你都由这位老哥哥招呼,彼此都很放心了。"王二道:"弟妹你不必挂念,老天爷不亏负人的,逢凶化吉,将来总有翻身的一天。我已经招呼了家里,弟妹有什么为难,只要告诉我家里,自有办法。至于老弟这一趟出门,有我送他,总要办得安安稳稳的,弟妹你放心是了。"小峰夫人哽咽着说道:"全仗伯伯,这恩典也无从说起了。"小峰也不禁洒了几点泪。正要上车,只见李大麻子匆匆的赶来,说道:"几乎赶不上送了。"就向对门望了一望,凑到王二耳边,低声的说道:"杨老大告了病假,达老五跟恩秃子两个人,带了四五个伙计,也是今天动身。我们的人也跟踪下去了,事情是没有什么,请你老人家一路细心点就是了。"随向小峰道:"一路平安,不久回来再见罢!"小峰谢了一声,上了车,那王二也跨了车辕,向着李五道:"家中一切,你分点儿神!"李五道:"知道了,你万安。"那赶车的一摇鞭,双轮滚动而去。那黑骡跟着车,也不用招呼,自然的跟着走了。差役的车也跟在后面。那天小峰的车出了京城，过了芦沟桥，打了尖，到了良乡。王二招呼差役道："我们就在此宿了，明天再赶个整站罢。"那差役道："你老人家要怎么就怎么好！"王二看见路旁一个大店，就向赶车的嘴一动，那店小二就上前来，说道："时候不早了，老爷子你就住在这里罢！"王二点点头，赶车的把缰一顺，那牲口就进了店。小二们把行李搬进上房。王二道："你叫赵全来把我的牲口交给他。"那伙计笑着道："今天老赵又交了运了。老爷子你的牲口，本不容易伺候，只有老赵伺候惯了，他的一份儿是别人争不着的。"随向外喊道："老赵，王老爷子的性口叫你招呼着。"只听外面有人答应道："知道了，已经在这儿溜了。今天牲口没有费力，你告诉老爷子放心罢！伺候好了，再来给老爷子请安。"王二呵呵的笑道："请什么安，来领钱罢了！"当时擦脸漱口已毕，喝了一盏茶，王二就取了一根旱烟袋吸着。走出店门外，只见一个小贩，背着小小的一个包裹，走过王二面前，并不招呼，只听他自言自语道："他们快来了。"王二也不作声，站着闲看。只见远远有四五匹马，驮着人，卷起沙尘，直奔大道而来。王二就在怀里掏出一面三角的小红旗，上面绣着白色的大刀，向大门旁泥墙上一插，就转身进去了。那个伙计笑嘻嘻的道："老爷子你要会什么朋友么？"王二道："你不用管。"就到了上房，只见小峰正在喝茶，默默无言。王二道："老弟，你想开点罢！"小峰道："原是我上折子的时候，不过一时的触发，身家性命，置之度外。不料前天遇见一个朋友，告诉我一件事，真是奇怪。他是听见陆摰如说的，上个月考中书，我派了一个监场的差使，当时阅卷的有广东的黎石农，他是与我不相识的。他出闱后，就告诉陆摰如说：'在考场见有一位监场的都老爷，不晓得他姓什么，叫什么？只是看他脸上不出十日，必有大风波。'真是奇怪，原来这位黎侍郎在京城中有名的会看相。那摰如便问他道：'你看他怎么样？许是要回原衙门行走罢？'黎侍郎道：'恐怕不止！'摰如道：'至多革职。'他道：'还不止！'摰如惊愕道：'难道有性命之忧么？'他说：'性命不至于，不过此人虽有风波，却是得大名而去的。'摰如随即打听，知道是我。他就跟我的朋友说：'这回石农的话，恐不准罢！'但是我派差的日子，我刚刚动这个念头，不料已形之于面，可见万事自有一定的。所以我想也不犯着多思多忧了。"王二呵呵的笑道："这是一定道理，未来的事，何必知道。知道了反多烦恼了。"二人谈了一回，店家开饭吃了，就上床睡了。一夜无事，天明就上车动身。

王二上车时，那赵全拉着骡伺候在门外。王二给他一块银子，随手把小旗拔下来，往怀里一塞，依旧跨着车辕走了。走了一早上，过了琉璃河，就在涿州打了午尖，重又动身上路。走了一二十里，王二忽然下车来，口中打了个哨子，那黑骡就踊跃的奔到王二身旁立定。王二将鞍鞯掀起一瞧，将肚带紧了一紧，把缰绳拉在手中，向车箱行李中抽了一把刀，连鞘佩在腰带上，一按鞍心，身已在骡子背上。那骡子知道主人骑上了，把头一低，把尾一撒，顿时已冲出十数丈外了。那王二跑了一趟，慢慢的把缰放宽，等候着后面的车子。走了四五里路，路上渐渐荒凉，远远的望到前面，好似平地起了一堆乌云，越来越近，才分辨出是一个大树林子，足有里许长。王二勒住了骡子，等后面的车子赶来。走了一刻功夫，隐约听见赶车的吁吁嗒嗒吆喝之声。王二慢慢的走近林子旁边，只见道旁一棵老树，老根盘曲磊叠，距地一尺余，好似一只天然的几凳儿。上面坐着一个人，约有三十余岁，面目狰狞，精神充足，散披着一件灰色布的大褂，腰中系着一条熟藕色绉纱带子，手中拿着一根京七寸的潮烟袋，正在抽烟。王二走到离开二三丈路地方，只听那人喊道："二哥那里来？"王二仔细一看，原来是康小八，随即跳下骡来，走上前去，一面喊道："八弟，你怎么经过这儿呢？"康小八道："昨儿我也在良乡宿的，也看见你的标记儿，知道你老哥哥总有点事，我就住在西头的洪升店。后来看见来了几个鹰爪，一个是达老五，一个是恩秃子。黄昏后，我就在窗外头听了一听他们说的话，才知道你老哥哥出来是抱不平的。依着恩秃子，就此回去不用去找麻烦了。那达老五是高兴得很，说：'他是一个人，我们是好几个人，他要倚老卖老，一齐都干了也不要紧，好在是堂上交派的。去了这个老头儿，京城里可就数着咱们俩了。'所以我要想告诉老哥哥，他妈的，真不知天有多高，地有多厚。"王二道："他们这几个，我老头儿还能对付，就是有两个官人跟车，心子要招呼，费点事。"康八道："我正为这一点，所以今天在树林旁等你，已来了一个多时辰了。"王二道："你的快腿，就是我的牲口也赶不上，你真等得久了，你有什么办法。"正在说时，只见两辆车也已到了。王二就向着赶车的说道："赵四，你们赶快点儿往前走，我就来。"那两辆车就辚辚的傍着林子，一直的去了。王二道："八弟，你有什么办法？"康八道："论起达老五、恩秃子，也够不上咱们。不过，让他们象小鬼似的永远跟着，也讨嫌，老哥哥你把他们交给我就是了。漂亮的，听我话的丢开，不听我话的，送他们回老家是了。"王二道："八弟，那怎么样谢你呢?"康八道,咱们说不着,况且你是抱不平的好汉,难道我也不该添一分么?"王二道:"要我当一个跑龙套么?"康八道:"不用,你竟干干净净的去好了,咱们高碑店见。"王二就立起身来道:"八弟,那偏劳你了,高碑店见!"跳上骡背,一阵烟似的往前去了。

  康八把烟袋从荷包里装了烟,取了火,就袖了几筒,靠着树根打盹。朦胧之中,只听得远处马蹄子声,就把手擦了擦眼,睁开一望,只见一团灰沙,卷起半天,滚滚而来。约离五六丈路,他拿了潮烟袋,向大道中间一站,喊道:"小子站住!"那马上的人都一惊,齐齐的把马扣住。一个人往前一望,喊道:"我道是谁,原来是八爷!"康八呵呵的笑道:"老五,你吓一跳罢?"达老五就下了马,回头道:"秃子!这是康八爷,你来见见。你们都下来歇歇。"恩秃子一听是康八爷,心中一跳,只好下了马走上前来。达老五就说道:"八爷,这是恩秃子!官名恩福,跟我同事,请八爷以后多亲近。"康八呵呵的笑道:"两位都是大班上的,见了我不动手,承情得很!"恩福道:"八爷说的是那里话!今天八爷从那里来?"康八道:"昨儿我也宿良乡,也住的洪升店,我看见两位跟伙计们来了,知道一定有公事,所以特地在这儿等你说几句话。"达老五呆了一呆,说道:"八爷有什么吩咐?"康八道:"老五,你说老实话儿,究竟为着什么事?"达老五想了一想:这个康八不是容易对付的,瞒他也不中用。就说道:"这件事半公半私,八爷想来知道的了。"康八呵呵的笑道:"中间有个抱不平的,你们办得了么?"达老五道:"我也知道。不过是奉官差遣,办到那儿是那儿。八爷你想什么办法儿呢?"康八道:"以我看来,你们不如回去的好,一则替人报私仇,不是好汉所做的事;二则你们要对付这个老头子,恐怕不容易。"达老五道:"只是我们怎么样销差呢?"康八道:"销差不销差,我管不着。你听我的话,安稳的回去,是你们的运气。我言尽于此,听不听由你们便了。"说着,就点点头,一直的去了。恩秃子说道:"怎么好?给杨振标说着了,真的进退两难。"他伙计中有一个人说道:"这个东西,他背的风火很大,刚才不如把他先办了,倒也是个巧宗儿。"秃子摇摇头道:"难!难!他前年在大栅栏打死一个卖馄饨的,一天一夜他走出了山海关,他两条腿比着四条腿还快,我们几个人不用想拿他。"旁边一个人说道:"不差,去年清明时候,城里的端老四去上坟,经过康庄,他刚在庄外蹓跶,看见了端老四的马走得好,他就想要留下。那端老四也认得他,知道遇见他不妥,就拼命的跑。幸亏他的马好，小八赶了十里地，总差着三四丈够不着，他才回来。你想他厉害不厉害？端老四经了这一回，再不敢骑马上坟了。"达老五道："难道他一番话就把我们轰回去么？叫我们怎么样去回复呢？姑且赶上去，到了高碑店，再想办法罢！"各人就匆匆上了马，往前走。走了一会儿，天色将晚，只见前面又是一座黑林子。正要走上去，只听得林中一阵呵呵的大笑，随说道："你们还是要来吗？"达老五在前，听了向林中一望，接着一声"啊哟！"就从马上滚下来了。秃子一看，就圈回马，伏在马上，往回直跑。那跟着的人，见秃子一跑，也不管老五的死活，也一阵风似的跟着秃子跑了。

且说当晚王二别了康八，骑了骡子，赶上了车子，到了高碑店，就在常住的三义升店中歇了。他进店时，又把那小红旗插在墙上。不多一会儿，一个伙计笑嘻嘻进来说道："老爷子，康八爷来了，他问起你。"王二道："你去请他进来。"一面又问道："曹二在店么？叫他来！"那伙计道："曹二昨儿告假去了，老爷子你惦记着牲口么？他的替工赵大伺候牲口的门道儿也很精，你老放心是了。"王二道："不行，你去叫他来！"伙计连忙叫了赵大来。王二道："我的牲口与众不同，你要把黄酒四五斤，和黑豆煮了，拌着料喂它。我另外给你酒钱。你不好好喂，我是不答应的。"赵大道："老爷子你放心，曹二他伺候这牲口时，我也见过几回，曹二也常给我说，听也听熟了，你老放心，决不一点儿委曲你的牲口。"王二道："好！好！你千万当心就是了。"伙计已请康八进来。王二道："怎么样了？"康八道："二哥你放心，已打发他们回去了。"随即低低的将刚才的事说明。王二道："不是八弟那能这样干脆！"康八道："以后可以放心长行了。"王二就要了酒菜，和他痛喝了一回。康八道："你刚才吩咐喂牲口，你的牲口真可以，老实说，不是老哥的，兄弟要留下了。"王二呵呵笑道："八弟你喜欢它，等我出关回来后，就送给你好了。"康八道："笑话！怎好要你的！"王二道："我年纪大了，也快要用不着了，古人说：'宝剑赠于烈士，红粉送于佳人。'要找这个牲口的主人，除老弟外，差不多不配。"康八也呵呵笑了。饮了酒，吃了饭，各自回房安歇。王二回到房中，低低的向小峰说道："以后不用操一点儿心了，恭喜！恭喜！"小峰也细细问了这两天的事，不觉得心惊胆战，说道："老哥哥，兄弟的性命，除了父母外，都是老哥哥赏赐的了。"王二呵呵笑道："我送你为什么？这也是天意！只是那外面的两个，不可以叫他知道。"小峰道："自然。"二人就上床睡了。次日动身，一路平平稳稳，无事可记。

且说胜佛、立人与王二分手回寓之后，把碧云寺的事谈了一回。第二天，梁超如、闻韵高二人来访，恰好立人上衙门去了。超如就向胜佛说道："强学会自从尹都老爷参后，他们守旧党还有点看不过。听说，有两位都老爷还要上折子参我们老夫子伪学乱世。细细想来，京师言庞人杂，很难统一，我想我们还是分开去鼓吹的好。因为平定洪、杨以来，各省权重，若能各省布满吾党同志，握有权力，中央也只得照办。胜佛你以为何如？"胜佛道："不差！确是要着，不过广东已发生了革命党的萌芽，我想还要到广东去探听革命党的真消息，然后与唐先生彻底研究一番，才好决定宗旨哩！"超如道："你所说的办法也不错，不过我说的办法办成后，也可进可退。二位以为如何？"韵高道："胜佛天分高，理想胜过别人，不过清朝立国已将近三百年，主张变法，阻力尚少；若主张革命，不用说别的，就是强学会中人，恐怕也要全体的掩耳而走。我看还是超如的议论执中可行呢！"胜佛道："不差。"超如道："既然如此，明日知照同志，准照我们的方法，分头进行便了。"胜佛道："我的话原是空论，一时不易实现的，我决定南下，和唐先生等商议我们所议的办法，一面探听革命党消息就是了。"隔了一天，超如来到胜佛处报告，说："淑乔因庄寿香招他到湖北督署去，敦古要回福建娶亲，姜剑云到了湖南学台任上，恰好程叔宽的老太爷做了抚台，王子度做了臬台，都是志同道合。昨天有信来，叫我去设立南学会，主持讲学，我想也是好机会，合了我的办法。我已给他复信答应了。我们可以先后离京了。"胜佛道："好极！好极！明后天可以动身了。"隔了几天，胜佛与超如、敦古各各动身南下。超如到了湖南，敦古到了福建，胜佛到了上海，往湖北去，在他父亲抚台衙门中，住了几时，匆匆又到上海，搭了粤轮，径向广东而去。走了三天，那一日过了香港，到了省城，住了客栈，就雇了人力车，一径往万木草堂而去。正是：

　　鹏翼图南九万里，龙头仰望二三人。

欲知戴胜佛与唐猷辉见面后如何定策，且听下回分解。

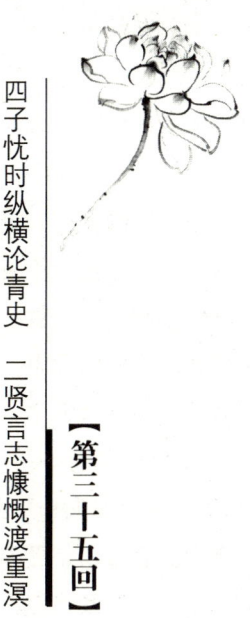

【第三十五回】 四子忧时纵横论青史 二贤言志慷慨渡重溟

话说戴胜佛到了万木草堂门前,将名片递了进去,一会儿有人出来,请到书房中坐定。唐常肃立刻出来相见,握着胜佛的手道:"你一向好?上回分别后,不料隔不多时又得见面了。"胜佛道:"我也不料不多时又得来见先生,真是想不到的。"彼此寒暄了一回,外面徐子勤、麦伯英、唐常博三人也进来了,伯英道:"胜佛先生来得真快,我们接了超如的信,知道先生要来,不过晓得先生还要到湖北去一走,总要些时候,不料神速得很,已经来了,真快意得很。超如的主张,我们都已知道,现在胜佛兄来,我们正好细细的商量了。"常肃道:"胜佛兄此次在京中躭搁了许多时,京中士大夫的观念,能够改变点么?"胜佛愤愤的说道:"中国的人心,到了现在,真是不可药救的了。宫中是母子争权,西太后那里,是皮小连等人勾结了,贿赂公行;皇上那边,是二妃操纵,也有一班的党羽,新旧的人都有。其余旧党中握有权力的,上等的是自命清流,研究些金石碑帖书画,你若劝他学李文饶、张江陵做点事,他就咨嗟太息,力不从心,当面敷衍你一阵。他心里就以你为不安分,不可用,渐渐的疏远你。实在的缘故,恐怕你的才大,相形见绌罢了。以下的只晓得希荣固宠,想升官发财而已。至于中间没有大权力的,只想传着要人的衣钵,将来也到他的地位。其余卿寺庶僚,是品类不同的,高尚点的,想做名士,出入于常熟、南皮之门;恶劣的,征逐奔走于白云观、玛加剌庙,自以为荣。其余每日到衙门,办办照例的无谓公事,循资按格,得了一个府道,刮些地皮,为子孙增产业,作守财奴,就是他十年窗下的志向了。所以长安人海之中,欲求几个热心为国的人物,真似祥麟威凤。就拿强学会来看,超如兄等委曲周全,运动了庄、刘二督,帮助了些钱。我们的意思,倒不在乎钱,而在乎他们的名望,号召起来容易些。不料,因着他两位而入强学会的,大半揣摩想得好处。后来风波一起,不止作鸟兽散,连反噬倒戈的都有。所以我对超如说:'我们主张的政治革命,恐怕不及革命党的革命来得彻底呢!'此次来见先生,就是要商量一个大方针。我想现在的中国,几千年的恶习惯,已养成了一种的遗传性,要想改革他,必须用斯巴达的淘汰儿童的法子,方有效验。不过这个希望遥远,一时不能实现。现在治标办法,只有革命党的办法,先把整个社会翻他过过。譬如淤河污沟,拿大水来冲刷一下,使旧污尽去,自有更新的气象来了。我是极端赞成革命的。"旁边子勤说道:"你所说的话是不差的。就如法国的大革命,那山岳党的意见,也是如此。他的大流血,也是用洪水去洗刷社会。不过在革命以后,不多时就出了拿破仑第一,反成了极端专制的帝王。巴黎社会依然是路易王朝的恒舞酣歌气象。他靠了他的军事天才,兵锋四出,威加全欧,那时法国人民被他武功麻醉了,奉上了神圣文武的帝冕,等到滑铁卢一败,法人所受痛苦,水深火热。当时有识之士,推原祸始,若没有革命之大流血,就没有科西嘉的炮弁一跃而握政权。天地之道,阴阳倚伏,因果循环,我们将来作事,似不能掉以轻心,以图一时快意的。"胜佛道:"照你所说,难道听凭现在之苟且偷安么?"麦伯英微哂道:"胜佛先生所论的情形是不错的,不过治标办法,尚有待斟酌。那革命党的组织,是不容易的,一面要对付党外,一面要对付党内,那党内的对付,尤其不易。就算一时侥幸成功,难道只求破坏以快一时,不想建设么?你看历代帝王,不难于征伐并吞,而难于结束善后。我国历史,自三代以后,所有开国皇帝,除了汉高祖刘邦、明太祖朱元璋,以匹夫得天下,其余或是藩镇,或是宗室,或是宰相,或是外国,都是先有了兵权、政权,所用的将相,大部分是他手下的旧属。平日豢以富贵,束以赏罚,习惯自然,养成了服从的性质,所以一居高位,帖然服从。他们的心目中,依然平日的主人,不过放大些范围罢了。不然,何以历代开国皇帝,只有刘、朱二祖杀戮功臣?实在汉、明这班开国功臣,当时结合,皆如弟兄一般,他们费了许多汗马气力,打成了一个天下,奉送他做了皇帝,平日拔剑酣歌,脱略形迹,后来摺笏佩绅,鞠躬拜跪,这皇帝平日的言行,历历在目,一旦尊严如神,心中那里肯服从,自然就要形之词色。积久不平,功臣那得不叛?功臣那能不杀?就如宋太祖杯酒释兵权,他已作了好久的都检点,兵权在握,然对于于弟兄,亦不能不以权术来解决。可知得了天下,这消除许多的难关,已是不易,何况疆域之大,人民之众,百端纷集,岂是容易对付的?所以革命虽是可行,但是如何革法?我们总须深切研究,不是可轻易决定的。"胜佛道:"你说的是不错,但是革命之后,应行共和政治,将来主权属于人民,以议院为代表,所有功臣亦不过享名誉的尊崇而已。倘然反叛国家,即反叛人民,天下那有此笨贼呢?"麦伯英哈哈大笑道:"胜佛先生,你真是书生之见了。你晓得古今中外民族,所争夺的,不过'权利'二字,'金钱'是'利','势力'是'权',这两个字的定律,恐怕是人类中不可以移动的哩!我国将来革命成功,恐怕象你先生只求以名誉为酬报的人物,四万万人中能有几个呢?"胜佛道:"麦先生你也太轻视我国的人了。人之欲善,谁不如我,就现在唐先生及各位,热心爱国,我所深知。既兄弟自问,将来成功,决不想一毫权力的,难道同声相应,同气相求,仅不过如此少数?我以为天下无不可与为善的人,只在我一人的诚意相感召而已。未知唐先生以为如何?"常肃听他们辩论,不发一言,等到胜佛问他,他方才缓缓的说道:"戴先生的热心毅力,正是天下有心人,我佩服极了。伯英所说的话,虽是现代的真相,然天下之风俗,起于一二人之心,我辈生当斯世,何难转移风俗!不过革心的方法,自当以戴先生以诚感召的办法入手。至于政治上的方法,从何下手,千端万绪,急需研究。我们吃了饭再谈罢。"

当时,家人将坐位摆齐,饭菜搬上桌子。他们五个人入了座,吃了饭,又谈及本题。胜佛劝常肃不妨再到北京一行,观察一番。常肃道:"我们的方针,不是少数人匆促的时间所能决定的。现在一席所谈,大略粗具,我就再到北京去看看情形和机会,好定我们的方针。胜佛先生以为何如?"胜佛道:"先生赶紧北上,到了京中,领袖群流,登高一呼,集合天下有志之士,定一个方针,内除积弊,外御强侮,中国方有生机。同时,不才只要可以救中国,无论如何的办法,一腔热血,不惜为之挥洒哩！"言毕，立起身来，双睛闪闪有光，将右手向桌上一拍，厉声说道："我如不为中国流血，诸君勿以人类视我！"那时常肃等四人，听了悚然起立，周身如受了电气刺激，肌肤上出现痉挛一般，同声说道："今日的中国，有胜佛先生如此的好男子，决不会灭亡。我等当为中国前途庆！"常肃道："胜佛先生，你既抱了牺牲救国的决心，你的一身就担负了救国的大责任，千万你要自己保重，万不可激于一时意气，轻举妄动，须知你是关系着五千年黄帝子孙的存亡哩！"胜佛道："先生言重了，如何敢当！不过同时确于生死一事，枧之甚轻。我佛说：'我不入地狱，谁入地狱？'同时当为诸君先驱，一尝地狱的滋味哩。"当即转过身来道："言尽于此，就此告辞了。"便向四人作了一个长揖，步下阶墀。常肃等四人送到门外。常肃道："我不送了，等到北京畅叙罢！"

徐、麦二人，同胜佛各坐了人力车，一径到了栈房，打听原船就要开回，徐子勤去局里买了一张官舱票，正要上船，只见唐常博手中提着些香蕉、苹果、洋桃等水果，又四盒饼干。他说道："你们还没有上船么？这些东西，给胜佛先生在船上以备不时之需。"胜佛道了谢，便收拾行李，同着他们一同上船。原来那船是招商局的，名叫丰顺，船上买办姓麦，号扬才，与伯英是同族弟兄。伯英就到买办房中，说明戴胜佛坐船赴沪，托他照顾。麦扬才听了是湖北巡抚的大公子，连忙跟了伯英，到了官舱的会客厅，见了胜佛，说道："少大人为何不早赏一个信？我可以早来伺候。现在一切没有预备，真真对不起得很。少大人住的第几号官舱？"胜佛道："买的票是第九号。"扬才道："第九号是两人舱，少大人带了家人没有？"胜佛道："兄弟出门，向来不带仆人的。"扬才道："如此这第九号房不好再卖出去了。"他回头唤一声茶房道："第九号房是戴少大人住了，不许再卖给他人。"茶房说道："已经有人了。戴少大人没有下船时，已经搬进来了。"胜佛道："这个也好，长途中有一同伴谈谈，也可以解闷，请扬才兄不必费心。"扬才道："少大人真真没有一点架子，前天此地谭制台的少君，进京会试，占据了全个官舱，不准卖票，但局中已将官舱票卖了不少，真把我小买办的头轧扁了。但是少大人越是不摆架子，我越是过意不去。"他自己抓了抓头，想了一想，说道："有了，有了！我住的买办房间，可以让出来给少大人住，中间只有一榻，且在舱面，海风很卫生，就是风浪起时，它位置在船的中段，究竟少些颠簸。茶房是另有一个，专管买办房间的，呼唤也方便。请少大人就搬进去罢！"胜佛道："那是不可以的，老弟的办事处,如何可以让客!"扬才道:"少大人不必客气,象少大人,请也请不到,倘然赏光,真是蓬筚生辉。将来老大人升调到此地来,也很盼望能够伺候一次,就很荣耀了。"胜佛决不肯搬,旁边伯英说道:"胜佛兄不必客气了,扬才是舍弟,也就是你的兄弟,买办房间总比官舱舒服一点。"伯英正在说的时候,那扬才已经唤茶房将胜佛行李统统搬去买办房间里了。胜佛正要开口阻止,那扬才呵呵大笑道:"少大人这就算小买办委曲你一回了。不过房间里很脏,那要请少大人原谅的。"胜佛无可如何,只得向伯英道:"这种搅扰,如何可以呢?"伯英道:"我们既是同志,舍弟处也何必客气。"扬才道:"对了!对了!家兄既是少大人要好朋友,那一点面子总要赏给小买办的了。"胜佛起来,拱了一拱手道:"感谢盛情。"扬才道:"这一点算得什么,少大人还是太客气!"胜佛即向伯英道:"扬才兄既然是老兄的兄弟,就是兄弟的弟兄,这些少大人、小买办那里可以再说,请以后免了罢。"扬才呵呵笑道:"承情!承情!"当即领了胜佛等四人,到了舱面的买办房间。那房门正开着,另有一扇绿色铁纱的门关着,旁边一个茶房,拿出衣袋中的钥匙,把纱门开了,一看,那靠门有两扇窗,里面也有绿铁纱窗,靠窗有写字台和几只椅子,朝房门有玲珑宿榻一只,周围铜柱,柱上挂了雪白纺绸的床帘,床下是有抽屉的扁橱,想是放衣服的。床边有一只脸盆架,上面放着一只白洋瓷的脸盆,上有莲蓬头的水管,带着白铜三脚的巾架,挂了大小毛巾两条。北壁上挂了一幅裸体美人的油画、一副泥金笺小对,是陈伯陶太史写的五言对联。那写字台上陈列着盛红蓝墨水的玻璃砖墨水瓶,横搁着金笔头的两支笔,旁边立着一个镀金的小镜架,中间镶着一个广东时装的美人小照,旁写着"月娥持赠,扬才吾哥惠存"一行小字。桌子对面木壁上挂了一只玲珑镀金的自鸣钟。那扬才道:"不晓得少大人可以将就么?"胜佛道,"你又来了!你再说少大人,要罚的。"扬才道:"是!是!"正在说时,忽有一个茶房来说道:"船主叫买办。"扬才道:"抱歉!抱歉!我有事要去了。"向伯英道:"大哥请你陪陪。"胜佛道:"请治公。"

那扬才匆匆去了。徐、麦、唐三人,就随便在书桌边坐下。胜佛就在床边坐了道:"我到了上海,总有一个月躭搁,也许到湖北家严处定省一次,大约今冬明春,总在北京。三位同唐先生届时也可到京,本来明春是会试的年头,同志之士,大可借了这个名目,会集一处。上海、两湖的同志,我趁这个机会去联络一下。

诸兄亦请访求豪杰，以便共定大计。想唐先生一定赞成的。"子勤道："好极！好极！本来唐先生也想和我去南洋各埠华侨中搜罗几个人材，华侨由三点会的遗传，中间很有爱国的志士，且身居异国，没有沾染本国官商中的恶习，自幼看见了欧洲统治殖民地的法律习惯，加以祖国腐败，丧师辱国，我们正想去联络一番呢！"正在说时，只听得舱中铃声当当，伯英立起身道："快要开船了。"正要拉开铁纱门，只见扬才匆匆走来道："开船了。"就对着徐、麦、唐三人说道："胜佛先生一路上由我照顾，请三位放心。"常博、伯英均道："好极！好极！"就向胜佛道："一路保重，到上海后请即寄信来。"子勤道："我们分头进行，请兄为中国前途保重。"三人同向胜佛握了手，就在舱面推开的栏杆外，步上小梯，回到岸上。胜佛送到栏杆边，靠在栏上，只听得铁索收卷之声，连续不绝。不片时，那丰顺船已渐渐的离开了岸，唐、徐、麦三人立在岸上，渐离渐远。胜佛拈了一方白巾，在栏杆边摇曳，三人也立着没有走，渐渐暮色苍茫，彼此都望不见了。胜佛正要回房，只见扬才走来，后边跟了一个茶房，问道："将要开晚饭了，戴少大人在那里吃？"扬才道："就在官舱的饭厅上，还有官舱第四号的林少大人，记好了，请他一同吃。"那茶房应着走了。胜佛也就回了房，靠在床上，心头自忖，唐、徐、麦等几个人，也是有志之士，不过他们的思想，没有革命党的彻底，我究竟何去何从呢？正在踌躇的时候，忽看见铁纱门有人推进来。胜佛抬头一看，原来是茶房，把房中的电灯开了，带笑说道："少大人，外面已开饭，请少大人去用饭吧！"胜佛立起身来，出了房门，茶房就将纱门带上，又用一个钥匙，将第二重的绀漆的柚木门锁上了，随即引了胜佛到了官舱的饭厅上。

胜佛走进去，只看见扬才等同着四五个人，立着谈论。胜佛含糊向众人点了一个头，那扬才就指着各人说道："这位是船上的二买办李先生，这位王先生，陆先生，苏先生，都是吾们账房中同事。"又向各人说道："这位戴少大人，是湖北戴中丞的大公子。"众人都悚然的行了礼，胜佛也回了礼。扬才道："吾们可以吃饭了。"忽然看了一看，回过头来问茶房道："刚才叫你请的林少大人，何以没有请呢？"茶房道："已请过了。"那茶房正要走到第四号的房门前，想要推门进去，只见房门一开，房中走出一个少年，身穿青灰色漳缎夹袍，罩着玄色漳缎的夹背心，头戴玄色缎的瓜皮小帽，身材矮小，面庞短扁，年纪不过二十岁左右，目光炯炯射人。看见了胜佛，便趋步上前说道："胜佛兄，我们可算奇遇了。"胜佛一看，原来是福建的林敦古，便笑道："吾们怎么会在此船上相遇？"原来林敦古是福建林文忠公的族孙，家中素来清贫，天性聪明，从小由寡母教训，经史子集，过目不忘。十二三岁时，就下笔千言，皆以神童相看。当时沈文肃公之子沈乐天，见而爱之，因其家道清贫，恐无资求学，因挈之入家塾，与其子侄辈相伴读书。沈氏本为诗礼之家，乐天亲承文肃公教训，立品端方，学问渊博。敦古自到了沈氏家中，受了朝夕熏陶，明白了求学的门径。加上他天资超卓，各种学问无不贯通。到了十八岁，中了福建省乡试第一名举人，乐天特别看重，即以爱女妻之。不过沈氏子弟总有些轻视他，彼此格格不入。敦古年少气盛，思欲自奋青云，一泄平日被人轻视之气，所以广交游以通声气。此次回闽娶亲后，因想到北京强学会同人推尊唐常肃，学问经济，俨然一时领袖，理宜趁早结纳。恰好当时沈乐天也正在广东候补，沈租公馆，敦古就住在沈公馆。见了常肃，彼此推重。现在想要回上海，因为听见北京有仿博学鸿词例开经济特科之说，将来出身，比较由进士科举为优。因为博学鸿词科，康、乾二朝，往往由白衣人考授翰林，清贵无比，为士大夫所艳羡。经济特科也当如此，由三品以上大员保荐，不问出身如何，只求才学过人。这时虽未明诏颁布，然敦古已由友人秘密通知了。敦古因为此事，所以急急欲赶回上海。此时见了胜佛，欣喜万分，略谈几句。旁边扬才说道："请吃饭罢！"那时扬才请胜佛坐了首座，敦古坐了二座，其余随便坐下，扬才坐了主位，举筷道："吾们船上用的是此地厨子，不晓二位少大人吃得来么？"胜佛道："很好！很好！我是向来随便的。"敦古道："广东食品之多，烹调之美，不要说是中国第一，恐怕全地球也要首屈一指呢！"扬才道："林少大人也喜欢广东之口味么？"敦古道："昨天有人请吃龙凤会，真鲜。"胜佛道："什么叫作龙凤会？"扬才道："少大人初次到广东么？可惜前天没有晓得二位在广东，否则很可以去试一试。这龙凤会是长虫跟鸡清蒸的；又有龙虎斗，是猫和长虫同煮的。外江人听了好象有点诧异，我们吃惯了，一点儿也不觉得。"胜佛道："从来各地食物都有遗传的习惯，地球上各处人民所食之物，奇奇怪怪，很可以研究各地原始人类的风俗呢！"敦古道："是极！是极！就似福建，也有许多特别的食物。即如贵省湖南吃辣子普遍社会，也就可惊。不过湘、沅二江，水性寒冷，不得不以辣子为常食品，以制寒冷的水性。"当时，座中各人大半吃完了饭，因戴、林二人尚未吃毕，各以筷子架在饭碗上。二人匆匆吃毕，请各人取去碗上的筷子。茶房拧了手巾，送与各人擦脸。那买办房茶房，特别将房中的毛巾取出拧了，送与胜佛，且说道："少大人的手巾，没有拿出来，且将就用一用。"胜佛接了手巾，随说道："很好！很好！"那敦古的家人送了手巾后，又斟了一杯茶，拿了一枝雪茄烟，送与敦古。敦古向胜佛道："你是不吃烟的，不和你客气了。"胜佛道："我们可到房中去谈一回。"于是二人立起身来，走出官舱。

胜佛引到那买办房前，茶房随即开了房门。敦古道："你怎么得到此特别优待呢？"胜佛道："因为麦买办是伯英兄族兄弟，所以推爱让我的。"敦古道："恐怕不是麦伯英的情分，乃是老伯的情分呢！"胜佛哂道："你不要太刻薄了。你是绝顶聪明人，不要得了聪明的流弊哟！"敦古道："金玉之言，钦佩！钦佩！"进了房门，那纱门是有"司不令"（弹子锁）的，就自己关上了。二人在写字桌两边坐下，忽见茶房推进了铁纱门，手中托着一个镀镍的茶盘，放着一把日本白瓷的茶壶，二只一色的茶杯，笑嘻嘻的说道："请两位少大人用茶！"随即倒了两杯，放在二人面前出去了。胜佛拿着茶杯，饮了些，说道："敦古兄此回来游，有什么目的么？"敦古道："就为听见唐常肃提倡公羊之说，风靡南北，人心都趋向变法维新，就看那日本，自从明治维新以后，不过二十余年，居然一战而胜，这不是变法的效验么？唯欲变法，必须要创立一面大旗子，使有知识的人齐集于大纛之下，方可号召。孔夫子是我国几千年自皇帝以至小百姓莫不尊奉的，这公羊的素王改制，真是庶民变法的好样子。所以我特地来听他一听的。"胜佛道："我是请他到北京去的，不过我在京时，对于政治改革不甚主张。"敦古道："唐先生他们的意思怎么样呢？"胜佛道："他们的意思是政治的改革，欲摹仿日本覆幕尊王的办法，以变法为入手，但是日本大权在于幕府，所以西乡隆盛、木户孝允、大久保利通诸公，以萨摩藩为基础，纠合诸藩，颠覆幕府。当时，幸亏幕府中有顾全大局的老臣胜安房，不忍以海军杀志士，所以成功。现在皇上虽已亲政，而西太后依然干预，那皮小连等将来所求不遂，必然离间母子，或至酿成政变。况且朝中士大夫，暮气已深，非常之事，必定闻之掩耳，倒不如草莽中人物，有勇往直前的壮气，有生死不顾的血诚，我看还是革命党有成功的希望呢！"敦古道："你说甚是。不过，中国人经几千年的学说，深入人心，那五伦中的'君臣'二字，视为天经地义。所以洪秀全之乱，曾文正出而扫平，当时他握极大的兵权，也有人劝他取而代之，他绝对拒绝。一则他平日以忠义倡率将士，不便反复；二则他如果反清自立，他手下的人恐怕就要倒戈了。他是极透彻事理的，决不肯做这种疯子的事，所以革命一事，是极不容易。况且吾们去做革命事业，尤其不相宜。即使吾们欲入他的会社，他们见了吾们的地位，先要疑心，恐怕是政府所派的奸细，就算认识我们的诚意，然于他们极秘密的事，不见得皆推心置腹，只有他们利用我们，我们决不能利用他们。一则因为他们秘密组织，必有几个生死弟兄，外人不得插入；二则现在他们里头有学问知识的，恐还不多，纵有天才，究少阅历，我们发表意见，若胜过他们，恐怕就要妒忌我们了。你以为何如？"胜佛道："你的话也是不差，但是……"正要说下去，只听那钟上已当当的报了十二声，敦古道："不早了，明天再谈罢！"胜佛也立起身来。敦古匆匆的推开铁纱门，向胜佛点了一点头，回到官舱去了。胜佛坐定，正要解衣上床，忽见房外有一黑的人影，扑上门来，不免吃了一惊。正是：

挥麈一谈成党史，乘槎双士放危言。

欲知胜佛房外何人？且听下回分解。

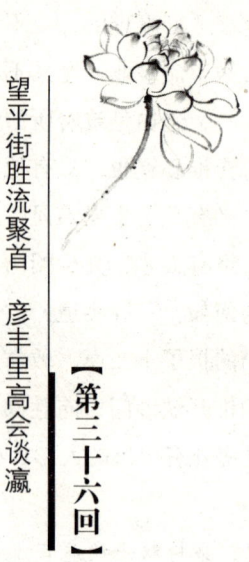

第三十六回　望平街胜流聚首　彦丰里高会谈瀛

话说胜佛在丰顺船上房中，正要解衣就睡，忽见有一个人影，扑上铁纱门来，他吃了一惊。只听得外面那人说道："少大人还没有睡觉么？想没有什么事了，我把这外门关上罢？"胜佛一听，原来是茶房，顺口答道："很好！很好！没有什么事了，辛苦你，你也可以去睡了。"那茶房诺诺连声去了。那胜佛睡到枕上，也因连日劳倦，酣然入梦。一觉醒来，坐起身，向窗外一望，太阳刚刚在东边海中吐出，红得象雄黄精琢成的圆球，盛在那翡翠似的海水大盆中，煞是好看。那茶房听见了胜佛的声息，连忙把舱房门开了，隔着纱门问道："少大人已经要起来吗？我去倒脸水。"胜佛也就起身。茶房提了一铅桶的开水，倒在床前的脸盆里，遂说道："水管因时候尚早，没有开放，到了九点钟，就可以开用了。"胜佛遂取了皮包中的毛巾牙刷出来，洗了脸，漱了口。茶房道："买办们都没有起来呢！"胜佛走出房来，在铁栏边徘徊了一回，看着滔滔海水，不禁感触了《楞严经》中波匿王观恒河的感叹，觉得身世虚空，芸芸众生，为什么专注意于功名富贵？好象如痴蝇触纸呢！正在徘徊之际，只见敦古也从舱中走出来，向胜佛道："你起得真早！"胜佛道："你昨夜睡得好么？"敦古道："我解衣倚枕后，百感交集，直到三点钟方睡着。"胜佛道："我一上了床就入了华胥国了。我想人的睡觉，就是小死，人的死，就是大睡。生死醒睡，无甚分别，不过时间之长短罢了，都应任其自然，生就生，死就死，醒就醒，睡就睡，我明白了这个道理，就没有睡不着的病了。"敦古道："自然你是个哲学大家，生死也不算一回事。所以超如说吾辈中若讲修仙成佛，自然以胜佛为第一。我是钝根，那里能赶得上你呢？"胜佛道："你又来说笑话了。我们且谈谈到了上海做什么事，找什么人，你的上海朋友，有多少同志呢？"敦古道："我上海的朋友很多，不过称为同志的，却没有检查过。中间也有诗文的朋友，也有功名富贵的朋友，也有酒食征逐的朋友，我是'淮阴将兵，多多益善'的。至于那个可为同志，那个不可为同志，请你去审查罢。"胜佛道："广交精选，原来是用人必由的法门，我们到上海再说罢。"那时有一个茶房来说道："林先生喊的点心来了。"敦古道："你吃过点心吗？"胜佛道："没有。"敦古道："一块儿去吃好吗？"旁边茶房说道："戴少大人的点心，已送到房里去了。"二人就分开到房。胜佛进去一看，只见一只镀镍盘已摆在写字桌上，中有面包一盘，糖酱、牛油各一碟，一杯奶茶。胜佛坐下就吃。吃过后，那扬才进来招呼一阵。喜得海波平帖，那丰顺船乘风而行，如在绿玻璃席上，只可厌烟筒中一股一股的黑烟，上面沾污了青天白日，下面又落在雪白的船头波涛之中，未免为白璧之玷。胜佛与敦古二人，在丰顺船中，行了三日海程，朝夕谈论，颇不寂寞。

到了第四日，只见海水渐渐变黄色了，舱面上的旅客，倚栏眺望的渐渐增多，总是盼望上海快到。渐行渐近，只见扬才走来，含笑道："再过一点钟，可以到上海了。"敦古向着胜佛道："你上岸住在何处？"胜佛道："我大约住一品香。我因为南北往来住惯的了。"敦古道："我也住一品香。"胜佛道："很好！很好！"此时丰顺船开了慢车，缓缓前进，那两岸的西式房屋，一排一排的向后倒退，不多时，已经到了招商局码头。扬才已招呼茶房，将胜佛的行李取出。胜佛赏了茶房十元的钞票一纸。茶房高兴的道了谢，在岸上招呼了熟悉的马车一辆，将行李交给马夫拿到车上。胜佛向扬才道了谢，扬才又周旋了一阵，伸了手与胜佛握了一握，就登车去了。那时，敦古也已由家人雇车，先后而去。

胜佛到了一品香，就有熟识的茶房，领到常住的五十六号房间，向胜佛手提藤篮中取出毛巾、牙刷、漱口杯等，一面向脸盆中开了龙头，放了一盆热水。胜佛自己去洗了脸。茶房道："少大人从广东来么？"胜佛点点头。茶房道："可要叫些点心？"胜佛道："刚在船上吃了饭。这两天可有人来寻我？可有寄我的信么？"茶房道："有！有！"回到房中取出了名片及信件，交给胜佛。胜佛接过来一看，原来是湖南明德学堂堂长胡子靖，上海《中外日报》梁超如、王让卿等名片。又有超如一封信，拆开看了，晓得他答应了姜剑云，到湖南去创办报纸，并开学讲学，到了上海，预备一切，尚未动身，现寓《中外日报》王让卿处。他出了一品香，唤了人力车，一径到望平街《中外日报》馆内。拿了名片，叫馆役通知，他也跟着上楼，只听得里边说道："好极，胜佛来了。"只见房中走出一人，中等身材，深目长脸，秀而有威，两颊瘦削，下颔长而偏左翘出，好象明太祖的一半龙颜。一望而知是超如。他看见了胜佛，欣然上前握手，招呼进去。只见靠窗写字台旁坐着一人，身材长短与超如仿佛，脸黄面瘦，双目近视，戴了一副金丝边眼镜，举止迟缓。看见二人进来，就立起身来。超如替双方介绍了，让卿慢慢的低声说道："兄弟听超如说起先生的学问意气，渴慕得很！今天见了先生的丰采，真不愧人中鸾凤，宜乎超如说起了先生，真是五体投地呢！"胜佛道："岂敢！岂敢！让卿先生的文采品行，久所钦仰，兄弟粗疏浮躁，不值一哂。超如的话，不过阿私所好罢了。"超如笑道："我们见面不谈正事，先客套一番，让卿是江浙文人，不免有些文绉绉酸溜溜，胜佛你是侠气干云的奇男子，怎么也学了这种习气呢！"让卿笑道："江浙人让你骂尽了！但是胜佛先生，将来一定是在枪林弹雨之中，轰轰烈烈的干的，恐怕超如你也不过文绉绉酸溜溜，作一个磨盾草檄的人材哩！"二人呵呵大笑。超如道："胜佛，你这回到了广东，见了我们的先生，你的感想如何呢？"胜佛道："此次到了贵省，见了唐先生及常博、伯英、子勤，增加了我许多见识。"他就把唐先生及徐、麦等所讲的话，细细告诉了超如。超如道："你是最易为情感所动的，大约革命思想已打消了不少吧！"让卿道："听见他们革命党品类不很齐，所以连次失败。"胜佛道："这也是革命初起时不可免的。"让卿道："话是不差，不过我们观人的学问、经验，是不可少的。所以我近来想做一部书，将古今来观人之法，集在一处，以做我们的揣摩秘本。我在上海结交了许多朋友，到后来总是失望。我们将来办事，第一根本要能知人。所以曾文正的用人，连相法都要研究，真是经验之谈。"胜佛道："是极！是极！"超如道："今天晚上，我们到何处去替胜佛洗尘呢？"让卿道："我有一处好地方，胜佛先生不可不去见识的，我来做个小东。"超如道："我晓得了。"胜佛道："让卿先生，千万不要客气。"超如道："你也不必客气，让卿是同志，所到的地方，决不是吾辈所不应去的。"让卿微微笑道："是！是！现在请你们畅谈，待我把日报的稿子整理了发出去，就可以一同出去了。"他回到写字桌上，将各处采集的新闻及社论的稿子，细细看了，交给经手的人，看看时钟，已将近八点半了。他立起身来，对超如道："我们可以去了。"超如道："你到底到什么地方去？"让卿道："你刚才已说晓得了，还用问么？"三人一同下了楼，让卿向着自己的包车夫道："到二马路彦丰里去，再喊二部车来。"胜佛道："此地到二马路不远，只一点儿路，可以不必坐车了。"超如道："赞成！赞成！"

　　让卿等三人不坐车，由望平街穿出，到了二马路鼎丰里隔壁一条弄堂，名叫彦丰里。三人进了里门，只见坐北朝南有一座楼房，大门是黑漆的，上挂着一块铜牌，刻着"曹寓"二字。让卿当先走进门去，到了堂屋，只见上首的一间，门帘挂起。上海书寓的规矩，若有客人，那门帘就放下来，客人就不能进去。让卿请二位进去，随便坐下，就有一个大姐笑道："王老为啥长久勿曾来哉？大小姐牵记煞哉！"外面仆人送上茶，他向各人分送了。只听得楼梯上高底皮鞋声，咯噔咯噔的走下楼来。那时，房门上门帘已经放下。胜佛等正在看房中的装饰，只见门帘一掀，走进了两个娇小的女子，笑道："王老、梁老，倪姆妈勿曾出去，请各位到楼上去坐嘘！"让卿道："很好，一同去。"胜佛悄悄的问超如道："那是何人？"超如道："状元夫人，你难道不知道么？"胜佛道："原来是状元夫人的香巢！"这时让卿已先行拔步上搂。书寓中规矩，须熟客先行，客人是跟着主人的。上了楼，是五开间的楼房，踏进中间，只见上手的房门口，有一位丽人含笑相迎。胜佛见她穿着淡青色缎子薄棉袄，上绣着粉荷色的蔷薇花，下穿的也是淡青绣花一色的软缎长裙，头上梳着双鬟婀娜的盘龙髻，丰神绝世，仪态万方，含笑让客。进房一看，原来是把两间房打通了，作为一间。两间中间，挂了铁青色缎子，上用金线绣成飞龙舞凤花样的大幔，作为隔断。房中地毯是绀紫色出纹式样的毛织品；靠东壁是一只大沙发，紫色丝绒的垫子；面前是一只白漆柚木的百灵台，四把玲珑的白漆椅子,南北随意排列着。几只小桌椅,也有秋叶式的,也有连环式的,也有菱角式的,也有方的,也有圆的,所漆的颜色,各各不同,或果绿,或粉红,或鹅黄,或荔紫,桌上也衬了各色的抽丝花边茶垫;墙上是用淡黄色绫子裱糊的,挂的几幅油画、水彩画,都是柏林、罗马新出的画家画的。三个人随意坐了,让卿带笑说道:"今天是这位戴先生慕名来拜访,幸蒙主人不弃,我是很荣耀的。"遂向胜佛说道:"这位曹梦兰女士,就是状元夫人。"胜佛含笑道:"'久闻大名,如雷灌耳!'今天真用得着这二句了。"梦兰微哂道:"王老,你又来挖苦我了!总是红颜薄命,承诸位看得起,常来走走,真是感激得很!"超如道:"你的事很可做一篇吴梅村的长歌,不过希望你将来再做一点可泣可歌的事,我们就可以着笔了。"梦兰默默不语。胜佛道:"你脱不了文人习气,这种哀感玩艳的一类文字,最足消磨志气,吾们也要视同鸦片赌博,一律驱除才好,否则也是亡国原因的一份子呢!"让卿道:"真是药石之言!幸而醇酒美人,胜佛先生没有提出来驱除。今日此举,还可不算十分唐突哩!"胜佛忙道:"让卿先生不要多心,超如向来知道我的疏狂故态,至于看花坐月,借酒谈心,倘也要禁止,转是伪君子的状态了,吾辈只要不沉溺其间,就是烟馆赌场,亦何尝不可亲入地狱?只要我度众生,不要为众生所度罢了。"超如道:"你的主张,不用说好,即你的言语,亦妙绝天下了。"让卿道:"我再去请几位同志来。"随向中间桌子上,取来笔砚及请客票,一面写,一面问超如道:"林敦古在上海吗?"胜佛道:"刚同我一只船上来,也寓在一品香。"让卿道:"好极了。"随手写了四五张请客票,交他们下人送出去,随向梦兰道:"此间房子空么?可以借此请客么?"梦兰笑道:"那有什么不可以。"让卿道:"我听见你们做西餐的厨子很好,我们就吃大餐,各位同意么?"超如道:"很好!本来西餐比较的干净一点,于卫生也有益些。"

一会儿下面响了电铃,房门外一个侍女道:"王老,朋友来!"只听有人上楼梯,让卿迎出房来,胜佛在后面跟着,只见先后走进来的三个人,都是熟人。一个是唐在经,一个是胡子靖,一个是林敦古。一进房来,敦古就向着胜佛笑道:"我到了一品香,说是你已经出去了。原来你是走到了木天玉堂中来了。"胜佛道:"我到了寓中,知道超如在上海,就立刻到让卿先生处找着了。此地是让卿先生引导来的。"遂向着唐在经说道:"你是几时到上海的?"在经道:"来了不过三天。我同黄克柔在长沙组织了一个国术会,招集了不少技击专家,很有几个有惊人技术的,可见我们中国的人才众多,可惜没有表扬出来。"超如道:"吾在长沙也会过了几个武师,可惜没有一点政治思想。此等绝艺,恐怕于中国前途没有什么影响。"在经道:"一时直接是没有的,也许间接有点用处。"胜佛道:"超如你不可轻视他们,武士毕竟与秘密社会较我们接近些,我们要沟通此种团体,这也是一条捷径,所以这个办法,我也是发起人之一哩!"超如道:"吾们广东革命党初起时,象地痞流氓,也去收集,有封为值殿大将军的,有封为九门提督总兵的,我们听见了往往失笑。然照胜佛说来,这也是一种间接的办法哩!"遂问道:"让卿,还有客么?"让卿道:"还有一位。"超如道:"是那个?"让卿道:"就是苏州匡次芳,他是由甲午后在此地做寓公,他与此间主人很熟,未免有些顾忌,各位最好不要提起旧事。"便回过头来,向梦兰道:"可以预备起来了。"梦兰立起身来,向房中侍儿说道:"阿凤,大餐桌上已预备好么?"阿凤道:"好了!"便走过来将幔子旁的绒绳一拉,那铁青锈花的缎幔就两面的分开了。胜佛往里面一望,电灯晶莹,比客座中的灯加倍明亮,居中是一张柚木的大餐台,上面铺着雪白的台单。台上中间摆着一只玻璃大花插,各色的中外花卉,姹紫嫣红,娇黄嫩绿,烂漫纷披。桌子四围,用碧绿的游龙草排成一周的花纹,好象桌上绣成的绿色花边。南北及两旁共摆了八副食具,每副中间是一只白瓷盘,盘右是三只玻璃酒杯,盘左是一把银刀、四件刀叉,又一只面包小瓷盘;酒杯中插着卷成各种花样的雪白麻纱饭巾。室中的北首,是一只老红木的餐具大橱,四面玻璃砖,橱面也是玻璃砖的。橱中一格,都是大小的银盘及各种式样的银碗,各种真银的、镀银的刀叉等类;一格都是玻璃的各式葡萄酒杯、香槟酒杯、白兰地酒杯、威士忌酒杯,又有红绿各色的小酒杯,晶光耀目。室中壁上是用湖绿色绫绸裱画的,上挂了两个楠木架子,嵌着康熙窑的大瓷盘,上画着《九秋图》,秋花秋虫,色香如活,确是恽南田一派。旁边又有几个嵌着康熙青花盘碟的楠木架子。胜佛道:"这个《九秋图》瓷盘那里来的?真可算得天下之宝了!"梦兰道:"这是我一个朋友江浦陈亮伯送我的。我也宝贵这,差不多的我也不去请他们到此间来看的。"让卿道:"亮伯是我的同年,他向来对于瓷器是很有研究的。"超如道:"我们此种的宝物,足以夸耀全球,我们的祖先,实在不愧为大国的国民!我们做子孙的,真要好好的自己奋勉呢!"

正在说话间,只听得楼下的电铃响,那阿凤等已迎了出去。不一回,只听得阿凤在楼中间说道:"王老,朋友来!"让卿走出客座,梦兰跟在让卿背后,只见阿凤掀了门帘，一个人缓步进来，年纪不到四十，身穿二蓝宁绸棉袍，上罩一件玄色漳缎马褂。进来后，他的眼光先向四围一掠，看见了梦兰，说道："我们想不到在此见面。"随向各人问讯过，又向让卿拱手道："来迟了。"随即随意坐下，阿凤送进茶来，梦兰接在手中，含笑的送到次芳跟前。次芳站起来说道："不敢当。"梦兰道："匡大人又来客气了。"随向让卿说道："客已齐了，可要入座呢？"让卿点点头，立起道："我们入座后畅谈罢。"大家一同立起，随着主人，照着所排的座位坐下。让卿坐在南首主位，向梦兰道："你就坐在对过的主位罢。"梦兰含羞道："这是不便的。"次芳道："你是此地的主人，应当坐的。"让卿道："今天我们照例叫几个局吧？"超如道："我看不必，今天在此，贤主佳宾，正好畅谈，不妨破例的做一个特别宴会。现在女主人不肯就坐，也是拘于这个旧例，我想不但女主人入座，就是月娟、素娟二位，也请一同入座。"大家说："好得很！好得很！"于是梦兰道："如此遵命了。"让卿就对仆欧说："再添两个座位。"那月娟、素娟说道："我们不必了。"让卿就对梦兰说："请你下一个令，不要辜负了梁老的盛意。"梦兰就含笑向月娟、素娟二人说："你们就照着我坐了也不妨。"二人方才含羞的坐在两旁。

　　那仆欧陆续斟洒，送汤送菜。胜佛道："女主人曾游欧洲，她的见闻，真是我们所不及的。现在外国的文字语言，不至于忘掉了吧？"梦兰道："我在德国的时候较多，所以德文尚能记忆。回国后与外人接触的时候少，也有些荒疏了。不过普通的言语尚可勉强。"超如道："你出洋的时候，风气初开，不要说女子，就是男子也很少明白外人风俗的。一方面，外国人对中国人，也是如此。我听见朋友说，曾有一个出洋随员，年纪甚轻，不过十七八岁，他住在大旅馆中，要上厕所去，就向男厕中推门，旁边一个仆欧将他阻住道：'此是男厕。'随员说：'我本要到男厕去。'那随员大约外国语程度不甚高明，说了半响，幸有一个翻译，向仆欧说明了他是男人，方才一笑而去。究竟因何误会？因为这个随员年纪尚轻，脸上白嫩，唇上无须，他就被误认为女子。可见外国人于中国男女服饰也分别不出，所以闹出这个笑话。我们中国人初到外国，自然也要闹出笑话了。"胜佛道："从前中国派到美国的公使，有一位姓崔的，他到了华盛顿，一天上街去，看见搪瓷器店中有一只外国女人的小便器具，是白瓷上有金花的，很为华丽。他也不问何用，就买了回去。一天请客，是用带去的中国厨子烧中莱,那些贵宾贵妇,听见了中国菜是很有名的,都想去尝尝异味。等到入了座,吃了几样菜,正在赞美,末后是用茶腿清蒸鸭子。那翻译官正说着这鸭子的烹调法如何的好,不料厨子送上鸭来,盛鸭的器具,却是公使亲手置办一个妇女溺器,本来很象中国的鸭床。阖座看见了,男宾呵呵大笑,贵妇皱了眉,统统立起来,不辞而去。真是一个大笑话呢。"超如道:"这虽然是外交界的笑话,然而外国人客座中往往用女人的绣花或刻丝等裙子铺在桌上,也是一样的可笑。"梦兰道:"这种风俗不同,闹出笑话,尚还可恕。我听见有两件事,真是中国人的羞辱呢!"众人都停了刀叉听她说。梦兰道:"有一件事,在俄国记不起什么大宴会,各国公使及各国贵妇人均在座,尊严华贵,仪节隆重。入座后,到了上鱼菜时,大银盘里盛着一条鱼,据说此鱼非常珍贵,要值几百个卢布。那仆欧正托着鱼盘,侧着身送到一位贵宾面前,待其自取。那旁边中国公使,忽然咳嗽一声,一口浓痰冲上来,随口吐出,适吐在盛鱼的银盘中。各位想想这时的情形是什么样?又有一件事,在法国巴黎,有一天公使夫人洗了脚,把缠脚的脚带交仆妇拿去洗,不料那个仆妇洗好了,就挂在使馆的正搂上,那里是平时悬挂国旗的地方,把两条脚带晒在那里。有个新闻记者看见了,回去就在报上登了一条新闻,说是中国改换了国旗,不用黄龙,是用一条狭长白色的旗了。后来煮得法国外交部差人来打听,各位想想看,好笑不好笑呢?"满座的人听得都大笑起来。

　　正在笑时,只见阿凤向着月娟、素娟二人,附耳说了一句话,那二人就立起身,向梦兰说道:"姆妈有堂差来了。"梦兰道:"你们尽管去。"让卿道:"主人有事,不妨先走。"梦兰也立起身来道:"我也去应酬一回,失陪!失陪!"她三人就姗姗走去了。敦古道:"次芳先生,你可晓得经济特科的消息的确吗?"次芳道:"我过湖北时,见了南皮,他极力主张,但是龚、高二位的主意还没有定。因为南皮与常熟素来有些芥蒂,恐怕未必即能实行呢!"让卿道:"南皮才气纵横,屡次想入军机,常熟不免暗中阻挠。现在南皮被视为后党,常熟当然是帝党,两个人芥蒂很深。"那时菜已上完,仆欧将香槟酒开了几瓶,向各人香槟酒杯中斟满了。让卿持了香槟杯,立起身来,向众人说道:"今天的聚会,并不是一种平常的征逐,此一杯酒,望诸位各图前进,以救国为宗旨,将来所趋,纵有不同,总勿望救国。望诸位尽此一杯,为前途努力。"当时各人听了,都悚然起立。胜佛道:"有负此酒,神明殛之。"各人饮尽了一杯酒,正要散席,只听得楼梯上匆匆的一阵脚步声冲上来。又听见阿凤叫道："不好了！不好了！"正是：

　　蜀肆琴心传彩凤，延津剑气合神龙。

　　欲知后事如何？且听下回分解。

【续孽海花】

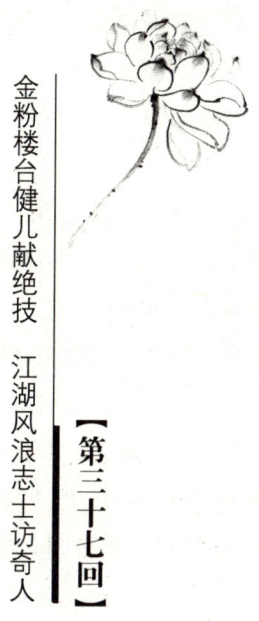

【第三十七回】

金粉楼台健儿献绝技　江湖风浪志士访奇人

　　话说曹梦兰寓中一席酒，各人正在欲散的时候，只听得楼梯上一阵脚步声，侍儿阿凤高声呼喊，众人吃了一惊，一齐走至楼中一望，只见阿凤掩面逃来，后面有一个少年，身穿密行的淡青杭绉棉袍，罩着库金镶嵌蜜黄库缎的巴图鲁背心，钉着了三太保的碧霞犀纽子，长眉插鬓，隆准耸颊，猿臂虎腰，英武迫人。他两只手搭在阿凤的肩上，俯着头，想要闻阿凤脸上的粉香。让卿道："原来是你，今天你从那里晓得的？又钻来了！"那人呵呵的笑道："不要说起，我闯了一个祸逃走来的？"原来此人姓魏，号郁文，别号断指生，是湖南人默深先生的裔孙，自小聪明绝顶，读书过目不忘，并且欢喜国术，好在湘省风俗尚武，容易练习。到了十岁余，膂力已胜过常人，恰好家乡有一位龙子犹先生，是于武术确曾得过秘密真传，后来看见了郁文天资可造，就收为弟子，传授了不少内功外功的功夫。那郁文文学又是家传，于二十岁就中了举人。入京会试，结客长安，公卿刮目。甲午之后，他见国事日非，于公车上书一举，也是中坚分子。那时他的老师黎殿文，放了浙江学政，因他是名人之后，文采风流，就延为入幕之宾。不过他是不羁之马，沪杭之间，时时往来，品酒征花，挥金如土。他也常到状元夫人处，与一班名士征逐往来。今天他在别处席中，见了梦兰，听见胜佛、在经都在此处，就急急赶来的。让卿道："我们已吃完了，怎么样？"郁文道："什么都吃不下了，阿凤替我要一杯咖啡来倒很好。"胜佛、在经二人同说道："你近来做些什么事？为什么不去跟着老师去看文章呢？"郁文道："呸！这种酸臭触天的事，我怎能去做，不要把魏郁文熏死了么？"他就指着次芳问让卿道："这位是谁？"让卿向双方介绍了。就问让卿道："你知道各国瓜分中国的消息怎么样了？"次芳接着道："各国连鸡之势，一日不能解决，即一日不能瓜分，所以欧洲均势之说，倒是中国的救亡要药呢。"郁文笑了一笑，就对超如说道："中国的国家，要靠着各国的分赃不均，苟延残喘，堂堂的四万万民族，五千年历史，不要羞死人么？难道我们黄种真没有人出来挽回么？超如你要好好的想一个救国方法哩！"超如道："你有什么救国方法？你是在脂粉丛中过一生罢了！"郁文道："与其在臭哄哄的恶官场，不如在香喷喷的美人团。"旁边次芳立起来道："我要先走一步。"敦古道："吾也要走了。"让卿道："超如你们和郁文再谈谈。"就送了二人下楼。

回来时，超如道："我们也好走了。"让卿道："不许走，我正要听郁文闯了什么祸呢？"阿凤道："王老请各位不要走，大小姐刚刚吩咐格，要等俚回来后再走。"郁文呵呵笑道："回来了就走，太没有意思了。"阿凤道："魏老，你又来瞎三话四了！"让卿道："你的说话真爽快，没有一些顾忌的。"胜佛道："我很喜欢他。"超如道："你喜欢他，你就叫他一个条子，吃他一台酒好吗？"郁文道："放屁！放屁！超如心中总有浮云滓秽呢！"让卿道："你刚才所说闯的祸是什么呢？"郁文哂道："是我的儿戏性表现罢了。"胜佛道："快说出来，不要忸忸怩怩。"郁文道："我今天走过棋盘街，看见一个红头阿三，扭住一个乡下人，因他小便，强打着上海白说：'行里去！行里去！'后来乡下人拿出了两块大洋才放了。我想，他是亡国奴，也来欺负我们，好不生气。刚才我从金小宝楼上，见了状元夫人，知道你们在此，急欲走来，也不坐车。走到二马路中间，有一处正在建筑，并排二座楼房，两面的墙相离尺余，身体壮大的就走不进去。我走过那里，心中触动了白日的闷气。恰好一个红头阿三，正踯躅而来，我就故意的向着那两座楼房的墙边拉起衣角，装作小便。那红头阿三，以为生意经来了，他也不响，伸手上来，想扯住我的衣衿。我将身一闪，闪在他的身旁，随即用手将他臀部一托，耸起来七八尺高，向着那夹墙中一送，恰好把他狼狈的身子夹在中间，动也动不得，走也走不出。我对他哈哈的笑了一声，拔脚就跑。我怕他拿出警笛吹起来。大约他两只手回不过来，所以没有听见警笛声。我急急的走进门来，不等通报，赶上楼来，看见阿凤，想香一个面孔，作为我的酬劳。可惜没有福气，大约是功小赏重，所以得不到了。"众人呵呵大笑道："痛快之至！"胜佛道："你如何有此手段？"郁文道："这种儿戏，算得什么，一二百斤的东西，我还可以随意抛出去。我的师父，再加个十倍也不算数哩！"在经道："你的师父可以去见一见么？"郁文道："怎么不可以，他的徒弟朋友，九流三教，正不知有多少哩！"正在说时，只听得楼梯上咯咯噔噔的鞋声，阿凤迎上去说道："王老勿曾走。"只听得梦兰问道："匡大人跟各位都没有走吗？"阿凤道："匡大人搭仔林大人一淘走格。"梦兰一面说，一面就走进客座，说道："对不起，王老跟各位都久等了。"让卿道："我们正要走了。"郁文喊道："阿凤，可是回来就要走了。"阿凤道："勿要瞎说！"梦兰道："时候尚早，再谈谈。"超如道："不早了，我们一同走罢！"大家向让卿道了谢，胜佛对在经、郁文说道："明天到一品香来谈谈。"二人说道："很好，你不要出门去。"胜佛点点头。主客五人，匆匆辞了梦兰，下了楼，出门分散而去。

　　到了次日八点钟，胜佛刚起来盥洗，房门外冲进两个人，一个是郁文，一个是在经。郁文道："你刚起来么？"胜佛道："昨夜睡迟了。"郁文道："昨夜我就住在他处，谈了一夜没有睡。天明了，我们出去吃点心，等了好一会儿，才吃了跑来。这个时候，上海人正在梦中哩！"在经道："昨天人多，没有谈要事，你此次到广东有何所得？"胜佛就将在广东与唐、徐、麦所谈的话，以及他们的主张，注重政治改革的思想详细说了。在经道："我们现在不管将来如何入手，总以搜集人才为第一。现在克柔在长沙设立国术学堂，他的意思就想打通秘密社会，收集草莽人材，我们读书人，他们颇疑忌的，总要一个他们社会中钦佩的大人物，得他出来疏通，方有开诚布公的办法，你以为如何？"胜佛道："是极！但是我看来革命比较变法是容易，不过变法难成，成后容易整理，革命易成，成后难于收拾。现在且不必管他，你的办法赶紧进行便了。"在经道："我们本省会党多极了，不胜招呼，我们先要提纲挈领，寻着了一尊人物，才可逐步进行。"胜佛道"那里去找这种人呢？"在经道："我昨夜与郁文谈了一夜，才晓得他的龙老师，是一个三江、二湖、川、滇、黔共尊奉的一个首领，他的潜在势力很大，我想同郁文一同回省去见一见他，不晓得郁文能否抛却了珠歌玉舞的境地，去上那栉风沐雨的长途呢？"郁文道："你真以为我是一个荡子么？说走就走，你看我比你总强些！"胜佛道："我明后天也想动身到湖北去，超如要到湖南，我们同走罢。"在经道："超如说今天就走，来不及了。"

他们三人隔了两天，就乘招商局的江天轮船，同住在一间官舱里。正要开船，人声喧闹，房门外往来的人不绝，许多贩卖水果、点心、杂物的小贩，进进出出，十分杂乱。他们把房门关起，默然相对。那健谈的郁文，也不出声。胜佛道："你也象反舌无声了？"郁文道："这不是玩的，开口洋盘闭口相，在江湖上不可大意。况这个江轮上，尤其要注意的。"胜佛点点头。不一会，卷链起锚，轮船渐渐开行，人声亦渐清静。在经道："你的老师仍在你本乡么？"郁文道："早已经离开了。"在经道："现在在什么地方？"郁文道："我也不知道。"在经道："我们那儿去找呢？"郁文微笑道："你放心！我自有法儿。"他就在房中一看，看见床铺底下有一根二尺多长的细草绳，大约是在食物盒子上解下来的。他就拿起来，结了一个双全结，跟着又结了一个燕尾结，他取出小刀，把绳末切齐了，随即开了房门，向门钮上挂上。在经道，"你又来玩把戏了。"他眨了一眼，说道："不要胡说。"他仍将门关了。胜佛低低的说道："是你们党中的暗记么？"郁文点点头道："明天就有效验，我们睡罢。"三人因连日辛苦，和衣倒在床上，一会儿都齁齁的睡着了。

一觉醒来，已六下钟了。三人陆续起来，唤茶房倒水盥洗。因时光尚早，等了好一会儿，茶房才取了水来。三人洗脸漱口完毕。茶房道："三位吃稀饭么？"郁文道："要三客吐司，三杯牛奶。"茶房答应去了。等了一会儿，见有一个仆欧，穿了白饭单，手中托了一只镀镍盘，铺了一块白手巾，放着面包、奶油、果酱及三杯牛奶，送到房中靠窗小桌上。三人吃毕，茶房送来一壶香茗，三只茶杯。郁文取了一枝雪茄，点燃吸着。只听得房门上轻轻的扣门之声，郁文开门一看，只见一个年纪约有四十岁，穿一件黑布棉满，罩着一件半新不旧的玄色呢长袖马褂，面色苍紫，留着威廉须，新刮的满面胡子，好象搽上一层美人画眉的黛墨，双睛闪烁有光，向着郁文一望，笑道："我道是谁，原来是老弟！"郁文道："想不到师兄也在此！"随向胜佛、在经道："此位是小弟的师兄向中格。"随将胜佛、在经二人做了介绍，四人各在床沿上坐下。中格道："老弟，你在杭州，怎么又要到那儿去？"郁文低低的说道："他们仰慕着老师，想要瞻仰瞻仰，所以拉着小弟同行去见见老师。小弟亦想顺便去见一见，因为已经有二年多不见面了。"中格道："你晓得老师的住处么？"郁文道："我想沿路遇着同门，总可以知道的。"中格冷笑道："我们老师因为去见的人太多，现在住的地方很隐僻，恐怕知道的人很少呢！"郁文呆了一呆道："难道出了什么差儿么？"中格道："我们老师，难道还怕什么吗？不过他老人家近来觉得很灰心，所以要匿迹销声哩！"郁文道："难道师兄也不知道住处么？"中格道："也可以算知道，也可以算不知道。"郁文道："怎么样？"中格道："他老人家是隐在一座山中，就是知道了也不容易找。不要说他们两位，就是老弟恐怕也一时找不到呢！"胜佛道："兄弟跟郁文兄是肝胆之交，听见贵老师的学问人格，也想投入门墙，并不是泛泛而来的，所以决心要见一见天下的人杰。既在世间，就是千山万水，总可以找到的。"中格呵呵笑道："戴先生，你是贵公子，功名富贵中人，去找一个山洼乡曲的老头子有什么用？就算找着了，也不过所见不如所闻罢了。二位一定听了郁文的胡吹。老弟，你以后切不可把我们老师说得象仙人侠客，一道白光空中来去，须知道世上的人，只能做世上人能做的事，希奇古怪的话，只可以写在小说中罢了。老弟，你以后要切戒的。老师不也常常告诫我们的么？"郁文听了，惶悚的道："我没有瞎说，不过二位都是有志之士，与小弟确是刎颈之交，现在国家时事日非，中国将有大乱，他们晓得老师学问品格非比寻常，想要列入老师门下，结合几个志士，预备将来做事时，也有训诲指示，也有肝胆手足罢了。小弟虽不免轻浮，然而老师训诲，决不敢忘掉的。"中格呵呵笑道："老弟不要多心，并请代向二位道歉。因为愚兄年纪多了几岁，白米饭多吃了几碗，见的人、见的事也多些，实在种种叫人可怕，吾们老师也因此灰心。然而老人家的爱国热血，恐怕比你我还要多好几斗哩！现在船上不便多谈，我们到了汉口，到我的寓中，再细细谈一回。老弟，你把门上的记号取下罢！你晓得船上的侦探多着哩！虽然有戴先生同行，尤其要谨慎。我们在船上，也不必彼此招呼，上岸时我自有法来招呼的。"说罢，立起身向着胜佛、在经道："再见！再见！"自把门开了，一闪身就出去了。郁文悄悄的把门上的草绳取进来，解了结，就向窗外抛去了。

他们三人在江天船上，匆匆的过了三天。那位向先生也没有见面。那日到了汉口，将要起岸，胜佛道："本来应当请你二位去住衙门中，但很多不便，我们还有许多行动，我想改名住客栈，不叫家中知道，否则必有许多纠缠的。我觉得很对不起二位。"郁文道："胜佛，你还讲这种话，你以后快快改掉，否则我是不愿与你做朋友的。"在经道："人情世故，也不可少的，太习惯了直爽举动，将来也是召祸之道，你不要又说我胆小怕事，欲做大事，也不值得以小事牺牲。郁文，我也是要劝你的。胜佛脾气，何尝不象你一样，不过他操心虑患，比你深一点罢了。"郁文道："老哥哥不要讲了，算我小兄弟错了。我们改了名住了客栈再说，我的师兄，总有道理，不会瞎说，我们去等着罢。"那两人说道："好！好！"就把行李匆匆收了起来。郁文走出舱门口，看江天船慢慢的靠岸了。那些接客的、卖杂物的，以及脚夫等，纷纷都跳上船来。只见一个卖水果的，提了一只篮子，走近官舱门口，向郁文说道："魏先生要买橘子么？"郁文正在疑惑：他何以认得我？只见他拿橘子送了上来，送在他的手中。他就问道："几个钱？"他答道："这是顶呱呱的花旗橘，一毛钱，不贵罢？"郁文就取出一角小洋给他。他微笑道："倒底魏先生是吃客。"他就扬长的走开了。郁文拿了橘子，进了房，打开一看，只见包皮纸里面写有"英租界联发旅馆"七个字，就让他们二人看了。然后，将纸撕碎了，丢在窗外。三个人就叫一个脚夫，拿了行李跟着上岸。

到了码头，就叫了三辆人力车。郁文将行李分配在车上，说道："我先走。"他跳上第一辆车，二人也跟着上车。那车夫问道："到那里？"郁文道："英租界。"那车夫就低头用力的如飞去了。三辆车相跟着走，不多一会儿，只见郁文唤令停车。车夫停下来，郁文付了车钱，车夫便蹬车走开了。三个人各自提了行李，走入一条弄堂，过了十余家，只见一家大门上写着"联发旅馆"，郁文走进去，就有招待的人上前招呼。上了楼，看定了一个房间，把行李放了，茶房送进茶水。坐定后，那招待的拿了簿子，将桌上的笔砚取来，陪笑说道："请写一写。"郁文拿过来，写了梁檀生、虞延辉、谈更生三个名子，注明自上海来，招待就拿去了。三人在房中吃了饭，只见茶房推门进来，说"有客"，后头跟着一个人，穿着二蓝宁绸棉袍，玄色库缎对襟马褂，戴着玄色呢的学士帽，进门便向三人鞠躬。三人仔细一看，原来就是向中格。郁文不免笑了一笑，叫了一声："师兄！"中格微哂道："老弟好久不见了。"那茶房倒了一杯茶，退出去，将房门带上。郁文道："师兄几时到的？"中格道："我看见你们上岸的。"郁文道："这送橘子的人……"中格道："这个不用去谈了。"随附着郁文的耳朵低低的说道："今天晚上八点钟，请你同二位到前弄第十七号杨寓内，我们才可以畅谈，请你记好了。"郁文点点头。他闲谈了几分钟，立起身来道："晚上小叙，请勿客气。"向三人点点头，就开了门，门外茶房站起来，三人也不送下去，便匆匆的下楼去了。

他们三个人坐在旅馆中，等到将近八点钟，才出了旅馆，走出了巷门。胜佛抬起头来一看，原来是永安里。沿着大街，望前走过数十步，又有一条巷子，名叫永寿里。他们走进巷内，数到十七号一家，两扇黑漆大门，门上贴着硃砂笺，写着"杨寓"二个大字。他们就上前敲门，听得有人来开门。等门开了一看，原来就是向中格。他含笑说道："请里面坐。"走进去便是一座客堂，上有搂房；楼梯是在客堂后面。向中格把三人引到客堂下首的房内，房中摆着些榉木桌椅，中格请三人坐下，把电灯开了，就出外去了。好多一会，才回来一同坐了。郁文道："师兄，此地是新搬来的么？"中格道："也住了两三个月了。"在经道："宝眷在此地么？"中格道："没有，不过有几位同志同住，他们中一位有家眷的，住在楼上。"郁文道："老师到底在此地么？"中格摇摇头道："饭后再说。"胜佛、在经见他郑重秘密，不免有点儿疑心，就问道："吃饭是不要紧的，请你赶快说明罢！"中格道："不是兄弟故意作难，其中很有关系，且不是三言两语能说明的。现在饭已预备，请三位吃饱了再细细的谈。"随即立起身来，到房门口，三人一看，只见客堂中已摆齐了坐位，桌上六碗菜蔬，大约是广东馆子叫的，还有一壶白干儿，中格向各人斟了一杯，对郁文笑道："你是在上海吃遍了山珍海味，到我的地方，恐怕食不下咽罢？"郁文道："师兄又来笑我了！我以后要好好的表示，否则老师知道了，信以为真，必定要驱逐我了。"中格道："我这位兄弟，什么都好，只怕向醇酒妇人中堕落。二位既与他至交，总望二位常常的提醒他这一点，其余我是很信托他的。"胜佛、在经道："我们也望二位常常指教，才是真正的朋友呢！"中格道："言重言重，不瞒二位说，我留心二位的居心行事好久了，否则我们一面之交，且胜佛兄又是贵公子，我怎好轻易交往呢？"郁文道："师兄本来侦探手段是厉害的，我们在上海，师兄晓得么？"中格笑道："怎么不晓得？不过把印度巡捕丢入夹墙，仍是你的孩子气未除，以后不可如此。"三人听了，不免吐舌道："这不过四五天的事，怎么已晓得了？"中格笑道："这不算什么。"就举起杯来请喝,三人也举杯饮了些。中格道:"中国人劝酒的习惯,我是不赞成的。喜欢喝的尽量喝,不喜欢喝的不必喝。各位要喝,请自己斟。"他又自己斟满了,把酒壶递给郁文。郁文斟满了,递与二人。二人道:"不会喝。"中格道:"二位不喝就请用饭。"回顾郁文道:"你给二位盛饭罢!"郁文正要站起来,胜佛、在经连忙拿了饭碗,自己盛满了。中格道:"得罪得很!我没有用仆人,请原谅!"郁文道:"师兄何必客气!"指着胜佛道:"他虽是抚台的少爷,却没有恶习气的。"中格哂道:"倘然是别的少大人来,我早已闭门不纳了。"三人皆哈哈大笑。不一会儿,他们两个人把一壶酒喝完了,也就盛饭吃了。吃完了饭,回到会客房坐定。郁文向各人斟了一杯茶,听见客堂中有人问道:"吃完了?我们要收去了。"中格立起来向外说道:"收去就是了,酒钱明天给你。"只听他应着出门去了。

  中格随去关了门。回来后,他向下首靠墙一架书橱一撤,往里一推,那书橱闪开,背后露出一个门洞,随手向墙上一摸,那里面电灯放光。他把外面电灯熄了,将三人引入房中,随手把密室的门推上了。只见里边许多橱架,好象药房的布置,靠窗有几只长桌,上面有各种机械,大约是研究化学的,靠墙是六七只藤椅,散列左右。中格请他们坐了,向着郁文凄然说道:"你不要怪我故作神秘,你不知道我们老师现在很危险吗?"郁文愕然道:"什么事?"中格道:"这个要从头说来方明白的。老师从前在此地办了一个学堂,你是晓得的。但是老师办学的宗旨,你未必详细吧?老师的生平,抱着种族的观念,但他觉得革命的事不是几个人能成功的,必要多数人有了种族的观念方可。但是这种人要有世界的眼光,有各种的学问知识,方才可以出来。不从此根本着手,将来结局也不过象洪、杨末年,争夺掳掠,自相残杀,同归于尽罢了。所以老人家在此地办学,起初不过三四十人。他老人家办事,老弟你是知道的,学堂那有不发达的理。办了四五年,渐渐扩充,竟有七八百人。里头的教习,不是门下,就是同志。中间如有可造之才,他老人家一生所练的武术,也不惜传授他们,着实造就了几个全材。他老人家族中有两个侄孙,一个叫龙之涛,一个叫龙之柯。他两个家况很苦,老人家就带出来在学堂读书。资质不甚聪明,后来就将之涛派在学堂中管理杂务,之柯送别处就学,学习法政。本来想教他练习练习,将来帮他老人家办事,就是老人家的绝技,也想传授他的。后来看他志小易盈,决非大器,便也不想传授他了。不料,之柯自以为学问是了不得了,就想把老人家踢开。想了许多法儿,没有成功。我们渐渐的晓得了,就去告诉老师。老人家忠厚待人,以为我们多疑,觉得龙家兄弟是他亲手教养成长的,怎敢反噬呢!不料今年他们兄弟两个,竟到鄂督庄寿香处去告密,说他老人家谋为不轨,鼓吹革命,并将学堂讲说的议论,暗地里抄集了,送到制台衙门去。那庄制台就札饬武昌府县等密查。幸亏老人家向来品行及办学名誉甚好,那武昌府就叫人露出消息来,学堂中自然把一切嫌疑的证据消灭了。老人家也暂时托辞出门,总算一场风波没有掀起。不料他们两个人又屡次把老人家办学的宗旨详细控告,庄制台自然严令调查,想要通缉。你想他老人家要不要灰心呢?"郁文听了,顿时跳起来道:"杀!杀!杀!这难道不是畜生么?留在世上不是大害么?"中格道:"你又来了,我们的兄弟们要杀他两个人,好象捏死两个蚂蚁,还不容易么?当时吾们弟兄中也有主张你的办法的,那老人家听了,叹了一口气,说道:'这种忘恩负义的畜生,我们值得去杀他么?譬如一只狗咬了你一口,你去打死他,不是人和狗斗气么?况且我们要办大事,杀了他二人,必定要疑心我党所做的,将来有许多事更难办。随他去,将来总有自作自受的一日哩!'"郁文道:"他老人家真一点儿火气都没有了!"中格道:"也象你这样的暴躁,怎么办得了大事呢!你晓得我此次到上海是什么事?也是为他老人家去找一个人的。"郁文道:"找谁?"中格道:"你晓得近时湖北有流传的一句话'一品夫人萧鹏昌'么?这位萧师爷是庄制台的心腹,现在他在上海,我为老师的事,特地到上海去找他。亏得他人极开通,且也晓得老师这个人。我求着他,他一口答应,决定可以挽回,我所以回来了。"郁文道:"师兄你既然晓得我们在上海,何必求别人?只托胜佛向他老太爷一说,不就了结么?"中格道:"我也知道,但是一则我晓得庄制台与戴抚台虽是同僚,然意见不甚融洽,万一闹起别扭来反要弄巧成拙;二则胜佛兄的家庭,我也略知一二,胜佛兄自然是竭力的,不晓得他老太爷能否允许。万一不许胜佛干预外事,这怎么办呢?况且近来握权的官吏,往往对于自己亲人都不很相信,只要他宠爱的,不论什么人,反能言听计从,我所以不来找你了。"在经道:"中格兄真是通达世态,所以能办大事。兄弟佩服之至。"郁文道:"老师既没有事了,倒底住在那里?我们怎样可以去见他?快快告诉我,我是焦急得很了!"中格道:"不要忙,就告诉了你住址,也要派个人引导去方好找哩!他住的地址是……"正欲说时,只见那密室的门忽然推开,跳进一个人,手中握着手枪,指着中格道:"你为何领了许多人到我办公室里来？不知道此地是来了就不易出去的么？"那胜佛等三人都吃了一惊。正是：

脂粉华堂闹蜂蝶，风云密室会蛟龙。

欲知何人，下回奉告。

【续孽海花】

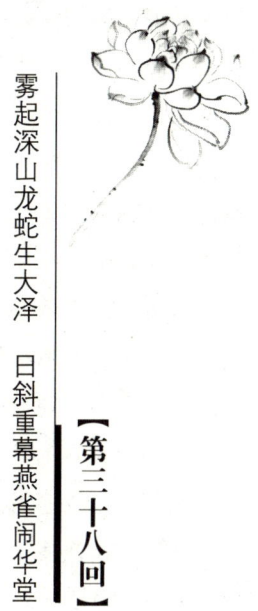

【第三十八回】

雾起深山龙蛇生大泽　日斜重幕燕雀闹华堂

话说向中格正在密室中欲将他老师的住址告诉三人，只见有一人手中执了手枪跳进来，声势汹汹，戴、唐二人不觉一呆。中格哈哈笑道："郁文老弟，你又来了一个同调哩！"随即向在经、胜佛道："这位是祖绳之，单名是一个'文'字，也是兄弟的同门，在老师的学堂中卒业的，新近从日本回来，他是专门研究化学的，所以此处是他的研究室。他的脾气跟郁文差不多，是我们老师的得意门生哩！"随将戴、唐二人向祖绳之介绍了。郁文道："绳之，你是几时由日本回来的？"绳之道："小弟是不脱孩子气的，我是要吓我们师兄，请两位原谅。我回来不过两个月，就同大师兄一块儿住在此地。"郁文道："我正要听师兄告诉我要紧的消息，被你进来打断。"绳之道："什么事？"郁文道："就是老师的住址。"绳之道："这也不必一定要师兄说的，问我就知道了。但是你找老师为什么？"郁文道："就是他二位要想去见见。"绳之向着他二人，目光闪了一闪，说适："你介绍的准行吗？"郁文道："这两位是我的至交，我负完全责任的。"绳之道："大师兄请说罢。"中格道:"你就代我告诉他好了。"绳之道:"告诉他很容易,不过也要有人引导才好找。我本来要去,这么罢,明天我来做一个引导人便了。"郁文道:"倒底在那里?"绳之道:"你明天跟我走就是了。"中格道:"大约要走六七天才到。我告诉你罢,他老人家是隐居在江西贵溪徐仙岩。"郁文道:"那是要从九江一路走的。"中格道:"不错。此地坐轮船到九江,再坐民船到贵溪。"绳之道:"到了贵溪,可是要徒步入山的。他二位不晓得能受得了辛苦么?"郁文道:"请放心!他们并不是大少爷,动一动就要轿马的。"中格道:"我们可以出去了,不过你们决定何时动身?在轮船上不必招呼,到了九江再会齐好了。"随立起身来道:"我们外面坐罢。"四个人一同走出密室,中格将书橱依旧推好,来到外面,开了电灯。胜佛、在经道:"时候不早了,我们回栈罢!决定明天晚上坐下水轮。"郁文道:"明天江天船下水,我们仍坐江天船好了。"中格道:"不好,听说太古、怡和都有下水船,你们三位换换船罢!"在经道:"足见大哥的精细,明日再见罢!"三人匆匆辞别出门,中格送到门口,点了头,就把门关上了。

　　三人徒步行回栈房,住了一夜。翌晨三人起身盥洗,由茶房送进来一封给魏郁文的信,郁文拆开一看,上写着:"怡和下水船丰顺,九江联兴旅馆。"末尾写着"云泥"二字。郁文看了微笑,递于胜佛、在经看了收起。等到吃了饭,郁文想要出去逛逛,胜佛道:"我不去了,怕有熟人认得我。"在经道:"我陪你去。"二人就出去了。胜佛从箱中取了一册《成惟识论述义》,靠窗细读。正读了二三十页,只听得有人推门,胜佛抬头一看,原来二人回来了。胜佛道:"怎么一会儿就回来了?"郁文道:"我们在沿江一带绕一个圈儿,没有什么好玩,在江边茶楼上喝了一回茶,慢慢的才回来。我觉得不少时刻,怎样你说一会儿呢?"胜佛道:"我正读着这书,觉得不多时刻哩!"在经道:"你读什么书?"随手取来一看,微哂道:"你原来读这个书,那里觉得时间的长短呢?百万阿僧祇劫不过一弹指间,这点时间如何可以去算呢?不过你研究了这种学问,怨怕什么都不高兴做哩!"胜佛正色道:"不然。做事先要了解生死,立定根本,将来临事才不至为各种物欲所蔽。宋儒虽亦能解脱,然于解脱的原因,不能彻底明白,只有相宗一门,把人生的根柢,一一解剖出来,使世人皆知此身虚妄无实,自然不至沉溺其中了。"郁文道:"好了!好了!你跟着我师父去修仙好了!"胜佛道:"我说的不是要修仙。"郁文道:"你去修仙也好,成佛也好,我是情愿堕落的。譬如我们都成了佛,有什么好处?"胜佛道:"你没有研究这种学问,无从谈起,将来你遇了机缘,自有入我门的一日呢!"在经道:"不用讲了,我是只晓得吃饱了饭去做我的事,仙啊,佛啊,将来你们各人去成就罢!"三人哈哈一笑,就叫茶房开饭。吃了饭,收拾行李,请账房到怡和公司丰顺船上定了官舱一间,随将船钱、房饭钱,叫茶房开了账单,一一付清,赏了茶房酒钱,叫茶房把行李送到船上。茶房道:"丰顺买办在下面账房,船票已写好了,不必着忙,少老爷们可要去看一回戏?上船去还不迟哩。"三人点点头道:"你不要耽误了。"茶房道:"不会误事,请放心。"三人把行李交给茶房,随向账房取了船票,出了旅馆门,商量何处去消遣。郁文道:"听戏太闹,不如去洗澡。"二人道:"很好。"走上大街,看见路北有一盏白壳大电灯,上写着"华清池"三个红字。三人走进去,不多几步,前面有一扇装着"司不令"的玻璃门。郁文推进了,二人跟进去,一阵水蒸气,各人眼睛一时迷糊不清,听见一个伙计招呼道:"这儿是房间。"郁文道:"我们就散座罢!"胜佛道:"房间也好。"郁文会意,点点头,就由伙计领入房间,开了电灯,问了茶的红淡,又有伙计送上手巾,三人擦了脸,伙计又将三人的大衣、马掛脱下挂起。三人随意向沙发上坐下少息,只听得外面有人打着长沙白,大声骂伙计不给他备浴水。那伙计说:"你老,也要盆儿有空儿才行。"只听得"砰"的一声,大约是掷碎了茶碗。三人站起来一望,只见掷杯者正在大骂,旁边一个人,身材高大,满面麻子,立起来说:"弟弟,你的脾气怎么好咳!我出门后真不放心哩!"随向伙计说道:"请你不要生气,我的兄弟向来脾气不好,得罪你,我给你赔个不是。打碎的茶杯由我赔偿便了。"那伙计听了,也就释然道:"不要紧。"就去了。在经道:"这不是雷楚生么?那骂人的不就是他兄弟雷去非么?"郁文道:"正是。"在经道:"我来招呼他。"就向外喊道:"楚生兄,这边来!"他听见有人叫他,抬头一望,见是在经,也就喊:"原来是在经兄!"他立起身,走到他们房间,见了他们三人,原来都是认得的,就坐下来。在经道:"你是从长沙来么?到那儿去?"楚生道:"是的,我是要到日本去游学的。"在经道:"你同来的是令弟吗?"楚生道:"是的。"在经道:"一同到日本去吗?"楚生道:"不,他是送我到上海去,看看几个朋友,就要回长沙的,因为我好容易得了一个官费,弟弟的官费,尚未发表,倘然也得了,恰好一同出去。但恐怕未必能够如愿哩!"在经道:"现在中国有志气的纷纷的到日本,真是一线的曙光。希望老兄广结同志，深求实学，将来才可以救国哩！"楚生道："只怕兄弟才学不足，志大力小，有负期望啊！现在各位到此地，打算耽搁几时？"在经道："说不定。"各人随便谈了一回，洗了澡，楚生回到原坐，算了账，同了兄弟过来，向他们介绍了一回，即作别而去。他们三人，看看时候不早，也立起身，穿了衣，算了账，一同出门，一径到怡和轮船码头，上了丰顺船，走到官舱中，取出船票与茶房一看，那茶房就笑嘻嘻道："各位是从联发来的吗？几件行李，已由联发的伙计送来，放在舱中了。"随将三人领到一间官舱，是四人铺位的。胜佛道："这是四个人住的，怎么好？"茶房道："添个生客确是不方便的，好在此次客人不多，各位是到九江上岸的，今天空房尚多，如有客来，我可以想法的。"在经道："好！好！请你照顾，明天酒钱从丰就是了。"茶房笑嘻嘻道："谢谢三位老爷，请把行李检点一下。"三人看了一看，没有缺失，那茶房就出去送了茶来问道："要吃点心，可以叫。饭已吃过了吗？要可以喊。"他就把门带上出去了。三人坐下，等到开了船，将门上的暗锁关上，也就沉沉的睡着了，到了次日，因下水船的迅速，于傍晚时已到了九江。三人上了岸，就找着联兴旅馆住下了。

　　第二天早上，他们还没有起来，就听得茶房说："有三位湖南客人，住在这个房间里，不晓得是不是？"随即推门进来，后面跟着一个人，就是祖绳之。他开口道："你们是昨天下半天到的，我到的时候已黄昏了，所以来不及找你们。"郁文道："很好！你来了，我们就有了明杖了。赶快雇船去，我们就可以上船了。"绳之道："我是急先锋，你真是霹雳火！也让你们起床了才可以讲到走，难道你就由这床上走到船上么？"三人哈哈大笑，各各起身。盥洗后，在经道："绳之兄，真的可以去雇船了。"绳之道："我这里有熟悉的船。昨晚到后，我已托栈中账房寄信，叫他早上就到此地来。不一会儿就来。"他们谈了一会，只见那茶房推门进来，说道："外边有一个船户，说是祖先生叫他来的，他要进来。"绳之道："叫他进来。"茶房向门外一招手，一个年纪四十岁左右，身穿青布旧棉袄裤的人走进来，见了绳之，微笑道："原来祖先生先在这里。"在经道："我们到贵溪去要多少船价？"那人笑道："我的船到贵溪去，祖先生常叫的，有老价钱，不必论的，只问几时下船，好去预备。"在经道："好！好！我们就要下船的。"那人道："我就去预备了。祖先生一同去么？"绳之道："我也去。"那人道："我的船仍在老地方，请祖先生一同来就是了。"他去了后，绳之就同三人吃了点心，

【续孽海花】

将栈房账算了,叫个脚夫,把行李送往船上。他们也下了船,船上伙计把柴米灯烛油盐鱼肉等买齐了,随即开船走了。不多几日,就到了贵溪。绳之就领着三人在西北门外,从一小桥上渡了溪,进了山,只见石崖高峙,其中好象拿斧子劈开的,两边对立,其间有离者,有合者。郁文狂喜,大叫妙绝。绳之道:"此处尚算不得怎么好。"他就指着前面耸起的一个高峰,拔步先行。三人跟着走,依着石级,到了顶,看见一个石台,好象一只手掌,盖在两崖上面。到了台上,南望西华,东望夹壁,西望南溪,北望县城,皆在指顾之间。垤山带水,万里一碧。下了台,俯视二崖之间,有下去的石级,壁上刻着"一线天"三字,就是从峰顶劈开的山峡。他们从下去的石磴,一步步的走,走到中间,路忽向东转。又有一道横峡,石壁耸立,高矗百余丈,路尽望南,穿岩盘窦,象蜂房般,不能指数。他们转身向北,过一岭东转,面前有一个山岩,上高下阔,中间分裂成数穴,东西相通,如珠之九曲,如环之百叠。向南则窦穴所在,轩豁如门户,如窗牖;北则虽有小隙,仅通光,中多奇石,有如桌者,有如椅者,有如灶者。洞壁有一泉,涓涓不绝,流入低处如井。胜佛道:"此处真可居住,吾们将来能于此中结庐读书过一生,真是神仙了。"郁文道:"我不来,要冷静死了。这种神仙,许我做,我也不要。"在经道:"你们看后面石上有字。"三人走过去一看,果然有石刻的迹象。郁文就拾了一块小石片,将石上的苔藓,轻轻的刮了几下,果然显出字来。上有剥剥蚀蚀的"宣和年洪驹父题"几个字。胜佛道:"原来此地是宋朝名士游赏之地,可惜现在的江西人不知道了。"绳之道:"我们走吧!到徐仙岩还有几里地呢!"便过了山洞,由罗塘登岭北望,只见竹树丛密,岩石高穹,欲穿林而过,忽见林隙中露一石桥,高架在前。绳之道:"过了桥,就离徐仙岩不远了。"下岭入一深谷,那石桥杳不复见。郁文道:"怎么桥没有了?难道仙人拆去了?"在经道:"现在的人过河拆桥,我们还没有过河,桥是不会拆去的。"各人均哈哈大笑。郁文道:"你们看桥又来了。"在经向前望去,并不见桥,随说:"郁文又来小孩儿脾气了,那里有桥?"郁文道:"你平素低头下气惯了,何妨暂时白眼望青天呢!"在经抬头一看,原来已到了桥底,头上一大石,高跨峰岭,上环如卷,中辟成门。各人就在桥下仰视其顶,相距不止数十丈,急举步登其上,则平整如台,修广如逵。绳之道:"自此往西约二里许,可到象山。由象山小径南行,即可到朝真宫。"郁文道:"到了朝真宫,还有多少路呢?"绳之笑道:"朝真宫就是徐仙岩,徐仙岩是古名,朝真宫是今名罢了。"郁文道:"我那里知道你肚子里的地理志!"四人匆匆望南,入峡而行。起初尚有采樵的路,渐入渐灭,一直走到了峡底,荆棘纵横,隘不容足,路尽西转,豁然平坦,高崖盘亘,中有深洞,外垂着飞瀑数十丈,喷珠舞雪,心骨为悚,岩右有一亭,高悬崖际,嵌空环映。绳之道:"此洞即老师所居处也。此亭名仰止亭,老师所登临处也。我们既到了,请二位先在外少坐,我跟郁文先进去通报了,再来请。"胜佛、在经道:"当然,当然。"绳之、郁文二人,匆匆走进石洞中,胜佛等就在瀑布左右徘徊观望,真觉得心神寂定,相对无言。

隔了一会儿,只见郁文由石洞中出来,招呼二人进去。二人跟着郁文进去,中有自然石级,渐入渐低,仰视上如石幔,间有石柱,倒挂其旁;乳石矢矫垂下,缤纷不一。底甚平,渐进,望半岩有一门,下亦有石磴,循而上,出石门,则有平旷地约数十亩,中有茅屋十余间,旁有田畦及各种花果树。郁文先行,望见一丛竹树中茅屋数间,柴门外立一老人,鬓髯苍白,遥遥望见了他二人,便拱手说道:"欢迎!欢迎!"二人连忙作了一个长揖,那老人邀请入室,二人就上了土阶,进了草堂。抬头一望,只见室中四壁清洁,绝无纤尘。中间有几只白木的桌子,两旁是竹几竹椅,壁上挂了四条墨拓的岳武穆《满江红》词,中间挂的是一幅墨竹,一副对联,写着"澹泊以明志,宁静以致远"十个字,落的"蛰老人"的款。大约是主人自己画的写的。两人到了中间,说道:"晚辈久仰老师的品学,特请郁文兄介绍到此,不晓得老师肯收列门墙么?"他呵呵笑道:"不敢当!两位是天下有心人,老夫久已闻名,那里敢忝颜为师呢!"郁文道:"老师也不必客气,他们是学生的至交,专诚来拜谒的。"老人说道:"既然如此,吾想屈留两位在此畅谈几天,然后再说吧。"胜佛、在经知道他要郑重考虑,也就行了常礼,向客位坐下。他向绳之、郁文道,"你们去里边招呼他们预备饭罢。"二人就往里边去了。一会儿,两个锥髻童子,搬两饭菜来,五个人一同坐下,郁文拿酒壶向各人斟了酒。那老人说道:"两位是从汉口来,跋涉长途,真对不起得很!"胜佛道:"现在人心思乱,急待豪杰出来整顿,象老师这般品学,埋没荒山,晚辈却深以为忧哩!"他哈哈的笑道:"足下太看重了,现在时局正是大乱方始,恐怕一时的人力未足以挽回呢!"在经道:"人定胜天,古来也相传此话,况且历史上英雄豪杰,都是从艰难困苦中显出来的,倘然都委之天命,那就无事可做了。"老人微笑道:"这个确是至理。知其不可而为之,方是做人的大道理。但是现在人心,一天一天的坏,必定有一番大劫在后。那些忠臣义士，不过要保留一点做人的道理，不叫它磨灭，所以忠臣义士，大半在失败中显出来。真是挽回世界的豪杰，不是一定了不得的。不过大乱之后，许多坏人好人，玉石俱焚，人心自然厌乱，生活也简单，不象现在的穷奢极欲。此时有几个有良心的人出来指挥，天下自然平治了。不然，试看每朝开国之时，所用的人，大半是旧朝代的人，何以在先是亡国之臣，后来又成了开国功臣呢？可见世界之治乱，在乎众人之心理，人心不治，总没有办法。"胜佛道："照老师看来，如何着手呢？"老人道："做一日和尚撞一日钟，老夫在此山中，一则避免无谓纷扰；二则尚要向老师处修炼些功夫，将来于世道人心，或可有一毫补救，并不是与世长辞，作一个槁木死灰哩！"胜佛道："原来还有太老师，现在何处呢？"老人道："我的师父是一个道士，住在龙虎山上清宫，不过他是闭关静坐，不见外人的了。"胜佛道："老师的功夫，是玄门的一派了？"老人道："我师父传授的，自然是性命双修的道理，不过圣胎充足，解脱三关，那个命就虚空粉碎，真性炯露，与儒家之至诚无贰，佛之自证本性，同是一个样了。"胜佛道："欲修此种功夫，从何入手？"老人道："没有什么奇异，只须精熟《参同契》一书，深思力行，将来自有一贯的道理哩！"在经听了许久，心中不以为然，就说道："不是晚辈乱说，倘然都去修炼了这种功夫，世界上的事什么人管呢？"老人听了，正色说道："只为修这种功夫的人太少了，所以天下要乱。古来圣人，如老子之无为而治，孔子之人已立达，释迦之度尽众生，都是要多一人修功夫，就可以少一人乱天下。况且这种功夫，修一分是一分，不问他真正成仙成佛，他有了功夫，心地自然光明，遇事不至昏乱。即如小人的奸诈贪鄙，有了功夫，他自然扫除净尽了。这正是老夫欲补救人心的大道理哩！"在经听了，不觉脸上有些红起来。胜佛道："老师对于剑术一门能否指教？"老人哈哈笑道："这种武术一门，我们道教中确有些秘传，不过这种也只是防卫一身的作用，不算什么。就是剑术，只是练习的精神气一贯，比较平常人神速，那里真有文人所说的稀奇古怪呢！古人云：'一人敌不足学，学万人敌。'学习功夫，那真是万人敌呢！"当时各人都吃完饭，郁文、绳之领着胜佛、在经到那草堂的旁屋，其中已经铺设了客榻，他们因一天辛苦，就匆匆的睡了。

第二天早晨，起了床，那老人领了他们到仰止亭上逛了一回，就在亭外一棵老松树下的几块大石上坐下了。老人含笑说道："二位昨天所说要列入老夫门下的话,我已细细想了一回,并由郁文把二位的宗旨也详述了,我对于二位要求的本意,是没有不赞成的。不过要向老夫学习些功夫,一则老夫自问浅薄得很,恐不足以供二位的需要;二则二位志气才力,正在蓬勃的时候,恐怕在深山中度这枯寂的生活不容易。况由我看来,胜佛兄至少住山三年,在经兄至少住山六年,方可有成功的希望。至于郁文、绳之二人,也就要下山的。时势所迫,二位恐也有身不由己之机缘。我看二位暂时在山中与老夫研究,不必拘定师生之分,将来如有机会,老夫当然介绍同志,帮助一二,想二位亦以为然哩!"在经听了,默默不语。胜佛道:"老师既然如此说法,自有一定的道理,决计拜投门下,学一天是一天,到将来再说罢。"在经道:"晚辈长住在山,现在确是办不到,因接头的事很多,未便失信于朋友的。"老人点点头,就向郁文、绳之说道:"今天你二人可即下山,绳之可对中格说:'学堂事能照他办法,委曲求全,甚好!'萧鹏昌这个人不坏,将来与时局是有关系的,能够联为同志最好。在经兄事务很忙,可以一同走。郁文你可以到上海去,你既有学幕的事情,你也不可不去办,且随地也可以访求几个人才。胜佛既决意跟老夫住山,且住个一年半截再说罢!"胜佛就站起来,行了大礼。老人扶他起来道:"不必客气,我们暂时研究便了。"五个人一同回来,到了草堂中,他们就匆匆吃了早饭,告辞下山。胜佛同老人送着三人出洞而去。三人急急的由原路下山,也无暇赏览景物。天色昏暮时,到了船上,随即开船。行了几日,到了九江。郁文道:"依着老师的盼咐我到上海去了。"绳之道:"我同在经到汉口,到后再通信罢!"三个人分路乘着上下水的轮船而去。郁文到了上海,也就回了浙江,到了学政衙署,跟着老师一路出棚去校阅文章去了。

在他们入山访道的时候,正是北京内外纷乱的辰光,各国瓜分中国的传说很盛,势力范围之说,全球沸腾。那时,李合肥因贺俄皇加冕,派充大使,游历欧美,于贺俄大典中,秘密与俄结了条约,允许俄造西伯利亚铁路,经过东三省,直至旅顺口出海。这是甲午之后,李合肥联俄的政策。至于政府中各大臣,都在那里勾心斗角,门户党争,少有能替国家打算的。那时,北京敬王重入军机,龚和甫、高理悝也做了军机大臣,经过了国际的狂风猛浪,真是心胆俱寒。同事中祖苏山等又为了争权夺利,与和甫不和,常在老敬王面前进些谗言。老敬王虽有中兴的大功,然自从受了西太后严责以后,精神也差了,心也灰了。他前次的斥出军机,虽是醇王与他不合,兄弟阋墙,然黑幕中策划,全是祖苏山一人的主张。因他当翰林时,由僧格林沁参革充军,敬王在军机未为他设法保全,所以报仇。他当时组织的方法,是以醇王为后台老板,其余如景王、庄之蕃、格拉和博等,都是庸碌的人物,所以苏山独揽大权。后来醇王死了,甲午大败,他靠着西太后的宠眷,就把责任推在他们数人身上,他依然恋栈,反过来又去拍敬王马屁。

一天,他们聚会,正是各国风波未平之时,敬王皱着眉说道:"今天又要见鬼子了,心里万分不高兴,又不能不敷衍,怎么好呢?"和甫道:"这班鬼子,我们现在虽不能与他决裂,然我们也不可太示弱,多少留些天朝的体面。"敬王道:"和甫的话不差,只是我是智勇俱尽。和甫你有什么法子呢?"旁边苏山微哂道:"据钟武看来,总理衙门人才不患其多,王爷何妨奏明上头,请和甫也到总理衙门帮助帮助王爷呢?"敬王道:"苏山话不差,和甫想也愿意,回头我就上去请旨。"和甫听了,顿时吃一惊道:"王爷千万不可,平是迂腐的人,平日又深恶那犬羊异族,况又忝列师傅,若和他们往来,未免有失国体。请王爷万万不可提起!"敬王微笑了一笑,旁边华仲荣道:"和甫,当此时局,正君忧臣辱之秋,凡为人臣,都应忍辱负重去干,还讲什么体制呢?况且王爷们也都跟他们周旋办事,难道不算丧失国体么?"苏山道:"和甫同年是状元帝师,中国第一流人物,清流领袖,舆论所归,一入此中,好比朝衣朝冠,坐于涂炭,自然是不愿的。不过能向此中同负一点责任,那班持正论的清流,或者可以原谅些局中人。六哥,请你委曲一回罢!"敬王道:"苏山的话不差,和甫来帮帮忙确是很有益的。"和甫听了,气得面色苍白,只顾将白髯捋了数下,无言可说。

次日到了军机处,御前太监把折匣交下,各大臣匆匆看了折片,并将各折细看了一回,除开皇上已划指甲痕的,其余应办的事,匆匆商量了一下,听得上头已经叫起来了。原来清朝办事,凡各部各省的折子,统于每天早上子时,有管理收折子的太监,在他的他坦(办事休息处)门上挂了一盏白纸的灯,上写着"奏事处"三个红字,每天各部笔帖式,各省提塘官,将折子送到奏事处,取了收条。到丑时,奏事处太监就把灯撤去了,抱着许多折匣进宫。等到皇上起身,那御前太监就在皇上面前,一一的开了折匣,用象牙签子挑开折子封套,陈列案上,皇上就一一的抽出折子阅看,将照例的旨意,如该部议奏、该部知道等,用指甲划一痕迹在折子上,其余要商量办法的,就不划指甲痕。皇上阅看后,就由太监交到军机处,皇上就去用膳。膳时,各衙门值日的,各省预备召见的各大员,均递一绿头签(又叫膳牌），签长约五六寸，阔约一寸余，签头用绿漆，余用白漆，签上写各人的履历衔名，皇上用膳毕，即将本日要想见的留下他的名签，外头就知道某人要召见了。一面先叫军机起儿，商定各事。军机退至宫门口，由王爷向军机章京吩咐各折如何办法。领班章京听了，即回办事室，从速缮写上谕，送呈王爷，然后呈皇上阅过再发，这叫作述旨。然后皇上乃照膳牌召见，是名外起儿。

那敬王听见叫军机起儿，领了各大臣依次入内，跪奏各事。奏毕，那敬王就颤巍巍的奏道："现在外交困难，各国都来要求，奴才才力跟年纪都照顾不及，军机大臣龚平，才识均优，可否请旨派充总理衙门大臣，以补奴才之不及？"那时，皇上听见功高望重的老王爷的话，那有不答应的。龚和甫听了，连忙向上磕头，奏道："臣向来不懂外情，平日与外人格格不相入的，且臣既任军机，又是户部，又在毓庆宫行走，事多才短，实在不能兼顾，请皇上另派能臣，臣实不胜其任。"皇上道："明天再说罢！"起儿下来，敬王照例先走，各大臣亦纷纷各散。

和甫回来，想着祖苏山的话，芒刺可畏。明明是外交诸事自己持了正论，触犯了他，他今天想法子报复。华仲荣本来是积不相能，所以也在旁边帮腔，越想越可恶。到歇中觉的时候，在榻上也睡不着，起来往书房坐着，侄孙弓夫走进去，和甫就将苏山、仲荣的话告诉了弓夫。弓夫道："苏山的靠山醇邸已死，他跟老敬王从前的疙疸究竟没有消融，只要托人向老敬王提一提，一面托言路说他坏话，就可以轰掉他。至于仲荣，他受了老佛爷的宠眷，根深蒂固，不容易动他，只好慢慢想法。"和甫点点头道："你去跟唐卿商量一下，不要乱来，要极秘密的。王爷处最好由高中堂便中提及，方不落痕迹。"弓夫听了，唯唯的退出，就去找唐卿密谈去了。正是：

求气应声藏雾豹，勾心斗角演醢鸡。

欲知弓夫如何与唐卿密商，且听下回分解。

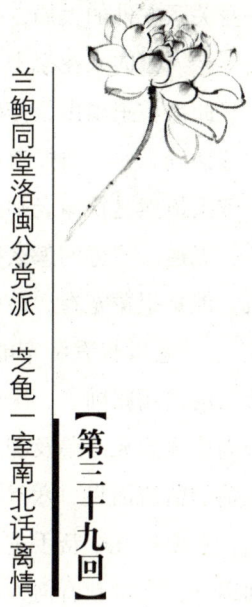

第三十九回

兰鲍同堂洛闽分党派　芝龟一室南北话离情

　　话说龚弓夫那日套车出门拜客,到了钱唐卿门首,向门房一问,知道没有出门。弓夫因与唐卿交情密切,跳下车来,径随门房进去。门房知道弓夫与老爷的交情很深,就一直领到书房。那唐卿书房是南屋三间,东西窗是一律绿纱,中间风门等均除去,挂了四桁的日本珠帘,窗外槛上排着许多盆花。那家人抢先一步,就在帘外向里说道:"龚大人来。"唐卿立起身来说:"请!"那弓夫就掀帘进去,一面作揖,一面笑道:"老世叔雅极了!"原来唐卿新得了一部宋刻的《梦溪笔谈》正在校勘。唐卿道:"这部书确是宋刻。"弓夫道:"吾乡照旷阁曾有刻本。"唐卿道:"我正校勘一过,即如卷一,有百官见宰相条。云:'九卿而下,即省史高唱一声,屈躬趋而入。'宋本'躬'字作则,因宋时人言'屈',即'请'字之义,略较'请'字为重。若作'屈躬',则文义乖误矣。"弓夫道:"老世叔说的不差。校好后请借录一过!"唐卿笑道:"这种学问是不时兴的了。这两天老师身体好么?"弓夫道:"他老人家身体尚好,不过精神上很不愉快,今天中觉也没有歇。"唐卿道："老师一身关系中外的大局，总要叫他老人家心上舒服，我辈也不能不当心呢。"弓夫道："老人家向来在家中绝口不谈国事，现在政府中，老世叔有所闻见么？"唐卿道："此次敬王出山，打破了济宁一局，仿佛济宁对于老师很不满意呢！"弓夫道："这话确么？"唐卿道："十得六七。听说济宁对于老师的力持正论，以为唱高调。敬王虽然是钦佩老师的，然老师的主见，老王爷也有点认为是局外人的空言呢！"弓夫道："旁的怎么样？"唐卿道："现在枢府，六爷是尊而不亲；仲荣虽非军机，但是很蒙宠眷，最好老师跟那位宠臣拉拢才好。否则，老师是孤立的。"弓夫道："老世叔看济宁能够恢复以前的势力么？"唐卿道："他几年来的事实，把上头的信用减削了，况且他一班的人才实在不够，恐怕不容易罢！"弓夫道："听说南皮很想兄终弟及哩！"唐卿道："不差，我也听见的。不过上头恐怕他又发出从前的清流面目，六爷有些不敢。"弓夫道："老世叔的话不差。家叔祖实在太孤立，总要拉几个帮手进去才好。"唐卿道："对！对！"弓夫道："不有废者，君何以兴？老世叔看何人可去，何人可来呢？"唐卿道："我们是闲谈，老师前是不敢说的。济宁决无久理，秋果已熟，拨蒂即落，替人难觅，老师应当注意呢。这个人第一要不会反噬，第二才讲到有才力。不知道老师听了以为何如？"弓夫道："老世叔深谋远虑，钦佩之至！有便见着家叔祖时，何妨略为谈谈呢？"唐卿正要接下说时，只见家人进来回道："胡大人拜会！"唐卿道："钝斋来了，请罢！"只见那胡文卿匆匆进来，见了弓夫，闲谈一回，弓夫先走，文卿也走了。

唐卿送客后，回到书房，细细想了一想，料得龚、祖必有冲突。且晓得和甫避忌同乡，自己系浙江籍，很有入枢希望，但是必须将济宁排斥。不过自己出面攻击，未免有取而代之嫌疑，随即拟了一个折稿，说的是近来外交之失败，发源于甲午之役，其时执政不得辞其责，现在庄之蕃等虽已去位，而祖荪山依然恋栈，殊失大臣引咎之体，应请斥责，以肃纲纪等语。随即招了一个心腹门生钟都老爷，托其具奏。那门生自然晓得老师的主意，将来总是于己有益的。

不到三日，那折已进去了。敬王阅过了，微微一笑。祖荪山默不作声。等到起儿上去，皇上就问："此折如何？"敬王奏道："外头不晓得里头的为难，应否留中，请圣裁！"皇上就点点头。那折子便留中不发了。敬王下来向着祖荪山道："小孩子胡闹，你不必介意！"荪山道："钟武负罪甚重，深荷主爷栽培。"各人就散了。

第二天,祖苏山因欲探探上头的意旨,一面请了三天病假,一面托连总管去报告西太后。那天,敬王到了军机处,说道:"今天苏山请病假,想是因为昨天的折子。"旁边高中堂说道:"大约是的。要看看上头跟王爷的意思怎么样?"敬王道:"苏山人还明白。"高中堂道:"是很有干才的。从前醇贤王很赏识他,所以保举他进军机。现在王爷待他也不差,不过他心里总不免有点自疑罢了。"敬王笑了一笑,也就散了。

隔了两日,祖苏山正要预备明天销假,那天午刻,有一位军机章京请见,苏山见了,那位章京低低的说道:"今天刘都老爷又有一件封奏,是弹劾大人的。王爷看了,没有说什么,也就留中不发。不过方才上去的时候,王爷的口气,不象上次的帮忙了。"苏山听了,微微笑了一笑说道:"劳你的驾!"那章京就起身告辞。苏山送出客厅门,那章京匆匆的去了。苏山回到书房坐定,细细一想:从前敬王出军机,跟我有些过节儿,近来渐渐的消融了。现在既然说王爷不帮忙,不要是和甫在那儿挑拨吗?照此看去,明天还是续假,再到仲荣那儿去,托他打听一下,那班都老爷是谁人的线索,也要打听明白的。不过自己请病假,不便出门,就叫他儿子其荣去见华中堂。

其荣套车出去,见了华中堂,华中堂告诉他道:"听说王爷本来没有什么,前天高中堂提着了从前的过节儿,也不晓得有意无意,今天王爷的语气间,似有些改变了。那两位都老爷可不熟,世兄只要南城去找个熟人一打听,就晓得那线索了,最好是连总管处去疏通一下,那就没有事了。"祖其荣听了,深深致谢,辞别出门,回了家,告诉父亲。苏山听了,想想高中堂跟我没有什么过节儿,不过他与和甫交情是很深的,一定是和甫因前日我的话太露锋芒,叫他来挑拨的。这刘、钟两位老爷,我记得是钱唐卿的门生,很有渊源的。难道钱唐卿想进军机,所以替和甫出来报仇的么?"就向其荣说道:"明天再续三天假,听听连总管的消息再说罢!"父子谈了一会儿就散了。

第二天下午,钱唐卿到了龚宅,那门公李源看见了,因为是主人的得意门生,连忙迎出来,一直领进。说道:"主人上衙门去了,就要回来,少爷在家,请在书厅坐一会儿。"唐卿客气的问道:"老师这两天身体好吗?"李源道:"尚好,不过忙得很。"唐卿道:"那自然,就是见客也够忙的。"李源道:"大人的话不差,又不肯得罪人,有空儿总见,实在不相干的,李源只好替他挡驾,所以外头很有说李源的闲话哩!"唐卿道:"这也管不了。"说时,已到了书厅。李源对值书厅的小童升儿说道:"去请大少爷,说是钱大人来了。"那升儿应声而去。唐卿进了书厅,只见中间堂屋悬一匾额,写着"白龟紫芝之室",是和甫自己写的八分书。旁有楠木架,摆着一只康熙窑青花白地的大碗,中间养着一只绿毛龟,眼如朱砂,头如象牙,那毛如毿毿绿发,盖满水面。当中桌上一只红木架,供着白玉盆,盆中盛着白砂,植着一株灵芝,盘曲轮囷,约有一尺多高,歧枝六七,色如紫玉,宝光照灼。唐卿正在欣赏,只听得有人说道:"老世叔从那里来?"唐卿转身一看,只见那人秀发明眸,态度潇洒,原来是龚弓夫。当下彼此作了一个揖,就在东面炕上坐下。唐卿道:"近来老师身体好否?"弓夫道:"托福,尚好。"唐卿道:"这两日可有新闻?"弓夫道:"没有什么。"唐卿道:"这三天宫门抄,有刘、钟两位的封奏,老师没有提起么?"弓夫道:"没有谈及,不过曾经问过刘、钟两位都老爷,是否老世叔的门生?至于封奏的什么事,小侄也不便问,家叔祖也没有提。"唐卿低低的道:"都是关涉济宁的事,所以他连日请假了。"弓夫好似吃惊的道:"老世叔是知道的么?"唐卿道:"他们事后曾来告诉的,但不晓得上头意思如何?"弓夫道:"或者等家叔祖回来,小侄去探听一回,有什么消息,明日再来面告。"唐卿道:"如有效验,将来替人,上头必询问老师,前天我们所谈的,曾经向老师提起么?"弓夫道:"家叔祖连日因户部公事太多,没有闲空,所以未能转达,今天看机会罢!"唐卿道:"听说济宁跟连总管很有来往,恐怕中间会有变化呢!"弓夫道:"是极!是极!"谈了一会儿,天已不早,龚和甫尚没有回来。唐卿立起身来道:"今天尚有一处应酬,先走了。老师回来,请代为请安。"弓夫道:"家叔祖很想和老世叔谈谈,能够挑一个闲空时候,一定来奉约。"唐卿道:"是!是!"随即告辞去了。

不多一会儿,龚和甫回来了。弓夫走到上房,只见和甫换了衣冠,躺在榻上。弓夫上前考:"今天怎么回来得很晚?"和甫道:"部中的事还没有完,就是赔款一项,办到什么时才了,我真干不了了。"弓夫立在旁边不响。待了一会儿,和甫道:"家中有事吗?"弓夫道:"没有。就是钱唐卿谈了一会儿才去的。"和甫道:"他第二回太着痕迹了。"弓夫道:"刚才谈话,所以多推不知道,没有露一点口风。他上次和侄孙说的话大约有自荐之意吧。"和甫道:"我在书房中曾面奏某人能办事,请皇上亲自考察一下,所以这个月内召见了几次。这次的事,他们必定看得出来,未免恐有影响,正不知为祸为福呢?"弓夫道:"他想和叔祖谈谈。"和甫道:"不可!这个时候万不可多露形迹,你略透一点儿风声,叫他要防备才好,我处用不着见面的。"弓夫道:"济宁怎么样?"和甫道:"这回王爷似乎因高阳一言,触动旧事了。不过他神通很大,如皇上去西边请示,那是通不过的。到时再看王爷的举动罢!"弓夫立了一会儿,见和甫叫开饭,就退出去了。

那时祖荪山一面打听,这两个都老爷,确是钱唐卿的门生,他就晓得一定是龚的手段,钱唐卿连日召见,一定是龚和甫在书房中密保的;一面由儿子其荣到连总管处讨信息。去了几次,没有见着,荪山正在焦灼,一天晚上,那连总管派他侄儿连传桂来见荪山。荪山忙请在内书房中坐定。传桂道:"家叔很惦记大人,叫我过来请请安。大人进退的事,家叔说,上头总要过来请示的。老佛爷一向很看重大人,决没有什么变化。家叔的意思,请大人裁酌,辞一辞也好,将来上头慰留,一则面子,二则反对的也知难而退了。"荪山听了,从心中感激出来,说道:"请你到令叔处代为道谢,我总忘不了令叔的好处。"荪山等到病假将满,就预备了因病辞职的折子,于次日递上。

那天,龚和甫在酰庆宫,跟皇上讲《论语》讲到了"见贤而不能举"一章,和甫就剀切的说道:"治天下之道,第一在用人,此章书乃是大臣举贤退不善的道理。至于皇上,是没有所谓不能的,只要郑重斟酌,择一二贤与不善者用之退之,树立风气,大权慢慢的就集中了。皇上自亲政以来,好几年了,用人一端,出于宸衷独断的尚少,以后请皇上留意于用舍之权,收回一点是一点,将来皇上办事自然顺手了。"那光绪皇上听了,点点头,也就散了。恰好第二天祖荪山请开缺的折子递上来,军机上去,皇上就问敬王道:"怎么办?"敬王道:"请圣裁!"那光绪本来晓得荪山是心向太后与连总管等一党的,不大喜欢他,就说道:"祖钟武自甲午年起,同庄之蕃等办理外交失败,现在他既有病辞职,也不必再斟酌。"随向着敬王说道:"你以为如何?"敬王奏道:"遵旨。"下来就拟了上谕,准其开缺,结末也没有优渥的虚文。

华中堂得信很诧异:上头何以坚决如此?他是聪明绝顶的,知道一定是书房中上了药的,就到荪山处拜会。荪山早已得了开缺的信,出于意外,等到华中堂来见了,细细一谈,知道此事是王爷报夙恨,和甫复新仇,也只好付之一叹。华中堂匆匆别后，龚和甫、高理惺也陆续而来，见面后各致安慰之语。荪山不露声色，只微笑道："滥职枢垣，负咎已深，如此下台，真是天恩高厚了。"和甫道："时事日急，吾辈更加不能担负，将来一定是东山再起，一慰苍生之望哩！"说了一会儿，二人就起身而去。

荪山送了客，冷笑了数声，走到书房坐下，只见门上拿了连传桂的名片回道："连老爷请见。"荪山道："快请！"那传桂跟着门上进来，作揖坐下。传桂道："家叔今早接了大人开缺的信，气得了不得，做儿子的太没有母亲在眼了。家叔说，对不起大人，倒象做了一个圈套，叫大人去钻的。家叔说，好在大人明白，谅不至疑心的。"荪山道："那有此理！令叔的好意，我很知道，这是他们变了一套戏法，迟早要表现的。不过个人的事小，将来权柄恐怕渐渐要脱离这边了。"传桂道："是的，家叔说过，现在六爷跟龚、高等一时不易著手，这个钱端敏小子，他会变戏法，总要给他一个好看。"荪山道："钱侍郎叠次召见，圣眷隆重，恐怕就是我的替人呢！"传桂道："这小子让他去做梦罢！"说毕，就匆匆的去了。

隔了几天，正是皇上举行郊天大礼。从天坛一直到乾清宫的御道，除了午门以内的道路，沿途统统铺了黄土，警跸森严，行人绝迹。这一天，是九门提督，左、右翼总兵当这保卫的责任，前门内外，提督衙门的官，统统翎顶辉煌，佩刀肃立，提督、总兵往来弹压。那时，皇上已由天坛动身，各种仪仗，在前门的门楼上已隐隐的望见了。

大清门内、午门前，左翼总兵长琳正在预备跪接。忽有一人，头上戴了一只很破旧的红缨无顶的呢帽，身上穿了灰色布的旧棉袍，领襟上钮扣都没有扣上，腰间束了一条布带子，肩上挑着一付担子，中间有些蔬菜。那两旁的官弁等喝道："皇上快到了，快快躲开！"那人好象没有听见似的，一直冲过御道。官弁等上前拉住，那人瞪着眼说："你们管不着，我是御膳房的人。"那官弁听了，不敢拿他，恰好长琳看见了，问道："什么事？"那当差的就回说："他自称是御膳房的，不服阻止，直冲御道。"长琳道："好混账东西！你晓得皇上经过，无论什么人都要回避的！"那人依旧瞪着眼说道："你们不要这样，老子是看惯的，你们管不了我！"长琳听了，下不来台，便怒骂了一声："混蛋！"叫那些官兵把那人捆起来，带回提督衙门去了。长琳也不介意。

皇上回宫后，提督、总兵散了，都回了私宅。这时，有人将捆人一事报告了连总管。总管就向伺候太后御膳的太监们秘密的吩咐了几句。不多时，太后要开饭了，太监们照例传膳，等了半个钟头，不见进膳，太后就问为什么还不开饭。太监们装得很惶悚的，一屉一屉的陆续向御膳房传。一会儿，那回来的太监，在殿外故意切切私语。太后等了半晌，还不见传来，顿时大怒，传管理御膳房的太监到来。那太监来了，就摘了帽，在地下磕头。太后道："为什么不开饭？"那太监只是磕头不言语。太后道："他不说，把他打死。"太监道："奴才实在有下情，因为今天皇上祭天回来，那一个给老佛爷掌灶的，办了蔬菜，急急的回来，预备老佛爷御膳，不晓得为什么冲撞了那提督衙门的长琳，就捆到衙门去了。他说要去预备老佛爷的御膳，长琳说：'今天是皇上回宫，你冲撞了，无论什么人一定要办的。'现在捆去了也没有问，奴才等他来预备御膳，总不见来，后来知道，差人去要，也不放。实在奴才该死！总要求老佛爷开恩。"太后听了，不由得一股怒气，冲破了脑门。因这两天祖苏山的出军机，皇上没有来请示，又听得连总管说皇上召见钱唐卿，有请皇上慢慢的收回政权的说话。正在心神暴躁的时候，又听到这一番话，当下就冷笑了一声，说道："饶了你狗命！"回头向连总管说道："你去把皇上传来，我有话问他。"连总管连忙跪下道："领旨！"便匆匆的向皇上的寝宫而来。

那时皇上回宫后，正在用膳，那连总管进来，也不行礼，向上站着，说道："奉皇太后懿旨，传皇上速去问话。"说完就去了。皇上听了，吃了一惊，不晓得有什么非常的事，急急换了衣冠，到了慈宁宫，向太后请了安。只见太后怒容满面，厉声道："你好，你用的人不让我吃饭，要饿死我，是你的主意么？"皇上听了，连忙跪下去，摘了帽，在地下磕头，说道："请圣母息怒，儿子没有知道什么事，请太后明白吩咐，让儿子去办。"太后冷笑了一声道："你用的人都把我不放在眼里，你还说不知道么？"皇上又在地下磕头说："儿子实在不知道，请圣母吩咐，让儿子重重办他们。"太后只是不言语，旁边站着的长公主，本是敬王的长女，一向在宫中伺候太后，太后很欢喜她的，她就向太后奏道："这件事实在是皇上不知道的，都是那长琳糊涂，请老佛爷谕知皇上，让皇上去办一办，好警戒他们。"太后道："总是他糊涂，才用出这班人来。我气得说不上来，你替我告诉他罢！"那时长公主因是代太后传旨，就立起身向皇上说明长琳把御膳房掌灶的捆去，太后没有进午膳的详情。皇上听了，重又磕头，奏道："真是儿子该死，儿子马上去办！"正要跪安起身，太后道："你这两天召见的钱端敏，这个人好不好呢?"皇上一听,知道出了事了,就奏道:"儿子因为有人说他不很安分,所以当面问问他,看起来这个人不见得靠得住。"太后冷笑道:"你这句话还有一点儿明白,你就去办罢!"皇上磕了头,戴了帽,退出殿外,回了宫,就写了硃笔谕旨,叫太监传知军机敬王,将御膳房人即放出。次日,军机传出,皇上就要将长琳、钱端敏革职问罪。当时,军机处王大臣,均愕然出于意外。敬王说道:"长琳罪无可恕,情有可原,既然革了职,请皇上开恩不必问罪了。至于钱端敏,还恳加恩从轻发落。"皇上说:"既然如此,一同革职便了,此次实系从宽,以后再有如此,当从严办理。"敬王也无可再奏,只好遵旨。那时,龚和甫明知里就,无可如何。当日军机散了,和甫到毓庆宫,日课完毕后,和甫见太监均不在前,就密奏道:"今天钱端敏的处分,究竟因为什么?"皇上怫然道:"师傅不必问了。"和甫听了,知道很有关系,也不敢再提了。

隔了不多几时,敬王一天在军机处说道:"祖荪山开缺以后,军机处尚没有补人,今天去请旨,诸大臣均唯唯,不晓得王爷心中荐谁?"和甫因为钱唐卿的事,心中栗栗危惧,绝不敢出一语。一会儿,召见军机,敬王开口奏道:"现在军机处祖钟武开缺后,没有补,请皇上圣裁,应否添补一人?"皇上道:"你看要不要补?"敬王道:"现在军机处事很多,似应添一人进来。"皇上道:"你看什么人好?"敬王道:"刘福常在军机章京上行走多年,办事干练,人亦谨慎,是否可用?请圣裁。"皇上道:"既在军机多年,就叫他在军机大臣上学习行走罢。"敬王道:"遵旨。"接着又奏道:"总理衙门的事,一天多一天,前请派龚平去一同办理,现在应否派出?请旨定夺。"和甫听了,随即磕头奏道:"臣行走的差使很多,精神恐怕顾不来,况且与外人交涉,臣实在是外行,请皇上另派能员。"敬王就正色奏道:"龚平负中外重望,受恩深重,现在外交处处棘手,龚平应当出身当冲,以仰酬圣恩。臣想龚平不过恐怕办不好,决不至畏难退避的。其实现在国势危急,做臣子的尽一分心,就是报答皇上一分,至于将来有效无效,似可不必预先打算。"皇上点点头,向着和甫道:"你去帮帮忙罢!"敬王道:"遵旨。"当时下来,敬王就向和甫说道:"和甫,你现在可不能辞了,你总算是帮我的忙,请你原谅罢!"和甫道:"平向来不敢推委的,不过因平日的脾气,恐怕对了外人不合适,反有累了王爷。现在既承王爷看得起,自然尽心竭力,跟着王爷办,只要于国家有益,就是粉身碎骨,亦所不辞。"大家敷衍了几句,匆匆散值。

和甫回到家中,弓夫进来。和甫道:"伯海得了军机了。"弓夫道:"这是王爷的主意吗?"和甫道:"那自然是的。昨天王爷曾提起南皮,大约就是高阳在王爷面前说的,我是不加可否。后来因为他好讲新法又不提了。"弓夫道:"唐卿真可惜。"和甫道:"他就是没有事,我也不能保举他的。他太躁一点儿了。"正在说时,只见门上李源进来回道:"钱大人来辞行。"和甫道:"请罢!他将出京,不能不见他一见,你先去陪陪他,回头留他吃了饭再走。"弓夫出来,到客厅见了唐卿。弓夫道:"老世叔这一回真是出乎意外,照此时局,恐怕将来再有变换哩!"唐卿道:"正是,就是老师也要注意点才好。王爷虽则有一定的主见,不过朝夕接近的都是那一班人,挑拨离间,无奇不有,一傅众咻,孤立者终究吃亏。"弓夫道:"老世叔的话不差。"正在说时,只见和甫从厅后走出,弓夫先起立在旁。唐卿也赶快趋前两步,跪下行礼道:"门生玷污师门,自惭得很!"和甫连忙扶了他起来,再三请在炕上坐了。说道:"这事无从说起,倒是我有累你了。前日天颜严厉,幸荷王爷宛转陈词,圣怒少减,当时不能致一词,真惭愧得很!现在时局如此,将来也能象老弟一帆平稳,安居林下,就是万千之幸了。"唐卿道:"老师关系重大,国家安危在老师一身,门生还望老师打起精神,排除患难,门生虽闲门思过,也朝夕盼望哩!"和甫道:"老弟几时动身?走陆路还是走海道呢?"唐卿道:"打算出京到天津,坐轮船回南,一则行程迅速,二则盘费也轻省些。"和甫道:"不差,陆路人太辛苦,海轮比较舒服,况且近来轮船也安稳得很。记得招商局有一条船,叫'新裕',船上买办姓许,很会招待,老弟何妨坐这条船呢!"随向家人吩咐:"去请大少爷来。"

那时,弓夫因和甫出来,已退至厅旁书房中,见家人们来请,弓夫连忙出来。和甫向他问道:"'新裕'的买办叫许什么?"弓夫道:"是许楚卿,太仓人。"和甫道:"唐卿出京想坐'新裕'船,你去告诉许买办,叫他好好的招待。"弓夫道:"只要世叔定了日子动身,可以叫许楚卿到世叔府上请示,一切行李,都可交给他照顾的。"唐卿道:"谢谢老师的关切,届时请弓夫照顾一切,只是很对不住。"弓夫道:"老世叔何必客气。"和甫道:"我还有点事,回来咱们一同吃了饭,畅谈一回再散。"唐卿道:"老师不必赏饭了。"和甫道:"不过便饭,无须客气。"说毕,向唐卿点了一点头,向里边去了。弓夫就陪他坐下,谈了一会儿。那家人们摆齐了桌椅,预备了杯箸,等不多时,和甫穿着便服出来,向家人说:

"请钱大人换了便服。"唐卿谦了几句,家人们已知照了,卿的家人,将便衣取来。唐卿告了罪,把袍褂换去,穿了便服。和甫向唐卿道:"我不客气了。"就叫弓夫斟酒送座,和甫便和唐卿对坐,弓夫在宋坐陪坐。各人饮了些酒,谈谈闲话。

散了席,和甫领唐卿到了书房,便拿出一本唐拓《云麾将军碑》,正面是王梦楼题的签,第二页梁茝林写著"海内孤本"四字,后面有明莫云卿、董香光、陆龙光跋,梦楼、茝林均有题跋。和甫指著说道:"此碑石久已毁成二础,现在龙泉寺。老夫曾于李小湖处见过一本,虽未能确定为唐拓,实系完全孤本。那本上春湖学士的跋语,曾云:'家有莫氏瑶宝斋残本,云卿、思翁手跋。'并目为唐拓。今天老冯拿来这本上有莫、董手跋,或者即春湖先生遗物,亦未可知。"唐卿道:"李北海放纵雄奇,特创一格,此碑何以反如此平正浑厚?"和甫微笑道:"北海的字与虞、褚、欧、颜同出羲、献之门,惟各各变化,独立一格。北海此碑,纯用中锋,笔划如春蚕蟠叶,后来东坡先生深得此碑法子,所以雄秀冠绝古今。可惜此碑流传太少,所以没有人指出东坡的得力处。老弟以为如何?"唐卿道:"老师的书法,冠绝本朝,所以独窥真秘。今天所论,真是东坡的千秋知己了。"唐卿看过了碑,收拾好,便低声说道:"门生有一句冒昧的话,一向不敢禀明,现在门生将远离门下,不敢不说。刚才也同弓夫说了一些大概。据门生愚见,老师际此朝局,不能再避嫌远势,最要着意收拾人才,以备夹袋。门生看来,还是新进之士有些血气,朝中大员,趋避太熟,老师以为何如?"和甫叹了一声道:"老弟遭了这种意外,难道我不知道'舐糠及米'的话么?老弟的话,自然是爱我的话,现在我也豁出去干一下子,成败只好听之于天了。"唐卿道:"老师负三朝重望,西边也有些顾忌,一时不会有什么。不过以后不可不注意罢了。"只见和甫面上露出凄然的颜色,相对默默了一会儿。唐卿便起身告辞,和甫也不挽留,立起身来,握著唐卿的手,说道:"不要灰心,为国珍重。"二人相视了一会,和甫就向唐卿点了一点头道:"我也不送你了。"就回身入内而去。唐卿也向弓夫道:"老师心境不佳,须常常劝慰劝慰。刚才几句话,请常向老人家提提,望他决意进行,这就是不肖门生一点血诚哩!"弓夫黯然道:"是,是。"就送唐卿出门登车而去。

正要进内,只听见门房中有客求见,是广东口音,李源正在说主人歇了觉了。弓夫走过,见升儿出来,就问是谁,升儿道:"是广东的唐猷辉。"弓夫道:"你去跟李源说,上去回回,看见不见?"升儿就去对李源说了。只听见李源指著升儿

说道:"刚才他从上房来,说刚刚醒了,不晓得见客不见,你请坐一坐,我去回一回。"正是:

宫阙勃豀困箕帚,朝廷门户斗戈矛。

欲知后来,请听下话。

【第四十回】

白发老臣求才郎署　青衫名士定策花丛

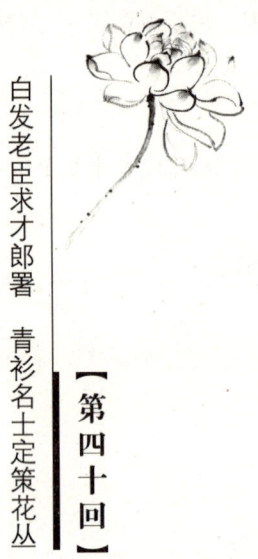

话说唐猷辉求见龚和甫，经门上李源挡住，不替他回，恰被弓夫听见了，叫升儿向李源说了。李源就转过来，说进去回一下子再说。当时走到书房，向和甫回道："有广东门生唐猷辉求见。"和甫点点头说："请！"李源答应了，心中疑惑：今天为什么容易肯见他？他走到了垂花门外，就将唐猷辉名帖，交于另一个家人道："请到客厅去。"一面走进门房，向着唐猷辉道："请！"唐猷辉听了，欣然跟着那家人，走到客厅。唐猷辉掀帘进去，四面一看，只见壁上挂着的都是墨拓整幅的碑帖钟鼎，就在靠窗的杌子上坐下。只见家人送了一杯茶来。

猷辉约等了半个钟头，尚没有出来，正在心中烦躁，只听得许多脚步声。猷辉向玻璃窗外一望，见四五个家人，前后簇拥着一位白须红颊、俊伟魁梧的龚和甫，将到客厅门前，家人们已将帘子打起。猷辉早已站起身，在客厅中间下首立着。一见和甫进来，连忙跪下行礼。那和甫满面笑容，将双手一拦，说道："常礼罢。"那时猷辉已行毕礼，立起来作一个长揖，和甫也还了一揖，请猷辉炕上坐。猷辉道:"门生理应侍坐。"和甫道:"不必客气,好长谈。"就命家人将茶送到炕几上,和甫先向主位坐了,猷辉只得直着身子,向客位坐定。和甫道:"老弟的《新学伪经考》及《秦王改制说》确是今文学家。前年'公车上书',议论慷慨,尤其佩服。本就想请过来谈谈,后来听说出京去了,现在几时进京的?"猷辉道:"是上月到京的,曾经过来请安,老师不在家,没有见着。"和甫道:"失迎得很!老弟对现在时局,可有什么办法呢?"猷辉道:"门生是浅陋得很,既蒙老师问及,据门生看来,本朝立国,将近三百年,当初立法,确是因时制宜,适合情势,所以能够平安无事。自从西人发明了轮船、火车、电报等,天天把地球缩小,从前可以开关自守,现在是不能够了;从前是独立的,现在是和许多国家来往了,你要关门,他要进来、是拒不了的。所以独立的法子,不适用于现在了。三百年相传的法子,总要改变才行。至于'变法'二字,千头万绪,一时也说不尽,第一要定变法的政策,第二是栽培变法的人才,废科举,设学堂,是入手最要紧的办法。那日本的强,就是从学堂中出来的。德相俾斯麦,于败了法国之后,他说:'我国的成功,是小学教员的力量。'其余办法,一时也说不尽。"和甫道:"老弟的话,是不差的。不过废科举一事,就难办通。老弟回去,可详细拟一个办法,咱们再细细的商量。"猷辉听了,欣然答应了,随即告辞。厅外家人,喊了一声送客,和甫送到客厅门首,点一点头,就进去了。

　　猷辉回到南海会馆寓中,就动起笔来,拟了一篇变法的大纲。隔了三日,就送到龚和甫处,一面寄信到上海、广东,叫唐常博、梁超如等,赶紧来京。那时梁超如正从湖南回到上海,接到了常肃的信,召集了许多同志,开一个秘密会议,随即打一个电报到汉口,转知戴胜佛速行北来,并定了出发日期。

　　一天,超如接到王子度的请客单子,在大兴里陆兰芬校书处。子度与超如既是同乡,又是同志,到了傍晚,匆匆的到了陆兰芬书寓中,进门上楼,只见子度在房门口招呼。超如进了房,只有主人子度一人,兰芬正在梳头,披了发立起来说道:"梁老请坐!"超如点点头道:"不用客气。"随便坐下,向子度说道:"来早了。今天有几位客?"子度道:"都是熟人。你打算几时动身?"超如道:"大约二三天内,总要北上了。"子度道:"你来得正好,我正要密谈几句。你此次进去,很有关系,将来各方面,都要预备些人才。我今天请的客,有一位是成木生,你也认得的。我看此人于财政上,很有经验,也是唐先生夹袋中应收的人才。今天你可以拉拢些，以便应用。"超如道："此人才识是好，不过恐怕油滑一点，未必能为我辈所用哩。"子度道："用人之道，在于器使，此等人当用其长而防其短，求全责备，天下那里去找得着许多全才呢。"超如道："不差，现在吾门的先生，到底脚根能否立得住，尚不可知。西宫是根深蒂固，内外相连，一时正不容易进行。听说老敬王是不主张变法的，现在不过从龚师傅那里，发生了一点儿萌芽。我们只好尽力而为之，成败是不可逆料哩。"子度道："很对！本来师傅是名士派，肩膀上没有许多力量，心里只想做宋、明的清流，要象李文饶、张江陵的魄力，是不会有的。他所教出来的门生，性质柔弱，遇事畏缩，很难望有成功。只是前途有一线的曙光，我辈总不能放弃罢了。"

正在说时，只听得外面大姐道："王大人客来！"子度立起一看，只见进来了三个人。超如一看，都是熟人，一个是姜剑云，一个是王让卿，一个是曾君衡。大家招呼着坐下。兰芬此时已梳好了头，打扮得婷婷嫋嫋，走到君衡的跟前道："爵爷昨日夜里，到啥地方去格？"君衡笑道："没有到那儿去。"兰芬微哂道："潇湘馆里格竹子，恐怕都变成了白蜡杆子呢！"君衡道："胡说。"超如、子度等，听了不解，都问道："什么事？"兰芬道："要问爵爷格。"君衡摇摇头道："不知道。"兰芬道："王老是新闻记者，总晓得格。"让卿微微一笑，说道："这种社会新闻，我是不大注意的，不过略晓得一些，大约是金刚斗法罢了。"超如道："怎么样？"让卿道："昨天天仙茶园内，'四金刚'中的林黛玉、张书玉，各人召集了许多马夫流氓械斗，打了一个不开交，两个金刚居然做了总司令，许多健儿听她们指挥。"超如道："难道巡捕房不出来干涉么？"让卿道："因为双方各有后台，各有工部局熟人，所以马马虎虎劝开了事。至于此事起因，则不知道了。"兰芬道："各位要晓得起因发端，爵爷俚是一肚皮两胁肋哩。"君衡道："你不要造谣言，再造谣言，送你行里去。"兰芬道："喔唷唷！吓杀哉！倪也呒不保镖，也不去看戏，陆里有吃官司格资格呢。"君衡道："我来做你的保镖，好吗？"兰芬道："喔唷唷！一来勿配，二来也用勿着。"正要说下去，房门外又喊道："王大人，客来！"子度打开门帘，原来是苏郑盦、杨淑乔。彼此招呼坐定。郑愈向着子度道："今天是否有成木翁？"子度道："是的，刚才已催过了，大约快来了。"郑盦道："近日木生大有奇遇，各位知道么？"让卿道："是不是木子？"君衡道："木生于木子，是大有缘法的。"剑云道："今天是诗人雅集，不可无风

【续孽海花】

雅的酒纠，停会要瞻仰了。"超如道："是不是李苹香？"郑盦道："十里洋场，那里还有第二个呢？"剑云道："难道木生也风雅起来了？"郑盦道："你不要轻视他，他正是一门风雅呢！"让卿道："你的消息真灵。"随听外间喊道："成大人到！"子度走出房门，迎到楼梯边，只见木生已上楼梯，身后跟着一个倌人，身材娇怯，丰神雅淡。子度迎出去，木生含笑道："今天我知道是诗人雅集，所以带了一位女诗人来，想各诗翁不嫌唐突罢？"子度道："今日之集，本要瞻仰苹香校书。木翁携手同来，正慰渴望呢！"

随邀各人入座，大姐娘姨送上了手巾，子度送了酒。木生坐了首座，苹香也坐在椅后，与兰芬一同招呼。子度取了局票，各人陆续报了名字。王让卿叫了曹梦兰，姜剑云叫了金小宝，梁超如叫了祝如椿，杨淑乔叫了花文兰，苏郑盦叫了金玉梅，只有曾君衡没有说出什么。子度道："君衡你叫谁？或多叫几人，凑凑热闹，更好。"背后兰芬含笑说道："爵爷，阿是有点尴尬哉？"君衡道："什么为难？依旧林黛玉是了。"兰芬笑道："倒底交情勿错，不过有一位要勿愿意格。"让卿道："兰芬太看着重了，就是不愿意，君衡也不过是表面的目的物罢了。"君衡道："这个江北猪，理他呢！"兰芬笑道："呒良心。"随道："爵爷勿要动气，算倪瞎说。"君衡道："我只怕兰芬先生要动气，我那里敢动气呢？"兰芬笑道："爵爷勿要灌米汤，倪到镜子里照照，陆里有格种天官赐呢！"木生道："兰芬，你跟爵爷说的是什么事？"让卿道："今天小报上说的金刚斗法，木翁没有看见么？"木生道："我是从来不看小报的。"让卿道："金刚斗法中间，因着孙猴子，所以兰芬咕咕咕咕有许多话。"超如道："我们不谈此事，今天木翁带了一位女诗人来，当然要请教一回。"就向苹香道："可否象秦少游对客挥毫，一吐珠玉呢？"苹香道："各位都是苏东坡一流人物，薄命女子，偶尔涂鸦，连周韶、龙靓也不能仰望，那里敢献丑呢？"剑云拍手道："吐属不凡，的是可儿。"超如道："能够知道周韶、龙靓几个人名字，剑云，你不要多心，恐怕你们玉堂中人物也不可多得呢！"郑盦道："是极，是极！今天苹香你不能推辞的了。"苹香颊上露出微红，含羞说道："当场献丑，实是不容易。昨天晚上，却曾胡诌了一首绝句，不妨写出来，请各位指教。不过实在不成话的。"超如道："很好！很好。"各人也同声赞成。那苹香姗姗的立起身，向兰芬取了笔墨。兰芬道："前天有客送我一匣信笺，请耐写罢。上海书寓里，纸墨笔砚，是寻勿出好格。只有局票请客票，搭仔破水笔、破砚瓦，幸亏倪此地常常有客、喜欢弄弄笔头，所以倪另外预备点笔砚，今朝真算用得着哉。"让卿道："足见兰芬风雅，所以能吸集许多名士。"众人正在闲谈，只见苹香已将一张诗笺写成，送到席上。众人都争着要看，超如道："我来读罢。"于是高声吟道：

"白苹飘泊夕阳天，纤朵微馨剧可怜。
何日五湖烟水里，秋风收上采菱船。"

郑盦道："可与'开笼若放雪衣鸟，长念观音般若经'一诗并美，今日之木翁当然是当时之陈述古了。"木生道："当日杭州太守，能开笼放鸽，今日并无笼子，用不着杭州太守去开，只要有人收拾携去便了。"超如道："今日苹香一诗，可入诗话，我辈应当胡诌几句，以志一时盛会。"郑盦道："不差！"子度道："能作者随意，否则明后天作成，送至我处亦可。将来托让卿的令弟，画一小卷子，也可算一时佳话哩！"让卿道："赞成！可要送交报上去登载？"木生道："不可，苹香也不靠这班无聊的游扬。"剑云道："实在，这种报，太没有价值。"超如立起身来，向靠窗桌上，取了一张诗笺去写。子度站在超如背后，只见他用王圣教的小行书写道：

"秋堂低唱浅斟天，对影闻声自可怜。
待得沼吴心事了，浣纱同上五湖船。"

子度道："苹香，你看超如已有预约了。但恐将来寻春过迟，不免绿叶成荫之恨呢！"

正在谈时，只见林黛玉、金小宝、曹梦兰、花文兰、祝如椿陆续而来。林黛玉来了，向君衡注视着，点点头。曹梦兰低低问让卿道："你们在那里做什么？"让卿道："苹香做了一首诗。"梦兰道："什么诗？就是同赞美诗一样的么？"让卿笑道："你不懂的。"超如听见了梦兰的话，说道："状元夫人，提起了赞美诗，我想着一个典故，我们同乡，有一位姓金的，他在英国游学时，有一个大学教授，在拿莎士比亚的诗曲教他时候，就问那位金先生道：'你们中国，也有这种诗么?'那金先生道:'没有。中国只有赞美诗。'这不是梦兰配对么?"梦兰道:"倪是勿懂格,梁大人勿要笑倪。"超如道:"梦兰不要多心,不是说你,是说那个金先生。他将来学成回国,不是一位大人物么?他日这种人,来办国家大事,怎么好?"剑云道:"你又要忧心君国了。今夕只可谈风月,我也胡诌一首。"只见郑盦正伏在桌上写字。剑云道:"我也有一首放屁诗,请你写一写。"郑盦道:"你放屁,我不写。"剑云道:"我的屁,经了你的手,或者可以少臭些了。"郑盦笑道:"等我写好了我的屁,再写你的屁罢。"停了一会儿,剑云就在座上说道:

"湘水归来岁暮天,美人名士暂相怜。
千秋谁讯灵均怨?独采苹花荐画船。"

超如听了,向着剑云道:"你为什么凄怨如此?"剑云道:"言为心声,我自己也不知道。"那郑盦立起身来道:"我的诗是要压卷的。"他就高吟道:

"人世因缘莫问天,游丝牵惹枉相怜。
白苹自有浮沉力,秋雨秋风傍钓船。"

超如道:"你的江西诗派又来了。"子度道:"他的诗虽是江西面目,然实在是由西昆出来的。只是洗涤脂粉,回露清真而已。然他的诗虽然好,不过浮沉一语,大约是郑盦在武昌督署中观察所到的罢。"

诸人正在谈诗,只见苹香向着木生低声说道:"倪要去哉,停歇请耐过来。"木生点点头,就向各人告辞而去。那君衡在坐,不发一言,只与黛玉窃窃私语,却没有停过。各人的局,就纷纷离座而去。那兰芬也已出局回来,进房更了衣,重又坐在子度背后。只见黛玉逼着君衡一同回去,君衡踌躇未应。兰芬道:"大阿姊,耐放心罢!刚刚耐勿曾来格辰光,俚说个闲话,实在倒是真心待耐格。"黛玉撇了一撇嘴,说道:"耐去相信俚。"顺手指着君衡道:"耐格个人,一转背,就要忘记格。兰芬姊,耐去相信俚,真真戆大!"君衡道:"难道我真一点没有好处么?既然如此,你也可以放手了。"黛玉道:"我偏偏弗放手。'人争一口气,佛争一炉香。'倪格台，难道去坍在江北猪身浪。"兰芬笑道："真真是一张床浪，困勿出两样人，说个闲话也是一样格。"黛玉道："兰芬姊，耐也来说笑倪，弗作兴格。"兰芬道："因为爵爷刚说江北，耐也说江北，所以随口说格，阿姐勿要多心。"黛玉道："倪搭耐陆里会多心？个只江北猪，请耐也勿要去理俚。"兰芬道："倪向来搭俚客客气气，台面上招呼招呼，是弗大来往格。"他们说的热闹，木生就立起来，要动身，向子度告辞。诸人也纷纷而散。

木生出去，坐了马车，就到李苹香家里。苹香出来，迎了木生进房坐定。木生道："你的堂差完了没有？"苹香道："刚刚有几个局，倪晓得耐大人就要来格，所以各处都坐了一坐就走。倪拉兰芬场化写格诗，真正坍台，耐也勿帮帮倪，弗作兴格。"木生道："你的诗，你的字，都很好，各人都很佩服。今天的几位，都是中国顶瓜瓜的诗翁。这一回，不但你的大名，从此鼎鼎，连我也有了光彩了。"苹香道："耐勿要说哉！耐越说，倪越难为情哉。"

原来李苹香本姓黄，松江人，她的曾祖，是道光时的一名翰林，诗文书画，都很有名，在南书房当了十余年的差，后来传到了苹香的父亲，不晓得在那一省做了一个候补通判，向堂子中娶了一个姨太太，生了苹香。一生潦倒，客死他乡。他在生时，很爱苹香，教她读书写字。苹香生性聪明，一教便会。他父亲对诗词歌赋，都有门径，所以苹香承受了父亲教训，也能做几句小诗。父亲殁后，其母回到松江，穷困度日，糊里糊涂将苹香给了一家人家。不料，这个女婿是个白痴，苹香既读了几句书，不免顾影自怜，有彩凤随鸦之感。当时恰有邻居姓李的，年纪约在二十左右，也曾读过书，略通文墨，常于街头门外，遇着了苹香，又认识其夫，知道苹香必不称心，遂动了觊觎之念，假意与其痴婿往来，登堂入室，俨如通家。渐渐与苹香信札往来，或作小诗挑动之。苹香正在郁郁之中，禁不起轻怜薄惜，芳心展转，视为知己。日往月来，竟入其彀中。他二人商量定计，教苹香怂恿其母，往杭州天竺烧香，就叫了一只船，母女二人，坐了前往。那船行了一日，傍晚停泊。那姓李的，作为意外相逢，恳求搭船同往。苹香之母，因系邻人熟识，也不推却。那姓李的上了船，十分照料周到，随路买些食物供献，黄母又有鸦片烟瘾，懒惰异常。那姓李的遇着黄母之事，无不替她极力办妥。黄母爱之，视若己子。姓李的便乘机拜为干娘。到了杭州，那船歇在潭子里，三人一同去烧香。烧完香，三人去游西湖，游到下半天，姓李的道："此时天色已晚，我们不如住在西湖边旅馆，以便明日畅游。"黄母听从他，就住了清华旅馆。

到了第二天，黄母因有烟瘾，须至午后方能起身，起来时不见苹香与姓李的，疑他二人出外游玩。她对于杭州地方道路生疏，只好在旅馆中整天抽烟。直到次日上午，也不见来，心中着急，明知不妙，也没有法子。等到傍晚，始见苹香与姓李的姗姗而来。黄母即唤女入房，指着苹香骂道："你真不要脸！你与他昨夜住在何处？还有脸回来么？"苹香就哭泣不语。其母在烟榻上，一面抽烟，一面骂，那姓李的忽然推门进来，跪在黄母面前道："干娘不要动气，实在是儿子的不好，不要责罚妹妹，只求干娘责罚儿子便了。"黄母道："你拐骗了有夫之妇，你还敢进来么？"姓李的道，"儿子固然不好，但是干娘也有些不好。"黄母诧异道："你骗了我女儿，还是我的错么？"姓李的道："不是儿子放肆说，象妹妹这种才貌，万中拣一，配的妹夫，总要才貌相当。现在的妹夫，干娘你想想，跟妹妹配不配？这不是干娘的错处么？况且，这回路上相逢，也是干娘允许我搭船的。你要防备，就不要叫我们二人聚在一处，既允许我二人住在一船，又允许认为兄妹，终日相聚，干娘你岂不晓得干柴烈火，怎样忍得住呢？现在事已成事，木已成舟，只好求干娘成全，到底你又没有儿子，我们二人将来一生一世孝顺你就是了。"黄母道："他的女婿尚在，我有什么法儿成全呢？"姓李的道："我有一法，可以面面完全，但必须从速办理方好。"黄母道："什么法儿？"姓李的道："现在先把船家打发回去，在此地租了一所小房子住下，一面写信到夫家去报告妹妹患病甚重，料定他家怕担负医药旅费，再说病人万一不测，衣衾棺椁，担负不轻，一定没有人出来，我们悄悄的去买一具棺木，装些石子，抬到寄厝的地方一放，一面报告他家，说妹妹已故，然后干娘回去，责罚他们不来料理丧事，邀请亲族，责问他们，多少不论，他们总要贴还些钱，慢慢的干娘收拾收拾，随意搬到苏杭一带住下，人不知，鬼不觉，真正是第一妙计。干娘你以为如何？"黄母道："你这个小滑头，真有些邪谋鬼计。"遂向苹香道："你看怎么样？"一面说道："小鬼，还跪什么？不想一个计较，我那有面孔回家？"苹香又呜呜咽咽的哭起来。黄母道："你还哭什么？你们细细的商量一下，如没有什么，就去赶紧办起来，我要紧抽烟，你和小鬼去办理就是，我也不管了。"姓李的含笑立起身来，就同苹香秘密商量一番，出外一一照计办好。男女二人，就往苏州租房住下，黄母独自回去。不料他二人住了几个月，盘缠用尽。姓李的家中，也是没有恒产的，将欲断炊，没有法子，姓李的就将苹香送入娼寮,实行在苏作妓。不过苏、松相离甚近,不免风声藉藉,他二人就逃至常熟。时正岁暮,当时常熟有一个汪鹅斋,闻苹香能通文墨,因往一谈,知苹香真能做一二首小诗,视为不可多得,帮助了些金钱,度过残年。那鹅斋对她说:"你既落风尘,且姓李的相伴不离,靠你衣食,此亦前生孽缘。此地无可发展,还不如到上海去,倒许有机会。"苹香听了,深以为然,就同姓李的到了上海,先进了棋盘街之么二堂子中。不多时,上海许多附庸风雅的名士,很照顾她。在么二堂子中,不到一节,就租了房子,铺饰房间,取名"李苹香书寓"。这成木生叫她的时候,是刚刚做了一节,生意甚好,车马盈门。

那日,成木生于席散后到了苹香寓中,闲谈片刻,已过了十二时,只见对面房间,又有一帮客人,摆了一个双台,亭子间里,又有一班客人在碰和,热闹非常。苹香往来应酬,无暇专门去陪伴木生。那木生看了如此情形,坐到一点半钟,只好起身回去。苹香道:"真正对勿起成大人,叫倪吃了格碗饭,真正无法可施,最好耐搭仔倪转去就好哉!不过倪镜子照照,勿象有格种天官赐,成大人阿对?"木生听了,微哂不语,匆匆走下楼梯,忽听见一阵笑声,接着高声言语,觉得声音很熟,不免疑心对房中是个熟人,一时也不及细想。出门上了马车,只见并排的一辆马车,卸在那里,明明是自己新买的。他也不问,回了公馆。下车时,就问马夫道:"今天我的新马车,谁坐去了?"马夫道:"是大少爷坐去的。"木生也不作声。

第二天,木生在签押房中出来,经过客厅,听见有客在里面高声谈笑,木生就问当差道:"客厅中何人会客?"当差的道:"是大少爷会客。"木生再仔细一听,顿时感到与昨天在苹香那里所听见的声音一个样。顿时觉悟,昨天对房摆酒,就是他的大儿子,心中未免不悦。

第二天傍晚,忍不住又到了苹香所住的沿马路寓中。这座小洋房,旧名杨柳楼台,是从前申报馆主笔袁子翔所住的,后来房主就租于书寓中人,苹香因爱其门前马路宽阔,客人进出方便,所以设法租得。木生到了门首,只见他的新马车又停在门首。木生进了门,苹香尚在梳头,看见木生进来,脸上一呆,立起来招呼请坐。木生道:"这两天辛苦了!"苹香道:"成大人勿要瞎三话四。前日子,倪等到格班断命客人打牌完结,倒马桶格也来哉!倪上床格时候,太阳蛮高格哉!昨日夜里向,又是一夜,真正无设法。成大人耐格尴尬闲话,是用弗着格。"木生笑道:

"等了一晚上，天明再睡，还不算辛苦么？你是自己心虚，想到了别处去了。"苹香道："倪是格乡下人，陆里说得过耐呢。"木生道："我想明天在此地请请前天的几位客人，你房间有空么？"苹香道："耐成大人来请客，阿有啥勿空个！阿要点两样菜？"木生道："不必了，你告诉他是我请客，格外巴结点，另外赏他点钱，就是了。"苹香道："晓得哉。"回头向着那大姐说道："阿囡，耐去告诉俚说明朝成大人请客，巴结点，有额外赏钱格，记好了。"阿囡答应而去。木生坐了一回，就走了。出门看时，新马车已不见了。木生就问马夫道："这两天，新马车统统是大少爷坐么？"马夫道："是的，大少爷坐了去，没有回来。今天姨太太要坐，也没有坐着。"木生也不言语，就回去了。

第二天，木生又到了苹香处，苹香招呼了问道："阿要催客？"木生道："不用了，已由公馆当差的去催请了。"略坐了一会儿，客人陆续而来，都是前日的原客。闲谈了一刻，木生就请入座，发了局票，超如坐了首座。木生举酒属客，说道："现在时局岌岌可危，变法是万不可缓的了！唐先生既已在京，与龚师傅浃洽，不难直达圣明。只是西宫虽然归政，然握了几十年大权，中外大臣，莫不归向；老王爷中兴立了大功，总觉得祖宗成法不错。超如兄进京去，和唐先生商量，总要向这两处疏通，进行方有把握。各位以为如何？"超如道："真是老成之见！不过，疏通很不容易。木翁可有什么办法呢？"木生道："第一是皮小连，他慈眷优隆，十数年来，养成了弄权的习惯，似不可与他决裂，龚师傅德高望重，既有主张，自然力量不小。不过万一母子之间冲突起来，他也只有洁身而退。要想他为皇上牺牲，竭力奋斗，也在不可知之列哩！前两天，承子度屡次下问，彼此意见相同，所以今天冒昧的贡献一点儿。"子度道："木翁的话是颠扑不破的议论。超如进京与同志商量后，将来一切要仰仗木翁的大力呢！"木生道："自问才力不及，如蒙不弃，自当尽力。"超如道："感激之至，尊意自当转达。"正说时，各局都来了。一瞬间，珠围翠绕，莺啭花飞，檀板轻敲，金樽低送，热闹了一回。局散客辞，都匆匆走了。

子度同超如同走回寓，就问道："你明日决定起身么？"超如道："一定走，剑云同走，他是交卸了湖南学政，尚未覆命，所以赶紧要走。"子度道："胜佛处有信么？"超如道："他从广东回来后，听说他是入山修道去了，好久没有消息。前天我打了一个电报，托汉口的友人转寄。他是吾党中不可少的人，不过是激烈一派的,他的主张还未定,幸而素重感情,或者可以挽到我们一党中来。"子度道:"还有敦古,是很熟的,听说他今年也许北上,一来明年会试,二来他念念不忘经济特科,利用他功名之念,定能结为同志哩。"超如道:"你怎么样?"子度道:"我现由湘臬告病,未便入京,将来日本钦差一职,兄等如欲驱遣,很愿效力。"超如道:"将来外交,日本最重要,如得公去担任,必有益于两国的。"谈了多时,子度向超如告别而去。正是:

诗酒唱酬留沪渎,风云动荡起燕京。

欲知新党入京后变法如何?下回再说。

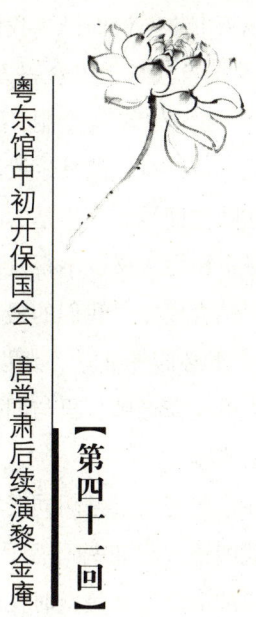

第四十一回

粤东馆中初开保国会　唐常肃后续演黎金庵

　　话说梁超如自接唐常肃的信，就收拾北上，姜剑云亦因湖南学政任满交卸，入京复命，一同乘轮进京。其时京津火车刚通，北京车站设在城外马家堡。二人坐轮船到了天津紫竹林，就坐了火车直达马家堡。下车后，剑云径赴西直门外海淀，借住了总理衙门公所，以便明日复命，预备召见。超如就一径到了南海会馆，见了唐先生，略谈了数语，只见来拜会唐先生的客极多，就是满洲人也不少。晚上应酬不暇，直到十一点钟，唐先生才回寓。师弟二人同住在一室中，闭了门，这才畅谈。常肃说道："自从进京后，见了龚老师数次，他才赞成了我们的主张，教我做了一篇变法大纲。他拿去了，大约他在书房时面呈皇上看了。据人传说，他在面奏时，曾有'唐猷辉之才，胜臣十倍'之语，他的爱才，是真可感激的，只是敬王不赞成变法，他也没法。他教我拟了十二道新政的上谕，只因敬王不能同意，停止不行。现在我办的报，北京很为风行，又经我们鼓吹，颇能震动各省。不过只是开通风气而已，政治上实权难望收效。新近各国都想瓜分，时局岌岌不可终日，我们总要想想法子才好，否则人都视为书生空谈而已。我们如何进行才好？"超如道："照现在欧洲潮流所趋，我们目光当注意于民众一方面，本来古圣贤所说：'治天下之道，在于得众人之心。'不过历代帝王专制，为臣子者目光在得一人之心，即如李文饶、张江陵等，其才虽不可一世，然其手段不注重于众人，而注重于一人，所以主眷一衰，其所办之事亦随之而尽。一半是为时局所束缚，非如此不能入手；一半是学问未能深入，使圣贤重民之大义，不得发皇张大。我意一面随机对付，总求有所藉手；一面广集人才，结合成党。我们的强学会，虽受反对，然近日国势日危，我们索性结成政治会社，不必假托文学，藉以刺激人心。先生以为如何？"常肃道："很好，明天你先去见见龚老师，再与同志商量，决定一个办法，我们就去进行。"二人谈了一回，也就睡了。

到了次日，超如就往东单牌楼二条胡同龚宅进谒。那时龚和甫正在延揽人材，看见了梁超如名刺，也就叫请。超如就到书厅。不多时龚和甫出来见了，就说道："令师来见了几回，所说的话，实在是救时良药，不过舆论未能尽孚，一时尚难实行，我亦无能为力，自觉惭愧得很！但是国家大事，也决不是仓猝所能办成的，请转达令师，加以郑重忍耐，一待机会到来，自有水到渠成之日。好在圣心默契，人定或可胜天。尊意以为如何？"超如道："中堂一身系天下安危，老成谋国，理当如是。不过机会之来，稍纵即逝，总望中堂出力担当，随时留意，勿使错过机会，实为天下所盼望。务望中堂采纳！"龚中堂道："国势阽危如此，若再因循下去，还成什么的景象！我听见姜剑云说，湖南人才很多，此回讲学，究竟于学问方面、办事方面，有多少人将来能担负大事的？"超如道："很有几人。象戴胜佛、康在经、黄克柔，都是有肝胆、有魄力的。"龚中堂道："戴胜佛是不是戴中丞端甫之子？"超如道："是的。"龚中堂道："听说很有才气，少欠循谨，父子间不大合适的。"超如道："破车之马，可致千里。戴中丞是规行矩步的，对这个才具恢张的儿子，不免稍有不合。不过欲求能办事的人，少年不羁之气是难免的，也在用之者有以熏陶熔铸之耳，未识中堂以为何如？"龚中堂道："甚是！甚是！"续谈了数语，龚中堂手打茶杯，客厅外家人就喊："送客。"超如立起来告辞，龚中堂送出书厅。超如道："不敢当！论理启卓是小门生，因为不是科第辈分，不敢自附门墙，但总是小辈，万望止步。"龚中堂微笑道："如此，放肆了。"点了头回身进去了。

超如出了门，上车回到南海会馆，只见常肃房中有许多客，细细一看，原来是荀子珮、黄仲涛、富伯懿等。超如就走进招呼，各人都立起来道："我们盼望了好久了，为什么昨儿才来？"超如道："在湖南耽搁了许久，回到上海，就匆匆的进京。今天可有什么新闻？"子佩道："今天有一个谎信，说是毓庆宫书房撤了。"常肃道："这一定是太后的懿旨。"仲涛道："是的，我听说济宁出了军机，那位大叔很不高兴。第一是把钱唐卿开刀。据传说龚师傅在书房中与皇上天天见面，太后很不高兴，总说徒弟听了师傅的话。这回撤书房的信，倘然确实，恐怕龚师傅地位不稳固。"子佩道："师傅的名望，一时也不容易动，况且他老人家十分谨慎，远嫌避势，老王爷信用尚好，不过我们的主张恐怕减些成色。"常肃道："是，这是很有关系的。"超如道："我今天去见了他，他叫我转达先生，千万郑重忍耐，大约他也得了撤书房的信了。"随向子佩、仲涛、伯懿说道："昨晚上我跟先生说，我们的目光要注重在民众，不要注重在一人。我们应当乘时势危急，组织团体，集合人材。如韩信将兵，多多益善，以扩张党势，各位以为何如？"仲涛道："这是当然办法。但是什么名目呢？"伯懿道："我们宗旨是尊皇，明治维新、西乡隆盛等旗帜是覆幕尊皇，何妨就名尊皇党。"仲涛道："不妥！尊崇皇室，自然很正大，不过现在太后归政后，意见日深，万一有人说这是偏重皇上的，恐怕要惹出祸来，总宜含混些好。"常肃道："我们虽是帝党，却不可露出声色来，我看不如称'爱国党'罢。"超如道："爱国虽好，少刺激性，现在国将不保，不如名为保国党。"子珮道："'保国'二字甚好，不过'党'之一字，大人先生们听见了有些避忌。"常肃道："也不差，不如名为保国会罢！"超如道："不过会是临时性质，未免没有永久性。"常肃道："只要事实进行，文字上越是无从指摘越好。"各人齐声赞成。常肃道："既然如此，超如你可于今晚拟一草章，以便开会通过。"子珮道："如此偏劳超如了。"常肃道："地址定在何处？"仲涛道："我想南横街粤东会馆最适宜。唐先生是广东籍，管会馆的庄小燕又是同志，容易得同意。"常肃道："小燕刚才来过，可惜没有告诉他。"仲涛道："今儿晚上同丰堂有一局，小燕亦在内，回头见面，告诉他，想没有不答应的。"常肃道："很好，偏劳了！至于日期，约在三日内，俟地址定后，再行通知罢。"伯懿道："昨儿看见高都老爷他说很佩服唐先生，并且提及龚中堂，也有很推重的话。他的意思，很想上头能召见一次，请唐先生痛快的面奏大计，于国家是大有益处。不过他能否出头保荐，他没有说，好在以唐先生的学问经济，不久当有保荐的人。"常肃道："只是才学疏浅，恐怕有负期望。"仲涛道："先生不必客气，当今之世，舍我其谁！先生也不可无此抱负哩。"当时各人谈了几句就散了。

超如回到房中，闭门起草会章。常肃又出去应酬了。第二天，仲涛又到了南海馆中，告诉常肃："昨天已与小燕约定了，准借粤东会馆开会，明天我们就去布置罢！"于是各人去招呼熟人，约定明日到粤东会馆布置，后日正式开会。超如把会章做好了，与各人看了。仲涛、伯黻、子珮等都很佩服。随由常肃与诸人商酌了一回，定为《拟定保国会章程》，共计三十条；又定会讲例十九条，其余应拟之例，皆拟于开会后推人拟之。

到了开会的这一天，那粤东会馆内来的人真不少，常肃、超如等先到了，此外仲涛、伯黻、子珮、韵高诸人，纷纷帮忙。超如就拿预备的白竹布去写"保国会"三字，旁边黄仲涛道："北京对于白色的纸布很忌讳的，恐怕不妥罢？"超如道："难道一定要用红纸写么？"伯黻道："我看不用红也不用白，就用黄纸罢！贴在门上不触目。好在京中寺庙门口，都用黄纸，若用白布，恐怕贵同乡就有许多不愿意。"常肃道："不差！我们对于无谓的冲突，总是避免的好。"超如冷笑道："国势如此，正当用白布呢！"一面就叫长班去买了黄纸来，写了门口的标帜，又在会场中写贴了讲台、客座等记号。原来粤东会馆中本有戏台，台前场地甚为宽敞，就把戏台作为讲台。戏台前原有桌椅，即作为会场座位。常肃等布置好了，同登台上。不多一会儿，只见各人陆续而来，门外车马拥挤，其中也有便衣的，也有戴着顶帽、穿着袍褂的，纷纷而来。那庄小燕是管理会馆的，常肃等请他走上戏台，一同坐下。其中内阁、六部、都察院、翰林院各衙闲人很多，只有一二品大员，多因身份关系未来。超如看见人数已不少，即走到台边，把今天开会宗旨，说了不多几句，就声明请唐先生宣布《保国会草章》，请莅会诸君通过，以便进行。说完了，超如退下。

只见唐常肃拿了一个手折，走到居中台边，拱手说道："鄙人等因国势阽危，与同志们欲组织一个保国会，以便集思广益，努力救国。现在拟了几条章程，请同志们共同商酌，通过后以便进行。鄙人现将草章逐条宣读，如有不合，务请提出意见商改，以求尽善。"当将手中折子展开，用着那广东音的官话高声读出道：

"   保国会章程

一、本会以国地日割，国权日削，国民日困，思维持振救之，故开斯会以冀保全，故名为保国会。

二、本会遵奉光绪二十一年五月二十六日上谕，卧薪尝胆，惩前毖后，以图保全国地、国民、国教。

三、为保全国家之政权土地。

四、为保人民种类之自立。

五、为保圣教之不失。

六、为讲内政变法之宜。

七、为讲外交之故。

八、为仰体朝士讲求经济之学，以助有司之治。

九、本会同志，讲求保国、保种、保教之事，以为论议宗旨。

十、凡来会者，务须激厉愤发，刻念国耻，无失本会宗旨。

十一、自京师、上海设保国总会，各省各府各县皆设分会，以地名冠之。

十二、会中公选总理一人，值理八人，常议员十六人，备议员八人，董事四人，以同会中人推荐多者为之。

十三、常议员公议会中事。

十四、总理以议员多寡决定事件推行。

十五、董事管会中杂事，凡入会之事及文书，会计一切诸事。

十六、各分会每年于春秋二八月，将各地方入会名籍寄总会。

十七、各地方会议员，随其地情形，置分会议员约七人。

十八、董事每月将会中所收捐款登报。

十九、总会将入会者姓名、籍贯、住址、职业，临时登记，各分局同。

二十、欲入会者，须会中人介绍之，告总理、值理，察其合者，予以入会凭票。

二十一、入会者若心术品行不端，有污会事者，会众除名。

二十二、如有意见不同，准其出会，惟不许假冒本会名滋事。

二十三、入会者人捐银二两，以备会中办事诸费。

二十四、会期有大会、常会、临时会之分。

二十五、来会者不论名位学业，但有志讲求，概予延纳。德业相劝，过失相规，患难相恤，务推蓝田乡约之义，庶自保其教。

二十六、捐助之款，写明姓名爵里，交本会给发收条为据。本会将姓名、爵里、学业寄寓，按照联票号数，汇编存记，联票皆有总、值理及董事图章。

二十七、来会之人必求品行心术端正明白者，方可延入。本会中应办之事，大众随时献替，留备采择。倘别有意见，或诞妄挟私，及逞奇立异者，恐其有碍，即由总理、值理、董事诸友，公议辞退。如有不以为然者，到本会申明。捐银照例充公，去留均听其便。

二十八、商董兼司帐，须习知贸易书籍情形及印刷文字者充其选。必须考查确实，一秉至公。倘涉营私舞弊，照例责赔。经手之董事会友，凡预于保荐之列者，亦须一律议罚。

二十九、本会用项，由值董核发。如有巨款，在千数百金以上者须齐集公议，方准开支。收有成数，择殷实商号存储，立折支取。如存数渐多，亦可议生利息。发票之期，按几日为限，由值董眼同经理。

三十、总理、值理、董事，均仗义创办，不议薪资，将来会款大盛，须专请人办理，始议薪水。惟撰报、管书、管器、司事、教习、游历、司帐酌量给予薪水。"

（均照当时印发原本，不易一字。著者附注）

当时台下来会的人，多数默不一言，一半是莫名其妙，一半是唐先生的广东官话也有听不懂的。常肃在台上读完了章程，随手把茶杯拿起来，喝了几口，停了一停就说道："各位没有意见，这章程就算通过了。今天应否推定总理等职员，以便分别担任进行？"

当时台下大众，寂然无声。停了一会儿，只见戏台前一个人立起来，常肃向下一看，这个人年纪不过三十岁左右，穿着枣儿红的袍子，罩着库金襕边蜜黑色的巴图鲁坎肩，头上带着瓜皮小帽，正中钉着一块玫瑰紫的碧犀，上又钉了一粒南茨大的珍珠,精圆明亮,宝光四射,白脸朱唇,但脸上白色稍滞,未能透出红晕,似是搽了一层宫粉。只听他说道:"唐先生的学问,唐先生的热心,咱们的中国哪里找得出第二个人来!总理自然要请唐先生担任。"他的眼光,向台上台下四面闪了一周,接着说道:"大约今天到会的各位没有不赞成的。至于值理、议员、董事等各职,唐先生既担任了总理,就象各部堂官的派差使,一切由唐先生斟酌派出就是了。"那台下也有许多人说道:"好!好!好!"

常肃听了,觉得很诧异:他是什么人,这样竭力的帮忙。那时仲涛过来,凑到常肃身边,低低说道:"这是武都老爷武义,字子友,满洲里头也算一个小名士。"常肃笑了一笑,那超如走过来说道:"先生可以暂为休息,待我去结束几句,顺便将《会讲例》宣布,就好请先生开讲了。"常肃听了,刚转过身,超如就立到中间,向外拱手说道:"唐先生刚才宣布的《保国会章程》已经各位认可通过,又经公推了唐先生任总理,这会的开始,气象很好。我们设立保国会的意思不是聚些人开开会就算了的,吾们第一件事,是要兴起讲学的古风,研究许多学问。不过古来师弟讲学,至多不过数十人,现在会中人才众多,开讲起来,不可没有几条规例。兄弟拟就了《会讲例》十九条,让兄弟宣布出来,请各位斟酌。"那超如也就拿着一个手折,高声宣读道:

"　　　　　　保国会会讲例

一、会中人数既多,谈话难合,外国开会,皆有演说,由众公举,通中外博古今之才,立题宣讲,以便激发,而免游谈。

二、公推通博之才,由大众公举,或投阄密举。

三、投阄者席前各置纸、笔、墨及一碗,听客书自己姓名及所举之人,汇齐置中间案上,一人开阄,一人宣读。

四、公举宣讲之人,当拟出数题宣讲。

五、拟题当关系保国、保教、保民、保种,切近有益之事,不得旁及。

六、凡宣讲者,既为大众公推,可在中堂宣讲,以便听讲者四面环听。讲毕仍就旁坐。

七、每会可公推数人轮讲,每讲酌定钟数,以一时为度。

八、听讲者，东、西、南向北三面环坐，其曾被举宣讲之人，讲毕复听讲者，亦就听讲之位。

九、讲时自一下钟至三下钟止。

十、同会有欲问辩者，须待讲毕乃问，或条写出。惟有意诘难及琐碎无关大旨者，讲者可不答。

十一、辩问可同时二人并问，但不得过二人以外。

十二、凡问辩者，起立乃问，问毕乃坐。其望远者，就席前问亦可。讲者起立听候，问者复坐乃坐，听者不起。

十三、讲毕随意与同人谈论，及入茶室食茶点，去留皆听自便。

十四、宣讲者于讲时供茶。

十五、讲时客复至者，随意就坐，不必为礼，以省繁嚣。有事不待讲毕，而先行者听。

十六、讲时会中听者，不得谈论，致喧哗乱听。

十七、公推宣讲之人，以多者为先，次多者留作第二次宣讲。

十八、讲时皆立书记人，写所讲者，有答问者亦录之，汇登《时务报》。并将每会姓名，皆登《时务报》端，并译登外国报，以告天下。

十九、散讲及讲前，随意谈论者不录。"

（均照当时印发原本，不易一字。著者附注。）

超如宣布已毕，会中仍无一言。超如随道："各位既无异议，此例即算通过。所有会中各职员，准照子友先生提议，由总理预为拟定，于下次开会时提出决定。现在时间宝贵，拟请唐先生登台开讲，请诸君照《会讲例》静听。"随向外一拱手，转身入座。常肃就重行走出立定，向台下点头为礼，开口说道：

"吾中国四万万人，无贵无贱，当今日在覆屋之下，漏舟之中，薪火之上，如笼中之鸟，釜底之鱼，牢中之囚，为奴隶，为牛马，为犬羊，听人驱使，听人割宰，此四千年中二十朝未有之奇变。加以圣教式微，种族沦亡，奇惨大痛，真有不能言者也！吾中国自古为大一统国，环列皆小国，若缅甸、朝鲜、安南、琉球之类，吾皆鞭箠使之，其自大也久矣！故

【续孽海花】

在国初时，视英法各国，皆若南洋小岛。虽以纪文达校订《四库》，赵瓯北札记二十二史，阮文达为文学大宗，皆博极群书。而纪文达谓艾儒略《职方外纪》、南怀仁《坤舆图说》，如中土瑶台阆苑，大抵寄托之辞。赵瓯北谓俄罗斯北有准噶尔大国，以铜为城，二百方里。阮文达《畴人传》，不信对足抵行。今人环游地球，座中诸公有踏遍者，吾粤贩商估客，亦视为寻常。而乾嘉时博学如诸公，尚未知之。至道光十二年，英人轮舟初成，横行四海，以轮船二艘犯广州，两广总督卢敏肃以三千师船、二万兵御之而败。卢公曾平傜匪赵金陇者，宣宗成皇帝诏谓："卢坤昔平赵金陇，曾著微劳，不料今日无用至此！"卢敏肃虽言洋船极大，而既无影镜灯片，宣宗无从见之，无能自白也。

暨道光二十年，林文忠始译洋报，为讲求外国情形之始，后败于定海、舟山，裕谦、牛鉴、刘韵珂继败，舰入长江，而炮震天津，乃开五口。宣宗乃知洋人之强在船坚炮利，命仿制之。西人如何？实未知也。道光二十九年，咸丰六年、八年、十年，屡战屡败，输数千万，开十一口，乃至破京师。文宗狩热河，洋使入住京师，亦可谓非常之变矣！然而士大夫以犬羊视之，深闭固拒。同治五年，斌椿遍游各国，等于游戏，无稍讲求之者。曾文正与洋人共事，乃始少知其故，开制造局译书，置同文馆、方言馆、招商局。文文忠乃遣美人蒲安臣与志刚、孙嘉谷出使各国，首用洋人。如古之安史那、金日磾，实为当时绝异之事。当时欲遣京官五品以下正途出身翰林六曹入同文馆读书，最为通达，而倭文端阻之。自是虽轺车岁出，而士大夫深恶外人，蔽拒如故。甲申之役，镇南关之功，日益骄满，鄙人当时考求时局，以为俄窥东三省，日本讲求新治，骤强示威，必取朝鲜，曾上书，请及时变法自强，而当时天下皆以为狂。壬辰年，傅兰雅《译书事略》言上海制造局译出西书，售去者仅一万三百余部，中国四万万人，而购书者乃只有此数，则天下士讲求中外之学者，能有几人？可想见矣！非经甲午之役，割台、偿款，创巨痛深，未有肯翻然而改者。至此，天下志士，乃知渐渐讲求。自强学会首倡之，遂有官书局、《时务报》之继起；于是海内缤纷，争言新学，自此举始也。然甲午之后，仍不变法，间有一二，徒为具文，即如海军、电报、铁路、船局、船厂，间效一二,然变其甲,不变其乙,变其一,不变其二,牵连相累,必至无成。其他且勿论,即如被创之后,而兵未尝增练,铁舰不再购一艘。吾绿营兵六十余万,八旗兵三十余万,实皆老弱,且各有业,托名伍籍中。泰西以民为兵,吾则以兵为民,何以敌之!若夫泰西立国之有本末,重学校,讲保民、养民、教民之道,议院以通下情,君不甚贵,民不甚贱,制器利用以便民,皆与吾经义相合。故其致强也有由。吾兵、农、学校皆不修,民生无保养教之道,上下不通,贵贱隔绝,此皆与吾经义相反,故宜其弱也。故遂复有胶州之事。四十日之间,要挟逼迫二十事:

其一,德之强租胶州,人所共之也;其二,则英欲借我款,三厘起息,而俄不许矣;其三,欲开大连湾通商,俄不许矣;其四,欲开南宁通商,法不许矣;其五,借英款不成,而内河全许驶行轮船矣;其六,西贡烧教堂,法索我偿款十万矣;其七,姚协赞调补山东道,德人限二十四点钟撤去矣;其八,津镇铁路过山东,三电德廷,德不许矣;其九,改道过河南,德亦不许,后请英、美使言之乃许矣。其十,聂军请俄教习,而订明不归统领节制矣;其十一,俄教习去留,须候俄皇旨矣;其十二,俄人勒逐德教习四人矣;其十三,直隶、山西、东三省练兵,必须请俄教习矣;其十四,长江左右厘金,尽归税务司矣;其十五,德人既得胶州百里,复索增广矣;其十六,既得增广,又索铁路矣;其十七,既得铁路,又索全省路权矣;其十八,既得铁路,又索全省商务矣;其十九,俄人要割旅顺、大连、金州矣;其二十,法人索广州湾,又订两广、云贵不得让与他国矣。

此皆今年二月以前之事。其此后英之索威海,日本之订福建不得让与别国等事,尚未及计也。夫筑路待商之德廷,道员听其留逐,是皇上之权已失。贾谊所谓:'何忍以帝王尊号,为戎人诸侯!'二月以来,失地失权之事,已二十见,来日方长,何以卒岁!缅甸、安南、印度、波兰,吾将为其续矣!观分波兰事,胁其国主,辱其贵臣,荼毒缙绅,真可为吾之前车哉!必然之事,安能侥幸而免乎!印度之破灭,无作第六等以上人者。乾隆三十六年至光绪二年,百余年始有议员二人。香港隶英人,至今尚无科第,人以买办为至荣。英人之窭贫者,皆可为大班,吾华人百万之富,道府之衔、红蓝之顶,乃至多为其一洋行之买办,立侍其侧,仰视颜色。呜呼,哀哉!及今不自强,恐我四万万人,他日之至荣者,不过如此也!

元人始来中国,尝废科举矣,其视安南之进士,抱布贸丝,有以异乎?故为我士大夫设想,他日真有不可言者,即有无耻之辈,发愤做贰臣,前朝所不齿者,而西人必不用中人。以西人之官必有专门,非专门之学不能承乏也。若使吴梅村在此日,将并一教官不能得,安敢望祭酒哉!即欲如熊开元作僧,而西教专毁像教,佛像、佛殿将无可存。僧于何依,即欲蹈东海而死,吾中国无海军,即无海境,此亦非我干净土矣!做贰臣不得,做僧不得,死而蹈海不得,吾四万万人,吾万千之士大夫,将何依何归?何去何从乎?

故今日当如大败之余,人自为战。救亡之法无他,只有发愤而已。穷途单路,更无歧趋,韩信背水之军,项羽沉舟之战,人人怀此心,只此或有救法耳!然割地失权之事,既忌讳秘密,国家又无法人师法之油画院,绘败图以激人心。薄海臣民,多有不知者,或依然太平歌舞,晏然无事,纷纷求富贵,求保举,或乃日暮途远,倒行而逆施之。孟子曰:'国必自伐,然后人伐之。'故割地失权之事,非洋人之来割胁也,亦不敢责在上者之为也,实吾辈甘为之卖地,甘为之输权。若使吾四万万人皆发愤,洋人岂敢正视乎?而乃晏然耽乐,从容谈笑,不自奋厉,非吾辈自卖地而何?故鄙人不责在上而责在下,而责吾辈士大夫,责吾辈士大夫义愤不振之心。故今日实人人有亡天下之责,人人有救天下之权者。

考日本昔为英美所凌,其弱与我同,今何以能取我台湾、灭琉球而制朝鲜,得我偿款二万万?此日本之兵强为之耶?非也!其相伊藤、其将大山为之耶?非也!尝推考如此大事,乃一布衣高山正芝之所为。高山正芝哀国之衰,不能变法,愤大将军之擅政,终日在东京痛哭于通衢,见人辄哭,终以哭死。于是西乡、吉田、藤山、蒲生、秀实之流,出而言尊攘;大久保利通、岩仓具视、木户孝允、板垣退助、三条实美、大隈重信,出而谈变法,日本乃盛强。至明治以后,日人赏维新之功,乃赠高山正芝四品卿,赐男爵。凡物作始也简,将毕也巨。呜呼!谁知日本之治,盛强之效,乃由一书生无权、无勇、无智、无术而成之耶!盖万物之生,皆由热力,有热点故生诸天,有热点故生太阳,太阳热之至者,去我不知几百万亿里,而一尺之地,热可九十匹马力,故能生地,能生万物。被其光热者,莫不发生。地有热力,满腹皆热汁火汁,故能运转不息。医者视人寿之长短,察其命门火之衰旺,火衰则将死,至哉言乎!故凡物热则生,热则荣,热则涨,热则运动,故不热则冷,冷则缩,则枯,则干,则夭死,自然之理也。

今吾中国以无动为大,无一事能举,民穷财尽,兵弱士愚,好言安静而恶兴作。日日割地削权,命门火衰矣,冷矣,枯矣,缩矣,干矣,将危矣!救之道,惟增心之热力而已。凡能办大事,复大仇,成大业者,皆有热力为之。其心力弱者,热力灭故也。胡文忠谓:'今日最难得者,是忠肝热血人。'范蔚宗谓:'桓灵百余年倾而未颠,危而未坠者,皆由仁人君子心力之为。'

凡古称烈士、志士、义士、仁人,皆热血人也。视其热多少以为成就之大小。若热如萤火、如灯,则微矣;并此而无之,则死矣;若如一大火团至百二十度之沸度,则无不灼矣;若如日之热,则无所不照,无所不烧,热力愈大,涨力愈大,吸力愈多,生物愈荣,长物愈大。故今日之会,欲救亡,无他法,但激厉其心力,增长其心力。念兹在兹,则爝火之微,自足以争光日月!基于滥觞,流为江河,果能合四万万人人热愤,则无不可为者!奚患于不能救!"

常肃讲完了,须眉轩张,精神贯注,口中时时喷出些白沫来,只是台下听者依然默默无声,没有一些感动的意思。

台上旁边有一位年近五十的人,唇上略有黑须,立到常肃身旁说道:"兄弟也有几句话要讲。"常肃就向台下说道:"现在有黎金庵太史要继续开讲。"他就转身向后,让那金庵去讲。那时金庵立到台边,向下拱拱手,咳了一声嗽,低低的说道:"兄弟是不会讲什么的,刚才唐先生所讲保国的道理,责任在士大夫,这句话是不差的。兄弟没有什么才学,侥幸得入翰苑,实在是国恩深重,应当出力保国。据兄弟看来,这个会总要望位高、学问深的人出来,方可以提倡。最好请唐先生及

【续孽海花】

诸位细细斟酌，多请几个望重学博的人才出来担任，将来众位跟兄弟等自然同声相应，同气相求。这个会一定能发达了。"他说了后，就拱拱手走开了。台上的人彼此以目相视了一晌。那超如就立起说道："今天时候也不早了，一切的事均留在下次的会解决罢。我们就可以散会了。"超如说了"散会"二字，台下人纷纷各散。超如就向着台上同坐的诸人说："我们可到南海馆一同去商量商量。"那时庄小燕点了点头，立起身走出来。正要上车，只见粤东馆长班走来回道："徐应骥徐大人叫回大人，散了会请到宅中去一谈。"庄小燕听了一呆，也不告诉人，只点了点头，匆匆的出了粤东馆，上车去了。正是：

　　登车共抱澄清志，巢幕宁知风雨灾。

欲知小燕是否到徐尚书家中去，且听下回分解。

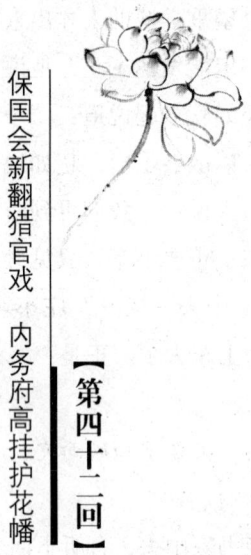

【第四十二回】 保国会新翻猎官戏　内务府高挂护花幡

话说庄小燕从粤东馆出来，知道徐应骥招他去谈谈，他晓得必有缘故。上了车，就命车夫到米市胡同徐大人那里。原来徐应骥号用庵，是广东人，翰林出身，现任礼部尚书。年纪、科分是广东同乡中老前辈。他听见粤东馆开保国会，心中以为开会结社是违禁的。本朝自康熙以来，因为明朝的东林党及几社、复社都是士大夫的不安分，所以悬为厉禁。他听见唐猷辉发起保国会，本想干涉，不准他开会，却又听见人说龚师傅极赏识他，曾经在皇上面前密保过的，所以不敢去得罪他。现在庄小燕竟许他在粤东馆开会，他自问是广东同乡的领袖，若付之不闻不见，将来发生事端，恐不免为人所指摘，所以要请小燕来面谈一回，讨论底细。那时小燕虽在总理衙门，颇有权势，然他是杂流出身，对于正途出身的同乡老前辈也不肯得罪的。

粤东馆在南横街，只要一拐弯就是米市胡同。小燕上车后，一瞬间已到了徐尚书门口。家人递了名片，徐宅门上即请了进去。到了客厅，那厅上显出广东人富贵气象,桌、椅、匠儿都是花梨木嵌螺甸的,两旁挂了一副泥金对,是大学士余同写的,中间的扁额是老佛爷赏的御书"福"字。小燕正在徘徊间,只见徐尚书出来,招呼坐定,寒暄了几句。那徐尚书问:"今天粤东馆是开了一个什么会?小翁你也去了么?"小燕道:"是的,是同乡唐常肃开的保国会。"徐尚书道:"士大夫开会结社,是历朝所禁,将来也许有点不便罢!"小燕道:"起先也不知道什么,后来黄仲涛当面来说,说是翰林院、都察院多数人赞成,连吕旦闻、余志清、黄叔兰、闻韵高许多名士清流,都很赞成这会,所以不便拒绝,就答应了。"徐尚书道:"听说老敬王不很赞成变法。"小燕道:"是的,不过龚师傅很赞成,曾在书房中密保过唐常肃,所以上头也知道唐常肃这个人。"徐尚书道:"常熟不过是名士习气,将来究竟能够办到怎样,尚在未定呢!"小燕道:"我想我们是不即不离的好,鄙见借个会馆,不至于有重要关系罢!"徐尚书道:"我也不过是远虑罢了。我的意思,将来他借别的地方开会尽不妨,我们是同乡,总是避点儿嫌疑的好。小翁以为如何?"小燕道:"是的,以后再开会,我就设法推托便了。鄙见对待他们,也不可过于反对,多生芥蒂。"徐尚书欣然道:"是极!是极!反对固然不可,而且敷衍也不能不敷衍,圣人所云'敬而远之',真是绝妙法门。小翁明白了,自然进退绰绰了!"小燕道:"以后当遵照用翁的宗旨对付便了。"当即告辞起身。徐尚书送上了车,就进去了。

小燕上车,心中暗想,这个老顽固,将来总要淘汰的,现在不可先不去告诉常肃一下。且今天金庵演说的话,颇不赞成常肃做总理,不可不去看看他们如何应付。当即吩咐了,匆匆的回车径赴南海馆而来。到了馆,下车进门,只见南海馆客厅上聚集了不少的人。小燕一一招呼了,只不见常肃、超如二人。小燕坐了一回,立起身来乘众人不注意时,竟往常肃房中而来。走到门外,只听得超如说道:"这个总理是先生不能退让的,若让他人做了,今天这个会就毫无意思了。"又听常肃说道:"不是我不负责,倘若因这个闹起意见来,不是反不好么?"小燕就推门进去,说道:"有不速之客一人来。"超如看见了,说道:"很好!很好!让小燕先生决一决。"小燕道:"什么事?"超如道:"今天金庵说话的意思,或者想要做总理,先生是愿意让贤。小燕先生以为何如?"小燕呵呵笑道:"这是很容易解决的。唐先生组织这个会,倘不想办什么事,那是什么人都可以让得,倘要想做点事,将来比这个问题重大的尚多,顾不了许多,还是当仁不让,请唐先生决定好了。"超如道:"燕公真爽快,真是分风劈流的话!我们就算决定了。我们刚才商议了会中职员,大约值理是燕翁,当然要有屈的,其余如吕旦闻、余志清、闻韵高,常议员是仲涛、子珮、胜佛、敦古等,董事是唐常博、徐子勤、麦化农、庄立人、杨淑乔等。"常肃道:"武都老爷很帮忙,应当要一位置。"超如道:"这种人不过揣摩风气,他的帮忙靠得住吗?"小燕道:"不过也不可不敷衍一下。这种人成事不足,败事有余。"超如道:"不差!就放在备议员中便了。好在备议员也不拘人数的。最要紧我们的中坚分子,第一是戴胜佛,现在他虽没到,据说入山学道去了。我已四面托人去请他北来,我们真要办事时,非请他来不可。"小燕道:"今天签名到会的多少?"就向桌上拿着签名簿看了一回,微笑道:"有如许人,总算震动京师的盛会了。"超如道:"中间有一位礼部刘光地,听说很有学问,过一天应去拜访一下,看看他究竟是一个什么人?"小燕道:"我不认得,听说是四川人,是一个闭门读书的,不晓得他的才识如何?恐怕不见得能办事。"超如道:"是。"常肃道:"燕公对于选择人材、担任职务,没有什么意见么?"小燕道:"超如所拟的很妥当,我今天有一个消息要报告,就是散会时我们同乡徐用庵尚书找我去谈谈,他不以粤东馆开会为然,他的旧脑筋怕有火星到他身上。但他又晓得常熟很赞成唐先生,又不敢来干涉,好笑得很!"超如怫然道:"粤东馆又不是他的私产,我们是广东人,用广东人公有的地方,他怎么能来干涉呢!"小燕道:"这种人知道什么?中国糟到如此,都是这班人弄出来的。"常肃道:"现在的局面,也不必去硬来,将来或者换一个地方开会也不妨。"小燕道:"照例是可以不理他的,讲到息事宁人起见,我们也不值得去跟他闹意见,我们只要稳固基础,这班人决没有抵抗的毅力的。"

正在说时,只见闻韵高进来说道:"外头有许多人要见唐先生,请唐先生出去一回。"常肃立起身来道:"与燕翁长谈,竟忘了外面的客了。"随向小燕说道:"失陪!失陪!"就往外去了。韵高也随着出去。超如向小燕说道:"太后撤去了书房,显见的有意见了。常熟是想做清流的领袖,资望却也够,不过少些毅力,将来如有风波,恐怕未必有担当的力量。"小燕道:"你的眼光不差,现在他能赞成我们,当然助力不少。他的手段决不肯出头露面的。将来我们办事要全靠他,是要失望的。我们现在借他开开门,入了门,自然要四方八面去找帮手。譬如医家开药方,人参甘草未必一定能去病,倒是牛溲马勃,有时可以收效。常熟一则古板,二则不肯担风险,我们轮到办事,有些也不可全听他,真真到大利害关系上,就反对他也没有什么。"超如道:"小翁圣眷优隆,趁此机会,就可以埋伏些根苗。"小燕道:"我也是受常熟的青眼,所以屡次叫起儿,很邀圣眷。我看上头的意思,很喜欢外洋的东西,所以我随时供奉些玩意儿,希望上头渐渐的走到维新的一面来。本来一个不出国门的少年天子,那有不喜新厌旧的?我们只要下点儿功夫,自然有点儿把握了。不过这是我二人的密谈,不足为外人道的。"超如微笑道:"当然!我又不是疯子,去乱说。"

正在说时,只见常肃同了韵高、子珮、仲涛等数人进来,说道:"诧异!有人似乎想做总理,已经可怪了。武都老爷他要添设副总理,他来担任,不更胡闹么!各位想想如何办法?"超如道:"那有这个道理!他们都来了,还能办什么事呢?"仲涛道:"副总理未尝不可添,不过武子友的资望不配。"小燕微微一笑,默不一语。韵高道:"事情没有办成,自伙儿已发生争夺位置,中国还有什么希望呢?"小燕立起来道:"有事要先走一步,明天再谈罢!"他就匆匆去了。各人又谈了一会,天已傍晚,各个向常肃告辞而去。

不料到了第二天早上,南海馆门前车马纷纷,都是要见唐先生的,弄得常肃应接不暇,不得不摆起阔人见客的架子,有见有不见。顿时南海馆内的长班,也象中堂尚书的门公了。也有许多小官儿,竟掏出门包封儿,送给南海馆的长班了。一天下午,常肃送了一班客,正要出门,只见长班进来,拿了一个名片,回道:"达大人拜会。"常肃一看,原来是前任江西巡抚达兴,现在调任浙江巡抚,进京陛见。那长班道:"唐老爷是不是挡驾?"常肃道:"请!"那长班以为照例是挡驾的,呆了一呆,一想,唐老爷这两天各部堂官都来拜会,也就明白了,就出去请了进来。常肃出来见了坐下,达兴道:"兄弟久慕大名,但兄弟常在外省,一向没有机会畅谈,今天见着了,荣幸得很。"常肃道:"不敢当!中丞这回是陛见来的,想还有几天耽搁?"达兴道:"城中亲友,好久不见面,总要多耽搁几天,才能动身。兄弟听见保国会开了,这是很好的。兄弟也很想附骥。"常肃道:"如蒙中丞赞成,非常欢迎。将来想到各省去推广,中丞如能吹嘘,真是我们很大的希望。"达兴道:"这两天听见一句骇闻,说保国会是保中国不保大清的,兄弟知道一定是一班无知识的人瞎造谣言。"常肃道:"本朝三百年来,列祖列宗爱民如子,深仁厚泽,中国即是大清,大清即是中国,那有分开的道理!说道这个话的,就是妒忌、挑拨、不想保全大清国的人了。"达兴道："是极！是极！况且龚师傅也是世受国恩的人，他那能赞成这种宗旨的呢！"常肃道："中丞说到这句话，真是关切得很！最好请中丞于各王爷各大臣面前，便中提及，代为剖白一番。我们固然感激，就是大清全国的人民，也要感激的。"达兴道："我是很明白各位忠君爱国的意思，自当尽力所能，随时去剖白一下。但是这种言论，不过一时的造谣，有些知识的也决不相信的。"一面就立起身来道："下次再谈。"匆匆的出门上车而去。常肃送客回来，也就出门拜客去了。

却说达兴从南海馆出来，一径到西城杨金甫家中去了。原来杨金甫是现任户部侍郎兼内务府大臣，他是汉军出身，本姓杨，官名达三，所以称杨金甫，也称达金甫。为人聪明圆滑，干练有才，是内务府衙门中当家的。内务府是皇上的一个私账房，宫中一切起居日用，都是内务府承办。跟太监们天天来往的。杨金甫在内务府多年，凡太后、皇上身边的总管太监，都有交情，象皮小连等，尤其水乳交融。金甫既在内务府当权，一切开支，无不经他的手，彼此心照，自然银子象泉水一般源源而来。有一次，龚和甫在户部尚书任上，内务府来文，请拨银四十万两。和甫就看看内务府来文是什么用度。原来是颐和园搭天篷的经费。和甫就蹙着双眉说道："吾们家中搭一个极大喜棚，也不过二百两银子罢了，就算园中地方大，加着一千倍，也不过一二十万银子，那里用得这许多？"那时有一位满尚书笑道："和甫又发呆气了，本来国家的工程，实在到工的，象陵工建筑等不过十分之几，象这种搭棚等款项不多，实在到工的也有限，不过在里头的许多人，都嗷嗷待哺，你若办清公事，固然没有棚匠敢承办，倘然冒失去办了，将来有身家性命的关系呢！"和甫说："怎么有身家性命的关系？"满尚书笑道："和甫你真是读书人，一点不知道外头的情弊。他们分不到钱，随便想法儿毁你一下，你防得了么？"那和甫听了，也就长叹一声罢了。

又一回，军机处的王爷，因为在乾清宫召见外国使臣，别的罢了，就是乾清宫门前一片大场，当初是用大方砖，俗称金砖的扁砌，那砖有二尺多见方，二寸多厚，扁砌了每砖占的地方很小，自然坚固，寸草不生。不料年代久远，那砖多有剥蚀，成了洼坳，雨过后积水不退，好象蜂窠，召见时候引领了外国使臣在这场中经过，外人漆光如镜的皮鞋上，时时溅着泥水，实在太下不去。一天，王爷也知道，叫内务府去办是惹不得的，就向总理衙门说，派一个司官修理。当时就派着作者。

【续孽海花】

作者接了堂官的吩咐，领了木厂中人去看了一回。原来北京中此类建筑都是木厂承办，不分木料砖瓦的。估了工价，不过万把两银子。木厂中人说道，工料及工人进出，各门上都要使费，须预先讲妥，否则不能承办。我就回了堂官。恰好总理衙门有一个苏拉（满语"听差"），名叫德安，常常进内，跟太监们都熟悉。堂官就派他去问问。他问了回来道："他们说，宫内工程应由内务府来办，都有老例，也不必问的。现在王爷交派，我们也不好驳回，瞧王爷的份上，每块砖经过一重门，要一两银子。"我们算起来，从东华门起到乾清宫门，足有十几重门，每一块砖就要十几两。当时听见，大家吃了一惊，就由堂官回明了王爷。王爷也无可如何，只好不办。可见内务府的习惯如此，做大臣的只要对付好了几个总管，那有不发财的！

那杨金甫在内务府多年，真真有敌国之富。他性喜豪侈，家内造了一个戏台，常常唱戏。前书所载的爱云、素云、怡云等，固然是常来，就是京戏中的汪大头、谭叫天、龙长胜、余庄儿、想九宵、桂凤等名角，除了内廷承值外，总是在杨金甫处的时候多，以致都中凡有堂会戏，所请的戏提调，总是与金甫相熟的人。对于各名角，烦他们唱一出，才不至丢脸。否则不客气谢谢，就是巡城都老爷也没有法子，不要说是兵马司等衙门了，都因为是杨金甫作他们的奥援，所以如此。

闲话休题，且说达兴跟金甫本来是好朋友，今天金甫约他小叙，他晓得一定有新鲜的玩意儿，打算着乐一天。达兴到了杨宅，进去和金甫见了面，就说道："今天老哥来招，我喜欢得了不得，所以赶早的来了。"金甫道："咱们哥儿俩好久没有乐了，今天我招了几个小孩子，叫他们陪我们玩一天，咱们痛痛快快喝一回。"就将达兴请到戏台对面的客厅上坐。达兴走进厅门，只见一排粉妆玉琢的少年，见了达兴，齐齐的请了一个安，说道："达大人来了。"达兴将手招了一招，呵呵的笑道："三年不到长安，又是一番花讯了。"金甫道："你认得么？这个是素云，这个是怡云。"达兴道："这是见过的。"金甫指着一个年纪不过十三四岁，娇躯秀耸，柔腰婀娜，秋波闪处，好似金刚钻石宝光互射的道："这叫妙芬。"又指着旁边一个高低相仿，身材瘦削，鹅蛋脸上一种秀色可餐的道："这是二丽。"又指着一个秀眉蹙黛，圆姿替月，比着妙芬、二丽更觉娇小一点的，道："这是韵芳。"达兴笑道："老哥你的艳福不小，但从何处去识拔出来如许的玉人！老哥的栽培工夫想也费尽心血了。"金甫道："这几个不愧为后起之秀罢！可惜花部三妹，爱云已成彩云，三云仅存二美了。"达兴道："现在口袋底儿听说很兴发，小玉依然声价甚高么？"金甫道："可不是！真所谓'时无英雄，遂使孺子成名'了。"达兴道："此回兄弟从南边来，在上海逛了几回，究竟是南朝金粉胜过北地胭脂。只是我们北边人，听不惯苏州软语，耳朵中虽觉得很舒服，总不及咱们内城话柔媚之中加以圆爽的受听。但是碰见有一位叫曹梦兰的，大家称为状元夫人，听说是金雯青殿元的下堂妾，她京、苏话都能说，而且出过洋，谈风健得很，比较小玉真有天壤之别呢。"金甫道："小玉不过是中等人材，又不认得字，没有什么可取。近来许多名士捧她，声价就此增高。我前天到她那儿去，见墙上挂了四幅条幅：马湘兰的兰花、卞玉京的竹子、顾横波的梅花、柳如是的白描观音，说是江苏姜剑云送的，真是无价之宝。那段老四真被她迷住。据我看来，也是对牛弹琴。"达兴道："倘然状元夫人她能来，一定轰动四城的。"金甫道："可惜我是没有机会到南边去，我当了这个衙门的差，有什么法儿能离开呢！"达兴道："内务府是一天少不得老哥的，不过你不能去，他难道不能来么？"金甫道："有什么法子？"达兴道："只要够她的嚼谷，她有什么不愿意呢？兄弟临走时，她口口声声说北京真好，是时刻惦记着要来。"金甫道："她能来，我好好供给她就是了。"达兴道："我去写信给她，她一定很愿意的。不过你割了我靴鞡子，不准忘了我。"金甫呵呵笑道："那有此理。"

正说得高兴时，只见家人说："怀大人、那大人到。"金甫道："请！"一面说道："我今天光请了少轩、瑟轩两个熟人，你也是很熟的。"达兴道："很好。"就见家人引着怀、那二人进来。金甫道："寿山，你这回来，跟二位都已见过了罢？"达兴道："都见过。前天二位来，兄弟已经出门，失迎得很。"怀、那二人道："太客气了！我们想定个日子叙叙，几时有空呢？"达兴道："不必客气了。"怀少轩道："你是要躲避送别敬，所以不赏脸。但是我们总是不饶你的。"达兴笑道："那末随便什么时候准到，并且带了别敬面送，好不好？"各人呵呵笑了。就有家人来说："席摆在什么地方？"金甫道："就在池子里，他们是去预备了罢！"家人道："都在预备了。"金甫就邀他们走出客厅，到了戏台前面，家人赶快将筵席摆齐，金甫邀客入座，送酒坐定，只见素云、怡云、妙芬、二丽、韵芳都从后台走到席前，向各人齐齐的请了一个安。怀少轩对韵芳道："二条胡同的珠少爷，跟你滚得很熟，昨儿在那儿见的？"韵芳含羞的说道："没有的事，昨儿也没有见过面。"少轩道："你跟他没有见面，真的么？不过前儿东单牌楼德兴堂,有两个人起腻了一天,是谁?"韵芳红了脸说道:"怀大人不要造谣言,那儿有这件事!"瑟轩笑道:"你的消息真灵。"少轩又向二丽道:"老西儿昨儿什么时候散的?"二丽笑道:"怀大人又来找我了。老西儿北京城有几千,怎么问我呢?"少轩笑道:"你找着了我的差儿了,少说了一个字,就挑眼儿。我问的渠老西儿。"二丽道:"老西儿姓渠也不止一个,知道是谁呢?"少轩道:"你有多少姓渠的老西儿要好?"二丽含笑道:"照怀大人说,是不是楚南?昨儿是在同丰堂见面的,怎么样?"瑟轩道:"到底二丽比韵芳老练,这一来倒把少轩抵住了。"少轩道:"二丽可恶!"他就拉了妙芬的手道:"到底妙芬好,跟我真不错!"金甫道:"你的话说完了没有?今天叫他们唱什么戏?"少轩道:"我来做提调,素云唱《岳家庄》,怡云唱《祭江》,妙芬、韵芳唱《双摇会》,二丽可恶,叫她唱一出《纺棉花》,看她三年里头是谁照应她的。"金甫道:"好!好!"二丽道:"我不唱。"金甫道:"你只管唱,你就说是怀老二照应的便了。"他们就到戏房里去扮戏了。二云因有别处堂会,先行唱了。二丽上场,手锣一响,门帘挑处,一种窈窕妩媚,半羞半喜的脸儿,好象一朵碧桃花,含露呈娇,迎霞带艳,在座各人,不禁同声喝了一个采。接着唱了各种南北小调,如《绿杨深处》、《稗莺百啭》,令人魂消魄荡。到了末了儿,那丑角插科道:"这三年内是谁照应的?"二丽就媚眼流睇,望着台前说道:"这三年内照应我的很不少,你看那边的杨二爷、怀二爷,那一个不是照应我的,你好好的谢谢他俩罢!"那时座上无不呵呵大笑。二丽就转了一个临去秋波,入场去了。达兴道:"这个二丽真不错!少轩你这个老斗做着了,那双靴子准定是你的事了。"少轩道:"自有票号的少掌柜担当,轮不着我。"瑟轩道:"楚南也不过逢场作戏,他也无可无不可的。"少轩道:"我跟他们总不十分合适,我们相传阴阳之说,外人以为迷信,据我看来,很有道理。纯阳纯阴,终究是不合适的。所以外国研究电学,也分阴阳才能吸合哩!"达兴道:"北京的阴类,太没有人才了。刚才同金甫提起,上海的状元夫人,真真绝顶,京城里是找不出的。"瑟轩道:"是不是曹梦兰,从前的傅彩云呢?"达兴道:"是的。"少轩道:"你这回见着么?"达兴道:"见着了。她很愿意到京里头来,我想介绍她来。不过我没有什么利益。"少轩道:"你能办到,记一大功,决不使你向隅的。"达兴道:"你也是赞成的了?金甫也很赞成,有了你们二位,我可保她准来。"少轩道:"你不要吹牛!"达兴道:"放心,准办到。"那时,妙芬、韵芳《双摇会》已出场，珠联璧合，玉软花香，唱到数点儿的时候，两对秋波，向着那主客呈娇送媚，使人意消。戏唱完了，已近次日的四点钟，客人都起身告辞。二云早已去了，二丽等三人也要同走。金甫道："今天本衙门值日，我也要进内，咱们一块儿走罢！"外边家人车马都已伺候，各人纷纷上车四散。

却说达兴回家后，隔了数日，又在他处席间，见了金甫，金甫问道："上海的信发了没有？"他看金甫的意思不是闲谈，只得说道："已经发了。"回家一想，金甫现在是很有权力，门路很多，将来倚仗他的事不在少处，别人要巴结他还不容易找到机会，这事总须替他办到方好，但是托什么人好呢？一会儿想着了，他的旧属有一个姓徐的候补知府，正在上海当英公堂会审委员差使，这回在上海到曹梦兰处吃酒，正是他的主人。叫他去办，没有不尽力的。他就寄了一封信去，叫他告诉梦兰，如愿意北来，当给她介绍几个阔人，一切开销，不必顾虑，可以保她花业一定发达。那位姓徐的接到了信，自然竭力的怂恿。

那梦兰自挂牌后，孙三儿不再拘束她；梦兰念他的好处，也允许他重修旧好。但那时，在上海开销太大，竞争者多，不能多钱，就和孙三儿商量。那孙三在上海唱戏，也不能算是名角，一个月包银也只得一二百块钱。孙三是天津出身，北京方面唱戏的人较多熟悉。至于梦兰，她在金家许多年，晓得北京社会，王公大人很少不喜欢玩儿的，只要合适，万儿八千不算什么，钱来得容易。现在，既然有达寿山来招，并允介绍客人，他是旗人中有名喜欢玩儿的人，他的朋友当然都是阔人，手段一定很大的。发一大笔财，很有希望。倘然遇见了合适的人，能嫁了他，总也不让金雯青，也许胜过金雯青。他们俩商量了一回，决计进京。就把上海的房屋退租，带了月娟、素娟，由孙三儿陪着，乘了海轮，望北而来。走了三天，到了天津紫竹林，就在客栈中歇了。梦兰马上打了一个电报给达寿山，说明休息两天后，坐火车进京。在天津住了两天，买了二等火车票，就动身。坐到马家堡车站，正要下车，只见一个家人拿了达兴名片，走上车来，找着了梦兰道："我们老爷叫我来迎接姑娘，所有崇文门税局子上已去招呼过了，就请姑娘进城好了。"梦兰道："谢谢你们大人招呼！"那家人道："打算住那儿？"梦兰道："李铁拐斜街鸿升店，我从前住过的，现在还有么？"那家人道："这个店很好，屋子也翻造过，牌子也很老了，各省引见的老爷们大半都住这店的。"梦兰道："如此甚好，劳你驾，雇几辆车来。"那家人道："老爷吩咐从宅里套了两辆小鞍儿车，请姑娘们坐其余行李跟人等，再去雇几辆车就是了。姑娘们可先上车到店，那些行李等装好了车随后就来，请放心就是了。"梦兰就向孙三道："你可压着行李同来。"一面同月娟、素娟上了达府的小鞍儿车，就进城去了。那家人看着梦兰走了，就叫了三辆骡车，将行李慢慢装上，随向孙三望了一望说道："你耐贵姓？"孙三道："我姓孙。"家人道："你不是老三么？从前你不是唱戏的么？我是跟过庄小燕庄大人的，不是常看见你的么？"孙三道："是的，已经是五六年前的事了！"两人等着装好了行李，那家人骑着马，孙三跨了车辕，一同进城。到了城门税局子门口，那家人下了马，拿了达兴的名片，递给税局子的局差，说道："敝上说请你们大人的安，这两辆车是宅里的亲戚，刚才已经给你们大人提过了。"那局差道："是的，上头已经交派过了，既是贵府的亲戚，请进城就是了。"那家人掏出一个红纸包儿递给那局差道："敝上说请你们喝一杯茶。"局差接了一看，笺上写着"纹银十两"，就欣然道："不敢当！你们大人还这样客气！"那家人道："一点儿，不算什么。"就攀鞍上马。只听局差道："回去谢谢大人！"那家人便扬鞭走了。孙三跟着一同进城。走了一回，便到了鸿升店门口，见宅里两辆小鞍儿车已卸在门外。这三辆车齐齐站住。那家人进了店门喊道："伙计，卸车！"店中许多人，帮着车夫将行李一一搬入上房。梦兰就叫孙三开发了车钱，拿了四两银子赏了两个车夫，八两银子赏了家人。那家人、车夫说道："谢谢！"就各自去了。正是：

迷窟群狐争狡窟，旧巢归燕定新巢。

欲知梦兰到京后如何？且听下文分解。

【第四十三回】 曹梦兰新改赛金花　孙公园重开保国会

话说曹梦兰进了京，住在鸿升店，由达寿山派人招呼，诸事料理周妥。梦兰就向鸿升老板讲定，租他后进一层五开间的上房，租金按月照付，就将房子从新裱糊起来。先将上海带来的装饰品，摆齐了一间自己的卧室，以便客来起坐。此外，月、素二人及孙三等，暂时分别居住，慢慢整理。第二天下午，正在指挥用人收拾，只见达寿山匆匆进来，含笑道："你傸真赏脸，居然真的来了！咱们许多的朋友，问了我好多回：'究竟来不来？'现在我已露脸了。我想替你接风，馆子里固然不妥，这儿你又刚到，没有拾掇好，只好在我家里。我去找他们来见见你，不晓得他们多么快活哩！"梦兰道："不敢当！达大人的招呼，我也谢不了许多。"就向着寿山秋波斜溜的一笑，道："只好将来慢慢的报答罢！"寿山微微一笑道："不要客气，明儿晚上请你早一点儿。月娟、素娟请你带着一同来，我不再下帖子了。"梦兰道："不敢当，明儿准来。他们是怕羞的，谢谢罢！"寿山就立起身道："不必客气，今儿我别处有局，明儿见吧。"他就匆匆的出去了。

到了第二日下半天,梦兰加意装饰打扮,正要叫店中伙计去雇车,只听伙计进来说道:"西城达大人宅子里的车来了,说是来接姑娘们去的。"梦兰道:"车在门口儿么?"伙计道:"是的。"梦兰道:"叫他不用卸了,等一会儿我就上车。"梦兰对镜重又修饰了一番,出来上了车。进了顺治门,到了西四牌楼达寿山家门口。家人引着,到了客厅,只见厅上已有五六位客人。达寿山将各人引见了,是杨金甫、那瑟轩、段扈桥、怀少轩一班人。梦兰含笑着打了招呼。杨金甫开口道:"久慕大名,总没有见着,现靠着寿山的大面子,真个到了北京了,不要说我的喜欢,各位都快活的了不得。"梦兰道:"从前在北京住了不少时候,后来离开了,常常想念,这回承达大人看得起,又叫我到北京来,心里头真快活。今天各位大人又赏脸,叫我来此地见见,真是意外的荣耀。"金甫道:"太客气了。现在是住在南城外么?"梦兰道:"是住在李铁拐斜街鸿升店。"金甫道:"这个地方是很方便的,不过店里总是嘈杂一点,吾们来往也不大方便。"梦兰道:"正是。店中决不是常住的地方,总要找一所房子才好。不过刚来不大熟悉,没有法儿去找呢。"寿山道:"金甫、少轩你们俩是发起欢迎的人,找房子这件事,你们总要偏劳的。"少轩道:"这个容易得很,要问主人喜欢住东城呢,还是住西城?"梦兰道:"从前在东城住腻了,最好西城。况且达大人也住在西城。"少轩道:"达大人不错,是住在西城,但不久要到浙江去了。"寿山道:"你和瑟轩都在东城,大概想要他去住东城吧!不过我是要出京,咱们金甫二哥是不出京的,他是住西城,我去了就可以托他招呼的。"少轩就向瑟轩笑道:"咱们是没有分儿的,西城好!西城好!"金甫道:"你不要胡说。讲到房子,那高碑胡同有一所房子,离着口袋底儿也不远。这个房东跟我相熟,或租或卖,都可以的,请过去瞧瞧再定。这房子也还可以对付住着。"梦兰道:"很好!最好是明天杨大人派一位管家去通知房东一声,不晓得他愿意租给咱们这种的人家住么?"金甫道:"我派人去招呼他,那没有什么的。"寿山问梦兰道:"明天我派一个家人陪你去就是了。"梦兰道:"谢谢达大人。"

正在说时,家人进来回道:"卢大爷到。"只见一人进来,身材俊伟,眼光明秀,见了诸人,都请了一个安。金甫道:"今天从那儿来?"就指着梦兰说道:"你先去见见状元夫人再谈。"原来这人是卢玉舫,北京人,也是世家子弟,久居京城,往来的上自王公贝勒,下至土豪娼优,无不熟悉。他听了金甫的话,连忙到梦兰跟前，呵呵笑道："吾们盼望大驾，好象读书人的盼望金榜题名。今儿见了，才知道大魁天下的味儿哩。"瑟轩笑道："你真会说话，好象八股先生作的文章，句句切题。"玉舫道："我见了状元夫人，偶然的本地风光，说了几句，大爷你不用挑眼儿了。"梦兰不好意思，只得微微的一笑。家人上来回道："老爷要烫酒吧？"寿山道："很好。"就请客人入了席。寿山道："梦兰跟我一快儿坐吧！"梦兰含羞道："我是不便的。"金甫道："今天本来是给状元夫人接风，应当首座。"梦兰道："没有这个理。"寿山道："我早知梦兰是要客气的，所以叫她跟我同坐。梦兰你再不坐，他们是要你坐首座了。"金甫道："状元夫人爽快点儿坐下，今天是朋友的聚会，将来再按规矩就是了。"梦兰告了罪，靠着寿山坐下。一时斟酒上菜，各人兴高采烈，梦兰也用着十分精神说着北京话，满座招呼，在座主客都很满意。饮到半酣，玉舫对着寿山说道："状元夫人既然打算在北京开码头，当然要晓得些北京的习惯。北班的下等习气，实在是要不得。比较起来，还是口袋底儿班子规矩高尚一点儿。状元夫人应该认识几个姊妹，彼此有益。"少轩道："不差。班子里的规矩，生长北京的人也摸不清，一定要跟班子里人来往方清楚。我们何妨去找小玉来，介绍给她呢？"寿山道："快要吃完了，怎么才叫她？"少轩道："我们不算叫条子，就叫来谈谈罢了。"金甫道："很好！"寿山就喊家人道："套一辆车，去接小玉姑娘来，越快越好，就说各位大人都等着呢！"家人应了一声"嗻！"就出去了。

座上主客酒酣意倦，各叫取稀饭，匆匆吃毕嗽口，就到旁边一间书房中来。家人们送上酽茶。寿山吩咐道："把灯点起来。"那家人就向炕上摆了一只红木大烟盘，四围用黄杨木镶嵌文，盘中间摆着两枝烟枪，一只云白铜烟盘，内盛着两只胶州灯，上架着高耸的车料玻璃罩，晶明洁净，绝无斑点。下半载是用景泰蓝烧的。旁边一个小银架，架着十余枝胶州的钢签，其细如线，坚硬不屈。又有银盒子两只，满满的盛着三夹冬老土熬成的清膏。其余零星的小剪子、小镊子、小锅子、卷烟板等，无一不备。家人摆好了，又拿了把紫砂茶壶沏了茶，放在两面炕枕的中间，他就坐在脚踏上，把灯点着了，拿着小锅子把匣中的烟倒上半锅，向灯上熬着，渐渐锅中发起泡来。他取钢签不停手的搅着，等他渐渐凝结了，搅起成为一团，就将它分为数块，用钢签签着，向灯上烘软，向卷烟板上滚得圆滑，好象朝珠上的纪念一般，又在卷烟板上压平底面，卷好了一枝签，又取一签去卷，卷成七八支签,就向寿山回道:"请那位大人抽?"寿山向金甫道:"二哥你来一下罢。"金甫道:"好!好!"就走到炕前坐下,侧着身半靠半躺的,歪在炕枕上,家人就把一枝有烟的签,向灯上烘热了,拿起一枝枪,把烟斗也向灯上一烘,就将烟签向烟斗中插进去,轻轻的一按,把签拔出来,那烟已粘牢在烟斗上,就把烟枪的头递到金甫手边。金甫接了枪,凑到口上,一气的抽,口中鼻中,如白云出山,嫋嫋不绝。抽完了,家人正欲接他的枪,金甫拿在手中,细细的看了一回,说道:"寿山你的枪是什么藤的?"寿山走近来一看,笑道:"二哥你是个识宝太师,今儿个考倒你了。"玉舫听了,接着说道:"什么宝贝?竟考倒了杨二爷了。"他走上来一看,道:"我看是伽南香的吧!"扈桥接着一看,微笑道:"不是。伽南香是只有结成块的,决没有能做烟枪的材料。若说是伽南木,那中间总有夹杂些白色木质,这个枪通体是紫黑色,决不是伽南木。杨二爷说是藤的,是不差的。"寿山道:"我也承认是藤的。究竟是什么名儿呢?"各人都不言语。寿山又道:"今儿我可以卖个关子了,这个枪是广西省特产的,琼州也有,是一种藤,它的颜色很象伽南,不过纹理不同。扈桥的话是不错的。这个藤是烧不着的,烧了只出点儿油,一点儿不枯。烧过后拿白布一擦,就依然如旧。他有一种好处,能辟毒虫,家中有了这,蛇蝎都远远避开。倘遇着疫疠不正之气,拿点儿煎汤喝喝,就可去病,真是一种宝贝。"少轩道:"你说了许多话,究竟叫什么名儿呢?"寿山道:"不要忙,我自然要报出名儿来。"金甫道:"快说吧!"寿山道:"它的名儿叫蛇总管。"金甫道:"真奇!听了名儿就知道可以辟毒的了。"那时家人又装了一筒烟,递给金甫抽了。金甫喝了点热茶,坐起身来道:"我够了,那位抽罢?"众人都说不会抽。寿山道:"让我来过过瘾罢!"

正要横下身去,只见家人领了一位姑娘进来,向着众人哈哈腰,一面看见有一位女客,很体面的坐在旁边,她的装束是上海最流行的。她走到金甫身边,悄悄的问道:"那位是谁?"金甫微笑道:"她是上海有名的状元夫人曹梦兰,是达大人找来逛北京的,我来替你们介绍。"他就搀着小玉的手,走到梦兰身边,笑着说道:"你们俩是南北的花王,我来介绍二位,将来做个好姊妹。"梦兰看见金甫带着小玉过来,早已立起身来,向小玉点了头。小玉也招呼了。梦兰听见金甫的话就说道:"杨大人不要瞎说,小玉姊姊我在上海久已闻名,今儿见了面,真是名不虚传。我是那儿跟得上呢!"小玉道:"我是北方生长的,粗糙得很,杨大人说做个姊妹，真是瞎说！自分那儿配呢！"金甫道："你们二位都已闻名了，用不着我介绍了，但是你们各自谦虚，就把我说的话都变成胡言乱语了，我好生气。"小玉道："你拿我比梦兰姊姊，不问配不配，这不是胡说么？"梦兰道："杨大人不要多心，我是恐怕小玉姊姊听了杨大人的话要生气，所以放肆说的。杨大人不要动气，我给杨大人赔个礼儿罢。"小玉道："我只怕姊姊生气，他生气我才不怕呢！真个生气，随他去生便了！姊姊新来，不晓得他的脾气，他的话算不了一回事的。"金甫哈哈笑道："真有你的！梦兰初来，你就刨根儿，献我的丑，我是不依的。"小玉道："你不依怎么样？"金甫道："我有收拾你的法儿。"小玉白了一眼道："你敢再说下去！"金甫吐吐舌道："不敢！不敢！"就回到烟榻上，和寿山对面躺下。小玉就同梦兰并肩坐下。梦兰道："姊姊你是住在口袋底么？那边的房子好找么？"小玉道："姊姊也要找房子立班子么？姊姊你真要找房子，靠西单牌搂高碑胡同从前有一个金花班，新近闭歇了，姊姊真要，可以去看看。"梦兰道："刚才杨大人说高碑胡同有一所房子，房东是杨大人的熟人，打算明天去看，不晓得就是姊姊所说的么？"小玉笑道："是的，一定是的。杨大人从前招呼的姑娘，就是金花班里边的，他的确很熟。房东只要去一句话就可以的。"梦兰道："倘然是的，那就很好了。"小玉道："不但我们相离很近，彼此有照应，而且北京的风气，要新立一个班子很不容易，一来北京地方大，一时不容易人人晓得；二来地方上混混很多，虽不怕他，总是多麻烦，用了旧时的班名，省了许多事。姊姊明天去看看，如果合意，请去定下，我们可以常来往。"梦兰道："但不知杨大人所说的是不是？"小玉道："我来问他。"就走到金甫那边说道："你给姊姊找的房，是不是你的金花班的旧房？"金甫道："怎么是我的金花班呢？我又不是开窑子的。"小玉道："你窑子是没有开，叉杆儿是扛的。"金甫道："胡说，该打！"小玉道："这有凭据的，你怎么可以屈打呢！"金甫道："什么凭据？"小玉道："你叫金甫，他叫金花，不是同带一个'金'字么？"金甫道："小孩子真会瞎扯。"小玉道："金花班是你的不是你的，且不必说，究竟房子是不是呢？"金甫道："是的。新创班子很麻烦，用着旧名就省得许多事。"小玉低低的道："自然是的，况且将来又是你的金花班了。"金甫也低低的道："头一回见面，客客气气，不要瞎说，惹出事来。"小玉也就笑了一笑，向梦兰说道："是的！明天能够定下了就很好了。"梦兰道："谢谢姊姊！谢谢杨大人！明儿下半天准定去看。"金甫就在烟炕上喊声："来！"他的家人就走进来。金甫吩咐道："明儿下半天去跟高碑胡同金花班的房东说一声，有人去看屋子，一切的事统向我说就是了。"家人"嚓嚓"了几声，退出去了。

那时扈桥、瑟轩、少轩等已向寿山告辞走了。金甫看见玉舫未走，就向他说："梦兰初到，一切规矩不很熟悉，请你同房东去交涉一下，我实在公事忙，老弟你偏劳罢！"玉舫道："很好！等明儿看过屋子，我到鸿升店去谈一谈，就去跟房东办交涉。有你二爷的面子，很容易的。"梦兰立起来说道："谢谢杨大人跟卢大人费神，叫我怎么样子报答呢！"玉舫、金甫同道："算不了一回事，用不着客气的。"小玉就立起来道："我先告假，明儿会罢！"寿山道："小玉的架子真大，也不邀我们去坐坐。"小玉道："我是知道各位很忙，今儿个时候已不早了，我再请各位去坐，不显着虚邀么？况且真看得起我，也不用邀，自然会来的。"金甫笑道："小玉真不错，这几句话多么干脆。"小玉道："二爷不要说了，达大爷不已经挑眼儿吗？我真不会说话。"随向梦兰道："让姊姊听了好笑。"又向各人点了点头道："我走了。"向梦兰说道："等姊姊搬了家，我是要来的。"梦兰立起来，和她挽了手，送到厅外阶上。小玉道："客不送客，姊姊请回罢。"梦兰就放了手，看她姗姗的去了。梦兰回进来，说道："小玉姊真不错，上海也找不出几个来。她的功架多好。"她一面从口袋里掏出一只弹簧金表来一揿，已是十点半，她也立起来，向达寿山说："谢谢！我也要走了。达大人明儿派一个管家同去看屋子，谢谢你，不要忘了。"寿山道："忘不了！"梦兰就点点头，要向外走。寿山道："等一等儿。"随喊声"来"，一个家人进来。寿山道："快去套车送曹姑娘回去。"家人答应了。梦兰立着说道："各位大人的招呼，真真是无从说起。等将来搬了家，好好的谢谢各位罢！"玉舫道："你这样的客气，用不着的，以后要免了才好。"正在说时，家人进来说道："车套好了。"寿山向梦兰道："你走罢，咱们不送了。"梦兰就回身出外而去。玉舫道："状元夫人果然名不虚传！我爱她一种爽利劲儿，真跟我一个样。"金甫道："她是游历各国过，和外国人往来，自然见多识广，那里有中国娘儿们扭扭怩怩的习气呢？不过对付她也不很容易吧！"寿山道："象二哥的资格，那有对付不了的！"金甫笑了一笑，立起来道："我们也走吧！"就和玉舫谢了寿山而去。

到了次日下午，寿山就派一个家人骑着马，领着梦兰等，到了高碑胡同金花班旧屋。梦兰看了一看,坐北朝南的屋子,大门两扇,是黑漆的,上有铜环,门前种了好多棵槐树,树阴浓厚,入内有五开间,北屋三进,院子阔大,都有天棚的架子,房间也甚宽敞。梦兰看了,很为合意,就问那家人道:"要多少房金?"家人道:"姑娘你不必问,只要屋子合意,今儿个卢大爷要到鸿升来,有杨大人的面子,卢大爷又是北京城里头等能干角儿,没有办不好的。姑娘你简直不用操心。"梦兰道:"是的,他们两位的招呼,都是你们大人的面子。我真不晓得将来怎么谢他呢!"家人笑了一笑,就匆匆一同出来。家人就向那房东说到:"杨大人不是来招呼过么?"那人道:"是的。"家人道:"一切的事,听说杨大人托卢大爷来说。"那人道:"卢大爷是熟人,怎么都好说。"梦兰出了门,拿着二两银子,给了家人。那家人接着银子道了谢,就拉了马说道:"没有事我回宅去了。"梦兰道:"你回去替我谢谢你们大人!"家人应着上了马,梦兰上了车,就分头回去了。

梦兰回了鸿升店,正与孙三们商量屋子的布置,只见伙计通报:"卢大人来了。"玉舫进来,梦兰见了,赶忙迎出来,请入卧室中坐定。玉舫道:"屋子想看过了,合适不合适?"梦兰道:"很好!不知道要多少房金?此地也有押租的规矩么?"玉舫道:"北京的规矩,进屋时先付三个月,一个月是打扫,一个月是押租,一个月是本月的房金。打扫是开销的,押租是可以退回的,其余是没有什么了。不过你进去了,倘然换了班名,地方上不免有些麻烦,倘然用了金花的旧名,就省了许多事。"梦兰道:"从前的金花班为什么事停的?"玉舫道:"没有什么,不过人才太差,不能支持下去。"梦兰道:"既然没有什么事,准定仍用金花班的名就是了。我也不愿意用上海的旧名,想要改一个新的。"玉舫道:"你想改什么?"梦兰道:"卢大爷替我想一想。"玉舫道:"这个名要人人容易记得的,吾想你是接着开金花班的,将来总要胜过他。你不如改作'赛金花',又响亮,又容易记。我包你一定要轰动九城,赛过从前。"梦兰道:"好得很!就决定了。费你大爷的心,将来重重的谢你便了。"玉舫道:"一则杨二爷所托;二则你的爽快劲儿,真合我的口味。一定在三天内赶办好。"梦兰道:"如此统统奉托你吧,一切租金等项,大爷你拿定主意,不必再来问我。"玉舫道:"好!好!办成了再见。"

达寿山正在兴高采烈,忽然那瑟轩到来,秘密告诉他说,"你已请训过好几天了，我听见有人在王爷面前，说你从前在江西喜欢唱戏，现在迟迟不走，仍是贪着玩儿，外面都老爷也有些闲话，你可以收拾起来了。你不比金甫，想你这个缺的不在少数，你留点儿神吧。"寿山听了，脸上一呆道："谢谢你的关切，我就打算走了。"瑟轩去后，他就各处辞行出京，所有玉舫租屋、梦兰迁居、金甫摆酒种种热闹的事，寿山也不再参与了。

却说唐猷辉自从开了保国会之后，赞成者固多，反对者也不少。不过那些反对的一班人，因龚中堂看重他们，恐怕触怒了，讨个没趣，便聚集了许多人设道："这件事总要老佛爷出来才可以办他，否则我们去冒险，鸡子儿怎么去和石子碰呢？"商量了几回，也一点儿没有办法。一天，常肃正与超如密商如何进行，黄仲涛匆匆的进来，说昨天见了高都老爷，他说要递一个保荐唐先生，请赐召见破格录用的折子，预备明天上去。他说前几天见着龚师傅提起这个话，他也并没有拦阻，只是王爷那儿不晓得通得过通不过。这是关系国家的大局，只好听之天意了。"常肃道："你的话太抬举我了，不过我辈进退，确是与国家将来有点儿关系，我们姑且不计成否，尽力为之。"超如道："现在机会正在发动，我们不管他成不成，总要向成的方面着想，一旦权柄到了我们手中，办事的人才终究觉着不够分布，等到得了权，那时候来的人恐怕就有些靠不住的了。中国地方太大，要多少的人才方可支持。现在我们中心的人物，只寥寥数十人，那时上了台，恐怕依旧被现在一班腐败的人包围了，这是我第一个着急的事。"常肃道："你的话不差，现在我们几个人上了台，决不够用的。第一，胜佛至今没有消息，为什么还不来呢？"超如道，"胜佛入山学道，总有书信电报，一时恐未能摇动他的心，总要派一个人去，以私人感情、国家大局动之，或可出来。"仲涛道："招揽人才，自然是第一义，不过吾党总要借助几个老成望重的人号召，方少阻力。此地的龚师傅，湖北的庄南皮，声望都足以服人。龚师傅没有问题，要与南皮联络，不妨在他的门下士中拉拢几个，以通声气。"超如道："南皮跟尊大人交情很深，仲涛兄想跟他们很熟，就请介绍几位何如？"仲涛道："他幕府的人我认得的，唐先生和你也都认得，用不着介绍。现在有一位四川杨淑乔，在京当中书，他是南皮的门生，由南皮替他捐了中书，住在京中，一切南皮与朝中要人往来，都托他通达消息，秘密办理。送冰敬炭等事，也由他一手经理，信用很深。唐先生虽也曾经与他往来，最好招入吾党结为心腹，将来南皮一面可消去阻力不少。"常肃道："不差！最好由仲涛兄代达鄙意，与我们开诚结合，将来一定有益不浅。"仲涛道："他与我交谊尚好，等我先去探探他的意旨再入手。"超如道："怪不得他是一个很穷的学者，怎么来当一个很苦的中书，原来是南皮的坐探呢！即有如此的关系，请仲涛去进行罢！"又向常肃道："胜佛那里，我想发电给魏郁文，请他到山中去拉胜佛北来，总说是请他来筹划一番，不必一定要他入局，或者肯来。先生以为如何？"常肃道："很好！你就去发一个电报。"仲涛道："明天万一有旨预备召见，唐先生的奏对，鄙见以为最好是要有刺激性的简明几句语，以少许胜多许。"常肃一笑道："是极！但不知道用得着用不着呢？"仲涛道："亭林先生说的'天下兴亡，匹夫有责'。唐先生当此那能不负点儿责呢！"随立起来告辞去了。

到了第二日，南海馆中绝无信息，直到了十点钟左右，只见韵高、子珮、仲涛、剑云等许多人走进来，满脸上都是不喜欢的颜色。常肃一看，知道消息不佳，便问道："怎么样？"仲涛道："有旨叫总理衙门传见询问，听说是贵同乡在王爷前说了几句话，所以未能召见。其中详细的情形不知道。我们慢慢的打听就晓得了。"韵高长叹道。"国家将亡，必有妖孽。这是从那里说起呢？"超如道："就现在看去，胜佛的见解是不错的。"仲涛道："中外历史上，改革的大事决非一蹴可成，非盘根错节不足以别利器。现在唐先生虽未即得召见，然佛教宗门，也有顿、渐二派，我们何妨改顿为渐，总署即奉旨询问，唐先生正好发挥议论，上达圣明，较之片时奏对，或反多功效，亦未可知。"剑云道："也不过一线之希望罢了。"子珮道："不然，或者小挫之后，反有大获，也未可知。仲涛的话很有道理。现在我们保国会打算几时再开？"超如道："就在几天内。"子珮道："武子友的希望怎么样安排呢？"超如道："尽人而悦，无此办法，只好略为敷衍吧！"子珮不作声，各人都说我们再去打听详细实在的情形再说，就散了。

常肃等客走后，向着超如说道："我看韵高所说玛加剌庙固然是一条道儿，小燕那儿也是一条道儿，我想龚师傅不过是敲门砖，他的魄力太小，对于我们也不是十分信任的。要是有越格的举动，他决不能担当的。小燕很有霸才，他对于上头的举动，很有历史上权相的手段，我们应当加劲联合做一气，加以同乡的关系，较为容易一点。你看今天来的许多人，各有派别，仲涛、子珮是南皮一派的人，所以极力拉淑乔、子友。那韵高是二妃的一派，所以极力反对西边。其余也不见得全靠得住。我们的真同志，实在也有限得很！一有风波，恐怕作鸟兽散，甚或反噬，也未可知。"超如道:"先生的话是洞见隐微,所以刚才郁文的电报已发,嘱其一定要把胜佛拉出来,实在中坚人物象胜佛的肝胆血气,不可多得,我心里真急得很哩!"常肃道:"吾们也不必悲观,只要诚心诚意,搜罗天下人才,也未必一定失望。至于阳鯸之流,也不可少的。欧洲人所谓群众运动,还不是聚集无知识的众人,供一二首领的驱使么?我们只要拭目而视,不要为他们蒙蔽就是了。保国会不能不续开,地址、职员我想先与小燕切实商量,请其主裁,借此表示与他真实合作的意思,然后再进行。我今天就去看他,他在总理衙门,我既奉旨传询,应当向他讨教讨教,就便与他细细谈谈,摸清了宫廷二处的情形再说。"超如道:"应当如此。"常肃也就套车上东城去拜庄小燕。

到了庄小燕门前,投了名片,家人说:"上衙门去了。"常肃只好随便拜访了几个朋友,因都不在家,就回到南海馆。刚刚坐定,那馆中长班匆匆进来说:"庄大人拜会!"后面小燕已经进来。常肃接进,同到寝室旁一间小书房中坐定。常肃道:"刚才到府,小翁上衙门去了,没有见着。"小燕道:"失迎,兄弟从衙门一径来的,没有回家。今儿早起,上头很有意思要召见,却被六爷阻止了。听说前天用庵尚书在王爷前说了几句坏话,所以军机上去的时候,上头说道:'听说唐某人有点儿才学,让他来见见也好。'那王爷说道:'唐某人资望太浅,这回就召见他,恐怕开躁进的风气。既然他于外交上有些意见,不妨由总理衙门传来问问,也可以叫他呈递一个说帖。倘实在可用,不妨慢慢的用他。'上头也就点点头,龚师傅也无从帮忙。因为军机的规矩,总是打头的一个人说话,除非上头问到你,才可以奏对,或者遇见重要事件,才开口说几句话,不过是特别的,你多开口,王爷就要心里不舒服。从前左文襄进了军机,他就不照习惯,往往越次发言,那时宝文靖告诉他,说是此地规矩,总是跟着王爷走的。上头不问及,我们不便开口。那左文襄听了,哈哈一笑。等到次日,到了军机处,他就安心跟着王爷,亦走亦趋,甚至王爷去小便,他也跟在后面。王爷很诧异,就问道:'中堂你怎么跟着我呢?'左文襄就笑道:'这是宝中堂吩咐的,是此地的规矩。'王爷听了,不禁大笑,后来不久就外放了。你想左文襄的功高望重,尚且如此,何况他人?所以此次师傅就想帮忙也无法可使了。"常肃道:"时局如此,依然敷衍闭塞,不思千金买骨,恐怕以后国事很危险吧!"小燕道:"刚才衙门已办了通知,定于三日内请到总署面谈,届时当恭听高论。"常肃道:"今天到府,就是要请指教。"小燕道:"不敢当。据鄙见,他们王大臣面询,也不过是一回事,随你学贯天人,总是对牛弹琴。倒不如拟一个说帖,痛痛快快地说一番,请他们代奏,倒也不能不上达的。可惜毓庆宫已撤销,师傅也不容易帮忙。王爷不赞成,只看圣断如何了。"常肃向房外望望,没有人,就低声说道:"我们救国的宗旨相同,同志也很多。此次龚老夫子一番励精图治的盛意,我们总算有了一点儿基础。不过他老人家也是孤立无助,现在吾党中只有小翁才识不让江陵。我常和超如说,我们的希望,中国的前途,都只在小翁一人身上。老夫子是德有余而才不足,要他去抵抗风波,希望很少。我们一切进行,只有请小翁于暗中指挥,吾辈合力听从进行,或可旋乾转坤。超如与我意见相同。今天机会很好,得以表示我等意见,望小翁为中国四万万同胞起见,毅然担当,实为天下苍生的大幸。"小燕听时,默不一声,俟常肃言毕,方慢慢地说道:"这是不敢当的!自分那有张太岳的魄力胆识,且没有深固的圣眷,如何可以担任呢?"常肃道:"江陵得政也是机会,其时神宗冲幼,圣母倚重,大内握权的宦寺,又为尚可共事之人,所以内外融洽,推行无阻,想当时江陵一定也有许多手段。现在龚老夫子位望不逊江陵,然谨谨自守,一点儿不知道权变笼络,以致与连总管等几如水火,时时避嫌退让,惟恐有揽权之谤,以致一事不能行,一人不能进,将来结果至多成为爱惜羽毛的清流,决不能为救时宰相。环观中外,只有小翁识见魄力,足以指挥一切,余子碌碌不足数也。"小燕道:"庄寿香才望,冠冕群伦,你以为如何?"常肃道:"南皮魄力少胜常熟,然办事缺乏毅力,不是太岳、文饶一流人物,青史推崇,也不过南宋张浚、虞允文一流而已。"小燕道:"纵横九万里,上下五千年,卓见宏议,令人心折。现在既承推心置腹,究竟要兄弟怎么样呢?"常肃道:"凡事随机应变,难以预定,鄙见以为吾党的事,变幻不测,将来见可而进,知难而退,统由小翁方寸中筹划,只不要学那读死书的士大夫,照着书本子上说的去行,就是了。"小燕道:"实在自问才力不及,未必能有益处。既承抬举,以后如有所见,必来商酌进行。"常肃道:"全仗主裁,决随麾下,一无异言。目下保国会应当续开,其中职员如何支配?金庵如想做总理,鄙见只要与国有益,鄙人不妨避贤。子友想做副总理,是否要添设?请小翁裁决。"小燕道:"我看总理一席,非君莫属!金庵旧学虽好,于此会不甚相宜。副总理似可不必添设,设后恐怕又多麻烦。子友或在值理议员中位置一席,可以对付下去。不过开会地址,到要斟酌。上次用庵尚书既不甚愿意,此次仍在粤东馆,好象跟他闹别扭,我看不如换一地方如何？"常肃道："我是无可无不可。"小燕道："此次倘去借各省省馆，他们一定要诧异，你们两广会馆很多，何以来借外省的？必然多一句话。我想不如借一个庙宇，避免一切的议论。"常肃道："很好！"小燕道："后孙公园宏济寺，屋子宽敞，地址适中，往来方便。如尊意赞成，只要派一个家人去说一说，就可定下了。"常肃道："如此准定了。"小燕道："明后天兄弟在总理衙门恭候，一切再谈。"就匆匆走了。正是：

芍兰游女香巢筑，几复清流学社开。

欲知后事，且看下文。

【第四十四回】 戴胜佛出山收草寇　唐常肃入署献危言

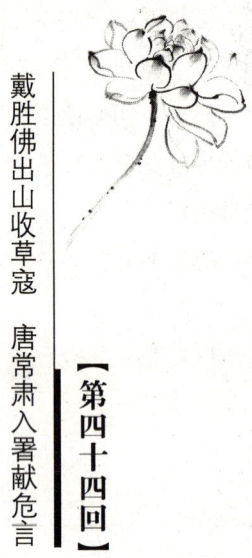

话说魏郁文在浙江学幕中接到了梁超如的电报，嘱令亲赴山中去请胜佛到北京，语意恳切，非要胜佛来决定大计不可。郁文情不可却，只好收拾了简单行李，乘了往九江的招商轮船。到了九江，依旧雇了民船往贵溪而去。不多日到了贵溪，徒步上山，因从前来过一次，不至迷了路程，心中很急的跑到了那个山庄上。只见柴扉双闭，落叶满地，惟闻深林中鸟雀啁啾之声。郁文上前叩门，等了一回，听见有人来开门。郁文举眼一看，原来就是胜佛，只见他身上穿着的都是粗布的袄裤，一个豪华公子变成了枯槁樵夫。郁文喊道："胜佛兄，我来了！"胜佛见了郁文，淡淡一笑，请他进门。郁文问道："老师在家么？"胜佛道："三天前出门去了。"郁文道："唉！来得不巧。怎么老师又出去了？"胜佛也不言语，一同进了草堂中坐定。一切景物，依然如旧。胜佛道："你没有吃饭吧？"转身进内，一会儿领着一个村童，搬出蔬菜米饭。郁文饱餐了一顿，向胜佛说道："北京来的信和电报都接到了么？"胜佛道："接到了。"郁文道："我今天特地来找你，你知道么?"胜佛道:"不知道。"郁文道:"我接到超如的北京急电,他说机会紧急,非你去筹划不可。"胜佛道:"一来自问没有旋转乾坤的手段;二来靠着别人的力量恐怕没有好结果。况且我现在山中,总要听师傅的吩咐,我决不能独断独行的。"郁文道:"不晓得师傅几时回来,怎么好?"胜佛笑道:"你不要急,凡事自有一定。"郁文道:"你跟了师傅几个月,把平日的意气都消磨尽了。"胜佛道:"不过我稍下了些镇静功夫,觉得以前所说的所做的太觉得卤莽了。你且住下来,等师傅回来自有办法。"郁文道:"我的脾气你是知道的,受人之托,必要忠人之事。"随伸手搔搔头道:"这样的不阴不阳,叫我怎么好呢?"胜佛笑道:"这也没有法儿,只好请你忍耐些罢了。"

正在说时,只听得柴门外又有剥啄之声。胜佛道:"难道师傅会回来么?"随即出去开门。郁文立即跟着出去,只听得门外有老人的咳嗽声。郁文就抢上前去,把门开了,一看果然是师傅回来了。郁文心里说不出怎么样的快活,跳出门去,叫了一声:"师傅!"那老人微微笑道:"你为人作嫁来了?"随踏进来。胜佛道:"师傅回来了。"老人点点头。郁文跟进来,老人在草堂上坐定。郁文就磕头行礼,问候了身体康健,接着说道:"北京梁超如打来一个急电,叫郁文亲自到山,请胜佛兄北行。他说事机很紧急,非请胜佛出山不可。刚才胜佛说须听师傅吩咐。师傅,你答应叫他去吧?"老人瞧了一瞧胜佛,微微叹了一声,随向胜佛说道:"我前天出去,你知道我到哪儿去么?"胜佛道:"不知道。"老人道:"自从汉口转来了几次北京的书信电报,我很担心,到底这个机会怎么样,我也一时揣不透,决不定。我只觉得与你很有关系,想了许多天,没有切实的办法。我前天想不如到我师傅那儿去,请他判断一下子。"胜佛听了,嗓子里好象哽咽着,说道:"师傅你也太操心了!"老人道:"也不止为你一个人,这是有关将来大局的。"郁文就问道:"太老师说什么呢?"老人又叹了一声道:"师傅说:'事机已动,恐怕不能挽回。我与你不是仙人,那能预决他成败吉凶,只好由本人自己决定,尽人事以听天命罢了。'"随向胜佛说道:"前三天我想留你在山,等学成再去,现在听师傅所说,知道不可勉强,你与他们几个人办事的机缘已到,也不必强留了。"胜佛道:"师傅既然如此吩咐,事有前定,也无从说起。他们几位朋友,本来都是肝胆之交,倘然此次畏难不去,将来何以见人,只好任凭徒弟去吧。"老人道:"昨日师傅说道,我们的功夫未到十分,对于凡事的成败吉凶何能知道,你此去或者得遂志愿，亦未可知。本过办事无论成败，记好了'任劳怨，避权位'六个字。涉世保身之道，尽在于此。愿你勿忘我言。"胜佛凄然答应了。老人道："既已决定要去，时光尚早，今天可以赶到船上，你就同郁文收拾了去吧。"胜佛就向房中收拾了，并取了一个小小的包裹，就含着泪向师傅磕了头。郁文也磕了头，欣欣然先往外走，胜佛低着头默默的跟着。那老人也送到门外，点点头道："胜佛你记好我的话，我不送你了。郁文你和他在一块儿，也常常把我的话向他提提，不要忘了。"两人向老人深深的鞠了一躬，那老人就回身关门进去了。

胜佛看见老人进去，一面走，一面掉泪。郁文道："胜佛哥，你向来没有这种儿女情长的样子，今天为什么对着师傅这样的恋恋不舍呢？"胜佛道："我自己也不知道，只觉得悲从中来，不能自已罢了。"两人都是练有功夫的人，加些劲，跑出山去，不到三四点钟，已赶了三四十里路。夕阳在山，已望见贵溪城郭。一会儿，到了郁文所雇的船上，郁文吩咐开船。风水俱顺，上灯时已走了二十余里到了一个小镇上，停了船。胜佛郁郁不乐。郁文从带来的网篮中，取出了一瓶汾酒、许多的小菜，唤船人取了杯筷，二人对酌。饮到半酣，胜佛终是默默无言。郁文道："你为什么一点儿兴致也没有？"胜佛道："我看我们师傅也一样的不高兴，也不晓得为什么。"郁文道："'黯然销魂者，惟别而已矣！'江文通所说的确是至理。"胜佛道："不错。"两个人谈了一回，也就向舱中和衣而睡了。

胜佛睡了一觉醒来，推开篷窗一望，只见水中映着月轮，空明澄澈，微风摇曳着芦苇，苇叶上稍有飒飒之声，岸上四围黑暗，绝无灯光。胜佛倚着船窗，正在赏玩，只听得那镇市的尾梢，忽有一声犬吠，远远的有两三点火光闪烁，接着隐约的有许多的黑影跟着移动，市内市外，狗吠声连接而起，渐渐有些人声喧闹。胜佛再向前一望，只见火光顿时越亮越多。一会儿，听得近市的人家，有了哭喊之声。胜佛连忙把郁文推醒了，说道："你快起来，岸上出了事了！"郁文坐起身来，把手将两眼揉了一揉道："什么事？"胜佛道："你听你看。"郁文也向船窗外望了一望道："大约市中失火吧？"胜佛道："恐怕不是，并没有火焰。"郁文道："既然不是失火，恐怕是抢劫，才有这哭喊的声呢！"胜佛道："倘是盗劫，我们船上也要预备的。"随向后舱喊那船家，那船老板也已起来，听见坐船的喊，他就低低的说道："少爷们不要慌，这是他们开小差，和我们不相干的。"郁文道："不行，我们不能坐视！"随向胜佛道："我们上岸去看看情形。"胜佛道："好！我们且去那村中探听一下，再想法子。"两个人就从船上纵身一跳，跳到岸上。船家道："二位少爷不要去，不值得去冒险的。"二人也不理他，匆匆的走到村中来。只见各家都关了门，但闻人声嘈杂，走到一家草屋前，见有一个老者，半掩着门，探头张望。二人就向老者问道："这是什么事？"老者摇摇头道："今天又在闹明火了。"郁文道："是土匪还是军队？"老者说："是前面山中一伙强人前来骚扰罢了。"胜佛道："他们有火器么？"老者道："都是一班无赖，有些枪刀，那里买得起枪炮。"郁文道："既然如此，我们想一个法子，可以赶他。"胜佛道："老丈，他们往常出来，只抢一两家么？"老者道："前几天把前村十几家统统都抢完了。"胜佛道："我有法子，请老丈帮帮忙，我们去干掉他。"老者摇摇头道："我老了，没有本领可以帮你。"胜佛道："并不要什么帮法，只要请老丈通知各家，所有男人统统出来，拿着铜器敲打，高声喊叫，跟着我们，由我们二人冲锋前进，保管可以得胜。"那老者听了有些不信。郁文就将腰中所围的十三节钢鞭，握在手中，又从衣袋中取出十三响勃郎宁手枪一支，向着老者一指道："我们来救你一村，你还不肯么？你再不肯就先把你祭枪！"老者看见了，浑身抖战，跪下来道："我就去！"胜佛也将衣袋中手枪取出，又向腰间解下钢带子一根，向空中一晃，就成了一把长剑，也指着老者道："起来，快去！"那老者就引着他们，逐家打门，说明两人之意。各家听见了，正在恐怕土匪前来，看见二人手持利器，威风凛凛，顿时有血气的少年十余人，拿着棍棒等跟着出来。二人就叫他们各家都敲着铜器，放声喊叫，胜佛率领着十余人，向有火把的地方冲来，那时郁文已跑在前头，离开土匪抢劫的地方十余丈路，就将手枪朝天放了一响，举着钢鞭冲入。那土匪因听了枪声，吃了一惊，正在回头顾望，只听得后面又一声枪响。顿时村中人声四起，齐呼捉强盗，铜锣的声响，震天动地，大家不免惊惶。忽看见一道白光，着地卷来，土匪纷纷倒地，其中强盗头目数人，手持枪刀，正欲拒敌，只听后面枪声起处，几个头目应声而扑，其余小喽罗一哄而散，也不及收拾抢劫的东西，全都弃去逃命。一霎时，火把尽灭，那村中少年跟着他们二人，都象小老虎一般，叫吼争先，居然也打倒了几个小贼。后面村中众人，听得强盗打退了，也出来耀武扬威，将打伤的强盗捆起二十余人。幸喜吃枪子的也未送命，统统缚在沿河岸的杨树上。

是时天色微明，众人中间，老者为首，领着众人向胜佛、郁文二人磕头，说道:"亏得二位英雄,救了我们全村的姓命。"二人连忙让他们起来。村中人取来板凳两条,请二人坐了。随又拉着一个强盗前来跪下。胜佛问道:"你们是何处人前来抢劫?"那人说道:"我们都是附近一带的苦百姓,连年荒歉,无以度日,加以现在江西全省盛行天主教,凡入教的人,靠着神甫王安之势力,横行不法。凡属教民打官司,总是赢的,见了知县,立而不跪。县官也因是教民,每每以屈作直,就是犯了杀人放火的罪,只要求着神甫的一封信,就可以从轻发落。我们穷苦的人,有冤无处诉,只好走这条道儿。现在做强盗的到了如此的地位,也算是尽头路了。倘然你们各位开恩饶了我们,我们决计不再干这个事了。"胜佛听了,叹了一口气,说道:"真也可怜。"随立起来,招了村中几位有年纪的人,走到就近一家人家的门内,就说道:"现在此事如何办理?"众人道:"悉听二位盼咐。"胜佛道:"照例呢,自应当送官惩办,但是官糊涂的多,你们将他等送去,既费了许多使费,万一官再挑剔,反成了官司,将来踏勘审问,不晓得有几许麻烦,我看不如就地了结。我们是路过的人,又不能永远保护你们,冤仇宜解不宜结,就此发落,诸位以为何如?"内中一人说道:"送官是自己去寻烦恼,这位少爷说的话一点不错,不过这班人放了他,恐怕将来报仇,也不可不防。"又有一个人说道:"不如把他们统统弄死了,一了百了。"胜佛道:"论起他们的罪名,杀死也不算冤枉,不过他们也是为贫所迫,情有可愿。况且他们党羽决不止这几个人,刚才逃回去的也有三四十人,倘然将这班人杀了,必定有报仇之事,防不胜防。人究竟都有良心,不如我们与他约束一番,解开了这个结,各位以为何如?"各人听了,齐声说道:"少爷的话不差。统统杀了,不去报官,恐怕将来反有祸殃,且冤仇越结越深,还是请二位出来解决的好。刚才这位少爷说的,他们得了性命,总有一点良心,我们决定如此办吧!"胜佛道:"诸位既然愿意,请向合村的父老通知一声,以便兄弟去办理。"各人道:"村中几个长辈,都已在此,况且二位都是热心帮助吾们的,决没有别的话说的。"胜佛就向郁文道:"你看如何?"郁文点点头道:"这确是妥善的办法。"就一同走向那些强盗身边,指挥众人将受着枪子伤的三个头目解了捆的绳索,看了伤处,都在大腿及膝骨上下,一时虽不能行走,将来决不致成残废。原来胜佛枪法精绝,他看见他们持着枪刀,所以擒贼擒王,先打倒他们。但注意着不打在致命处,所以并无重伤。其余均不过受了铁鞭棍棒所打,更为轻伤。胜佛先叫人取些清水棉花及布条,先将受枪伤的取去枪子,洗扎完好,随问那三人道:"你们晓得许多人持械行劫,法律都要处死的么?现在你们愿意送到官厅去正法么?"三人说道:"那有人愿意死的,不过到了这个时候,也只有听凭你们办理罢了。"胜佛道:"我们是过路客人,不过路见不平,拔刀相助,与你们没有什么仇恨。我听见你们同伙中说及,都是为贫所迫,走此末途。我看你们三个人,身材很壮健,什么事不好干,何以做此犯法的事?就算强抢得手,也是过一时快活,万一越闹越大,省中派了军队来,枪炮厉害,你们对于我们两个人尚敌不过,那里敌得过军队?好好的一个男子汉,背着强盗的名,送去一条命,既对不起生长的父母,也对不起自己一个很好的男子汉。就此无名无目,埋没掉了,我很替你们可惜。现在我想替你们向村中父老求开一线之恩,倘然你们从此悔悟,改习正当行业,我把你们放去;倘然你们不肯改悔,不听我的话,我也不管,让他们去送官。你们也不能怨我了。"那三个人听了,一齐说道:"我们听了你老的话还不觉悟么?经过此次从鬼门关逃出来,再去做坏事,不要说对不起你老,也真对不起自已了。求一求你老人家开开恩,向他们说说情,饶了我们的命吧!"胜佛道:"你们此次失风,是我们多事,与村上的人不相干。你们老实说,你们如今恨谁呢?"中间一人说道:"我们被你老等捉住了,说是不恨,是骗你的话,你也不信。不过此次你老捉住了我们,依然开恩放了我们,非但不恨,而且都感激的。因为倘在别人手中失了风,这条命决保不住。也许是我们父母有灵,保佑我们的。倘然再去做歹事,恐怕不再碰见你老一样的好人了。"胜佛道:"你的话很好,我就做主放你。"就叫众人将二十余人放了下来。胜佛道:"你们不要走,我有伤药,替你们医好了再走。"那时船上的人也上来看热闹,胜佛就命向船上取他的包裹上来。胜佛接到了,解开包裹,取出几个药瓶,向着那受伤的一一看了,或敷或吃,都分配完了。众强盗都向他二人磕头称谢。胜佛、郁文都拉他们起来,随说道:"我们真不打不成相识,请各位喝一杯酒,以作纪念。"众人道:"那是不敢当的。"胜佛道:"不要客气,人生何处不相逢,我们也许有相逢的日子哩!"遂将众人请到一家酒店中坐了,取出几两银子,交与店家,说道:"你替我各处去凑办些酒肉饭菜来,银子不够,尽管向我拿。快去!快去!你一店中恐怕不够的。"店家道:"容易,我去预备就是了。"那众盗也跟着进店坐定,各人或敷伤药,或讨些酒,将伤药服下。大家都很喜欢,彼此谈论,只有妇女小孩,远远的围着看望,不敢近前。

那受枪子的三盗,因裹扎得法,也不十分疼痛了。一面向胜佛、郁文道谢,一面询向姓名。胜佛坦然相告。郁文道:"这位戴少爷,他老太爷是现任的湖北抚台。"众人吃了一惊,齐向胜佛注视。胜佛道:"诸位不要诧异,我的兄弟嘴太快,把我的来历告诉了诸位。诸位要晓得,我们都是中国人,有什么分别?就是做了大官,也没有什么稀奇,只要替百姓做点事就是很好的。一个人倘然做了大官,贪赃枉法,反不如一个小百姓呢!"众人听了,都欢呼道:"我们今天遇见了戴少爷,真是吾们的福气哩!戴少爷今天你饶了我们的命,将来只要戴少爷有什么差唤,我们情愿舍身报答你的。"胜佛道:"既然各位不但不怨我,而且很说得来,我们何妨把各人的姓名写齐,将来有事,彼此互相帮助何如?"那头目三人说道:"戴少爷既然看得起我们,"就向众人说道,"不如我们一齐拜在戴少爷门下,将来遇有机会,请戴少爷提拔我们。我们没有什么本事,只有一腔子的热心、两膀子的笨力,不晓得少爷肯收留么?"胜佛道:"既承各位诚心,那有不收的理!"众人顿时欢天喜地,备了香烛,齐向胜佛磕了头。胜佛做了他们的老头子。那为首三人,一个叫陈牛,一个叫王老虎,一个叫刘义,就做了开山门的徒弟。郁文看了,说道:"我们一时的抱不平,倒得了许多的弟兄,真出于意外的事。"大家欢呼畅饮,直到了正午的时候,陈牛等三人将彼此通信地址及特别暗记交换了,起身作别,都恋恋不舍而去。

胜佛、郁文等他们都去了,就向村人告别说道:"现在你们村上可以高枕无忧,决无后患。我们也可以放心了。"村人都很感激,一定要留二人暂住一二天,二人执意要行,就有许多人拿些食物送至船上,二人决定不收,村人不管,只去堆在船上,二人无法推却,只得拱手道谢。一面上船,催促舟人开船,村中人沿岸相送,直至四五里方才散去。郁文道:"我们此行,事机很顺,此事得此结果,好得很呢!"后艄船老板说道:"二位跳上岸时,我们吓得不晓得怎么样,只怕他们杀到船上。不想这一群强盗,一点儿不中用,经二位一轰,统统散了。早晓得强盗如此容易捉的,我们也愿意去献献能耐,捉他几个呢!"旁边一个摇船的笑道:"你的本领大得很,你要捉强盗,你还是去嫂子身上捉几个白虱,是你的大能耐呢!"船老板笑骂了一声,胜佛、郁文听了呵呵大笑。船老板看了船上堆着蔬果鱼肉等类,满面笑容,心想到了九江,他们少爷是不会要的,不是我的福气么?一路加意服侍,十分尽心。沿途无事。到了九江,郁文开销船饭钱,船老板说道:"船上的东西很多,送到那去?"郁文道:"我们要他做什么?送给你就是了!"老板道:

"少爷们既然不要这些东西,那船钱也不必算了。"胜佛道:"那有这个理?快不要客气了。"船老板心中十分快活,拿了行李,随二人到了栈房,千谢万谢的走了。

胜佛、郁文二人住了一日,匆匆的上了下水轮船,到了上海,也不去找朋友,立即换坐海轮北行。不多几日,到了北京。胜佛、郁文将行李搬到了浏阳会馆,二人即到南海馆去访问,恰好超如在那里,彼此见了面。超如道:"望公久矣!何姗姗其来迟?"胜佛微笑道:"手无斧柯,龟山奈何!我的迟早有何关系呢!"超如道:"我们一切待子而行,你难道忍心袖手坐视么?"胜佛道:"现在我党进行到什么光景呢?"超如道:"保国会开了二次,总理及职员均已推定,附从的固不少,反对者亦甚多。最可恨的是表面很象同志,一不满他的欲望,也就起而反对,真是怎么好?"胜佛道:"这种因私废公,是士大夫遗传的劣根性,现且不谈。常肃先生有什么进行的把握么?"超如道:"前天,高给谏保荐人材,皇上从龚师傅那里也知道我们的先生,很想召见,不意同乡徐用庵,在王爷面前说了很多坏话,就改为总理衙门传询。很好一杯酒,加了一勺清水,就冲淡了。后来庄小燕说:'就是面对,恐怕也没有什么效验,实在上头太软弱,龚师傅多年教导,只有加深了谨慎小心的程度,欲讲到英毅独断,怕不容易。'我们只有设法得了他的信任,给我们大权,放手做事,才能行我们的志愿。"胜佛道:"小燕能如此不避忌,他与唐先生和各位的交谊真不浅了!"超如道:"现在保国会中吾们已暗戴小燕为首领,他所以肯出力办理,他也只与我和唐先生密谈,他还谆谆嘱咐我不许漏泄于同志中哩!"胜佛道:"此人于朝论中声望不十分高,然而确有霸材,可以担当大事。不过得志之后,决不能守绳墨的。"超如道:"是的!因为龚师傅太胆小,于官场中趋避之术太工,他只可以做承平良相,决不能做救时名相。现在他的旗帜渐渐鲜明了,他的敷衍的手法也渐渐的穷尽,人家都窥破了,我们看他渐渐靠不住,风色少变,他决不能领袖吾党出头奋斗的。所以我和先生商定,暗中推戴小燕,以为后备。他近来于宫廷中消息灵通,能投上头的所好,所以圣眷优隆。他既有雄心,必能尽力,而其才亦足以济之。似比着常熟之谨小慎微能有作为,你以为何如?"胜佛道:"我辈在此时,只求动,不求静,不论什么方法,凡能推动这个引擎者,皆可取之。常肃先生已经到总署询问过么?"超如道:"前天传知到署,那天到了匡邸及几位大臣,龚师傅没有来,他是避嫌。小燕却到的很早,招呼一切。

匡邸问了几句话,先生回答了几句,他们都似听非听的。先生知道无益,就说道自强变法,一时也不能畅述,待司员回去拟就说帖,呈请转奏吧。王大臣听了好象很欣然。匡邸也很客气的说道:'我是久慕大名,请你快递说帖,以便请敬王爷的示,能给代奏最好。'说了几句,就匆匆的散了。我们先生知道这是敷衍应酬,也很灰心,递了一个说帖。听小燕说,敬王爷是不甚赞成,就是代奏了,也不过是这么一回事,他们也不在心上。你想可气不可气?"胜佛道:"他们不论什么事,什么官,都叫作当差。国家存亡,他们也视同一样,我是早知道的,不用提了。我问你,龚师傅对于唐先生近来态度若何?"超如道:"从前很密切,在上头确曾密保过数次,自开了保国会,高给练保举后,渐渐儿觉得疏远。近来也不很能见面,也不知道怎么。"胜佛道:"你们和小燕密切往来,他知道么?"超如道:"不晓得他知道不知道。"胜佛道:"玛加剌庙的机关,韵高曾去疏通介绍么?"超如道:"那个寇良材我们都见过,确是一个对于皇上有忠心的。不过总有些老公的习气,智识也是有限,恐怕敌不过皮小连。"胜佛道:"照各方情形看来,吾们基础一点儿没有坚固的把握,吾意第一要握有兵权,若自己手中没有,欲依靠临时结合的将帅,将来必成何进召董卓之祸。"超如道:"你的议论自然是扼要的,不过我们从何下手呢?现在只好先接近政权,慢慢设法取得兵权罢!"胜佛道:"现在天津小站的方安堂,他练的自立陆军,一切均仿西人训练,很有精神,大约的确是一支精兵。我们能牢笼他入我党中,则事半功倍,你以为如何?"超如道:"我也听说方安堂确是一个将材,他是在淮军胡长喜部下的。当时胡长喜名誉很好,方安堂在他营中阅历有年,听说他初到营中时,随往朝鲜,胡公幕府颇多名士,那时章直蜚也在其中,方安堂从他学作八股文,直蜚常常以硃笔抹之,作'羯鼓四挝'的评语。然他很知道安堂有才,因向胡公说派在营务处学习。一天奉令巡查队伍,道遇一卒,向朝鲜人强夺食物,安堂见之,即向询问。那卒不服道:'汝焉能管我!'安堂大怒,手中拿着大令,厉声道:'有令在此,为什么不能管你?'卒怒詈不服,安堂即拔刀斩之。营中士卒得了信息,汹汹不服,欲杀安堂。胡公闻之,即下令合营道:'方某奉吾令而出,能杀抢夺的士卒,就是能尽营务处的职任。'马上委充了营务处总办。安堂从此知名。后来回津,合肥与之谈,甚赏识他,告人曰:'继我主北洋者,必此子也!'力荐于高阳、常熟,使练新军于小站。闻其军中一切发饷阅操,事必躬亲,士卒莫不视方大人如父兄,事无大小,皆可直达,故小站营中绝无克扣等恶习。吾党若得此人，确是大有用处。章直蜚与他有师生的关系，我们去托直蜚疏通一下，或可加入吾党。"胜佛道："很好，很好！"郁文向超如说道："还有一个机会，今年是正科会试，全国举子来应考者必多，我们鼓吹一下，一定可以扩张会中的势力，你将来也要下场的。"超如道："科举是我们反对的，本想不去下场，但科举已行了许多年，深入人心，暗中很有团结的力量，借着科名去联络，比较着容易得多，所以唐先生也要我去下场，并且劝告同志们也去下场哩！"胜佛道："这也是一个法门，我佛度人，有八万四千法门，才可以网罗众生，使尽归大道。这个办法是不错的。"

　　正在畅谈，只见唐常肃忙忙的进来，见了郁文，欣然说道："辛苦得很，你真可谓不辱使命了！"又向胜佛握手道："吾们盼望你，到今天才来了。我正有许多大事要和你决定一下呢！"胜佛道："承先生和超如兄各位相召，未能迅速前来，抱歉得很！刚才和超如谈了一回，朝中时局略知一二，先生现在如何进行呢？"常肃道："我自从到总理衙门，由王大臣们问了一回，也知道不过马马虎虎的一回事，但是总要交卷的，所以吾递了一个统筹全局的疏稿，中分三端：一、请誓群臣以定国是；二、请设上书处，以探众言；三、请开制度局，以定新制。也不晓得他们代奏不代奏？这个事倒也不必去提。超如曾说起我们与小燕密切交往的行动么？刚才我得了一个信息，说是小燕召见奏对时，确曾极力推荐我们，不料上头跟龚老夫子说及，老夫子忽然不甚赞成。我看大约一则为着老敬王不赞成变法，二则也许对小燕有点儿酸意。别人说他的脾气，向来有点儿忌才，吾看这是不确的。我的才识，尚没有可以妒忌的资格，你们以为如何？"胜佛道："大概不错。不过说他没有一点儿忌才意思，这是先生的自谦。依我看来，这位老先生所提倡的不过是一班文人词客，一有关系国家大局的进退贤否，从没听见他有些特别举动，他总是要避免擅权的声名，就是有关国家兴亡的大计，他并非不知道，总是在第二步的计划中，不肯首先冒险的。这并不是他的不好，这是中国学术自从宋、明以来养成了这种习惯，从前的先公后私，义侠风气，都被规行矩步的程朱学说淘汰了。就是王阳明的学问事功，也指为功利之学，百端排斥，于是为君子的不敢直言放论，为小人的正好托迹藏身，成了一个麻木不仁的世界。所以将来如到了亡国的日子，决没有杀身殉国的忠臣义士替亡国史上装些体面的了。"常肃慨然道："真是至论。潮流所趋，从那里挽回呢？"超如道："刚才同胜佛兄商量，最好把方安堂收入吾党，有他的实力，可以巩固吾们的基础。"常肃道："此人的才具是不错的，不过靠得住么？"胜佛道："现在我们也只好广集人才，慢慢的考察他的心术如何？"正在说时，只见送进一封信来，上写着"唐老爷台启"，没有具名。拆开看时，信上写着："有要事面谈，请偕超如兄同来。"下面并未具名，只有"云泥"二字。看到笔迹，是小燕写来的。常肃知道很有关系，就同超如叫套车，一面将胜佛、郁文送出，一面坐了车径往锡拉胡同小燕寓中而去。正是：

拔剑二豪收草莽，登车四顾志澄清。

欲知如何，下回再说。

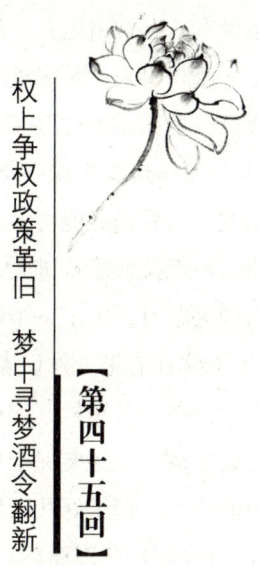

第四十五回

权上争权政策革旧　梦中寻梦酒令翻新

　　话说唐常肃、梁超如因接到庄小燕的信，请他们二人速往密谈，他们就套了车，赶往锡拉胡同小燕的寓中来。二人到了，一同入内，小燕请到书房中坐定，就告诉常肃道："前天上头叫起儿，我上去面奏，极力的保举了阁下许多话，并提及阁下的著作及王子度的《日本国志》，并说龚师傅均曾看过，也很赞成。上头点了点头，说道：'也看过了。'我就奏道：'皇上如以为可取，不妨由一位德高望重的大臣，递折保举一下，自然可以镇压浮言。'上头也点点头。以我意见观察，上头很赞成变法，不过上有西太后的阻挠，下有枢廷的不赞成，恐怕没有结果。"常肃道："我今儿听得一个消息，说是皇上跟龚老夫子谈及了我，老夫子面奏：'庄某既然面奏，不妨叫他递折保举。'今天听见小翁提及此事，大约皇上听了小翁的面奏，所以有这个消息。刚才跟胜佛谈到此事，胜佛说得极痛快。他说：'这位老夫子的意思，一来要迎合王爷的意思；二来要脱卸在小翁身上，不担责任；三来恐怕我不受羁勒。'这几句话确是十得七八。"小燕道："胜佛来了很好。前儿我们三个人密谈的话,告诉他没有?"常肃道:"没有。"小燕道:"胜佛虽是同志,然年少气盛,一时不留意,流露出来,是很危险的。超如你看对不对?"超如道:"是的。胜佛的人格,我可以担保。不过言多必败。凡是秘密的言论,总应当到实行之时再说不迟,事前少一人知道就少操一点心。小翁的谨慎是不错的。"小燕道:"现在龚师傅既然如此,以后未必能得他的助力了。我把关于他的消息告诉你们,他自将济宁轰去之后,本想拉钱唐卿进去,不料那位总管与济宁关系很深,先下手为强,用着离间两宫的大题目,下了一个晴天霹雳,把唐卿撵了。近来济宁、连总管二人对他的过节儿还没有消弭,你们看不出今年必有风波?他老人家还在梦中,去各方面敷衍呢!六爷在一日军机,或可勉强维持他,这位王爷尚有故旧之念,就是近来也看破了他的伎俩,总还要保全他的面子。不过王爷近来身体多病,恐怕不能长久,今儿听说军机处已请了好几天假,万一不起,政府必有变动。新近他圣眷也不甚好,就象各国钦差来总理衙门,要求在乾清宫里觐见的事,前天召见,上头就问及怎么样。我即面奏,现在外交对于虚文礼节不妨优待,只要注意收回实在权利。上意亦以为然。不料军机上去商量办法,这位老人家回执不可,仍是天朝夷狄的一派顽固思想,上头不以为然。因此碰了很大的钉子。讲到宗室中间,七爷已死,六爷之外还是匡邸,于两宫有些信用。去年胶州教案剧烈的时候,他激昂慷慨,自请带兵,本来是可笑的。他懂得什么用兵!不过这也是旗下当差的一种法儿。那位老先生就当面带笑的说道:'王爷你当他是体面的差使么?'这种尖刻的话,真叫人下不去。听说匡邸私下常常切齿呢!前天同衙门的余筱仪,因为借款的事,也跟他狠翻了一起,筱仪听说要请开缺。筱仪他也有他的神通,未必就能压倒他。就讲借款一件事,你是清官不要钱,不过这里的回佣是通例,你不拿也是白搭,况且许多奔走办事的都指望着。你自己做清官罢了,不能叫人家都学你,你是军机大臣、户部尚书,不怕没有钱用,不用说别的,就是户部的饭食银子,那一个衙门能象他的收入?这种的不近人情,不免为众矢之的了。"常肃道:"老夫子既然如此,我们也不必希望他来帮忙。他将来出了事,我们并不是不帮他,是他自己离开我们的。"小燕道:"观在我们须决定进行的方法,否则机会一失,就悔不可追了!"超如道:"敬王万一去世,继起的王公没有他的资望,阻挠的力量自减去了分两,龚师傅也许回风转舵,倘若应了小翁的预言,反对他的乘隙而起,来动他的手,那时鹬蚌相争,把注视我们的目光分去了一半,我们反好坐收渔人之利。我们只管扩张吾党的势力，使圣意坚决，反觉得进行容易，未始非福。"小燕道："是极！是极！我们决定合力进行。"常肃、超如道："不过是要小翁发踪指示，我们自然协力同心的。"小燕道："玛加剌庙，小儿本来跟他们拉拢很熟，所以上头的举动，我大略都有些晓得。不过我看总要多开辟些门径才好。我们的会中，二位也须加意联络，各人有各人的门路，都要设法使为我用才好。"超如道："前天与苾斋内兄谈及，他也很佩服小翁的长才，也很赞成吾们的举动。他又说：'余铸甫的老太爷，向来是老成持重的，因为深忧国势危殆，也诚心赞成变法。他二位老人家资望也够，将来出来，一定可以收一臂之力。'"小燕道："很好！他们二位年高德重，向来有清望，不比我们异途后进，未免被人轻视。即如二位，虽然才学优长，然究竟是新进，不比他们二位，足以止息浮言。现在请你们加意联络。韩信将兵，多多益善。一面探听宫中府中的情形，如有关系消息，彼此迅速通知。"常肃、超如道："是！是！"就立起身告辞而去，各回了寓。

　　那时春闱试期已近，各省举子纷纷到京，预备下场。超如的内兄吕旦闻侍郎，他有放总裁的资格，那天早上他也照例听宣。到了九点钟，里头传出上谕，派出孙朝鼎、余书屏、吕旦闻、文平四人，以外同考官以及监试各职，都派出了。超如因与吕旦闻有郎舅的亲谊，照例回避，不能入场。超如本来志不在此，毫不介意。其余同志的一班举子，也就提着考篮，接了卷子，纷纷的钻入矮屋中去。度过了三场九天，那回头场的头篇题目是《论语》上"子曰：'放于利而行多怨'"两章，第二篇是《大学》上"不诚无物"，第三篇是《孟子》上"所以动心忍性，曾益其所不能"。试帖诗是"赋得云补苍山缺处齐"，得"山"字五言八韵。原来科举场中，着重的是头场头篇八股文及试帖诗。各人出了场，那同乡、同年、老师等，都要讨那文诗稿来看，以卜能否中试。当时林敦古出场后，将一文一诗誊了几份，送到各老师及同乡前辈处。本来敦古文名甚盛，他平日所作的诗酷摹南宋杨诚斋的，他虽年轻，已有诗集，名为《晚翠轩集》。他既将场作遍送各处，各人都称赞他一定抡元。敦古也自命不凡。

　　正在等榜的时候，一天超如约了郁文、敦古等在李铁拐斜街聚丰堂去吃梦。原来当时科举场后，出榜之前士大夫间往来饮宴，名为"吃梦"。规矩是一个不入场考试的作为梦神，其余都是入场的举子。到馆子里吃了酒饭，记了账，将来在座的人中，中了一个，就由这一个人还账；中了几个，共同分还；中间没有中的，就由梦神还账。所以每届闱后，酒馆中很热闹的。那超如这一天聚会，也是如此。除他三个人外，还有四川的杨淑乔，如皋的顾梅庵，通州的李春阁，太仓的姚梅篱、陆卢卿，苏州的张秋谷、章叔义，扬州的王礼门、庄仲玉，其中也有本来在京当京官的，也有自外来的新旧举人，大约都是有些文名，与超如等声气相通，所以超如预先约着，预备畅快一日。

那天下午三四点钟，超如先到了聚丰堂，不多时，各客陆续而来，傍晚客已齐了。超如便叫伙计摆好了席面。超如道："今天我是客，我是坐第一位的。"淑乔说道："你也太会恭维了，让我来坐。"郁文道："今天这个聚会，倒也好笑，平常的臭规矩，总是把第一位推来推去，不肯入座。我也不晓得，坐了第一位难道是能够多吃些燕窝鱼翅么？今天是争着坐第一位，还说是谦虚，还说是恭维，听来很新鲜，其实依然是臭规矩的遗味。我看不必罢，还是大碗的酒，大块的肉，爽快一下子的好哩！"超如呵呵笑道："士别三日，便当刮目相看。你是隔了三千年也不晓得我的眼睛还刮不刮呢！"众人听了都大笑，便随意坐下。斟酒上菜，大家闲谈了一回。

超如说道："我昨天约了诸位来吃梦，晚上想到'吃梦'两个字，很有意思。人生在世，那一个不在梦中？过这六七十年梦里光阴，不过各人所做的梦各不相同，入了梦中，觉甘苦不同。等到大梦醒来，还有什么梦迹可寻呢？我因此想了一个酒令，就叫他作'寻梦令'。中间是一个寻梦人，一个是梦神，只要寻着了梦神，梦也醒了，令也完了。其余许多的梦，象'南柯梦'、'邯郸梦'之类，那寻梦的寻着了，就有许多可笑的材料可以消酒。今天打算与各位行这个新酒令好么？"众人哄然道："好极！好极！可就拿出来看一看！"超如就向他的跟人道："可把那带来的象牙筹拿来。"那家人向着带来包袱中取出一个纸包，打开来是一个象牙筒，中间有二三十支牙筹。超如接过来，说道："我把寻梦人及梦神二筹宣布。"他就捡出一支来，牙筹上是用墨写的，上写"趾离"二字。张秋谷道："趾离是梦神的名，好象见于《致虚阁杂俎》上的。"超如道"不差！"下写着："寻梦者遇之对饮一杯，合席公贺一杯。完令。"又取一支，上写寻梦人，下写着："得者以寻得梦神为完令。如入梦境，照筹行之。"敦古道："很好！其余梦境，必有妙处，可一同宣布了吧！"超如道："其余梦境，俟入梦中，方可发表。否则减少兴趣。"众人道："不差。"超如道："现在请各抽一筹，不可泄漏。寻梦人则须先自登场。"众人皆道："遵令。"

【续孽海花】

　　超如就将牙筒亲自拿着，送到各人面前，请各人各抽一支。各人都抽了。超如也取了一支，就向席上问道："寻梦人请即登场！"只见敦古欣欣然扬着手中筹道："梦中人来也！"众人呵呵一笑，都道："请寻梦吧！"他向合座看了一看，说道："我们今天本来是超如的梦神，大约就是他吧？"超如笑道："不是。"看他手中的筹上，写的是"南柯梦"，下面小字写着："遇者猜拳三次出梦，胜者饮酒一杯，负者吃蚝酱一盏，或以鱼子或虾子代随意。"梅庵笑道："蚝酱倒新鲜，虾子此地未必有，还是用鱼子捣烂炒成酱或者可吃。"敦古道："我看还是用鱼子冲汤的好。"当即喊堂倌吩咐去要。堂倌听了，很不懂，说道："鱼子打烂了没有什么吃头，我们当灶的从来没有做过这种菜，恐怕不好吃，不如用酱汁中段带些鱼子还可吃。"超如道："你不懂我们要吃鱼子，你用鱼子打烂了，就照酱汁中段做法，来一小碗够了。"

　　堂倌唯唯而去。超如就向敦古说道："猜拳是否照老法？"敦古道："自然照普通的法子，先猜双单，次猜颗数，又次猜黑白，两手不脱空。"超如道："很好！"就取了两颗杏仁、三颗瓜子为二白三黑，就在袖中取了几颗，握在手中，伸出拳来道："请猜！"敦古想了一想，说道："你在京双宿双飞，不比我们，一定是双数。"超如微笑道："你输了！"敦古道："现在你手中不是三，定是一。"超如道："不错！"敦古道："我仍旧向多的方面猜是三。"超如笑道："你又输了。"敦古道："岂有此理！只有一个，不是杏仁，定是瓜子。我想今日席上的人，中了都有状元希望的。'一色杏花红十里，状元归去马如飞。'大约是杏仁吧？"超如道："猜着了，你想今天座中都有状元希望，但是状元那有几个的，自然只好一个。你倘先想到杏仁的意思，就全军大捷了。"敦古道："再来！"超如又伸出拳来，敦古道："你已把状元恭维过了，现在一定是双数了。"超如道："你又输了。"敦古道："难道仍旧是一个么？"超如道："你又输了。"敦古道："我还没有决定，正在商量。"超如道："你跟谁商量？难道和我商量么？你已说出数目了。"敦古道："就算我输，你手中是三个，一定是二白一黑。"超如呵呵笑道："你全输了。"放开拳是三颗瓜子。敦古道："你太狡猾了。"超如又做了一黑一白，却被敦古统统猜着了。超如道："统算起来，我赢你一拳，我饮一杯酒，你吃一碗蚝酱。"敦古道："这碗酱那里吃得下！将来行第二回令吃什么呢？"超如道："馆子里还怕没有鱼子么！"众人都笑说道："我们公断，吃了一调羹就算了。"敦古就吃了一调羹鱼子，说道："味道不差，《礼记·内则》上所以把蚂蚁子的酱列在'八珍'之列，想淳于驸马在南柯郡时所吃的还不如这。"众人都笑了，说道："驸马爷快去游历，不要耽搁了。"敦古就向王礼门说："是你么？"礼门将手中的筹取出一看，是"春梦婆"。郁文道："好！好！敦古的官运亨通，做了驸马爷南柯太守，又要做翰林学士了。"细看上面小字写着："遇者以骰子掷色，得三鼎甲采方出梦，公贺一杯。春梦婆另贺一杯。每十掷不得采者，罚一杯，以得为度。"敦古道："这个倒不容易。倘然一定要状元，真不得了。"超如道："我本来想写状元的，觉得太难，所以改为三鼎甲，较易缴卷。"敦古就向酒馆中取了一副骰子、一只海碗掷起来。郁文道："礼门本来有'潇湘妃子'的雅号，现在做了'春梦婆'，想来妃子是老了。不过你要数清他掷的次数，以便罚酒。你不要为他是翰林学士，通同作弊，那是不行的。"敦古道："不与你相干！"敦古就掷起来，约掷了二十几回，得了一个双四五六榜眼，大家公贺了一杯，礼门也另贺了一杯。

敦古道："还有好多个梦，超如你有什么刁钻古怪的花样么？我这个梦可做不了了。"超如道："我对于梦中人很体量，没有叫他多喝酒的。"敦古就向着杨淑乔道："如今可寻到你了。"淑乔看了筹道："这支筹太不雅了，我看换一枝吧。"超如道："这个令中没有十分有伤大雅的。"众人都说道："换令不行，究竟是什么呢？"旁坐的庄仲玉就从淑乔手中取来一看，呵呵大笑道："很雅，很有趣的，怎么说不雅呢？"众人争着看筹，只见上写着"高唐梦"三个大字，下面小字注着："遇者同饮合欢酒三杯出梦。饮时于一杯中更迭饮之，每杯每人须各饮二口，公贺双杯。"郁文道："这筹好极了！楚王、神女合饮三杯，宋玉、景差等反要贺两杯，足见帝王专制的不公平。楚王再来反对，吾们是要革命的。"众人都说道："是极！是极！"淑乔就向敦古道："如此委曲了林神女了。"敦古道："不对！当时楚王到了巫山去寻神女，我是楚王，来寻你的。"淑乔道："刚才我欲换令，郁文说楚王反对，楚王是郁文封我的，不是同程咬金的混世魔王是自己去抢来的。"超如道："据本事看来，确是楚王去寻神女，好在现世界妇女提倡女权，将来男女总要平等的，楚王神女，也不必争了。况且朝为行云，暮为行雨，你们二人好似赵松雪、管夫人说的你中有我，我中有你，也分不出谁为楚王谁为神女呢！"淑乔哈哈笑道："超如岂有此理！"敦古也禁不住笑道："放屁，放屁！"淑乔旁坐的仲玉，敦古旁座的郁文，将一个杯子斟满了，郁文逼着敦古喝了一口，递与仲玉,仲玉也凑到淑乔嘴边,逼他喝了,重又递与郁文,彼此交换着喝了三杯,众人喝采,各各喝了贺酒两杯。大家道:"这个梦好极了。"都催着敦古再寻。敦古随意就向着郁文道:"你是不是呢?"郁文道:"你寻我么?"敦古道:"是的。"郁文道:"你寻着了好玩意儿了。比'高唐梦'还好。"众人盼望又有新鲜的出来,敦古呆呆的催他拿出来。郁文就把筹一掷道:"你们看!"敦古一看,原来就是"趾离"。敦古道:"你真会哄人!什么好玩意儿?"郁文道:"寻着梦神还不好么?"敦古想了一想,也呵呵的笑了。各将筹上规定的酒喝了。郁文道:"没有做着的梦还不少,我们再来一回。"章叔义道:"梦境尚多,刚才行过的不如除去了,省得重复。"超如道:"也好!"就将"南柯梦"、"高唐梦"、"春梦婆"三筹抽去,将其余的筹收回放入筒内,又叫各人抽了。此次却是超如抽着寻梦人。说道:"怎么我也做了寻梦人了。"梅庵道:"你是至人无梦,所以回避了不叫入场,现在也叫你过过瘾哩!"超如道:"你说我,就寻你。"梅庵道:"我也不知道是什么梦。"拿出筹来一看,上写着"华胥梦",下注着:"遇者各塑呆一次,以五分钟为度,出梦。彼此监察,犯规者每次罚酒一杯。"超如道:"这是很难的。梅庵你先塑起来,我先告诉你,五官四肢都不准动,犯者每次罚一杯。"梅庵道:"你先塑。"众人道:"先后没有分别,你就先塑吧!"梅庵道:"我来塑一个罗汉吧!"就在座上盘膝而坐,合掌闭目,众人道:"这是取巧,闭了眼睛,不看见什么,就容易得多。"梅庵睁开了眼。超如道:"犯规一次。"梅庵道:"犯什么?"超如道:"犯规二次。"一会儿,旁坐的郁文道:"五分钟到了。"梅庵立起身来,开口道:"我上了你们的当了!骗我开眼,骗我开口。"超如道:"快喝了罚酒,瞧我的。"梅庵喝了两杯,就见超如照常坐定。梅庵道:"你就算行令么?"超如也不响。梅庵道:"你们看他的下巴往右超出,人家说他象朱太祖,我说他是猪八戒的兄弟,你们说他相象么?"众人哈哈大笑。超如依然如老僧入定,不见不闻。郁文道:"五分钟到。"超如才开口道:"梅庵你要罚酒。"梅庵道:"怎么?"超如道:"你先问我话,我答了一句,就是犯规。我不上你当,你又故意取笑我,引得众人皆笑,想要引我笑一笑,诱人犯法。众人公论应罚多少?"秋谷道:"他自己罚了两杯,想要罚人家,其心是应罚的。不过法律上没有注出诱人犯规的法则,也只好便宜他了。"梅庵道:"你快寻罢!"

超如就向着姚梅篱道:"你是'梦神'么?"梅篱道:"寻着好梦了!"就将

筹给众人看，只见是"游仙梦"，下注："遇者以巾作枕，置于桌上，首眠其上，猜三拳出梦。每次胜者，得令负者唱曲说笑话、说弹词、唱升篇等，凡足以娱乐者皆可。胜者合席公贺一杯。"超如就向酒馆中取了新白的手巾两条，折叠成枕形，分与梅篱一个道："这个游仙枕，我们不可不进去一游。"梅篱接着手巾道："这是什么枕？"超如道："不过表意罢了。"梅篱道："我们就此入梦吧！但是猜拳不爽快，还是豁三拳吧！"超如道："可以！猜拳的形式本可彼此同意决定的。"梅篱道："好！好！"二人将头靠在枕上，伸拳出来，超如输了一拳，梅篱输了二拳。众人道："彼此出令吧！"梅篱道："彼此出令，须量人所能，不可强人所不会的才是。"众人道："当然！第一拳是梅篱输的。超如出令。"超如道："梅篱多才多艺，我曾经听见他常常唱说书人的开篇，就请你唱一个开篇吧！"梅篱道："我偶然唱几句，没有全的，怎么唱呢？但你也难不倒我，我就当场胡诌一支，请诸公不要笑！"就向酒馆中借了一支三弦，一面调弦，一面胸中打稿，等弦调整了，他就用着道地的苏州口音唱道：

"四月槐花举子忙，东城根举场去考文章。第一场《四书》文八股三篇，还有赋得诗五言八韵调铿锵。第二场是《书》《诗》《易》《礼》《春秋传》五篇经义要堂皇。第三场策问五道须真才学，经史子集尽包藏。近来潘伯寅提倡金石学，汉碑商鼎最当行。还有那黎石农研究《元秘史》，西北地理考戎羌。都是敲门砖翻的新花样，料想诸公不会忘。只是那提篮钻入牢门内，难堪九日苦时光。吃喝便溺都在三尺地，好象那八戒儿孙聚一堂。出场各把诗文送，也是世故人情第一章。若说此时欢乐处，只有象今天吃梦聚丰堂。猜枚行令无拘束，个个自负是状元郎。等到那琉璃厂里听红录，区区是一定榜上无名面少光。便宜的会钞有人我白吃，低头浮海转家乡。等三年又来白扰喜洋洋！"

众人听了拍手喊道："怪不得说是太仓的东西二才子呢！这样的出口成章，不输陈思七步，我们要好好的贺他。"郁文道："公贺三杯何如？"众人道："当然货真价实！"大家都喝了三杯。

正在热闹时，只见风门推开，有三个美少年走进来，向各人请了安。各人抬头一看，原来是三个相公，一个是韵芳，一个是五九儿，一个是静芳，都是各人叫过很熟悉的。静芳道："谁在这儿唱？弹的三弦真好！我们都弹不来。"超如指着梅篱道："是他！"静芳道："原来是姚二爷，他唱的昆曲真有功夫，我曾经请教过的。不过今天唱的是什么？我们不懂！"五九道："我知道是南边说书先生唱的开篇曲儿，不过字眼儿可听不出来。"本来静芳是梅篱叫的，五九是超如叫的，韵芳是梅庵叫的。超如就说道："今天忘记了叫他们来闹热闹热。"郁文道："还不迟。"淑乔道："叫了他们，恐怕行不出许多好令来了。"郁文道："不相干的。"梅篱道："我要行令了！他们一来，超如恐怕要脱滑了。"超如道："不会的。古人练心，要在戏场中作文，难道我就不能么？"梅篱道："好！好！你尽吹，我就试试你，你看《桃花扇》中酒令，曾有冰绡汗巾的破承题，今天请你做一个开讲，题目是他们的'相公'两字，看你有戏场作文的本事么？"超如道："刚才你说难不倒我，难道被你难到么！"随唤伙计取纸笔来。伙计取了来，超如随便取张纸，磨了墨，用笔写了"相公"二字，旁注"开讲"二小字，接着写：

"且夫宰执门前，相公厚我；姑苏台畔，公相主婚(苏州主婚者曰公相)。相公之称，由来久矣。顾秀才为宰相之根，嘉名肇锡于童俏（清秀才之下，有俏生、童生，皆未成秀才者也，成秀才方得称相公)。而儒书即侏儒之例，同声附会于象姑（前人笔记中云相公为象姑，同声之误），言者多端，不可究诘。要而言之，世道凌夷，贵贱棼乱，有兔爰爰，亦袭厥称。惟彼高下之殊途，实亦名实所同归者也！"

梅篱看了笑道："佩服！佩服！不过结束二语，恐怕有点儿触犯吧？"淑乔道："此文有魏晋人气味，决非十年前八股专家所能。我们也应当公贺三杯。"敦古道："我格外要贺你一杯，因为这个题目很祜窘，你却搜集了不少典故，真所谓嘻笑怒骂，皆成文章。诸君看他于这种题目能做出典雅的文章，倘入了闱，遇着识者，必能脱颖而出，可惜回避了。"郁文道："我最恨的是八股，超如的回避，是他的福气，但这种题目做的八股，我看了倒也不恨了。看来八股最好是这种题目，尤西堂的临去秋波那一转的八股文，究竟有点玷辱了题目呢！"超如道："你们不用太恭维了。"随向梅篱道："我又要发挥了。"梅篱道："什么叫发挥？"超如道：

"冰绡汗巾,破承题你记得,难道这'发挥'二字就忘掉了么?"梅箾道:"不差,是柳敬亭向李贞丽说的。大约明季秦淮院中行酒令时有这种的话。"超如道:"是的,我刚才听静芳说,你的昆曲很好,请你随便唱一支吧!"梅篱道:"我好久荒疏了,况且也没有吹笛子的,还是唱一只二簧吧!"五九、静芳听了都说道:"很好,二爷唱,我们来拉。"他们二人一个去拿胡琴,一个去拿二胡,因酒馆中每间屋里都有这种乐器,取来就拉了几个过门,问梅篱道:"唱什么?"梅篱道:"汪笑侬的《党人碑》。"静芳道:"这是新近最时兴的。"他们两个操起琴,梅篱喝了一口茶,咳了一声嗽,立起身来,把脸向着墙,说了一声摇板,就开口唱道:

"一见碑字怒冲冠,擅张大胆谤前贤;司马在朝把忠心献,为何说他是奸谗?"

唱了四句,他停了一停,静芳笑道:"笑侬的嗓子还不如你呢!"他接着又唱道:

"何人如此胆包天,毁谤忠良为那般?权臣乱政无人管,反把贤良当谗奸。蔡京高俅和童贯,奸贼为何在朝端?怒气不息把碑打烂,活活气坏我姚鹏年!"

原来末句是"活活气坏我谢琼仙",他换了他自己的大名"姚鹏年"三个字。众人听了,都拍手叫好。超如道:"合席都应公贺三杯。"众人都说:"应贺!应贺!"各向着梅篱喝了三杯。梅篱道:"我也喝三杯,一来谢谢各位盛意,二来我胸中的块磊,也浇得使他爽快一下。"郁文道:"现在差不多也到了靖康的时候了,蔡京、童贯这一班东西多得很,我看这种玩意儿将来也要发现。我是第二个谢琼仙,不晓得在座的诸公也有象傅人龙的么?"淑乔道:"酒后少谈为是。"郁文睁着眼道:"怕什么?一个脑袋,谁要谁取去,算不了什么。"敦古道:"郁文醉了。"超如道:"我们还要行令呢!"

那时三个相公尚有条子要赶,就各将车钱开发去了。超如就问郁文道:"是不是?"郁文道:"我也不知道。"就将放在桌上的筹反过来一看,是"蕉鹿梦",下注着:"遇者豁三拳,负者罚酒三蕉叶,胜者吃肉一块。"超如道:"你刚才说的大碗的酒，大块的肉，现在可以实行了。"郁文哈哈笑道："痛快得很，赶快豁拳吧！"豁了三回，郁文胜了两拳。超如道："你吃两块红烧牛肉吧！"郁文道："你吃什么？"超如道："我吃南腿。"郁文道："不行，要一个样的。"超如道："我没有说要吃大块的肉，你吃南腿也可以，不过把你的气概稍为减削了些。"郁文道："我既然说了，要争一口气。"就向伙计要红烧牛肉两块。伙计道："这样菜我们灶上没有预备，要煮起来也赶不上，我们今天预备有烤猪，来两块大大的烤肉好不好呢？"超如道："也好！"郁文道："要真有了鹿肉，那才好玩呢！"伙计道："鹿肉腊月里可有，这个时候是找不来的。"郁文道："这三蕉叶酒是怎么算呢？"超如道："东坡云：'少时望酒盏即醉，后亦能三蕉叶。'大约就是三杯吧？"郁文道："我吃烤肉，你也来一块，不要避重就轻了。"超如道："好！好！"二人吃了酒肉。郁文道："我的酒不够，再吃三蕉叶。"一面吃，一面哈哈的笑道："这个令真痛快，我后添的三杯酒，算是专谢超如立法的功劳的。"众人都笑了。

超如道："我又要寻梦了，有好几位没有寻过。"就问李春阁是不是。春阁将筹取出一看，是"傅岩梦"，下注："遇者行筑城令，取牙牌一副，豁拳，胜者取一牌，如先得十六只，则筑城已毕，出梦。负者罚一杯，合席公贺一杯。"春阁就同超如豁起拳来，超如得了十六数，春阁刚得八数。超如胜了，春阁罚了一杯，合席贺了一杯。淑乔道："超如梦的预兆很佳，我要贺他三杯。"郁文对他看了一看，也不作声。超如向卢卿道："你是什么梦？"卢卿道："好梦难长，又要完令了。"将手中筹取出，果是"趾离"。二人对饮了一杯，各人也贺了一杯。郁文道："再来！"敦古道："时候不早了，快有十点钟了，来不及了。剩下还有多少好梦呢！"超如道："还有'钧天梦'、'蝴蝶梦'、'燕兰梦'、'玉茗四梦'，也只行了二个。今天恐怕是行不完的了，过天再来。不过'邯郸梦'中要掷升官图，罚的是黄粱饭，都要预备的，今天太匆促了。"各人都觉得疲倦，吃了饭，匆匆而别。超如写了账，赏了伙计的酒钱，就套车回去了。正是：

策士纵横书十上，词人游戏令三宣。

欲知后事，且看下文。

● 中国古典名著补续系列

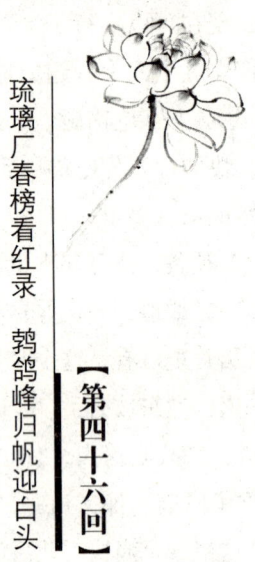

【第四十六回】

琉璃厂春榜看红录 鹁鸽峰归帆迎白头

　　话说超如回寓以后，隔了几日，已到了放榜的日子。一般入场的举子，巴巴的盼望榜上有名，北京的习惯，就生出了"看红录"三个字的名词。这名词是怎么起的呢？原来由礼部书办、顺天府里的差役想出来的。他们晓得各省举子等榜的心象火一般热，早一刻晓得好一刻，他们就想出投机的法子来了。本来会试出榜，都是先一日在至公堂上由礼部书吏填写，考官及监试等列坐堂上，从第六名起，查看硃卷上号数（硃卷是用誊录、用硃笔将举子诗文誊出，送入考官阅看的），提出墨卷来查对（墨卷是由应试者亲笔所写，誊录后留在外闱，各考官不能看见的），先由同考官对过，后由考官对过，判定中试名次，然后将人名由监试交于礼部书办，填在榜上，所以每填一名，很费许多时候。他们就趁这个机会，偷偷的写了一个姓名、籍贯的纸条儿，从大门门缝中传递出去，他们的伙计接到了一个中试的姓名，就飞跑到看红录的地方贴出来了。那个地方，总是在琉璃厂的破庙中借一两间屋，用芦席将窗户等通钉严了，等送到了，一张红纸条儿，就贴在这芦席上，就叫"看红录"。不过,要看红录的人,进门时须花几吊京钱,才让你进去。里头也没有椅凳可以坐。他们的意思,就是让你乏了,只好出去休息一下。等你回来,又要你花个几吊了。取钱虽不多,他法儿是很巧妙的。

这天超如起来,吃了点心,想想今天填榜,他虽没有考,他的朋友是入场的很多,未免怦怦心动,也就套了车向琉璃厂而来。他的车一进了琉璃厂,就见车马拥挤,很象新年中逛厂的热闹。车走了几步,就不能动了。赶车的向着超如说道:"老爷,车插住了,过不去。老爷要看红录,就在厂东门关帝庙中,还是走过去的爽快。等车开,不晓得多少时候哩。"超如听了,点点头,就下了车,向关帝庙进去。刚要进门,只见一个人,披着玄色布的夹袍,通身没有扣上纽扣,用一条绉纱的腰带系着。他见了超如,伸着手道:"你老是进去看红录么?已报了五六十名了!你老快进去吧。"可是,嘴里是请快进去,他的手是伸出来拦住了超如,不缩回去。超如道:"几吊?"他说:"你老随意。就赏个八吊吧。"超如就给了。后面又来了一个人,是本京人,不等他要,就说道:"两吊钱,拿去。"那个人陪着笑道:"你老不给也不要紧,就是他们听见了要照样子的!你老回回手吧。"他悄悄指着进去的超如道:"他花的是眉毛,不哄你的。"那本京人冷笑道:"这是广东老,不诈他诈谁?你不行我就不看。"那个人望望外面没有人进来,就说道:"进去吧!可不能告诉人。"就笑了一笑让他进去了。

超如进去一望,只见那关帝庙的东厢房三间,窗户都破碎不堪,上面都用芦席钉了。那厢房中间的风门也没有了,只有用竹子夹着席子钉成一扇门。那进进出出的人很不少。超如向着这庙中的场上一望,只见许多人,有老的,有中年的,穿着衣服、说话口音各各不同。大约多数是各省的举子。超如想欲走入厢房看看贴出的姓名有认得的没有。正在跨上台阶,只听得里头有人高声喊道:"怎么中的都是些无名小卒?"有人接着说道:"你不要急,不到一百名呢。"那个人又嚷道:"你看各房的房元,除了前五名,都已知道了,各房的眼光差不多,可决定了。各省有名的一个都不见。咱们是决没有望的了,还看什么!"又有一人呵呵的笑道:"你还看着进士很重呢!你就中了进士,将来入阁拜相,恐怕是等不及了。"超如就推门进去,原来敦古、郁文等一班熟人都在内。看见超如进来,郁文就喊道:"敦古的会元恐怕要漂了。"超如道:"入阁拜相等不及是谁说的?"郁文道:"我。"超如道:"你看不起进士。你为什么来考,来看红录呢?"郁文道:"我当是逛相公、逛窑子一样，玩一下儿罢了，谁象敦古非中不可的热心呢？"敦古道："此中出身，比较总觉着清高一点，况且国家用人，历史上许多法儿，总不如考试的法儿少些弊端。"超如道："也不见得。我们广东乡试，有了闱姓的赌博，弊窦就说不清。代枪联号还是小小的。甚至房官主考跟赌商勾通了，公然卖买关节。僻姓的秀才，往往做了场外的举人，你说还公道么？"敦古道："究竟会试这一场，没有来开闱姓的，所以作弊的还少。"那时荀子珮也在那里，接着说道："京闱的弊，也从咸丰戊午年的科场大案后改良的。戊午以前，所有各部堂官及翰林院各衙门够得上当考官、同考的，遇着了考试的年头，同乡亲友莫不送关节，大家视为寻常的应酬。那年柏中堂荙派了主考，因为习惯也不甚介意。不料当时肃顺当国，他一来是跟柏中堂意见不合，向来有些芥蒂；二来他是喜欢整顿，扩张势力，翻腾出了一个大风波。所以柏中堂正法时，文宗皇帝因他情有可原，踌躇不忍下笔，经肃顺坚执面奏，如柏葰不正法，将来朝廷法令等于虚文，所以文宗含泪将柏葰处斩。现在京闱的弊绝风清，亏得杀了柏中堂，才得如此。所以肃顺的是非功过，将来国史上一定很有议论的。"超如道："肃顺的罪名现在是无从说起，不过中兴的名臣多数是肃顺荐引。所以曾文正如此功高望重，终身没有进军机一天，也似乎是为'肃党'两个字带累的。中兴事业没有彻底的建造，也是为着党争所误了。"郁文呵呵的笑道："诽谤者族，偶语者弃市，你们难道不怕的么？"子珮微笑道："好在你是不至于告密的，我们总还放心。"超如道："我们站在此地，没有意思，上馆子里去谈谈何如？"子珮很赞成，就同郁文、敦古匆匆的出了庙门。

上了车，拐弯儿到了杨梅竹斜街福兴居下了车。超如就向掌柜的问道："有座儿没有？"他答道："有！有！"就有伙计领着向西院里三间南屋。推风门进去，各人随便坐下。伙计取了茶，点了香火，抹了桌子，就问道："什么酒？"超如道："绍兴，各人一壶。"伙计道，"先来四个碟子，糟鸭条、炸肫、松花、酥鱼，好不好？"超如道："好！先来酒，菜再添。"伙计答应着去了。一会儿把碟子摆上，酒也烫好，各人拿了一壶酒，自己斟上喝着。郁文道："这种喝法才痛快。"喝了一回，伙计走来说道："要点儿什么菜？"超如道："大家想想！"郁文道："福兴居著名的是黄闷块鸭。我就要了。"敦古道："吾要吴鱼片。"子珮道："这是便宜坊的菜，是一位苏州人内阁中书姓吴的创出的菜，所以叫吴鱼片。他是用羊肉汤、姜汁煮的，很有味。现在各馆子都会做这个菜了。"超如道：

"我也知道。这位中书的大名是吴均金,那时大学士宝鋆正当军机,他的大名恰好把'鋆'字分开了。有人做了一副对联道:'头衔新内阁,腰斩老中堂。'后来宝文靖听见了,还很不悦意哩。子珮,你要什么菜?"子珮道:"我要一个豆芽菜炒里肌丝儿。"超如道:"这几个菜不够吃的,再要几个。"敦古道:"我再要一个拌蕺麻菜。"超如道:"这就是苦菜,《诗经》上说的'谁谓荼苦'的'荼',没有什么吃头。"郁文道:"我们乡间有句话,叫作今年吃苦菜,来年中状元。敦古是想中一个状元玩玩的,所以先吃些苦菜。"超如道:"这都是吃不饱的,我来要一个烤鸭子。"就向着伙计道:"挑一个肥的,带着片儿饽饽先上,旁的菜后上,不够再添。"那时候不早了,各人都有点儿饿了。一会儿伙计把鸭烤得了,带着片儿饽饽、甜面酱的碟子摆上,随带着厨刀,慢慢的把鸭子片上来。各人举箸大嚼,吃得很高兴。鸭子片完了,伙计道:"这架子怎么办?"超如道:"熬白菜。"伙计答应着去了。子珮道:"今天听见敬王爷病得很重,太后、皇上去看他的病已是第二回了。万一有事,朝局恐怕一定有变动。"超如道:"你看是什么人接他的手?"子珮道:"那是很有关系的,从国家大局上着想,皇室里头实在没有一个人能够接他的手,若从政权上着想,比较的还是匡邸有点儿经验。他是骑墙党,两边儿通得过。昨儿跟仲涛谈起,政府实在没有负责的人,最好是南皮,他还有点儿戆气,能办点儿事。不过他跟常熟是不能合作的。恐怕势不两立。"超如道:"是的,常熟是太拘谨了,一点儿担当没有,最好是做一个文学侍从之臣,文采风流,照耀一世。他写的字、作的诗文确可以追随东坡一流,不过要象东坡的直言极谏、不避贬黜的胆气,还差着呢。可惜他生不逢时,若在康熙、乾、嘉时代,比较王渔洋、阮芸台真在伯仲之间。现在枢廷中还有人嫌他遇事专断,与同事时有争执。这种议论,就我们看去,一点儿没有抓着痒处,此刻若换了南皮,倘若要办事,一定也不能久于其位。若要做官,一定也要合同而化的。所以政府要改革,先要造成一种清议,使天下人知道只有这一条路好走,才好搜寻一班角色,唱几出有声有色的好戏。否则是没有希望的。"郁文道:"你的话不差,不过吾们欲创立一种真是非的公论,就非革命不可了!"超如道:"革命是不容易成立的,破坏之后,建设更难。我的宗旨是盼望减少牺牲,借着数千年受着习惯的压制力,因利乘便,改革一下,走上了开明专制的道儿,满汉皆可得利益。不过过渡时代的人才也很少,南皮自然是中坚人物,子珮,其余你看还有合格的人才么?"敦古道:"庄小燕很有才识，遇大事很有决断。"超如道："小燕才具是好的，不过位望尚浅，将来确是可以办事的。"

　　正在畅谈的时候，只听得北屋里有人高声吟道："不知腐鼠成滋味，猜意鹓雏竟未休！"超如道："这个声音好象富伯黻。"就立起来，开了风门，向北屋里一望，恰好北屋里风门开着，果然是伯黻弟兄两个人，各拿着一只酒碗，在那儿痛饮。伯黻看见了超如，忙立起来招呼道："超如兄！从那儿来？"超如道："看了一回红录，觉着没有意思，就同子珮、郁文、敦古一同来的。"伯黻道："子珮、郁文、敦古请一块儿到这儿来坐吧！"超如道："你们只有两人，少数服从多数，应当到我们那边去，才合公理。"伯黻笑道："你满口的新名词，时髦极了。"超如就走过去，拉着他们兄弟过来。到了南屋，只见子珮、郁文正在喝酒，敦古不见了。超如道："敦古那儿去了？"郁文道："你还用问！他的心正象阎浮提铁围山中的火床地狱哩！那里坐得住！自然又去看红录了。"伯黻弟兄跟子珮、郁文本是熟人，就招呼了一同坐下。超如向伯黻道："二位家学渊源，都是海量，请多喝一杯！"郁文道："喝酒是要痛快的，我们都换上酒碗吧！"他就向伙计要了几个谈青瓷的小饭碗来，都斟满了，拿起来喝下去，向着各人叫了一声"干"。伯黻等一笑，举着碗也干了。伯黻道："诸位都是看红录来么？"郁文又将酒斟满了道："万事不如杯在手，人生几见月当头？咱们再喝一大碗吧！"超如道："老弟你不应说这种亡国之音，国一日未亡，我们要尽一日的力量去做，你这消极的态度，我是不赞成的。"郁文道："你的话不差，罚我一大碗吧！"伯黻道："超如的话，我辈应当服从；不过郁文的态度，也不能怪他。兄弟自从先严故去以后，耳闻目击，实在把蓬勃的意气消灭了不知多少！兄弟从小跟着老人家，经历的朝局，比较的多看见一点儿，又是个宗室，外边人不知道的，比较的多知道一点儿。从前只晓得闯出去，不管什么的，近来渐渐儿明白，知道凡事都有因果的。各位要晓得吾国中兴的基础，是文宗手创的，中兴将相那一个不是文宗简拔。可惜文宗宾天太早，根基没有筑好，以至如此。而且吾们满洲开国，太祖以十三副甲攻克尼堪外兰，报了叶赫那拉不共戴天之仇。当时祖训，凡叶赫的男人不许入仕，女人不许入宫，防他们复仇。等到道、咸以来，渐渐把祖训忘掉了，不用说男的准其做官，就女的也准其入宫应选。现在的太后，不是那拉氏么！诸位跟唐先生等，实在是咱们满洲的忠臣。不过历史上国家的兴亡，就在上者能分得出好歹，现在要有认得出好歹的很难；就算认清了，也要有文宗一样的圣明、毅力，抵抗一切，才有用。兄弟说来惭愧，十余年来细细参究，天心人事，很觉灰心，只盼各位努力。兄弟是爱新觉罗的子孙，那有不盼着各位保全三百年列祖列宗辛苦经营的天下呢！"说到那儿，众人都觉得凄然。郁文就斟着一大碗酒，向着伯黻高声吟道："高帝子孙尽隆准，龙种自与常人殊。豺虎在邑龙在野，王孙善保千金躯。"就将一碗喝干了。伯黻也举着一碗酒对喝毕，不觉眼中挂下泪来。

正在合座不欢时候，只见一个家人兴匆匆的推门进来，向着伯黻请了一个安说道："恭喜大爷会上了。"子珮、超如都立起来，与伯黻贺喜。伯黻道："诸兄未能免俗，这算得什么，也不知为祸为福哩。"郁文道："刚才我说了一句没有出息的活，超如罚了我一大碗酒。现在伯黻中了，他说的话，超如你就不罚他，这不是太不公平么！"超如道："我来斟一碗酒，也算贺他，也算罚他。你服不服呢？"郁文道："我也不管，只要多喝几碗酒，解了我的心头疙瘩，就痛快了。"众人欣然各喝了一碗。子珮道："中个进士，点个翰林，本来没有什么，不过宝廷先生在天之灵，或能掀髯一笑呢！"伯黻听着提起了他父亲，不禁立起来说道："功名二字，难报罔极，倘蒙各位扶持，将来不至名节扫地，那才可以仰慰先灵呢！"众人听了，肃然起敬。超如就问道："尊大人去世，听说因为饮酒过多得病的。"伯黻道："先严和庄仑樵、黄叔兰、成伯怡、庄寿香诸公，砥砺名节，号为清流，当时幸有高阳高相国主持清议，一时台阁生风，朝野侧目。后来朝局日非，先严自知仇人太多，直道难行，将来前途恐有变端，他就借事上疏自劾，革了职，在西山碧云寺左近一个小村子里，盖了几间茅屋住下。那铁匠胡同旧宅，就叫我兄弟二人奉母居住。其时所娶姨娘也已去世，他老人家素来以酒为性命，常常喝酒，随意作几首诗，自乐其乐。有时喝醉了，随处睡觉，大有刘伶荷锸的样子。朋旧亲戚都视为放荡不羁，其实先严实因伤心君国以致如此的。有一天在村庄小酒店喝了不少的酒，那酒店门前有一棵大松树，树旁边青草平铺，好似一块绿绒的褥子，先严就任意横身睡了。等到醒过来，睁开眼，看见一个须眉皓白的和尚，穿着一件破烂分不出什么颜色的袈裟，靠着树根闭着眼跏趺而坐。先严就坐起来，对着和尚说道：'和尚，你怎么也坐在此地呢？'那和尚闭着眼道：'你可以睡，我也可以坐。山河大地，都是空幻，你怎么还要分别你我呢？'先严听了，知道这个和尚不是寻常的，就问道：'你说一切是空，但是现在望去是个西山，靠着的是松树，不都是实在的么?'和尚睁着眼道:'你说西山究竟是谁定它是西山的?且为什么不叫作东山呢?'先严道:'总是有第一个人依着方向分别,在西所以叫作西山。'和尚道:'这第一个定的人,现在到那里去了?定出各种法的人都没有了,他定的法还有什么实在呢!'先严道:'不差!各种的名是空幻的,不过各种的名都是先有了物质然后有名,没有名的时候不是已有了物质么?譬如西山没有叫他作西山的时候,他的树石不是已有了么?'和尚道:'我来问你,有时的海为什么变了田?有时的山或者崩坍了,或者象火山轰掉了,有时热闹的城市或者沉没了,那有真个实在呢!不过我们眼光短,没有我佛的识见,所以把虚幻的认作实在,随着生出许多的烦恼来。我看你是做过官的,现在不得意,所以如此。你想想你做过的官儿,经过的功名富贵,如今在那里?你还不醒悟,认为实在,所以烦恼更多了。不过我佛说的烦恼,即是菩提,你能从烦恼中参悟一下,未尝不可以入道的。'说着立起身来道:'今天你我相逢,也是一番机缘,请你自己珍重吧!'他点点头走了。先严连忙立起来问道:'吾师上下,现住何处?'那和尚哈哈笑道:'我说今天偶然的机缘,何必拖泥带水呢!'只见他头也不回,匆匆的向前去了。先严站在那里,呆了一回,回到自己的家中,从此也不十分喝酒,也不回到旧宅,终日静坐,不多言语。如此过了半年。一天,我们兄弟出城到那茅屋中问候他,老人家忽然拈笔写了一偈道:

  混混尘寰数十年,贪嗔痴爱镇缠绵。
  松林吃了当头棒,水在江中月在天。

写完,投笔桌上,就此端坐而逝了,也没有吩咐兄弟们一句话。至今想起伤心得很。"说着泪下。超如道:"尊大人前生定有来历,所以遇着善知识,一度指点,顿时大彻大悟而去。吾兄应当欣喜,不应为世俗悲恋的故态才是。"伯黻点头说是。超如见他悲凄,就闲谈了些不要紧的事,彼此也都兴尽,就各要干稀饭,吃毕擦脸漱口,分别而去。

  到了次日,出了榜,超如处有人送来闱中所刻的会墨,他就阅看,第一名陆增炜的文章是:

《子曰："放于利而行多怨。"子曰："能以礼让为国乎？何有不能以礼让为国，如礼何？"》

圣人黜利而崇让，即《大学》戒争民之意也。盖利者争之由，让者争之反，黜之崇之，行与为胥得其本矣。而民何自争乎？且世道人心之坏，孰坏之？好争者坏之也。夫争也者，小之在日用嗜欲之端，与人己交接之际，大之即关人主敬肆之故，与邦国治乱之原，有不争之君子出，决其害以儆其私，明其效以策其力，此千古世道人心之所系，而实《大学》争民一言之所本也。《大学》之言曰："外本内末，争民施夺！"是言也，曾子盖得诸夫子。尝考《里仁》一篇，所论皆务实之学，中记一贯忠恕之传，说者谓即曾子之徒所记，故其言多与《大学》相发明，财与德，利与让，其本末一也。义利之界，判于吾心，而嗜好之偏，乃锢蔽而周知悔悟，趋向专，则依恋深，依恋深，则谋虑巧，谋虑巧，则欺诈多，而无非利之一念误之。故利为怨之府，实即争之由也。夫子名之曰"放利"，复惕之以"多怨"，而《大学》所谓"不以利为利，以义为利"者，其意已赅于此矣。辞让之心，根于天性，而物欲之蔽，乃迷惑而渐即销亡，骄奢久，则贪黩甚，贪黩甚，则忿懥生，忿懥生，则侵夺起，要必以让之一心汰之，故让为礼之实，乃为争之反也。夫子勉之曰："何有？"复警之以"不能"。而《大学》所谓"一家让，一国兴让"者，其义已发于此矣。且以争端之不可开，而争心之未易息也。同是心思材力，何不可以意计相倾！凡有血气天良，何不可以胜诚相感！一人利则无不欲利，一人让则无不思让，其效固可立见也。盈满是务，适以害身，谦抑自持，乃能受益，此可以坚千百人义理之心。斯人怨毒已丛，欲藉小惠私恩以自解，世主道心未复，惟求繁文末节之是修，必欲利而口不言利，名为让而实不能让，其事又不可伪为也。物欲之偏，胜以学问，仪文之细，蕴以精诚，直可以括一十章治平之要。噫！霸君智取术驭，实有与民争利之私，故富强虽著有成书，其弊即在于言利。异学和光同尘，亦有使民不争之道，而清净不足以治国，其说实误于"无为"。然则息争之道，非黜利崇让不可。记者类志子言《大学》之说，盖本诸此。

又他的赋得诗是：

赋得去补苍山缺处齐
（得"山"字五言八韵）

剪绿初齐水，云苍又补山。阴晴圆缺外，风雨合离间。
络翠摩群峭，横青遍九关。雾殊文豹隐，冈约卧龙还。
襞积成平地，弥纶翼大圜。人游花羃房，天织锦回环。
缕密团松色，纹轻宵藓斑。更衔精卫石，填海靖仙寰。

超如看了诗文，觉得也是一朝笼络人才的法子。

其时老敬王的病势越发沉重了。太后、皇上去看他的病已三次了，太后看他是个不起之症，就问他道："你将来接手的人，什么人可靠？"敬王道："这事由老佛爷、皇上圣裁，总是咱们自己人靠得住点儿。现在的时势，外面议论很多，老佛爷、皇上总要拿定主意才好！龚师傅人是极可靠的，不过他耳朵很软，恐怕被人家摇动，要请皇上注意的。"他说了几句话，就觉得气接不上来。太后也觉凄然，就和皇上起驾回宫了。隔了几日，敬王薨了。皇上临奠二次，辍朝五日，持服十五日，赐谥曰"忠"。义王做了军机领袖，华中堂放了北洋大臣，他曾荐方安堂在天津练兵，又奏调了甘肃提督董寿祺手下回子军队入卫京师。原来太后自从钱唐卿等闹了事，早已存了心，太后究竟历练多，天性又阴鸷，她就把近京的兵权托付了最亲信的华福，现在叫他做北洋大臣，就是叫他统全国的精兵。因为北洋大臣自从合肥做了多年，他练的兵经费足、器械精，确是在各省之上。甲午以前，政府早已忌他的兵权，后来乘机夺去了。现在教华福去，对皇上做准备。这种办法，那时新党一班人都一点儿没有看到。就是龚师傅稍为觉着，他也是束手无策，并且丝毫不给人商量，恐怕大祸临身，只求得过且过。不料庄小燕消息灵通，那老敬王临终的话，被他打听着了。他就招了唐常肃、梁超如等到家密议。

那天晚上，两人到齐，他就将得着的消息告诉了两人。随说道："你们看里头可有机会没有？"超如道："看上去，他老人家怕要摇动了！"小燕道："是的，但是他的进退与吾党的关系不可不研究一下！"常肃道："他近来对待我们渐渐儿疏了，将来一定不会帮忙的。他的进退跟我们没有什么关系。"超如道："据我看，他于我们虽不肯帮忙，然人究竟明白一点，他的声望，后党那边总有点儿忌惮。他若不去，虽不能为福，亦不至为祸。"小燕道："然而不然，他不去，将来皇上听了我们的话，有所举动，他总有点师傅的面子。他既不肯帮忙，对于吾们的举动，欲拦挡一下，总有点力量。而且他也许借着吾们去恢复太后那边的感情，也是说不定的。常肃兄，你说没有关系，或者是我的过虑吧！"常肃道："不差！你的见解胜过了我。我们应持什么态度呢？"小燕道："超如兄，你研究一下。"超如道："就是太后要轰他，皇上还不见得肯放。多年的师傅，究竟视为心腹呢！"小燕道："不差！现在我们先决定吾党的利害，再想方法。"常肃道："照小翁的话看来，我们先不问他帮忙不帮忙，就是他肯帮忙，将来办理得顺手，总是他在前头，我们就不从他指挥，也总要采纳些他的意见，我们决不能畅行吾党的政策。他肯帮忙，尚且如此，他不帮忙，那更讨厌了。"超如道："先生也太偏于主观了！我看吾党的政策，乃是很冒险的，反对的人不在少数。太后是执政多年，中外有权的，多数是服从她的。吾们这边，少年天子，实行的时候，把舵的真要有毅力才可以抵挡。吾党中握权的又是少数，虽然比较起来，是得人心的多数。照旧说，得人者王，失人者亡。好似较有把握，但人心也是难说的，往往为事势所迫，临时变更。吾国人受了数千年的专制，没有象外国人民的激烈，往往随风转舵，少独立的意气。万一彼党实行反对时，要决定一个主见，倘少了一个老成人说话，吾们的损失也很重大的。"常肃道："你的话虽是不差，但是老夫子的脾气你也知道，他能够拿什么主见么？现在圣眷很集中于小翁身上，那时有所决定，不会向着小翁请教么？小翁所决定的总比老夫子干脆一点。我所以说去了他倒是有利无害的。"超如跟常肃究竟是师生，也不好再向他辩驳了。小燕道："我的意见与常肃兄相同，吾们宗旨就算决定了，以后相机行事便了。"

　　隔了几天，小燕又被召见，起儿上去，皇上问到唐猷辉道："上回你保举了他，敬王不以为然，没有召见，究竟唐猷辉能办事么？"小燕回奏道："此人龚师傅也很赞成的。"皇上道："从前曾面奏过很有才干，现在提起了，却说未必靠得住，不甚赞成。为什么缘故呢？"小燕奏道："臣意皇上总是叫他来问问，究竟他好不好，是怎么样，自然难逃圣鉴了。不过从前敬王不赞成，现在龚师傅的意见未除，并且说臣许多闲话。听说台谏都注目在臣身上，也都是龚师傅的意思哩。"皇上听了也不言语，只点点头。正欲叫他下去的时候，小燕跪近些，磕了一个头奏道:"臣从外洋回来,得了一个玩意儿,今天想请皇上赏收!"一面拿出一个小小的锦匣,里边是一粒红色的珠子,有桂圆大小,晶光四射,双手献上奏道:"这种红色的珠子很少,臣今进呈略尽微诚。"皇上接来看了一看,微微一笑,小燕也就跪了安,退下去了。

不多几天,皇上到太后前请安的时候,太后就说道:"敬王故去了,象他靠得住的人很少,军机处你也要留点儿神,不比那敬王在的时候,我们可以放心。前天他临终的时候说,龚平容易受人摇惑,现在没有敬王镇压,他恐怕靠不住。你看这个人怎么样?"皇上道:"圣意既不以为然,怎么样办法呢?"太后道:"过一两天再定吧!"第二天军机召见的时候,适有学士余志清、御史柳书堂奏国是未定,宜明白宣布的折子。皇上看了,就向太后前请示,太后也以为然,就叫军机拟旨。龚和甫面奏,西法不可不讲,圣贤义理之学尤不可忘,应请慎重。皇上听了,就说道:"太后的意思,不以为然。你这种议论是行不通的。"当时军机处承旨拟了一道上谕,上面写着道:

> 数年以来,中外臣工讲求时务,多主变法自强。迩者诏书数下,如开特科、裁冗兵、改武科制度、立大小学堂,皆经再三审定,筹之至熟,甫议施行。惟是风气尚未大开,论说莫衷一是,或托于老成忧国,以为旧章必应墨守,新法必当镔除,众喙哓哓,空言无补。试问今日时局如此,国势如此,若仍以不练之兵,有限之饷,士无实学,工无良师,强弱相形,贫富悬绝,岂真能制挺以挞坚甲利兵乎!

> 朕维国是不定,则号令不行,极其流弊,必至门户纷争,互相水火,徒蹈宋明积习,于时政毫无裨益。即以中国大经大法而论,五帝三王,不相沿袭,譬之冬裘夏葛,势不两存。用特明白宣示,嗣后中外大小诸臣,自王公以及士庶,各宜努力向上,发愤为雄,以圣贤义理之学,植其根本,又须博采西学之切于时务者,实力讲求,以救空疏迂谬之弊。专心致志,精益求精,毋徒袭其皮毛,毋竟腾其口说,总期化无用为有用,以成通经济变之才。

> 京师大学堂为各行省之倡,尤应首先举办,着军机大臣、总理各国事务王大臣会同妥速议奏,所有翰林院编检,各部院司员,大门侍卫,候

补、候选、道、府、州、县以下及大员子弟、八旗世职、各省武职后裔，其愿入学堂者，均准入学肄习，以期人材辈出，共济时艰，不得敷衍因循，徇私援引，致负朝廷谆谆诰诫之至意。

将此遍谕知之。钦此！

此道上谕发了，皇上又提起召见外人就在宫中也不妨，和甫坚持以为不可。皇上道："庄焕英以为不妨的，你不以为然，你与庄焕英有什么过节儿吗？但是庄焕英很有才具的，你为什么跟他不合呢？"和甫奏道："臣与庄焕英并没有嫌隙。"皇上道："你既与他并无意见，何妨保举他一下。"和甫道："臣与他虽无嫌隙，亦不能深知他的才具，就未便贸然举荐。"皇上听了，冷笑了一声。军机散后，皇上于太后前请安时，就奏道："龚平意见迂执，实在不胜其任，怎么样办法？请圣裁。"太后微笑道："也好，叫他回家休息去吧。"

到了次日，是四月二十七日，正是龚中堂的生日，他本来不大欢喜铺张的，不过他是师博，又是军机大臣，自然来拜寿的很多。那东单牌楼二条胡同龚府大门口车马如云，来往的拥挤不堪。那门公李源照旧摆着相府管家的架子，来的是各部堂官一二品大员，他才派一个人出去挡驾，其门的门生属吏照例下车亲自投帖的，他接到帖子以及门生的祝敬，门敬都不在意似的向桌子上一丢，连带挡驾两字，也随意爱说不说，知趣的也就走了。只有几个同乡亲族及常来往的得意门生才能进去。那时龚弓夫及珠公子招待着，在客厅上面南桌上也点了寿烛，进去的人都磕了头。到了巳午之交，开了几桌寿酒，正在开尊欢饮的时候，只见外边一个家人，手提着马鞭子，满脸是汗，匆匆走到书厅。弓夫看见了迎出去。那家人说道："老爷出了军机了！"弓夫听了，顿时失色，那时在席的人，都吃一惊。弓夫四顾一望，所有客人，都是同乡至亲，就问那家人道："怎么样？"家人道："今儿起早，老爷刚要进去。只见军机处苏拉说道，刚才王爷交派，说请某中堂、某大人等进去，老爷听见没有他，只得回寓听旨。不多一会儿，就硃谕下来，叫老爷回籍。老爷要等明天谢恩后还家，所以先叫家人回来通知一下。"弓夫听了，默默无语。同乡京官不免咨嗟太息。其中也有些人晓得消息的。不过龚中堂平日对于同乡常避嫌疑，不甚关切，所以同乡感情也泛泛而已，略谈一回，各人无甚兴趣，也匆匆散了。

那日，和甫在颐和园宫门外寓中休息，王爷、军机大臣诸同事于散值后都到他寓中安慰一番，他们的议论也和他从前去慰藉济宁祖尚书的一般。他也照例说圣恩矜全，幸得归田，感激涕零等一套话。到了第二日早上，皇上回宫，和甫依旧衣冠了，望见皇上出来，就跪在道旁右面磕头。皇上过去时，只向他望了一望，绝无表示。和甫也黯然如梦，退到寓中，坐轿匆匆进城而去。一路在轿中思想教了皇上二十余年，一点儿没有感情，虽然轰我的主见大部分是太后的，然你也想想，我是因为忠心于你，才为反对你的人所忌。此次就算有所逼迫，你也可以露点儿风声给我，或者尚有办法。昨天的话，明明你也不以我为然了。我看前天庄小燕召见，必说了什么话，所以提起庄小燕，叫我保举他一下，以为分谤之地，大约已决定轰我的了。我也太大意了！以为对于师傅总照着历朝尊崇到底的旧例，就算赶出军机，决不至于驱逐回籍的。我真白吃了二十余年的辛苦，他一点儿没有见识能力，真叫我灰心到极点了！我现在去了，恐怕你更加孤立无助了！想到同事几个人，耿子良是我由刑部提拔起来的，缪绥山也是我拉进来的，决不至于砸我。大约是出于太后的独断。近来王爷病了几个月，此地的事，上头总是问我，我直任不辞，不免惹起众人的妒忌，所以内外发作。华仲荣是向来跟我不合的，不过他在天津做北洋大臣，他要砸我，进言不容易呀。和甫心中踌躇了一回，忽然醒悟道："我真是傻子！皮小连跟他密切得很，他的话用不着自己说，而且胜过他自己说，大约钱唐卿革职以来，太后是一定注意于我的，要毁我的话还不容易么！不过皇上想要变法，前天讲西学上谕，说是太后先赞成。我看是太后安心要试试他，任他去办。外头人不知内容，加倍高兴，将来闹出了大事，才不得了呢！我此时先走，也是塞翁失马，焉知非福哩！"和甫一路盘算，觉着不多一会儿，已到了自己的门口了。下了轿进去，弓夫及珠公子到了上房，和甫脱了衣冠坐定，弓夫道："以前有点儿消息么？"和甫道："没有消息。不过这几天见面的时候，总有点不以我的话为然，然而也没有十分的过不去。"弓夫道："现在打算怎么样？"和甫道："赶紧回去，我也十分的惦记着鹁鸪峰，早一点回去好一点。虞山山色，天天在我的魂梦中。将来湖田烟雨，娱我残年，真真是天恩高厚了。明天起，可叫家中人收拾行李。你在京当差，也只能搬到南横街老宅里去。我把些书籍字画带回去，其余笨重东西暂留在京，慢慢再说。行李越少越好，在节后必须动身，早脱离一日，少操心一日。你见着人，就照我这几句话告诉他们，不要去多说话。切记切记！"弓夫听了，唯唯应诺。即日将宅中内外诸事，匆匆料理。家人们也各寻门路，分头投主。只有李源，说是受恩深重，不愿再去伺候别人。实在他手中也有了几个钱，平日跟着主人，于字画古玩也有些眼光，琉璃厂的书画碑帖店的老板都跟他如兄若弟，很有交情，所以他愿意去开一所古玩铺度日。只有几个贴身的书僮跟着回去。和甫就择定了五月十七日，行李萧然，带着姨太太从马家堡上了火车，到了天津，坐了新裕的轮船，由买办许楚卿招呼着，回家去了。正是：

金榜有名红杏闹，布帆无恙白头归。

欲知后事，且听下文。

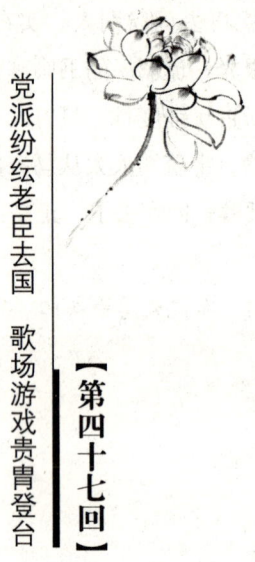

【第四十七回】 党派纷纭老臣去国　歌场游戏贵胄登台

话说龚和甫罢官出京，那天在马家堡上火车的时候，来送行的人确系不少，除了同乡亲戚等，其余是门生属吏，同僚也有几人。和甫照例应酬了一回，上了车，剩了几个同乡亲戚。他慨然道："你们看火车多方便！还只说鬼子的东西没有好处的。"他说这个话，可见他因为这个火车，军机处都反对他，受过不少的气，偶然流露出一点感慨。其时有一位同乡尹宗扬也在送行，他就说道："老师此次回家，须要谨慎。"他听了这个同乡门生的话，好象老师教训门生，也不作声，心中不免有点儿生气。原来这位尹都老爷，从前没有中进士时，因事入京，曾经私拿了和甫来拜他的名片去崇文门上讨关免税，后来闹破了，和甫很不以为然。他靠着伯父的年谊，常向外省大员说情拉拢，所以跟和甫老成谨慎的脾气格不相入。现在和甫失职，平日所求不遂，不免于言语间报复一下。而且这位尹都老爷与旗人来往很多，虽不能直接于连总管门下走动，然与总管门下二、三等走动的人颇多联络，所以宫中小小的消息也略知一二。他曾经弹劾过强学会伪学乱世，所以反对主张变法的人也来拉拢他。他自然趾高气扬，以为龚老夫子如此下台，以后的事将来也许要我去招呼，我这个门生转瞬就要有权力了。他说了这话，见老师不开口，他觉得无味，也就下车走了。

那时庄小燕也来送行，直到火车开了方才回去。在车站看见常肃也在送行，就低低的和常肃说："你和超如回头同来谈谈。"常肃点头回寓。吃了饭，找了超如，同到小燕寓中。三人见面坐定，小燕道："常熟已去，吾们应当进行。"常肃道："如何入手？"小燕道："皇上那边没有问题，只须鼓动一下，即可进行。现在只要有人保荐你一下，就一定召见了。"常肃道："谁肯保荐？"小燕道："我前已保过，倘我再递折，未免太露痕迹。"就向超如说道："吕苾老肯否？"超如道："不成问题，不是苾老就是安甫，总可以吧。"小燕道："偏劳！超如赶紧去进行。"常肃道："召见时吾们方针须要预定请小翁指示。"小燕道："不敢当！鄙见以为第一步先要布置吾党人才于机要的地方，方能发展。不过军机处吾们的资格够不上，且太后那儿通不过，最好不必先握大权，只要象南书房这种差使，天天跟皇上见面，外表并不争权，暗中由吾们操纵。"超如道："近来南书房皇上也不常去，多添人不行，去旧更新也不易，最好象毓庆宫的差使。"小燕道："毓庆宫是师傅行走的，不容易。"常肃道："嘉、道以来，有开懋勤殿的，凡各种文学之士，都可入内行走，吾们何妨请开，可以不拘人数。一面请求皇上常时临幸，研究变法大计，目前也不致使士大夫注目。"小燕道："好极！此事将来由我具折请开。你于召见时先行提及，只要笼统说，应有一个地方由皇上派些人侍值，以便随意询问，讨论政治。"超如道："这个不过言论机关，将来执行机关对于变法的事，总要由吾党拿主意才好。否则就算议定了，一到军机处发表，恐怕有人阻挠，以致全功尽弃。"小燕道："不差！超如兄的思想很周密，我们慢慢的再商酌，我看设一处所不难，就是什么人进去才难呢！"常肃道："不差！等召见了，看看那时的光景再想办法。"超如立起身来道："我去找吕、余二位去谈谈再说。"就出门上车去了。常肃和小燕又密切商量了一回，也就散了。

那常肃回了寓，只见子珮、淑乔、仲涛都在书房中，常肃连忙招呼了。坐定后，子珮道："昨天淑乔接着南皮的信，说他决计要请开经济特科，仿从前博学鸿词科的旧例，搜罗尺才，由中外三品以上大员保荐应试。此事现可实行。他和湘抚程保铭很愿多保荐些人，我们可以预备起来借此入手呢。"淑乔道："吾们几个人不必说，要着意介绍些同志加入才好。今天敦古听见了这个消息，他把《搢绅录》上在京的三品大员统统抄出来，不论认得不认得，有交情没有交情，都去拜他们一回，想碰一个机会。"仲涛道："我看敦古也不必如此，他的文学名望我们替他吹嘘一下，也没有找不着保荐的人的。"子珮道："他这回没有中，牢骚得不得了，年轻的人自然耐不住的了。"常肃晓得他们都是南皮的门下，他就试探着说道："究竟南皮对于吾们变法的主张以为如何？"淑乔道："老夫子是很以为然的。他倘然能够进了军机，我们办事一定顺手，"常肃道："现在政府的人跟他怎么样？"淑乔道："面子上很推重，但总说两湖地居扼要，非他老人家坐镇不可。实则骨子里是怕他才大，一进来要压不住。所以他也注意我党的进行。将来我党基础定了，进来做个领袖，他也很乐意的。"常肃道："我们也很盼望他来做个领袖。"淑乔道："他也很愿意我们去推戴他的。"随说随立起来要走。常肃道："我们去吃小馆子好吧？"淑乔道："今天我不能奉陪。"仲涛道："你有什么要事？"淑乔道："老夫子他叫我去送个礼。"仲涛道："那里？"淑乔道："就是杨金甫老太太庆寿，老夫子做了一副寿对，用电报打来了，叫我替他写了送去，今天必须备齐了，明天好送。"他就匆匆的去了。常肃就同子珮等到广和居小饮，直至黄昏才散。

原来杨金甫老太太七十大庆正在月内，金甫新近升了户部尚书，又是内务府大臣，声势赫赫，朝中那一个不去巴结他。前两天西太后又赏了一幅亲笔的画，画的是一株桃树，上面垂了三只蟠桃，树的枝叶都用淡墨写的，只有桃子是用胭脂花青配合染成，工笔带写，雅丽绝俗。如此笔墨，又出自深宫圣母之手，观者莫不艳羡。其余如军机处、总理衙门王大臣，各部管理大臣，满汉尚书、侍郎，各衙门堂官，各省督抚，所送的寿屏、寿轴、寿幛、寿对，堆积满屋，真是锦天绣地，珠海玉山，富贵荣华，笔难细述。金甫按日排定，于寿辰前一日请各王爷、贝勒、贝子，前二日请军机处、内务府、总理衙门诸大臣，前三日请内阁大学士、各部尚书侍郎，前四日请年世亲族，前五日请新旧属员，都有堂戏。北京城里各戏园有名角儿，没有一个不到。一来是他的势力大；二来是他向来很肯花钱，很有交情；三来内廷传差，有他在内务府的招呼，不至吃亏。有些角儿，或者轮不着上台，或者几天里头只唱过一两出，在同行中就觉得寒尘。这几天冠盖来往，车马拥塞，人客的多，酬应的忙，无从说起。幸亏他的朋友属员都是内务府、户部、工部的人，于大局面的热闹场中经验富足,预先派定职务,各司其事,招呼得井井有条。每晚须到东方发白方可散场睡觉,等到第二天午后三四点钟又要开戏招待了。亏得人多,私下分班值日,做主人的反不觉着十分辛苦了。到了寿诞正日,来祝寿的,除王公、贝子、贝勒及同僚亲自叩谢外,其余也就不出来招呼了。

正日过去,接下去再唱两天戏,一天是酬劳帮忙的人,一天是约了平日交情很深的来娱乐一天。他就把南城外色艺著名的相公都叫来了。到了傍晚,客人都来了。金甫穿了衣冠出来招待,那一天都是面约专诚来娱乐的。中间贵人有章王、索王、寿贝勒、荀贝勒、昆贝子、政贝子、童公爷等,其余如怀少轩、那瑟轩、段扈桥、陈苍珮、陈孟陶等几个熟人,都是喜欢玩儿的。那天排的戏是金甫出的主意,预先排了一张戏目,跟各名角征求同意,随后印刷出来。每一个客人到了,就由家人送一张上去。众人看了,都高兴得了不得。原来这单子开列着是:

    杨府堂会戏目单
  《庆贺黄马褂》 张黑儿
  《草桥关》   金秀山
  《徐母骂曹》 龚云甫
  《长板坡》   杨小楼
  《落花园》   陈德霖
  《能仁寺》   余庄儿
  《新安驿》   侯俊山
  《打鱼杀家》 谭叫天
  《取成都》   汪桂芬
  《贾志诚》   妙香 韵芳 五九 素云 二丽 采芝 宝卿 瑶卿

众人看了都道:"今天的戏可算是堂会中的顶儿尖儿了,不是金甫是办不到的。尤其大头是做了老道了,里头传差还常不到的,真是难得听见的了。"瑟轩道:"他靠得住么?谭老板已很不容易伺候,大头的脾气更古怪,金甫你面约他的么?"金甫道:"前天他来拜寿,他说自愿去唱一出,我说不敢当,你如高兴,一两天内随便来赏个脸,我去约了几位熟人,清清净净的让咱们的耳朵舒服一下,就感激不尽了。今天是人多嘈杂，把你的能耐糟蹋了，不是连我也造孽吗！他很喜欢的答应，说今天必来。那《取成都》也是他自己定的，想来不至于临时变卦吧！"瑟轩道："有这个原因，今儿咱们耳朵的福气准享得满足的了！"金甫向瑟轩说道："各位爷多有喜欢玩儿票的，倘高兴玩一下，时间很长，不妨随意加入的，二哥请你偏劳，各处去请请示。兄弟的意思，只要各位爱什么，兄弟一定去办到。借此尽一点感谢的意思。"瑟轩呵呵笑道："蒙委的优差，兄弟自然竭力去办！"

正在说时，只见一个家人匆匆的进来，向着金甫道："索王爷到。"金甫连忙立起，走至大厅阶下，那索王已进来了。这位王爷容貌壮伟，面目间颇有英武气概，不过身材矮短，与他容貌不甚相称。那金甫见了，就让到厅上，请了双安。

原来满洲人见面行请安礼，用一膝向客一屈，见了尊长的，就用双膝一屈，似跪非跪，就叫请双安。金甫请了安。索王也还了一个安，家人引入，到戏台对过的客厅上，只见寿贝勒、荀贝勒、昆贝子、政贝子、童公爷等也刚到，见了面，彼此请了安坐定。主人送了茶，瑟轩刚从台后戏房中出来，见了索王请了安，就说道："王爷今天多坐一回儿，今儿的戏真不差！请王爷看看，有斟酌的地方没有？"索王拿了戏单，看了一看，微笑道："主人不容易，把许多有名的角儿找全了！"瑟轩道："回来喝了酒，听了戏，王爷一个高兴，也许赏咱们一个脸呢。"索王道："小那，你又出花样了。"瑟轩道："王爷前那敢放肆！现在许多客都愿意露露脸，王爷一提倡，就可以大家称心了。"索王向着政贝子等笑道："你听小那多么会说话！怪不得他到那衙门就是那衙门的红人儿呢。"金甫道："回头听几出再说，现在就等章王爷到了就开戏了。"随向瑟轩道："二哥，请你去招呼他们预备吧！"瑟轩应诺，正走到戏池子里，就听见家人高声回道："章王爷到！"一会儿见金甫已陪着章王进来了。瑟轩就指挥闹起场子来。戏台前的酒席已经摆好。金甫各席上送了酒，就请来的客人都换了便衣，入座饮酒。诸客也叫主人脱去衣冠，换了便服。

那时张黑儿扮了杨香武去盗九龙杯，功架精熟，道白爽脆，真能表出义侠的气概。原来张黑儿是北通州人，他真练得一身功夫，不是花拳绣腿、仅能表现于戏台上的。他曾有一回在年底由京回通，几十里的地，不算什么，他就步行回去。他戴了一个毡帽，穿了一件玄青绉纱麦西皮袍，钮子都没扣，只把一条绉纱腰带紧着。走出了城，过了二闸，有一段荒凉的树林，岁暮天寒，日光西坠，一群一群的老

【续孽海花】

鸦，带着苍然暮色，投入林中找它的老窠去了。张黑因离家不远，正慢慢的走着，忽听得林中一声"救命"，是女人的声音。张黑就走近林子一望，只见林中有两个人按住了一个三四十岁的女人，去搜她的钱，剥她的衣服。那妇人喊道："你抢了我的钱，剥了我的棉袄棉裤，你行好的，饶了我吧！"只听得一个喝道："快快脱下来，让老子乐一乐，不听话送你回到老家去！"那妇人竭声喊救命。两个人呵呵的笑道："你尽喊，看有什么人！就有人，谁敢挡老子的路。"那张黑听了，就向林子中一纵，到了两个人的跟前，就说道："二位请了！江湖上的好汉决不采花。况且天冷到这样，剥她的衣裤，不就是送她的命么？还不如一刀的爽快！我看二位抬抬手，放她去吧。"这两个人看见蹿进来一个人替女人说情，说的话不硬也不软，知道来者不善，善者不来。不过看他只有一个人，手里也没有家伙。他们想两打一，他身上的皮袍比女人一身的东西值钱多哩！两人就厉声说道："你是谁？你来管老子的闲事！你配么？"一人随即向地上捡起单刀，一人拔出两个插子，向着张黑恶狠狠的立着。张黑呵呵的笑道："天下人管天下的事，老子今天是管定这个事了！"那一人听了，就把刀当面劈来，张黑向旁边一闪，把腰间带子一抽，把皮跑脱下，往地上一掷，就把带子拿在手中。那时他第二刀又劈下来，张黑就不躲了，把手中带子一顺，象棍子一般，向刀上一迎。那把刀如同生了翅膀，飞出了树林去了。这一个吃了一惊，那一个就把两个插子用双龙入海式，向张黑身上刺来。那张黑动也不动，等插子将要近身，就用带子向他脖子上一绕，往怀里一扯，那一个就跟着倒在地上了。张黑用右脚向他背前一点，他就伏着动也不动。张黑踩住了一个，向着那一个笑嘻嘻的说道："你的刀在树林子外头，你快去找了来，再跟我来几下好么？"那一人听了，也不管什么，拔脚就跑出林子去了。张黑把那个人身上一搜，倒也有十几吊钱票，不满二三两一包的碎银子，他就问那个妇人道："他们俩抢了你多少东西？"那妇人道："身上给他搜去十来吊票儿，衣服被他们剥了，没有拿去呢。"张黑就将搜出的碎银钱票给了她，说道："你拿去吧！你的家离这儿不远么？"那妇人道："离开约有三里地。"张黑就向那一个人说道："本来要你的性命，因为乖的跑了，傻的送命，我觉着不公道，所以也饶了你。以后再遇着，那可不饶的了。"把右脚一松，向他的屁股上踢了一脚道："滚你妈的蛋！"那个人也乘着滚势滚出树林外去了。张黑就叫那妇人检了衣服，送到她的村中而去。他有了这样能耐，所以有那般侠气。他上了台，用了劲，他一股气在臂膊

179

上,好似核桃一个一个在皮肤里滚来滚去。他唱这出戏,没有不拍手喝采的。

接着龚云甫、金秀山、杨小楼陆续表演,都很卖力。看得各王爷们高兴非常。等到《能仁寺》上场,余庄儿扮了十三妹,英姿飒爽,正在全身勾住台柱,手拉弹弓的时候,只见家人说道:"谭老板到!"瑟轩、金甫就迎出去,看见了他,彼此都请了一个安。金甫道:"真对不起!又要劳你的驾!"瑟轩道:"二哥你去招呼客,谭老板我来伺候。"谭叫天笑道:"杨大人请回,那大人招呼也不敢当。"金甫就道了歉去了。瑟轩道:"贝勒爷请书房坐,什么都预备好了。"谭叫天笑道:"那大人又来开玩笑了。"那时他的跟包的已由家人领到一间书房中来。瑟轩和叫天儿一同进来。那书房中收拾得非常整洁,上首有一张红木烟榻,烟灯已点着,器具都很精美。叫天跟包的一看,都可使用,就从一个布面绸里的袋子中抽出了两枝烟枪放好,瑟轩就指着一个白瓷烟缸道:"里头是老土,你装给老板尝尝。"那跟包开了缸,就缸里闻了一闻道:"不差,跟老板抽的差不离。"就向叫天说道:"装上试一筒!"就将烟倒在一个小烟锅中熬着,烧好装上。叫天一面跟瑟轩闲谈,一面向烟榻上横下,抽了一筒,喝了一口热茶,喷出些烟来道:"这个烟不差。"那跟包的就接下去烧了,连装连抽。叫天道:"外头唱到什么了?"跟包的道:"侯老板的《新安释》刚上场。"那时瑟轩也走出去了,只见王瑶卿走进书房来。叫天道:"快到时候了吧?"瑶卿道:"你过了瘾么?侯老板刚上场。"叫天又抽了一口烟,立起来道:"是时候了,咱们去吧!"就同瑶卿走到后台去上装。隔了一回儿,汪大头到了,穿着老道的装束,金甫让他到正厅中落坐。说道:"各王爷都想跟你谈谈。"大头道:"谢谢你,从前大老板(程长庚)的规矩,扮戏的不好先到别处去的。"他说了,就一径的走入后台去。他上了装,静坐着听叫天儿的唱,一声儿也不言语。等《打鱼杀家》唱完了,他就唱《取成都》,这是他的拿手戏。台前听的人真是静悄悄的,绝无一人的声音,连咳嗽都自个儿禁止了,真是一件奇事!一半也是北京人听戏有程度,一般人都训练到了,所以如此。等到唱完进场,全厅听戏的人没有不喝采的。

等到《贾志诚·大嫖院》出场,那许多的相公都扮的十分姣艳,不过场中谈话的声音就各处纷纷起来了。瑟轩走到二位王爷席前说道:"各位爷谁玩一下呢?"章王就向着索王说道:"你唱一出《黑风帕》吧!"索王道:"谁做配角儿?"章王指着寿贝勒道:"他起张保。"指着荀贝勒道:"他起达婆。"指着昆贝子道:

"他起杨八妹。"指着政贝子道:"他起高兰英,好么?"索王道:"他们高兴,我就奉陪。"金甫道:"各位爷肯露脸,我去叫一个人来敬一杯酒。"他就进去,一会儿拉着一个云鬟雾鬓、仪态万方的丽人出来,说道:"这就是状元夫人赛金花,特叫她出来敬各位爷一杯上马杯。请各位爷赏脸!"赛金花就向着各人行了一个满洲的双安礼。金甫就向家人手中取了一个酒壶,递给赛金花,她就接着酒壶,向各位面前都斟了一杯酒。走到昆贝子面前,正要斟酒,昆贝子说道:"咱们不用客气了。"赛金花微微一笑,说道:"贝子爷赏脸。"章王哈哈笑道:"你们是老朋友么?"赛金花含羞笑道:"没有的事,那儿配。"索王站起来道:"我们去吧。"那配角的各贝子、贝勒也就跟着同进后台去了。金甫就在自己的座儿旁边,添一个坐位,叫赛金花坐了。那时台上的《大嫖院》许多窑姐儿正在弹唱,各献所长,那扮贾志诚的丑角指着宝卿道:"你是唱黑头的,请你唱一段《黑风帕》。"宝卿就唱了"一见女子出了城"一句,丑就插科道:"得了!得了!唱的不是味儿。你要唱得好,你快赶到西四牌楼杨府上去听一听,学一学,包你胜过吊几年的嗓子哩。"宝卿接着说道:"杨府上既有好戏,咱们姊妹们都要去听一听的,对不住你,失陪,先走了。"大家听了,呵呵一笑。

等到台上一掀帘子,那高旺唱着:"扶保国家"的一句,大家喝了一声彩。那索王扮相确有英雄气概,虽身材太矮,他穿着厚底靴子,不甚显出来。一会儿昆贝子的杨八妹出场,昆贝子丰神娟雅,身材瘦秀,觉得嫋娜非常。等到荀贝勒的达婆出来,穿着一身满洲的服饰,梳着两把儿的头,非常的华贵。寿贝勒的张保也下得去,只有政贝子的高兰英,他的面庞是苍黑肥胖,年纪尚轻,他平日穿着便衣的时候出门,往往跨了车沿和赶车的并坐。他的辫子梳得挺硬挺紧,好象一根铁锥子,辫梢细而尖,用黑丝绦系了翘然耸在背上。他穿的便衣和赶车的差不多,不认得的只当是混混一流。他今天扮了老婆子,雄赳赳气昂昂,倒很象《溪皇庄》里的窦氏。大家都哄然一笑。唱完,主人客人那有不恭维的。中间有昆贝子的兄弟童公爷,于戏剧很有研究的,戏没有完,就先走了。他们下了台,借着酒盖了脸,就把赛金花围住了。金甫是知趣的,就让他们到了书房中,重摆了一桌精美的酒席,旁边两个匠上都点了大烟灯。那时抽烟的抽烟,喝酒的喝酒。赛金花自然提起精神,应酬得八面周到,谈笑风生,直闹到东方将要发白。

章王向着金甫、瑟轩道:"近来外头闹什么变法,说是有一个广东姓唐的主张着捣乱,你们听见么?"旁边昆贝子道:"不差的,是工部的唐猷辉,前儿上头召见了,意思很好。"章王道:"都是瞎胡闹!老佛爷不赞成变法,他们中什么用!龚师傅不是跟他们起哄,如今也走了。"金甫道:"听他们来闹吧!咱们乐咱们的。"章王哈哈的笑道:"对!对!对!天坍了自有长人去顶,咱们几个人也管不了的,还不如得乐且乐的好哩!"昆贝子道:"不管别的,现在什么时候了?"站着的家人,取表一看,回道:"三点五十二分,差不多四下钟了。"昆贝子道:"不早了,我要走了。今儿有内廷的差使。"索王道:"我也有御前的班儿,同走吧。"金甫道:"不知道两位爷有差使,不凑巧,不能尽兴,真是对不起。"二人笑道:"还要怎么样尽兴呢?过几天咱们再来一下子!"二人道谢告辞。其余章王等各客也一齐起身道:"咱们一块儿走吧,省得主人送几回客。"金甫道:"各位爷没有里头的差使,何妨再坐一回儿呢。"各人道:"主人太辛苦了,也该歇歇了。"顿时门外车马拥挤,灯火辉煌,纷纷的分道而去。

金甫送客回来,走到书房中,就向烟榻上一横,伸了一个懒腰道:"累死了!这几位爷从没有见过他们这样高兴的。"那时赛金花也倒在榻上,一面替金甫装烟,一面说道:"王爷们唱戏,我是头一回开眼哩。不是你的面子,恐怕也做不到吧。"金甫道:"面子是面子,银子也真要银子。你晓得他们唱这一出,我要花多少?除了台上的场面,后台的伺候不算,单单府里跟来的许多人,那一个不要开销?一个府里差不多要三四百两哩。"赛金花吐了吐舌,就将装的烟递上去。金甫抽了,喝了一口热茶,向赛金花道:"谢谢你,再来一下。"赛金花接过来,又装了递过去抽了。金甫道:"今儿你不能回去,就住在这儿好了。"赛金花一笑道:"在这儿过夜,很难为情的。"金甫笑道:"那么到六国饭店去吧。"赛金花道:"不过又要劳驾了。"金甫道:"你客气,我就不去了。"赛金花把嘴一微道:"你肯不去!你敢不去!"金甫一笑:"就喊来人快快套车去。"他家里的事,自有账房管家去开销计算收拾,用不着他费心。他只携着赛金花上车到了六国饭店去了。

等到他们一觉醒来,早已是午后一下钟了。金甫起身走出套间外面,仆欧进来,伺候洗脸,说道:"宅里的管家来了。"金甫道:"叫他进来。"那家人就进来回道:"那大人刚才打发人来,要跟老爷谈一句话,门上就告诉他,老爷昨儿睡得晚了,还没有起身,回来给大人送信去就是了。"金甫道:"此地离金鱼胡同不远,我去找他吧。"停了一停,吩咐道:"还是你在这儿,等我走了,你去送个信,说我起身了,有话请他来谈就是了。"家人应了,就退了出去。金甫走进了套间,看赛金花也已起来,正在梳洗装饰。金甫道:"我们吃点儿什么回去吧。"金花道:"随你的便。"金甫道:"开饭吧。"赛金花道:"我是吃不下。你怎么样?"金甫道:"刚起来我也不想吃,咱们随便要点什么就是了。"就把电铃一按,仆欧进来,金甫叫他要了两份早茶,一会儿送些面包、英腿、蛋、牛乳、咖啡等来。二人吃了,套了车就分途回去了。正是:

对此不禁百端集,人间那得几回闻。

欲知那瑟轩来谈何事,且看下回分解。

【第四十八回】 南河泡观荷开大会　赛金花戏竹见灵心

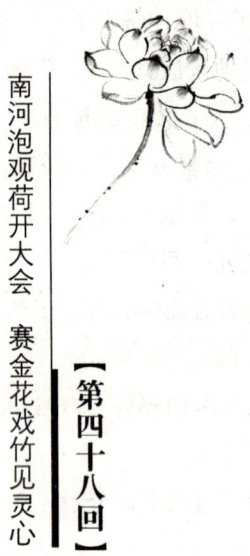

话说杨金甫在六国饭店起身后,晓得那瑟轩要来面谈,他叫家人去请他到家,一面从六国饭店和赛金花分道回去。到了家,不多一会儿,那瑟轩到来,金甫请到书房中坐定。瑟轩道:"大哥你昨儿真辛苦了。"金甫道:"还好,不过今儿起不来早了。"瑟轩道:"当然,昨儿的热闹真可以。不是你大哥也办不到。"金甫道:"那几位爷真高兴。"瑟轩道:"也是你大哥的面子!今儿我来有一个秘密的消息要报告你。早上段扈桥来说,这一班新党闹得很有些头绪了,自从余安甫保荐了唐猷辉,前天召见,上头问了有两下钟的话,上头很合适,已派往总理衙门去了。扈桥也跟着他们混,听得他们计划,要叫上头开懋勤殿,把他们都收进去,将来可以和上头朝夕见面。扈桥来跟我商量,他的意见,这一班人指日可以拿权,咱们也得预备活动才好。但我对于里头的消息究竟不很知道真确,所以跟大哥来商酌一下。"金甫呵呵笑道:"人说老四是天钻星,真不错!不过我要告诉你一句话,只可咱俩晓得,老四也不好告诉的。我先问你,老佛爷不赞成变法是大家知道的,为什么前天余安甫等请定国是,旨意倒是由老佛爷决定的,我也莫名其妙。后来见了连总管,随便探了一探,原来是老佛爷的手段。一来是看看这孩子能办到怎么样,试试他的能力;二来是借着师傅徒弟的意见不合,由他自己去撵师傅。究竟龚师傅的眼光远一点,晓得老佛爷的主见,根本不赞成变法,碰着这位学生一点不觉得,倒先把自己的心腹撵了。现在那一班新人物兴高采烈,不晓得老佛爷在暗中好笑呢。你想老佛爷对于华中堂圣眷多厚,为什么不叫他进军机,却叫他到北洋?就是要把兵权放在亲信的人手里。这两天华中堂把方安堂的新建陆军收入麾下,又向甘肃去调了董寿祺的回子军。因他是没有什么人跟他接近的,其余淮军的旧将倪士诚、宋钦等,结编入武卫前后左右中五军中,差不多天下的精兵都在掌握中了。一旦母子间有些龃龉,华中堂挟着老佛爷的大纛旗,那有什么反抗的余地?他们一班的傻子正在做梦哩!"瑟轩道:"听了大哥的话,正好如大梦初醒。"金甫道:"这个话除是你我是不肯说的。我再告诉你一句话,就是那武都老爷,听说在保国会里很出点力,来往也很亲热,你道是真的么?这位都老爷,我旁的不晓得,只晓得他是拜在连总管门下的。他直造谣言,说将来要有废立的大事,他装着一副精忠报国的面目,求人去做狄梁公,说他的门下有几百个飞檐走壁的好汉,都是斩头沥血的汉子,只要有人领着,什么事都可以办的。胡说白道!大约是《七侠五义》、《施公案》等小说上学来的,也有一班傻子去信他。这种人还能做英雄好汉么?好笑不好笑!大约老佛爷的意思,总要拿住了把耸再发作,所以叫他们出来造谣言耸动他们,等他们发现了凭据,才好动手。这种书呆子懂什么呢!现在这班傻瓜,心里头总看不起咱们旗门子里的人。你看不到几个月,就有新花样出来哩!老四那里,你也不必劝他拦他,他也有些儿小聪明,将来他就有不得了的时候,咱们帮帮他忙也容易得很。咱们静静儿看着就是了。"瑟轩听了,点点头道:"到底是大哥眼光识见可佩服!"金甫道:"我是信你的,所以泻底儿,千万不要漏泄!"瑟轩道:"大哥放心,兄弟决不至于如此的不知好歹!"金甫道:"因为这话很有出入,所以学了老婆子的多说话,真是我不信你,我也不说了。"彼此又一闲谈了一会儿,瑟轩道:"我要走了,大哥你再休息一下吧!"金甫就送他出门而去。

却说其时庄小燕、唐常肃正在兴高采烈,积极进行,那玛加剌庙的老公们也跟着密通消息。一天,御前太监寇良材到小燕寓中密谈,谈到皇上因着外国的胁迫,心里很难受,跟王大臣们商量,也没有办法,所说的话总是不痛不痒,不担一点责任。关于用人行政,色色要请示太后,就是放一个缺、派一个差,只要有点好处的,差不多总是由太后交派,皇上一点儿没有权柄。不用说皇上左右的人,就是皇上自己也敌不过皮小连的力量。内外的人都看不起皇上,皇上手下的人尤其不值一钱了。所以皇上召见官员,没有一个肯说点儿帮助皇上的话,皇上气极了。不过皇上的胆子少,对着太后好象老鼠见了猫,一句话也不敢说。现在你庄大人召见了几次,皇上听了你的话,很觉着有点胆量,我们趁皇上高兴的时候,也就劝皇上趁着这个机会,好好的安排几个有胆量的人,将来遇着紧要的时候,也可望有人帮忙,所以皇上很注意各位。不过现在已有很诧异的话发现了,他们对于保国会,皆说保中国不保大清的话。又有人说皇上要兵围颐和园,迫勒太后不许与闻朝政,这还是反对皇上的。也有人说太后要拿毒药药死皇上,也有人说九月里太后同皇上到天津阅兵,将乘机废掉皇上的;也有人说太后已预备立昆贝子做皇上的。种种谣言,猜不出他们什么意思。皇上听见了,也不好告诉人,只有自己哭泣一番。我们在旁看见,真真觉得苦恼。无可如何,我们乘便也劝皇上跟象庄大人等有忠心的人商量商量。皇上又害怕,不敢说出来,恐怕闯祸。所以今儿特来面谈,想请你们各位商酌一个办法。皇上的脾气,叫他自个儿出头是做不到的,不过皇上听了咱们的话,已知道你们各位是很忠心的,很帮他的,最好趁此机会,赶紧想出办法来才好。"小燕道:"圣上处境是危险的,我受恩深重,应当竭力报效,不过要办事总有一点儿惹忌的地方,总要求皇上破格办理。现在定国是的上谕,太后已经赞成,照着这个意思办下去,一时太后也不好翻脸。趁机会爽爽快快布置些靠得住的人再讲。这是要诸位极力吹嘘,叫皇上决定主见,咱们在外方好办事。"寇良材道:"那自然,总要内外协力方好。但是他们两边造谣言,究竟什么意思?"小燕道:"一时也无从推测,慢慢的总可晓得,皇上听了这些谣言,或者可以助他的决心,也有好处。"良材道:"不差!"小漆道:"我们商量,想请皇上仿照乾隆、嘉庆、咸丰年间开懋勤殿故事,派几个人行走,皇上就可以跟许多人商量办事。最好由皇上特旨派些咱们靠得住的人进去,那皇上的势力,渐渐的可以暗中膨胀了。"良材道:"这个法儿很好,我回去得便面奏,看怎么样?我也不多坐了。"就匆匆出门而去。

小燕送他出去回来,独坐想想,他觉得又是喜又是惧。喜的是皇上既然信任,又有内监们在内帮助自己,觉着明朝的张江陵也不过联络了太监,得了里面的信用，做出惊天动地事业来，我何尝不可作江陵第二呢！惧的是满朝的后党、守旧党全来反对，单靠着皇上一个人的势力，究竟能敌过太后一方面么？不过现在是骑虎难下，只好豁出去干一下子的了。

正在踌躇的时候，家人进来道："唐老爷、梁老爷到。"小燕道："请！"一会儿常肃、超如都进来了，小燕一面让坐，一面说道："巧得很，正要想找二位来谈谈，二位都来了。"就将寇良材来说的话告诉他们。常肃听了不作声。超如道："据我看来，事情很危急了，总要赶紧想一个办法才好。"常肃道："懋勤殿如开了，我们都可以进去，自然生出办法来。"超如道："我看是来不及了。天津阅兵是很奇怪的，虽然是谣言，也不可不替皇上防备。我看现在咱们在暗中运动很吃力的，吾党的旗帜已经鲜明，立在后党反对的地位，决不能够中立了。我看趁着皇上的兴奋，索性奋斗一下子，否则只有失败，没有成功的希望了。"小燕道："超如的话很爽快，要想两面讨好，和平的办法是没有的了。"常肃点点头道："也只好如此。"超如道："既然决定去干，我们怎么样进行呢？"小燕道："'不入虎穴，焉得虎子？'只有向政权集中的地方进行便了。"超如道："政权枢要，只有军机处，不过要在军机处占个位子，必定要向太后请示，那是万万通不过的。太后也知道这个要害之地，决不放吾党的人进去。"小燕道："我有一个法子，前天定国是的上谕，注重新政，是太后允可的。现在总说参预新政，一定要有新人物，就派几个人作为军机处章京，专管新政。既非大臣，不必请示，太后也不好反脸。你等以为如何？"常肃道："很好，进去的人预备是谁？"超如道："先生跟我都不好去的，形迹太露。我以为胜佛是一定要进去的，最好是由大臣保举，等皇上召见一次，然后派出，较为妥当。我去向余安甫商量，由他把胜佛先保举一下，其余如敦古、淑乔等，我们秘密的递一个消息，叫他们托人保荐。淑乔跟庄寿香关系很深，寿香的保荐，太后那边也可减少些疑忌。小翁以为如何？"小燕道："这办法很妥当，我们照此进行便了。"

唐、梁等匆匆散了，回到寓中，却接到敦古的知单，定于明天到南河泡聚饮。原来南河泡是在彰义门外落乡一个很大的荷花潭，这时六月天气，荷花正开得繁盛，荷花潭中间，盖了三间屋子，碧窗晶帘，洁净无尘。北京本是很少河渚，陶然亭不过是一个低洼之区，稍有积水，生了许多芦苇，士大夫尚以为吟啸胜地，何况这个南河泡，借了西山、玉泉之水，种了许多荷花，诗人雅士，欲觅避暑之所，自然要视为清凉胜境了。每逢到了夏令，天天有人去的，但要定他的屋子用一天，须要先几日去才可定到。敦古好容易定了座，招集了一班清流名士，打算啸咏一日。

那一天敦古很早的先到了南河泡，将近六点半钟，常肃、超如一同来了。敦古迎上去，三个人就在沿潭的垂杨树荫闲步看荷花，一阵晓风送来花香，令人神气清爽，飘飘欲仙。超如道："花香真是鼻功德。"敦古道："你说是花香好，我说是荷叶的香味更好。花的香尚有一分浓郁的俗态，独有荷叶的味道，似香非香，清微淡远，细细去闻，却没有实在的香味。在那风露中一阵阵的飘过来，真所谓心清闻妙香了。"常肃道："你的话倒是一句好诗，你可以写一首出来。"敦古笑道："不瞒先生说，这几天真是俗尘万丈，埋没了一身，那里有诗兴呢！"常肃笑了一笑。超如笑道："趁这个时候，没有人，快把俗事说出来吧！"指着那垂杨树下道："我们那边去说，不要叫荷花听见了，被笑为俗不可耐呢。"敦古笑道："北京的荷花，象金鳌玉蝀、颐和园一带，都被政治的空气熏染习惯了，或者不至于笑我们。"超如道："快说吧！不要多说闲话了。"敦古道："昨天北洋华中堂托人来说，请我去入幕，我拿不定主意，所以要请先生和超如替我决断一下子。王季渔又允许保荐经济特科，究竟应当怎么办？"超如道："这两件事并不矛盾，尽可分途进行。不过华中堂是后党，你是创办闽学的，与蜀学会淑乔都旗帜鲜明，他为什么要找你呢？"敦古道："他曾经在过福州多年，跟我同乡认识的很多，或者听见同乡的谬赞，所以来找我的。"超如道："你这思想太简单了！现在还有采访人才的大臣么？何况是他。我看他是要招你做侦探呢！"敦古道："你的话也有理，我就辞了他便了。"常肃道："不然，他是知道你在我门下的。超如的话十得八九，我想他想利用你侦探我们，你也可以利用他侦探他们，万一他真心求才，你也可以乘机运动他倒戈，不是很有益处么！"超如笑道："先生太以君子之心待人了。抛着眼前之权势，去冒未来之危险，他们没有这种傻子的！现在且不必论，敦古你尽管去，只要拿定宗旨，是于吾党有利无害的。但你自己却要小心机警，不可大意。"敦古道："是！是！我就决定了。"超如道："王季渔保荐靠得住么？你赶紧进行，不是仅仅特科的关系呢。"敦古点点头。

正在说时，只见胜佛、郁文、淑乔等六七人也从堤上走来。郁文望见了他们三人，就喊道："主人到哪里去了？请了客，客来不招呼，也算是变的新法儿？"大家大笑。超如拉了胜佛密语，把那天的办法告诉了，说道："昨天我见余安甫，请他递折子保你,他也答应了。事机甚紧,我也不管你愿意不愿意,要强逼你亲入地狱了。"胜佛道:"地狱、天堂,那没有关系,只是恐怕没有结果吧!"超如道:"我们只好不管他,但造前因,不问后果!"淑乔看见他们密谈,也走过来。超如也就把小燕的办法告诉他,请他赶紧托南皮电保,以便就近召见,实行政策。淑乔道:"我也知道风声很紧,我党应当竭力进行了。"那时诸客纷纷而来,也就不谈政事。有的雇了一只小船,在荷花中穿来穿去;有的坐在屋里,倚槛临流,清谈亹亹;有的在柳阴中徘徊往来。原来今日敦古请的客约有二十余人,多是讲求新政、研究文学的名人,因为天气炎热,不到十一点钟,敦古就请入席。各人都脱略得很,随便坐了。也不用主人斟酒,欢呼畅饮。

那时姜剑云坐在靠西的一席,推窗望外,见荷花潭外长堤上来了一辆小鞍车,乌绒镶嵌,毛蓝布的车围,驾着一匹菊花青的俊骡,赶车的戴着红缨披过半身的凉帽,手拿鞭子,穿着一双乌缎挖花的短靿快靴,如飞而来。后面跟着一匹菊花青的马,上面骑着一个精神英爽的少年,戴着一顶马落坡的大草帽,飘着两根淡青色的绸带,身穿着白夏布淡青熟罗的两截衫,手提着一根丝鞭,看见前面车停了,他就把两腿一使劲,那马就往前直冲去。一荡的小走,走得真快,地上并不起尘,一会儿就回来,走到车边,跳下马来,把马交给车夫,松了肚带,撩起鞍镫,自有人来接着,把马骡一块儿溜去了。一面车夫已向南河泡的地主借来一张桌子、两把椅子摆在杨柳树底下,沏了一壶茶,倒了两杯,放在桌上。那少年下马时,车中的人已经下车。剑云一看,原来是赛金花赛二爷。她远远的含笑着,向剑云点了点头。剑云也笑着点头招呼了。那席上同坐的不认得的,都向剑云问。剑云把状元夫人的履历宣布了,合席的人都注目而视。又问那男的是谁。剑云道:"这也是北京城里有名的游侠儿卢玉舫,他是跟赛金花拜过把子的。一个卢大爷,一个赛二爷,上、中、下社会差不多都认得的。"顾梅庵道:"真可算得尤物了!一顾倾人城,再顾倾人国,真不知要颠倒多少众生哩!"剑云道:"口袋底儿自从赛金花来了,把从前的小玉压下去了,一边是车马喧闹,一边是门庭冷落。北京城里的社会,不用说是政权所在,就是花丛香国,也显出了趋炎附势的情形来了。"子珮道:"你是很捧小玉的,我看见你送她的秦淮名妓的四条屏幅真是铭心绝品,你舍得送她,可见交情很深了。"剑云笑了一笑道:"你喜欢么?我再去找些来送你好么?"子珮很诧异道:"难道是假的么?"剑云笑道:"不敢欺,这是我同汪子升、洪英石几个人的大笔，倘是真的，我是傻子？不会叫余汉青去变几个钱来用一用么！"子珮道："你的笔墨，隔了几十年，还不是很值钱的么！"超如在一旁说道："不差的，就是今天的聚会，将来也许记载出来，作为一时的盛会呢。"大家笑了。胜佛道："我们既然都有千秋之想，应要留点儿神，将来传到后世，不要被后人轻薄才好。"正说得畅快时候，已有三点多钟了，炎威逼灼，都有些儿坐不住，大家立起来，往柳荫中去散步。超如低声向淑乔道："你赶紧进行，愈速愈妙。"淑乔道："你预备些什么人呢？"超如道："我没有什么人，最好请南皮保几个人，以备上头选择。只要是本人在京的，保到就召见，不致耽搁时候。"淑乔道："是的。"正在说时，剑云在后走来一望道："状元夫人走了，我们也可以走吧！"那时各人身上汗直流，都想回去洗操，就套车分头走了。

却说赛金花今天来游南河泡，是从那儿来的呢？原来她跟卢玉舫拜了把子，郎才女貌，彼此吸力甚大，已由兄妹之情更进了一步。昨天晚上，他们俩住六国饭店，早上起来很热，玉舫提议去逛南河泡，他们就来了。坐了一会儿，后来各自回去。赛金花到了寓中，就叫大姐等提水洗了一个澡，精神疲倦，就在铺着台湾席的床上睡了一觉。醒来天已傍晚，睁开眼，只见孙三儿也躺在靠窗的藤榻上。原来赛金花自从进了京，认得了杨金甫，有了交情，银钱如水一般流入，又认得了许多年轻的王公阔人，她放出手段去笼络，差不多都入其彀中，因此声势一天一天的大，银钱一天一天的多，眼界也越发的高了。她跟孙三的感情渐渐淡得象玉泉山的水一般。昨儿赛金花出门，原说是杨金甫家里叫的牌局，不料赛金花此刻正在擦脸，外头来说，又是杨大人叫的条子。孙三儿也不是傻子，听了就冷冷的说道："昨儿叫条子，到今儿的饭后才回来，现在又来叫，还不如留住了，不用回来好了。"赛金花听了也不作声，只向下人说道："你告诉他就去。"一面叫老妈子再取脸水，重行梳洗。孙三忍不住问道："你今儿又不回来么？"赛金花道："回来不回来，由我的性儿，谁能管我呢。"孙三道："你今儿是怎么了？"赛金花道："我的话差了么？老实说，刚才的话，我还是给王公大人们说的。你还轮不到呢。"孙三道："你的话轮不到我，当我是什么人呢？"赛金花冷笑道："总当你一个人罢了。"孙三道："到底是什么人？"赛金花道："算是我用的一个人就是了。"孙三道："你竟当我是个佣人么。"赛金花道："你吃我的，穿我的，住我的，不是我用的一个人是什么呢？老实说，用得着，给你吃，给你穿，给你钱用；用不着，哼！哼！就请两便。管不管的话，可不是轮不到对你说么！你想想我和你在上海的时候，说的什么话呢？"孙三气极了，立起来说道："好！好！你晓得北方人的性命不值钱，随便要一下算不了事，你现在有了钱，阔人也认得多了，你当我没有法子了？哼！哼！咱们再说吧！"穿了衫子就出门去了。

赛金花妆饰好，套了车，径到杨金甫家中而来。进了门，到了书房，原来金甫同着几个客在那儿打牌，赛金花坐下了，看金甫起的一副牌，外面是八索开杠，手中是中风三只、二筒三只、三筒一对、四筒一对，等的是二五三四筒。恰好对过打了二筒，金甫笑道："和了。"赛金花伸手把牌按住，说道："且慢，你先开杠。"金甫诧异道："没有这个打法。"赛金花道："你不用管，我来卜一卜我的运气看。"金甫就依她开了杠，伸手去杠头上起了一支牌，翻开来看，却是三筒。赛金花笑道："你算算要多赢多少？本来只是有一翻，现在中风一翻，对对和一翻，杠头开花一翻，又是自摸和，算起来八索二筒两杠十六和，中风暗刻八和，自摸三筒十六和，共计四十和，三翻要三百二十和，不是个腊子么！"那输家说道："她怎么晓得是三筒呢？奇怪！难道她认得牌么？"赛金花笑得把下颔搁在金甫肩上，笑道："倪格运气好，有什么法子呢！"他们打的是一千元底，金甫赢了一千八百元，就拿了一千元给了赛金花道："这个本来不是我的，给了你吧！"赛金花推着不要，说道："赢的钱给了人，牌风要坏的。等你打完了再给我不忙。"正笑着，只听家人回道："卢大爷来了。"跟着玉舫进来。一看都是熟人，脱了长衫，随意坐了。赛金花笑着，就将刚才一副牌告诉了他。玉舫道："你的运气好就是了。"金甫的上家笑道："有点儿毛病，回来我要检查一下子。"不料那时金甫正是庄家，上家发东风，金甫碰了，下家发中风，金甫又碰，赛金花格格的笑道："又要来一下子。"金甫起了几圈牌，又起着一只东风，手中是七筒三只、三筒一对、九筒一对，杠上起了一只二筒。赛金花笑道："我来打，他换了一只三筒打了。"金甫道："你怎么打的？"赛金花笑着道："你不用管。"那上家说道："留点神！又是一副对对和了。"对过的人就向中间一望，看见一筒已见过三个，他就打出来道，我打一筒，你就是等麻将也没有的了。"赛金花等他打出来，就伸出纤纤玉手，抢在手中，格格的笑。她的腰笑弯了，象醉酒杨妃一般。金甫把牌摊出来，大家一看，说道："又是三翻。不过他打三筒，你为什么不赞成呢？"金甫道："打二筒，不又是对对和么？"赛金花道："我有道理，一来已是三翻，再加一翻是白糟塌的；二来才和了对对和，我一出手，他们必紧张，一筒只剩一张，他们不防的；三来我们是筒子结张，那生的三筒九筒决不出来，究竟自摸是难得的。"他们三个人道："刚才的牌碰运气，不稀奇，这副牌打得很巧妙，心思真灵，我们输了也佩服的。"有一位道："我们连手大败在娘子军手中，现在要驱逐这个女参谋了。"赛金花立起来，向着金甫笑道："够了！二百七十二和，又是一千零八十八元，再赢就要犯众怒了。"她取了一支茄立克，玉舫忙取灯儿给她点了。赛金花抽着烟，就同着玉舫坐在离开很远的一张沙发上，低低的说道："今天回去很生了一回气。"玉舫道："跟谁？"赛金花就将跟三儿口角详细告诉，说道："他临走很恫吓我一下子，你看不要紧吧！"玉舫道："有什么要紧！他再不知趣，要他长就长，要他短就短，他有什么法儿呢？不过他跟你为什么事起的？"赛金花道："起因是此地老太太庆寿，他要我给杨大人说，派他一个戏露露脸，我说你的能耐也够不上，我去说了，连我也丢脸。他的意思，派一个戏，借此叫我替他做些行头，敲我的竹杠，我回绝了。近来我常常不回去，我又没多给他钱，他所以更恨了。"玉舫道："你万安！孙猴子的筋斗云，总跳不出如来佛的手掌，他再不知趣，你告诉我，我来收拾他便了。"他俩呢呢私语，只听见打牌的一桌上说："不打了，我们输了钱，又让卢老大去开心，太不上算了。"大家立起身来，金甫走到赛金花身边，拿着两千块钱钞票给她道："亏你把牌风打顺了，赢了四千多，给你分了吧。"赛金花道："太多了。"金甫道："一两千块算得什么！"就将钞票向她手中一塞。赛金花道："谢谢杨大人！谢谢各位！"就装在皮夹子里去了。大家入座喝酒。直到黄昏才散。赛金花依旧跟着金甫到了六国饭店纳凉住宿去了。到了次日午后，赛金花从六国饭店回到高碑胡同金花班寓中，知道孙三昨夜也没有回家，她就在房中打了一个盹儿。到傍晚的时候，就道章王府来叫。赛金花赶紧梳洗打扮着赶条子去了。正是：

昙花朝局浮云重，露水姻缘幻梦多。

后事如何，下回分解。

【续孽海花】

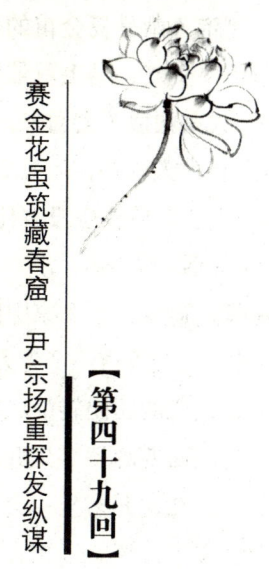

【第四十九回】 赛金花虽筑藏春窟　尹宗扬重探发纵谋

话说赛金花那天到了章王府，进去一看，原来仍是杨金甫叫的。其余客人，是怀少轩、那瑟轩、昆贝子、寿贝勒等，一班都是熟人。所叫的大半都是口袋底儿的姑娘小红、翠娟等，小玉也在内。大家入了席，欢呼畅饮，高兴得很。不多一会儿，早已天黑了。只见金甫的跟班进来向金甫说道："赛姑娘家中打发人来，说有客，请姑娘回去。"赛金花道："家里有人，为什么一定要我去？"金甫道："来的客是什么人？"那家人道："说是兰公爷。"金甫问赛金花道："你可要去应酬一下？"赛金花道："我正在这儿很痛快的时候，那兰公爷也不过打了一两回茶围的客人，不去也没有什么。"章王道："这个混小子，理他呢！只说我这里不能进去催就是了。"金甫道："不妥。你告诉来人说，快散座了，一会儿就回来。"金甫的家人答应了，就出去回复了。

赛金花等到散了席，敷衍了一回，匆匆的套车赶回去。到了家，家中人说道："兰公爷来了，说要见你，我们告诉他是章王府叫去的，说今儿不定回来不回来，他就变了脸,厉声说道:'难道她是杨金甫的什么吗?他能玩,难道我就玩不得的?'我们连忙说,公爷不要生气,马上就催她回来。一面月娟、素娟极力的敷衍,等到偎你的赵二回来,说是快散了就回来,他就问道:'是什么人叫的?'那赵二是个傻子,老实的说是杨大人叫的,他就冷笑了一声,立起来就走。我们极力的挽留,他道:'明儿再来罢!'临去也没有什么。"赛金花道:"他也不是花钱的主儿,随他去罢。"当下无话。

隔了几天,有一日傍晚,赛金花正在家中闲坐,外头来了一个客人,立起一看,原来是姜剑云。赛金花含笑迎着道:"姜大人好久没有见了,今儿是什么风吹来的?"剑云道:"是无锡人说的团团转的风吹来的。我今儿从南城进前门,经交民巷到东四牌楼,过后门绕西四牌楼直到此地,不是东南西北团团转么?"赛金花道:"你今儿很辛苦了,在这儿多坐一会儿,吃了便饭回去罢!"剑云道:"承你的情,我去找几个朋友来谈谈。"正在写请客片时,只见外面走进来两个人,向着那老妈子问道:"姜大人在此地么?"老妈子还没有回答,剑云在里面听见了,知道熟人,推开风门一看,原来是汪子升、洪英石两个。剑云道:"你们怎么能到此地找着我呢?"子升道:"我们走过此地,看见你的车卸在门口,所以进来问。"剑云道:"本来要打发人找你们,真巧极了。"英石道:"这种现成的话不用说了。"剑云道:"不信,你来看!"就拿刚写的请客片递他一看。英石道:"真奇了,难道真有心电相通的么?"剑云道:"你们来逛,就两个人么?"子升道:"还有庄仲玉、匡兰楣,约在小玉那里。"剑云道:"去约他们来。"就喊了一个打杂儿的盼咐道:"你到口袋底儿小玉姑娘那里,请苏州的庄老爷、匡老爷到此地来。"英石道:"恐怕搅不清,待我写一个纸条儿去。"就匆匆的写了几个字,交给打杂儿的送去了。不多一会儿,仲玉、兰楣都来了。剑云向赛金花道:"今天此地真是苏州会馆了。"赛金花道:"真的可以全说苏州话了,不过倪格苏州话有点象姜太公格坐骑哉!姜大人阿要去吃酒罢!"兰楣道:"到底苏州闲话好听,北京格闲话总有点强头强脑格。"赛金花笑了一笑,就盼咐老妈子摆好桌面,剑云邀他们入座。因为都是熟人,瘛便坐下。

大家喝了一杯酒,子升说道:"剑云今天有什么新闻么?"剑云道:"多得很!这两天叫的外起儿很多,杨淑乔、戴胜佛、林敦古、刘培村都召见了,听说明天就要发表参预枢密了!"英石道:"现在是南海的世界了。林、戴当然是南海心腹，不过淑乔是南皮门下，刘培村是闭户读书的，南海何以也去认为同志呢？"剑云道："南皮、南海正在互相利用，究竟南皮老资格，防虑周密，淑乔的保荐，不自出名，却转交湘抚程佑规，培村是佑规所赏识的，所以附带保荐。将来握权的当然是林、戴二位，淑乔或可参赞一点儿，培村不过是备员而已。"子升道："究竟什么名目呢？"剑云道："大约在军机处参赞新政，职衔是章京，权力是和大臣一样的。听说较高的位置都要向太后请示的，所以面子上只说是章京。"仲玉道："那是旧党中一个霹雳，恐怕要震动到颐和园呢。"剑云道："当然！门户已成，党祸一定难免的了。"仲玉道："此种举动，我是不以为然的。新党中没有凭藉，怎么样去抵抗呢！我意乘着这个时候，上头信任，先把兵权拿在手中，潜长势力，一切不用问讯，等到毛羽丰满，老实说，这种军机和各部院的王大臣那有什么力量，可以一扫而空的。现在实权是在外省各督抚，北洋尤关重要。华中堂编练武卫五军，恐怕他们已在预备。此时轻举妄动，徒召党祸，难收实效吧。"剑云道："你的话是不差，不过太觉得老成持重了。前天我跟敦古闲谈，他说曾有一个算命的替他算过，说他今年内有特别的运气，可由平步得宰相，不过风波也很危险，要过了冬令方能安稳。我听了就以婉言微讽道：'你即信他，何妨暂时养晦，到明年再行进取呢！'他奋然道：'吉凶前定，机会难得，那里管得许多呢！'他自从下第后，一刻不停，京城里三品以上大员，几乎没有一个不去联络，面子上是为经济特科的保举，骨子里无孔不入，所以直隶的华中堂也来请他入幕。讲到南海跟华中堂是水火，他因为是权力所在，也不顾了。不晓得他怎样去告诉他的老师呢？你想他能够听你旷日持久的主见么？"仲玉道："如此激荡起来怕有大祸，你跟他们很接近，你打算怎么样对付呢？"剑云道："我跟超如、胜佛交情确甚密切，不过南海先生常摆着孔夫子再世的面孔，无论什么人，好象都应在三千之列，叫我实在装不来。现在大权未握，已有非种必锄的意思，我的兴趣也渐渐的淡了。"子升道："这位大圣人在黎石农老夫子那儿就过馆，你们晓得为什么给老夫子轰出来的呢？我不是造谣言毁谤圣人，我由老夫子亲口跟我说的，他说请他来了不到几天，家里用的广东老妈子忽然含着泪要求内人打发她回家。问她缘故，她说先生调戏她。后来老夫子晓得了，就把他行李送到会馆里去，他才走了。"赛金花笑道："真少有出见格！俚笃拜俚做老师，勿晓得阿都要传授格。"大家听了，呵呵一笑。剑云道："现在是炙手可热哩！段扈桥是消息灵通的，他放了霸昌道，不去到任。听说南海已允许他,将来设立新政各局,一定给他一个位置哩。"兰楣道:"南海受特达之知,究竟是从何而来呢?"剑云道:"起初是龚师傅的密保,后来恐怕驾驭不了他,渐渐的疏远,恰好他同乡庄小燕联络了他,借他变法的旗子,扩张势力;又有黄仲涛、杨淑乔替他疏通了南皮,顿时声气广通。本来南皮没有进军机,常常疑心是龚师傅的阻挠,此次想借来发展一下。现在师傅果然走了,我看他们一定要拥戴南皮出来。"仲玉道:"我看拥戴南皮尚在未定。圣人接近了大权,未必有推贤让能的雅量吧!"子升道:"你的话不错!就算圣人的度量高深,这位小燕先生既在幕后操纵,他肯让人么?"剑云道:"照你们的观察,果然一意孤行,那危险更大了!"英石道:"你与他们很接近,却要仔细留意,不要未受其利,先受其害,那才不上算呢!"

　　正在说得高兴的时候,有个大姐向着赛金花低低说道:"杨大人来了!"赛金花立即起身,说道:"外头有客,倪要失陪哉!"就点点头出去了。她到间壁房间内,掀帘进去,果然杨金甫在内,脸上好象不甚高兴。赛金花招呼了坐下,问道:"你从那儿来?你有点儿不爽快吧?"金甫摇摇头,说道:"没有什么。今天我来是报告一个消息,那天兰公爷从此地回去后曾来过么?"赛金花道:"他是不常来的。那一天回去后,好几天了,没有再来。"金甫道:"这个小子看不出他。"赛金花道:"出了什么事么?"金甫道:"昨儿我见着了崇受之,他说:'前天兰公爷派了右翼总兵,第一句话就要办口袋底儿的档子班,说是内城地方不应容留流娼。'我就笑了一笑道:'当然要禁!不过这档子班相沿好久了,我是没有逛过,不晓得实在情形,等调查一下,我们再定办法。'他说:'从前不过是本地人学些曲儿,由人家叫出来唱唱。近来是天津、上海的流娼都来了,士大夫们听说也有去逛的,实在太下不去了。'我说:'我们调查后再办罢。'他才悻悻而去。他说:'二哥,你是风流教主,总晓得实在罢。'我听了,知道他是为那天的缘故,就把他因为没有见着你,跟我吃醋的原由告诉了他。他呵呵的笑道:'一个窑姐儿,也犯不上用提督衙门的势力去耍醋劲儿!他不提就完了,再提我送信给你。'我就说:'谢谢,万一再提起,你给我一个信,叫他们避一避就是了。'他就一笑答应了。"赛金花道:"这位崇大人是不是步军衙门的堂官?"金甫道:"是的!他是正,那个小子是副,什么事总要通知了他才能办。这个混小子怕是不怕他。不过万一胡来一下,他至多担一个办事草率的声名,你们可受不了。我看你暂时住到我那儿去,班子里多少人,就在城外店里头住了,再寻屋子。你看好不好?"赛金花道:"我是好办的,我就跟着你去也行。"随向金甫笑了一笑道:"只怕你不要我。"金甫笑道:"不要来灌米汤了!你确是好说,只是班子里许多人。"赛金花道:"既然有了这个过节儿,我就跟着你不再出来。他要来找碴儿,他们怎么拦得住呢!我想索性到天津去,堂堂皇皇的开班子。租界上,王爷公爷都不卖帐的。我要来找你,只要几点钟的功夫,还不方便么?我想搬到天津去,你替我想想好不好?"金甫道:"你的话真痛快,不过你去了,叫我不要想死么!"赛金花微微的笑道:"你才真是灌米汤!我就决定了。明后天就到天津去看房子,这儿就把牌子摘了。小玉姊那里要去通知她么?免得将来抱怨拖累她。"金甫道:"我看不必。这小子晓得你走了,也不见得发作了。"赛金花道:"不错的,我们就算决定了。"外面一个大姐走进来说道:"姜大人俚笃要走哉!"金甫道:"我也要走了。"匆匆往外就走。赛金花道:"后天我到天津,明天请你来商量一下。"金甫道:"晓得了,明天这个时候一定来。"赛金花送了他上车后,回到剑云那边,含笑道:"真真对勿住,各位请包涵点。"剑云道:"耐也勿要客气,弗象仔老朋友哉!"赛金花道:"因为老朋友,总原谅格,所以脱略到实梗样式,只好将来屁股里吃人参——后补格哉!"剑云等听了,呵呵一笑,也匆匆走了。

　　到了次日,果然上谕发表,杨、戴、刘、林四个人都赏给四品卿衔,充作军机处章京,参预新政。当然一班新党都欣欣得意。四人进了军机处。照例当章京的,对于军机大臣有堂属的分别,应去各大臣处谒见。那四人是奉皇上特简的,那里肯照着旧例去参见?所有关于新政的事,皇上特别召见四个人商量,大臣竟无权参预。向例军机处的苏拉,凡新进来当差的,都有几吊钱的赏犒,他们一文不给,算是破除腐败的积习。所以自王大臣起,至于服役的苏拉,莫不怨声载道。这种苏拉虽是服侍的下人,然与里头的太监们却声气相通,所以他们的话很容易传达到连总管那里。那皮小连也利用他们察听着这四人的一举一动,太后就无所不知道。自然,只有坏话,没有好话的了。自从四人进了军机处后,淑乔和敦古一班,胜佛和培村一班,轮日入值。皇上既然信了唐先生,晓得敦古和胜佛都是唐门弟子,尤其信任。一切关于新政的事宜,所有裁决,都是林、戴二人拿主意的时候多。培村还没有什么,只对人说他要告退。淑乔是南皮的代表,也有些面和心不和了。

　　当时南海先生的一党,每晚聚集在李铁拐斜街同丰堂议论国事,简直是他们的俱乐部。当时新政的上谕雪片似的下来,他们年少气盛,不管办得通办不通,只管行下去。有一天,他们在同丰堂议定了几件事,敦古就在那里拟了几条上谕,各人删改了一下。因为明天是敦古、淑乔的班儿,敦古就收了起来。不料他们散后,伙计们拾掇屋子,在地上捡着了个纸片儿,北京伙计们差不多都认得几个字,就拿来一看,觉得很有关系,马上交到柜上,那帐房先生看了,吃了一惊,知道是上谕底稿,那同丰堂中东家是个旗人,正在柜台旁,也拿来一看,就塞在抽屉中。到了明天傍晚,《宫门抄》出来了,那个东家一看,几条上谕,记得与昨儿拾得的纸片上大略相同,连忙取出来一对,果然不错,吓得了不得,不免向朋友中传说出来,社会上都知道了,就有人议论他们太不谨慎。然而他们正在兴高采烈,傍晚时又都来了。同丰堂中的掌柜加倍当心,一面挑选伶俐的伙计伺候,其中一个伙计黄喜儿,很有些程度,他们正在畅谈的时候,他虽不便进去,他就在廊下靠窗地方站着。只听见中有一位说道:"今天段老四来,说他不愿到任,愿意帮唐先生的忙,不晓得先生的意思怎样?"有一位说:"段老四确是旗门子里一个人才,可以用得。"那一位说:"他今天谈及,他根本是个汉人,入关时投旗的。他本姓是陶,所以他有别号叫陶斋。"另一位说:"既然先生以为可用,我们商量给他什么位置呢?"又一位说道:"昨天说的创办农工商局,总局拟设在北京,何妨叫他管理呢?"那一位说道:"他既是实缺道员,大约要加个卿衔才好!"一位说道:"当然!将来要预备裁去工部,设立农工商部,才好振兴实业,不是仅仅设一个局可以了事的。现在对于农工商的人才很少,不妨叫段老四先去历练起来。他人也很聪明,研究了一下,将来可以独当一面的。"一位说道:"是了,明天就可发表。"又有一位说道:"我的唯一宗旨,先要废掉八股文,再废科举,中国振兴方有希望。你们枝枝节节的改革,我不很赞成。"许多人同声说道:"这是我们唯一宗旨,决不改变的。前天已将柳都老爷请废八股的折子交礼部去议了。"有一位说道:"礼部的老同乡是顽固不堪的,恐怕他要驳。"又一位说道:"他真敢反抗,我们几位同志的都老爷参他,商鞅立木表信,我们正不妨借他来表示威信呢。"又一位说道:"就是经济特科的章程,你们这位老同乡千方百计的阻挠,不肯照着康乾时的博学鸿词章程办理,硬要改削得毫无意味,那里有提拔人才的希望呢?"又一位道:"不差的!我也听见礼部朋友说,你们老同乡说:'特科中有什么人才?多出些乱党罢了。这个特科,我的主意要叫他们都不愿意来考,才是我老臣报国的忠心。上头要求人才,我们的翰林院里还怕少么!'你们想想可气不可气。"又一位道:"我们广东出了这个人,真是倒霉极了。"又一位道:"前天我派了陪祀的差,刚巧碰着了武都老爷,他说了许多的宫中秘密。他说太后虐待宗室。他曾去查点宗人府的犯人,他看见了注贝勒,正在正月的天气,上身没有衣服,仅有裤子一条,在炉子边抖得不得了。'我可怜他,给了他十吊钱。这不是叶赫那拉的复仇举动吗?'我听了也觉得可怜。他还背诵着徐敬业《讨武氏檄》中的'燕啄皇孙'等四句。他说:'天津阅兵确定废立之计,我辈应如何搭救皇上呢?我说:'我辈书生,手无寸抦,有什么法子呢?'他说:'我有一法,只有把太后暗杀了,或者把他幽禁了。'我说,'你是疯了,怎么能办这个事呢?'他说:'不瞒你说,我从小练习武术,飞檐走壁,不算一回事。'我家中养着护院把式不少,都很有能耐的,你们同志,倘有侠客,愿意做一番惊天动地的事,我是决计追随,任凭使唤。你交结的朋友,倒底有这种的志士么?'我听了也没有接下去。"旁边一个笑道:"真笑话!他有能耐可以飞檐走壁,真要笑死人了!他好象樱桃斜街石头胡同什么堂里的角儿,一阵西北风就要吹倒。他要做侠客,他能养死士,我看他有些儿精神病罢。"有一位低低的说道:"胜佛你不要轻视,这里头很有研究哩。我想他和书堂的交情,不能有说这种话的程度,先生以后要留神!"又一位道:"他近日常来请我替他做折子,表面很密切,不过他和书堂说的话确是有点可诧,我等他来,将这个话问问他。"一位道:"先生去探他一下子很好,他的法儿也很浅。"又一位道:"里头还有可疑的,注贝勒圈禁,究竟是个亲贵,宗人府何敢如此虐待?太后也不至于在此等处示威的,他的话真有点儿瞎胡闹了,他想来骗我们书呆子吧!我们以后要调查他的真相才好。倘然是奸细,是不得了的。不要我们跌在他的手里,那才是大笑话哩!"旁边的一位道:"这个小子,他显神通,我们难道怕他么。"又一位道:"胜佛,你不要草率,从来大事往往败在小人的手里,历史上的教训不少,我们以后当心就是了。我今天听见王小舫请本衙门堂官转递一折,堂官不答应,尤其是我们的老同乡极力反对,在衙门里很闹得不成样子。那位老同乡声言要参革他,不晓得怎么结局哩。"又一位说道:"我说刚才要表示威信,我们马上去想法子吧。"一位道:"很好!我们回去就办。"他们随谈随吃,不多时就散了。

不料那天新党在同丰堂会议的时候,恰好另一个院子里有一席,那边的主人正是反对变法最著名的尹震生尹都老爷。他是起首就反对新党的,闻韵高的革职是他参的,强学会的封禁、驱逐也是他参的。他跟旗下的人很交结来往,他的消息所以很灵通。他连日看见唐南海一派势力扩张,他也晓得和他们结了仇,只能反对,不能归附的了。他就千方百计去打听消息。他知道华中堂是太后的心腹,他就托人介绍到天津去见了他,极力表示愿供奔走。那华中堂看他跟新党确有仇怨,也就信任他,略表示一点意思,说等机会到来,再通知他叫他出力。他由天津回来,就想约几个人,告诉他们待机而动。这天他在同丰堂请客,所请的是龙通政尚轩、龙都老爷勤斋兄弟二人,和他是表兄弟,最亲密的。二人到了,入座饮酒,他就把在天津见着华中堂的消息告诉了他们。龙勤斋说道:"这两天的胡闹,真是天翻地覆。太后既然看不过去,何妨从速发动呢?"龙尚轩道:"太后从垂帘以来,办了多少的重要大事,她重出来,总要有彻底的办法,那里可以草率从事呢!"震生道:"华中堂也是这个意思,总要找着了把柄才可以出手呢!"尚轩道:"这个事也很危险,他们也总有抵抗的办法。万一不成,将来与闻的,功名身家都保不住的。"震生道:"老表兄胆太小了,华中堂在北洋握了兵权,这班小子有什么能耐来抵抗呢?"尚轩道:"他们一班就算容易解决,不过重行垂帘,势成骑虎,万一迫到要举行大事,天下之大,外省的权力很重,一有不服从者起而号召,也不可不虑的。"震生道:"老表兄太过虑了!现在督抚那一个不是老佛爷提拔起来的!老佛爷办理中兴的事业三十年,这点威信,一定足以压服的。"尚轩道:"此次变法,南皮暗中也似在主动之列,你看淑乔不是他的心腹么?何以悍然不顾,竟加入四贵的中间,将来他起来反对号召,也很可虑。"震生道:"南皮毕竟是个书生,他那能如此?"龙勤斋道:"哥哥,这个不必虑,南皮是没有那样戆气的,朝局翻过来,他怎能够反抗呢?"震生笑道:"二哥的话不差,我们不必顾虑。前天华中堂说话时,他曾微露意思,现在内外差不多布置好了,不过老佛爷重行训政,凡是亲近的大臣都不好出头主张的,最好由疏远点的外廷人员京堂科道等发起,表示舆论所趋,老佛爷不能不出来的意思才好。我们现在赶紧集合同道的,预备了折子,等机会一到,我们就递进去。讲到公,是维持国家太平;讲到私,将来功名富贵,是不可限量的。这个领袖,当然是老表兄最合适。"尚轩听了,顿时变色,立起摇手道:"我是决不能干的。先严文恪公曾有遗言,子孙做官,总要循资按格,到了二三品,就要常想退避,切不可做破格的事情,居大权的地位。这个领袖,我是敬谢不敏的。"震生怫然道:"那也不必提了!二哥怎么样呢?"勤斋道:"你是主动的人,我不能僭你的,况且察院的资格,你也在前。"随向尚轩说道:"哥哥,震生一番好意,我想附骥,哥哥你看可以么?"尚轩看见震生有不悦之意,就点点头。龙氏兄弟很友爱,勤斋一举一动,总要取得尚轩的同意才行。他见尚轩点了头,就向震生说道,"我决定联衔就是了。"震生道:"既然如此,就请二哥去拟稿,老表兄你虽不愿列名,请你帮着二哥斟酌稿子总可以的。"尚轩也就点点头。主客匆匆的也就散了。

等过了两三天,震生在家里接着报房送的《宫门抄》,上头明发的上谕,裁去詹事府、通政司、大理、光禄、太仆、鸿胪诸寺,又裁各省督抚同城之巡抚,又裁河督、粮道、盐道。震生看了,呵呵大笑,自言自语道:"这才机会到了!"他就坐了火车到了保定,去见华中堂。进了直隶总督的衙门,华中堂请到签押房中坐,便问何事?震生道:"现在他们越发放肆了,裁去了许多衙门,凭空的把各人的官都革了,真没什么办法!"华中堂微哂道:"一朝权在手,有什么法子呢?"震生道:"晚生自从见了中堂回去后,一切都预备好了,只等中堂指挥。因为好几天没有信息,所以来见中堂请示。"华中堂道:"不用忙,九月里天津阅兵,京里头很有谣言吧。"震生道:"是的,不过有点儿知识的还不甚相信。"华中堂道:"你不用去辟谣,中间有作用的。你不着痕迹的附和着也不妨。你在京里等着,只要机会来了,我就给你送信,我也不找别人了。你放心等着罢!"随将手向炕儿上的茶碗一扪。门外当差的就喊:"送客!"震生走到签押房门外,身子一站,华中堂就呵呵腰进去了。

震生回京,到了烂面胡同自己宅里,天已傍晚,恰好龙勤斋来,进去见了面。勤斋道:"你是到了天津去么?"震生道:"此次是到保定去见的。华中堂的意思是还要等机会呢!"勤斋道:"今天的上谕你看见了么?"震生道:"我刚到家,什么都不晓得。"勤斋道:"今天礼部六个堂官统统革了,吕旦闻等分别补了各缺,都是他们的一党了。"震生冷笑道:"随他们去,看他能有几时的横行吧。"勤斋正欲说时,只见家人来回道:"庆宏庆老爷拜会。"震生就说:"请!"一会儿家人引着庆厚甫进来。原来庆厚甫是内务府的郎中,是连总管门下的三等角儿,跟震生是把兄弟,来往甚密。震生的消息都是他那边透出来的。由他介绍,踏进了华中堂的门。他和震生见了面,和龙勤斋招呼了,彼此坐下。他也晓得勤斋是震生至亲,臭味相投,不必避忌。他就问道:"你昨儿去了,我料你今天一定回来,所以来问问。老哥你见着了中堂,有什么话?"震生道:"没有什么,只叫我们等机会,恐怕一时不能发动哩!"厚甫道:"也不远哩!今儿礼部六堂革职,听说老佛爷很生气,叫了那个主儿去申斥了一顿。"勤斋道:"怪不得老佛爷生气,从来没有这种办法的。"震生道:"依着我的意见,老佛爷就可以出来,再等下去,要是他们毛羽丰满,反觉得棘手哩!"勤斋道:"最好母子之间开诚布公,就此收拾,不要闹出风波才好。"震生道:"现在是势不两立的了。"厚甫道:"不错!再要调和很不容易的了。"震生道:"中堂对于九月里天津阅兵的谣言,说不用去辟谣,随他们去。这个意思我不明白,也不好问。"厚甫道:"老哥你是个聪明人,怎么一时糊涂了?这个借阅兵来废立的谣言,你想中堂多漂亮的人,肯做这种傻子的事么?这是连总管请示了老佛爷才定的主意。一面是说天津阅兵废立,一面是说兵围颐和园,将来两个谣言,一定有傻子来钻这个圈儿。中堂的等机会,就是等他们来钻圈儿。这班混蛋,那里能跳出如来佛手掌心!所以老佛爷到底是能办事的人。老哥你看他们都要自己投入网中哩!"震生道:"原来如此!吾们有了这个老佛爷,国家大事真不用愁呢!"厚甫道:"前儿军机处大臣领班的义王爷生日,照例在军机处当差的,那一个不去祝寿,那一个不去送礼,这四个小子,眼中没有人,所以军机处照例送的公分,达拉密(满语领班)也不去知会他,怕碰他们钉子。果然,他们不去拜寿,不去送礼。这也罢了,他们还说,时事艰难,办理国事还来不及,那里还有功夫奔走去谄媚权贵呢?这种话听了可气不可气!照他们说来,一切世界上礼节往来都用不着了,这不是书呆子么!"震生道:"你说他们是书呆子,倒是看错他们了!他们的奔走找门路,比咱们要厉害得多!你打听他们的拉拢的法儿,花样儿才多呢!他们靠着笔头儿来得,自有一班大人先生去赏识他。南海这家伙,不是我的同乡老夫子拉出来的么?他得了一个地步,就生出方法来了。我这位同乡老夫子上他的当真不小!听说根本还是庄小燕中伤。他们的同乡真是一气的,不过过河拆桥,这种人真不好相与。"勤斋道:"听说赶掉他老人家是太后的意思呢!"震生道:"老佛爷跟他,近来因为钱唐卿的事,是不大很合适。不过总要顾全点面子的,不肯乱来。后来庄小燕勾通了内线常常叫起儿,他就常常的贡献些外国来的玩意儿,我们老夫子不免在皇上面前说他不正当,上头正在喜欢他的时候,那里听得进去?一面老夫子以为从小教他书的,他小时候听了打雷害怕,常钻到师傅胸前;他读着书,有时坐到师傅怀里,把小手去捋师傅的胡子,摸摸师傅的乳。有一年老夫子请假省墓,仅赏假一个月,临走叮嘱不准展期,眼中并且流着泪。不料现在竟听信了庄小燕,毅然的轰了,不留一点面子。在我们老夫子真是个晴天霹雳呢!也是我们老夫子平日不留心人才,不提拔有肝胆的人做心腹,才一败涂地。"说着话,天已昏暗,震生就叫家人预备开饭。厚甫、勤斋都说:"不必了,我们都有应酬。"勤斋是在广和居的局,厚甫是在东单牌楼德兴堂的局,二人便套车走了。正是:

流莺避弹迁幽谷,黄雀捕蝉酿杀机。

欲知后事,且看下回。

第五十回 杨淑乔一封传密诏 戴胜佛两眼误奸雄

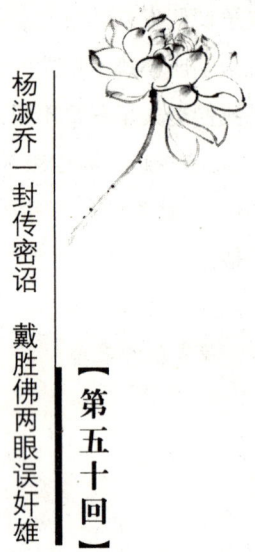

却说尹震生自保定回来，预备着乘机而动。那时唐常肃因为礼部六堂果然一朝革职，正在痛快非常，他们一党于傍晚依然在同丰堂聚会。梁超如道："礼部的改革，虽是极痛快的，不过反对派的冤仇越结越深了。"胜佛道："事势所逼，也管不得许多了。"常肃道："今天很好，小燕管理矿务铁路总局，农工商局的段老四，一同发表了。一来他们可以出力的干，二来排满的谣言也可以消灭了。或者新旧可以融化。"胜佛道："我们要避免风潮，调和妥协，是决没有办法的。只有豁出去，拼一个谁死谁活。"超如道："就是决战也要定一个下手的方法才好。否则毫无布置，怎么应敌呢？"常肃道："今天没有看见小燕，里头的消息怎么样？我们应当去探听一下，才好商酌。"胜佛正要开口，只见常肃的家人推着风门进来，说道："刚才庄大人的管家来说，请老爷和梁老爷去谈一句话。"常肃点点头，家人就退出去了。胜佛道："很好！唐先生和超如就去，有什么紧要的信息，我们从此地散出去，就在唐先生的寓中等着罢。"常肃道："好！好！"就和超如一同去了。敦古道:"不晓得有什么变态发生吧!"胜佛道:"这是当然有的,礼部的严旨,我是极力主张的,皇上尚在游移,我就奏道:'皇上不用霹雳手段,是永远不能变法的。'"敦古道:"未免太急暴了。"胜佛道:"怎么你也说这种话?去一个是要报仇的,去六个也是报仇。我的主张,去一个是一个,最好把他们统统去了,换上一班新人物,那才有新气象呢!"敦古道:"你的话是不错,不过我们的地位越发危险了。"胜佛道:"我们上了台,还管什么危险,至多不过丢掉一个脑袋罢了,怕什么!"敦古看了他一看,没有接声。旁边淑乔道:"胜佛太急进了,我们上台本来知道有危险,但个人的危险不必管,国家的大事总要望他成功的。照胜佛的主张,一定只有失败的了。我昨天正跟唐先生商量,光让我们四个人去支撑这样重大的事,自问实在办不了的。只有赶紧请一位德高望重的进来,扛了大纛,吾们跟着办,才有希望哩。"敦古道:"我也赞成。我们的资望实在不够,就是先生,他没有权位的经历,上头就是言听计从,也不能得多数的同情。况且颐和园反对的威权压在上面,不比没有这个压力,现在正要当心呢。"胜佛听了,没有开口。淑乔立起来道:"时候不早,我要先走,唐先生有紧要消息,我明天下了班就来。"他们坐了一回,也匆匆各散。

那常肃、超如因小燕的招呼,就赶快到了小燕寓中。进去见了小燕,小燕脸上不甚高兴,向着常肃说道:"今天礼部的大举动,是先生决定的么?"常肃道:"我们这位同乡,反对得太厉害了,确是也不能不下辣手。我确是主张的。不过六堂同去,出自圣裁,我也觉着太暴躁了。"小燕冷笑道:"上头的主意,老实说拿不定的,今天是胜佛该班,听说是他极力奏请的。照胜佛的这种办法,恐怕不妥吧!"常肃道:"小翁得了里头的消息么?"小燕道:"是的,这道上谕发表了,军机处已有人到了颐和园去哭诉哩!现在事已成实,胜佛可有什么办法呢?"超如道:"事情早晚总要爆裂的,不要这个就是导火线,那真来不及预备呢。"小燕道:"超如的话是不错,我们对于爆裂是慢一天好一天,越慢是越有利益,胜佛为什么不照着步骤进行呢?"超如道:"胜佛的热血是胜人百倍,可取者在此,将来或者失败也在此。"小燕道:"胜佛的人是极可佩服的。不过譬如行军,军中的号令是要整齐划一的,唐先生你是统辖的大元帅,须谆谆告戒部下不可自乱步骤,这是成败的紧要关键。你以为何如?"常肃道:"这是不错的。不过胜佛这个人,十分拘束他是不容易的。"小燕道:"我也知道,胜佛遇事勇往是他所长;考量利害,慎重周密,是他所短。叫他在军机处,实在违用其才;叫练一枝兵,作为基础,缓急的时候,真真可靠。我看赶紧替他换一个地位,发展他的长处,倒是要紧的。"正在说时,只见一个家人进来,说道:"有客要见!"小燕道:"是谁?怎么没有名片!"家人道:"是玛加剌庙来的。"小燕听了,连忙立过来,向唐、梁点点头,就出去了。很大一会儿,进来向着他们说道:"糟了!怎么好?"常肃道:"里头有消息么?"小燕道:"是的。"超如道:"什么事?"小燕道:"今儿皇上去请安,给太后厉声申斥了一顿,说道:'照你这个样子那里干得了!从来没有把一部的堂官统统轰掉的。我从你四岁的时候,好容易扶了你做了皇上,抚养了你多年,交给你自个儿去做,你以为本事大了,就独断独行。我在旁边看着你一天不比一天,想必你做皇帝的运快完了,才这样的胡来!你可晓得咱们祖宗好容易打成的天下,可不能给你胡搅的!'可怜把皇上吓得一声儿没有言语。照这个样子,恐怕快要出事了呢。"常肃听了,默默无言。超如道:"事机既然危迫,小翁请加意侦查,一面我们也想法子,倘然商量得有些眉目,再来请示。"小燕道:"时候也不早了,明天再听消息吧!"唐、梁也就各人回去了。

　　那天晚上正是敦古、淑乔的班,进去了,皇上没有叫起儿。二人很有些诧异。等到军机大臣们散了,二人也要下来,只见一个御前小太监,拿了一个封套,悄悄的交给淑乔手中,不发一言的去了。淑乔接了,顺手向怀中一藏,就向敦古递了一个眼色道:"我们走吧。"走出了景运门,四顾无人,淑乔向敦古道:"我们哪儿去?"敦古道:"还是唐先生那儿去,他们想来多在那儿。"淑乔道:"好!"出了东华门,上了车,就叫车夫赶快到唐常肃寓中而去。一会儿到了唐家,进去一看,果然超如、胜佛、书堂、子珮、仲涛等许多人都在常肃室中。二人进来,各人都立起来问道:"今天可有新政?"淑乔道:"今天没有起儿,所以一点事没有。"二人就叫家人脱了衣冠,换了便服。淑乔一找,常肃不在室内。那敦古换了便衣,一会儿出去了。仲涛就挨着淑乔道:"外头风声很不佳,你也有点儿觉察吧。"淑乔道:"你这会儿出去上哪儿?"仲涛道:"不一定。"淑乔道:"你几时回家?我要跟你谈一句话。"仲涛道:"没有事,你要来,我就回去候着你。"淑乔点点头。一会儿,敦古跟着常肃进来。常肃招呼淑乔道:"我要问你一句话,请你到这儿来。"淑乔就跟着常肃到东边一间厢房里坐下。常肃道:"敦古说上头有密交的文件,可以告诉我么?"淑乔道:"当然要告诉的,所以约着敦古同来,否则也要回寓去了。"常肃道:"同舟共济,我们自然休戚相关的。"淑乔点点头,就将那交下的一个封套交给常肃。常肃接过来一看,封口已开,就将里头的纸抽出来,只见那白纸上是硃笔写的手谕,上写着:

"近日朕仰观圣母意旨,不欲退此老耄昏庸大臣而进英勇通达之人,亦不欲将法尽变。朕岂不知中国积弱不振,非力行新政不可,然此时不惟朕权力所不及,若强行之,朕位且不能保。尔与刘光地、戴胜佛、林勋等详悉筹议,必如何而后能进用英达,使新政及时举行,又不致少拂圣意。即具奏候朕审择,不胜焦虑之至。"

常肃看了说道:"你应当跟他们三位商量了从速复奏才是!"淑乔道:"是的!请唐先生定一个宗旨,怎么样复奏才好。"常肃道:"他们几位都在此,只有培村没有来,我打发人去找他来好吧!"淑乔道:"很好!"常肃就叫家人拿着片子去请刘老爷来,有要事商量。杨老爷、戴老爷、林老爷都等着呢。不多一会儿,刘培村进来,就同了胜佛、敦古、淑乔、常肃、超如等看着这道硃谕,相对无言。胜佛道:"这个皇上真一点儿没有权力,前天就是开懋勤殿一件事,当面交派,须要将历朝开懋勤的旧例详详细细统统引证明白。因为须向颐和园请示,我就面奏:'皇上既然决意要开,只管先发了上谕,随后报告一下子好了。'皇上摇摇头,表示不能专断。我才知道皇上真是一点儿没有权力的。"超如道:"你难道起先不知道么?"胜佛道:"我虽然晓得压力很重,想不到这点儿小事都不能拿主意的。"超如道:"能够有点儿权力,对于唐先生为什么只能派为总理衙门章京呢?对于你们四位为什么只能派为军机章京呢?现在种种小心谨慎,还不得了呢!你看今儿的硃谕,多么可怜!"胜佛道:"今天既然交派我们商量,倒底有什么办法?"敦古道:"这个复奏,联名具复呢,还是淑乔单衔具复呢?"胜佛道:"我们先要商量办法,再讲别的。"淑乔道:"联名单衔,尽管慢慢儿商量,胜佛兄的意见怎么样呢?"胜佛道:"我的意思,不去掉这班老耄昏庸的人,那里能举行新政?现在索性大刀阔斧的做去,究竟二十多年的皇上,难道说一声废立就可以实行么?就是儿子不好,也要有不好的凭据,究竟是一个皇上,好轻易更换的么?我以为请皇上放大了胆做去。再说,难道天下臣子个个都是徐用斋么?"淑乔道:"这么一来，一定要闹出大风波来了。唐先生你看是不是？"常肃道："胜佛的急进，确是不容易实行的，总要想一个妥善的法子才是。"超如看了一看胜佛道："胜佛的议论决不是空言可以行的，妥善的法儿也不是一时半刻能想得出的。明天先由淑乔去复奏了，我们再慢慢的商量好法子。"淑乔道："超如的话不错。我想礼部六堂办得是太急点儿了，现在请皇上进退人才，郑重进行，缓和太后的意思，吾们不至于全功尽弃，才是办法。"胜佛怫然道："我是不能说这话的，我是轰掉礼部六堂的主动人，怎好做反复小人呢？"超如道："明天复奏，只好是这样说。胜佛既自觉矛盾，好在这个复奏没有指明四人全体，不妨由淑乔单衔先复，将来商妥了再行联名奏达也不妨。"常肃道："淑乔和超如的话都不错。淑乔意思如何？"淑乔道："唐先生既然主张如此，敦古、培村二位意下如何？"敦古道："先生既以为然，我是不反对的。"培村道："也只好如此。"淑乔道："既然如此，多数赞成，我要回去赶办了。"常肃点点头道："很好！"淑乔匆匆的起身去了，培村也跟着走了。

胜佛道："皇上这样着急，我们一点儿没有办法，照刚才淑乔的话，跟那班老耄昏庸的有什么两样呢？先生怎么也同声附和呢？难道我们的出来也是想做官的新法子么？"超如道："你不用发火。你看淑乔的意思，对于礼部的举动是不赞成的，他的宗旨就是南皮的宗旨，我们不要内哄，再削弱吾们的力量，这是要顾到的。否则反对的势力愈张，吾们的势力愈薄了。二来你看皇上的意思，是新政办不动了。我们再用激烈的手段，恐怕这主儿受了压力，把我们辛苦经营的一点儿一下子翻过来，全功尽弃。昨天跟小燕商量。他说礼部的风潮，反对的力量更进了一步，他以为很危险，是不错的。他又说你最好是去练兵，慢慢的你得了兵权，将来什么事不能办呢！现在不求有功，但求无过，先去培养基础才是。"胜佛道："你的话也有理，不过远水救不了近火，我们何妨设法去利用呢？"超如道："你有什么利用的法子？"胜佛道："方安堂练的兵很好，确是可用，我们何妨想法跟他联络。好在他本是同党，首先入会的，我们去说动他如何？"常肃道："他不做实缺道、实缺臬台，情愿练兵，志不在小。他肯为我们去冒险么？况且他的兵已编入武卫五军，受华中堂节制，一定关系不浅。胜佛你的热心太过分，恐怕人家不跟你一个样罢！"超如道："这个人喜欢办事，若能以功名笼络他，或可动心。"胜佛道："超如的法儿很好，我明天去面奏请旨，叫他进来，加他一个大大的面子，或者可以买服他的心。"常肃道："这也是一法。"胜佛道："总比淑乔的主意好一点。唉！中国人有了一点儿东西，就要患得患失了。万一火炎昆冈，玉石俱焚，他们也不过枉费精神。"超如道："你什么我都佩服，只是度量尚欠点阔大。"胜佛道："你还来说我，你不来找我，我在徐仙岩跟着师父多快活。我却不了你的情，进来了，受许多的腌脏气。你能去找一个大量的人来，我立刻告退。我真真谢你呢！"超如道："不要生气，请你原谅。"敦古道："你们俩不必去闹意见，也不必去闹虚文客套，再把进行的事情细细研究一下，这是关系很大的。不要吃不着羊肉，反惹得一身的膻气。我是不赞成方安堂的，他的眼珠儿太流动，说话时没有一点儿恳挚的神气，恐怕不能与他共谋大事。我看那个董回子很有点草莽英雄的精神，这种人答应了一句话，不会反复的。"胜佛道："他究竟是回匪出身。他真办成了，恐怕尾大不掉，我们节制不了他，变成了一个东汉的局面。我是不愿意做何进的。"超如道："方安堂果成了大功，他也不是淡于权力的，所以最好你有了方安堂的地位，我们就放胆前进了。"胜佛道："照你们的瞻前顾后，真一事不能办了。"就向着常肃道："先生请判决一下子吧。"常肃道："叫方安堂来京陛见，请上头奖励一下，再看他情形如何也未为不可。董回子那儿也可以想法去联络。我们现在多是揣测，究竟不知道他两人能不能共事，也要去用一番功夫去考察，才有把握呢。"敦古道："先生的话是脚踏实地的办法，我们不必争论，大家分头去进行好了。"胜佛道："方安堂的事我去办，董回子的事敦古去办。"就此决定了，各人便纷纷散了。

第二天《宫门抄》上，发表的有武义递封奏一件、柳崇雅递封奏一件，接着上谕两道，上开："御史武义奏参柳崇雅、唐猷辉一折，妄言乱政，诬罔失实，本应重惩，姑念言路攸关，武义着回原衙门行走。钦此！""柳崇雅奏请设立译书局，派遣亲王、贝勒、宗室游历各国，派遣学生留学日本等语，着各衙门会同军机处参预新政各员，妥筹迅速办理。钦此！"原来唐常肃自从听了柳书堂告诉他武子友说的话，自己一研究，确有点儿疑窦。那武子友是差不多天天到唐寓来的，常肃有一天就向他道："子友，你前天跟书堂说的话是真的么？"子友呆了一呆道："是什么话？"常肃道："就是你说的颐和园有废立之意，到底确不确？"子友脸上一红道："内城很有这种谣言。"常肃道："你说你能做侠客，你能养死士，你真有这个能耐、这个胆量么？"子友涨红了脸道："我是跟书堂闲谈，总盼望有这种人出来，方能救国哩！"常肃道："这种话岂可胡说的！就有这能耐，有这胆量，也不可放在口上，何况你不过是希望呢！请你以后留神，否则书堂也许自行检举，也顾不了交情哩！"子友脸上顿时吓得由红而白，立起来，向常肃请了一个安，说道："请先生原宥！并请转达书堂，担待我年幼无知吧！"常肃道："以后留神就是了。书堂也不至于一下子就反面无情的。"他觉得浑身不合适，匆匆的走了。

今天常肃看了这道上谕，说明参他，很为诧异，就要去找今天值班的淑乔、敦古来探问。不料敦古已经来了，见了面，就说道："武子友真岂有此理！他参书堂，说有兵围颐和园的言语。又说先生开保国会，其宗旨为保中国不保大清。这个折子，皇上阅过大怒，欲加以重责。幸亏得淑乔面奏，现在推行新政，正要和缓新旧意见，不必严惩，从宽发回原衙门就是了。皇上也就点头应允了。先生，你看旗下人靠得住么？"常肃道："这是我自己招出来的。"就把前日跟他问答的话告诉了敦古。敦古叹了一声道："人心真险！以后真要留神，怪不得胜佛要用激烈手段呢！"说了一会儿，天已傍晚，各人都有酬应，匆匆一同上车去了。

等到第二天，《宫门抄》有一道上谕："着方代胜来京预备召见。钦此！"常肃看了，知道是今天胜佛值班，他的主意已实行了。正要想等胜佛散值出来，只见胜佛兴匆匆走进来，说道："今天总算达到目的了。"常肃含笑道："你怎么样说动的？"胜佛低低的说道："这个主儿还是胆子小。"常肃道："你的大目的没有说么？"胜佛道："那里好说？我不过借了天津阅兵的谣言很有危险，请预备点儿抵抗方法。他就问有什么办法。我就保举方安堂，请叫他来当面奖励他一下，并请旨赏他一个侍郎，收服他的心，将来一定有用的。上头才点点头答应了。"常肃道："很好！我们总算进行了一步。"胜佛道："临了儿又不行了。"常肃惊异道："又怎么了？"胜佛道："我临散时，上头盼咐道：'你去秘密的告诉唐某人、梁某人，太后那边很注意他们，还是叫他们避一避，叫他俩快到上海去，办报的办报，译书的译书，万一太后那边发动，我是保护不了他们的。你叫他们赶紧动身才是！'我只好答应了。下来一直就到此地来。"常肃道："这句话你暂时保密，同人中也不泄漏，我们临时再想法子。"胜佛道："也只好如此，且等方安堂召见了，再看形势如何。先生、超如之行止，好在没有明发，暂且延搁了再说。"正在说时，只见敦古匆匆进来，看见了胜佛就道："你的政策实行了！你办事的毅力真可佩服！不过我还是不赞成。"胜佛道："我们分道扬鞭，你做你的，我做我的,各行其是便了。"敦古道:"我的不赞成,是对人不是对事。"胜佛道:"既然对事,是一条的道儿,我们也不必争执,预备的法儿是越多越好,我们从速进行。我看事机是很急的,恐怕等不到九月的了。"常肃道:"我也要去到小燕那里去探听一下子,他手眼很灵,或者有确实的消息哩!"敦古道:"我昨晚上床睡不着,口占一绝句,本想写出来给你,现在当面给你罢。"就在常肃桌上取笔写道:

  伏蒲泣血知何用?慷慨何曾报主恩。
  愿为君歌千里草,本初健者莫轻言。

胜佛看了微微一笑道:"我们只好各行其是了。"

  隔了一天,那方安堂接了上谕,赶紧收拾进京,暂住在西城法华寺,办了请安折子和膳牌,因皇上驻跸颐和园,随即到了海淀,当夜递了请安折,在宫门伺候。等到天明,就在园中毓兰堂召见,询问练兵的许多事。问完退出,一会儿有旨着以侍郎候补。第二日谢恩召见,皇上含笑说:"人人都说你练的兵、办的学堂很好,以后可与华福各办各事。"安堂退出,到了军机各大臣处周旋了一回,耽搁半天,就进城回到法华寺。寺里的方丈听见方大人升了侍郎,进来贺喜。只见安堂满脸的汗,略略敷衍方丈几句话,就叫家人开饭。吃完饭,正在心中踌躇,想到今天召见的时候,临末了儿几句话,很有些诧异:怎么叫我跟华中堂各办各事,明明授意跟华中堂反对,并且特赏了一个侍郎。倘然真的反对掉了,那个北洋大臣一定可以得到。讲到华中堂,不过游滑狡诈,临到大事也没有什么能耐,要我干他,也有七八分把握。不过这个主儿向来太没有能力,他既要用我,为什么不交派清楚呢?大约历史上没用的皇帝,都盼望人家替他去干,干得来便罢,干不来他就脖子一缩随你去。等到紧急的时候,得他拿主意,他竟可以往你身上一推,假装不知道。临到不得了的时候,他反要说替他办事的人害他的。华中堂是太后一边宠信的人,要给太后翻脸是不容易的。要是有能耐的人,只有千方百计设法子奉承好太后,慢慢的权柄自然到手。现在要想硬来,一定没有成功的希望。我跟着他太危险,太不上算,不过这个机会,中间很有可利用的不少,我等到请训时,看他怎么样再说。

  正在默默的思想,只见带来的差官拿着一张名片进来,说道:"戴军机有要事拜会。"安堂接着名片一看,原来是戴胜佛,心中一惊:何以此人在这个时候来见？正要说"请",望见玻璃窗外一个三十岁光景的人,体格英挺,丰神豪爽,已在庭中,知道就是戴胜佛。连忙迎到阶下,请入屋内,彼此作揖。只见胜佛道:"今天特来贺喜。"安堂道:"不敢当!自问庸劣,蒙擢高位,圣恩深厚,将来如何报答？现正在踌躇,想要恳辞哩。"胜佛道:"从前久闻大才,现在见了面,真是名不虚传。兄弟略知相法,足下眉目之间看来必握大权,出将入相,指顾间事。此次圣上特简,真是知人之明,当为国家预庆。"安堂道:"太言重了,那里敢当。"胜佛道:"今天有几句话要密谈,可否找一间静一点的屋子谈谈呢？"安堂道:"可以！"就引到卧室里的套间内,家人携了茶进来,安堂就向外头喊道:"马得胜来。"外间进来一个穿军装的,立定举手,行了军礼。安堂道:"这屋子外头,你叫他们都出去,你在院子外的门外站岗,不许一个人进来。"马得胜听了,又行一个礼出去了。安堂道:"现在尽可谈了。"胜佛道:"连天召见,我们的皇上,你意中的观察怎么样？"安堂道:"圣明得很。"胜佛道:"这两天的召见,圣上倚重之心,想已表示的了。"安堂道:"上头不过问了些练兵、办学堂的事,没有别的吩咐。"胜佛道:"没有提及华中堂么？"安堂道:"跪安时只有一句,吩咐以后跟华福各办各事。因已跪安,不好奏请明谕,正在有点儿疑惑哩。我的军队都归华中堂节制,怎么样各办各事呢？"胜佛道:"就为这句话,恐怕一时误会,所以兄弟来说明一下。天津九月阅兵,华福将废弑的阴谋,想也听见了。"安堂道:"他的胆子很小,不见得敢做这种悖逆大事,恐怕是谣言吧？"胜佛道:"这人很狡诈,你怕要上他的当哩！唐先生从前保奏的时候,皇上说太后听了华福,说他跋扈不可用,况且汉人兵权不可太大。前天的召见,兄弟很费力的说了几次,上头才明白,不过在小站的兵都由他编入武卫军,听说很优待,是不是？"安堂道:"现在确是很笼络我。但他的私恩终不能敌圣上的公义。况且就说私恩,他也没有诚意的。前年胡景桂参我,后来由他查复销案,实在胡都老爷是他的心腹,起初我也不知道,后来不多时放了他宁夏知府,就升了宁夏道,通是他的手段哩。"胜佛道:"如此说来,皇上倘然叫你去轰华福,你没有顾忌么？"安堂正色厉声道:"有什么顾忌。君父有难,自当直前,况受厚恩。如有畏缩,是非人类。"胜佛道:"我跟你均受非常的恩遇,欲同心协力救我皇上,其权实在足下。现在既成同志,我们就商定一个办法如何？"安堂道:"只有一法最稳妥,现在天津阅兵既有谣言,皇上于阅兵时走到我的营盘,那时军队齐集,皇上只须下一寸纸条,谁敢不从!"胜佛道:"倘然九月不去阅兵怎么好?"安堂道:"现在预备阅兵,已花了数十万,我可向华中堂力求太后出来。况且连总管等一班人,正想跟出来发一笔财呢!只要用些法儿,他们有不出来的么?"胜佛慨然道:"大丈夫一言为定,今天起,报皇上的恩,救皇上的难,做一件惊天动地的事业,全在你的手中;倘然贪图富贵去告变,亦由你。"安堂立起身道:"你认为我为什么人?我三代受国厚恩,难道肯丧心病狂,贻误大局么?苟利社稷,死生以之,请你不要疑惑。"胜佛向他作了一个揖,说道:"你真是一个奇男子。佩服!佩服!"安堂道:"今天既已议定,我请训后即出京,将军中的枪械、子弹、粮食备齐,听你的命令。但你是近臣,我有兵权。你我两人,今天突然会面,外面人晓得了必然生疑心,请你明天起请几天病假,也可再来此地。等我出京到防后,即将布置办法详细报告你,再定办法日期。"胜佛道:"既然约定,不必多谈。"就立起身出寺而去。

安堂送客回来,已有四更的时候。他坐在房中,也不去睡觉,就叫带来的厨子预备早饭。一面吩咐家人,一早去东交民巷法国医院中定了一间房间,就叫一个老家人穿了他的衣服,天朦朦亮,就假托是他进了医院,吩咐医生拒绝来访问的人,其余人等都留在法华寺中。有人来问,只说骤然发烧,住在医院,医生说大约不要紧,只要静养一两天就好的。一面东方未明时候,吃了早饭,换了服装,一个人走到火车站,买了一张三等车票。早车人少,他就把军用毯单向座位上一铺,朝里装睡。其时尚早,他假睡在三等车中,心急如火,盼望开车。直等到铃声一晌,火车蠕蠕而动,他才心中一宽,由火车载着告变的人往天津去了。正是:

蛇尾龙头怜弱主,口蜜腹剑冒英雄。

欲知方安堂如何下落,且看下回分解。

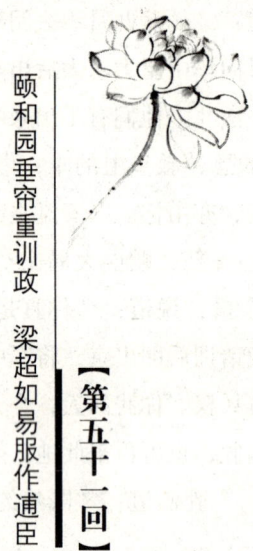

【第五十一回】 颐和园垂帘重训政　梁超如易服作逋臣

却说方安堂改装出京,心中很为不安,好容易盼着到了天津。他就杂在众人中下了车。只见头等车车门开了,有一个风姿绰约的女子正要下来,安堂一望认得她,就是赛金花。因在天津曾经见过几回的。向后一望,只见一个穿着很漂亮的军装,戴着一顶德式军帽;并着走的一位,穿着便衣,华美非常,确是满洲贵人的装束。二个人跟着赛金花且笑且谈,一同下车。安堂认得一位是德国陆军学校毕业、现充督练公所总办的音五楼,一位是杨金甫。他就连忙躲开,走出车站。他们也没有留意。

安堂当即坐了一辆马车,匆匆的回到自己公馆中,看看时候尚早,就吃了饭,换了衣服。约到午刻,就到北洋督署中来求见。等了一会儿,里面有人出来说:"请!"安堂进去,直到签押房,见了华中堂。只见华中堂向他含笑道:"恭喜!恭喜!得了侍郎了。不过你还没有请训,怎么就出了京了?"安堂道:"因为有些特别的事,不能不来报告中堂,所以私下出来的。"华中堂微笑道:"有什么紧急的事呢?"安堂道:"召见的时候,上头也照例问了练兵、办学的几句话,没有什么重要的吩咐。不道下来后,忽然得了侍郎候补的恩典,真是从天而降,莫明所以。"华中堂微笑道:"自然有人保举你,你难道还不知道么?"安堂道:"代胜实在不知道。"华中堂道:"谢恩的时候,上头问话,没有提到我么?"安堂原是聪明绝顶的人,听了吃了一惊,知道什么消息已到,赶紧说道:"临了跪安,皇上曾说以后跟中堂可以各办各事。因为已经跪安,不能再奏,实在不知道什么意思。"华中堂含笑道:"也许别有倚重,也许是我的替人。"安堂道:"这是中堂说笑话了,代胜是受了中堂的栽培,多厚多久。代胜只有跟着中堂走,别的也不愿做的。"华中堂呵呵笑道:"你太谦了!你今天的出来,就是报告这几句话么?"安堂道:"不是,因为昨儿晚上有戴胜佛到法华寺来,向来是不认识的,他不等请就进来了。"就把问答的一番话报告了,接着道:"他的意思要代胜带兵进京。代胜是受中堂节制的,没有中堂的命令,怎能轻举妄动?细想这几句话很有关系,所以特为冒罪来禀知,求中堂训示。"华中堂默默听了,等到安堂说完,才叹了一口气道:"这才是冤枉!我有一毫犯上的心,天诛地灭!现在我知道了,你是一个很有识见的人,你今天的报告,你的心我知道了。今儿是初三,你快回去预备后天的请训一切。你放心便了。京里头的消息,这儿也不断的。不过你今天的话比什么消息都紧要,很有关系,将来总要对得起你的。我也不留你了,你悄悄回去罢。"随向外喊道:"来!"一个家人进来,就吩咐道:"你关照巡捕和门上,今儿方大人来,不要挂号发抄。"家人应了一声:"嚓!"就去了。安堂道:"遵中堂的吩咐回京去了。"华中堂送到房外道:"一切心照,不送你了。"呵呵腰就进去了。安堂回了公馆,仍旧换了便衣,躲在三等车上,向京而去。

不说安堂向天津告密的事,且说胜佛回去,就到常肃寓中报告一切。常肃听见安堂慷慨的情形,心里也很相信,将来叫他来围颐和园,就算做不到,不过天津阅兵却是很妥当的机会,只要把皇上请在方安堂的军中,我们发号施令,真是"挟天子以令诸侯",中国历史上常有的,确是很有把握的。他们谈到天色将明,睡了一会儿,正要起来,只见敦古匆匆的闯进来道:"先生刚起来么?胜佛也在这儿,很好!今儿消息不好,早上叫了起儿,皇上就问先生已到上海去了没有?我说先生有些事要收拾安排,还没有走呢。皇上就变色道:'为什么还不走!太后很注意他,他再不走,真不得了呢!你赶快拟一道旨意,叫他即日赶速出京,不许违抗逗留。'当时我就拟了上谕。上头就叫我带给先生,并吩咐愈快愈好,一天也不许耽搁。现在我带来了。"常肃听着,面上失色,就向敦古手中接过来一看,上面写的是:"从速出京,办理书报,勿得迟延"等语。常肃道:"这怎么好?我走了皇上怎么样呢!"超如道:"究竟什么意思呢?"胜佛微笑道:"有什么意思?先生当然是走,也许是先生的福气。讲到君子见机而作,我们也可以走。不过我的性子是不肯虎头蛇尾的,只好等着失败就是了。"敦古道:"对于先生动身后怎么办法,应当赶紧商量个妥当。"胜佛道:"只好照着进行的计划尽力而为之罢了!"超如道:"今天先生先到天津再说吧。"常肃道:"很好!我去看一看小燕。常博,你把我的行李收拾一下子,回来就走。"他就上车赶到锡拉胡同。正要下车进去,只见门公说道:"老爷上衙门去了。挡驾。"常肃问道:"大约几时回来?我马上就要出京的。衙门里回来,请你就回一声。"他车子转身的时候,常肃望见小燕的红拦脚大鞍车仍在马号里,心里顿时一个疙瘩,闷闷的回了寓。总想等小燕见见面,不料等了半天也不来,只好赶末班车,天色昏暗中到天津去了。

不提唐常肃、方安堂两个人一来一去,却说那天天津火车站到了傍晚,站长忽然接了督署一道命令,叫秘密预备一辆专车开往北京。站长接到了,知道是紧急的公事,连忙调车预备。等到天黑,果然有一辆马车到站,车前后两个家人先下来,车中走出来两个人,站长一看,一个是华中堂,一个是杨金甫。原来金甫自从赛金花移居天津,他常常来往,站长所以也认得了。站长请了安,引了两个到了车中。华中堂吩咐道:"外头不许声张,就开车罢。"站长道:"是。"便退出去。下了车,那车就呜的一声走了。这是专车,所以特别的快。车上家人送来两杯咖啡,金甫点了一枝雪茄吸着,华中堂也吸着雪茄,笑道:"今天不为着正事,咱们一定要带着赛金花来,倒是一乐。"金甫道:"你的份儿,又是你管辖的地方,万一人家看见了是不方便的。等你进了京,我一定请你就是了。"华中堂道:"她好好的在京里,为什么要搬天津?"金甫微微的笑道:"兰公爷不让口袋底儿有班子,她只好搬了。"华中堂道:"恐怕是跟你吃醋吧!"金甫笑道:"不是的。"华中堂道:"这且不谈,我们谈正事。你看明早到了颐和园,怎么上去呢?"金甫道:"咱们赶早到了海淀,我们先去到连总管那儿,托他面奏。回头悄悄的叫他带你上去,不就得了!"华中堂道:"不错!这才不露一点儿风声。"两人谈了一会儿,火车已到了马家堡,城门都已开了。华中堂宅里已接着电报,吩咐关照城门上,并预备车马。两人下车出站,坐了马车,如飞的赶进前门,出西直门,一直的到了海淀,径奔连总管的寓中而来。连总管听见了,知道他俩前来必有要事,连忙请进去。见面彼此请了安,连总管问着华中堂道:"上头没有旨意叫你,你来干么?"华中堂就凑着他耳朵低低的说了一番:"今儿来的很秘密,所以求你老人家带我上去,免得外头知道。"那皮小连听了,呵呵笑道:"你说老佛爷可不是圣明!她料他们一定要钻这个圈儿,咱们还疑心他们不上钩,还是老佛爷料着了。老佛爷近来起身不很早,总要天明了一会儿才起来。你们在这儿等着,等我进去奏明了,请了旨,我来俏悄的带你进去就是了。一切应办的都预备好了没有?"华中堂道:"都齐全了,只要老佛爷盼咐,马上都来。不用老佛爷操心。"皮小连道:"很好,你们坐一会,我就进去了。"皮小连就立起身来,慢慢的进了园门,直到太后的寝宫廊下,低低问老佛爷起身没有。有个宫人对他摇摇手。他向着皇后请了安,就站在窗户底下。此外的妃嫔等,他理都不理。

一会儿看见一个宫女在寝宫门内向外打了一个手势,那廊下伺候的宫眷进去了。两个人替太后穿衣,又有宫女取了洗脸水进去,就有两个太监抱着太后被褥晾在院中,一面梳头太监进去替太后梳头。梳好了头,那管理首饰的宫眷就拿着一个盒子放在桌上。太后开了盒,取了一朵牡丹花,花瓣都是宝石琢成,跟真花一个样,花心都是真珠穿成的。旁边宫眷又递上一个盒,太后开了,取出一只蝴蝶,也是各种宝石制成。太后把花、蝶两种插在头上,又取一盒中的珠子缨络,用一大珠旁围着五颗较小的珠子,结成梅花式,一共有数十朵梅花。太后正要把这挂在钮扣上,抬眼看见皮小连在窗外廊下往来,就问道:"皮小连有什么事?"那皮小连听见太后一问,连忙掀了帘子入内,跪下奏道:"直隶总督华福前来请安。有面奏的事件。"太后听了,向着皮小连微微一笑道:"你就带他到此地来见我,不叫人看见。"皮小连跪在地下说"领旨",站起身退至门外,就盼咐了副总管,带开了许多太监,他就匆匆出了寝宫而去,太后也就叫宫眷们把首饰匣统统收起,盼咐他们一律退出寝宫。太后向他们笑道:"我要召见一个外来的官儿,宫中女人不好给外面的男人看见的,你们暂时回避一下子。"众人答应了,都退了出去。

一会儿皮小连带着华福来到寝宫阶下,小连道:"中堂请站一站,我进去报到,再来带领。"华福低声答应。皮小连正在上了台阶,要去掀帘子,只听见太后高声说道:"带他进来!"皮小连连忙将手向华福一招,一面就在帘侧跪奏道:"遵旨!"立起来。那华福跟着皮小连进了宫中,只见太后面南居中,坐在宝座上。华福连忙跪下,口称:"阿哈华福跪请老佛爷圣安!"太后笑道:"你也好!"华福连忙磕头。太后道:"你有什么事要见我?"华福就把方代胜告密的情形奏明。太后道:"你看我说的怎么样?不是来了么!我这儿很容易办,你回去外头去布置一下,不要闹出笑话来。"华福就磕头奏道:"老佛爷万安!都在奴才身上,一切都齐全。"太后点点头道:"很好。我交给你了,明儿我就办。你跪安罢。"华福就磕了头,朝着下面,退至宫门外,才转身,随着连总管去。皮小连权力真大,华福进去出来,真没有一个人见着的。

华福也不回宅,就到火车站上车,一面吩咐家人,带了一封信送到尹都老爷家里。那时尹震生正在家中,接着华中堂的信,一看上面只写着"议定之事速办,今日须递,迟则不及"等寥寥十四个字,末尾有一个花押。尹都老爷接到这个信,顿时精神兴奋起来,原来他们商定的折子,是请太后重行垂帘训政,已经请示过华中堂,斟酌停当,并且替他托了连总管,由他转递。尹震生接了华中堂的信,马上将他和龙大典联名缮写好的奏折填好了日子带着,骑了马赶出西直门,望海淀而来。他一路上想,今天晚上到何处去呢?他自己想,这个折子上去,太后一定欢喜,我的前程未可限量。他就想着军机大臣王武揆也是后党,且跟他有些亲戚关系,今天顺便去告诉他一声,一来表示我的线索灵通,二来微露交情深厚,他一定留我。晚上到连总管那儿,请他派一个军机处苏拉引着去,省得多费周折。他经过王大军机的寓处,就叫家人投帖请见。那王宅的门公,见是都老爷,只好进去回。那王大军机连忙说:"请!"尹震生进去,到了客厅。王大军机即从里头出来,分宾主坐下。王大军机明知他必有要事,但他是著名圆滑的人,北京素有"琉璃蛋"的雅号。他见了面,不绝口的敷衍,一派是毫不相干的言语,绝不问及来意。尹震生熬不住了,等他谈论少停,说道:"今天宗扬来见中堂,是要递一封奏。"王大军机道:"近来言路广开,政府也很盼望各位有所建白,不过我备员枢垣,是不便先与闻的。"震生道:"现在一班自命新党的,搅乱朝纲,宗扬是想请太后回宫,重行训政,才可挽回。所以先来请示。"王大军机听了,他就假装着耳聋,说道:"请太后回宫,天气还不十分凉,在颐和园里也还方便。大内的房子不十分合适,就是西苑里,到九月里回去也不晚。"震生接着道:"宗扬的意思,想请太后重行出来训政。"王大军机道:"现在皇上办什么事都上去请示的,差不多跟从前一个样。"他不等震生再说话,就举手摸了一摸茶碗,立起来道:"本来我们是亲戚,今儿晚上应当留你吃饭,你现在既有这篇大文章,我不便留你了。"家人们外面已喊着送客,震生只得出来。王大军机特别送到门外。震生再四推辞,王大军机一定要送,直到看上了马,转身回来,走到上房院子中,他老人家口中吟哦道:"瓦罐不离井上破,将军难免阵前亡!"一面说一面进上房去了。

  那震生出来后,只好寻了一个店叫裕盛轩宿了。就叫家人把带来抽大烟的家伙摆好了,躺在炕上抽烟。抽到四更天气,他就穿了衣冠,带着折匣,匆匆的赶到连总管那儿。一到那儿,只见门内灯烛辉煌,震生取了一张衔名全单,又预备了一个封套,上写着"门敬",中间装着银票一百两,一同拿着,亲身踏进门房。只见许多太监跟几个家人,他们看见了震生,也没有人站起来。他就找了一个年近四五十岁的太监,向他请了一个安。那太监把手一招,问道:"有什么事?"震生道:"要求见总管面回一件事。"那太监道:"恐怕没有功夫吧,"就指着坐在桌旁一个家人说道:"你问他!"震生向家人也请了一个安,把衔名全单和"门敬"封套一同递过去。那家人接过来一看,就站起来道:"原来是尹都老爷!上头已经吩咐过了,有东西带来吗?"震生很高兴的答道:"已经带来。"就将折匣送上。那家人说道:"都老爷请坐!我就回去。"他就匆匆的拿着折匣和名单进去了。不多一会儿,那家人出来说道:"上头吩咐,没有空儿见你,请都老爷先回去,东西收到了。听信儿吧!"震生赶忙向那家人请了一个安道:"一切费心!谢谢!"家人也还了一个安道:"都老爷不用客气,谢谢你!"震生就走出门房,回了裕盛轩,他就叫伙计们预备早饭吃了。那伙计一面送上槟榔豆蔻的碟子,一面擦桌子,说道:"尹都老爷,你不睡一会儿么?这间屋子,前儿天方代胜方大人预备召见也住在这儿,马上就升了侍郎了。你都老爷恰巧也住在此地,指日也要高升的!"震生听了,微微一笑,就躺到炕上,抽了几口烟,匆匆的算了帐,骑了马进城去了。

  不说震生回寓的情形,且说太后自直隶总督华福秘密召见后,独坐在宫中,也不言语,有时喊了皮小连来吩咐几句话。直到了次日,太后起身比平常早了半点钟,那时连总管也早在寝宫外伺候。太后照常梳洗完毕,忽然传旨叫连总管预备动身回宫。那时皇上正在召见军机办事的时候,连总管也不通知各处,秘密的请了轿,在宫门伺候。一切宫眷人等,都传旨不必跟随,匆匆的起身而去。等皇上要到宫门去请安,不晓得太后已去了有半点钟了。皇上听了,明知必有变故,赶紧追上前去，想在半途打尖的龙王庙接驾。不料太后一径进城入宫，没有停顿。等到皇上赶到宫中，只见太后怒容满面，已从皇上寝宫中出来。背后几个太监，提几个包裹，大约是奏章及上谕底稿，跟在后面。太后马上传旨，把军机大臣统统传到，就将御史尹宗扬、龙大典等奏请重行训政的折子交了下来，并面谕："皇上听信小人，变更祖宗成法，谋围颐和园，皇上如此糊涂，想来精神有病，所以如此。现据御史尹宗扬、龙大典等奏请训政，我不得已只好重行临朝、办理万机。你们就去拟旨发表！"那班军机大臣听了自然心中乐意，遵旨办理。太后一面传旨查抄南海馆，拿问唐猷辉，一面在宫中厉声诘问皇上道："我抚养你二十余年，教你做了皇上，你听了他们的说话，要谋害我，你有没有良心？"皇上跪在地上，浑身发抖，磕头说道："儿子实在没有这个意思。"太后就伸手在皇上脸上打了一下道："你这个痴子！今天没有我，明天还有你么？"皇上跪在地上痛哭，太后也不顾他，自行回了寝宫，吩咐皮小连道："你去派几个人伺候皇上，他身边的人统统看起来再说。"那时宫中一番迅雷烈风的举动，宫外尚一点没有知道。一会儿，步军统领衙门接到军机处的交片，着即查抄南海馆，拿问唐猷辉，当时立刻派了兵役出城，把南海馆围了起来，进去搜查。不料唐猷辉已于前日出京去了。

那边正在查抄，那时胜佛寓中，超如、敦古和书堂、幼博等许多人都聚在那儿，大家变色相视，束手无策。知道大祸将临，胜佛愤然作色道："我是早知道有这一天的。不过现在皇上的情形如何？唐先生沿途性命如何？我是不放心的。总要去打听明白才好！"就向超如道："唐先生以外，你是第一个注目的，好在日本使馆里和你很有感情，马上你到使馆去避一避再说。"正在说时，外头走进来一个日本人，原来是使馆中的书记生伊藤秀吉，见了超如等说道："敝公使知道今天贵国政变。听说南海馆已查抄了，唐先生在哪儿？敝公使派我带了公使的车，想请唐先生等到敝公使馆中暂时一避再说。"超如道："唐先生已在前天动身出京了。"那书记道："路中很危险，既已动身，就请梁先生、戴先生同去吧！"胜佛道："很好，超如你必须暂避。既承日本公使厚意，你就走吧！我是不去的，我正要去想法子呢。皇上和唐先生很危险，我们彼此去尽力吧！"那书记道："不错，梁先生快走。敝公使说的，英国公使也很佩服唐先生，倘然到了上海，英公使的力量，只要打一电报给上海领事，一定可以保护的。"胜佛道："对了，超如你快去。见了日本公使，转商英公使，打一个电报到上海，是很有效力的。你去办吧。"超如道：

"你也很危险。"胜佛道:"各国历史上政变那有不流血的?我自入京以来,已把生死置之度外,万一皇上和唐先生有意外的事,我怎能偷生人世呢?皇上的恩遇,唐先生的知己,那一样可以辜负的?好在我的事没有发作,尽一点儿心是一点,你快走吧!回头我能来找你,必定来就是了。"众人也催超如去替唐先生设法,超如含着泪别了众人,跟着那日本书记坐着公使的车走了。淑乔道:"垂帘的上谕虽已发表,自问对于两宫之间没有一点儿挑拨离间的意思,案牍具在,太后看见了一定可以明白我们的心迹的。"胜佛听了,冷笑了一声,也不言语。只把平日所著的书稿,以及诗文的稿子及家书一匣,检齐了归在一起。众人看他默默不语,各自套车走了。

这一天晚上,胜佛去找大刀王二等一班人,不料王二已于一个月前到山海关去了。李大麻子因为河间府有一件商业上的事情,于前一天出京去接洽,真不凑巧,只有"急先锋"等一班人在京,没有多大的能力,就是招呼了他们来,胜佛知道也办不了什么事。当晚嗒然回寓。一晚上思前想后,觉也睡不着,不觉自悔道:"我们只误信了九月里动手,所以预备的都迟缓了。现在既没有救皇上的法子,又没有救唐先生的法子,我只好坐以待毙的了。"两眼炯炯的等到东方发白。他起来盥洗,吃了些点心,就拿了昨天收拾的许多稿子出来,雇了一辆车,到日本公使馆,托看门的通报了梁超如。超如立刻出来,相见了坐下。超如道:"昨天已见了英公使,托他打电报给上海领事,已答应了。他说只要坐的是英国船,到了上海,决可以保险的。他马上把电报打去了。等到晚上,此地的秘密报告,说是皇上已被太后叫他搬在西苑的瀛台去住,瀛台四面环水,只有一桥可通往来,太后已派人看守,入夜把桥撤去,防范很严呢!"胜佛道:"我昨天找几个朋友,想把皇上劫出来再说。"超如道:"西苑墙外,华福已派了武卫军扎营,很难下手。"胜佛长叹了一声道:"早知今日,悔不当初。"超如道:"此地已跟我说定,一两天内就带我出京,我看你我一块儿走吧。"胜佛道:"万一皇上和唐先生有一个出了意外的事,我再偷生世上,有什么脸见人?不有行者,无以图将来;不有死者,无以对圣上。你不比我受过特达的恩遇。程婴杵臼,月照南洲,我与你分任了罢。"随将一包稿子交与超如道:"一生心血,只此区区,请你保存,以作纪念。"超如听了,就将双手抱住了胜佛,泪如雨下。胜佛也抱了他一抱,说道:"我平日研究佛学,对于生死很不算一回事,活的时候是做梦,死了是梦醒。你也研究过,怎么对于这点儿还不明白呢!"他就撒开手,立即向外走了。超如含着泪送出来,随说道:"淑乔等怎么样?"胜佛道:"我听见别人说淑乔已有电给南皮去了。敦古跟华福颇有交情,曾经请过他到幕府里去,或者可以保全。"超如听了摇摇头,随道:"常博危险么?"胜佛道:"常博没有出面做什么事,不至于十分注意。能避一下也好。"超如道:"明天没有事,请你再来。"胜佛道:"当然。我也要听听唐先生的消息呢!你能托这儿向上海通个信最好。"超如道:"今天我已发了信,不久就有信来了。"胜佛走到近便馆的大门,说道:"你不用出来了。再见!"他就匆匆上车走了。

超如在日使馆中住了两天,不见胜佛前来,正在盼望。那天早起,伊籐秀吉匆匆到超如房中说:"今天有旨意,将戴先生等四个军机,连唐常博、柳书堂都革职拿交刑部了。戴先生很可惜,为什么不肯住到敝馆里。现在到了刑部,性命很危险了。刚才公使接到敝国上海领事密电,说唐先生已由英领在吴淞口外接到兵轮上去。恭喜梁先生,可放心了!"超如道:"靠得住么?"伊籐道:"是英领面告的,一定确实。不过现在此地和天津很注意你。公使的意思,此地无可发展,梁先生还是出京的好,或者到敝国去,再想法子。"超如道:"我的意思也是如此。不过怎么样脱离此地呢?"伊籐道:"刚才公使也商量到此,最好请先生改装敝国人,由兄弟带着五六个人保护,先生到了天津,就上敝国的商船,兄弟再去招呼船主一声,一定妥当。"超如道:"我本来想走,一来没有知道唐先生的消息,二来舍不得几个朋友,盼望他们有什么办法。"伊籐笑道:"戴先生人格实在高尚,很有些敝国当时维新党的气派,不过脱不了书生习气。这两天他在外找一班草莽的侠士,想要举动,不晓得现在军中器械日精,徒手的焉能发作?武卫军已四面保卫了宫城,那能成功呢?现在先生既赞成敝公使的办法,我就去回明了公使,今日就动身。"超如一面答应,一面流泪说道:"有什么法子让我跟戴先生见一面呢?"伊籐道:"这是办不到的。我不怕得罪你,这是极愚蠢的办法,这不是身入虎口么?"超如道:"让我写封信,托你想法递给胜佛行不行呢?"伊籐道:"那可以。梁先生你既然决定了,我就去预备。我想坐下午两点钟的车。"超如道:"这个时候正热闹,不要紧么?"伊籐道:"越热闹越好,倒是早晚他们都注意的。况且人多,他们顾不过来。"超如道:"不差!准定走!"伊籐就进去了。超如提起笔写信给胜佛,只觉得两眼中塞满了眼泪,写了"胜佛"两个字,那张笺纸都湿了,写到"同志"二字,墨痕渗化,成了一个墨团。换了一张纸,一会儿又不能写了。他只好简单的写了几句道:"师门脱险,已上英舰出国。弟亦微服三瀛,委身随缘,各尽热血,誓不易节。纸上泪痕,逊君道力,勿哂我也!"随将一个信封封了,默坐一回。里边送出饭来吃了。

伊藤带了日本的一套和服出来,超如就将给胜佛的信当面交付,一面将和服拿到房中,一律更换。只有木屐穿了不能走路,好在北京的日本人也穿皮鞋,超如也就穿了西式皮鞋,戴了一顶灰色的呢帽,手中拿了一包太阳牌淡芭菰,很象日本人。那伊藤同着使馆中的同事二人,又带了二三个仆人,把超如夹在中间,坐了车直到马家堡火车站。那站上是武卫军的队伍和提督衙门的人员,森严布列,不过他们见了外国人,存了一个畏惧的心。所以伊藤等带了超如一群人到了车站,他们都朝他望望,不敢去检查。超如坦然的上车坐定,等车开了,超如就放了一半心。超如坐在日本人中间,举止很自然,但是他不会日语,也就不发一言。默默的到了天津车站,下了车,雇了马车,一直到了领事馆。恰好三菱公司有一只船泊在塘沽,正要开往长崎。伊藤等到黄昏后潮汐正来,将要开船,他就用领事馆的马车亲送超如到了塘沽船上,又与船主语明公使的主意,就由伊藤介绍超如见了船主。船主很周到的安排好了房间。伊藤就向超如拱拱手道:"恭喜你已脱了险地。现在到了船上,就是我国的主权,贵国就不能来干涉了。"超如鞠躬道谢,并说道:"此次保全生命,统统是贵公使和各位的力量,永久不能忘怀的。请你回去谢谢公使及馆中各位的盛意。不过再有一个不情的请求,就是戴胜佛,还请公使遇机留神搭救。万一有效,启卓情愿粉身碎骨,报答大恩。"说毕,泪如雨下。伊藤看了心中感动,说道:"回去定请公使想法,只要能缓下来,就有法子。我看梁先生待朋友的真挚,将来贵国的中兴希望,一定要实现的哩!"说毕,就匆匆的上岸去了。正是:

东海逃鳗从此去,辽城化鹤几时归?

欲知如何,下回分解。

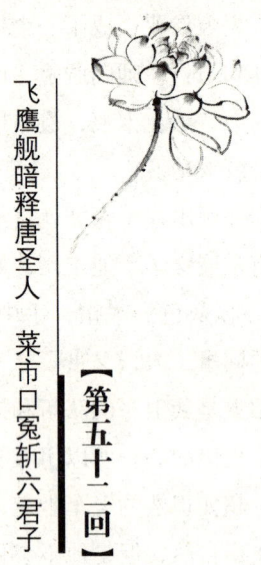

第五十二回

飞鹰舰暗释唐圣人　菜市口冤斩六君子

却说梁超如由日本使馆保护，出了北京，上了日轮，安稳的向东京而去。其时唐常肃也坐了英国兵轮到香港了。原来唐常肃自从接到敦古面交密谕，催令速往上海，当于八月初五日一早，赶上了车，到了天津。因紫竹林水浅，轮船都靠在塘沽。他心中以为皇上胆小，现在叫我出了京，将来九月中阅兵怎么样办法。虽然戴胜佛跟方安堂已有接洽，究竟靠得住么？就算靠得住，将来他们成功了，我是要落后的了。他一路从天津到塘沽，心中盘算到上海后再想法子。到了塘沽，往栈房中一问去上海的轮船，一只是招商局的丰顺，要明天午后才开；一只是太古公司重庆，明天一早开。因为太古公司船上人都是广东人，同乡的言语较为方便，他就定了重庆的房舱，到初六日一早就开了。

不料他的船在大沽出口，北京已由步军统领衙门查抄南海馆了。等到查明他已出京，幸亏中国的大人先生们办事老是捧着"担迟不担错"的古训，所以发现他出京的事实，就去回明了堂官。堂官回明了军机大臣，军机大臣会商入内，托连

【续孽海花】

总管奏明，太后听见了，吩咐军机处办电报，饬令直隶总督在天津码头上捕捉。几个转折，电报到华福那儿已经是黄昏的时候了。华中堂接了电旨，马上派武卫军的马队前往塘沽逮捕。那营官等奉了命令赶往，就向几家客栈中搜查，杳无形迹。后来到了常肃住过的一家客栈，掌柜的晓得事情重大，就向那带队的官弁说明今天一早坐了重庆船走的。官弁得了确信，赶回天津，禀明华中堂。中堂就同幕中办事的商量。其中有一个说道："只要发一个密电给烟台、上海两道，叫他们严密守候，等重庆进口查拿，不是瓮中捉鳖么！"又一个道："不妥。外国的船上，是外国的全权，他人不能去随便行使捕捉的，总要通知领事才好拿人。"那一个道："船到了我们的地方，应当受我们的管束，通知了领事，恐怕走漏风声。"这一个微笑道："我说的是万国公法，恐怕中国一国不好违背吧！况且中国各租界有领事裁判权。唐猷辉这个人，万一他们各国认为政治犯，就应当照例保护，不肯交出。请中堂细细斟酌一下。"华中堂道："你的话不错。你就去拟一电稿，叫他们设法去办理。如能捉到，老佛爷必有重赏。"那位就答应去起稿。正要走出去，忽然又回来说道："职道有一个办法，请中堂裁夺。职道想重庆商船马力慢得很，此地飞鹰兵舰马力比它快得多，倘派它去追一定追得到。就算不能上船去捕捉，只要跟着监视它，一到中国有权的地方，就可以唾手而得了。"那一个道："既然赶上了，为什么不拿他呢？"这一个也不回答，只向着华中堂道："请中堂速速决定，早一刻好一刻呢。"华中堂道："你的话很是，照办。"就喊巡捕骑着马去速传飞鹰舰长来，限三刻钟要传到。巡捕听了，吓得失色，连忙请了一个安道："舰长此刻不晓得住在船上岸上，等卑职去问明白了即刻来回。"华中堂点点头，巡捕就退出去了。

一会儿，只见巡捕带了飞鹰舰长走到签押房门外。巡捕掀帘回道："飞鹰舰长传到了。"华中堂道："很好，你叫他进来。"那舰长进来，行了军礼。华中堂道："飞鹰一点钟能走多少海里？"舰长道："二十九海里。"华中堂道："我命你即刻去开船，赶一只太古公司的重庆轮船，让你拿人最好。不让你拿，你只跟着监视着，不要让他逃走了。"就在案桌上拿了一张小照片给他道："这人叫唐猷辉，广东人，现坐了重庆船到上海。快去开船，越早越好。"舰长道："船上的煤没有上足。"华中堂道："这件事刻不容缓，快去吧！"舰长道："那么只好尽着现存的煤去吧。想来要上齐了煤是来不及的。"华中堂道："那自然，尽力去赶吧！不要多麻烦了。"舰长忙行了一个立正礼，匆匆的出辕门去了。原来这位舰长，也是广东人，他进过学堂，年纪也不大，对于新党变法的主张也很赞成。今天大帅叫他去追拿唐猷辉，他晓得拿住了是性命不保的。讲到飞鹰的速力，是不消一天即可追着重庆，不过当时的兵舰都是马马虎虎，那肯照着规矩把煤上足，因为当时管兵舰的，第一的出息就在煤上，用下等的煤，报上等的价。向上头领到的实价，第一要供他的送礼应酬的用场，第二是供他的吃喝嫖赌，等到有差使他才去上煤。好在上司都是外行，不来稽考。他听了华中堂的吩咐，立刻开船，他伸了一只后脚，也不去争执，说是没有煤船是不会动的，只说尽着船中的存煤去追，将来追了一回，只说追不上，因为没有煤了。一来他不让上煤，就由他负责；二来他毕竟是海军出身，晓得在公海中到英国商船中检查是犯万国公法，做不到的，免得闹出交涉，将来把责任都推在我们身上；三来唐猷辉是中国维新党的人物，救了此人也是对于国家有益的。他就到停船的地方，升火起锚，很象样的开出黄海中去了。

那时北洋督署派了兵舰去追，一面给上海、烟台两处发了一等密电，电中是叫他们设法查拿，在不犯公法的范围中去捕捉。可见北洋大臣对于外国人也不肯负责任的。密电发后，那烟台的登莱青道恰巧出差，向胶州去了。密电到来，那密码电本由他秘密收藏，署中没法译，只好等他回来。那重庆船到了烟台，上下货物，约停了一个钟头。唐猷辉也不知道北京政变，他还登岸去游玩，买了许多石子下船，重庆船就向上海开行。等到登莱青道回了衙门，署中幕友呈上密电，他取出密码一看，吃了一惊。一问重庆船开了没有，外头说已经开了半天，也只好打了一个复电，声明实在情形。心中懊悔，失去一个升官机会。那飞鹰舰长开了船，走了六个钟头，舰长就发觉舰中所有的煤，只够回天津用的，他就下令慢慢的开回天津。进了口，到督署销差，只说追赶不及，因为煤不够用。华中堂当时命令他尽着船中的煤去追，没有叫他上煤，也没有法子说他，只好向着他哼了一声，那舰长就退出去了。

上海道柴韵甫接到了密电，知道是升官的好机会，他就亲自坐了小火轮，到了吴淞口外，凡由天津开来的船，必定亲自上去搜查，方许搭客上岸。那时上海已经由路透社电传到太后垂帘训政，并拿问唐猷辉、查抄南海馆种种消息。一时王子度等同志集合着，想法要去救唐猷辉。他们雇了船到了吴淞，只看见上海道于每只船上都亲自去搜查，非常严密，无法可施。那天他们停在黄浦江中，远远的望见有船进口,那太古码头上,公司中职员夫役望见烟囱,知道是本公司的重庆船进口,那上海道率领许多人上去,非常紧张。知道必在此船上,旁的船不准靠近。子度等同志搓手无策,急得相对痛哭,正在无可奈何。不多一会儿,忽然望见重庆船上许多人都是垂头丧气的下来,中间柴韵甫尤其满脸不高兴,那上船时的威风完全消失,后面也没有什么捕获的人。子度等心中暗喜,低低的说道:"难道是换了船么?难道是船主藏了起来没有交出吗?"一会儿上海道的几只小轮统统开回去了。他们也就回来,商量着托人到道署中去打听。一面推举那认识太古公司大班的毕幼卿到公司中打听。幼卿本来能说英语,他马上就到了外滩太古公司,他与公司大班酒食征逐,本是熟人。径直进去,到了大班公事房内,恰好重庆船船主报告了公事后,和大班长谈。那大班笑道:"密斯忒毕,很巧,你来听个新闻。"幼卿道:"是什么?"那船主跟幼卿也是熟人。船主道:"你总知道北京要捉唐猷辉,他刚才在我船上。"幼卿道:"听说上海道正在亲查,究竟拿到了没有?"船主笑道:"差一点儿。"幼卿道:"是你保护的么?"船主道:"不是,这个重任我不能担,现在是平安稳当到香港去了。"幼卿面有喜色道:"难道有什么仙法么?"船主笑道:"你们中国人才迷信哩!哪有什么仙法?我告诉你,密斯忒唐在塘沽下船的时候,也不知道这一回事,在烟台停了一点钟,也没有什么消息,今天船过了三夹水,离吴淞口五六里,我正在舱面上,密斯忒唐也在那儿。忽然有一只小火轮,向着我船赶来。小轮上有我国领事馆的旗帜,招呼要上船,我就打了慢轮放了梯子下去。那小轮靠着重庆轮,带了缆。我看见一个人从舱中走上梯子,仔细一看,原来是领事馆中密斯忒濮兰德。他上了船,和我点点头,衣袋中拿出一张照片,就向舱面一望,看见了密斯忒唐,就和他携了手,连我一同进了我的房间。他就问道:'你是唐猷辉么?'密斯忒唐道:'是的!'濮问道:'你在北京杀了人么?'唐说:'没有。我为什么要杀人?'濮说:'你为何出京?'唐说:'我是奉皇上的密旨出京的。'濮说:'什么旨?'唐就给他看了。濮就在衣袋中取出一纸,是北京密电,上面说的是:'皇上大行,为唐猷辉进药所杀,着即密拿就地正法。'唐看了痛哭。旁边濮说道:'我是上海英领事馆的濮兰德,你赶快跟我一同走吧!'两人就携了手下了小轮,上了停泊的我国兵舰上。密斯忒唐刚上了兵舰,那上海道的小火轮已到,就上来查了一回,晓得有人救去,没有法子,只好下去。我对他笑了一笑道:'柴大人,你要再去搜一搜么?不要遗漏了。与你的前程很有关系的。'"

大班和幼卿听了呵呵大笑。幼卿道："贵国的兵舰开了没有？"船主道："重庆轮进港时，已望见在那儿升火，想已开了。"幼卿听了，随即立起身来，说了声晚安，匆匆走出，径走到同志聚集的地方，把一切的情形报告了，大家都快活得很。听得前往香港，都说这容易办了，随即打了电报去。子度道："既然英领出来保护，一定是公使的意思，此刻公使早已关照了香港总督了，我们可以放心了。不过北京的几位倒是十分危险，如何是好？"大家道："只好等等消息再设法吧。"子度回到寓中，忽然日本领事馆中送来一个电报，用的是领事馆中密码，上面已经译出，却是超如的电报，报告唐先生已出京赴沪，请为设法。此间已托英公使保护，承已发电，并说自己已迁住日本使馆，伊藤公使已允保护出京，请放心。胜佛不愿意避难，殊为可虑等语。子度看了，知道超如到了安全的区域，稍为放心。

现且按下唐、梁二人脱险后的情事，且说北京自从戴胜佛、林敦古、杨淑乔、刘培村四军机及柳书堂、唐常博六个人拿交了刑部，朝廷中布满了一种肃杀的气氛，非常奇怪的谣言天天不断发生，好象飓风将至，十分惨淡。对于皇上的性命，也常有不保的消息。闻得太后与华福等商定政变的计划，确系要将皇上的性命牺牲，然后托为唐、梁等进了毒药以致大行，一面将唐、梁等拿住正法，叫他死无对证。不料英、日两国公使把他们两个人保护出去，太后震怒，也无可如何。皮小连、华中堂等所谋不遂，大家商量，倘贸然将皇上杀死，一则外国恐来干涉，二则各省大员象刘益焜等或有不服的起来责问，那时太后无可如何，一定要卸在他们身上，难免危险。只好奏明太后，请改变计划，再行慢慢设法。查抄南海馆后几天内，正在计划这事，所以来不及想到四个新军机等一班人。等到唐、梁拿不到手，才拿问他们，交了刑部。胜佛自知性命不保，他本来预备牺牲，倒也坦然。后来日本使馆中设法送了超如的信进去，他知道二人脱险，心中很安静。其余各人，或有望外头的救援，或有私揣罪名尚轻，至多充发罢了。自"同治中兴"以来，对于杀戮士大夫的事极为郑重，想决不至有性命的危险。况且他们到了刑部，也没有提审过一次，将来审问时或可从轻发落。

正在希望的时候，其时在京的同志却多栗栗危惧。等到八月十三日早晨，那时庄仲玉住在北半截胡同，离骡马市大街菜市口甚近，仲玉早晨起身后，有个家人进来说道："今天菜市口有差使，刑部已传知官厅预备。"仲玉吃了一惊道："你听见什么？"家人道："听说是杀太监。"仲玉道："胡说！杀太监是内务府办，刑部管不了，不会到菜市口的。"他就匆匆的吃了早饭，套了车，赶到刑部的大门外，一望静悄悄的，没有什么消息。恰好有一个同年汪时庵是刑部司员，住在那刑部的一条街上，仲玉就去拜会他。进去见了面，他很诧异的道："你为了什么事，这个时候到此地来呢？"仲玉道："我听见菜市口官厅有预备差使的消息，所以不放心，特地赶来打听。此地街上倒也没有什么，你晓得些消息么？"他道："恐怕是谣言吧！他们几个人审也没有审过，自然没有口供，那里可以办罪呢？昨天我上过衙门，听说堂官正在商量派谁承审，等到堂官散了，也没有决定。总不会出事吧？"仲玉道："也许有特旨吧？"他说："不会的，除非不交刑部，交了刑部，就要依法，别衙门可以含糊，只有刑部是执法的地方，不能马马虎虎的。"正在说时，只见他的车夫进来道："衙门里今天这么早堂官都已到了，很诧异。老爷去上衙门么？"他说："你去套车。"就向仲玉说道："你在这儿坐一会，我去到衙门探一探，有消息我来告诉你。"仲玉道："我也走吧！"他说："你吃饭了没有？"仲玉道："吃过了。"他说："既已吃过，我也不客气，请你在此地坐一坐，听我的信儿，我也不陪你。你气闷，那书架上有书，你抽一本儿解解闷好吧。"仲玉道："你快去，我准定听你的信儿。"他就匆匆上车去了。去了不到一点钟，他已回来，径到书房里，见着仲玉，怆然道："咳！想不到的竟干出来了！衙门里已在提人点名了，就要出事了。"仲玉听了，脸上变色，呆了半晌，就在炕上倒了下去。他吃了一惊，顿时站起来，扶着仲玉，叫了几声，只见仲玉慢慢的醒来，眼中的泪象泉水一般的流出来，不出一声，就向外走。他说："你到那里去？"仲玉呜咽着说道："我去送送他们，能见一面最好。"他就送了出去。仲玉道："统共几个人？"他道："一共六个，监斩是耿义。"仲玉点点头，就跳上车，一面叫赶车的赶往顺治门门脸儿等着。

不多一会儿，远远望见果然有几辆破旧不堪的骡车，慢慢的出城来了。仲玉就近一看，第一辆上是胜佛坐着，接着淑乔、培村、书堂、常博等，敦古是末了的一辆车。因为八月十三日正是换季的第一天，应当把罗胎的纬帽改戴乌绒的暖帽子。胜佛等五个人都已换了暖帽子，穿着玄青的外褂子，只有敦古依然戴着凉帽。仲玉等到胜佛的车走到靠近，含着泪喊了胜佛一声，胜佛听见了，抬头望了一望。仲玉道："胜佛，此时无话可说，只祝你早早脱离此苦恼的娑婆世界罢了。"胜佛的车一面走，他在车中高声说道："中外历史上遇着政变，没有不流血的。此次不妨由我开始。寄语同志，不要害怕，死生好象做一场梦，有什么呢？"他正在说下去，那骡车不停的向前去了。仲玉也听不见了，往后五辆车紧跟着走过。仲玉的心中好象万刃钻刺，头脑昏眩，来不及个个招呼。只见后面拥着二三十个衙门里的兵役，个个戴着一顶破呢帽，身上穿着褴褛不堪的旧灰色布袍子，罩着一件破烂的布背心，前胸后背缝着一块碗口大灰白颜色的圆布，上面写着几个字，大约是年代久远，灰尘油腻堆满了，所以一个字也看不出。背心上拖着一条好象水中捞起来的烂棕绳似的辫子，手中都拿着一枝木杆的枪，枪头是锈烂得象从换糠的担子上装上的。后面有两三个不穿那背心，是穿一件陈旧褪光的布马褂，颜色分不出黄黑，只有油光倒很亮的，跨了一柄鲨鱼皮套的腰刀，那套上的鱼皮七零八落，象天上的星；套上的扣环都脱落了，拿一根穿制钱的钱串子绳，缚在腰带上，同着抽关东叶子的竹子烟袋一同挂着。他们也戴了暖帽子，上面的顶子，也有烧料水晶的，也有白矾石的，居然一律都换了季。这是他们当差的最要紧的。因为他们的上司看见他们破破烂烂倒也不管，倘换季的时候应戴暖帽戴了凉帽，就要斥革，说他们不懂当差的规矩哩。

他们一班人簇拥往南走，上顺治门大街。这条大街的高度胜过街上两旁房屋的檐头。读者看了现在北京的柏油马路，不要说是作者造谣，实在三四十年前，这条高高的街，一班穷苦人家的大车、敞车还没有走的权力呢。遇着王公贝勒、大臣堂官出来，那地面上的官人早远远的来赶开了。不过这样高的街是怎么样造成的？原来北京的内城外城，几千几万人家，都是烧的煤球，是开煤厂的用煤搀了黄土做成的，那天天所烧的煤渣淬已不少，加了黄土那是烧不化的，煤渣尤其多了。起初官厅定例，不论小车或骆驼装了多少煤进城，就应装多少煤渣出城。后来看城门的老兵拿了些使费，就马马虎虎的不去顶真了。煤厂里自然也愿意出点小费，不去搬煤渣，搬运些别种货物反可以得些利益。经年累月，也就不晓得有这个运煤渣的旧例了。从此街旁的居民烧了煤，煤渣只好倒在门外。我们国民的习惯，只管自己，不管别人，所以往往富贵的人家，高厅大厦，收拾得金碧辉煌，但是他家的大门以外，看见那些牛溲马粪就也不在心上。他以为门以外是大家的，要他出点修街的钱，或是要他收进些地，放宽些街道，那是绝对不愿意的。推求他的缘故，是只知有己，不知有人，所以释迦说各种学道法门，第一先除我执，真是根本金言了。那顺治门大街和其余几条一样的大街，都是这样造成的。那时众人簇拥了六辆犯车,由顺治门大街一直到了菜市口。顺治门大街是自北至南,到了菜市口,是由西至东的骡马市大街了。那菜市口的杀犯人,自明朝起已成法定的刑场。这是古人说的"刑人于市,与众弃之"的道理。菜市是热闹的市场,当时就挑了这里做皇帝杀人的地方,每年秋审勾决,都在此地斩首。我们看看历史上象明朝的杨椒山、杨大洪、袁崇焕等许多忠臣,都在菜市口冤杀的,总算是忠臣烈士的安乐道场,节义纪念的好地方了。不过这里的布置简单得很,靠着顺治门大街的尽头,中间用煤灰堆起的一个小土堆,上面插了丈余阔、三尺多高荆条编成的矮篱,平日菜市热闹的时候,那荆篱上也有挂着小户人家所用的绦子、带子和鸡毛掸子、扫帚、簸箕之类,等到斩了犯人,就把首级挂在那儿号令的。到了今天,觉得与平常杀一个犯人不同了,并不是什么兵卫森严,改了样子,只看见四围的看客脸上都有悲惨的气象。

那时仲玉随后跟到,远远的下了车,杂在人群中一望,只看见他们六辆车靠在一个西鹤年堂药铺门前,向西并着停在那儿。每辆车沿上坐着一个穿布背心的兵役。那西鹤年堂的店门口,搭了一个席篷,中间有一条长方的桌子,上面摆着硃墨的锡砚和一个锡笔架,上面也搁着几枝新笔。这西鹤年堂药店,相传说是明朝就开在那儿,那店号的匾是明朝嘉靖年间宰相严嵩写的。因为"西鹤年堂"四个字,"鹤"字笔划独多,和"西年堂"三个字并着写很难匀称,他写的结构特别,所以几百年来很有名的。此事记载的很多,凡进京的人,都要去瞻仰一回,跟前门大街的六必居匾额,也是严嵩写的一样有名。北京有一句咒骂人的话,说是"西鹤年堂去讨刀伤药",意思是说他要杀头的。相传菜市口杀了人,他铺子里曾有夜间鬼来打门,要买刀伤药的。因此传出这种荒唐无稽的谣言。可见这西鹤年堂流传得很久,才有这句俗语流传。那监斩官照例先在西鹤年堂坐一下子,随后升座行刑。他公案上的笔却是一个犯人一支笔。为什么办差的肯预备许多笔呢?因为杀一个人,刽子手提了头上来,监斩官照例用硃笔在那人头上点一点,那支笔就有人出许多钱来买去。传说这支笔可以压邪驱鬼,所以每一个犯人用一支笔,也是刽子手、差役等生财之道哩!那仲玉望了一望,悲愤的眼泪不断流出,可是许多兵役围住,不能上前。只见杨淑乔满面通红,向着那车沿上的差役高声的说,他并不是唐猷辉的一党。那差役也不接他的嘴。一会儿,监斩官、军机大臣、刑部尚书耿义到了,下了轿,一径走入席棚底下坐下。那时人声嘈杂,远远看见各人下了车,只见林敦古戴着纬帽,走上前去。那时仲玉实在惨痛得受不住,将欲晕倒。他的赶车的扶了他,好在他寓在半截胡同，相隔不过十余丈，就搀回寓中而去。

仲玉回到寓中，倒在炕上呜咽。外边来了顾梅庵、王礼门、姚梅篱等几个人。到了书房中，大家相对流泪。礼门道："交到了刑部，审也不审，就拿出去杀了，从来没有这种办法的，还成个什么国家呢？"梅庵道："听说有一位都老爷递了一个封奏，请太后不必审问，免兴大狱。这也就是不审的道理。"仲玉冷笑道："什么道理！也不过牺牲六人的性命，去替当时附和的一班人免得株连罢了。"正在谈的时候，那刑部街上的汪时庵一径进来，看见了仲玉等泪痕未干，也就默默相对坐了。说道："朝廷如此对待士大夫，将来恐怕没有好结果吧。"仲玉道："一点儿不错。现在人心思乱，将来恐怕要去寻这种人也找不到呢。"梅篱道："他们是得大名而去了，我们后死者恐怕望尘莫及呢。"时庵道："你的话甚是。我刚才到衙门里，他们告诉我说，戴胜佛有一首诗写在壁上道：

望门投止思张俭，忍死须臾待杜根。

我自横刀向天笑，去留肝胆两昆仑。

这首诗做得真好。他的意思大约指着唐南海说的，慷慨激昂，真有烈士的气概。这六个人中真首屈一指了。杨淑乔他在壁上写了许多话，可惜记不全了。结末说：'食其禄而不尽其忠，罪当死。惟唐猷辉显系诬扳，此遂之所不能瞑目者也。'他的意思我有点莫名其妙。"梅庵道："他是南皮的人，自然与南海貌合神离，不过出事后，南皮没有替他救护，真有些不可解。"仲玉道："南皮想做新党的领袖，所以曾和南海结合，现在出了事，他自顾不暇，焉有救人的力量？"他们几个人闲谈了一回，都觉着惨恻得很，无精无采的各自散了。

接着连日的上谕，把尚书吕旦闻、侍郎余志清父子、御史卫仲明、侍郎王锡晋等革职的革职，监禁的监禁，遣戍的遣戍，只有庄小燕没有明文，听说已被看管。原来小燕罪名重大，太后要将他正法，连总管因他平日的感情，自然要替他设法，一面教军机处延搁起来，一面趁太后不很发怒的时候，委婉的说庄焕英这个人平日尚不是没有老佛爷在眼的人，这是上了唐猷辉的当。请老佛爷开恩，饶了他一条命吧。太后点了头，连总管就传旨军机处，把他充发了新疆。这样连日的上谕，最可笑的依然是皇上的命令。一番的风浪，从前被皇上革退的依然起用，皇上任用的依然撤革了。正是：

西市朝衣悲鹤唳，东林将录混鱼珠。

欲知后事，且看下回。

【第五十三回】 段扈桥编歌得懿眷　尹震生奉旨阅新军

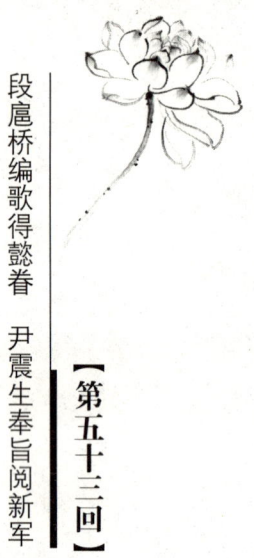

却说一天杨金甫宅里，赛金花从天津进京来看他。正在闲谈，瑟轩来拜会，门上家人通报进来。金甫道："很好！来谈谈解闷儿。"就把瑟轩请进来，见了面，谈了一会儿。金甫道："咱们吃饭吧。"就吩咐开饭，三人入座，赛金花给两人斟了酒，金甫道："应当我来。"赛金花道："杨大人还这样客气么？"大家谈着，瑟轩道："二哥，真佩服你，你记得五月间为扈桥的事，你告诉我一番话，现在果然全应了。"金甫道："扈桥的农工商局撤销了，他的霸昌道仍旧回得去么？"瑟轩道："扈桥就为这个为难得很。从前二哥说的碰着他为难的时候，咱们准替他想法子，现在有什么法子呢？前天扈桥来托我求二哥设法，所以今儿个来专程来请安的。"金甫道："你今天原来专为老四来的，他跟咱们向来都不错，那有不替他帮忙的？不过也要他自己想法才行。你晓得南皮曾经进呈一本的什么篇，老佛爷看了很合意，说甚好。老四是聪明人，又是咱们自己人，你叫他想个办法，我再极力的疏通一下，也没有过不去的事。"瑟轩道："有你二哥这句话，老四自然放心了。"他们又谈了一会儿，瑟轩立起身来向金甫告辞，上车而去。

瑟轩回到家中，就打发家人请扈桥来，有事面谈。不多时扈桥来了。瑟轩道："前天你托的事，今儿去跟他说了，他的意思很好，很讲交情。不过他说总要你想一个表示的法儿，他一定肯帮忙的。"扈桥道："这是老哥跟他的交情够得上，才有这个好意。不过这个法儿倒难想哩！"瑟轩道："他跟我谈过，南皮一部《劝学篇》很受老佛爷赏识，地位很稳固。劝你赶上去也做部书进呈，总管那里有金甫说话，不是更容易得多么。老佛爷近来气极了，常说是人心大变，吾看你编一个通俗点的书，总说是整顿风俗、救济人心的，呈上去，看见了一定喜欢。你看好不好？"扈桥听了拍手道："这法子甚好！我就去办，一两天就要递上去才好。不过叫什么名儿呢？我就题作《劝孝篇》何如？"瑟赶道："不好。上头看了也觉得太露痕迹，容易要疑到揣摩迎合的一条路上，我看不如'劝善'两个字来得笼统，就是后来万一有变局，也不致受人挑剔。你看如何？"扈桥道："好极了，也不必再斟酌了。"他就立起身来要走，又说道："这个东西怎么去做呢？我想老佛爷最喜欢看香会、听秧歌，这种调门儿，里头的太监们都喜欢哼几句，我就按他的腔调编出来，叫作《劝善歌》。请颁行各省，以便整顿风俗，救济人心。"瑟轩道："老四你真聪明！不用多想了，准定去干吧！我也不留你了。"扈桥就匆匆作别去了。

过了几天，赶快的就编好了，经金甫去向连总管疏通了，进呈上去，果然大合慈圣的意思，颁行各省。金甫就告诉扈桥："你再设法去奉承奉承连总管，还可以因祸得福。"扈桥道谢而别。那时太后心中的气总没有消去，本来想拿到唐、梁两个人，治以进药的罪名。不料唐、梁二人被外人救了出去，不能杀以灭口，因此光绪一条性命得以保全，做了瀛台的高等囚犯。但是太后总要想法子废掉他，另立一个人做皇帝。有一天，太后召见华福道："你看这事到底有什么法子呢？"华福连忙奏道："这件事请太后斟酌。前天两江总督刘益焜来一个电报，说是君臣之分已定，中外之口宜防，扶危定倾，责在公等。他是中兴时立过功劳的，声望也不错。所以要请太后细细斟量才好。"太后道："他也是我手中提拔出来的，他敢怎么样？你看上海的电报局总办叫经什么，他竟纠合许多人，发了一个电。这种人都敢来干预，还了得么！"华福道："就是这个，所以就请老佛爷斟酌。他们都是不安分的，借个题目去买点儿名气，就是刘益焜大约也是听了他们一班的议论，所以如此。这还不甚要紧。各国的使臣，万一也不明白内情，不肯赞成，那是下不来台的。好在皇上现在在老佛爷身边，决不会出什么事的，所以要求老佛爷慢慢的让奴才们在外面布置妥了再办。"太后道："你想怎样去探听外国人的意思？"华福道："据奴才看来，只有李鸿章，外国人很敬重他的。让奴才私下托他探探消息，怎么样再说。"太后道："很好。你就去办，不用说是我的旨意。"华中堂就磕头领旨下来。当时太后的心腹大臣大约连五大洲有多少国家尚不知道，至于国际公法能否干涉邻国的内政更不知道了。所以自太后起都害怕外人干涉。军机处大臣也曾私下商量，欲探听外人的意思，都知很难说话，一定要碰外国人的钉子。你推他诿，公举李合肥去，以为合肥得了这个差使，一定想立点儿功劳，必然高兴，就公请华中堂密奏。

那天华中堂奏过了以后，由军机处下值，坐了轿就到贤良寺合肥的寓中来拜会。那时李合肥住在贤良寺，当着一个闲散的大学士。他看北京的政局扰乱，将来必有大变，恐怕卷入漩涡，正要想法脱身。恰好华福奉了太后的密谕来看他，当时请进了客厅，闲谈了一会儿。华福道："近来时局真不好办。老佛爷母子意见总不能消融，我们随时面奏，请老佛爷抬抬手放过去。况且外交风潮迭起，总想大事化为小事，小事化为无事，不过老佛爷这次受的刺激太深了，也不能怪这位老太太，自己扶起来的，末了儿来反对他。依着老佛爷的脾气，很是要决裂的。后来里头的连总管，外头是兄弟等几个人，极力的请息怒，才敷衍到这个时候。中堂你看有什么法子呢？"合肥一声儿不言语，听到问起他有什么法子，才说道："我是疏远之臣，有什么法子？还是中堂日觐天颜，容易进言，能设一个完全的法儿，真于国家有益的。"华福道："这回的冲突真不容易消除，早晚恐怕终要决裂。老中堂对于外国事情见闻得多，况且各国对于老中堂都很敬重，可否在见着各国使臣的时候探听一下，可有什么法子可以两全的？并且他们外国人的眼光，对于这种事是怎么样的判断，我们也可以作为参考。"那合肥听了，就触动正在忧虑的心事，暗暗的想道：这个机会，正是我金蝉脱壳的时候了。犯不着把外国不能干涉内政的正经话告诉他。他就向着华福正色说道："这个事，当真要斟酌的。这个变更关系太大，万一不承认，是下不来台的。中堂的意思，真是老成谋国的要著。不过兄弟现在也算在朝，身居相位，跟公使们说一句话，他们就要作为凭据，转报他们的外部大臣，最好请一位旁人，作为闲谈，那就不着痕迹了。中堂以为如何？"华福道："老中堂的话真不差！真是有经验的话！不过能给外国人说几句有价值的话，除了中堂实在找不到人。"合肥微微的笑道:"兄弟并不是不愿去,就为这地位有点儿关碍,否则那就好说了。"华福道:"不错。我看现在唐、梁跑到了南洋、日本去蛊惑那些华侨,昨儿老佛爷也很惦记这两广地方,要找一个靠得住的人去镇压,倘然老中堂肯出去辛苦一趟,老佛爷一定很喜欢的。那时候中堂跟外国人说话就有机会了。不晓得老中堂的意思怎么样?"合肥正色的说道:"讲到兄弟受恩深重,上头叫我到那儿就到那儿,不过年纪太老了,两广的事情现在尤其复杂,恐怕担不起这重大的职任。这要请中堂原谅的。本来今年早想告退,但是几十年来天恩高厚不敢出口,中堂能于奏对时代述某人年老力衰,很愿恩准放归田里,真是感激万分的。"华福道:"中堂说那里话来。中国柱石,现在第一要数着中堂,老佛爷常常提起,倚重得很,那里肯放中堂回家呢!"合肥哈哈笑道:"言重!言重!不敢当!"华福立起身来道:"过天再说吧。"合肥就送他上轿而去。

　　隔了不多几天,果然下了一道上谕,是:"两广总督着李鸿章补授。钦此!"合肥接到了上谕,随即进内谢恩。见了太后、皇上,太后就说道:"广东沿海民心不很安静,你去好好的整理一番,你到那边我是很放心的。你打算几时可以动身?"合肥就奏道:"两广地方现在谣言很多,臣想就于十天内从海道动身前往,以免太后、皇上挂念。"太后道:"很好!倒底是我们的老臣,关切得很。"就向着光绪说道:"你有什么话问他么?"皇上就很惶悚的道:"也没有什么了。"合肥就跪了安下来。当天就到各军机王大臣处请安拜会,大半挡驾。只有到了华中堂那儿,请了进去。华中堂照例恭喜了一声,应酬了几句,就说道:"咱们前天说的话,老中堂现在可以实行了。"合肥道:"当然。他们听见了这个消息,一定要来的,总可以得一点儿他们确实的意思了。"华福道:"全仗!全仗!"合肥道:"不敢当。这也是公事,应当效力的。"他们谈了几句话就散了。

　　合肥回到贤良寺,独自踌躇了一回,定了对付的法儿。果然,英、俄、美、法、日及其余各国公使纷纷的来道喜。合肥接见了他们,匆匆的也来不及谈什么。后来将要动身去辞行谢步,到了英使馆中,进去和英使见了面。这个诙谐使臣久在中国,和合肥是老朋友了。合肥见了他,依然用他的谈风,彼此无所顾忌,说道:"你用私交的眼光,看我这回到两广去怎样?"他笑道:"老中堂,我们是很要好的老朋友,为你个人打算,这回到广东,是没有再合适的了。替你们的政府打算,我看不多几时还是要你来收拾的,恐怕你避不了。"合肥道:"你又来胡说了,难道国家只靠我一个人么？不过你看我们的朝局怎样？"他道："总有变化吧？"合肥道："你看是那一方的变化呢？"他微笑道："老中堂，你难道还见不到么？"合肥道："旁观者清，当局者迷。我虽非当局，究竟也算局中，所以要征求你旁观者的观察。况且你在中国多年，对于朝局尤其明了的。"他含笑道："今天我们两个私人的谈话，我老实的说，此次变局，要想反过来是不会的了。这班新党权力、经验都不够的，不过对方的识见能力一定是不会量力而行的，恐怕是自己去闹出乱子来。我说一句放肆的活，你们的皇上是没有俄国大彼得的气力，能担当变法的大事业。他们新党又都是书生，没有办理变法的才干，不过他们的主张确是对的。所以我们公使寻常会议，都向着新的一方面表同情。老中堂，你将来要救中国，那新党的议论，恐怕也应当采用的。只要有象你这样人去把了舵，决定是好的。这也看你们大清国的命运如何了。"合肥叹了一声道："你的话不错，我也以为然。不过你和我的主张两方面都不赞成的，也是没有法子。"随即立起身来道："谈得好久了，咱们再见罢！"告辞而去。合肥又到各公使处辞了行。等到动身前一天，才到华中堂那里辞行。见了面说道："英、俄公使说对于皇上很表同情，前天他们会议曾讨论过的。倘然仓卒的发生非常事件，恐怕未必顺手。这要请中堂郑重的。不过这种闲谈，对于各国政府政策未必一律，将来叫我们各国的驻使去探听一下，也许有可以通融的办法。"华福听了，默默不言，心里晓得上了老滑头的当了。合肥也不管他，匆匆的出京到广东去了。华福没有法子，只好敷衍下去。这且按下不题。

说到唐猷辉从香港搭船到南洋群岛，向华侨鼓吹组织保皇会，说是奉了光绪衣带诏求救。华侨听了他一番话，居然风起云涌，捐集了许多款子。那时，华侨正因南洋商业发达，拥有巨资的不在少数，政府对于华侨本来不大注意，经唐猷辉一说，华侨觉得本国的大皇帝居然来求救，自然很高兴。唐猷辉的确是皇帝亲信的人，将来皇上重得大权，大家都可荣显，所以保皇会非常发达。那梁超如到了日本就约了几个同志，办了个《清议报》，把"戊戌变法"的事详详细细、痛痛快快说出来，在日本发行。他的笔墨又好，沈痛的声调，华美的文笔，真麻醉了全中国的知识阶级，把慈禧太后骂得象武则天再世。本来青年有志的人士，看那当局的大官糊涂麻木，把国家弄成要被各国瓜分，莫不十分痛恨，经《清议报》一天一天的宣传指责出来，自然同声赞叹。对于"六君子"的就义，莫不奉为忠臣烈士。在下的舆论已归一致。虽然官厅禁止《清议报》发行，不料越禁越发达，穷乡僻壤都推销得到，只有北京的后党看了无法可想。

当时，华福等想捕捉唐、梁，也不晓国际法上政治犯应当保护的，贸贸然向各国去交涉，要求捉拿，自然到处碰钉子，休想捉到。那《清议报》上益发扬眉吐气，毫无顾忌。太后晓得了，就要华福等想法子。华福等无可如何，只好想派一个干员去私自捕捉，或者暗杀。恰好尹宗扬自从上了请太后重行垂帘的折子露了脸，三天两天常常叫起儿。有一天，太后召见了他，就说唐、梁在外洋蛊惑人心，殊属可恶。宗扬就奏道："此等大逆不道的人，总要设法子去拿他来正法才是。"太后道："你的话不错，可有什么法子？"宗扬道："只要派几个干员到外国去，花几个钱，没有办不到的。"太后道："很好，你去和庆匡、华福等商量，派几个得力的人去办，总要办到才好。"宗扬领了旨下来，就去向庆、华二人说了。华福就向宗扬道："震生，你有靠得住的人么？"宗扬道："唐、梁是广东人，这也要广东人晓得他们的踪迹，才好设法。宗扬有一个门生刘尚谋，也是广东人，他是办过闹姓的，家中很有几个钱，也很能办事，倘然中堂用着他，他一定肯竭力报效的。"华福道："靠得住么？"宗扬道："那是宗扬肯具保的。"华搞道："你既肯保他，那就可用了。"就向庆匡道："王爷以为怎么样？"庆匡道："很好。"华福道："一个人恐怕不够，咱们内务府的庆厚甫庆宏，王爷不是也认得么？他也能办事。我想派他们两个人同去怎么样？"庆匡道："厚甫确是可靠的，中堂既提起，我也很赞成。"华福道："就作为定局吧。明儿请了旨，就派他俩去。震生你去通知贵门生，叫他来谈谈。"宗扬道："明儿叫他来伺候就是了。"

第二天，华福上去奏明了太后，派庆宏、刘尚谋两个人出去专办唐、梁的事。华福又奏明请颁一种密电本，以便秘密通信。太后道："这也是紧要的。"就吩咐将这个密电本注了"虎神"两个字，就称为"虎神密电本"。一本交给华福转发庆、刘二人收藏应用，一本交给庆匡。如有"虎神密电"寄来，都由庆匡收译，会同华福办理。办法定了，华福就叫庆、刘二人来，交了密电本，告诉他须十分秘密，应用款项由上海道拨用。两人唯唯答应了，说了许多感恩报效的话。他们俩是得意极了，就动身到了上海。

其时，尹震生虽依然是一个都老爷，并未升官，不过慈眷隆重，气焰熏天，真是炙手可热。他差不多三天两天有封奏，太后也真当他是一个心腹，常常叫起儿。不要说平常的尚书、侍郎望尘莫及，就是军机处除了华中堂外，都有点儿畏忌。因为上头召见，是只有一个人奏对，旁人听不到的。万一他不管什么，说了你几句坏话，正在太后信任他的时候，真有点儿担不住。那位尹都老爷也真会说，也真敢说。一天，尹震生起儿上去，太后问了几句话，他就说道："方代胜在小站练兵，听说练得很好，不过国家对于兵权关系很重，臣想到小站去看看他练的兵，不晓得太后圣意怎么样？"尹都老爷这句话，正中了太后的心坎，太后以为方代胜虽然告密很有功，然人家是找过他要来收拾我的，他的心术靠得住靠不住，总不十分放心，但又不好露出一点儿意思，使他有自危的心。今天听了尹宗扬的话，就含笑点点头道："很好，你去看看他练的兵，和他谈谈，回来告诉我。"宗扬领旨下来，他就意气飞扬，也不通知军机，回家收拾了几件行李，坐火车到天津去了。他到了天津，就到直隶总督衙门来见了总督豫福，告诉他面奉懿旨，要到小站检阅方安堂所练的军队。豫福听了，知道是奉旨阅兵钦差，自然十分的恭维，赶紧送信到小站，知会了方安堂。一面预备了公馆，安顿他的行李，当晚盛筵接待，不在话下。

那方安堂接到了信息，心中也十分懔懔，把营中几个心腹将弁黄士奇、干祥福、马家璧和幕僚许代盛等召来，开了一个秘密会议。方安堂道："此次尹都老爷突然的奉旨前来阅兵，华中堂也没有预先送一个信来，大约是太后特派的。尹都老爷现在慈眷隆重，我们应当怎么样对付，须要商酌妥善方好。"黄士奇道："这次的政变，统领的功劳虽然很大，不过上头总觉还有一层界限。据士奇看来，我们军队中的精锐气象不要十分表现出来，马马虎虎随便敷衍一下。好在尹都老爷究竟是读书人，不懂得军队中的好歹，不要脱尽了旧军队的习气，免得人家疑心。"干祥福接着道："黄大哥的话不差，统领现在总是握有军权的，而且他们新党曾来找过统领，说过许多的话，上头也许得了些风闻，难免有些疑心。也许有妒忌的人造谣言。这回尹都老爷特别奉旨前来，连华中堂也不知道，祥福以为一面去华中堂那儿探听一下子，究竟是什么原因。此间军队中统领所发给兵士们的照片，吩咐他们收起来，不要给他看见，免得疑到要结军心。"安堂微笑道："你们的话都不错。"旁边许代盛笑道："你们的话很有理，不过据我看来，都用不着。我的主意，只要统领多花几文，就一了百了，而且反可因此得好处。你们想这位尹都老爷平日的作为，见了雪白的银子，就要眉开眼笑，此回只要送他一千两银子，他回去不但没有坏话，一定要说许多好话。我看此一回来，统领反有高升的喜信哩。"安堂呵呵笑道："大哥的话真不错。不过一两千的数目恐怕太轻视了他，我想反正要他欢喜,不如满其所欲,给他一个从来没有得着的数目,自然他欢欣而去了。"代盛道:"我看他来也不过想炸你一个酱就是了。"安堂点点头道:"我们准这样办,检阅的预备,准照二位的主见办理。大哥你就进京去到华中堂那里去探一个详细消息,我就到天津去了。"

方安堂到了天津,先去见了豫制军,请示办法。豫制军就告诉他:"尹都老爷说是面奉的懿旨,没有经过军机处的。"安堂听了,心中揣度了一回,辞退出来,就到尹都老爷公馆中来见了面。震生就告诉他说:"太后心中很惦记阁下的军队怎么样,叫兄弟来考察一回,将情形详细回奏。不晓得贵处军队能否立地表现?最好请阁下开一节略,以备将来回奏。兄弟向来知道阁下练的军队很好,想来一定不差的。最要紧是军心靠得住靠不住,这要请阁下指示的。"安堂说道:"代胜受了太后的恩典,天天训练,总以忠爱为第一件事。军士们没有不感激太后天恩高厚的。兄弟练的兵也不敢说怎么样好,只是太后旨意要怎样,全军莫不勇往直前。这是代胜可以保证的。至于检阅的事情,那是天天在训练,只要阁下什么时候到,马上可以检阅的。敝军的情形都有奏定的章程,届时自当检齐一分送过去,阁下看过了有什么要问的事,可以随时指出,以便开具节略咨复。不过兄弟办理军务,自问没有才学,总要请阁下随时指点训示。"震生道:"那么很好。我就明天到小站,后天检阅便了。"安堂道:"阁下既定明天下去,此地有小火轮,当令他们伺候。营里的屋子已叫他们预备好了,明天兄弟就跟着阁下一块儿去好了。"震生道:"很好,准定如此。"安堂也就起身告辞而去。重又去到制台衙门,见了面,就说:"刚才去见了尹都老爷,他定了明天下去,后天检阅。今儿晚上想预备一席,替他洗尘,但是请他到别的地方去是不便的,所以想借大帅这儿一坐,并请大帅作陪。不过太不恭敬,不晓得大帅的意思怎么样?"豫福道:"昨晚我请了他一回,今儿本想预备便饭请他来谈谈,省得他公馆中寂寞。你既要请他,我准作陪就是了。"安堂道:"谢谢大帅成全。"说了几句话,出来就去预备帖子,分头送去。并请了天津关道及各局的总办作陪。当晚尹震生坐了首席,豫制军坐了次席,震生向来自负甚高,此时意气飞扬,不可一世。他只跟豫制军、方安堂谈了几句话,其余关道各总办,都不放在眼中。饮了几杯酒,吃了几样菜,就不待终席,先行告辞去了。众人也就各散。

第二天一早,安堂就差营弁禀知震生,小轮已经预备伺候大人,随时可以动身。震生起身盥洗后，吃了早饭，也就带着家人等同上小轮。安堂另外坐了一只小轮，一同前往小站而去。一会儿小轮靠了小站码头，岸上已有军乐队作乐欢迎，并且预备着一乘油绿呢四人大轿，安堂就请震生登岸坐轿。震生轿前有许多护卫兵列队前导，大轿左右派有带着水晶顶的武弁八人扶着轿，安堂骑着马随后前进。望见营盘，只听得几声大炮，轿马如飞而行。震生左顾右盼，只见两旁一队队的兵弁，一声口令，都立正行劈刀礼。震生平生最喜欢人家恭维，瞧见如此典礼隆重，不觉心花都开了。轿子如飞的进了营门，他就拍了轿中的扶手板，轿子顿时立定停下。他出了轿，就由八个武弁领导着到了讲武堂。安堂随后，请他坐下，送了茶，就请示马上就阅操或是明天。震生道："时候尚早，就去看一回吧。"安堂道："是。"就回头吩咐随身武弁，传令开操。武弁出去后，一会儿就有两个全身军装的高等军官进来，向着安堂立正行了军礼，回道："军队已齐集，请大人出去检阅。"震生坐在屋内，外面绝无人声，心想军队集合在什么地方？大约是先行预备的。只见安堂立起来向震生道："请阁下检阅。"震生也立起来，依然由武弁领导出了堂，下了阶，顿时吃了一惊。只见万枪雪亮，千旗露红，炮枪步骑辎工各种军队，齐齐整整，周围排列，寂无声息。等到震生走到操场中，那当指挥的军官，一声口令，几千人齐齐的行了个军礼。安堂就领着震生慢慢的靠着队伍前面走了一个圈儿，就算检阅完毕。安堂陪着震生到了预备的安息的屋内。那时候已傍晚了。

　　安堂退了出去，他就将在天淳票号蔚丰厚出的银票两张，一张是一万两，一张是一千两，拿出把红纸封套装了起来。一千两的封套上写着"门敬"，一万两的封套上写着"备赏"。就唤随身的差弁，将门敬的封套送给尹都老爷家人周升。那周升接到了，喜出望外，自然去告诉了主人。尹震生听了，想了一想，就点点头道："既然是方大人赏的，去谢谢就是了。"周升出来，就到安堂那儿请了一个安，说道："谢谢大人的赏。"安堂道："一点儿，算不得什么，给你们喝杯茶的。"周升又请了安出去。安堂暗笑着，知道不会碰钉子的了。他就出来，走到震生房中，说道："此地荒僻得很，没有什么预备，一切的简陋不周，只好请原谅。"他从靴筒子中取出一万两的封套，拿着向震生请了一个安，说道："一点儿意思，请赏收。"递了上去。震生接到了一看，封套面上写着"一万两"，就含笑道："这太客气了，不敢当的。"安堂道："这一点儿实在惭愧得很。将来有什么差遣，一定尽力效劳。"震生也就请了一个安道谢，说道："还有家人们赏得太重，真太破费了。"安堂道:"这算不了什么。"震生道:"刚才军士们很辛苦,兄弟想请他们喝杯酒。"安堂道:"不必客气。队伍的操练是应当的。"震生道:"兄弟来了,总想留一个纪念。"安堂道:"阁下既然如此厚意,兄弟去办理就是了。"就喊一声来,叫传一个武弁进来。安堂吩咐道:"尹大人有赏号二千元,到庶务处去领,叫他们队伍自行分配。你吩咐了,叫营官们进来谢谢尹大人。"那武弁就向震生立正,行了一个礼,退出去宣布了。一会儿许多营官递了职名,向震生行过军礼退出去了。震生向安堂道:"贵军队真整齐严肃,刚才在操场集合时,兄弟在室内一点儿不听见喧哗的声音,真可佩服。兄弟回去面奏,最好叫阁下添募扩充,将来练成对外的好军队,实是与国家有益的。"安堂道:"这是阁下的偏爱,不过练兵容易,筹饷困难,只要筹定了确实的饷,不必兄弟,能练的人也很多呢。"震生道:"筹饷虽难,得人尤不易吧。刚才的赏号,明天送过来。"安堂道:"这不必客气,向来制军们来看操,所有赏号都是兄弟预备。"震生道:"只是太破费了。"谈了一会儿,外面已开饭了。那席上肴馔丰美,器皿精良,自不必说。吃完饭,震生宿了一晚,第二天拿了各种练兵章程,匆匆到津回京去了。

正是:

衣狗朝中呈变幻,社狐穴内炫威权。

欲知后事,且听下文。

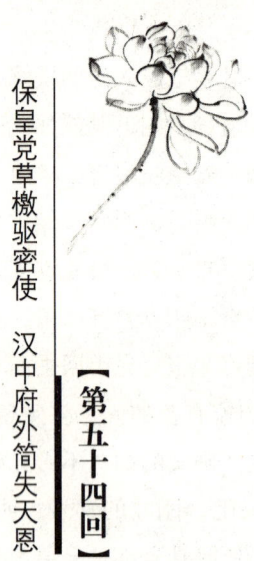

第五十四回

保皇党草檄驱密使　　汉中府外简失天恩

却说尹震生从小站阅兵后，回了北京，就递折复命。太后叫他上来，听他回奏。他说："方代胜练的兵确是整齐，方代胜这个人确是有才能办事，据臣看他很有忠心，请太后慢慢的察看。"太后听了点点头，也没有什么吩咐，就叫他下去。尹震生就磕了头下来。那军机处几位大臣看见尹都老爷圣眷隆重，大家侧目而视，不在话下。

却说捕捉唐、梁的密使庆宏、刘尚谋，已由上海到了日本东京。尚谋找个同乡友人麦小聊，替他们找了一个旅馆，安置行李后，就去见了公使柴韵甫，说明所奉的密旨，要拿捉唐、梁。韵甫听了说道："兄弟接了上海道的电报，本来要来迎接的，因为二位致意不要张扬，所以失礼得很。兄弟迭次接到军机处、总署的密电，也刻刻在想法子，不过各国对于政治犯均要照着国际公法保护的，政府当时不趁他们俩在北京时候拿住惩办，现在唐猷辉已不在此地，到了南洋英属的殖民地去了。梁超如确在此地，他办了个《清议报》，天天跟老佛爷捣蛋，我们看了都是怒发冲冠,但是没有法子。二位来了,恐怕也难办。"刘仲咨道:"此地离中国海路很近,我们能否想法子把他们骗到使馆中,偷偷的解往上海呢?"韵甫摇摇头道:"万万做不到。二位想必也知道广东的革命党孙一仙不是由龚钦差曾经骗到使馆,后来给英国政府知道了,因为在他国内掳捉犯人,犯了他们国家的法律,几乎闹起大交涉来。公使馆虽有治外法权,不能派人去搜查,然英政府派了许多警察把使馆围起来,勒令他交出来。龚公使只好乖乖的把孙一仙交出,一场没结果。各国都讥诮我们中国不懂公法,终究办不动。兄弟决不敢担这个责任。"庆厚甫道:"公使的话不错,不过除了死法还有活法,我们何妨花几个钱买几个流氓去办他呢!"韵甫道:"这也很不容易。此间警察办得很严密。现在日本政府中很有几个大臣对他们表同情,所以他们居住的地方、集会的时间都暗派着警察保护他们;随便出来,那便衣的暗探都跟随着。而且使馆里的人,和使馆往来的人,没有不经过密秘调查。今天二位的来使馆,大约有人已经晓得了。二位请看,明天的新闻纸上少不得要宣布了详细的内容。等到新闻纸上一宣布,二位也很要留神,恐怕要发生危险,不比吾们国中大家都是马马虎虎的。这也要请二位注意的。"庆、刘二人听了,不觉面容失色,相视了一会,说道:"这可怎么好呢?"随即闲谈了几句,辞了出来,回到客寓中,二人相对无法可施。

到了次日午前,那公使馆中来了一位翻译,手中带了几张新闻纸,见了庆、刘二人说道:"消息不佳,果然被公使料着,二位的消息都宣布了。"二人吃了一惊,那翻译把手中新闻纸展开,指着一行道:"各报都登上了。"刘仲咨接了报一看,中间汉文、日文夹杂,不能明白读下去,不过大字的题目,却都是汉文,上写着"中国捕捉唐、梁专使抵京一行"。其余小字读不下去,就问翻译道:"兄弟不懂东文,它说的是什么?"翻译道:"说二位的来京,是奉密旨来捕捉唐、梁的。昨天上午到了东京,下午就去见了公使。结末说,中国大员向不甚明白公法,不要又闹出伦敦孙一仙的笑话。好在我国警政严密,想来决无意外,然亦不可不留意一二。说的大致如此。"二人听了,很吃惊道:"我们到公使馆,怎么他们就知道呢?"翻译微笑道:"他们新闻的访事,真如水银泻地,无孔不入。不要说是二位来拜访公使,那很容易知道的,就是二位的一举一动,一言一语,他们没有不知道的。所以昨天公使请二位留神,就是这个意思。"那二人听了,也有些半疑半信的样子。那翻译接着说道:"柴公使今天晚上在风月堂请二位便饭,叫兄弟先来通知一声。傍晚他自己来邀二位同往。"庆、刘二人听了,说道:"不敢当。柴大人太客气了。兄弟们准定在寓恭候。"那翻译就告辞走了。

　　他们回到房中,刘仲咨低低的说道:"这个差将来怎么样去销呢?"庆厚甫道:"是的,我们升官发财的机会怕要落空了呢。"仲咨道:"我们也不要太失望,事在人为,我们住下去再说。"厚甫道:"我看对外走不通,还是对内用点功夫罢。我想明天先发一个密电报告一下,已经到了东京。你看柴公使一点儿不使劲,我们来的意思,跟昨天到公使馆,那新闻纸上的消息,谁晓得?说不定是他去送的呢。或者他要居功,把咱们吓回去,也未可知。你可以打一个私电给贵老师,说柴公使不但不帮忙,而且有恐吓咱们的意思。先埋一个根,将来咱们也有个退步。你以为何如?"仲咨道:"好是很好,不过这密电统由庆邸过手,恐怕太着痕迹。"厚甫道:"我临走时知道庆邸曾经面奏过,说他年老眼花,对于外国电码常搅不清,可否派尹某人帮同翻译。老佛爷说也好。此时想已实行了。你打给贵老师的私电,自然不会给他知道了。"咨道:"是先动身,所以不知道这个消息。既然老夫子担任了翻译,什么话都可说了。咱们等吃了饭回来,就照老哥的主意拟稿便了。"们都欣欣然。

　　不多一会儿,果然柴公使坐了马车来了,二人请他进来坐定。庆厚甫道:"公使昨儿的话真不错。到底在外办了多年外交,见多识广,以后要常常赐教才好。"韵甫道:"这也算不了什么,到了此地时候多一点,些微晓得些人情风俗罢了。以后随便有什么事,只要告诉兄弟,没有不尽力的。"仲咨道:"公使昨天既然告诉我们要留神,我看此处不很谨慎,此夕只可谈风月吧。"韵甫呵呵笑道:"足见老哥圣明。今天所以请二位到风月堂中去谈谈风月哩。"三个人随意谈了些闲话,韵甫立起身来道:"是时候了,咱们走罢。"庆、刘二人换了一件衣服,旅馆中已预备了马车,三人坐了车,都往风月堂而去。一会儿马车停在风月堂的门前,三人下车入内。庆、刘一看这个饭铺不很阔大,进门就是一座楼梯,上了楼,只有一间大饭厅,约有一二十的座儿,旁边有两三个雅座。柴韵甫踏到楼中间,只见先来到的翻译迎出来,引进了一个雅座里。地面很窄小,里边有三位中国人,公使介绍了。原来是使馆中的参赞随员。彼此招呼坐下。韵甫道:"不恭得很。此地的地方很小。"旁边翻译道:"这个饭馆虽小,却很有名的。此间凡有招待欧美大宾的大宴会,所用西餐都是此地承办的。西式菜是东京著名第一。许多大臣贵族早晚都在此地用饭。不是预定坐儿,临时是找不着坐地的。"厚甫道:"为什么这样的名贵?"翻译道:"此地的老板,曾因研究法国的点心做法,他亲自到法国巴黎学了十余年才回来开这个店。这'风月堂'三个字,还是伊藤公写的呢。"仲咨道:"日本人为了吃西菜也去法国留学,真也是小题大做了。"旁边一位参赞道:"这也是日本人不可及的好处。无论什么事都肯认真去学,不比我们中国人马马虎虎。"厚甫微笑道:"当灶的也要留学,未免太费事了。"仲咨道:"他要学我们中国菜,不讲别处,就是敝处广东的菜,恐怕也不容易呢。"大家笑谈了一会,韵甫就请他们入了席。果然各种菜十分精美,就是牛排旁边的一段烤番薯,颜色碧绿,脱离了番薯的色味,香甜可口,不晓得怎么弄的。各人啧啧称赞。临末开了香槟酒,各饮了散席。客人告辞,韵甫等也回了使馆。

那庆、刘二人同车回寓坐定,由下女送上茶来。原来这个旅馆虽是日本式,里头房间也有西式的。他们住的是西式,都是铜床沙发,不过伺候的却是有些姿色的妙龄女子。麦小聃是在东京经商的,知道他们两个是秘密的钦差,十分巴结。先和旅馆的老板商量,伺候的下女要能够懂得中国话的。那旅馆老板就找了两个下女,一个叫雪枝,一个叫花子,曾在北京东交民巷筑紫办馆中当过下女,等到庆、刘二人到了,老板就叫她俩去伺候。庆、刘二人听了一口的北京话,甚为快活。这回从风月堂回来,花子、雪枝手中沏了两杯茶送来,又拿着两枝雪茄分递了两人,各将火柴划了,替二人点着。庆、刘看着,只是满脸的笑容,雪枝、花子随即含笑着说道:"两位要不要洗澡?"厚甫道:"是不是日本式的澡堂子?"雪枝道:"是的。"厚甫道:"我久已闻名,日本的洗澡是别有风味的。仲咨我们去试一试。"二人就拿着浴衣,走到了浴池门口,推开了一扇白板的矮门,中间水气氤氲团结。只见这一个浴池占地很宽大,池沿上坐着几个裸体的女子,浴池中有雪白的几团浮在水中,水面上漂着黑漆似的海草,随波浮荡。二人看见了,吃了一惊,连忙退了出来,好象犯了罪的逃犯,满面通红,回到房中。那雪枝、花子看见了,很诧异的问道:"什么事?难道这一会儿就已洗好了?"那厚甫呐呐说道:"不行,不行!里面都是娘儿们,怎么好进去呢?"雪枝笑道:"我们此地是不拘的,尽管一块儿洗。她们想都是我们的同事,我来送二位去。"就替他们拿了浴衣,领着他们到浴室里来。浴室里那些女子看见了雪枝等,都笑着叽叽咕咕说了一阵。只听得雪枝跟她们说了几句话,都匆匆的揩了身体,披了浴衣,推门出去。一会儿浴池中没有一人。雪枝、花子就叫他们脱了衣服,跳入池中。洗了一会儿,他们回到房中,彼此说笑了一会,就上床睡了。

　　到了次日,二人起床,仲咨道:"昨儿晚上本来要拟一个电报发出去,不料洗了一个澡,竟混忘了。我们趁这个清闲的时候,先办好了,怎么样?"厚甫道:"不错!这是公事,该办的,请你主稿吧。"仲咨道:"还是请老哥动笔,兄弟参酌就是了。"厚甫道:"你不要客气,谁办都是一样,况且你是太史公,字眼儿上比我强得多。请你动手吧。"仲咨又谦逊了一会,厚甫就把笔砚推到仲咨身边,说道:"你太拘了,我是很爽快的。你就照昨儿咱们的主见写出来就是了。不要耽误功夫,回头怕有人来。"仲咨只得取了纸笔道:"如此请老哥盼咐,让兄弟岂起来。"厚甫道:"我想开头只说已到日本,如何办法,已与公使商量,据他说这件事照万国公法是不能正式交涉的。现在想去访求熟悉公法的人,细细研究有什么办法。一面雇觅私人侦探,去探听详细情形,再想法子。不过各项费用是要预备的。可否请电上海道援汇数万金,以资应付。是否可行,请钧裁示知。大略如此,请你斟酌拟稿便了。"仲咨道:"老哥的公事文章真了不得,简明周到,兄弟是万万赶不上的。"厚甫道:"太史公又来笑话我了。我是说个大略,请你斟酌。"仲咨就照着他的话,拼凑了几句文言就脱了稿,给厚甫看了。可怜厚甫说的还能明白,叫他看写的就为难了。他勉强的看了一遍,就满口赞道:"很妥。"就在电稿的后面写上一个"行"字,掏出一个牙章印了一下。仲咨也照样画行盖章。收起来,说道:"那给敝老夫子的怎么说?"厚甫道:"那由你去写好了。"仲咨道:"不成,这也是公事,不是兄弟的私事,还是要老哥出主意的。"厚甫道:"你也太谦了。据我看,跟刚才的大同小异,不过中间将公使的态度加进去几句,拨经费这几句话,加上几句,说事情很难办,恐怕要多花几文,请贵老师从中帮助几句便了。这就是我的对外走不通,对内用点功夫的宗旨。"接着呵呵一笑。仲咨也含笑的匆匆起了一张稿,递给厚甫看了。厚甫点点头,看到电尾,仍是二人具名,便道:"这个不妥,只好你一人具名。贵老师才不会起疑的。"仲咨道:"老夫子决不会多心的。"厚甫一定不肯,仲咨只好一人具名,定了稿,两人就取出密电本子,慢慢的译成电码,收了原稿,把电稿装入封套,叫带来的家人送到公使馆速发去了。

　　刚办完了事,几个在东京的朋友,都是商界的,雇了马车,请他们去游玩。所有上野公园、浅草公园逛了一回,随到银座街百货商店里去看看,直到黄昏后吃了饭才回到旅馆。到了房中，见桌子上有许多信件，中间有横滨来的一封信，仲咨抽出一看，只见信上写着：

厚甫
仲咨 先生：

昨闻二位奉西后之命来东京，欲捕捉唐、梁，以达废立之目的。以二位之鄙陋，于万国公法例应保护，固所不知，加以日本国中警察森严，汝等阴险之手段，决亦不能一逞。唐、梁二先生安若泰山，本可付之一笑。唯我等求学之地，皆我国忠义会萃之区，断不容奸邪小贼插足其间。今由同人议决，限汝等于三日内离开东京，如不听从，将以白刃、黑丸享君等于五步之内，勿贻后悔。其细思之！保皇党同人公启。

仲咨看了，啊哟一声道："不好！"厚甫就接来一看，说道："这种无聊的恫吓信，算不了什么。"仲咨道："咱们也不可大意的。近来反对老佛爷的是保皇党，又有一班更激烈的叫作革命党，他们是反对大清国的，他们是炸弹、手枪不离手的，老哥不要大意。我们犯不上跟他们无聊的去干上。老哥你以为如何？"厚甫听了，脸上呆呆的道："你的话也不错。但是怎么办呢？是跟使馆里的人去商量，还是跟今天来的几个朋友斟酌，想想法子呢？"仲咨道："兄弟以为跟他们商量也是无益，使馆里人总有点醋劲儿，他们也许加倍的吓我们一下。他们明摆着要轰掉咱们。至于朋友也没有什么好法子，也许他们也和这班的人来往。"厚甫道："怎么办呢？"仲咨道："我们不如声色不动，只当没有这封信，明儿只说要到各处去游历一下，借着名儿，先到日光、箱根等名胜地方去逛一下，离开东京，慢慢的等等机会再说。何如？"厚甫道："好极了！你的办法不错。不过咱们总要一个翻译才好。不然变成两个哑巴，很不是味儿。"仲咨道："去使馆里找一个人好不好？"厚甫道："不妥。找了他们那儿的人，咱们的事他们整个儿知道了。我有一个法子，你想想行不行？"仲咨道："什么？"厚甫道："就是此地的两个下女，不是很能说北京话么？"仲咨道："好是很好，不过此事行么？咱们去找麦小聃来商议再定。"他们就打了一个电话给麦小聃，叫他就来。一会儿小聃来了，仲咨就把要带两个下女出去游览的事说明。小聃听了微笑道："这很容易。"他就匆匆的找了旅馆的老板，办好了交涉，厚甫等好在花的是公家的钱，落得做一个挥霍的阔人。他们就带着下女各处去逛了。

其时北京尹震生正在声势赫赫，翻译密电的责任又经奏明叫他办理，更气焰熏炙，不可一世。他自担任翻译密电的职务，就向电报局取了许多发电纸。所有他的私电，都用了官电名目发出，以至他的兄弟在四川候补的，及他的家乡亲友有需要通信的，他都用一等官电发出。原来一等官电都是电局中记帐的，到了年底，报告总理衙门核销。那年总署中接到了电局的报销帐单，内中由虎神密电名义发的电数目甚多。恰碰着管理稽核的是浙江余筱雄侍郎，这个人是黄叔兰通政的亲家。自从戊戌政变以后，叔兰的儿子黄仲涛牵涉在内，尹震生素来跟他们不和，曾经奏参封禁强学会，那黄仲涛也在其内，余侍郎心中未免总有些芥蒂。加以近来震生气焰日张，有几位军机大臣王武揆等心中很不痛快，余侍郎听了几位同乡的意思，都想乘机推翻他。恰好接了电局的报销册，中间有四川、常州的虎神密电，余侍郎明知是尹都老爷揩油，倘然有交情的也就不提了，现在正想找错儿，来得正好。他就故作不知，拿了报销册，自己去面告庆匡说道："虎神密电的经费，电局来请核销，不过开列所发的电，何以有四川、常州等处，是否王爷所发？可否请王爷将发电底簿交下一查，以免电局蒙混。"那庆匡听了，便道："这很诧异。虎神密电本发出去的，不过南京、上海、广东两三处，那里有发到四川去的？况且常州是个小地方，尤其没有发电的理。难道是电局胡开的么？"余侍郎道："电局的报销册决不敢乱来。况且这个密电本关系重大，晓得的很少，就是本衙门也还没有这电本，恐怕王爷一时忘了。应否细细的查一下，万一泄漏机密，责任是很重的。"庆匡道："不差，很有关系。但是决没有发过电，不至于忘记的。"余侍郎看他还没有想到，就说道："不要是王爷要发别的电时，经手的弄错了，把这个密电发出去了。"庆匡道："不会。这个电本是藏在我秘密箱中，总要等用的时候才取出来，只有尹都老爷帮着我译写，府中的人一个都不晓得的。"余侍郎道："尹都老爷不是上头交派叫他翻译的么？"庆匡道："是我奏明请他帮忙的。"余侍郎假作恍然大悟的道："那是不错的了。尹都老爷不是常州人么？他的兄弟不是在四川候补的么？大约是他借着这个电本发的私电，那就不必研究了。好在是自己人，决不至于泄漏的了。"庆匡听了，不觉怫然道："这是什么话？他的私电怎么可以用官电发。尤其这个电本是上头交下来的，十分秘密，他真太荒唐了！我知道了，以后就不用他来翻译便了,你也不用说出去。"余侍郎道:"当然不说,因为恐有别的关系,所以回明。现在明白了,那就不必再提了。"余侍郎退下来,心中暗暗欢喜。那时尹震生毫不知道,不过到庆匡府中去常常挡驾,也没有叫去译电,心中疑惑。但正在得意时候,也不放在心上。

有一天《宫门抄》上写着"江苏巡抚着陆傅霖署理"。原来陆傅霖做过陕西巡抚,他是州县出身,是华中堂的至好。不多几日,就到京请安。召见以后,他就住在后孙公园寓中。他资格很老,对于江苏京官不甚注意,况且龚师傅出了京,江苏也没有握大权的人,所以来了五六天,也没功夫拜望江苏京官。尹震生他建了垂帘的大功,慈眷隆重,外省的抚藩不放在眼中。他自以为江苏抚台到京,当先来拜会,不料等了五六天,连名片也没有来。那天江苏同乡京官正出了一个单子,约期公请陆傅霖,那也是照例的请他一下,以便将来各人处送别敬,送团拜费,正是穷京官的习惯。他的来不来拜会也不放在心上。不料震生正在诧异,他不来登门拜访,我们同乡倒先去请他,已觉不大愿意。一天,尹震生套了车径到后孙公园去拜他,到了陆中丞寓中门口,家人投了名片。那班中丞的门公,向来架子大,接了名片,就出来说道:"挡驾,大人出门了。"正欲回身进去,尹震生厉声说道:"你回来,我告诉你,我不是那一班的穷京官,来拜你们大人,想要些别敬的。我是有上头的交派,来吩咐你们大人的。你不要发糊涂。"那门公听了,吓一跳,连忙傍着车沿请了一个安,回道:"请大人不用生气,是小的糊涂。实在是大人出门去了。回来就过去请安,听吩咐。"震生一声儿不言语,他的车子就回去了。到家不多一会儿,门上就来回陆大人请安,谢步拜会。震生叫请了进来,慢慢儿换了衣冠,到客厅里见了面。陆中丞就说道:"刚才兄弟出了门,失迎得很。家人们糊涂,请原谅。"震生道:"中丞到京来,自然很忙,本来不敢冒渎。因为前几天老佛爷交代几句话,叫兄弟转述给中丞,所以来请见。"陆中丞马上就站起来谢道:"兄弟不知道,得罪得很。上头有什么交派,尽可叫管家来通知一声,兄弟理应前来听命,反而劳驾,得罪得很,现在就请吩咐便了。"震生也站起来,正色说道:"前天召见,提起派员去日本捕捉唐、梁这件事,重大得很。上头吩咐,以后上海道等处如有密电,请中丞径寄到兄弟处,由兄弟转呈。"陆中丞道:"是,是!"随听震生没有他话,方才坐下。说了无数恭维的话,坐了一会儿,告辞而去。

陆中丞回到寓中,心中暗想:我做到了巡抚,就是王爷、军机见了面也很客气,他对我这种样子,殊属可恶。不过听说老佛爷因他有些功劳,确是很相信他,他的地位很高。不过他交派的这件事,很是奇怪,听说虎神密电是交给庆、华两个人办理的,所有消息自然由他们两个人进呈,怎么叫我交给他?难道不相信他们两人么?这是万不会的。明天我探探信再说。倘然真的,也要告诉华中堂留点儿神,不要叫小鬼跌了金刚。到了第二天,他到华中堂府中,见了面,就说道:"昨儿有一件事,要向中堂请请示。就是尹震生尹都老爷叫我去吩咐道,上头交派,以后上海、日本等处有虎神的密电,统统交给他转呈上去,很觉着诧异。当时只好答应了。回来想到,这个密电,听说由中堂和王爷经手,为什么要由他转呈?实在莫名其妙。所以来请请示。"华中堂道:"没有的事。密电往来,王爷总送来阅过再办,老佛爷有什么办法,总吩咐我们两个人,他又在那儿……"华中堂说到了"那儿"两个字,忽然沉吟了一下道:"不过这位都老爷近日常有起儿,说不定老佛爷有没有什么面谕,等明儿上去探探信再说。前天王爷告诉我说,他的私电借着《虎神密本》的名儿乱发一等官电,这个人很靠不住。你不要露出一点儿消息。今天王龙老也在说他很可怕。龙老是多么圆到谨慎的,他说到'可怕'两个字,这位的飞扬意气,一定他很看够的了。你再听我的信儿吧。"

隔了一天,华中堂军机起儿上去,太后提及上海等处捉拿唐、梁的事有没有消息,华中堂就乘机奏道:"这件事奴才很焦急,近来常有密电到来,进呈圣览。不过奴才差使繁多,庆匡事情也忙,办理不能迅速,翻译电码又不便假手他人。奴才跟庆匡商量,可否请太后另派一个人专司此事才好?"太后道:"一时想不出靠得住的人。庆匡曾经奏过,叫尹宗扬帮帮忙,现在怎么样了?"华中堂道:"前儿庆匡跟奴才说:'看见电报局报销册,有许多不相干的电报,都是用虎神名义发出去的。'庆匡查了一查,原来是尹宗扬的私电,所以庆匡恐怕泄漏密本,不敢叫他去经手了。现在请太后的旨意,或则专责尹宗扬办理,他责任所在,也许不至乱来。"太后道:"那有这个办法?这个人我看他尚有胆子,给了一点面子,他就乱来,还好用么!"华中堂道:"昨儿江苏巡抚陆傅霖说,尹宗扬亲自告诉他,说是奉太后懿旨,以后上海等处的虎神密电统交尹宗扬转呈。奴才不晓得太后曾经面谕过没有?"太后听了,顿时变色道:"没有这个事。这还了得,应当办的。"华中堂磕头奏道:"请太后息怒,他总算有点儿劳绩,请太后开恩保全,好在他京察到班,将来给他一个府道出去阅历一下子也好。"太后点点头,就问道:"这两天有什么府道缺？"华中堂奏道："现在广西思恩府知府、陕西汉中府知府正在奏请简放。"太后道："思恩府听说苦得很，他总算出了一些力，叫他到汉中府去吧！告诉那儿的督抚，好好的管束管束他。"华中堂领旨下来，发表了陕西汉中府知府着尹宗扬补授。正是青天里下了一个霹雳。尹震生得了这个消息，嗒然若丧，从此君门万里，再不能瞻仰天颜了。正是：

密使蓬莱留笑史，侠途螳雀逞阴谋。

欲知后事，且看下文。

第五十五回 沈北山联登高甲第 米筱亭悔结错姻缘

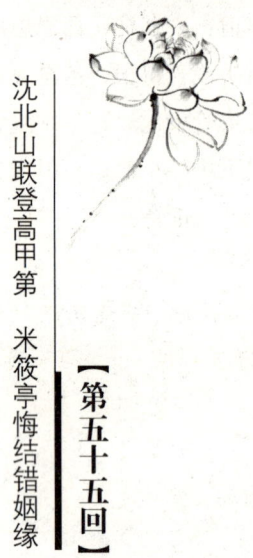

话说尹震生自从太后垂帘立了大功后，不到一年，竟外任为陕西汉中府知府，这是因他的意气飞扬受了政府中的忌视，所以找个碴儿就轰出去了。他的政见如何，且不必论他。至于他的性质却是爽直，遇事敢作敢为，比当时一班要人唯唯诺诺，不负责任的不同。所以北京官场就容不得他了。但是塞翁失马，焉知非福。他当时不遭政府的排挤，乘着太后的慈眷，一定飞腾上去，或做了军机大臣也说不定。不过后来庚子拳匪起事，他也决不能违反太后的意思，也许和耿义、齐秀、年映、余兰士等得一样的结果也说不定。所以他的不得意，也未始非他的心术不是阴险一派，所以避免了杀身之祸。他领凭赴任后，不料他的同乡又出了一个人物，叫作沈北山，单名鹏，曾有一部小说叫作《轰天雷》，叙述他的事迹。不过其中情节很多舛错，描写也多过甚。作者与他是总角之交，他的一生历史都在眼中，所以将《轰天雷》中所载失实的事迹——改删，自问可作北山的行述。

闲言少叙，且说北山生小聪明，其父咏楼先生，曾于李文忠在上海与李秀成作战时为参赞幕府。他才华卓荦，性情高傲，所以仅仅得了一个铜山县训导。他不求闻达，做了训导几年，等到北山五岁时，他就死了。这种狷介的儒者，那里有钱，身故之后，一贫如洗。他的长子小楼也是有才无命，青年早殁。剩了次子荫鹤和北山，兄弟相依为命。北山跟着兄长读书，到了十五岁就考取了秀才。他在考场中认得了庄仲玉，两人意气相投，仲玉就请他到家教授仲玉的兄弟美叔。过了一年多，一天仲玉向他说道："你的天分很聪明，景况却甚窘，在家乡是没有机会可以发展的。现在同乡龚师傅管理国子监事务，在南学招集各省有才学的人入内肄习。我想你不如进京去，一来求学问，二来等机会。你看怎么样？"北山道："这是再好没有，但是我囊无分文，如何可以成行？"仲玉那时家中财政不能与闻，也没有钱，因向他说道："我虽是没有钱，但历年考书院得的膏火奖赏钱，以及从小得来的尊长压岁钱约有二百元，我来送给你吧！"北山接了，很感激，就收拾进京。

到了北京，同乡等见他虽是寒士，然有志向上，天分又很聪明。不多时考进了南学，刻苦用功。时在光绪十年，龚、潘二尚书提倡实学《公羊》、《说文》盛行一时；又有黎石农等研究西北地理，各种考据之学风起云涌。北山也顺着潮流，孜孜求学。他在南学中很有名。龚尚书也因同乡关系，时加青眼。后来祖师成也到了南学，他本来在江阴南菁书院肄业。这书院是黄叔兰、王忆莪历任学台所创办，所请的院长黄元同等都是经师人师，很有名望的。师成从南菁到了南学，他学问优良，才具开展，都中名士无不往来，声气日广。不多时，黎石农请他到顺天学政任内阅卷去了。那北山是不会标榜的，依然在南学中苦苦用功，所以龚尚书暗中器重他。不过，觉得他学行很好，却不能在政治中发展。有一天，龚弓夫遇着了庄仲玉，笑道："北山怎么好？昨天国子监南学里当差的人来说，前天晚上大雪，早起他们起来开门，看见门外一个人睡在阶上，吓了一跳。仔细一看，原来是沈老爷，连忙去扶他起来，冻得不成样子，替他灌了些姜汤，又给他喝了点白干儿才醒过来了。问他为什么睡在门外。他说是叫不开门，就在地上睡了。其实多叫几回，也没有不来开的。这个管门的恐怕北山来告诉，所以先来说明。当时我把他申斥了几句。实在北山也太糊涂了，为什么不早点儿回去呢？"仲玉听了笑道："亏得北山平日的品行可信，不然都要疑心他的。二来亏得他的身体吃得住。回头我去瞧瞧他去。"弓夫道："不是他，大家一定要疑心干了不好的事，才回去得晚。"仲玉道："可不是。那个当差的也不用怪他，也许北山没有去叫门就睡在那儿的。他常说一个人要历练得吃苦才好，要象卧冰的王祥、啮雪的苏武，才算是大丈夫。也许是呆性发作，要练成忠孝的筋骨呢。"弓夫笑道："不要没有做成忠臣孝子，先送了一条命，才不上算呢！"

转瞬到了癸巳秋试，北山同师成都由国子监录送入闱，三场完毕，果然文章有价，师成中了南元，北山也中了经魁，龚师傅很勉励他们好好用功，又把师成请来住在南院读书。北山依然住在南学，等候明年春闱。光阴迅速，到了春闱，他两人入闱考试。等到发榜，二人果然都中了，大家欢喜。不料等到殿试，北山考了二甲，师成考了三甲。照例，三甲进士很难望得翰林，除非朝考考了一等，方可望庶常。那北山的小楷本来端正，那庶常可算稳了。那师成是自负必得翰林的，不料考了三甲，希望很少。正在书房中一个人唉声叹气，忽然有人推了风门进来。师成一看，原来是弓夫，对着他道："你不用灰心，我也是三甲翰林。不过'看如夫人洗足'的对联是免不了的了。"师成愕然不解。弓夫笑道："曾文正公他也是三甲翰林。一天他在幕府中闲谈，素喜诙谐。其时四川李芋仙新娶了一位姨太太，文正就说道：'有一个联句，请你来对，就是"看如夫人洗足"六个字。'芋仙想了一想，就呵呵的笑道：'有是有一个绝对，只是不好说出来。'文正道：'临文不讳，就是骂我也不要紧，只要对得好。'芋仙道：'这一定要老师宽恕才敢说。'文正道：'快说。'芋仙道：'就是"赐同进士出身"。'文正拈着髯呵呵笑道：'真好！实在好！这有什么要紧？况且三甲进士，也不是只我一人。'后来芋仙落拓在上海时，向天南遯叟王紫铨、缕馨仙史蔡尔康等人说道：'就为这副绝对，送掉了他一世的功名。'其实文正公的度量那有什么芥蒂？芋仙不见用于文正，大约因他放荡不羁，只能做一个名士，决不能用之于政治罢了。"师成听了，也是一笑。弓夫道："你预备朝考的功夫怎么样？"师成道："我的字决定写不好的了，有什么办法？"弓夫道："你的诗文功夫是不差的。我前天看乾隆的御制诗，有《灯右观书》一个题目，这种诗题很熟，而实在很生，倘然知道出在高宗的御制诗上，可不是全场的冠军么？我看你照这样熟而生的诗题预备几首，倘然预备着了，朝考一等就有希望了。"师成心中暗喜，明知弓夫是受了叔祖之命来送一个消息，因为近来皇上所出的考试题，都是向师傅要的。此次朝考诗题，龚师傅已拟定了《灯右观书》，但是他谨慎得很，叫弓夫向师成不着痕迹的露一点消息。那师成也很聪明的，晓得很有道理，只不知道是那一个韵。他就拟成两首试帖诗，一用

【续孽海花】

"灯"字,一用"书"字为韵,全体双台,那是颂圣的。等到临场看了题目,果然是这个诗题,以"书"字为韵,师成自然高兴极了。他的文笔也还不差,他就作了两篇论疏,都用骈体文格调,诗就不用做了,一挥而就。等到第二天阅卷大臣进去,通场中晓得诗题在高宗御制诗中的,只有他一卷,而且论疏全是骈体,足见饱学多才。因小楷不甚好,不能第一,也还取在前三名。江苏人中已是首选。引见下来,他和北山都用了庶吉士,自然煌煌的太史公了。

后来有一天,北山到他书房中,在书桌上随手乱翻,只见书中夹着一首《灯右观书》的试帖诗,北山很诧异,就问道:"我们朝考诗题,是得的'书'字韵,你为什么又做'灯'字韵的诗呢?"师成听了,脸上不觉微红道:"北山你又来乱翻人家的书了。这是我考毕了,因这个题目很好,'灯'字韵中有几个字,押了他可成好句子。昨天所以又做了一首,你看怎么样?"北山道:"你既然知道出处,随便用什么韵,那有不好的呢?不过你真有闲功夫,还去做这首诗,我真佩服极了。"北山出来,遇见了庄仲玉,就说师成真高兴,他拿了朝考诗题换了韵再做一首。仲玉听了,想了一想道:"你在他的什么地方看见的?你问过他是什么时候做的么?"北山道:"在他书房中,他说昨天作的。"仲玉呵呵笑道:"你真太老实了。你信他的话么?他朝考过了,天天在城外逛,今天才回书房,那来闲功夫。这首是朝考前做的,一定他因不知道得那一个韵,所以把灯、书二个韵都作了,这'灯'韵是没有用着的,所以留在书中。你真傻子,他点了翰林,还去作朝考的诗?要是你或者肯傻,他是决不会这样子傻的。"北山想了一会儿,才恍然道:"你的话不差。考的时候,我问他诗题有出处没有,他说不知道。他还说记得好象范文正或许是司马温公,我们记不清楚,就不用去提他吧。照你的话,他明明是先知道了。他就告诉我也不要紧,也抢不了他的什么去。他真可恶!"仲玉道:"你那知道世道人心的状态?你以后留点儿神就是了。"北山点点头说道:"只有你是真心。"仲玉笑了笑就散了。

北山自从引见之后,得了翰林院庶吉士,等到翰林院派的大教习、小教习都发表了。原来翰林院的旧例,凡新科的庶吉士,由特旨派大学士或尚书一人教习,俗呼大教习;再由本院派科分较深的翰林数人充当分教习,俗呼小教习。照例定期作一两篇诗赋。北山应过了教习的课试,就请了假要回家去祭祖省墓。他临走的时候,许多同乡替他饯行,席间龚马夫道:"去年我替他做媒,定了刘宅的姻事，他的丈人刘韵士是在直隶候补，他的伯岳雅邠世叔是在家叔祖处教过书的。因看见北山品学兼优，所以替他侄女结了这个姻事。不料前几天刘小姐染了白喉，奄然逝去。北山晓得了，非常凄恻。刘家托我向北山说，将来要请北山运柩回去安葬，也算刘小姐一生的结束，北山也答应了。不过北山年纪也到时候了，将来总要订亲才好。"庄仲玉道："我听得刘小姐性质淑慎，且通文墨，本来玉堂归娶，何等风雅荣华。此次发生意外，真是北山的不幸了。"弓夫道："这也是刘小姐没有福气。"北山黯然道："自分一生孤苦，亏得龚老夫子提拔，得了一点儿进身之阶，究竟福薄灾生，累及了刘家小姐，至于续订的事，现在也不忍提及呢。"弓夫道："北山是个多情人，我们且不提，将来再说吧。"祖师成道："北山亲事自然不必放在心上，将来豪门贵族想找翰林女婿的不晓得有多少哩！不过北山你这样的落拓不羁，恐怕玉镜台前不甚欢迎。我劝你以后总要注意修饰些，才好消受轻怜薄惜哩。"众人听了，都呵呵的笑了。仲玉道："师成的话也有理。北山如此乱头粗服，真学了王荆公的派。那荆公的吴夫人长斋奉佛，也许为这个缘故。北山你要注意才好。"弓夫道："是的。一个人专事修饰，自是纨绔习气，决非有志之士，不过洁净整齐，读书人也不可不留意一点罢了。"大家谈了一会，散了席。

　　北山次日动身到了天津，搭乘海轮直达上海，然后又坐小火轮一迳回到家中。见了兄嫂等自然悲喜交集。接着开贺祭祖，家乡人见了这个少年太史公，自然钦慕的不在少数。北山不免出来酬应。从前听见北山来了躲避着不见的人，都来欢迎北山，唯恐请不到他。北山回想三四年前一肩行李匆匆北上的时候，那有一个人送他。当时有些亲族背后说道："他冒险北上，将来要由北京同乡打发回来，一切盘缠恐怕仍要我们拼凑出去。他此次的盘费不晓得从那里来的？其实他安分守己，处一个馆，能够中了举人，替我们完的钱粮帮帮忙，那时我们再帮帮他到北京去不好么？"后来北山中了北闱的举人，他们已经变了论调，说道："他从小是很聪明的，所以年纪很轻就中了。此次何妨回来开开贺，两漕上自然应当送一份礼，我们合族的钱粮，他只要说句话，一定可以卖账的。我们也可以占些便宜，他也可得些实惠。他不回来，可见他还有些书呆子的气息哩！"不料第二年又连捷了，点了庶常，他们就天天望他回来，从前恐怕拼凑盘缠的思想是一概消灭了。所以，北山回来，他们就排日备着筵席，请他赏光。北山的性质本来是忠厚的，也不去计较从前的形状。有一天，有一个亲戚请他吃酒，座中有一个提起北山的亲事，说道："北山兄,听说刘府上的嫂夫人故去了,真真可惜。"北山凄然道:"这也是兄弟的福薄灾生,所以如此。"那人说道:"听说刘府也是苏州的大墙门,累代翰林,令岳韵士先生是知县班,在直隶候补。令伯岳雅邠先生,新近放过试差的,不过听见刘府上向来是寒素读书,令太岳叔陶先生,一生只当着京官,宦囊不很充足。韵士先生还没有抓过印把子,真个娶了过来,也不会有多少奁赠的。现在刘小姐故去了,北山兄已入玉堂,恰好重找一个富贵双全的夫人,正是'塞翁失马,焉知非福'哩。"北山听了很不愿意,就说道:"娶妻娶德,兄弟一介寒儒,无论没有富贵的人家,就是有,兄弟也不愿的。"那人哈哈笑道:"北山兄,你虽是太史公,学问是好极了。不过世途上的行为,还须让区区的识途老马呢。"旁边一个人道:"究竟北山兄续订姻事,要在本乡的还是外面的呢?"那人抢着说道:"你也傻了,自然是在外面的好。现在县城中有几个人家配得上北山兄,就是有配得上的人家,也没有年纪相仿的小姐,自然在外面有拣选。"北山听他们那些不入耳之谈,心上不免觉得不愿意,说道:"内人故了不多时,兄弟还没有想到续订的事,而且也有些不忍呢。"那人道:"是!是!将来有相当的再谈吧。"彼此就匆匆的散了。

有一天,北山闲步走到西城虚霩园中去访主人曹公坊。北山进了园门,径向君子长生馆走来。原来君子长生馆三面临水,都是玻璃窗,池中种满了荷花,正是翠盖亭亭,红衣袅袅,池旁围着参天的垂杨,绿阴环抱,时闻蝉声。北山在回廊中慢慢的走着,正是清凉世界。那时遥望隔水的君子长生馆,竹帘四挂,隐约送来谈笑声,知道有客在此。北山与公坊的儿子孟朴本系至交,也就不嫌冒昧,到了馆门外,那家人就向内报道:"沈老爷来。"公坊听了,就说"请!"北山掀帘进去,只见座中有一个苏州客人,身材粗胖,穿着二蓝缺襟纱袍,外套着天青纱对襟马褂,脚上穿着玄色缎子的官靴,很象一位出差的大员;团团的脸,又象是有财产的富翁。北山不认得,旁边一位却是龚弓夫,他们看见北山进来,主人和二客都立起来。北山先和公坊、弓夫作了一个揖。弓夫就向那客人介绍道:"这位是新贵沈北山。"公坊也向北山道:"此位是米筱亭兄,是你的老前辈呢!"北山和筱亭彼此作了揖。北山道:"在京时久慕老前辈的学问渊博,没有机会见面,以后总望老前辈指教。"筱亭道:"兄弟久仰得很,从前记得曾在南学里用功。"就向弓夫说道:"常听见老夫子称赞北山兄品学兼优,今日一见,真名下无虚。"北山道:"惶恐得很,总是老夫子提拔后进的厚意,不免有些过誉吧。"弓夫道:"你也不必客气,你们二位都是家叔祖的门下士,以后筱亭世叔应当不客气的指导指导后辈。"北山道:"当然。只怕老前辈不屑教诲哩。"筱亭向弓夫道:"老前辈怎么说这种话!北山兄是老夫子识拔的,将来彼此能够切磋往来是很好的了。"随和弓夫谈到别的话。公坊低低的向北山道:"本来要请你陪陪,你不用走了。"北山答应了。一会儿,家人摆了酒席,孟朴也出来了。主客都入了席。在席间筱亭很注意北山,常常瞧他,也和北山谈谈小学以及文学等。北山对于《说文》也研究过,至于诗词很有功夫,对答得很满筱亭的意,不住的称赞。席散后就向北山道:"有便到苏州,务必屈驾来舍谈谈。"随向主人道谢,作别上轿而去。

  隔了十多天,公坊忽然接到米筱亭的信,要将他的长女和北山订婚。原来筱亭自从前年放了浙江试差,外头很有卖关节的谣言,被一位都老爷参了一折,虽后来查无实据,却从此黑了下来,再红起很不容易,非要有大势力的提拔一下不可。他在家郁郁不乐,加着他的夫人看见筱亭在家不能上进,天天吵着,催他想法子。筱亭道:"我也正在着急,只是没有路。龚老夫子现正掌着大权,近来听见龚弓夫请假回来,我想一迳找他,很着痕迹。前天曹公坊有信来邀我去逛他园子,我想借着逛园子的名去走一趟,借此见见弓夫,看有什么机会。"第二天,筱亭果然赴常,见了公坊,公坊就请他住在园中。他又去拜访了弓夫,住了两天,公坊就在君子长生馆设席,邀了弓夫等几位陪着。恰巧北山也来了,相谈之下,席间筱亭触动了一个念头,马上回家,要请示他夫人。当时到了家,见了夫人,照例的问这几天身体好不好。他夫人点点头道:"你怎么就回来了?"筱亭道:"这回见了龚弓夫,他表面上很殷勤,不过真实关切的意思一点儿没有。后来在曹公坊席上碰见了一位姓沈的,叫作沈北山,是今年新点的庶常。谈了一会儿,学问也下得去。他是国子监南学出身,我在京时听说是龚师傅很得意的门生,明年散馆,一定靠得住留馆的。他从前定了亲,是苏州刘韵士的女儿,就是雅邻前辈的亲侄女儿,可是没有成亲就故了。那沈北山现在没有续定,我想我们的大女儿也没有定亲,你的意思怎么样?倘然结了亲,一来是现成的翰林女婿,二来是龚师傅的得意门生,我和他翁婿的情分,叫他说句话,恐怕比弓夫还容易说一点。因为龚老夫子很怕子弟们招摇,所以弓夫轻易也不敢替人说句话。不过你的意思怎么样?所以当时没有露出来,赶紧回来请请你的示再说。"他夫人道:"这个人很穷吧。"筱亭道:"是的。但做了我们的姑爷,我们帮帮他也就够了,况且受了我们的帮助,自然总听我们的指挥,将来女儿也决没有受气的。"他夫人道:"相貌怎么样?"筱亭道:"人很清秀,只是单弱一点,身体矮小,没有我们女儿丰盛。再有可取的地方,就是父母都没有了,只有兄嫂,如果成了家,女儿可以常住家中,等他放了学差,女儿再跟他去。"他夫人冷笑道:"好容易放的学差!"筱亭不敢再说下去,就搁下了。隔了几天,他夫人究竟想想找一个现成的翰林女婿确是不易,就趁筱亭在上房时候问道:"你前天说的女儿亲事怎么不提起了?"筱亭连忙道:"前天我不会说话,惹你生气,所以不敢再提。正要写信给曹公坊道谢,因要等你的意思决定,我才好下笔写去。我现在正等着你吩咐呢。"那夫人道:"穷翰林是注定的了,相貌还下得去么?龚师傅得意门生这句话靠得住么?倘然上了当,糟蹋了我的女儿,可要找着你的。"筱亭道:"别的我不敢保,龚老夫子说他品学兼优是我亲耳朵听见的。前天弓夫席上也说过他叔祖很看重他,可见决不是诳话。太太你既然有意思,我就写信去托公坊做媒,赶快才好,怕有人抢了去呢。"他夫人笑道:"难道是一个香饽饽么?"筱亭道:"实在有闺女的人家真多,要找一个初婚的翰林女婿真不容易哩!"说罢,他匆匆的就到了书房写信托公坊做媒。公坊接到了信,就向着他儿子孟朴说道:"筱亭要北山作女婿,你看怎么样?"孟朴道:"万万做不得。筱亭的夫人脾气厉害,是很有名的。做了他的女婿,将来必要受罪,况且有其母必有其女。这个媒人做了很不妥的。"公坊笑道:"人家来托做媒,总要两面说好话,象你的说法,不是做媒,到是拆散他们了。好在不是替你定亲,你也不用着急哩。"孟朴也不觉笑了一笑走了。

第二天,公坊找了北山,说道:"筱亭有女,托我和你做媒。"北山听了,晓得米家是富贵阀阅的门第,当时就向公坊说自分寒素,不敢高攀的话。公坊因着前天儿子的话,也不十分的主张,就将北山的意思给筱亭写了回信寄去。筱亭接了公坊的信,就和夫人商量。他夫人已经变过来很热心的要这个翰林女婿了,就向筱亭说道:"姓沈的不肯答应,我想他没有别的意思,他自问娶不起,所以说的倒是老实话。你既爱他的人,那些当时的排场,也不必计较的了。你何妨写一封信给龚弓夫,托他详细说明,一切都从简省就是了。他的家里自然不能迎娶,只好到我们家来入赘,一应由我们来开支,不过委曲些我们妞儿罢了。好在进门就能挂朝珠穿补褂,总算胜过了我。"筱亭笑道:"太太又来发牢骚了。现在可不是翰林太太么?"夫人冷笑道:"你真不害臊。儿女这么大了,你还是一个七品的官儿,亏你说得出。"筱亭恐怕她又要生气了,连忙立起来道:"我就去给龚弓夫写信,把你的意思都写上,托他向沈北山说明。北山是龚师傅栽培出来的,弓夫去说,十有九成。"夫人道:"我们是女家,不好过于委屈的,你的信怎么写?"筱亭呆了一呆道:"既要托弓夫,只好直说。"夫人道:'你这个大傻子,你给弓夫写信,只当没有接着公坊的信,算是托他们俩做媒,不较为占点儿地步么?"筱亭笑道:"你的见识是比我高,人家说我怕你,棋高一着,束手缚脚,真叫我怎么不怕呢?"他夫人听了,把嘴一撇,两眼朝他一瞪,筱亭就不敢多说,往外写信去了。等到弓夫接到了信,就向北山说道:"米家的亲事,你怎么样?据我看来,筱亭的夫人确是有名的脾气很大,他们的闺女却没有听见说什么。他来信却很迁就,只要你去入赘,一切不用你的使费。我替你打算,将来住在岳家,一切费用可不用愁了。当十来年的翰林,等到开坊,每年浇裹也不在小数,不过对待泰山泰水,确也不容易,那也在乎你的经纬了。这个亲事,普通看来是十分圆满的,不过少有不足,就是不容易对付罢了。你自己斟酌定了,再来告诉我。"北山唯唯答应,回家和兄嫂商量。那时许多亲族听见了米家要和北山结亲,晓得米家是苏州赫赫有名的,都劝着北山答应,以为结了这个阔亲家是大家荣耀的。只有北山几个老朋友不甚赞成。究竟疏不间亲,北山又是本性没有决断的,也就马马虎虎的愿意了。他去回复了弓夫,弓夫就和公坊一同回复了筱亭。筱亭非常得意,就下了定,过了礼。果然北山于散馆后得了编修,择吉入赘。不料龚师傅被褰了回家,朝局大变。等到北山将要办喜事,筱亭夫妇很不高兴,临时北山送来聘礼、首饰、衣服等等,在北山已是竭尽所有,十分努力,那筱亭夫人一看也不看。那位米小姐尤其不入眼了。吉期一天近一天,那小姐在房中抽抽咽咽的哭泣,那位米太太只好安慰她道:"他究竟是一个翰林,人家也很难到他的分儿,好在我们不是没有钱的人家,你只当没有出阁,熬他几年,也许有出头的日子哩!"那小姐听了,些些的生了一种希望。

等到那结婚的日子,北山先几日坐了船,停在阊门外太子码头,米家预备了全副仪仗、四人大轿迎接新姑爷。北山也自己备了"赐进士出身"、"翰林院编修"两副衔牌,十几个家人,提了宫灯红毡等,簇拥着大轿径往米府而来。那米宅大门前悬灯结彩,自然热闹非常。苏州抚、藩、臬以下官场都来贺喜。筱亭金顶貂褂,招待贺客,表面的风光,人家依然艳羡着。等到北山行礼后,谒见丈人丈母。筱亭是已见过的,还没有什么,那米太太细细的把女婿一看,只见他身材矮小,面目清瘦，比着新娘觉得矮小许多，没有一点挺拔雄伟的态度，自然加倍不快活。北山朝着他两人磕了头，米太太一点也不客气，昂然坐着受了礼，一脸的不高兴，向着筱亭瞪了一眼，就回身进房去了。那新娘是红巾盖头，没有看见新郎的面貌，只觉得太矮小了。等到送入洞房，挑开红巾，微微一望，觉得新郎好似一个小学生，看他虽然穿了貂褂，戴了金顶，总有些寒酸猥琐的样子，不觉得心中一酸，眼中要流出泪来。连忙一想，当着许多显宾贵妇，不好意思的，只得忍住了。不一会，坐床、撒帐诸礼完毕，男女客人渐渐散出，留着不多几人，新郎也就出了洞房，回到米府预备给新姑爷休息的书房中。北山本是一老实人，看不出什么风云气色，正觉得十分得意，只见外面米府的家人们交头接耳，好象发生了什么重大的事。那书房离上房很近，忽然听见有一口京话，哭骂的声音不断的传出来。北山不觉吃了一惊，不晓得是为什么。正是：

　　黄槐喜入登科记，碧鹤难逢具眼人。

　　欲知后事，且看下文。

【第五十六回】

玉镜画眉沈北山难逃天壤恨
木天断指龚樵孙坚阻上书人

话说沈北山自在米宅结了婚,退入休息室中,忽听见中堂有哭骂的声音,一班家人们交头接耳,好象有特别的事发生,不免心中踌躇。原来米小姐定亲时听见是个翰林,心中也还乐意,后来看了送来的衣服首饰,嫌他穷,就有气了。等到在新房看见新郎精神猥琐,衣冠简陋,尤其气上加气,她就走到母亲房中,向床上一躺,放声大哭。米太太看见了这个女婿,正是心中又气又恼,听见女儿一哭,就发起火来,向着女儿说道:"不要怪你,我也看不下去。没有别的,只要问你的老子便了。"随向老妈等厉声说道:"快去找老爷来。等我问他。"那时筱亭正送了许多客,回到客厅,换了小帽,卸了朝珠,脱了貂褂,靠在椅子上休息,心里想今儿晚上我应当陪着女婿吃饭,只是不很高兴,就吩咐家人:"晚上请姑爷的一席酒,就叫少爷和账房中几位先生陪陪好了。我身体很乏,不出来了。"正要站起来到上房去,只见那个王妈急急的走到客厅,说道:"太太请老爷进去有话讲。"筱亭听了,吃了一惊,带走带问道:"王妈,太太有什么事要说?"王妈道:"小姐在上房哭，太太也有点儿恼，要找老爷。"筱亭道："大约是姑爷不入眼吧。"王妈笑着点点头。筱亭道："我也没有法子，那里知道要变的。"王妈道："什么变？难道姑爷的脸会变的？"筱亭道："胡说！你不懂的。"他的右手不禁的搔搔头，那两道眉顿时蹙紧了。一路赶到上房，经过新姑爷休息的书房，北山一个人静坐房中，把筱亭和王妈说的话也听见了几句，他就留心着听。等到筱亭到了上房，里边的呜咽声，加着哭骂声，又夹着筱亭的叹气声，北山知道不妙，只好装着呆傻不言语。天色傍黑，各处点着灯，只见家人掌着一对明角灯，进来请新姑爷坐席。北山随着出来一看，觉得宾客寥寥。原来米家本是常州人，移家苏州，亲友本来不多，加以筱亭对于此次姻事不十分高兴，没有请许多客，所以非常冷静。当时两位小舅爷作了主人，由账房中几位先生出来陪客，潦草的终了席。北山回到休息室，心中也不免懊悔定了这个高亲。亏得北山本性柔忍，默默的坐到十下钟时候，才见家人和两个老妈出来请姑爷回房，北山就跟着进了新房。花烛点得很光耀，旁边摆着一桌酒席。北山靠窗坐下，一个老妈说道，"姑爷请这边坐，用点回房夜饭，我们小姐因为辛苦了，有点不舒服，请姑爷先用吧。"北山到了此刻，也忍无可忍了，就说道："这个是苏州的规矩，还是常州的规矩呢？"老妈子们都脸上胀红了，不开口。北山又道："讲到我一个人是饱得很，用不着吃了，你们收去了罢。"老妈道：："姑爷不要客气。"北山道："我既然做了你们姑爷，还有什么客气呢。"他就立起身来，脱了袍褂，换了便衣，默默的仍去坐了。老妈们也觉得说不过去。本来江南的风俗，第一天回房夜饭就是合卺的酒，哪有一个人吃的？彼此递了一个眼色，把这席酒饭收拾去了。

北山又坐了两三个钟头，一点没有新娘子回房的信息，他就立起来，把房上的被褥展开，脱了长袍子和衣而卧。直到天明，一夜没有睡着。后来窗上放亮了，听得许多老妈、丫环的声音，簇拥了小姐回房。一个老妈道："姑爷先睡了。"北山就坐起来，说道："天已亮了，用不着睡了，我要起来了，省得你们小姐为难。"北山话未说完，只听得新娘又在那儿哭了。北山道："我赶紧出去，昨儿是万分委曲了。"就向老妈说道："劳你驾，倒盆脸水来。"一面穿了袍子，下床来等着洗脸。他坐在新娘对面，说道："咱们的婚姻，自分寒素，本来不配的，不料尊大人第一次托曹公坊来做媒，我就辞谢了。第二次又托龚弓夫来，说了许多迁就的话，我一时感激知己，才答应了。不料昨天结婚后，惹得府上生出许多烦恼，小姐大约很不愿意,现在只有请尊大人想个法子,我是没有不答应的。现在只行了结婚的形式,请小姐去和尊大人商量一个妥善的办法,倘然小姐不去说,只好由我去当面直谈的了。"新娘听了,益发哽咽不绝。那随来的一个丫头,就奔到太太房中,把姑爷的话,统统的告诉了老爷、太太。那太太厉声道:"他来第一天就来摆架子么!"筱亭道:"太太你不要发火,他的话很有理,也很厉害。昨儿回房夜饭不去吃,也不回房,等到今天才回去,也不能怪他生气哩。你也要开导女儿,嫁鸡随鸡,嫁狗随狗,他究竟也是一个翰林。女儿的话那里行得去呢!难道我们的本家可以随随便便的么?万一把他气走了,不用说媒人来说话,终究是女儿吃亏,你也要劝劝女儿,谁家的小姐都要富贵双全的才嫁呢!"那太太道:"都是你这好老子给挑的。"筱亭道:"毕竟也没有缺一个眼,短一个鼻子,不过清瘦些,少点英发的气象罢了。"太太不答腔。筱亭起来到了书房,心想这件事总得敷衍一下才好,就喊家人到新房中请姑爷出来。北山径到书房,见了面,行了礼。筱亭就招呼他坐下,和颜悦色的说道:"北山,我们结了亲,我很喜欢。不过小女在家中确是我们溺爱一点,不免有点儿脾气,请你要原谅一点。有地方不周到你尽管告诉我,让我来训斥她。"北山一夜的气,正待发作,不料听了丈人的一番言语,顿时融化十分之九,便回答道:"想来府上家训很好,小姐决没有什么的,不过自分寒素出身,承蒙不弃,总有点儿惭愧,还要请两位大人及小姐原谅。将来稍有进步,再图报答便了。"筱亭笑道:"这话太客气了。我们读书人,那一个不是由困苦出身的,你年纪甚轻,已得了翰林,将来未可限量,只盼望小女的福气就是了。"翁婿谈了一回,一同吃了午饭。等到晚上,果然米小姐早早的回了房,一同睡了。洞房春暖,锦被香浓,是否花开并蒂,帐结同心,北山没有告诉朋友。作者虽是他老友,也无从为之证明了。

北山在米府上匆匆的过了一个月,也带着夫人回到本乡祭祖扫墓,谒见亲族。北山既无房屋,借在兄嫂家中住了几日,依然回到苏州,见了丈人丈母,谈了一回。那米太太就向他说道:"姑爷,你结婚已满了月,应当想想自己的办法了。现在北京的胡闹已过了,依旧老太后当权,天下自然一天一天的太平了。翰林院是讲究资格的,多一天好一天,姑爷你应当赶紧进京。你的丈人差不多也要去。你现在是没有带家眷的力量,本来你娶了亲,应当预备家中的用度,现在你是不用愁了,小姐在我家中,自然不用你照顾,你一个人进京,所费有限。前天,你丈人又写了几封信给朋友，等你到京，托他们找一个阔馆地，一则省了你的浇裹，二则认得了几个阔人；将来有门路可走。姑爷你以为如何？"北山听了，虽然有些听不进，但他本性懦弱，只好唯唯的答应了。回到房中，向着夫人道："我们刚刚新婚，你的母亲又要赶我走了。"夫人绷着脸道："你现在养不了我，不进京去巴图上进，难道你一生光靠着丈人过日子么？你就没志气，我还要我的脸呢！"北山道："我也并不是不去。夫妻新婚，总有些恋恋的。你怎么又生气呢？"那夫人把嘴一撇道："咱们的夫妻有什么恋恋？我才不恋恋呢！"北山听了，也不再说下去。

　　过了二日，就收拾行李，回到家乡，见了兄嫂。许多朋友很诧异的问他："为什么新婚不久就要进京？"北山只是悒悒不乐，也不说出所以然来。没有多少时候，北山到了京，住在会馆，到衙门销了假，去老师、同年、同乡及老前辈各处拜谒了。隔不多日子果然筱亭盼同年诚溥泉有信，荐了一个馆，是现任步军统领衙门右翼总兵年映家里。这人也算二三等的阔人，他有两个儿子，要学作八股文、试帖诗，请北山去教。那北山也无可无不可的答应了。他去了一两个月，那年映因他是个翰林，还看得起他，有时到书房中和北山谈谈天。讲到宫廷里面，今天说是光绪如何病重，如何玩太监；明天又说皇上是天阉的，将永远不会生育；后天又说如何吃春药，如何看春宫册子。不管说的话自相矛盾，任意的说着。有时又说光绪的恶德，一半是龚师傅不善训导，一半是庄小燕贡献春册、春药，现在是成了不起的症候。他们一派人和内务府的人都要迎合太后的意思，废掉光绪。当时北京的社会，就算这一派的议论最为漂亮。那年映家中往来的都是这种人，所说的都是这种话，北山听了种种不入耳之言，心中闷闷不乐，尤其是关涉了龚师傅的议论。北山以为是受他的特别知遇的，常常的忍不住与人家争论，往往脸红颈赤。年映经过了几次，觉得双方不能合适，就把北山辞了出来。他依旧住在会馆。只是旅费枯窘，只好向几个老友借贷敷衍。要回到苏州去，米家竟来信阻挡。而且自到京以来，小姐非但无甜蜜的信札，就连普通信亦从无一字到京，把北山气得精神恍惚，好似神经生了变态。有一天，同了几个朋友到前门外广乐茶园去听戏，那天是叫天儿唱的《坐楼杀惜》。北山听见旁边座儿一个人说道："女人真靠不住。婆惜看见了张三就变起来了。"个人接着道："也不能专怪婆惜，象宋江自命好汉，不爱女色，自然婆惜心中不满意。看见张三小白脸儿，当然要动心。况且宋江好久不到婆惜那儿去，日远日疏，一有了张三的引诱，怎能怪女人变心呢？"那个人笑道："照你说来，夫妻要一刻不离才好。咱们把老婆丢在家中的，都有点靠不住吧！"大家不禁大笑。不料旁人无心的闲谈进了北山的耳中。原来北山自结了婚不多时候就分开了，一向读书，不免有些书呆子气，迂执多疑。自从在年映馆中听了许多颠倒是非不入耳的话，终日郁郁不乐。米家又没有一封信来安慰他。他本来研究诗词，满腔情绪，满拟在闺房唱酬用的，不料那位米小姐毫无一点热爱深怜的表示，别来数月，音信不通。今天听了旁人无心的话，顿时神经更受刺激。他天天独住在会馆中，几个同乡老友如庄仲玉等时时劝导，也不能消减他精神苦恼。后来他终日闭门，连朋友们找他也不接待了。

一天，仲玉正从户部衙门回来，见北山径入书房中坐定，瞪着眼说道："我决定了，我的办法决定了，我的性命也决定了，请你看看我的一篇文章。"就向胸前口袋掏出一卷白纸来给仲玉。仲玉接着一看，只见上面写着是呈请代奏折子的稿，只见他写的是：

为应诏陈言，敬祈据呈代奏事：

窃职伏读九月初二、初五日上谕，因旱灾将成，诏诸臣各抒谠论。冀迓和甘，仰见朝廷宵旰忧劳至意。职随于二十一日恭具一疏，当堂赍呈，冀得代递，以未合体制，格不得上。会者，畿内雨泽既降，目下似可以无言矣。然甘霖不降，四野亢旱，民生之忧，国家之忧也，不得不言也。三凶在朝，上倚慈恩，下植徒党，权震天下，威胁士民，包藏祸心，伺隙必发，危及至尊，四海悬心，切于剥肤。盗贼于是乎窃伺，强敌于是乎觊觎，尤君父之隐忧、国家之巨患也。忍待祸畏罪而不言乎？况我朝纳言之盛，超越百代。乾隆朝孙嘉淦以自是规高宗，道光朝袁铣以寡欲规宣宗，而倭仁、胜保、苏廷魁诸人并直言不讳于文宗之朝。此皆匡言主德，真陈无隐，主圣臣真，著为美谈。而我朝之纠举大臣者，有若李之芳之劾魏裔介、彭鹏之劾李光地；而弹劾权奸者，如郭琇之参明珠、钱沣之参和坤等，当时皆侃侃直言，不避权贵，是以贪横敛迹，圣治昌明。钦惟我皇太后、皇上，敬承祖制，宵旰求言，又何忍于圣主之前而缄默不言乎？谨即前疏所言而增其末备，请为皇太后、皇上陈之。

【续孽海花】

窃闻《大易》所言，乾为君位，史官所记，日为君象，此中国数千年相传之恒说也。若古来垂帘之政，则惟宋之宣仁太后，治称极盛，此外若汉之和熹邓皇后，亦有美政，纪于简编。然考其时，皆国君嗣服，尚在冲龄，始举此制。故汉安帝之年稍长，杜根则有谏言，而宋章献太后之时，范仲淹亦尝尝诤之。若今日我皇上之临御天下也，二十余年矣。而去秋八月，臣下犹恭奉皇上，吁请皇太后训政，此惟圣母止慈，圣皇止孝，度越万古，超轶寻常。或谓皇上因遘逆臣唐常肃之变，而吁请皇太后以定危疑。或谓皇上因圣体违和，而吁请皇太后以持国政。度今一年以来，皇太后之调护圣躬而训启圣聪者，当已圣德日隆，而圣体日康矣。为皇太后计，则归政之时也。惟今日者，或谓皇上以时事多艰，而欲仰承乎慈训，皇太后亦以国事为重，而略形迹之嫌疑，此则圣慈圣孝，亘古同昭，臣下岂敢有他说？独是此后皇上圣躬之安否如何，天下万世不能不以为皇太后之责任。何则？必有鲁恭、袁敞、杨震以为之臣，而后得成和熹之治，又必有司马光、吕公著、文彦博以为之臣，而后得成宣仁之治。况司马光、吕公著诸人，虽奉宣仁太后以为政，其于宋帝固无纤芥之嫌也。

若今三凶在朝，凭权借势，上托圣慈之倚畀，隐与君上为仇雠，而其余之以世仆而怏怏于少主，以党阉而窃窃患失者，咸有不利其君之心，以希永保富贵之计。核其情状，往往而然，而三凶又为之魁。三凶者何？大学士华福、大学士耿义、太监皮小连是也。

华福少以妄言荧听，废斥多年，近十年间，重跻通显，不念皇上录用之恩，而以倒行逆施为事。方其为步军统领也，已上恃皇太后之亲，下恃礼亲王之戚，玩视朝旨，三令不从。比任北洋，不及半年，激怒皇上，几欲加诛。夫人臣而为圣主所欲杀，则其平日之跋扈可知。今则内掌枢权，外握兵柄。夫自古及今，内外之权不相侵，将相之柄不兼摄，诚以防主弱臣强，祸生不则也。曹操于汉有此权则凌君矣，司马昭于魏有此权则杀主矣。今华福既为军机大臣，而又节制武卫五军、北洋各军，近闻苏元春练兵江南，亦归节制，兵权之盛，漫延及于南洋，而且督抚保人材，则归其差遣，外省制利器则供其军械，咸柄之重，震动天下。我朝所有权臣，如鳌拜、明珠、年羹尧、端华、肃顺之徒，均无此势力。使华福于此或生异心，未识皇太后何以为皇上地也？即令华福此时初心可保，而其后则势如骑虎，不得复下。武夫患失，必起奸谋，祸变之来，未知所底。夫古来史册所载，权臣恃母后而不利其嗣君者不少也。况今日华福之于皇上乎！此可虑者一也。

耿义外托清廉，内实贪鄙，风闻其平日尝通馈遗于阉寺，设典肆于都门，既为军机大臣，则开陈上心，善回天听，是其责也。乃去年皇上变法之时，耿义辄抗违激挠，以致怒掷章奏。故去秋之变，平静衡论，亦由耿义辈激成之。迨皇太后训政之初，耿义首以杀戮士人，钩稽党籍为务，幸而皇太后聪明仁恕，只戮数人，不事株连。若充耿义之居心，不至杀尽士类不止。夫士与民，国家之赤子，圣主所爱惜者也。乃耿义之筹饷江南也，则任不肖官吏肆意追呼，闾阎惊扰，而又裁撤学堂，摧伤士气，省数万有限之款，灰百千士子之心。夫江南士民，感戴皇上，纪诵圣德，一闻中外之讹言，辄用怵惕而忧疑，其用情虽愚，其爱君则挚。耿义必指为汉奸，摧夷挫辱。夫人一念爱君，即为汉奸，则必仇视皇上，腹诽圣德，而后为大清之良民，中国之良士。是则率国人而叛皇上者，耿义也。其设心于皇上为何如乎！此可虑者二也。

历古以来，如汉如唐如明，皆有宦官之祸。汉之宦官，如曹节、侯览、张让等，明之宦官，如王振、汪直、魏忠贤等，皆攘窃威柄，荼毒臣民，而率以圮其国。然此其人皆志在蒙蔽天子以成其奸，故尚无弑逆之事。惟唐之宦官，废立由其专擅，弑逆出于仓卒，若宪宗则弑于陈宏志之手，若敬宗则弑于刘克明之手。寺人谋逆，可为寒心。我朝惩前毖后，家法森严，阉尹小臣不得与政事，防微杜渐，宜无汉末明季之忠矣。而今之皮小连者，以一宦寺而屡经弹劾，罢官去者已非一人。风闻该太监已有资财数十万，夫不由贪婪，此财由何而得；不窃作威福，又何以遂其贪婪？今日者，结天下之公愤，召中外之流言，上损我慈圣之盛名，下启彼逆臣之口实，其为罪恶，已不胜诛。而其最可虑者，此日隐患伏于宫禁之间，异日必祸发于至尊之侧。盖皮小莲之所恃者，皇太后，而其所不快者，我皇上也。故比年来颐和园奔走之官僚、内务府执事之臣仆，凡得辗转通该太监之声气者，以及臣僚等本因该太监起家而数与往来者，无不指斥乘舆而诋诽圣德也。然则该太监之设心处虑，于皇上为何如乎！唐宪宗之于陈宏志，未尝欲诛之也，而宏志卒弑之，以服药暴崩告矣。唐敬宗之于刘克明，未尝欲诛之也，而克明卒弑之于饮酒烛灭时矣。刑余之人，心狠手辣，自古然也。此其可虑者三也。

此三人行事不同，而不利于皇上则同。且权势所在，人争趋之。今日凡旗员之掌有兵柄者，即职不隶华福，而亦华福之党援也；凡旗员之势位通显者，即悍不若耿义，而亦耿义之流亚也。而旗人、汉人之嗜进无耻者，日见随声附势而入于三人之党。时势至此，人心至此，可为痛哭流涕长叹息。故窃谓不杀三凶以厉其余，则将来皇上之安危未可知也。夫此三人，在今日内藏奸慝之谋，外托公忠之状，祸伏隐昧，似无可显言于朝。不知涓涓不塞，将成江河。水之涓涓，犹可塞也；及为江河，则一决而不可止。而况此三人者，惟皇太后能操纵之，能生杀之；皇上之才，非其敌也。今乘皇太后训政之时，分华福之权，惩耿义之暴，除皮小连之毒，以绝一切不轨之谋，弭将来无穷之祸，惟在皇太后一诏令耳！若异日者，华福则党羽遍满，尽收天下之劲兵；耿义则贪暴恣睢，尽挫天下之志气；皮小连则盘踞于内，患生肘腋，防不胜防。奸党满朝，内外一气，此时我皇上孤立于上，惟有委政权强，听命宵小，或可图旦夕之岁；一有衅端，则危难立至。此时即有效忠者，亦何异于董卓、朱温之前保汉唐之主，尚何济哉？《春秋传》曰：'无使滋蔓，蔓难图也。'正此谓也。伏愿皇太后、皇上听曲突徙薪之谋，懔滋蔓难图之义，函收华福之兵权，而择久任督抚忠恳知兵者分领其众；惩耿义之苛暴，而用慈祥仁恕之人；皮小连阉尹小人，复何顾惜，除恶务尽，不俟终朝。如此则皇上安于泰山，可以塞天下之望。且非独为皇上计也。

今天下时势，尤甚可危矣。自各口通商以来，西洋天主、耶稣等教传行中原，各省之民入其教者，通计何止数百万人。自粤、捻、回各匪平定以来，各省裁撤之兵，流为哥老会匪，二十年来辗转勾引，日聚日众，踪迹诡秘，不可究诘，东南各省，无地无之。而各省之剧贼积盗，窃伏充斥，年来焚教堂、戕教士、乘隙肇乱者，屡见迭出。夫以各省教会，各匪剧贼积盗之潜伏于下者如此之多，设朝廷一旦有事，必皆乘间窃发，揭竿而起。若彼西洋诸国约纵连横，得寸进尺，其欲无厌，孰不愿有事以收渔人之利，岂真有一国可恃？南宋恃元，卒覆于元，此殷鉴也。窃谓权强在朝，习珰在内，则主权弱而祸变不可知。一有祸变，则盗贼起而天下乱，外人于是乘间而割削我中国，不有明末流寇之忧，则有晋末"五胡"之祸。此时虽食华福、耿义、皮小连诸人之肉，亦何足以谢天下。然则今日愿我皇太后、皇上思患预防，惩治权奸者，所以保重圣躬，即所以因大清基业也。此固普天下忠愤之人所欲流涕为皇上告。职之所在，不惜首领而陈此言也。伏愿根职愚悃，代陈圣主之前。抑职再有请者。《论语》云：'邦有道，危言危行；邦无道，危行言逊。'今皇太后、皇上孜孜求治，达聪明目，采及刍荛。若虑触忌犯讳而不使上陈，非所以处有道之邦，对圣明之主，若虑妄言荧听，则圣明烛照，自有权衡，固无庸大臣代为虑及。且伏考本朝掌故，若咸丰七年，编修刘其年呈请禁绝京城钱票，绳以严刑。当时掌院大臣，以其所见迂谬，详加开导，刘其年坚请代奏，直待显皇帝明谕申饬，刘其年始无异言。可见当时刍荛之陈，必达圣听。职谨援此例，披沥具陈，坚请代奏。至于狂瞽之论，干冒宸严，以及屡次公堂哓哓渎请，已干大不敬之例，蹈不谙例之愆，并请中堂奏闻朝廷，严刑治罪，无所推诿。职不胜区区之诚，谨具呈！伏乞代奏皇太后、皇上圣鉴！谨呈。"

　　仲玉看完了他的稿子，肃然立起来，向他作了一个揖道："佩服！佩服！我们一班朋友中出了你这样一个人，真是非常的荣幸了。"北山道："你不要瞎说，看怎么样？"仲玉道："你这样去做，当然是杨椒山一流人物，无庸说得。至于你的文章，不免有些冗长的地方，可以斟酌，暂且不论。不过你决定要做这件事，起因为什么缘故呢？"北山道："我在年映家里听的话，实在要气死了。第一，是把皇上糟蹋得不成话，一会儿说他病得要死，一会儿说他不能人道，一会儿又说他常玩小太监，一会儿说他吃了庄小燕进的春药。自相矛盾的话，不晓得他们怎么样造出来的。第二，是把我们龚老夫子说得甚为不堪，顶大的罪名是挑拨离间，以及保举唐猷辉发生逆谋，就只没有说到象先朝王锡祺引诱等事。这也是老夫子平日规行矩步，内外皆知，所以装不上去。可以装得上的罪名，没有不装上的了。你说还成个世界么？"仲玉道："去年党祸，我看稍有良心的士大夫都有点灰心的了。你这个折子上了有什么用处？况且也未必能上去。你说到皇上现在可怜，但是你的老夫子教了他一二十年书，也没有替他布置点基础，去年不赶掉他，确实可保不至于闹事。但是母子争权，早晚总要决裂的，那时候他老人家或许受祸较重些，也未可知，与皇上并没有益处。本来他老人家至多不过如王渔洋、翁覃谿一流，文采风流，照曜一时罢了，决没有大政治家的手段。你现在上了这个折子，他因你是门下士，恐怕反要惊惶埋怨哩！至于他家中，弓夫等一定怕你得罪了要人，连累到他们身上，未必赞成你呢！"北山道："你看会连累到老夫子么？"仲玉道："据我揣想，那掌院的余老道正想做大阿哥的师傅，那里肯替你代奏？你的祸福他不管，他倘然代奏了，比你的罪名更厉害！这老道肯傻干么？他不代奏，就不会牵出你的老夫子来了。"北山道："他不肯代奏，你想有什么法子呢？"仲玉道："有什么法子？"随又微笑着向他说道："你才说的原因，我看还是表面的，你的郁郁，大部分是劳燕分飞的结果吧！"北山脸上微红，说道："不为无益之事，何以遣有涯之生？"仲玉笑道："对了。不过你的原因还有一个，就是好名。"北山立时呵呵的笑道："到底是老朋友。现在不必问什么原因，只请你看我做了这个事结局怎么样？"仲玉道："我们总角之交，无庸客气，你将来飞黄腾达，我是不来保你的。一来你没有趋跄奔走的才干，二来你从小读了许多书，不愿做那卑鄙龌龊的事，所以你的官运将来也不过如此。况且朝局如此，不久必有大乱，恐怕也没有时候让你等着飞黄腾达。你倘然由此得一大名而去，替你想也很上算的。"北山呵呵笑道："毕竟是知己！我本来没有富贵的希望，加以处境如此恶劣，还是干这个的好。这稿子请你删改一下，几天内我就要去干。"仲玉道："班生此行，何异登仙！不过，你的脑袋我保你不会掉的。你静着心，再想想好了。"北山匆匆走了。仲玉就将他的稿子改成了一千多字，明天北山来取。仲玉道："你的要义都在内，原稿太长，恐怕老道看不完。据我看来，他决不肯代奏的。只要他们权要能看一过，叫他们晓得天下尚有正论，士大夫中尚有气节，也就有价值了。"北山道："我拼着一条穷性命，看他们怎么样对付我。"他说了几句话，就不辞而去。

仲玉隔了几天，没有什么消息。一天午后在家，忽然龚弓夫的远族兄弟龚樵孙来访他，进来了就问道："你晓得北山近来做的什么事？"仲玉道："不知道。"樵孙道："他忽然发了疯，具了一个折了，请翰林院代奏，给余掌院骂了出来。这个人怎么好？"仲玉道："前几天看见他，他说要做一件轰轰烈烈的事，难道真做出来么？"樵孙道："他前天到了衙门，给余掌院骂了出来。昨天又到掌院的宅里求见，声明祸福由他一人身受。后来掌院拒绝不见，现在京中传遍了。家叔祖正在忧谗畏讥的时候，他又是家叔祖的门生，要是闹出大祸来，怎么好？我已打电报给家叔祖，他还肯听你的话，请你想想法子。"仲玉道："好在没有代奏，料想不会有什么事的。"樵孙道："这个时候不晓得安分守己，反恩将仇报，他真是疯子了。"仲玉微笑道："从前的杨椒山、杨大洪，大约都是带点儿神精病的。"樵孙道："我想还是想法子送他回去才好。刚才我已经喊咐了会馆的长班，叫他留神沈老爷，他出门去不论到那儿，你就给我送信。你看怎么样？"仲玉道："也好。不过米府上这个结没有解开，也不是彻底的办法，当时他的二位媒人造的孽，真也不小。"樵孙道："现在也只好急则治标了。"正在说时，只见仲玉的家人进来回道："会馆的长班周升来要见七少老爷。"仲玉道："叫他进来。"果然周升进来道："刚才沈老爷雇了车，衣冠出门。我问他到那儿去。他没有说，便上衙门去了。我就到七少爷宅里去送信，找不着，才到此地来的。"樵孙失色的问道："是到翰林院衙门去的么？"周升道："我是问赶车的才知道的。"樵孙道："不好。"马上就上了车，向仲玉道："你也去，我们把他劝回来再说。"仲玉道："你先走，我就来！"仲玉送了樵孙去后，也套了车，跟了前去。

　　进了前门，一会儿远远望见翰林院衙门的大门外土堆旁边有一群人围着。原来翰林院衙门的大门旁有一个土堆，相传有关合署的风水，只要动着土堆一点儿，那堂官就要出缺。其实做到翰林院的掌院，年纪大约有七八十岁了，自然容易附会。后来庚子联军入京，把翰林院划入使馆界内，那土堆不知何处去了，相传的迷信也消灭了。想到清朝三百年间有多少的翰林都没有能破除迷信，也可笑得很了。闲话不题，那仲玉既望见了一堆人，车子越走越近，定睛一看，是两个人揪着在那里拖拉，倒在地下。就有一个赶车的赶上前来说道："庄老爷，你快去，咱们七爷跟沈老爷干上了。家人们都劝不开。还是老爷去解开了吧。"仲玉一看，原来是樵孙的赶车的。连忙跳下车来，往人群中走进去。果然是北山和樵孙二人在地下拖滚。仲玉就上前扶起北山，那赶车的也扶起樵孙，两个人头面胀红，相视不出一声。仲玉道："二位在此地都不雅观，姑且上车到我家里去再说。"樵孙道："好！好！"他就跳上了车。北山的车不知那里去了，仲玉就扶他坐在自己车厢里，自己跨了车沿,一同回到半截胡同寓中。

仲玉请他们到书房中坐下,只见樵孙衣袖上血迹淋漓,吃了一惊。问道:"樵孙,你袖子上怎么了?"樵孙厉声指着北山道:"你问他哟!他真想要我的命了。"一面伸出手来,血痕满掌,一只似断不断的小指垂在掌边。仲玉蹙着眉道:"樵孙,你受的伤是很苦了,究竟北山怎么样伤你的?"樵孙道:"我从你那里赶他,直赶到翰林院衙门口,看见他衣冠着在大门外,行着三跪九叩的礼,捧着折匣,正要进去。我就抢了他折匣,交给我的赶车的,一面拉着他说道:'家叔祖栽培了你,你难道恩将仇报,要送掉他老性命么!'他乱跳着说道:'我做这件事,才算对得起他老人家呢!苏东坡几次的危险才不愧为欧阳文忠公的门生,你懂得什么?'仲玉,你听听不要气死人么?我就拉他上车,他一定要抢回折匣再进去。我跟他拉扯,地下一滑,两个人跌在一块儿。不料他就拉着我手,狠命的一口,把小指头咬了一下,差不多要断了,痛得要命。你想他该不该?"仲玉听了,取了水替他洗净了,擦点儿药油,用布条儿缚好。樵孙谢了一声道:"仲玉你问他应当不应当?"仲玉道:"他咬伤你自然不应当。"北山绷着脸道:"他为什么不许我进去?"樵孙道:"你的折子有什么用?现在你的老夫子正在危险的时候,你真要断送他么?"北山道:"我这个老夫子决不象你们贪生怕死的,都象你一个样,历史上还有什么可传的人物呢?"樵孙道:"你要做不怕死的忠臣,尽管去做,只要不连累我们一家便了。"北山道:"你是管我不了的。只有老夫子来阻止我,我许答应,否则匹夫不可夺志,你要夺我的志,你配么!"仲玉听了,就向樵孙道:"你能打一个电报请示请么?我看只有这一着儿或可挽回。不知他老人家肯劝他一下么?"樵孙道:"电报昨天已发去了,大约就有回音。"仲玉道:"你的电报给谁?"樵孙道:"是给弓夫的。"仲玉道:"你曾否说明要请示老人家的么?"樵孙道:"这却没有。"仲玉道:"我看你再补一电去,说明情形,只要弓夫代为一说,我们再来劝劝他,或可挽回。"樵孙道:"不差,我就去。不过现在请你担承拦住他,等回电来再说。"仲玉道:"等回电的时间,我看总可以的,不过你能发一个加急的电更好。"樵孙道:"好!好!"就匆匆上车而去。

仲玉送了他回来,只见北山很生气的坐在那里,不言不语。仲玉道:"你连我都生气了么?"北山道:"老七真可恶。老夫子家中出了这种子弟,真丢脸。"仲玉道:"你不用傻了,你已成了名了!你的折子本来没有代奏的希望,就是代奏了也不过你受的祸较大些罢了。你的老夫子决定也不以为然的。他老人家胆子本小，却又顾借名誉，你叫他反对，他未免不肯；叫他赞成，他又不敢。不是难为他么？将来等弓夫的回电来，你总算为着老夫子才屈服的，你也下得去了。不要再憋扭了。你要成名，碰机会再宣布一下也好，何必一定拼命呢？"北山道："难道老夫子会不赞成么？"仲玉道："你等下去看就是了。你看老七的如此着急，一半是向余老道等表示他的意思，也不全为着老叔祖呢。"北山道："照你所说真难了。"仲玉就留着北山住下。第二天仲玉刚刚起来，正要往书房去看北山，只见家人进来道："龚七老爷来了。"仲玉就出去见了。樵孙道："好了！好了！回电来了。"正是：

　　玉镜台前怜赘婿，金马门下辱词臣。

　　欲知后事，且看下文。

【第五十七回】 国闻报采风登正论　赛金花避难入危京

却说庄仲玉刚起身,听见龚樵孙到来,出去到庭中。只见樵孙手持一电局封套,说道:"回电来了。"仲玉就问道:"是谁复的?"樵孙道:"弓夫。"仲玉接过来一看,只见上面译写着:

"北京南横街龚樵孙鉴:北山事已禀明,谕令垫资派人婉劝回常,并谕达北山速回为盼。弓。"

仲玉看了,仍把电纸装入封套中,向樵孙一笑道:"很好。我们同去,向北山劝劝好吧。"樵孙道:"你去劝他,我真不愿意见他。"仲玉笑道:"你总要办到了送回,才好销差,怎么不去见他呢?"他呆了一呆道:"也好。"二人就往书房中来。只见北山尚未起身,靠着枕,瞪着眼,向着纸糊的顶棚看着。仲玉道:"你还不起来?你的老夫子回电来了。"北山道:"真的么?"仲玉就拿电局的封套给他看："这个可以假的么？"北山抽出电纸一看道："这是弓夫的话，不是老夫子的。"仲玉道："你近来心绪纷乱，文理也退步了。弓夫用到'禀'字、'谕'字，不是明明显出你老夫子的意思么？"北山道："为什么不明白写出呢？"仲玉笑道："你越搅越胡涂了。他老人家当这个时候，自然要隐约点才好，不象你要做忠臣的，只怕人家不知道。"北山道："既然老夫子叫我回去，怎么好呢？"樵孙向仲玉道："你看他又来起花样了。"仲玉道："不会的，昨儿他自己说的，只要老夫子说一句话他总答应的。既然有了回电，北山是个大忠臣，那有言而无信的。樵孙你就照着预备好了。"樵孙道："伴送他的人倒有，就是姊丈叶茂如，不是前天引见了么？大约就要动身，可以托他。至于川资旅费约需多少，我去预备就是了。"北山道："我回去，我不用他的钱。仲玉只好你借给我，将来还你。"仲玉笑道："好！好！樵孙你不用去张罗了，我承北山看得起，便宜了你。但看到你手指上，本也不应当再罚你出钱的了。"他二人不由的呵呵笑了。仲玉道："樵孙你去和茂如说定了，定了日子动身，我们送他们上火车。这几天北山暂住在这里，到茂如动身时一同走便了。"

不多几天，仲玉、樵孙把北山托了叶茂如招呼着，匆匆的坐了火车到天津去了。那茂如和北山在天津车站下来，就住在紫竹林鸿升旅馆。茂如去找了几个朋友，回来向北山道："今晚上有个朋友请我吃花酒，你一同去散散心好吧？"北山道："很好。"傍晚那朋友来了，进房看见北山，就由茂如介绍了。原是来直隶候补知府王菀生。那菀生知道是沈北山，就特别和北山作揖道："兄弟新近听说老兄具折参劾三凶，真是朝阳鸣凤，饮佩得很。"北山道："书生愚见，算得什么，况且也没有上达。承阁下提及，惭愧得很。"菀生道："这篇文章本不在乎上达不上达，只要天地间留得正气，留得公论。老实说，这事决不能实行的，何妨在报上发表一下，叫世上有心人都拜读一下才痛快。"茂如听了忙道："这万万使不得的！北京同乡叫我伴送他回乡，就怕他再闯祸。"菀生听了，向着北山一笑道："这事不提。北山兄今天可否一块同去玩玩？不过临时奉邀，似乎不恭敬点。"北山道："太客气了！初见面就奉扰，有点过意不去。"菀生道："我们一见如故，荷蒙赏光，感激得很！"大家就立起身来，出门坐了人力车，到了侯家后一家门口。菀生下了车，领着他们进去。北山一看，门上挂着"赛寓"二字的铜牌。北山就问茂如道："这是什么地方？"茂如笑道："就是状元夫人的班子里。"北山点点头，随着进去。菀生进了房间，拿着请客票，写了几张，交给他们下人，说道："请客去！"那班子里人接着去了。不多一会，来了五六位客。彼此问了姓名，见了北山都有一种敬重的意思。房中老妈们就摆起酒席。正要入座，只见一位丽人冉冉的掀帘进来。菀生微笑道："二爷回来了。"那赛金花含笑道："王大人早来了。失迎得很！"又向合席客人招呼了一下，就在菀生身畔坐下。老妈送上酒壶，赛金花接过了，向合席斟了酒。菀生就拿局票代各人写了，向茂如、北山道："二位刚来，要不要荐一位？"茂如、北山道："耽搁不多日，免了吧！"菀生道："也好，不客气了。"中间有一位福建人，姓言号又陵的，问北山道："北京的风潮总算平静了吧？"北山道："也不过燕巢幕上罢了。此地怎么样？"菀生道："经过去年的变端，人心总是惶惶的。"又陵道："我看内外的情形，不会太平吧。"菀生道："方安堂到山东，听说义和团大半消灭了。"又陵道："此间玉寿帅到了北洋，只晓得'当差'两个字，万一有大关系的事发生，恐怕担当不了。只盼没有事才好。"菀生道："政府如此，哪里会没有事呢？"背后赛金花接着道："王大人，这两天的新鲜事你知道么？"菀生道："什么事？"赛金花道："此地几条胡同内有人设了坛练习神拳，听说是念了咒，就有神道附在身上，就会使拳，使各种兵器。神道来了，他拿了刀向自己的肚子砍，只有白印，一些也不伤。附上的神道，也有孙行者，也有黄天霸，奇奇怪怪，说是练好了，外国人的枪炮都打不进去。王大人你看是真的么？"菀生道："哪有此理！我也听见说，都是山东来的，大约方安堂到了山东，他们不能安身，逃到此地来的。哪有什么好东西！只要好好的办一下子就绝迹了。"又陵道："你不要轻视了。星星之火，可以燎原，不晓得怎么结局呢！"赛金花道："还有奇怪的。有一班十七八岁的大姑娘，穿上红衣红裤，白天拿着红扇子，晚上提着一盏红灯，说是学成了用扇一扇，可以飞到半空中，要烧哪里就烧哪里。这种仙法，是一个山东圣母叫作红灯照的教给她们。其实这个圣母，老妈子都知道，是粮船上一个臭烂的船婆。这两天一天多一天起来，各处都立了坛，不晓得到底是什么仙法。"菀生叹了一口气道："国家将亡，必有妖孽。可惜象北山先生消灭妖孽的文字，能说而不能行。大约也关乎气运吧！"又陵道："北山先生的稿子能让我们拜读一下么？"北山道："兄弟出京时，原有的折稿都叫龚樵孙搜去焚毁了。"又陵道："可惜得很。"北山随向身上口袋里一摸，说道："原稿是由一个朋友商改的，可没有了。只有兄弟第一次的初稿尚存，冗长得很，太不成文字了。"说着就递过去。莼生道："酒后不能细读，让我带回去，同人中要先睹为快的不少，我们看过了就送还。"北山道："不祥之物，也无留存的必要，尽管拿去好了。"茂如道："你们《国闻报》上千万不要登出来，我要负责的。"莼生笑道："作者不着急，怎么反而你着急呢？"茂如道："他是预备做忠臣的，我是预备做饭桶的，不要把我的饭碗打破了，叫我怎么不着急呢？"大家呵呵一笑。酒阑客散，各人分别回去。

不料北山、茂如上轮回南后，《国闻报》上就把北山的折稿登了出来，一时轰动京、津士大夫。那翰林院掌院余老道，看见本衙门出了这种大逆不道的人，恐怕上头怪他，连忙具折奏参，请将北山革职监禁，一面辗转查访北山有否同党。当时龚樵孙就托了尹都老爷及清秘堂几位办事翰林向余老道声明叔祖并未与闻，他自己为极力阻挡，致小指受伤的情节，详细说明。并云北山平日并无至交，只有同乡庄仲玉听说与闻其事。余老道听了，想连庄仲玉一起参劾，就交清秘堂一位姓陆的办折。旁有一位姓李的道："此事请中堂斟酌。庄某是户部司员，咱们翰林院去参劾户部司官，在户部堂官的脸上，有没有点关系？"老道听了，迟疑了一回道："不差。就把本衙门的陈某添进甄别革职，作为结束。"

却说北山自离津南归后，天津一带设坛练拳的日盛一日，公然竖起"扶清灭洋"的旗子。直隶州县中也有劳玉初等，军队中也有倪功亭等，请北洋大臣玉寿山主持剿匪。那玉寿帅起始也知道匪类不可不剿，主张严办。不料匪类中打通了端王府及宫中的太监，都在太后面前说光绪是中了洋鬼子的毒。这班义民的宗旨是扶清灭洋的，真是神佛保佑，祖宗有灵，生出来的，请老佛爷用了他们，杀掉了北京的鬼子们，大清国那才一统太平了。太后自从训政以来，本想废立，后来怕外国人不答应，只立了一个大阿哥，终究心中不畅快。那大阿哥是端王的儿子，虽做了太子，终究没有做到皇上。那太上皇的端王使不出多少威风来，也恨那外国人，他就先在府中设立了坛，就请了坛中的大师兄到府中来教练。这个风气一开，章王也起劲，其余王公等也多有设坛练拳的。那练拳的大师兄都是京津间青皮混混，有什么才干智识？公然拆铁路、毁电线，凡沾一点外洋来的式子，都主张消灭。他们其实多是假公济私，实行抢劫。其时手握大权的庆匡、华福也知道这个事不对。有一天军机起儿上去，华福便婉转奏道："义和团的心是不错，不过他的能耐究竟怎么样，应否派一两位大臣去视察一下，好决定办法，请太后圣裁。"太后听了他的话，就说道："叫晁舒翘去考察一下吧。"那一位军机大臣晁舒翘领了旨下来，就向华福说："民气固然可宝贵，但是义和团中间流氓居多数，倘然假以权力，万一尾大不掉怎么办？请中堂训示。"华福道："上头既派了你，就使你斟酌万全，我看此事有出入，今儿所以请旨的。"旁边耿义道："现在是不能决定的，总要去看过才好定夺办法。不过展翁一个人去行么？"华福道："子良你也当过封疆的职任，对于大计划一定有把握，我再去请旨，添派子良一同去。"晁展如听了道："很好。"华福便上去请旨下来道："上头添派了子良，还有顺天府尹胡乃莹，今天有封奏，上头说叫两位带着他一同去。"耿、晁道："准定明天请了训就走。"华福道："很好，偏劳了。"二人当天散值回家，预备行李，明早请了训下来，就上车，会同胡乃莹出城。其时拳匪已在涞水一带和官军开仗，被倪功亭打得大败。三人走到保定，就派人去找拳匪中的大师兄见了面，他就要求先撤倪功亭的军队。晁舒翘力言不可。不料耿又出京时，端王已私下密嘱，令他回护拳民，于是反对晁展如。且言太后及端王已内定欲灭洋人，违旨即得祸。胡乃莹也迎合以撤倪军为第一策，晁不好固争，华福、庆匡也不敢坚持，此外满汉士大夫许多只知道承顺，遂成滔天之祸。此种国家大事，历史家记述已详，不复赞述。

却说赛金花自京迁津，平时常常来往，和杨金甫、卢玉舫等交情益密。自天津起了义和团，孙三等声气相通，大家不以为异。等到北京马家堡车站烧掉，铁路电线统统拆毁，那天金甫向玉舫说道："北京乱到这个样子，前天把日本使馆的山之彬、德国的钦差克林德都杀了。我虽没有办过外交，然鼓儿词上也说过'两国相争，不斩来使'。向来很漂亮的人，怎么也会糊涂起来？现在听说各国联军都要来了，天津首当其冲。你的赛二爷，我真有点儿不放心。你何妨到天津去带着她进京，北京就是有事，跟着咱们走，总吃不着大苦。你看怎么样？"玉舫道："天津去一趟不算什么，不过'你的赛二爷'这句话，要由我跟你说才对呢。"金甫笑道："老弟不用挑眼儿，你的我的有什么分别呢？"玉舫道："难道大局真要糟么？"金甫道："不客气，我听见的笑话多着呢。今儿没有事，我把顶可笑的告诉你。齐颖芝你不是认得的么？他进了军机后，他的门生姓尹的放了云、贵的试差，姓尹的去辞行，他说道：'你这趟差回来，当在腊月边，你看这时候北京太平，洋鬼子都杀尽，没有一个了。'那门生说道：'地球上国度很多，洋鬼子也很多，杀尽他，很不容易。'他就正色说道：'你也中了鬼子的毒么？天下哪里有什么许多的外国？他们说的英国、法国、德国、俄国等，都是他们几个人假装着什么什么国来吓我们的。只要把北京的鬼子杀完了，他们的国也就没有了。'那个门生看他自以为是正正当当的大议论，也只好唯唯的答应着走了。前些天义和团攻打西什库教堂，打了几天，义和团受着枪子死了不少人。太后就问军机道：'这一点儿小地方都攻不下，各国的军队来了能够抵抗么？'各军机不敢言语。齐颖芝就奏道：'樊国梁用了邪术，所以打不进。现在义和团招募了五百个童男子，教会了他们神拳，将来他们神拳成了，冲过去一定可以打胜仗。听说教堂还有一件法宝很难破的，现在派人到五台山去请一位高僧，名叫法聪的，等他来了，就可破他的法宝。'这事华中堂昨儿亲口告诉我的呢。"玉舫道："这真是气数了。我听刑部的朋友说，耿子良的事有人替他诌了一首诗。"金甫道："什么诗？你记得么？"玉舫道："我因他好笑，就抄下了。"他就掏出靴筒子，抽出一张纸，递给金甫道："你看。虽是打油诗，却做得很滑稽。"金甫打开一看，只见上面写道：

"帝降为王舜禹惊，（耿在枢廷言及尧、舜则曰'尧王、舜王'，常熟相国闻之，冷笑曰：'三皇五帝，人所共知，子良不必及之。'耿当时不悟，归询他人，乃恍然，遂深恨之。）皋陶（读作桃）屡唤不应声。（耿在刑部大堂，尝语司官曰：'兄弟自刑部出身，好比尧王、舜王时的皋陶，诸君大可效法。）将才新得黄天霸，（耿在太后前力保江苏总兵龙殿飏为名将，云此人可为奴才的"黄天霸"。及下值，华中堂调之曰：'子良原来是一个配角儿。因《施公案》戏皆以黄天霸为正角，施不全为配角也。）奸党能除龚叔平。（耿在刑部得京察一等，为龚相所提拔，后龚革职，受地方官管束之辱，大半由耿奏对时指为奸党。）一字谁能争瘦死？（刑部有犯死于狱，耿读'瘐死'为'瘦死'。）万民可惜不耶生。（耿读'民不聊生'为'民不耶生'。）功名鼎盛黄巾起，师弟师兄保大清。（义和团皆以红巾黄巾束首，其中头目则尊云大师兄。凡大师兄来，耿近接之，曲膝尽礼。语人曰：'此辈乃保大清国者，非如保国会之保中国不保大清也。'）"

金甫读过，呵呵笑道："太刻薄了！华中堂是明白人，晓得照此干下来要糟。

不过老佛爷听信了那几位的话,华中堂也没有法子去拦挡。你真去一拦,恐怕性命就要不保了。"正在说时,只见外面几个家人进来回道:"不好了!前门外两荷包巷统统放火抢烧,大栅栏一带现正起火呢。"金甫道:"咱们的铺子怎么样?"那家人道:"有一二家的掌柜来了,其余还没有信儿。"金甫道:"我要去问问他们,老弟你也去打打主意才好。"玉舫道:"我没有家产,也没有奉敬,随他们闹,不在我心上。我明儿准到天津去看看她们。"说着就匆匆走了。

  第二天卢玉舫骑了马径往天津,一路经过河西务、杨村各处,都是义和团练拳的神坛。好在各处的坛中,大师兄差不多都知道他的,一路上大师兄也有送他名片,传知各坛保护的,所以没有阻碍,直到天津赛金花寓中。他一进门,赛金花正在家,连忙迎出来道:"大哥有什么事到这儿来?"玉舫道:"没有事,一个多月没见了,所以来看看你。"赛金花:"火车断了,你来小容易,我真谢谢你不忘记我。你跟我进里头去,喝一杯白兰地,躺一会儿,细细的谈谈吧。"玉舫就跟着到了套房中,向沙发上一躺,说道:"我骑马来的。骑了两天马,两腿真有点儿累了。"赛金花道:"你究竟为什么事来的?"玉舫道:"你猜一猜。"老妈等送进来许多碟小菜,赛金花一面斟了白兰地陪着他饮,一面含笑道:"我猜一定有关系我的事,你才老远的跑来。不是咱们俩的交情,这个年头儿谁都请不动你的。"玉舫笑道:"不枉是个水晶球儿。告诉你吧,是前天杨金甫找我去,说大局不好,各国的兵快到了,天津又是义和团聚会的地方,等到开了仗,危险得很。我们很不放心,商量着还是北京好一点。我们都在京,招呼你容易,所以决定叫我来一趟,请你收拾着快进京。现在路上还好走,将来难保通不通。你心里头怎么样?"赛金花:"真正谢谢你。我晓得一定大哥和几位惦记我所以来的。北京有着大哥和杨大人等,自然稳当得多,就是要逃难,和大哥们一块儿走也方便。这也不用商量的了。不过北京听说也很乱,今天传言前门外荷包巷、大栅栏都烧了,确不确呢?"玉舫道:"怎么不确?我看见烧了才走的。"赛金花道:"怎么好?我家里有许多人,也要安排才好。端节刚过了几天,账也没有收全,一时不能脱身。我想把他们由轮船送回上海,我就进京来找你便了。"玉舫道:"不差!你要走,自然有许多事应料理的,一时也不能动身。我家中也有事,不能等你,总是越早越好,快快的到京,杨大人和我才可以放心了。"赛金花答应了,跟他讲了许多近来的事。玉舫就在那儿吃了饭,歇了一宿,次日一早骑着马赶回北京去了。

赛金花等到玉舫去后，就和家中人商量要进京。孙三听了不以为然地就说道："咱们进什么京？此地义和团里头的大师兄，没有一个不认得的。听说北京的老太后和许多王爷们都很信服他们，真的鬼子们来了，有大师兄们的仙法，鬼子的枪炮中什么用，一定可以打败他。我们不但安稳过日子，而且我碰个机会也许做官发财。为什么要逃呢？现在京里头也很乱，从前的阔人都要下台了，咱们也用不着他们招呼。我是一定不去的。你不要去上他们的当。"赛金花道："上什么当？他们的话总有点边儿，我是到过外洋的，外国人的军队被靠着大师兄去打，你真在做梦呢！"孙三道："信不信由你。"旁边姑娘、娘姨、大姐等说道："真要打仗，倪要吓杀哉！还是到上海去避一避格。"赛金花道："你们的话不差，我们就去打探有没有轮船再说。我就是要安排了你们才能走。"大家也就散了。

　　不料消息一天坏一天，打茶围的客人都没有了，就是几个常来的熟客，寥寥的来坐一回，都是愁眉苦脸，打算要逃难。问问轮船，说是大沽口开了仗，炮台已经失守，载客的轮船影儿也不见了。孙三也整天的不在家，晚上有时回来，头上缠了红绸，手中提着刀枪，穿了奇怪的衣服，好象是在唱连台铁公鸡的新戏。只急得赛金花走投无路。那天刚起来，隔壁的人家也是开窑子的，只听他们哭喊起来。赛金花就叫老妈去一问，说是法国兵已到，要把法租界四面的义和拳搜杀，他们住的房子都靠近法租界，所以惊惶的不得了。赛金花听了，也吓得脸上失色。幸亏卢玉舫来后，赛金花已经把细软值钱的东西收拾好了，就叫佣人去雇船。这时候哪里有船，找了半天，才找到一只破漏不堪的小船。他们也顾不得了，大大小小钻上去，一看那船底里有半舱的水，上去的人一多，差不多要沉下去了。正吓得不得了，恰巧对面来了一只船，虽也破旧，但还不漏，便忙着招呼搬过去。也不管多少钱，只要救命，一同搬了上去坐定了。一个娘姨道："这个时候三爷也不来，他到哪儿去了？总要等着他来才好开船。"赛金花冷笑道："谁还等他这个有良心的人！你看他这几天来问一问么？不晓得是吃了枪子还是挨着刺刀倒在路上呢？快开船吧！"那管船的问道："大小姐往哪儿开呢？"赛金花道："我是要向着北京走的。随便你怎么开，只要挑安稳的地方走就是了。"船上的人正在拔了篙子往前撑，撑过一条桥，只见东岸上一群裹着红黄头巾的人，也有拿着刀的扛着枪的，气急败坏的如飞跑来。后面一阵好象放鞭爆的声音，急急的不断追来。那先逃的一群人中，沿途中枪倒下的不计其数。赛金花的船连忙靠西边撑走。各人把席篷盖着，都捂着眼睛，浑身哆嗦，趴在船里。毕竟赛金花胆子大，眼光足，偷偷的张见一群人中，有一个头上红巾已扯了，手中刀枪也丢了，一直的跑。后来枪声更近更急，倒下去的人更多，他好似没有法儿，只好向河中一跳，扎了一个猛子。刚刚入水，后面洋兵都骑着马往前赶来，没有留意投河的人。赛金花眼光一掠，好象是孙三，虽然恨他，毕竟余情未断，看见洋兵已过，她就推开席篷，拿手中的巾子向水中一扬，恰好那人正在浮起来，看看岸上有没有追兵，忽然看见一只小船上有个女人拿手巾向他一招，他就努力向着船凫来。泅到河中间，气力不胜，将要沉下去了。赛金花叫船上人拿篙子钩他，才拉到船边。只是已灌了许多水，眼睛翻成半白了。船上人把他搁在船沿，一会儿吐出了许多水，渐渐的醒了。娘姨道："大小姐，你救了这个人，阿弥陀佛，功德无量！"赛金花道："你瞧瞧是谁？"娘姨探出身向船头上一望，失惊的说道："这不是三爷么！大小姐，是你看见了才救起来的么？"赛金花道："我看清了是他，我才不救呢。"那时孙三已回过来了，听了接着说道："为什么是我反而不救呢？"赛金花道："象你的良心好，死不掉。反正有人救你，用不着我救。"娘姨道："你是三爷不是，刚才我就说你，这两天压根儿不见影儿。今天真紧急，大家都逃了。大小姐雇一条船也没有找处，好容易菩萨保佑，半路上碰着这条船，才救了许多人的命。你三爷也不来问一个信。大小姐才会恨得你海样深，你想想能怪她么？"随向着赛金花笑道："夫妻的关系毕竟两样的，怎么你在船上，他在河里，你会救他的？不是菩萨的指点，有这样巧的么？"赛金花道："早知道是他，还不如推到河里去的好呢。"孙三道："好了！好了！闲话少说。娘姨找一身短衫裤子给我换一换。"那娘姨道："男人家的衣服没有，只有汗衫裤一套，不分男女，将就换上吧。"孙三拿着换了。好在天气正热，孙三在水里浸了一回，也不觉得什么。船只渐渐的离开了天津十多里，在一个小地方叫小梢子口的停了船过夜。

赛金花是不理孙三，孙三没有法，只好跟大姐娘姨们瞎聊道："今儿真险！我在坛里，大师兄派我去烧租界，抢洋行。我带了几百人，画了符，念了咒，请了神，大家很高兴的要到法租界去。我想我们住的地方很近，我乘便到家，招呼一下，免得你们惊惶。我这几天看他们鬼子也怕得我们很厉害。有一回，在街上有一个鬼子下了洋车，拉车的向他拱拱手，要他多给几个车钱，那鬼子吓得回头就跑了。我们去烧教堂，大师兄只要念了咒，把刀一指，就烧起来，大家都信服有灵。

实在是我们先把洋油浇的柴草,由教堂中的中国人先预备好了,才烧起来的。那鬼子不知道,自然怕起来。我们趁着这种威风,把沾着点洋气的东西,一半儿烧毁,一半儿抢回来了。"旁边一个大姐道:"三爷你也去了么?你为什么不抢点东西回来呢?"孙三道:"抢来的东西都藏在坛里边。今儿这一下可惜全丢了。昨天我在坛里看见弟兄们抓了一个官,说是江苏的候补道,他是办海运来的。他带了一个姨太太,坐了一只很大的船,因为海道不通,就打算从运河里逃到山东去。他船上有好几万银子,船上也有团里的人,到坛上私下露了风。他船上虽有十几支快枪、十几个护兵,坛里派了二三十个弟兄去,把他轻轻易易捉来了。他的姨太太正靠着船窗坐着,弟兄们上去看见手上带的金镯子、翡翠镯子很值钱,就喝令卸下来,那女人不肯,一个弟兄就把她胳膊砍下来,把镯子通通拿去了。那位老爷抓到了坛中,叫他升三道表,可怜他吓得手直抖,一道表也升不起来,就拖出去砍了。船上的银子都抬到坛里来了。"那个娘姨道:"阿弥陀佛!真真作孽!你们已经拿了他的银子,为什么还要杀他呢?"孙三道:"不杀他将来也许有后患呢!"娘姨道:"刚才岸上桥上被枪子打死的就是这班人么?"孙三道:"是的。那个抢镯子砍女人胳膊的,他和我一块儿跑,我看见他脑袋上中了一枪,血好象喷筒里的水喷出来,我吓得不得了,才望河里一跳,这条命才算拣着了。"赛金花听了冷笑道:"你说大师兄的仙法到哪儿去了?"那娘姨道:"老天爷终有眼睛,杀了人,抢了镯子,现在依旧享用不着,何苦来呢!"孙三道:"我也看破了,今儿个出来本打算发一注横财的,不料刚走到那个桥边,忽然劈劈拍拍的向着我们来了,我亏得走在前头,我听见了枪声,回头一望,那在后面的弟兄们倒下的差不多百十人,也没有一个人抵抗一下。在后面督队的大师兄,一个也不剩,都倒下去了。真是天意,大师兄们的符咒都不灵了。也许他们昨儿犯了什么规,神道不保护了。"赛金花:"你们的神道也许抢女人发洋财去了,还来保护你们么?"正在说时,只听得岸上喧喧嚷嚷的人声车声许多经过,船上人低低的说道:"天津的败兵逃下来了,我们趁天没有亮,悄悄儿往回走才好。"他们就起来收拾了篙桨,逆流而上。也亏得是一只破烂的小船,人家不起眼,偷偷的向通州行来。走了几天,居然到了通州,找了一家客栈,名叫长发栈的,包了一个跨院,连男带女十余人勉强住下了。赛金花忙着要进京,孙三老是不愿意,仍想要回天津去。赛金花也明白他是一股儿的醋劲,但是眼前是没有一个可靠的男人,只好敷衍着,一面送信到京,盼望杨、卢两家派人来接。

不料等了几天,天津被外国人占去了。黎秉衡的勤王兵陆陆续续到了通州,京通一条大道被军队占据了,走过就要抢劫,弄得消息不通。赛金花急得束手无策。孙三道:"通州向来是有名的太平州,总不要紧。"赛金花道:"太平州不错,是有名的,不过太平州的人为什么不住,反而跑出去呢?恐怕这个太平要保不住了。"她就决定雇了车,出了南门,进京去。走出不远,就有许多官兵在检查行人,中间也有一二个官长,嘴里嚷着:"你们只许检查,不许拿人家的东西。"那些兵谁听他话,只管乱翻乱搜,拣值钱的就拿。那赶车的就不肯往前赶,他嚷着道:"我们的命,难道几两银子就换了么?"赛金花也没法,车价已给他了,他们不肯赶,有什么法呢?只好跟着回了店。赛金花道:"我们还是走的好,慢慢的想法,挨进了京,再派人来接他们。此地再住下去性命难保。"孙三也没有法,只好跟着走。天又下着雨,半路碰着送玉禄灵柩的十多个兵,把赛金花带的首饰等都抢去了。后来走到一个村子,叫八里庄,碰见了一位老太太,才让着进去住了一夜。次日谢了老太太又走。走到东便门,城门闭着,叫了半天,也没有人。后来有一群马队跑来叫城,城上才有人答应道:"安定门还开着,可以进去。"孙三拖着赛金花跑到安定门,天已黑了,进了城。坐在一家人家的阶沿上,也有些人围上来,问从哪儿来往哪儿去?赛金花道:"我们是来找杨金甫杨大人的,路上被逃兵抢空了,好容易跑进了城,各位有行好的指点一下,到杨家去的路怎么走?"中间一个人听了,摇着手道:"你还找他么?今儿个杀了三位大人,一个就是杨大人,一个是余大人余雄义,一个是连大人连元。你从哪儿去找他呢?"赛金花听了,正是晴天里一个霹雳,眼中看着城墙好象整个儿翻过来,口中叫了一声'啊哟',就往阶上滚下去,两眼紧闭,双手冰冷,一下子死过去了。正是:

白简三凶天地闭,绿林百里棘荆难。

欲知后事,且看下文。

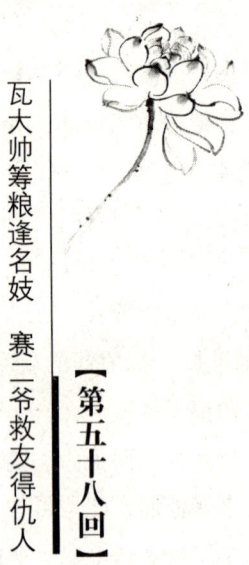

第五十八回 瓦大帅筹粮逢名妓　赛二爷救友得仇人

却说赛金花逃进了安定门，听见杨金甫已被太后杀死了，心中一急，顿时晕厥过去，人事不知的躺在街上。那孙三急得不得了，连忙扶起来叫唤。旁边有一个老者说道："恐怕是发痧吧。"就在身边掏出小药瓶，递给孙三道："这是同仁堂的行军散，你先给她鼻子里闻一点儿。"一面向旁人问道："那位行好的，要一口水给她喝。"孙三赶紧接过药来，倒些在掌心里，慢慢的向赛金花鼻子边抹了些。那街上一个人也取了半碗水来。孙三接了，正要向赛金花口中喂药，只听赛金花鼻子里打了一个喷嚏，旁人都说道："好了，好了！"孙三就把药放在她嘴里，用水送下。一会儿赛金花醒过来，哭着道："怎么好？杨大人又死了，叫我们到那儿去呢？"正在号啕呜咽的时候，有许多人围着看，只见刚才给药的老者说道："今晚上姑且到我家里去，明天再想法子。"他就找着一辆小车，把赛金花扶在车上，孙三是跟着车走，到那老人家里。他的家在后门方砖厂，进去一看，摆着许多鱼挑子，原来是做鱼行生意的。进了屋子，喝了点水，正要开口问那老人的姓名，忽听见对面房里一个女人厉声的嚷道:"你这个老东西,不要命了吧!从什么地方带来的二毛子。你看他们坛里多么紧,找到了二毛子,拉到坛里去升表,神道真有灵。你是个直眼的,他表就升不起来。咱们的二大妈家里,前天查着了一个二毛子,连他们一家都送了命。你这条老命还想活么?"唠唠叨叨的骂个不歇。赛金花听了,心里十分难受。孙三也低着头,在那儿想,忽然向着赛金花说道:"从前我们在口袋底儿的时候,有个杜升,我们用他很久,后来搬到天津去才辞了他。这个人很老实,记得他住在定王府对过,离这儿不远。我们何妨找他去想想法儿。"那老者道:"不错。有位杜爷我也认得,他隔着此地一条胡同,昨儿我还碰着他。"孙三道:"很好,请你老人家带我去找找看。"老者就点了一个灯笼和孙三一同出去。

不大一会儿,他们就回来了。赛金花见孙三、老者同着杜升进来。赛金花看见了,就向杜升道:"杜升,你怕想不到今儿见面吧?我们是死里逃生。指望着杨大人来逃难的,想不到出了大事,今晚上我还没有安身的地方。杜升你能救我的命么?"杜升道:"大小姐,说什么话,小的受过你的恩典,刚才三爷都告诉我了。这且不谈,就请大小姐过去。不过屋子实在太破碎,恐怕不能住。"赛金花道:"这个时候,只要有安身的所在就是了。"杜升道:"既然如此,就请大小姐和三爷去吧。"赛金花、孙三向那老者道了谢,杜升也说了一声"劳驾",便一同出了门。

孙三扶着赛金花,杜升提着灯笼在前领着,到了他自己的住所。赛金花一看是两明一暗的房,东西两间,靠南是两个土炕。孙三扶了赛金花,就在西间的炕上躺着。杜升就拿着一张席子铺上,找着一条旧毯子、一条破被送来道:"三爷请原谅。暂时将就着,明天再想法子吧。"赛金花躺在炕上,浑身酸疼,不久就合着眼睡着了。一觉醒来,太阳已照在窗上,杜升在外道:"三爷你来拿脸水吧!"孙三出去接了水盆,杜升嗫嚅着道:"现在点心也无从去买。"他拿着两个碗,碗中各有几个枣儿。赛金花道:"你怎么去弄的?"杜升指着窗外的树道:"是在这棵枣树上取的。三爷,请你来,不瞒你说,这两天米面也没有买处,大家不得了,都向粮食店里去找,三爷一块儿去,可以多拿点儿回来。过一天是一天。"赛金花道:"你不见得有钱,我还有几块钱,你拿去。"杜升呵呵笑道:"大小姐,你还当是上铺子去买么?现在是没有地方去买,有钱也没有用处,拿得着就是我的,好在大家一个样,只怕是东西没有了就完了。反正这个光景也不长,外国人来了也许有办法了。"孙三笑嘻嘻的跟着他去,一会儿拿着许多小米子、大豆回来。原来杜升出去时带了一条旧裤子,把两裤脚用绳结了,把粮食都装在裤裆里扛回来了。杜升就把小米子熬了粥,大家喝了一个饱。杜升道:"我出去打探些消息再说。"出去了半天,回来道:"鬼子进城了,义和团都跑了,老佛爷、皇上都逃了,听说外国人自己要做皇上了。有的说外国人找着一位真命天子出来了。"赛金花道:"杨大人真的死了没有?"杜升道:"怎么不真!杨大人跟西什库教堂贴邻,董回子的兵攻打不开,就说杨大人在家中挖了地道接济樊主教,有了谣言。那端王爷就叫他兄弟兰公爷、濂公爷向杨大人借十万银子。杨大人虽有银子,不过都存在票号和大铺子等处,市面乱得这样,一时那里凑得出来?端王兄弟就拿他下了刑部,也不管老太后答应不答应,就拿出去砍了。可怜那平时受杨大人恩典的一个也不见。他的尸首躺在菜市口,他的家里人都逃了,不知去向。只有一个唱戏的花旦路三宝,杨大人在生时很招呼,总算有良心,买了一副很好的板,备齐了衣衾,亲自去收殓了,停在菜市口关帝庙里。总算杨大人一生在唱戏的身上花了不少钱,死后也得了唱戏的好处。真正可怜。"赛金花听了,眼中的痛泪不由的象黄河决了口,直冲下来,倒在炕上,哭得要晕过去。杜升劝道:"大小姐不用哭了,这个年头儿,人命真不值钱。刚才在街上碰着一位老公,他是河间府人,和我是同乡,他悄悄的告诉我道:'老佛爷跟皇上也可怜,出了宫门,都穿了夏布的衣服,找了一辆破驴车,坐着出西直门去的。不过这位老太后心真狠,临走时还把珍妃娘娘逼着投了井。这位皇上看着他心爱的娘娘跳井,只能含着泪不言语,跟着老太后一同走。就是咱们老百姓,到这个时候也还要挺一挺。'"

杜升正在闲谈,只看见对门一阵火光冲起,和孙三连忙开门一看,四下的邻居都跑出来,提桶挑水去救火。他正要帮着去救,只见那家的老爷穿着齐齐整整的衣冠,两眼呆呆的望着火,看见有人来救,他就用两手栏住,喊道:"好朋友,你们千万不要救,救了就害了我了。"旁人听着,不懂他的话。只见那已着了火的门中跑出两个光头小孩,哭着出来,那位老爷一见,直骂道:"畜生!畜生!"他拉着两孩,一同向火门中要钻进去,大家赶着上前拉住了。赛金花正在门口看火,瞧见那位老爷和小孩被人拉住了,都滚在地下痛哭。赛金花忍不住眼泪掉下来,心中好象针扎的一般,不能看下去,就推上门回房中了。一会儿,杜升、孙三也进来。赛金花问杜升这家什么缘故。杜升道:"这位老爷在内务府当差的,洋兵进了城,他就把下人们都打发走了。今晚上他叫他太太、少爷、少奶奶每人抱一捆干草在屋里烧,自己等烧着了再跳进去。那两个小孩是他的小少爷,现在爷儿三是救出来了,其余的太太、少爷、少奶奶都烧死了。大小姐你不知道,这两天旗下的官儿,全家寻死的真不少呢。都是这位老佛爷葬送的。可怜不可怜?"赛金花听了,心中凄惨得说不上话来,大家也就去睡了。

过了几天,杜升和孙三抢来的粮食渐渐吃完了,街上都有了洋兵站岗布哨,赛金花看看光景有点支持不下去了,就和孙三、杜升说道:"此地是个偏僻的地方,想不出什么法儿,还是到南城一带去,总有熟人可以找。"杜升道:"大小姐的话不错,听说前门一带已经有点儿市面了。不过从北城绕到南城,经过许多国的军队,盘查很严。"赛金花道:"现在吃的快没有了,不走简直等死,好在我会说几句外国语,尤其是德国语更行。姑且闯一下子再说。"杜升道:"我也吓忘了,大小姐会讲外国语,德国兵虽然最厉害,跟他讲明白了总好过去的。"赛金花就带着杜升、孙三,拿了一两个小包裹,出门往西南走。出了胡同,一上大街,果然有三四个洋兵站着,中国人竟一个都没有。赛金花等走过洋兵跟前,只见一个兵向着赛金花问了一句外国语,赛金花一听恰巧是德国语,问的是到哪儿去。赛金花就把要到南城去找亲戚要粮食,用德国话说了。那个兵听了很诧异,顿时和颜悦色的说道:"你也到过我们的国吧。"赛金花道:"我在柏林三年,是跟着中国金公使去的,也见过你们的大皇帝、皇后两陛下。现在遭了兵,流落到这个光景。"那兵说道:"都是你们的太后不好,闹出这种大事来,叫你们百姓受苦。你现在到前门去,要出城很不容易,我瞧着你见过我们两陛下的份上,保护你一下。"就给了一面德国旗。赛金花接了,很郑重的道了谢,就往前走。孙三、杜升喜欢得了不得,说道:"这面旗现在是宝贝,万两银子买不到的。"果然,走到宣城门门脸儿上,有几位外国兵官,带着许多兵,扛着枪,走来走去,那有中国人敢走过去。孙三也觉得害怕,杜升更不必说。赛金花领着往前走,她也不让那些兵开口,就把这旗向着那兵官一扬,用德国话说是到南城去找人,由德国营中发给这面旗以为保证等话。那兵官是法国人,也懂得德国话,听了点点头,说了一句"去吧"的法国话。赛金花等安稳的出了城,很辛苦的,好容易走到了李铁拐斜街一家熟识的下处,就借了靠门房的倒厅三间,将就住下。一看光景,和北城大不相同了,卖东西的都有了。大铺子没有开,小铺子开的一天多一天了。尤其窑子下处,已经回复了从前的光景。原来交民巷使馆中的各项用人等，自从联军进来，他们靠着洋势，乌烟瘴气，乘机的设法弄钱。一般人就去请托，得了一张使馆中一张告示，就可以开铺子做买卖。那个时候，钱格外好挣，加以外国军官、士兵都要解决性欲的问题，窑子格外兴旺。赛金花等自然也不愁衣食了，杜升跟着赛金花、孙三也可以敷衍过去。那房东本来开着下处，那洋兵进进出出的终日不绝。

有一天晚上，赛金花正在房中，听见外面一阵格登格登的皮鞋声，一直往里院进去，不一会儿就出来。看见赛金花房中灯光照着，窗户上露着赛金花的影子，他们就站在房前敲门。孙三吓得不敢去开门，他们叽里咕噜了一阵，就用脚使劲踢门。赛金花看情形不对，便细细听他们说话，好象德国人的口音，她就用着德国话答应道："各位不要忙，就来了。"她开了门让他们进来。原来是几个德国的小军官，听见赛金花会说德国话，那态度就改变了。正要问讯，中间有一军官，看着赛金花问道："前几天大街上碰着的就是你吧？"赛金花一看，果然是给旗子的人，就含笑道："巧得很，又见着先生，谢谢前天你给我旗子，一路上靠着先生保护，十分平安。本来想要送还旗子，一时没法找，今儿又碰见了，就省得我去找了。"那个军官就向同来的人说道："这位在柏林住过几年，当时是跟着中国公使去的，曾经见过我们的两陛下，所以话说得很好。"许多军官听了，都显出很恭敬的样子。一个军官道："你是很有身份的人，怎么住在这个地方？"赛金花道："本来在天津，被义和团抄了一个干净，逃进京来，又碰着联军破城，许多亲戚死的死了，逃的逃了，找不着一个人，只好将就着躲在此地。"一面说着，一面流着泪。那个军官道："你在柏林的时候，曾见过现在的总司令么？"赛金花道："现在的总司令叫什么？"军官道："他叫瓦德西。"赛金花吃惊道："他叫瓦德西么！他在一千八百八十八和八十九年曾到过俄罗斯当过使馆的武官么？"军官道："没有！他自一千八百七十年和法国开战时，已担任过司令职务。你为什么问起呢？"赛金花道："在柏林曾和一位陆军中校瓦德西相识，彼此交情很好，后来回国后就没有消息了。大约不是此位总司令吧！"军官道："我们军队中叫瓦德西的很多，大约是另一位吧。你看见那位时，约有多少年纪？"赛金花道："见面时他不过二十多岁，到现在不过三十多岁。"军官道："现在的总司令已经五十八岁了，一定不是他。"谈了一会儿，他们将要走，就向赛金花说道："我们总司令在此地很寂寞，象你很有身份的，我们去报告了，介绍你和总司令作个朋友，不是很好么？

【续孽海花】

明天一定来接你，千万不要躲开。"赛金花道："前天的旗子你带着去吧！"那军官道："你留着吧，也许还有用。"说完，很客气的走了。

等到次日上午，果然有两个德国兵套着一辆轿车来接赛金花。赛金花就上了车，到了他们的营盘里，见了瓦德西元帅。赛金花一看，果然不是从前认得的瓦德西。赛金花向着他行了鞠躬礼，瓦德西请她坐了。问道："你是跟着金公使到过德国的吗？"赛金花道："是的，跟着金公使到过。"瓦德西问道："金公使是你什么人？"赛金花道："是我的姊夫。"瓦德西道："到了吃饭的时候了，你大概没有吃饭，我们一块儿吃吧。"吃饭中间，谈得很高兴。赛金花把逃难的情形讲了一遍。瓦德西说道："今天请你来，有一件事和你商量，我们的军队来了，人地生疏，言语不通，一切军需没有法子办理，请你帮助我们办一办，也不枉咱们做了一回朋友。"赛金花道："现在中国的百姓都很害怕，粮台是很重大的，我是一个女子，恐怕办不了。"瓦德西道："不要紧，只要你出去招呼他们做买卖的，你去说明了，叫他们来承办。我另派几个兵官保护着你，我可以吩咐兵官们听你的指导，万一有为难的事，你还可以直接来告诉我，想来你也没有什么办不了。"他一面说，一面又给旁边的一位军官低声说了几句话。那军官进去，拿来两套夹衣服，都是青缎绣花的，又取出一只小箱子，里面装着一千块洋钱，放在桌上。瓦德西向赛金花道："这一点儿东西，请你先拿去用着，你光景很不好，以后我一定帮助你。你不必客气，要用什么尽管来告诉我。"赛金花听了，说道："谢谢！感激得很。我实在很窘，也不和你客气了。"谈到天黑，赛金花要回家，瓦德西道："你过天准来。等我派人跟你去，招呼他们做买卖的来商量粮食的事，不要忘了。"瓦德西一面说，一面送她出来。赛金花拿了衣服和钱，上了车，回到家里，心中很快活。孙三等也高兴得很。大家商量，觉得住在这儿不成局面，现在有了钱，应该搬家。好在房子好找，几天儿就搬到琉璃厂去了。

隔了二三天，那两个德国兵跟车又找来了，说是大帅请赛金花去。赛金花修饰了一回，便上车到了营中。瓦德西见了面，很殷勤，坐下谈了一会。瓦德西问道："我的性子是很急的，前儿托你的事，你想定了没有？这会儿就去办吧。"赛金花道："想是想定了，无论办得了办不了，承你看得起我，总要去办一办再说。不过要请你派个人同我去，他们才信我。万一他们愿意承办，要请你定一个保护的办法，他们才放心。不要东西运进来被别人抢了去。"瓦德西呵呵的笑道："不错！

293

你这个人能办事。有了你，我算找着了人了。确是有了大批的东西进来，别国人找不着东西，也许真要抢去。这么办吧，承办的人，我给他保护的凭据。我再通知我们军队，只要看见了我发的凭据，都要保护的。倘由远道运来，你来通知我，我再派些军队去押护，就万无一失了。以后有零星的事，我万一忙，不能见你，我介绍一位朋友给你。我不在家，你可找他。"就向桌上电铃一揿，外头一个护兵进来。瓦德西就吩咐："请军需长来。"一会儿进来一个军官，向瓦德西行了军礼。瓦德西向着他道："我介绍你一位朋友。"又向赛金花道："这是军需长白朗。"他就向白朗道："我们军需处要办的东西很困难，现在我请这位小姐去招中国人来办理。让她说定了，我们给保护的文凭和旗子。她怕路上有人抢，有了我们的旗子是不会的。不过碰到我们军队不到的地方，也许难免，请她跟他们商人斟酌。倘然怕有意外的事，我们就派人去押送也好。她到过德国，是从前中国金公使的亲戚，很能干。说我们的话也很好。你二位可谈谈。"白朗答应了，就回过来向赛金花行了鞠躬礼。赛金花也伸手和他握了。白朗道："你能帮我们的忙，再好没有。"然后向瓦德西道："马上就派几个人陪着她出去办。"瓦德西道："很好。"就和赛金花说："偏劳你，越快越好。"赛金花道："太客气了，应当帮忙的。"就和白朗出来。白朗问道："坐车去还是骑马去？"赛金花道："骑马比较爽快点儿。"白朗道："你也能骑马么？"赛金花道："勉强可以骑。"白朗便吩咐备了三匹马，回头向着军需处的小军官道："你二位陪着去吧。"赛金花道："可要带几面旗子去？回头说定了，就交给那承办的人，表示我们保护的意思。白朗先生以为如何？"白朗道："是的，一定要的。就叫人拿了六七面的旗子交给两个军官。临走时吩咐道："你们一切都要听她的话。"军官们答应了。

赛金花和白朗握手告辞，和两军官出来，一同骑了马。走出了正阳门，只见荷包巷、大栅栏、粮食店从前锦天绣海的地方，都成了碎瓦断砖的场所。破屋颓墙的旁边，偶有一二个摊子，卖些粗糙的糕饼。赛金花看了，心中十分凄惨。她沿着李铁拐斜街、阎王庙、湖广会馆一带往西，各种大铺子房屋虽照旧存在，但都是关着门，没有一家开着的。她骑在马上，只好找那原有粮店招牌的人家，下了马去打门。那里头的人偷偷儿张见有两个外国兵同着一个娘儿们，猜不出为什么事，不敢开门，在里头回答道："没有男人在家。"赛金花没有法，只好沿着街走过去。走了几家，都不肯开门。又走到一家很大的粮店门前，就对那兵官道："只好劳你驾，强逼他们开门了。"那兵官看着十家九不开，就很有气。因为长官吩咐，要听赛金花的话，赛金花不言语，也只好随着。现在赛金花叫他强逼开门，他们走上去就用脚踢门，厉声的说着德国话道："开门！开门！"那铺子里的人吓得直抖，虽然不懂他的话，想来必是要开门，只好把门开了。两位兵官就让赛金花进去。里头的老板，面无人色，看见了外国军官，就跪下磕头。赛金花笑嘻嘻的说道："掌柜的，你不用害怕，快起来，我来告诉你。"一面招呼那两军官坐了，军官很客气的坐下。赛金花道："掌柜的，你不认得我吧！我是赛二爷，你总知道我的名儿。这两位是德国大元帅瓦总司令手下的军官，份位很大的。总司令跟我是认得的，现在进了北京，各国的兵都听他的命令。他的身份多大啊！因为他们的军队，每天要用的米、面、牛、羊、菜蔬、鸡蛋等不在少数，他们言语不通，一时无从去找。他请我出来，叫我找几家铺子去承办，这是很挣钱的卖买。不料这一带粮食店都不肯出来，这是他没有发财的福气。你想想，你能承办多少？和我说了，就可定局。他们外国人说定了价目，不折不扣，这个卖买真好做呢。"那老板听了，呆着脸道："不瞒姑娘说，这种卖买是不会做的。现在荒乱年头，东西都不好找，请姑娘招呼别人家吧。"赛金花怒道："掌柜的，你不要不识抬举，我告诉你，越是荒乱，越是好挣钱。现在外国人管了北京，不要说关了门可以过日子。譬如这会儿我要一句话，告诉了他两位军官，马上拉去，说不定当场枪毙了，也无从申冤。我是好话，你答应了，马上给你保护。"就指那军官手中拿的旗子道："只要给你一面旗，你插在门上，各国的兵都不敢来搅扰，多么安稳！你说东西难找，也是真情。不过你答应了，出去找东西，由我去请总司令发保护的旗子，凭照自然好找了。道路远，东西多，还可以派外国兵来保护你。他是各国的总司令，不用说，中国的土匪见了影儿都逃，就是各国的兵队看见了他的旗子，那个敢不服？有这样的好处，不去干，不是傻子么？况且现在荒乱的时候，东西没有准价儿，还不是凭你说么？你快快的想一想，我的话对不对？"那老板听了，想了一想道："照姑娘的话，还有什么说的。不过我们不懂外国话，跟他们怎么来往呢？"赛金花道："你放心，现在范围尚小，我可以包圆儿，什么话都来找我是了。将来范围大了，你们慢慢的可以找几位懂外国话的人出来办，只要有钱，还怕没人么？"老板道："姑娘的话真不错，准定我来办一下子。"赛金花道："你一个铺子也办不了，你拿个总，再去找各行熟悉的人一同去办。好在有总司令保护的，不用说挣钱，就是身家性命都可以保全。每天晚上睡一个安安稳稳的觉,不值得么多!你既然决定了,你赶紧去找同行,明天到琉璃广罗家大门我住的地方来找我,一同到营盘里说定,他们要的什么东西,多少数目,就好办了。况且你没有钱,还可以先借些。掌柜的,将来你发了财,才信我呢。"赛金花拿了一面旗,问明了姓名,写上了,交给他,一面向着军官用德国话说道:"两位请回去告诉军需长,已有了眉目了,明儿早上我带着他们来面定。这匹马和旗子都留给我。他们今天能去采办东西,我就要给他这旗子,这马明天我要骑着到你们那儿的。回去给白朗先生问好。二位先请,我也回去了。"两个军官把旗子交给赛金花,恭恭敬敬行了一个军礼,就骑马回营去了。那老板在旁虽不懂话,看那军官对着赛金花很恭敬,不晓得赛金花有多大势力,就说道:"我就去找人,能有多少东西,问问他们愿不愿来承办,明儿准到姑娘那儿回话。"赛金花道:"你要走道,怕不方便,你再拿一面旗去,来往就不怕了。刚才的旗子可插在门上,也不用关门,自然的没有人来搅。"就又给了他一面旗。自己上马回家去了。晚上,那粮店老板带了六七个人来到赛金花的寓中,见了面道:"谢谢姑娘,现在有好多家愿意来承办的,只要外国人肯保护我们,当尽力去办。有为难的地方,要姑娘出力的。"赛金花道:"很好。明天你们到我此地来,一同去商量是了。"那老板道:"还有一件事要求姑娘,可否照来的几个人,每人给一面旗子?我们就安心去办事了。"赛金花道:"可以,不过要写明姓名、铺子所在地方,你要保证他们不要拿着旗子去乱来,那要找着你的。"老板道:"当然。"赛金花就每人给了一面旗子,注写明白,他们都欣欣的去了。

第二天,他们果然来了。赛金花就骑着马,带着他们到德国兵营中,和军需长白朗当面说,赛金花就当了翻译。一切都说定了。后来办得很好,北京许多人都知道了,都来找赛金花求保护。赛金花差不多天天到瓦德西那儿去,不独德国军队中都知道,就是英、法、美等七国军队中,没有不晓得赛二爷是瓦德西的好友,她出来都很敬重的。当时联军进了城,他们最恨着的是义和团,只要看见一个情形可疑的,便当是义和团,立刻就杀。一天,赛金花骑了马回家,看见一伙外国兵正拿住几个人捆起来,已经枪毙了几个。赛金花一看,捆的人中间有一个人好象认得的。细细一看,原来是杨金甫家中赶车的,曾经接送过赛金花,不觉得发了恻隐之心。她就向着中间一个小军官一看,恰是穿着德国的军装,就上前用着德国话说道:"先生,这里头有一个确不是义和团,请你饶了他吧。"那军官一看是赛二爷,便和气的说道:"能保证他吗?"赛金花道:"是的,他从前伺候过我的。"军官道:"既然如此说,一定不错的。"就吩咐道:"放了他们吧。"这几个人放了捆,起来朝着军官和赛二爷磕了头。赛金花道:"你不是在杨大人那里赶过车么?我正要问你话,你就跟我回去。"那个人答应了。其余的人都是死里逃生,重向赛金花磕了头走了。赛金花带着这个人回了家。坐定了,细细的问杨金甫家的事。那人说道:"我们的老爷死得真可怜。都是端王的两个弟兄兰公爷、濂公爷,想他的钱想不到,马马虎虎的结果了他的性命。他拿交了刑部后,只有一个家人杨升,跟着老爷到监里头服侍他老人家。那天要上菜市口儿,大人尚有二千银子,都给了杨升。等到出监时,不料给监中的老犯人都搜去分掉了。后来路三宝收殓我们的老爷,杨升身边只有八两银子。他还找了漆匠替老爷的棺漆了一回。"赛金花听了,流泪说道:"杨升很有良心,他现在哪儿?你看见叫他来。他没有事,我可以帮帮他忙。"那人道:"谢谢二爷的恩典。"赛金花道:"你几时从杨家出来的?"那人道:"去年腊月底就出来了。小的运气真不好,出来后就到翰林院刘宅上了工。刘老爷也奇怪。大年初一小的套了车,伺候刘老爷去拜年,正要上车,刘老爷在书房里忽然把一面镜子掷碎了。小的吓一跳,就问那跟班的李爷。他说:'刘老爷专会相面,每逢大年初一,他总要拿镜子自己看一下子。这回他对着镜子很生气,自言自语道:"难道今年决逃不过么?"重又照了一回,就把镜子掷在地上了。'小的当时也不信。不料这五月底京城里很乱,他就叫我赶着车上通州。走到八里桥,给义和团围住了,说他是二毛子,拉到坛上,不由分说,就给大师兄砍了。小的好容易跑掉了。二爷你想小的倒霉不倒霉?"赛金花道:"'宁作太平犬,莫作乱离人。'这话真不错。这位刘老爷是那儿人?"那人道:"是常州人,大名叫刘可毅"。赛金花道:"我想起来了。我听见有人说过,他那年会试中的是会元,出榜时大家看红录,红录上写的是'刘可杀',都说他的预兆不佳,现在真应了,也算得奇怪了。你以后要找事,尽管到我这儿就是了。"那人道了谢,请了安去了。

赛金花自从救了这班人,京城里差不多全知道了。一天,赛金花在家,家人进来说有人要来见二爷。赛金花就请他进来。见了面,吃了一惊,原来是个老朋友,叫作陈苍珮,他是做过巡城的都老爷,在杨金甫家里见过好几回,彼此很说得来的。赛金花请他坐了,说道:"陈大人,半年不见,就变了这个世界,真无从说起了。"陈道:"从前的事不必说了,今天来找你,有件不得了的事请你帮忙。昨儿外国兵到了我的小寓,因为要做工,就叫我去当苦力。我已经五十多岁了,实在当不了这个苦力。昨天李昭炜、陈国祥二位侍郎被外国人拉去背死尸,代牛马拉车,不愿就打。李侍郎被推在玉河桥下,几乎淹死。听说你在外国人前很能说句话,可否看在从前有一面之交,替我讨一个情?"赛金花听了,心中很凄惨的说道:"请你放心!我就替你去说,而且一定可以做到。请你回府,我马上就去说。"赛金花当天到德营中,见了一个军官,托了一个人情,就把陈苍珮的苦力免除了。他当日就来道谢。谈到大局,陈苍珮慨然说道:"还用说什么!这场乱子自然是端王为首,一班无知的亲贵和大官附和,太后有了废立的私见,也就听从了他们。前天余中堂在文华殿吊死,他本来还想要随銮到陕西去。他儿子道:'你年纪八十多了,也经不起劳苦了,不如一死倒还干净。'他就挂了两根绳,表示父子同死。那余同上他的当,临上吊时,哭了一回,向兰士说道:'儿啊!你陪我去是不差的。杀杨金甫等人都是你监斩,将来他们一党要报仇,不如跟我一块死了。'老头子叹了一口气,由他儿子扶了他套进了绳圈。兰士看他断了气,马上就把身上的官服脱去了,改穿的蓝夏布的破衫裤,就混出了城躲了。心里盘算,现在老头子死了,人家怨气稍雪,我避过了风头,就有法子。老子殉难也算忠臣,有大清国一天,终有恤典的。"赛金花听了,不禁勃然大怒道:"他现在躲在那儿?"陈道:"听说是藏在白云观高老道那儿,本来余同跟那个高老道很要好的。不过你二爷千万不可说出去,他的仇家知道了,一定要他的命的。"赛金花道:"我留神就是了。"说完话,随后送了客。赛金花回了房,把脚一跺道:"我定要拿他,替杨金甫报仇!"就骑上马,找瓦德西去。正是:

文武衣冠坐涂炭,恩仇生死显分明。

欲知赛金花如何捕捉余兰士,且看下文。

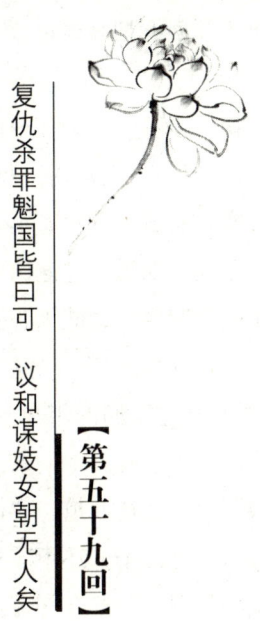

【第五十九回】

复仇杀罪魁国皆曰可 议和谋妓女朝无人矣

却说赛金花听见杀杨金甫等的余兰士逃在白云观藏着,她又知道联军总司令早有命令通缉那班主张义和团杀戮教民、围攻使馆的首恶,自然余兰士也在其中。只是外国人人地生疏,究竟不容易找,所以逃的逃了,躲的躲了,一个也没有找着。现在既知道了余兰士的藏身所在,她就到瓦德西的住所,说明余兰士躲在白云观,请派军队去搜捕,并说:"只要提到了这个人,其余的首恶,可以逼他供出所在地点。"瓦德西听了,马上发了命令,派了军官办理。因白云观在日军地段,叫他会同日军前往。到了白云观,找着了观中老道,问里头有躲着的人,叫他快快交出来。那班老道连忙领着进去,捉了余兰士。老道说道:"还有一位齐大人齐秀,也在这儿。"当下把他们二个一齐捆了,带回营中。又向观中各处都搜了一回,其余果然没有了。随将观主高老道也带回去。这个高老道,他从前很有势力,和皮小连总管是把兄弟,许多人要走皮小连门路的都是高老道介绍的。西太后也欢喜他。他常常孝敬东西。白云观所制的酱小菜,太后最喜欢吃,所以很有名的。这次拿来,都囚禁于顺天府衙门，讯了几回，把高老道放了。那余、齐二人是各国指名欲严办的，不能开脱。

匆匆的过了年，大年初一，赛金花到瓦德西那儿去。其时瓦德西已经住在大内西苑里的仪鸾殿。赛金花骑了马直进宫内，见了瓦德西，彼此握手问好。瓦德西道："你今儿有事吧？"赛金花道："没有事。今天是我们的大年初一，照例要拜年的，所以专程来拜年。"瓦德西道："谢谢你！"又道："自从得了你的报告，拿住两个，以后又拿着了一个叫年映，昨天各国议定了，就要把他们正法了。"赛金花道："定的什么日子？"瓦德西道："这个礼拜五。"赛金花道："今儿是礼拜一，是大年初一，礼拜五就是我们的年初五。"瓦德西道："是的。"赛金花道："天有眼睛，这才是因果报应哩！他们杀的人都是冤屈的。谢谢总司令，总算替中国人报了仇、解了恨了。"瓦德西道："你的话不错。被他们杀的人，真是你们中国的大忠臣呢！不过杀了这几个，还不能报我们公使克林德的仇呢。不把你们的老太婆杀了，解不了我们的恨。"赛金花道："论理都是她连累了中国的皇上和百姓，不过到杀你们的公使时，她也作不了主了，都是这一班的混蛋出主意了。"瓦德西道："你们的皇上是很可怜的，所以各国都看在你们皇上的脸上，才准讲和。现在李鸿章也来了。但是不把这班混蛋先办了，各国还不能讲和的。"赛金花道："这班人该杀。不过象东南几省的督抚，保全各国的商民、教民，办的也不差。"瓦德西道："是的，各国一来可怜你们的皇上，二来佩服你们东南各督抚有见识，订了互相保护的条约，彼此均有利益。中国不亡，还是靠他们几个人，否则我们早早的瓜分了。"赛金花道："你的话一点儿不错。"谈了一回，就在仪鸾殿上吃了晚饭，瓦德西派人送赛金花回去。

赛金花回到家中，一转眼就到了初五。赛金花于前一天晚上叫人办了一桌祭菜，一早起来，在西鹤年堂药铺里设了一张桌子，把祭菜摆好，写了一个杨金甫尚书灵位的纸位，预备了香烛锭帛，赛金花就守在药铺中。那时赛二爷赫赫有名，她要怎么就怎么，官厅中没有敢阻止的。等了两三个钟头，果然依照旧规矩，慢慢的见三辆破车来了。第一是齐秀，第二是余兰士，第三是年映，依旧是些破烂不堪的五城兵役，依旧是东倒西歪的刽子手，依旧是派的中国监斩官，不过多了百十个外国官兵。看见三人来了，中外的人都拍起掌来。有的中国人喊道："义和团真好！他们设了坛，练了拳，请三位大人带着去打仗。现在真不怕枪炮的了。"嘈杂的声浪，笑的骂的都有，只没有一个悲惨的、掉泪的。外国人纷纷争着拍照。那兵役扶着下车，齐秀低着头，正要走上去，只听得后面一声狂喊，各人争着看时，只见那余兰士张开两臂，好象有人抓他的样子，口中喷着白沫，随即倒在地下，口中不绝的央告。那齐秀、年映也都昏过去了。监斩官也吓得失色，就提起硃笔来，向名单上点了一点，吩咐快去行刑。那刽子手匆匆的把三个人砍了。赛金花一面点了香烛斟了酒，含着泪，焚了些锭帛，送了神位，也就回去了。

且说北京自从八国联军占据后，西太后逃到了陕西，没有法子，只好派出议和大臣，是华、李二中堂。不料外国人不答应，说华中堂也是罪魁，西太后气得不得了，只好派了庆王。肃毅伯托了本来谙熟的公使，说明一切，由他负责。庆王不过是陪客，请他们答应了，留点儿面子。肃毅伯进了北京，住在贤良寺，慢慢的与联军方面开议和约。那时德国因杀了他们公使克林德，瓦德西一腔的盛怒正要发泄。肃毅伯碰了不少的钉子，只好忍耐着，一面向各国政府纵横捭阖，用了不少的手段，真可算得一位大忠臣了。当时有几国的公使私下和他说道："我们想提出请你们的皇上回来，一切的和议，就好说得多。让那个老女人在西安，我们不理她。只同你们皇上说话，论起情理来，也是应当的。没有这个老女人，决不会闹出这个事来。我们去掉她也是情真罪当的。"肃毅伯听了，心中也一动，就道："这个提议千万不要宣布，让我细细的考虑一下再说。"回来召集了幕府中许多的心腹来密议，就把各国使臣的非正式提议宣布出来，他掀髯笑道："外国人的话确也有些道理，倘然请了皇上出来，为国家打算，当然可以少吃些亏。我们一定要捧着老太后，不用说别的，就是德国的克林德一件事，真无从说起。连日会见了满脸怒气的瓦德西，碰了不少的钉子，真叫我难受。不过我是老太后一手提拔起来的，现在反脸，不免有点下不来，将来历史上也不好看。你们大家细细的斟酌一下。"旁边乌赤云道："据职道的意思，经了这番大乱，太后数十年中兴的功绩是完全推翻了，全国的人心也统统的失掉了。照他们几个公使的话，确是有益于国家的，否则我们牺牲了许多利益，一小半是保护太后的。除去了这件，一定可以少牺牲我国的利益。不过办是很难办的。各省大员究竟是偏重在太后那边的多，很难一致呢。"旁边杨杏仁说道："戊戌以来，他们后党的手段太辣了，杀了许多新党中的人，士大夫暗暗灰心的真不少。乘此机会，想法子把皇上请回来。皇上只要脱离了那班后党，擢用一班有志气才力的新党，由中堂总了大纲整顿起来，这个中兴才是真正中兴,可以胜过曾文正、左文襄两位。他二公不过是削平内乱的功臣,实在没有建立适合时势的政治基础。中堂如能用这个手段,真是全球的第一人,历史上也是第一等人物了。中堂不看别的,就看日本,他的强盛,没有西乡、大久保等覆幕尊王,那有今日的国势?人才是愈用愈多,他们的伊藤、陆奥等豪杰,好象雨后春笋,丛生并长。在他们没有出来的时候,也没有什么了不得,所谓'时势造英雄,英雄造时势',的确是彼此牵引而成的。至于赤翁所说的不容易办,也不见得十分棘手,只要把军权、财权拿住了,把些金钱禄位敷衍了他们,决没有十分的反抗,做老太后的忠臣呢!象皮小连一班人,给他们一百八十万,要叫他做什么就做什么,那有一点儿深谋远虑呢?"伯相听了,呵呵笑道:"你们年纪轻,总是喜欢往前走,你也往后想一想呢!"就有须发已白的一个人叫作余若晦的就说道:"我们先不要去研究利害,而要先研究办法,怎么样可以把皇上请回来?自从那年政变后,母子就一刻不离开,老太后自然已虑到有人利用,只要离开她,就易于脱离政权。现在又闯了一个大祸,自然也料到天下人心已离开她了。你要叫他们分开,他们更扭在一气,那是一定的。无论什么法儿都不行,要做得到,只有借重外力了。现在要叫外国兵直达西安,确是做得到,将来的困难恐怕很多,这还是公话。还有一句私话,各位看我们的这位小主人,恐怕也没有这种的魄力吧?"伯相道:"你的话不错。"赤云道:"若晦的话不差。这件事总太冒险,况且计较利害,也不上算。"伯相拈着长髯,叹了一口气道:"我也老了,没有这种勇往的力气了。杏仁年纪轻,精神足,盼望你将来做一番旋乾转坤的大事,我也是很赞成的。"当下各人都散了。

　　隔了一二天,伯相就向知己的几个公使秘密的说道:"中国的环境与各国不一样,太后虽然做了这件事,然她几十年中兴的成绩,民心尚向着她。皇上究竟年轻,内外大臣向他的尚少。现在太后年纪已很大了,她的掌权时间也有限了,不如和平等待,总有一天……况且她经了一番痛苦,以后决不反抗。此番能保持她,依旧由她了结,我们办事一定顺手。倘下了她的面子,一定诸事都生出窒碍来,不容易了结,千万不要提出来,省得许多枝节。想各位亦以为然的?"那几位公使听了,觉得向西太后要求利权确是容易一点,也就说道:"我们的意见,也是为贵国起见,将来或有改革兴盛的希望。至于为敝国打算,倒是在你们的太后手中容易办交涉,为贵国人民想,未免太便宜她罢了。"伯相听了,脸上一红,也就唯唯而散。

　　过了一天，伯相与各使会议，散后回到贤良寺寓中，那门房中差弁进来回道："成大人请见。"伯相听了，微笑道："木生来了，快请！"一会差弁引着成木生进来。木生见了伯相，就行大礼。伯相就用手拉着他起来，呵呵笑道："你这个小滑头也来了，不害怕外国鬼子么？"木生道："有了中堂在此，胆就大了。"伯相道："不要多话，你先换了便衣再谈。"木生的家人就伺候木生脱去袍褂顶帽，换了便衣，戴上小帽。一面就说道："中堂的气色很好，精神更好，这是中国四万万人的福气哩！"伯相道："四万万人的福靠不住，一个老头子受气倒是真的。"木生道："不遇狂风巨浪，那里显得出把舵人的能耐？就是今年的东南联合的办法，不是中堂和刘制军的毅力定议，这个时候，恐怕已无从着手了。"伯相呵呵笑道："一点儿不差。你看庄寿香昨儿有电报来，还是说的一片书生的话，什么妥协两全之道，不是说的梦话么？"木生道："寿帅的一生办事，总是担当上差些。就是夏天东南联合的办法，当五月的时候，门生在上海就和各国的领事大家商量了一回，草草拟定了一个方针，当时就电禀了中堂，又和刘砚帅、庄南皮、方安堂通电商酌。正在等候中堂的训示，不料当天刘砚帅就来了一个急电，叫门生马上到南京去面谈。当日匆匆的就赶到了南京制台衙门去拜会，递了名片进去，不多一回儿，差弁们就回道：'大帅盼咐快请！'又说：'天气热，请大人赶紧换了便服进去。'门生就随着差弁进去，一迳到了签押房，只见他赤着膊，把辫子扭起了，盘在顶上。一见了面，就向差弁骂道：'你们混蛋！我叫你们请成大人换了便衣进来，怎么不请成大人换！'我就说道：'不关他们的事，他们确是说过的，因为奉召而来，不好太脱略的。'他就说道：'木翁你也太拘了。什么时候，什么天气，还讲这礼节么？'他就向差弁道：'快快的伺候成大人脱衣服。'我就向他作了一个揖，他就拉着我手道：'快快的脱吧。'我摘了帽子，脱了袍褂，剩了一件两截的衬衫，正要坐下，他就呵呵大笑道：'木翁，你难道是娘儿们不肯露体吗！'随手把衬衫汗褟儿都叫差弁们替我脱了，随叫家人们取了一双拖鞋换了靴子。他就向我说道：'请到烟榻上坐吧。'他就横下去。家人们递上烟枪，他呼呼的抽了两三筒大烟，喝了一口茶，开口道：'木翁，你的电报看见了。上海的鬼子们，想来你都见过了，他们的意思怎么样？照你的办法，木翁你有把握么？'我就说道：'这样大事，没有把握，怎好来胡说的。这个办法，也不是中国一方面的要求，倒是他们各国来要求的。大帅你想,就是上海一方面,各国人的产业商务有多少,一开了衅,他们的损失和我们的也差不多,那里肯孤注一掷呢?只要东南督抚一致联合保护,他们是求之不得的。所以我说有把握,并不是我的能耐,实在是他们的愿望。现在只看各省的督抚,肯担当不肯担当是了。'他就问道:'木翁,你的电报发了几处?'我就说道:'东南几省都发了。'他说道:'你看他们各位赞成不赞成?'我就说道:'两广是没有问题的,合肥伯相当然赞成。长江一带只看大帅的主意。浙江、江西、安徽总是跟着大帅走。山东方安堂他把拳匪统通轰走了,所以拳匪倒在直隶发难了。此回没有他在山东挡住,大局一定更糜烂。照他的行为,想也赞成的。'他就在烟榻坐起来道:'安堂这个人,他在戊戌年间所做的事,我以为不过是一个会做官的人罢了。不料这回的事他显出他的能干来了。将来倒是一个能办事的人。此外只有寿帅一个人,想来也不至于为难的。我接到你的电报,也发了一个通电和他们商量。'我就说道:'大帅的意思是赞成的了。'他呵呵大笑道:'你太瞧不起我了!难道叫我也跟着端王、耿子良一班混蛋去干。我虽是一个营混子出身,也读过几年书,也考取一个秀才,这点道理都不明白么?'我就站起来向他请了一个安道:'大帅这一句话,不仅救了大清国国家,实在救了中国数万万人,我是要向大帅磕几百个头才可以表示我的感激呢!'他道:'你要谢我,我更要谢你!不是你想出法子,我也束手无策。论理我才应当给你叩头呢。'他回头向房外的家人道:'拿点儿西瓜来!'一面说道:'木翁,我是老粗,吃西瓜是喜欢整个儿吃才爽快,听说你吃燕窝莲子等,都是由姨太太亲手喂的,叫我是受不住的。'我说:'那有的事,都是朋友们拿来开玩笑罢了!'一面家人把洗净了的西瓜送上来,当着面用刀切开,他先尝了一尝道:'不很甜,再切一个。'家人又切了,他又尝了,说道:'这个比较好一点。木翁你试试,不好再开,真不给你客气了。'我和他就一面吃瓜,一面闲谈。外面送来一个电报,一看是湖北来的加急电,他说道:'寿香的电来了。'他就喊道:'叫他们赶快来翻译。'家人应了一声,一会儿进来一个师爷,就向着他说:'大帅密码本子在哪儿?'他就叫家人在烟盘中拿了一个钥匙,递给师爷,指着烟榻上靠西书架上搁着的一只箱子道:'你去拿罢。'那师爷匆匆的取出电码本子,就在榻前茶几上,一个字一个字译出来。不多一会儿,已经译完,就将原码送到他手里。他看了一过,就将电码递给我。他气愤愤的道:'你看这是什么话?一点儿办法没有,都是两面光的话,不担一些责

【续孽海花】

任。我看大清国都是毁在翰林出身的一班人身上。木翁，你亏得不是翰林出身，将来亡国的责任，可以少担一点。'我就笑道：'这是大帅一时的气话，不看远的，就看曾文正和现在合肥伯相，不也是翰林出身么？'他呵呵的笑道：'我的话错了，中兴的胡文忠、曾文正不都是翰林么？干了多么大的事，立了多么大的功，我应当打自己的嘴巴子，消消罪呢。'我道：'寿帅拘谨一点，是他的本色。但是两湖又是缺不得的。这怎好？'他说：'木翁，你有什么法儿呢？'当时寿帅的电报，宫保还记得，他也没有反对，也没有赞成。我就说：'请大帅等一会儿，各省的复电差不多就来，倘然赞成的多数，寿帅很聪明，也不至憋扭到底罢。'他就道：'好！好！看看各省的意见如何？'他就将门生留在衙门里住了。果然到了晚上，中堂的电也到，安堂的电也很坚决，和中堂的主张一样。砚帅很喜欢，晚上亲自跑出来笑道：'木翁，大局可以决定了。合肥伯相也赞成了，他也是通电东南各省督抚的，各省看了，想象是没有反抗的了。'门生道：'这是宫保的位望，和东南人民的福气。'他说：'我们明天再定办法吧。'他就进去睡。第二天他在上午十点钟就起来，请我进去。他躺在烟榻上抽烟，看见了我，就立起来，拿着一叠的电报递过来道：'木翁，请坐，你看多数赞成了。'门生就说道：'很好！不过赞成的虽是多数，寿帅那边总还要敷衍一下吧。'他说道：'他的电没有决定反对，我就说各省多数赞成，想你也一定赞成的，复他一电就是了。木翁请你就回上海订约好了。'我说：'各省的复电想也到了上海，只要大帅给我一电，我可以去办了。'他说：'不错，我就办。'门生就站起来道：'事不宜迟，马上就告辞大帅动身了。'他道：'不晓得有轮船没有？'我说：'我来的时候叫招商局每天的下水轮多等一会儿，此时想已来了。'他说：'我也不留你吃饭了。木翁，你大着胆子去办。将来要上菜市口，我陪着你一块儿去。'他就呵呵的大笑了几声，送着我出来。门生当天坐着船回到上海，他的电也到了。他虽抽大烟，可是不耽误事。"伯相听了长叹道："还是我们几个老头子有点儿办法。不过到了现在的时候，真也没有法子了。"木生道："和议情形有一点儿么？"伯相道："别的还好说，就是德国克林德一件事难办。你说怎么谈得下去呢？"木生道："这件事据门生的愚见，大路是走不通了，恐怕要走小路才有希望。"伯相呵呵笑道："你的能耐来了。有什么路子？"木生道："在上海听说瓦德西有一个中国女朋友，很听她的话，中堂听见过么？"伯相道："不就是赛金花么！她是婊子，有什么用？"木生道:"是的!她是金雯青殿撰的姨太太,后来下堂求去,流落在上海时,许多朋友认得。现在托人去探听一下,问问她有什么法子可以通融,或许有点儿消息。就是没有效力,也不露痕迹。中堂以为何如?"伯相道:"试一下也不妨。"木生答应了。只见差弁进来回道:"有赫税务司禀见。"木生也就起身告辞而去。

回到寓中,到了晚上,木生便穿了便衣,坐了车,径到赛金花寓中而来。下车进门,家人就低低说道:"上海成大人拜会。"那赛金花连忙接出来,见了木生说道:"成大人,想不到你会来找我。"木生嘻嘻的笑道:"我今天到京,诚心的来见二爷,果然见到了,实在荣幸得很。"赛金花道:"承你看得起,来找老朋友,实在感激。"赛金花就携着木生的手,到房中沙发上一同坐了。木生就问道:"此回你逃难,一定很辛苦了!"赛金花道:"不用提起。我是住在天津,人家都往南方逃,我偏往北京走,差一点儿小性命也没有了。幸亏天老爷有眼,现在北京的瓦大帅,不知道他怎么知道我流落在此,派了军官来找我,见了面就很招呼我,很看得起我。有事去求他,没有不答应的,所以也就敷衍下去了。"木生道:"我在上海已知道赛二爷的大名鼎鼎,是北京城里第一个红人。"赛金花道:"成大人你不用瞎说,我是一个毫无能力的女子,能有什么样名气呢?"木生道:"并不是瞎说,听说你救了许多冤枉的人,就陈苍珮不也是你救出来的么?他至今口口声声在朋友面前感激你呢。"赛金花微笑道:"陈大人也是很好的人,我替他说一句好话,也不费什么事,算不得什么。照这样的事,也不知办了多少,我都忘记了。陈大人还记着么?"木生道:"你的不记在心上,是你的大量,他的不忘掉,是他的良心。你说对不对?"赛金花道:"成大人太看得起我了,我是不敢当的。"随说道:"成大人你在这儿便饭吧。"木生道:"谢谢你,已吃过了。"赛金花道:"我还没有吃饭,咱们一块儿喝一点儿酒好么?"木生点点头。赛金花就吩咐下人开饭。一会儿开出饭菜来,很精致的,都是南边的口味。赛金花拿着玻璃酒瓶,替木生斟了一杯克力沙,随说道:"你喝白兰地么?这儿也有。"木生道:"不必,就是克力沙很好。你的厨子是南边人吧?"赛金花道:"他本来从上海带到天津,拳乱一来,也就到北京来找我了。我也吃惯了他的菜,觉得口味尚合适。成大人你家里的厨房好得多,恐怕你吃不来吧。"他们喝了几杯酒,木生想自己要来的目的,正是发表的时候了,就说道:"瓦大帅多少年纪了?脾气怎么样?"赛金花道:"他也有五十多岁了,精神很好。跟我们说话很和气,没有什么脾气。"木生道:"他见了你们娘儿们,自然很和气,听说在会议席上很难说话。李合肥很碰钉子,所以讲和的事还没有边儿呢。"赛金花道:"我们很盼望早点儿讲和,大家太太平平过日子不好么?"木生道:"可不是,我们也盼望讲和,否则怎么了呢?"赛金花道:"他们外国人要什么才肯和呢?"木生道:"别的还好商议,就是德公使克林德被杀了,他们的要求太厉害,断难办到。"赛金花道:"难道没有通融的办法么?"木生道:"这件事要紧关子,因为克林德的夫人也在北京,天天逼着瓦德西要求,这件事不解决,别的都不能提。各国也因德国的公使被杀是国际上一件重大的事,不得不让他先解决,所以束手无策。"赛金花道:"克林德夫人在瓦大帅处也见过几回,可是没有谈过这件事。论起来,老太后真对不起人。我看小说书上也有'两国相争,不斩来使'的话,那有这种野蛮的道理?"木生道,"可不是!各国公使代表他们的国家除掉生番,才有这种举动,中国的脸总算丢尽了。但是我们中国人,总想保全一点中国的面子才好一点,你想对不对?"赛金花道:"当然。"木生道:"你赛二爷北京人众口同声,都说你保全了许多中国人,真是第一个爱国的奇女子。今天我在李傅相那儿闲谈,提起了你,他也很佩服你。他就说起你跟瓦德西很熟,最好请你向瓦帅那儿疏通一下,或者有变通的办法。他说,同你不曾见过,不好冒昧。我听见了,本来要找你,就讨了这个差使。现在听你说和克林德夫人也相熟,那更好了。你看在中国人面上,去说一下,如若说得开,你的功劳固然了不得,你的名誉,是史鉴上流芳百世的了。"赛金花道:"成大人真的么?难道李中堂也晓得我么?"木生道:"我向来不造谣言的,况且傅相还要先送些首饰衣物给你。我说赛二爷很有侠气,也不在乎东西的。"赛金花笑道:"成大人真是老朋友,晓得我的脾气。我在北京替人家办点事,从来不要人酬劳的。不过一个无名的女人,去办关系国家的大事,恐怕担当不起罢了。"木生道:"你和我都是大清国的百姓,能够保全我们的太后、皇上,少丢一些脸,想都是很愿意的。"赛金花道:"你的话不错,不过办得来办不来,那是没有把握,姑且去试试再说。"木生道:"你只要肯去,你的口才一定有成功的希望。你答应了。你打算什么时候去?"赛金花道:"这个事须要碰机会,在闲谈中提起,方不着痕迹。我是常到瓦帅那儿去的。大约三天后有什么消息,我定来报告你。"木生道:"好!好!全仗大力!"一面就立起身来道:"时候不早了,我要回去了。"赛金花道:"你此次进京带了几位姨太太来的?"木生道:"就带了一个服待的。"赛金花笑道:"我也不留你了,恐怕回去过晚,要受责罚的。"木生笑道:"没有的事。"就匆匆出外。赛金花送到门外,看他上车而去。正是:

> 东华涂炭分邪正,北里莺花记折冲。

欲知赛金花去与克林德夫人如何说法,且看下文。

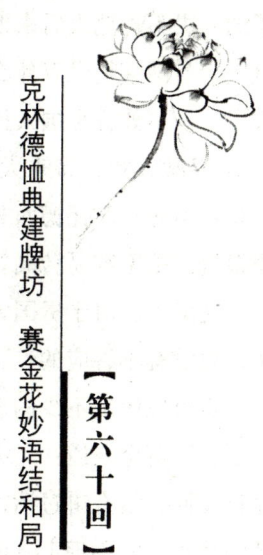

【第六十回】 克林德恤典建牌坊 赛金花妙语结和局

话说赛金花自从成木生托她向瓦德西及克林德夫人处疏通，并受了木生一番的称赞推重，并说李中堂也看得起她，不免心中生了一种虚荣心，而且向来聪明会说话，所以毅然的担任了。这几天他又和木生商量了许多办法。

那一日天气很好，她就骑了一匹马，直到瓦德西所住的西苑中来。见了面，恰好瓦德西没有什么事，就坐下闲谈。赛金花道："这几天大帅忙不忙？"瓦德西哈哈笑道："也算忙，也算不忙。战事总算停了，议和的李鸿章也来了，没有什么很担心的事。不过和议虽然议了几次，一件事也没有通过，很叫人着急。照我军人的脾气，只要派兵到陕西去，把这个老婆子捉了，什么事就容易解决了。"赛金花道："可不是。讲到这位老太后，实在不好，倘让光绪皇上当了权，我看什么事也容易解决了。"瓦德西道："你的话很对。"赛金花道："克钦差的赔偿，到底要怎么样呢？"瓦德西道："克林德太太一定要那个老婆子抵命才行。"赛金花伸了一伸舌头道："这可是不容易办到的。因为我们中国人看来，那皇太后、皇上是神圣不可侵犯的。情愿亡了国,决不肯把太后来抵外国人的性命。我想就是抵了命,不过是替克太太出了一口气,与国家是没有什么利益的。大帅,你是好替国家大局上着想的,与其替一个人出气,不如替全国人得些利益。况且把这件事想法子通融了,我想他们议和的,一定感激大帅,将来大帅有什么要求,他们当然容易答应了。我们是闲谈,大帅你想对不对?"瓦德西笑道:"你的话不错,不过克林德太太通不过去,说是一定要报仇,很不容易转圜。"赛金花道:"这个要紧的关子是在克林德太太身上。她能给通融了,对于贵国大皇帝,只要你大帅去奏明了,我想大皇帝看着你大帅的面子,也没有不答应的。"瓦德西道:"你的话真不错。象你来做了你们的议和大臣,一定可以解决不少的事了。费了多少的时候,一件也没有议妥的,真叫我急得不得了。"赛金花道:"大帅你真瞎说了。我是一个女人懂得什么?可惜克太太虽曾见过几回,没有讲过话,只怕她看不起我,不肯跟我说话。否则我去见见,我们娘儿们从女人的心理上,或者可以想出一个办法来。"瓦德西道:"我也想到,她的要求就是办到了,国家也没有什么实在好处。而且各国也许从中挑拨,借此离间两国的邦交。你怕她不肯招待,那是没有的事。你肯去劝劝,是再好没有的。我替你介绍一下,包她很欢迎的。你能够办下来,不但是帮了你们的国家,也是帮了我的忙,省了我天天操心着这件事。谢谢你,我就给你写一封信,你去走一趟罢。"他说了,就在公事桌上拿起笔和纸,写了一封简单介绍信,递给赛金花道:"我们德国人是很性急的,她这时候大约在家,你就去看她一下,听你的好消息吧!"赛金花含着笑,立起身来道:"好在没有事,我就去碰一下子看,或者靠你的福,也许有点边儿。"

赛金花辞了瓦德西,出来以后,骑了马,向克林德夫人寓中而去。到了旅馆门口,下了马,找着旅馆中的仆役问道:"克太太在家么?"他说道:"在家。"赛金花就将自己的名片和瓦德西的介绍信一同交给他,叫他去通知。他就先领赛金花到会客室中坐定,一面去通知克林德太太。不多一会儿,只见那仆役推门进来,说道:"克太太来了。"赛金花就站起来迎着。那克林德太太满面笑容,进来就握着赛金花的手,说道:"咱们已见过好几回了,你要来就来,你还叫瓦帅写介绍信,不太客气么?"赛金花道:"承蒙太太看得起,自己恐怕身份够不上,今儿在瓦帅那儿谈起克太太的交涉还没有办好。瓦帅说克太太心里很不高兴,叫我来陪着讲讲。他说:'你们娘儿们脾气合适,我们男人说的话总不能熨帖。'所以叫我来和

【续孽海花】

克太太解解闷。不晓得太太讨厌不讨厌？"克林德太太笑道："我很想找几位女朋友谈谈，不过本国的军人都没有带家眷，贵国的太太小姐们能说我们的话的很少。今天蒙你来看我，是很快活的。以后望你常常来才好。"赛金花道："可惜我是没有什么知识的，只怕惹你讨厌。太太你自从到了此地，还住得惯么？比较柏林街道的整齐洁净，以及公园和娱乐处所的繁华，真是比不上的。"克林德太太道："这也各有各的好处，此地的各种宫殿庙宇都有几千年的文化古迹，也有不可及的地方。只是近来失于修理罢了。"赛金花道："是的，西直门外的颐和园，太太曾去逛过么？"克林德太太道："去过两回了。也算得是一个伟大的建筑，就是欧洲的国都也很不多见这种的规模。"赛金花道："可不是！我在欧洲经过许多大国，象贵国和英、法等都有很大的宫殿花园，也许有胜过此地的。不过这个好地方，只有一个西太后享福，真是不平得很。"克林德太太道："可不是。这个老婆子把你们的国家搅成了一个什么样子，还不满足，还要牵连到各国，兴起了义和团，杀了许多各国的教士，并且把我的丈夫都杀了，真是野蛮到了极点。所以我向我们的大皇帝要求，非把这个老婆子抵偿了我丈夫的命不可。我想你们中国人，受她的苦也不浅了，应当赞成我的主张。为什么你们的李鸿章还是千方百计的不答应？李鸿章在世界上也有点名誉，难道他也是个义和团么？"她一面说，一面脸上绯红，怒气直冲起来。

正在说时，只听会客室门上有叩门声，克太太答应了一声，只见一仆役推门进来，手拿一镀银盘，盘中有一名片，他说道："俄国使馆里的丽娜小姐拜会。"赛金花听了道："原来是俄公使的小姐。她住中国很久，一口的中国话说得真好。我和她也很熟。"克林德太太道："她的德国话也很好，和你既然很熟，就一块儿见吧。"赛金花道："不晓得她有什么事？我先告辞，过天再来请安吧。"旁边仆役道："丽娜小姐问过克太太会的是谁，我告诉她是赛二爷。她说很好，本想见见。"克林德太太听了道："既然如此，就请吧。"仆役出去了。一会儿就领着一位小姐，黄发碧眼，穿着一套礼服，推门进来，满面笑容，向着克林德太太握手道："你好！今儿法国使馆的跳舞会，你也去吗？"克林德太太道："去不去没有定。"丽娜回身向着赛金花伸手握着道："想不到在此地又见着了。"赛金花笑道："今儿我也是来替克太太解闷的，恰好你也来了，更好了。"丽娜道："克太太为什么不一定去法国使馆跳舞呢？"克林德太太道："密斯，你想我有什么兴致去跳舞呢？"丽娜道："过去了的事，只好丢开点儿。克公使在上帝面前，自有极乐的地方。我们在世界上，专在愁苦中过日子，有损无益，不如及时行乐的好。"一面向赛金花道："你以为怎么样？"赛金花道："你的话不错！刚才我正和克太太谈着，总是我们中国人的不好，只望克太太看破些。现在正在议和，只要替克太太想法子，叫克太太满意，想中国也没有不答应的。"克林德太太道："你们的李鸿章就是不答应我的要求，我怎么能满意呢！"赛金花道："说起来这个祸，是老太后惹出来的，不过那时候她也没有权了，都是一般混蛋的王公大臣干的，她也管不了。照我们中国的习惯，在李鸿章看来，拿太后来抵命比灭亡中国更厉害，他们以为与其如此，不如亡国，所以不能答应了。丽娜小姐，你在中国很久，很知道中国的习惯，不是有这个道理么？"丽娜道："你的话不差！前儿我爸爸说和议不能进行，很着急，叫我见着克太太劝劝，通融一点，交涉才好办。况且拿太后来抵命，不要说是中国，就是欧洲也没有这个办法。听说各国公使私下也有闲话，不要为了克公使的事，耽误了各国的交涉，就算办到，也不过一时的痛快，中国受了这种的羞辱，对于别的要求恐怕更要为难了。不如请克太太看在本国的利益和各国的交情上，退步一点。今儿克太太提起，所以顺便把爸爸的意思告诉克太太。不过爸爸的话，也是闲谈，非正式的。不晓克太太以为怎么样？"赛金花道："你的话很有理，但克太太的话也有理。女人嫁一个丈夫，无缘无故被人家害了，自然要报仇的。但照你的话想来，关系着国家的大事，确也有一些斟酌的地方。"克林德太太道："照你们说来，难道我的丈夫就白死了么？"丽娜道："那有白死的理！不过譬如克公使在军队中阵亡了，也不能叫敌军中的首领来抵命的。"克林德太太道："公使是代表一国的皇上的，杀了公使，如同杀了皇上，不应当叫他抵命么？"丽挪道："是的。不过现在都说是克太太不答应，所以来劝劝的。"克林德太太道："只要是我们陛下通融了，我也好服从的。"赛金花道："丽娜小姐，我们是说闲话。何妨研究一下，有什么条件可以满足克太太的意思呢？"克林德太太道："我只要报了仇，就满足了。"赛金花也不问克太太的意思，接着说道："丽娜小姐，我在欧洲看见许多大人物的纪念，不是造一个铜像，就是立一座碑石。我们中国的纪念最尊贵的是牌坊，此外是立碑，凡是忠臣、孝子、义夫、节妇，都是建筑牌坊，传到几千百年后，经过这牌坊的人，都是肃然起敬。可见中外都是一样的。象克公使的殉国功劳，应当留一永久纪念。除克太太的复仇主义外，不论铜像、牌坊，总要办的，才对得住克公使。"克林德太太道："照你们说来，我的仇是不能报的了。"赛金花道："我们是闲谈，不足为凭，一切总要克太太拿主意的。不过克太太一定要报仇，是难以办到的。"丽娜道："我们是和克太太解闷来的，不是跟克太太办交涉来的，不过听见各国外交界中许多人说，欧洲从前也有伤害了敌国公使，甚至开战灭国，也没有把敌国的君主来抵命的。我想现在坚持下去，万一各国提出酌中判断，反使中德邦交受损，恐怕贵国大皇帝也只好曲从。我想克太太还是赶紧想一转圜办法。我因为和克太太要好，所以直言相劝，请克太太不要疑心。"克林德太太道："你们都是真心替我打算，那有疑心的。不过叫我怎么样改口呢？"赛金花道："那自然不能由克太太自己让步的，一定要先通知瓦帅，细细的商量个办法才好办。我前天见着瓦帅，他也很着急，大约也听见各国的闲话，他也说总要想一个办法，只是不好劝克太太。倘然克太太有意思，我就去给瓦帅露一点消息，和瓦帅商量。"丽娜含笑道："好极！好极！赞成！赞成！"克林德太太向着赛金花道："只是又要劳你驾，对不起得很！"赛金花道："这算得什么！承克太太看得起。"一面说一面向丽娜道："密斯，请多坐一会，乘便和克太太到法国使馆去赴跳舞会，解解闷。"丽娜点点头。赛金花就站起来告辞而去。读者，你想会这样巧，恰好俄国使馆的丽娜小姐同来，两个人一吹一唱，把克太太的顶为难的交涉轻轻的吹散了？原来赛金花答应了成木生去疏通克太太，自己想一个人恐怕弄僵。她打听克太太的朋友，就是丽娜小姐最要好，就同木生商量，去运动丽娜。木生知道李伯相和俄公使有交情，就由伯相当面托了俄公使，商定了一切办法。所以赛金花由瓦德西处出来，就先通知俄国使馆，请丽娜也到克太太处来。两人本已约定，作为不期而遇，谈笑之间，办成了这一件大交涉。

闲话不提，且说赛金花由克林德夫人处出来，就欣欣然到瓦德西营中来，进去一看，只见瓦德西坐在沙发上，口中衔着雪茄，四围都是高级军官，以及公使参赞等，或立或坐，约有十余人，好象在开军事大会议。瓦德西看见赛金花进来，忙欠身招呼她坐下。赛金花和他们一般人都认识，普通的招呼了一下，就含笑说道："大帅是不是开正式会议？我闯进来，不免太冒昧了。"瓦德西笑道："这个会你也应当列席的，他们也正在听你的消息吧。"赛金花道："我那里配呢！"瓦德西道："你不要客气了。你快报告吧，克林德太太有点活动么？"赛金花道："靠大帅的脸，加以密昔司的爱国心，大约可以通融办理。不过还是要请大帅的决定。克太太大约明后天就过来请示。"瓦德西哈哈的大笑，向着在座的诸人道："可不是我说的对，办交涉是女子胜于男子的。"参谋长道："大帅的指挥是不错的，既然她肯通融了，以下就好办了。"瓦德西就向着赛金花道："她露点儿口风，要怎么样才满意呢？"赛金花道："她没有提出条件。当时我就说，各国纪念的通例是造铜像立碑石，中国最尊重的是建牌坊，就是北京东西大街上的牌楼，只有皇上家才准建立，民间是不准设立的。只要决定那一项，贵国的体面、克公使的功劳也永远流传了。克太太听了，也没有驳回，只要大帅和她一说，大约总有办法了。"瓦德西道："很好，以下的文章就好办了。"他向着公使道，"请你细细的想一想，遵照陛下的训令，应提出什么条件呢？"那公使道："既然克公使的赔偿我们有了让步，至对于开衅的罪魁，自应严重一点惩办，使他们晓得破坏公法，一定要负严重的责任。想各国也明白的，大帅以为何如？不过这秘密的议案，密斯金是会中人，不要漏泄才好。"瓦德西笑道："你放心，我可以保证。"赛金花道："不过今天俄国使馆的密斯丽娜也一同在座，她也很帮忙，劝了许多话。克太太大半是听她的话居多。此地的话，我自然负责，其余恐怕不能一点儿不露吧。"瓦德西道："你们说的话不要紧，只要中国不知道，就好办了。"那公使道："明天正是开议的日子，请大帅赶紧和克太太把让步的步骤议定了，大纲既定，好相机应付。"瓦德西道："很好。我就去请她来，和她决定了再通知你便了。"随即叫了随侍的武弁来道："你去到克公使太太那里去，请她即刻到此地来面谈，就去！"那武弁答应着，行了一个军礼，就退出去了。那公使道："我们要告退了。随后听大帅的消息就是了。"那众人也纷纷退出。赛金花含笑着，也立起来道："我也告辞吧。"瓦德西道："你急什么？等克太太来，正要你从旁替我说几句话呢！"赛金花道："真要我么？"瓦笑道："谁说假话呢！"

　　他们谈着话，一会儿听得有人敲门，瓦德西就答应了一声，只见那门一开，有一个仆役进来回道："克林德太太来了。"瓦德西就点点头说："请进来。"仆役领着克太太缓步进来，瓦德西就立起身来道："克太太请坐！"随后赛金花上来，携着克太太的手，说道："我从你那儿出来，就到了此地。我把太太的一片爱国的意思，告诉了大帅，大帅也深为佩服。所以大帅留我在此，等太太来一同商量办法，可是我是没有识见的女人，一切要太太自己作主，请大帅决定的。"克林德太太道："谢谢你一切的关照。"三个人一同坐定了，瓦德西就说道："密昔司为国家的意思,刚才由密斯金转达。论理,我们应该为密昔司一定要达到目的,但中国的观念,国家的权利可以缓商,而体面却不能不顾,一定要处分他们的太后,是第一件难事。若坚持下去,其余和议都无从进行。况且各国政府政见不一,用兵的事我们也难坚持独行。他们各国以为权利可以到手了,都是我们坚执要报仇。万一决裂,将来恐怕发生变化,我们一国也难进行。我们大皇帝原要替克公使出一口气,但是我们在外面办交涉的,看到环境如此,真是有点为难。不过我们也不好和密昔司说退步的话,好象对不起克公使。现在密昔司既有让步的意思,免得我们为难,那是再好没有的了。不过密昔司有何主张,尽管说出来,我们斟酌好了。"克林德太太道:"我的丈夫为国殉难,我是当然要报仇的。不过为了我个人的事,不能进行和议,这是有关于国家大局的。我也不好执而不化,对不起国家和大皇帝。只要大帅吩咐,在我丈夫的面上过得去,我也没有不可以服从的。"瓦德西接着说道:"足见密昔司的明白大体。我们现在私下说说,刚才她说,中国最体面的是建立牌坊。我想北京城中,只有皇帝才可以建立牌坊。倘若替克公使立一个牌坊,上面刻着中国皇帝的道歉书,确是可以永垂不朽。不晓得克太太意下如何?"克林德太太道:"我是妇人家,究竟不晓得什么,只要大帅以为可行,我也没有什么异议。"赛金花就说道:"既然克太太可以通融,其余的事就好办了。"瓦德西道:"克太太的顾全大局,我好感激。"克林德太太道:"大帅办公的时间很宝贵。"就立起身告辞而去。赛金花等克林德太太走后,又谈了一会儿,也就告辞了出来。

回到寓中,天色已晚,次日叫一个当差的到成大人那儿去,说:"我们姑娘请成大人来,有要紧话说,请就过来。姑娘在家里等着呢。"那当差的就到了成木生公馆中,恰好木生已预备了马车,正要出门。听见赛金花派了人来,就叫家人告诉他说:"就来。"木生晓得赛金花一定有些眉目,随即坐了车,径向赛金花寓中而来。进了门见了赛金花,木生笑道:"今儿你找我,一定有好消息。"赛金花微笑道:"自从你托了我办事,几天内没有机会。今天早上和瓦帅闲谈,谈到这件事,承瓦帅看得起,叫我去疏通克太太,特别郑重介绍到克太太那儿去。我和克太太从前虽认得,但从未办过正经的大事,现承瓦帅郑重介绍,自然可以谈及这件事了。我到了克太太那儿,她看了瓦帅的介绍信,承她很殷勤的谈起来,起初她绷着脸,非把太后抵偿不可,后来我顺着她口气说了些话,才慢慢的微解了些怒气。我又说当时太后也作不了主,都是一班混蛋的王公大臣做出来的。克太太听了,没有说话。我就乘机说道，克公使的一件事，总要留点纪念的，照外国的规矩，或是造铜像，或是立碑石，都可以的。恰好俄国的丽娜小姐也来了，帮着我说道：'中国都讲究牌坊，各处都有，为忠臣、节妇建立的，本京东西城的牌楼只有国家建立的，能够在克公使殉难处立一牌坊，真是流传不朽的。'经她一说，克太太没有驳回，总算有了眉目。"木生道："好极了。本来今天又是会议的日子，贤良寺已来约我去谈，大家可以商定一个办法。你很费心，我们是不会忘记你的。"言毕，匆匆的立起身来，满面带着欢欣的样子，出门上车去了。

木生到了贤良寺。见了李傅相，坐定后，木生问道："今日会议有无进步？"李傅相道："今天也没有什么事，不过德公使口气中好象松动了一点，他说这件交涉，想你们有点为难，我们也想帮忙，只要克公使夫人能通融一点就好办了。但不知究竟如何？"木生道："回中堂的话，德公使的话确有来历的。"李傅相道："你怎么知道？"木生道："那天奉了中堂的面谕，曾经去托过赛金花的。赛金花今天来送信，说是昨天她和瓦帅、克夫人都见过，确实谈起这番交涉，说她已向克夫人疏通过，确有些转机，并且谈有办法。所以特来请示中堂。"李傅相道："怎么样？"木生道："她将中国为难的情形说了，克夫人也能谅解了，后来俄国的丽娜小姐帮着劝了一番，说在克公使遇难之地建立一座牌坊纪念克公使，听说克夫人没有拒绝。大约可以通过。"李相傅听了很高兴。后来这项交涉，便很顺利的解决了。所有严惩祸首，要求赔款，一切交涉，都有国史记载，不在话下。

却说克林德牌坊赶紧建立，不到几个月，居然耸立在东单牌楼大街上。那天落成的时候，中外要人都来观礼，赛金花也接到了一张通知单。那赛金花也很高兴的，骑了马，到了会场，下马进去。只见各国的来宾很多，德国的军人尤其来了不少。赛金花大半都认得，一一招呼过了。那中国的大员也降尊屈礼，向赛金花招呼，倍示殷勤。赛金花随意敷衍了一回。落成礼毕，赛金花仍骑上马，出了正阳门，回寓而来，一路看她的人很多。其中也有知道这件事的，都指指点点说道："你看赛二爷今日多体面！一个窑姐儿，今天算露了脸了。"旁边一个人道："将来老佛爷也许要谢谢她呢！"一个人道："那是不会有的。这种功劳，依然是王公大臣冒了去罢了！"那路人纷纷议论之中，赛金花也听到了一两句话。骑在马上，自言自语道："公道自在人心，也不枉我的一番心力了。"倏忽已到了自己门口，下了马，进了门，自去休息去了。吴梅村《圆圆曲》曾有一联云："全家白骨成灰土。一代红妆照汗青。"若把"全"字改作"万"字，不啻为赛金花写照哩！至于庚子以后时局及赛金花身世结局，只好待后人再续了。正是：

　　口碑尽说红颜力，眉黛能添青史光。